辩证性的文学守望
中国现当代文学在德语世界

The Dialectic Literary Outlook
Modern Chinese Literature in the Germanophone World

顾文艳　著

中国社会科学出版社

图书在版编目(CIP)数据

辩证性的文学守望:中国现当代文学在德语世界/顾文艳著.
—北京:中国社会科学出版社,2022.4
ISBN 978-7-5203-9807-7

Ⅰ.①辩… Ⅱ.①顾… Ⅲ.①中国文学—比较文学—文学研究—中国、德国 Ⅳ.①I206②I516.06

中国版本图书馆 CIP 数据核字(2022)第 040081 号

出 版 人	赵剑英
责任编辑	慈明亮
责任校对	刘 娟
责任印制	戴 宽

出 版	中国社会科学出版社
社 址	北京鼓楼西大街甲 158 号
邮 编	100720
网 址	http://www.csspw.cn
发 行 部	010-84083685
门 市 部	010-84029450
经 销	新华书店及其他书店

印刷装订	北京君升印刷有限公司
版 次	2022 年 4 月第 1 版
印 次	2022 年 4 月第 1 次印刷
开 本	710×1000 1/16
印 张	24.75
字 数	358 千字
定 价	148.00 元

凡购买中国社会科学出版社图书,如有质量问题请与本社营销中心联系调换
电话:010-84083683
版权所有 侵权必究

出 版 说 明

为进一步加大对哲学社会科学领域青年人才扶持力度，促进优秀青年学者更快更好成长，国家社科基金2019年起设立博士论文出版项目，重点资助学术基础扎实、具有创新意识和发展潜力的青年学者。每年评选一次。2020年经组织申报、专家评审、社会公示，评选出第二批博士论文项目。按照"统一标识、统一封面、统一版式、统一标准"的总体要求，现予出版，以飨读者。

全国哲学社会科学工作办公室

2021年

序

陈思和

顾文艳的大学学业是在美国完成的。她就读于美国纽约州立大学，主修法律与比较文学双专业。随后赴德国哥廷根大学攻读硕士学位，主修比较文学，师从德国比较文学学者芭芭拉·沙夫（Barbara Schaff）。她在硕士期间曾去巴黎索邦大学交流，完成硕士学位论文《噩梦放逐：现代巴黎侨民写作中的漫游时空体研究》（Fugitives in Nightmare: Chronotopic Self-Imagery of the Paris Flâneurs in Late Modern Expatriate Writings），研究本雅明与巴黎侨民书写，论文获哥廷根大学文史学院的学院荣誉奖。2015年回国，翌年入复旦大学中文系攻读比较文学博士学位，我担任了她的导师。她在读博期间多次赴奥地利维也纳大学历史系和德国科隆大学汉学系作访问交流，为撰写学位论文搜集资料。三年后她顺利完成博士学位论文，获得复旦大学与德国科隆大学联合培养博士学位。博士学位论文就是现在即将要出版的《辩证性的文学守望：中国现当代文学在德语世界》。

顾文艳希望我为她的论文写序。但我知道有两位学者更加合适来担任这项工作：他们是德国波恩大学的汉学家顾彬教授和华东师范大学的德语文学专家范劲教授。我们看到顾文艳在书后附录了几篇有趣的采访记录，其中有她对顾彬教授的采访，事实上，顾彬本人就是在中德文学交流事业中发挥过重要作用的学者，他几十年不遗余力地翻译介绍北岛等中国诗人的作品，并且主编六卷本的《鲁迅选集》和参与撰写多卷本的《中国文学史》，在中国文学"走出去"的进程中发挥了重要影响。我们研究中国文学在德语世界的传播，不可能绕开顾彬的译介业绩。范劲教授曾经担任了这部论文的答辩导师，直接指导过顾文艳的博士论文修订，而且，正是因为他的赏识和提携，顾文艳获得学位后，得以就职于华东师范大学，现在仍然在范教授的领导下从事教学工作。

与两位专家相比，我实在是惭愧得很。我对于顾文艳研究的专题缺乏研究，也不可能有特别重要的心得提供给她参考。我只是赞成、也鼓励她从事这个专题的研究，并给她提供了研究的路径和方法。其实，文艳所研究的课题，在三十多年前也曾经是我自己很想做的研究目标。记得那时我跟随我导师贾植芳先生从事中外文学关系研究，当时研究最多的，还是外国文学如何进入、影响中国现代文学发展。同时在搜集、整理有关资料时，也接触到中国留学生在外国与一些重要作家的交往，有意识地传播中国现代文学的情况，像敬隐渔、梁宗岱等，还有许多现代作家在异国直接用所在国语言进行文学创作，像林语堂、盛成等。我在二十世纪八十年代即开始接触西方汉学家的著作，在贾植芳教授的指导下，翻译西方汉学家的著作，参与编辑《中国现代文学的主潮》，一本西方汉学家的论文翻译集。新发现的资料渐渐把我引向一个新的领域，让我感到惊喜。我曾经与贾植芳教授商量过一个选题，即策划一套二十世纪中外文学交流丛书，既有研究西方作家对中国现代文学的影响，也包括中国现代文学在西方和日本的传播——主要是汉学家们的工作。但是在那个时代，中国人刚刚从一场民族的噩梦中惊醒过来，开始学会了睁开眼睛看世界，我们与西方的文化交流才刚刚起步，一切都需从废墟上建设起来，研究这个课题的条件显然是不具备的，所以这套丛书的计划只是讨论过几次，很快就烟消云散了。现在三十多年过去，这个题目已经渐成显学。2015年前后，钱林森、周宁两位教授主编的"中外文学交流史"大型丛书出版，分作十七卷，分门别类地讨论外国文学在中国的译介和传播，可谓是一套集大成的科研成果；与此同时，中国文学（包括现当代文学）在国外的译介和传播也开始有人分不同国别做专门研究。最醒目的成果，应该是李庆教授皇皇五大卷《日本汉学史》，虽然是以古代文史研究为主题，对于我们研究现代文学者也是有重要启发的。

中国现代文学起程甚迟，至今不过一百多年，传播到西方的时间更迟，西方汉学家真正把研究视野转向中国现当代文学，大约要到战后，或者更迟一些。顾文艳把中国现当代文学在德语世界的传播追溯到二十世纪六十年代，她抓住了 1968 年西德学生运动兴起，欧洲知识分子在强烈的批判意识主导下，开始对于中国的乌托邦理想给予了政治幻想，由此才开始有意识地引进鲁迅为代表的中国新文学，在批判社会的主体意识下产生共鸣。顾文艳这样的判断，我认为是准确的。其次是中国政府近年随着国力增强而积极推行中国文化"走出去"的政策，为此投入大量资金，吸引大批汉学家和留学生从事外译工作，造成一股汹涌大势。这项工作究竟会产生多大的实际效应，现在难以定论，但对于中国现代文学的传播创造了客观的有利条件。其三，中国近四十年的高速发展，促进了文学创作的空前繁荣，一大批优秀作家、诗人在崛起，他们强化了世界现实主义文学的优秀传统，奉献出无愧于伟大时代的文学作品，让西方读者从艺术创作中看到了中国社会飞跃式发展的真实过程以及知识分子对于现实的批判。像北岛，像莫言，还有翟永明，王安忆，贾平凹，余华，阎连科，等等，他们的名字放在文学史上毫无疑问代表了当代高标。2012 年莫言获得诺贝尔文学奖，有力地推动了中国文学的外译和传播，也引发了西方汉学关注中国当代文学的热潮。正是在这天时、地利、人和三元素的综合作用下，中国文学的外译与传播获得了有利的发展，这也是顾文艳所研究的这一专题成为可能的原因。

虽然正逢其时，顾文艳这部著作还是有鲜明的研究个性。首先是她对西方文化研究理论的娴熟，最显著的特点就是摆脱了传统文献目录学的研究方法，这类研究一般习惯于资料文献的搜集、整理和考据，但顾文艳却把研究的关注点集中于中国现代文学在德语世界传播的原因、机制、生产过程等等环节，对于德语出版系统的梳理和研究，对于译者背景的了解和介绍，都使我们能够立体地全面地看到中德文化交流的整体观。论著的第三部分描绘了一幅非常清晰的中国文学德译的线路图。其次是她很好地掌握了文本细读的研究方法，在论著第二章，她详细分析了东西德国各自产生的根据鲁迅原著改编的文本，一部是根据《阿Q正传》改编的同名话剧《关于阿Q的真实故事》；另一部是根据《起死》改编的广播剧《死者与哲学家》。虽然这两个文本都没有中文译本，但是经过顾文艳的解读，我依然留下了深刻的印象。这两个承文本在欧洲上演时，面对的是东西德国不同的社会环境，西方的评论家们对这些作品所做的分析和评论，都无法联系到它们的蓝本，而顾文艳是唯一的既了解蓝本也了解承文本的研究者，她有能力对照鲁迅原著来分析和解读承文本，分析得非常到位，其见识能发人所未发，让人们看到了中国现代文学（鲁迅为榜样）对西方异域环境下的真正影响。

尤其是东德作家海因改编的阿Q故事。剧中两位主人公——阿Q和王胡（癞胡），从原著的流浪农民身份改编为带有知识分子气质的流浪汉，他们一无所有，向往革命，仇恨既有社会的一切，自觉与之对立。但是他们所向往的"革命"无从落实，因为他们所面对的国家政权已经占有了"革命"的话语权，他们只能向往现有政权的对立面——无政府革命。王胡满口革命名词，但是启发了阿Q觉醒意识的不是那些名词包含的思想内容，却是"无政府"（安那其，ANARCHIE）这个词的发音和字面意义，于是阿Q自命为无政府主义者，甚至把"无政府万岁"的口号变成精神优胜的动力，他只有听着这样的口号才能安然入睡。随着剧情的发展，阿Q在无意中杀害了一个修女（对应原著里的小尼姑），后来又被莫须有的罪名砍了脑袋，刽子手（警察面具）现场高喊"革命万岁"，阿Q却高喊"无政府万岁"（以代替原著里阿Q临刑高喊"二十年后又一条好汉"）。群众照例在抱怨临刑者没有唱成一句咏叹调（对应原著的"戏文"）。另一个无政府革命家王胡一边偷偷地把阿Q的遗物占为己有，一边则愤怒咒骂落后群众："笨蛋，无知者，这是怎样的一群民众啊，如果我有炸弹就好了。"——这个意味深长的结尾，又回到了中国现代文学的典型启蒙细节，如《药》《灭亡》（巴金著）；如果再往前回溯，又能联系到俄罗斯文学中民粹主义或无政府主义的文学细节，譬如阿尔志跋绥夫的《工人绥惠略夫》《沙宁》，可能在东欧文学传播中有广泛的基础。所以，无论是中国辛亥革命时期的农民阿Q，还是东德社会主义阵营下的知识分子阿Q，他们都是在中西文学交流、传播环节中的一个环节，一个典型，具有丰富的社会信息量。

有点扯远了，接下来我还想说一下顾文艳这部论著的第三个特点：作为一个对德国当下文化比较熟悉的青年学者，她对于德国文化并非是照单全收的，而是具备了可贵的尖锐眼光和批判意识。她描述了中国现代文学传入德国的全过程，把它看作是1968年西德学生运动以后的思想文化的产物，认为这是西德左翼知识分子在一场政治狂热运动失败后，对远东的中国社会主义实践所产生的乌托邦想象。其实，那时的中国还处在所谓"反修防修"的大混乱之中，他们从"打倒一切"、"否定一切"的东方狂热运动中看到了他们所向往的"革命精神"。顾文艳把西方左翼知识分子的这种"中国情结"称作"东方守望"，我觉得她用这个词十分传神，西方左翼知识分子从鲁迅的彻底批判精神中吸取了战斗力量；当中国的革命狂热熄灭以后，梦想破灭了，他们的守望也随之变成失望，但至少还没有绝望，他们渴望了解中国社会主义实践的真相，他们怀着极大的政治热情，关注中国在二十世纪八十年代以后崛起的文学创作，看到了中国改革开放以后的社会真相和文学对乌托邦错误实践的批判。中国文学的批判精神，与德国知识分子对1968年左翼运动的反思也是相通的。西方左翼知识分子的政治情结始终是围绕着对资本主义全球化的批判，他们也希望看到中国知识分子在文学创作中对资本主义全球化的警惕，当然也包括对知识分子独立批判精神的期待，这在围绕北岛和莫言的引进、译介、评奖过程中所体现出来的政治意识遮蔽了美学意识的倾向性，可以得到证明。本书第四章围绕着这个问题做了颇有建树的解读。西方汉学领域是西方与中国文化、文学交流的桥梁，汉学家领域属于西方意识形态领域的一部分，他们与主流社会意识形态有千丝万缕的联系，但也要看到他们具有独立的知识分子批判传统和对中国文化的喜爱，并且受到影响。在今天国际冲突的背景下，面对这些复杂的文化现象，我们一定要具体地看待中国文学外译过程中西方汉学家的作用和业绩，尊重他们的劳动和他们具有的独立意识，唯有这样，才能更好地推动中外文学交流和研究。

以上是我阅读顾文艳这部论著的一点体会，以前我在指导顾文艳论文写作时，已经表述过这些意思。现在论著即将出版，文艳希望我为之写序，我拖拖拉拉，竟拖过了半年多的时间，这次利用春节假日匆匆写出，当作我对这部论著出版的评鉴，也是对顾文艳在科研道路上取得的成绩的祝贺。是为序。

2022 年 2 月 3 日春节初三

摘　　要

　　本书以德语世界接受视域中的中国现当代文学为研究对象，采取多角度全景阐述的方法，考察中国现当代文学在德语地区传播与接受的形态与历程。全篇包括导论、四章正文和结语共六个部分。导论对20世纪中国现当代文学在德语世界的传播历史进行概括性梳理，概述现有的相关研究，阐明具体研究的问题和方法。第一章以冷战后期东西德知识分子为线索，勾勒1989年两德统一以前联邦德国和民主德国分叉而相似的中国文学接受道路：西德知识界在1968年革命狂热的余温下产生了对中国文学政治异域化的接受倾向，东德汉学家在政策的影响下主导中国现当代文学的译介与研究，双方同时出现了在文学中寻找"真实"中国和本土社会现实的诉求；第二章着眼于同时期东西德两位具有代表性的著名作家对鲁迅作品的改写，以文本比照细读为主要方法，展开两组德语文本与中国文学蓝本的互文研究；第三章关注汇入德语文学机制的中国文学，在既充满偶然性又遵循运作规律的文学机制和整体文学接受环境的视野下，探讨中国文学在德语文学机制各参与方作用下生产、分发和接受的形态特征；第四章聚焦德语文学接受视域中具体的文学人物，选取在译介作品数量和作家身份上都具有代表性的北岛和莫言，考察中国当代作家在德语世界的传播路径和身份构建。结语总结以上四个方面下的现象分析和历史溯因，提出德语地区的接受主体基于本土而放眼异域，政治化和反政治化范式交互更替的辩证性文学守望贯穿了中国现当代文学在德语世界的传播与接受。

本书通过史料梳理、文学文本分析、历史叙述、现象剖析归纳，在文学社会学的整体方法论导向下，采用多角度全景阐述的方法，从跨文化文学传播过程中各环节不同参与方的角度出发，尽可能全面地勾画出中国现当代文学在德语世界传播与接受的历史与现实面貌。本书最后从中国现当代文学在德语世界的接受历程中找出一条兼具主观个人审美和客观政治参照、本土传统守卫和异域文化瞭望的辩证性特征主线。这条延续至今的特征主线也体现于当下共时的文学交流实践，对中国文学在德语地区的进一步传播与接受，也具有文化战略层面上的启示意义。

关键词：中国现当代文学德译；跨文化文学交流；文学机制；文学海外传播；中德文学关系

Abstract

    This book aims to examine the dissemination and reception of modern and contemporary Chinese literature in the Germanophone world by adopting the methodology of panoramic narrative and by focusing on the historical lineage of intercultural literary communication. This study includes introduction, four main chapters and the concluding chapter. The introduction part draws out the general history of modern Sino-German literary communication focusing on Chinese literature from the twentieth century. The first chapter commences with the historical narrative from the perspective of German intellectuals of the late Cold War era, delineating the bifurcating yet similar paths of literary reception of BRD and DDR regarding modern Chinese literature before German unification in 1990. The intellectual zeal for revolutionary ideal in West Germany since 1968 continues to intensify political exoticization in the reception of Chinese literature, while the East German sinologists undertake the tasks of translating and studying literary works from modern China under the capricious cultural policies of the DDR. The second chapter focuses on the intertextual rewrite of Lu Xun's works by two prominent writers from both sides of Germany around the same time. The third chapter examines the characteristics and forms of production, dissemination, and reception of Chinese literature in the German *Literaturbetrieb*. The fourth chapter concentrates on particular Chinese personnel involved in the German *Literaturbetrieb* as in the literary public sphere. Through an examination of two Chinese authors——Bei Dao and

Mo Yan-whose relative prominence and symbolic identities are representative for the German reception of contemporary Chinese literati, this chapter attempts to construe methods of German literary propagation as structural categorization of Chinese authors. Finally, this book concludes the phenomenal analysis and historical tracing of literary communication from the four main perspectives. It proposes the dialectic characteristic in the German propagation and reception of modern Chinese literature, as the German receptive subject bases its literary outlook towards China on its own societal concerns, while the literary receptive patterns demonstrate leanings towards both politicization and de-politicization.

This book stands on numerous first-hand historical materials, with a deliberate excavation of "paratext" regarding the circulation of modern Chinese literature in the Germanophone area. Through material analysis, close reading of literary texts, historical narrative and phenomenal deconstruction, this paper follows the methodological orientation of literary sociology and adopts the form of panoramic narrative, so as to draw out the critical socio-historical configurations of the German reception of modern Chinese literature. Lastly, this study renders a dialectic motif that merges subjective personal aesthetics and objective political reference, as the German subject throughout history guards its vernacular tradition in the outlook for foreign culture. This dialectic motif dominates the reception history of modern Chinese literature in the Germanophone world, while its relative implications for today could contribute to the ongoing practice of intercultural literary communication between China and the German-speaking countries.

Key words: German translation of modern Chinese literature; intercultural literary communication; Literaturbetrieb; Oversea literary propagation; Sino-German literary relation

目　　录

导　论 …………………………………………………………（ 1 ）
　　第一节　中国现当代文学在德语世界传播的历史叙述………（ 1 ）
　　第二节　中国现当代文学在德语世界传播的研究状况………（16）
　　第三节　问题和方法……………………………………………（25）

第一章　通向现实与"真实"：冷战后期知识界的文学守望……（30）
　　第一节　联邦德国知识分子的中国情结………………………（33）
　　第二节　政策迂绕下的民主德国文学与汉学接受……………（67）

第二章　后革命时代的寓言：德语作家对鲁迅的互文性接受……（97）
　　第一节　民主德国阿Q的革命寓言：克里斯托夫·海因的
　　　　　　《阿Q正传》戏剧改编……………………………（100）
　　第二节　联邦德国幻灭者的讽喻：恩岑斯贝格对《起死》的
　　　　　　广播剧改写……………………………………………（127）

**第三章　文学与机制的相遇：德语文学机制中的中国
　　　　　现当代文学** ………………………………………………（149）
　　第一节　走进德语文学机制……………………………………（156）
　　第二节　中国现当代文学的德语翻译与出版…………………（178）
　　第三节　中国现当代文学的德语分发与接受…………………（208）

第四章　作家的分野：德语文学公共领域的中国作者身份构建 ………………………………………………… (222)
　　第一节　在清醒中升华：北岛在德语世界的接受 ………… (228)
　　第二节　"道德惯例"的文学挑战：德语文坛争议中的莫言 ……………………………… (247)
　　第三节　中国作家在德接受的形态结构 ………………… (271)

结语　辩证性的文学守望 ……………………………………… (286)
附录一　中国现当代文学德译出版目录：1949—2020 ……… (299)
附录二　个人与政治之间
　　　　　——布赫访谈 ……………………………………… (318)
附录三　中国现当代文学翻译与出版的困境
　　　　　——顾彬访谈 ……………………………………… (323)
附录四　中国现当代文学德译传播背后的故事
　　　　　——魏格林访谈 …………………………………… (331)
附录五　德国学者西文原名、中文名、译名对照一览表 …… (342)
参考文献 ………………………………………………………… (346)
索　引 …………………………………………………………… (366)
后　记 …………………………………………………………… (372)

Contents

Introduction ·· (1)
    Section 1   Historical Narrative of the Dissemination of Modern
                  Chinese Literature in the Germanophone World ······ (1)
    Section 2   The State of Research on the Dissemination of Modern
                  Chinese Literature in the Germanophone World ······ (16)
    Section 3   Problems and Methods ·· (25)

Chapter 1   **Towards Reality and "Authenticity": The Literary**
                  Outlook in the Late Cold War Period ················ (30)
    Section 1   The China-Complex of Intellectuals in the Federal
                  Republic of Germany ·· (33)
    Section 2   Sinology and the Reception of Chinese Literature
                  under Changing Policies of the German Democratic
                  Republic ·· (67)

Chapter 2   **Allegories of the Post-Revolutionary Era: The**
                  Intertextual Reception of Lu Xun by German
                  Writers ·· (97)
    Section 1   The Revolutionary Parable of Ah Q in the GDR:
                  Christoph Hein's Theatrical Adaptation of *Die wahre*
                  Geschichte des Ah Q ·· (100)

Section 2　Parody of the FRG Disillusionist: Hans Magnus Enzensberger's Radio-Play Adaptation of Lu Xun's *Resurrecting the Dead* ……………… (127)

Chapter 3　Literature and Literary Institutions: Modern Chinese Literature in the German Literature Institution ……………………………………… (149)

Section 1　The German Literature Institution ……………… (156)
Section 2　The German Translation and Publication of Modern Chinese Literature ……………………………… (178)
Section 3　The German Distribution and Reception of Modern Chinese Literature ……………………………… (208)

Chapter 4　The Division of Writers: The Identity Politics of Chinese Authors in the German Literary Public Sphere ……………………………………………… (222)

Section 1　Sublimation in Sobriety: The Reception of Bei Dao in the Germanophone World ……………… (228)
Section 2　The Literary Challenge of "Moral Conventions": Mo Yan in Controversy of the German Literary Field …… (247)
Section 3　The Classification and Morphological Structure of Contemporary Chinese Authors' Reception in Germany ……………………………………… (271)

Conclusion　The Dialectical Literary Outlook ……………… (286)

Appendix I　Catalogue of Modern and Contemporary Chinese Literature Published in German Translation: 1949 – 2020 ……………………………………… (299)

Appendix II Between the Personal and the Political: Interview
              with Hans Christoph Buch .... (318)

Appendix III The Dilemma of Translation and Publication of
              Modern and Contemporary Chinese Literature in
              Germany: Interview with Wolfgang Kubin ...... (323)

Appendix IV The Story Behind the Dissemination of Modern
             Chinese Literature in German Translation:
             Interview with Susanne Weigelin-
             Schwiedrzik .... (331)

Appendix V List of German Scholars' Names, Chinese Names
            and Translations in Western Languages .... (342)

Bibliography .... (346)

Index .... (366)

Postscript .... (372)

导　　论

第一节　中国现当代文学在德语世界传播的历史叙述

一　从联邦德国时期的一本鲁迅文集说起

1972 年 11 月，28 岁的西德作家布赫（Hans Christoph Buch）为他编译成德语的鲁迅作品集《论雷峰塔的倒掉：中国文学与革命文选》（*Der Einsturz der Lei-feng-Pagoda：Essays über Literatur und Revolution in China*）写下后记，把鲁迅同当时西欧左翼思潮席卷下最受敬重的社会型知识分子相比较，鲁迅身上"朴实无华的辩证精神"同德国剧作家布莱希特相似，而他那"犀利的反讽，自发的唯物主义观"，以及"对抗深延至中国 20 世纪社会的中世纪封建残余的斗争"，又同 18 世纪欧洲启蒙主义者、长于讽刺论争与文艺理论的德国作家莱辛与主持编撰百科全书的法国思想家狄德罗相似。[①] 可以说，集"杂文家、小说家、批评家、教育家、社会活动家、宣传者"和翻译家于一身的鲁迅，符合这位西欧知识青年心目中理想现代知识分子的全部标准。同时，西欧 1968 年学生抗议运动之后，"文革"中期的中国得到左翼知识分子的高调认可，被视作共产主义的革命

---

① Hans Christoph Buch, "Nachwort", in Lu Xun, *Der Einsturz der Lei-feng-Pagode：Essays über Literatur und Revolution in China*, Reinbek bei Hamburg：Rowohlt, 1973, S. 196.

榜样和"具体的乌托邦"①。此时的鲁迅作为文学革命家和五四运动的启蒙先驱，是以中国最重要的文学和政治实践者的形象出现于欧洲社会的。因此，对于布赫这样的"1968一代"的德国青年而言，鲁迅身上不仅闪烁着欧洲知识分子的传统光芒，还绽放着"欧洲思想史上无可比拟"的特殊华彩，或许也能够为逐渐陷入困境的西德知识界照亮一个现实的出口。②

不难看出，布赫对鲁迅高度评价的背后伏藏着西德知识界在抗议运动后期的政治诉求。倡导政治实践的西方马克思主义批判理论在20世纪60年代的西德一度盛行，到了20世纪70年代随着左翼社会力量的不断极端化而逐渐式微。对资本主义的批判出现了本土范式的缺失，亟须外来力量推动新的反思。布赫特别指出了鲁迅对西方资本主义社会弊端与封建传统糟粕同样不遗余力的批判："他不仅抨击封建孔教，指控其将文盲大众束缚于迷信愚昧的牢笼，也批判依循西方模式的资产阶级改革派，提出其体制性的虚妄。"③ 鲁迅在二三十年代认识到的西方资产阶级社会体制中的虚妄，是布赫等西德青年在四十年之后亲身经历的；而他们眼前更大的虚妄却来自对前一种虚妄的反抗，即左翼社会主义在激进化中的瓦解。同鲁迅一样，布赫一代西德知识分子在冷战中期面对的是绝望与虚妄的辩证，是对美国模式和苏联模式双重批判之间的无地彷徨。或许正因为在

---

① "具体的乌托邦"说法首先由德国马克思主义哲学家恩斯特·布洛赫（Ernst Bloch）提出，主要指通过工人运动实现共产主义社会变革的可能。1973年西德出版的一本书即以《中国：具体的乌托邦》为题，参见 Peter Kunze, *China. Die konkrete Utopie*, München: Nymphenburger, 1973；关于西德对"文革"时期中国认识的起因与变化，参见［德］屈汉斯《1968年的抗议运动、毛泽东思想和西德的汉学》，［德］马汉茂、［德］汉雅娜等主编《德国汉学：历史、发展、人物与视角》，大象出版社2005年版，第322—323页（以下只标注《德国汉学》及其页码，不标注其他信息）。

② 本书所引用的德语文献的中译，除特别注明外，均为笔者所译。

③ Hans Christoph Buch, "Nachwort", in Lu Xun, *Der Einsturz der Lei-feng-Pagode: Essays über Literatur und Revolution in China*, Reinbek bei Hamburg: Rowohlt, 1973, S. 196.

异域知识界看到了这种相通性，不懂中文的年轻博士生布赫在1973年坚持出版了后来成为联邦德国境内最有影响力的鲁迅德译选集，也是当时西德地区除了1955年卡尔莫（Joseph Kalmer）翻译的选集《漫长的旅程》（*Die Reiseist Lang*）外唯一一本德译鲁迅文集。布赫从杨宪益和戴乃迭（Gladys Yang）英译的四卷本《鲁迅选集》中选择作品，并参考意大利语和俄语版本翻译成德语，再请人对照中文逐句审阅。布赫承认这本书无法达到翻译和汉学的学术水准，引用鲁迅曾经反驳梁实秋等人对"硬译"的批评——鲁迅用日语转译俄语和德语著作的例子，对当时未能自觉承担起翻译任务的德语汉学家们不无指责。[①] 无论如何，相似的境地带来了跨语种文化智识阶层对鲁迅的认同，也留下了中德现代文学交流史上的重要篇章。

不难看出，德语界关注中国现代文学的目光其实附随着知识界面朝远东的守望。事实上，从20世纪初始至今，新文学在德语世界的传播与接受一直伴随着德语知识界与中国文学建立对话场域的愿景。虽然这里说的德语"知识界"包括以德国为中心的整个德语汉学界，但主导文学交流的"知识分子"并不一定是汉学家。正如不懂汉语的布赫在书中讽刺"继续装作'文革'从未发生过"[②] 的西德汉学家时所指出的，至少在20世纪70年代初期，尽管德国汉学往当代"中国学"方向不断拓展跨学科研究广度，但在文学研究领域依然存在着崇奉古典、边缘白话的现象。这种状况主要同中国现当代文学与德国汉学学科不成熟而又近乎共时的发展相关。20世纪最初三十年，德语汉学初步从19世纪以耶稣传教会和政治外交为主动力的"前汉学"（Protosinologie），过渡到了游走于政治、经济和

[①] Hans Christoph Buch, "Nachwort", in Lu Xun, *Der Einsturz der Lei-feng-Pagode: Essays über Literatur und Revolution in China*, Reinbek bei Hamburg: Rowohlt, 1973, S. 212.

[②] Hans Christoph Buch, "Nachwort", in Lu Xun, *Der Einsturz der Lei-feng-Pagode: Essays über Literatur und Revolution in China*, Reinbek bei Hamburg: Rowohlt, 1973, S. 213.

传统文化研究的汉学学术共同体。① 在此之前，汉学在德语区与传教士、外交官和商人的职业应用密不可分。1897 年，德意志第二帝国占领胶州湾，"从时尚到文学"，全方位实施文化霸权政策，向中国输出德国政治宗教文化的同时，也重视汉学、方志学、植物学等对迅速发展这块殖民地直接有利的学科，大力培养通晓中国语言文化的学术人才。② 这个时期到访过中国的汉学家，很多都成为 20 世纪德国各汉学研究中心的奠基人。比如后来翻译了大量中国哲学经典的著名汉学家卫礼贤（Richard Wilhelm），就是 1899 年作为传教士来到青岛殖民地的。1909 年，曾经同样作为外交翻译官到过中国的汉学家福兰阁（Otto Franke）在汉堡获得德国历史上第一个汉学教职席位，标志着汉学在德国作为一门独立学科的起点。第一次世界大战结束，五四新文学刚刚起步，德国汉学在争取学术独立和学科建设的道路上同样处于肇始阶段，重视的是传统的古典学研究，自然不会将同时代的中国新文学列入研究正统。于是，一直到魏玛共和国（1919—1933）结束都很少有新文学作家作品受到汉学家的关注，更不用说被译介出版了。根据 1997 年梅茨勒（Metzler）出版社发行、由沃尔夫冈·勒西希（Wolfgang Rössig）主编的《世界文学德译著作目录》记载，第一本被翻译成德语并作为单行本发行的中国现代文学作品，是鸳鸯蝴蝶派作家海上说梦人所撰的小说《歇浦潮》（*Fräulein Chang*），出版于 1931 年；第一部 "五四" 新文学作品的德译本是茅盾的《子夜》（*Schanghai im Zwielicht*，直译为"暮光中的上海"），在中文出版后的第六年（1938 年）由德累斯顿的海涅出版社（Heyne Verlag）发行。③ 这两部以上海为故事背景的作品的德译本，

---

① 王维江：《20 世纪德国的汉学研究》，《史林》2004 年第 5 期。
② Vgl. Mechthild Leutner, Klaus Mühlhahn (Hrsg.), *Deutsch-chinesische Beziehungen im 19. Jahrhundert: Mission und Wirtschaft in interkultureller Perspektive*, Münster, Hamburg, London: Lit, 2001, S. 284.
③ 参见第 7203 条, Wolfgang Rössig, *Literaturen der Welt in deutscher Übersetzung: Eine chronologische Bibliographie*, Stuttgart, Weimar: J. B. Metzler, 1997。

均出自著名的《红楼梦》德译者弗朗茨·库恩（Franz Kuhn）博士。

二 "二战"前后的现代文学交流

"二战"以前，德语地区对中国现代文学的了解极为有限。鲁迅几篇代表性的短篇小说在二三十年代已有了德语译文，但他的第一本德语版作品发行却是"二战"之后的事。相较而言，胡适在该时期德语知识界的名声和影响力要远远超过鲁迅。主要原因有两个：一是胡适对中国传统文化的整理和实证研究传播较广，比如20世纪20年代德国汉学圈广为流传他的《中国哲学史大纲》；二是他本人积极参与中西学术文化交流，比如1926年应卫礼贤之邀，在法兰克福以《中国的小说》为题发表演说。1932年，又被柏林普鲁士科学院选为通讯院士，获得了中德现代学术交流史上的一个重要席位。随之而来的便是德语区对胡适学者之外另一重文人社会身份的关注：中国新文学运动奠基人。实际上，胡适对新文学运动的贡献在20世纪20年代初的德语学界就已得到介绍和认可，[①] 但他作为文学革命的推动者和现代文学作家被德语界接受，应该是在成为柏林的普鲁士科学院通讯院士之后。1935年，胡适回顾新文学运动的《逼上梁山——文学革命的开始》一文由汉学家霍福民（Alfred Hoffmann）翻译，发表在《东亚舆论》（Ostasiatische Rundschau）上，向纳粹极权统治日渐扩张的德语世界介绍中国文学的现代化变革。值得一提的是，霍福民同年在《东亚舆论》上发表的译文还有鲁迅的短篇小说《孔乙己》。在德语世界动荡变革的年代，中国新文学在汉学圈经过零星的译介散播到惶恐不安的知识界——尽管这时期的传播者主要还是少数几位稍将目光转向现代的汉学学者，传播范围也止于以汉学界为核心、影响范围极为有限的德语文化圈。

---

① 汉学家叶乃度（Eduard Erkes）曾在20世纪20年代编的《中国文学》中两处提及胡适，具体参见范劲《20世纪二三十年代德国汉学对胡适的接受》，《文艺理论研究》2006年第3期。

唯一的例外要属"二战"前夕发行的德语区第一本中国新文学重要作品《子夜》。此前，从学院走向民间的译者库恩已凭借《红楼梦》《金瓶梅》等中国古典小说翻译在德语图书市场占据一席之地。《子夜》的译介始于这位民间汉译者与当时侨居德语区的中国知识分子的交流。库恩在《子夜》译本开篇简短的序言中明确说明，引起他对《子夜》关注的是当时日内瓦中国国际图书馆的馆长胡天石。① 胡天石是20世纪20年代的留德学生，1934年在瑞士创办中国国际图书馆后，库恩曾专程前往拜访。据胡天石回忆，库恩因翻译了《金瓶梅》等古典小说在德国有了名气，却被当时的旅德华侨指责翻译了"极其露骨的淫书……使西方各国人士对我国文学产生极其恶劣的印象"，来访时向胡天石诉苦。胡天石劝他翻译能够反映"当前中国社会现象和黑暗势力"的新文学，比如茅盾的《子夜》，并立即找出书借给他。尽管胡天石这篇回忆文章的叙述口吻相当官方，甚至多处与史实记录不符，但他向库恩推介并促成出版《子夜》——德语界翻译的第一本中国新文学长篇小说这个事实毋庸置疑。②

可以说，围绕《子夜》翻译的中德现代文学交流，是从库恩和胡天石两位共同经历黑暗历史年代、也同样处于两种文化之间的知识分子的个人交往开始的。不断恶化的政治环境中，《子夜》德译本的接受情况并没有太过不堪。据胡天石回忆，库恩后来写信告知这本书在德国发行情况很好，甚至"大有洛阳纸贵之风"③。这个说法固然有些夸张，但这本书的发行量确实可观：当年的发行量为4000册，1939年又加印了2000册。④ "二战"期间，虽然德国汉学研究

---

① ［德］库恩：《德文版〈子夜〉前记》，李岫编《茅盾文学在国外》，湖南人民出版社1984年版。

② 引文参见胡天石《〈子夜〉德译本忆谈》，《世界图书》1981年第9期。在胡天石的叙述中，库恩解释他此前选择翻译《金瓶梅》等作品的"错误"时"推托"说自己从未到过中国，显然与事实有较大出入。

③ 胡天石：《〈子夜〉德译本忆谈》，《世界图书》1981年第9期。

④ Hatto Kuhn, *Dr. Franz Kuhn (1884 – 1961): Lebensbeschreibung und Bibliographie seiner Werke*, Wiesbaden: Franz Steiner Verlag, 1980, S. 70.

表面上没有倒退，甚至因纳粹政府的资助而扩大了规模，但是大批优秀学者选择政治移民，迁居海外，整体学术水平陡然下降[①]；纳粹政府对以反封建革命为社会背景的中国现代文学也不无警戒。从译介记录来看，中国现代文学同德语地区的交流在这个时期基本上一片空白。继《子夜》之后，梅茨勒目录记载的第二本中国现代文学德译本是1947年从英文版转译的老舍小说《骆驼祥子》（*Rikschakuli*），由一家瑞士出版社发行。由于"二战"期间德国和奥地利境内恶劣的审查制度，德语世界的文化传播中心暂时性地转移到不受纳粹统治而相对自由开放的瑞士德语区。不仅大多数文学创作译本，连第一本德语版的中国现代文学史也于同一年在瑞士发行。这本文学史的作者是"二战"前夕就侨居英国的《大公报》驻欧记者萧乾，由后来第一本鲁迅著作的德译者、奥地利传奇文学经纪人卡尔莫（Josef Kalmer）翻译出版。卡尔莫同萧乾的个人交往大致始于"二战"期间。1938年，卡尔莫因犹太背景遭到纳粹政府的追捕迫害，在维也纳中国驻奥使馆官员的帮助下于1939年流亡到英国，开始了跨语种文学的出版生涯。流亡期间，卡尔莫已注意到萧乾在伦敦的中国现代文学系列讲座，而战后他翻译成德语的中国现代文学史就由萧乾的几篇讲稿组成。有关卡尔莫在德语区出版中国现代文学书籍的经历，瑞士汉学家冯铁（Raoul David Findeisen）曾在一篇文章中详加考证，他参考了不少卡尔莫私人档案馆里的生平材料，不仅考证了卡尔莫在德语界传播中国现代文学的经历，还对其翻译的鲁迅、茅盾和赵树理的原文进行了仔细分析。在文章的最后，冯铁总结道："卡尔莫的译文展现了出众的技艺，它为中国现代文学在德语区的接受史涂了一层持久的底色，尤其是在

[①] 有关"二战"期间德国汉学的历史，柯马丁（Martin Kern）的文章《德国汉学家在1933—1945年的迁移——重提一段被人遗忘的历史》比较完整地记录了汉学家向以美国为主的海外迁移，对德国汉学的发展造成了深远的负面影响；另还有舒欣的《汉学研究机构抑或舆论宣传的工具？——谈第三帝国时期位于上海的德国文化研究院的职能》也谈及该时期德国汉学机构的分化。两篇论文均收录于《德国汉学》。

德语界对作家鲁迅的认识和接受上。"①

冯铁对卡尔莫贡献的评价是基本准确的。卡尔莫的鲁迅译本1955年由西德共产党支持的进步出版社（Progress Verlag）发行——后来20世纪70年代布赫在他的鲁迅作品选中特意提到了这本具有先驱性的译作。事实上，在此之前，卡尔莫的另一本德译鲁迅选集也与萧乾的文学史同时在瑞士发行，在冯铁文中亦有提及，可惜冯铁没有继续考证挖掘这本1947年鲁迅选集在德语社会的影响力。1951年3月15日，德国《时代》周报（Die Zeit）上出现了卡尔莫翻译的一篇鲁迅短文《风筝》（Drachen），很可能是鲁迅作品第一次出现在面向德语大众的纸媒上。早在20世纪30年代，鲁迅作品的译文就开始陆续出现在德国期刊上。可是，这些期刊面向的是学术界，而且通常集中在东方学研究领域的汉学圈。相反，《时代》周报是当今德语世界最重要的报刊，读者群定位在以知识阶层为主的社会大众。《时代》周报"二战"结束后才在汉堡创刊，在20世纪50年代初期还没有今天这么庞大的读者群，但发行量也在四万五千多份左右，② 其影响力是当时寥寥几所大学东亚系订阅流传的汉学期刊无法比拟的。当然，在《时代》周报上发表的鲁迅作品只是卡尔莫在各种报刊上发表的文学翻译之一。作为文学经纪人，他从战前就开始向欧洲报刊推介外国文学译作以及关于异域生活的创作，流亡岁月中又于异乡重铸文学桥梁。在卡尔莫这样独立中介人的推动下，中国现代文学在德语界的传播范围从狭小的汉学学术圈渐渐扩至知识大众，迎来了战后的曙光。

然而，曙光中的相遇又是短暂的，因为这道光很快又分了岔。新中国成立的1949年，德国被划分为民主德国和联邦德国，成为苏

---

① Raoul D. Findeisen, "'I am a Sinologist and Expert…' The Translator Joseph Kalmer as a Propagator of New Literature", Studia Orientalia Slovaca, Vol. 10, 2011, p. 410.

② 当年具体发行量为45436（比较：2017年发行量达到505000册），该数据来源于德国发行统计局（IVW），援引自网站：http://meedia.de/2016/02/16/70-jahre-die-zeit-im-auflagenvergleich-durchbruch-in-den-60ern-auf-dem-gipfel-anfang-der-90er-und-jetzt/.

美冷战意识形态的战场。德语区内部的文化交流被划分东西德政治边界的墙宇所阻隔,中德现代文学的交往也从此分流。冷战前二十年,中国现代文学在德国的传播主要依循的是两个政治区域泾渭分明的文化政策。墙宇阻隔了文学书籍的流通,却无法阻断卡尔莫的文学代理工作。从1950年开始,卡尔莫的名字时常出现在东西德境内新的中国文学出版物上。虽然他主要的居所是在民主德国,翻译经营的也多是符合东德社会主义政治话语的作品,比如茅盾的后期创作和"普罗文学家"赵树理的代表作,但是在德语区传播中国新文学的过程中,这位奥地利的文学代理人超越了政治霸权强制划分的东西德国界限,用陌生的文学提醒他的同辈,至少在语言文化接受层面上,德语世界是一个不可轻易分割的整体。

三 政治浸染中的跨国文学传播

中德现代文学交流处于急剧变化的现代世界秩序之中,并始终同这种秩序以及秩序背后东西双方各自的社会政治状况形影相随。把舵文学交流的是不同历史时期两种语言文化之间的媒介个人,组合在一起可以看作一个跨文化的现代智识集体。东西德国分裂之后,这个智识集体也分道扬镳,或衔尾政治风向,抑或反抗逆行,却都在一定程度上为传入端的文学撒播(dissemination)烙上一层层更深的意识形态印记。卡尔莫迁至民主德国后翻译的几部中国文学作品就是符合苏联控制区社会主义意识形态的创作(如《李有才板话》),而他译介代理这些作品本身也顺应了民主德国成立以来交付汉学家实施的一项文化政策:将社会主义新中国的当代文学作品引进东德。① 与此同时,这场传播源头的中国文学生产环境也在进一步政治化。1942年延安文艺座谈会以后,文学创作的目的正式被设定

---

① Eva Müller, "Chinesische Literatur in der DDR", in Adrian Hsia und Sigfrid Hoefert (Hrsg.), *Fernöstliche Brückenschläge: Zu deutsch-chinesischen Literaturbeziehungen im 20. Jahrhundert*, Bern: Lang, 1991, S. 199.

为现实政治的需求，以至于新中国成立以后提出"当代文学"分期概念时用的也是一个意识形态性质的界定："现代文学"向"当代文学"过渡，是向为人民大众和政治革命服务的"社会主义文学"过渡。中国文学界和整个知识阶层卷入了一场大改造，文学格局和其中的作家群发生了"整体性更迭"[①]，文学经典化只剩下唯一的政治准绳。从创作到发行，五六十年代中国整个文学机制受到政治的浸染，主流文学作品大多是该机制下承载意识形态的文字产品，其对外输出也具有强烈的政治性。在意识形态相同或类似的海外地区，比如苏联控制下的东德，从中国"进口"这些能够反映社会主义政治意识形态的文学产品，可以视为一种冷战格局下政治同盟的文化姿态。1951年被苏联授予"斯大林文艺奖"的两部关于中国土地改革运动的小说，丁玲的《太阳照在桑干河上》和周立波的《暴风骤雨》，在获奖并正式跻身于苏联社会主义的文学阵营之后，立即于1952年和1953年由俄语转译为德语在东德发行。[②] 值得一提的是，同时期在东德还出版了另一部关于土改的作品：萧乾用英文发表在《人民中国》上的报告文学集《土地回老家》(*How the Tillers Win Back Their Land*)，由移居东柏林的奥地利记者、犹太左翼知识分子布鲁诺·海利希（Bruno Heillig）从英文译成德语，于1952年出版发行。这部作品能在东德得到近乎即时性的介绍，除了因为主题背景符合社会主义阵营的意识形态，可能也与萧乾此前的欧洲背景，以及卡尔莫译介之后在德语世界的名声有关。当然，从翻译的角度来看，语言可能是一个更为重要的因素。据汉学家梅薏华的调研记录，民主德国境内在20世纪50年代初发行的很多中国现代文学作品依然是从英文或俄文转译而来，萧乾这部作品以英文书写，确实能更容易也更快得到关注和译介。这个情况到20世纪50年代末就发生了

---

① 洪子诚：《中国当代文学史》，北京大学出版社2010年版，第29页。
② Eva Müller, "Chinesische Literatur in der DDR", in Adrian Hsia und Sigfrid Hoefert (Hrsg.), *Fernöstliche Brückenschläge: Zu deutsch-chinesischen Literaturbeziehungen im 20. Jahrhundert*, Bern: Lang, 1991, S. 205.

转变。民主德国自成立起就开始往中国派遣留学生，十年间成长起来一批有较好现代汉语基础和中国现代文学研究热忱的汉学家，开始承担起直接翻译与研究中国现代文学的任务。因此，尽管中苏关系从1956年开始逐渐恶化，民主德国的中国现代文学传播热度并没有立即降温。梅薏华在文中特别指出这时期的成果是一本1959年为纪念新中国成立十周年出版的文选《三月雪花》（*Märzschneeblüten*），选编了鲁迅、茅盾、老舍、巴金、柔石等作家的作品。

  有意思的是，代表世界政治格局另一极的西德境内，中国现代文学的传播和接受情况与政治时局的关联并不亚于民主德国。在冷战的最初十年，联邦德国鲜有中国现代文学译著出版，报刊上发表译文也不算常见。之前说的卡尔莫译著和在《时代》周刊上的译文属于少数，而且出版刊登的作品也是出自1949年以前的重要作家。尽管西德境内的中国现代文学传播没有东德那样昭然若揭的政治规范，战后西德知识分子对当代中国与中国文学自发的关注并非全无政治诉求。事实上，20世纪60年代初开始，西德文化界就对所谓的"纯文学"（Belletristik）产生了质疑，越来越注重文学的社会政治意义——这种对文学社会政治功能的要求到1968年学生运动时期达到了顶峰，以战后精英文学团体四七社的解散为标志。四七社是联邦德国战后最重要的文学社团，由一批享有社会盛名又有一定政治诉求的现代德国作家组成，包括至今仍活跃于德国文艺知识界的著名诗人恩岑斯贝格（Hans Magnus Enzensberger）。[①] 20世纪70年代编译鲁迅文集的知识青年布赫，从十九岁起就作为青年作者同属于四七社，曾受恩岑斯贝格等文学前辈的影响，与之有一些文学交集。1968年，由恩岑斯贝格主编，苏尔坎普（Suhrkamp）出版社发行的文学杂志《时刻表》（*Kursbuch*）第15期发表了四篇鲁迅德译文，都是鲁迅在20世纪30年代以前写的关于政治革命与文学关系的杂文。

---

  ① 关于德国四七社详细的历史介绍和论述，参见［德］赫尔伯特·伯蒂格《四七社：当德国文学书写历史时》，张晏、马剑译，东方出版中心2017年版。

除此之外，该期杂志还发表了约阿西姆·席克尔（Joachim Schickel）的《中国：文化革命中的文学》（"China. Kultur Revolution Literatur"），简单介绍了中国"文革"前后的文学状况。显然，最迟到了学生运动时期，也就是中国"文革"开始的两年后，中国现代文学在联邦德国知识阶层得到了较为广泛的关注——尽管他们关注"文学"，其实是关注文学背后承载的社会政治意蕴。随着左翼学生运动的退潮，以及其极端化尾声的上演，西德知识界对中国现代"文学"（社会政治）的关注和接受也发生了变化。1972年5月，西德左翼恐怖主义组织红军派（RAF）对德国两个美军驻点发动了第一次恐怖袭击，引起了知识界对矫枉过正的"后资本主义批判"的反思。这种反思也体现在对1968年西德的中国"文学"热的矫正上。布赫在编译鲁迅文集的时候，虽然几乎原封不动地收录了翻译发表在《时刻表》上的四篇鲁迅杂文，但他特别指出了原来介绍文字中"对中国政府官方的裁判过于机械化的接受"。[1] 为此，布赫并没有将这本杂志视为译介鲁迅和中国现代文学的可靠来源，而是将一本同样出版于1968年的意大利语版《伪自由书》（*La falsa liberta*）当作能够对鲁迅进行"有区分性的辩证的判断"的范本。显然，布赫译介鲁迅是秉承着同样的判断标准，以纠正西德左翼青年对中国当代文学没有"区分性"的狂热和缺乏"辩证性"的政治接受。

然而，布赫对西德教条主义者的批判并没有脱离"文革"的政治语境。在另一篇写于20世纪70年代初的文章结尾，布赫选用了毛泽东在延安文艺座谈会上维护文艺作品艺术性和政治性的名言，呼吁进行"文艺问题上两条战线斗争"。[2] 作为"六八一代"的知识分子，布赫虽然反对摒弃文学的审美独立性，但也坚信文学的政治能

---

[1] Hans Christoph Buch, "Nachwort", in Lu Xun, *Der Einsturz der Lei-feng-Pagode: Essays über Literatur und Revolution in China*, Reinbek bei Hamburg: Rowohlt, 1973, S. 212.

[2] Hans Christoph Buch, *Kritische Wälder: Essays, Kritiken, Glossen*, Reinbek bei Hamburg: Rowohlt, 1972, S. 87.

量，对新中国成立以来主导文艺界的革命文学主张大体上是赞同的。"文革"期间，中国文学与社会动态都是经过政治过滤传输到西德，布赫等德国知识分子在此时期对中国文学的传播、接受和评判就同他们对"文革"本身的认识一样，不可避免地夹杂着20世纪60年代政治滤镜的碎片。抵制西德政权背后美国主导的资本主义，也就意味着向另一个阵营的偏至，即对"文革"的理想化。用"文革"后期来到中国，试图通过文学来寻找"真实"中国的一名出版人吴福冈（Wolfgang Schwiedrzik）的话来说，这是出自对"中国"这个"因不同于被修正主义腐蚀的东德与苏联而闪闪发光的形象"[①]的政治向往。

1972年末，中国与联邦德国建立外交关系，同奥地利也已建交一年，双方知识界渐渐恢复了一些个人往来，文学交流的形式和内容也逐渐增多。"文革"最后几年，每年都有西德和奥地利的汉学学生到中国留学，其中不少人后来成为当今德语区传播中国现当代文学重要的汉学家。1976年"四人帮"倒台，政治左倾的西德知识界受到了巨大的冲击，亟须重新拼合他们心目中忽然破裂的完美的红色"中国"形象。[②] 西德知识界开始重新审视此前政治趋同的文学目光，以纠正对中国与文学"中国"形象的误读。这种纠正本身依然带有浓重的政治色彩，但引发的则是急剧增升的对中国的文学需求。20世纪80年代，西德汉学界翻译研究中国现当代文学进入最为活跃的时期，中国现当代文学在德语界的传播急剧上升。据国内学者最新统计，这十年间中国现代文学德语译著数量过百，远远超过此前所有中国现代文学德译本数量的总和。[③] 一些著名的德国汉学家，如马汉茂和顾彬，在这个时期也对

[①] Wolfgang M. Schwiedrzik, "Vorwort", in *Literaturfrühling in China? Gespräche mit chinesischen Schriftstellern*, Köln: Prometh, 1980, S. 21.

[②] Vgl. Wolfgang M. Schwiedrzik, "Vorwort", in *Literaturfrühling in China? Gespräche mit chinesischen Schriftstellern*, Köln: Prometh, 1980, S. 22.

[③] 孙国亮、李斌：《中国现当代文学在德国的译介研究概述》，《文艺争鸣》2017年第10期。

最新的中国文学创作，特别是反思"文革"的作品进行了大量的、即时的编译与研究。1979年以后，在开放的文化政策下，当代文学的海外传播越来越受到重视。中德文人的互访交流逐渐频繁，越来越多的中国当代作家前往德国（主要是西德），参加各个大学汉学系和其他文化组织举办的文学活动，如报告、朗诵会和文学节等。尽管20世纪80年代中期中国文学创作从内容和形式开始转向，新的审美标准和写作资源冲淡了政治浸染的印痕，但由于德语读者的文学期待依然同西德知识界从文学中探寻真实"中国"的愿望大体重合，中德现代文学交流没有褪去太多的政治染色。等到1989年两德统一，德国知识界对中国时政的激烈批判波及文学交流。中国现当代文学德译本数量从20世纪90年代初期开始逐年下滑，文学传播过程中政治化的审美选择一直持续至今。

四　命运之年：1972年

中德现代文学交流的政治性，与其说是官方政治的折射，不如说是知识分子在时序变换中通过异域文学接受来传递的政治表达。纵观20世纪中国现代文学在德语世界的传播史，无论是起初围绕汉学圈的学术交流、战争年岁的文学守望，还是意识形态路径分叉的理想化政治接受，每一场文学相遇都以德语世界知识分子同其身处远东的同行们交流的愿望为背景，处处可见他们对具有文化与政治双重异域性的现代中国的好奇与向往。这份对未知异域的向往，或许是西方传统在现代式微下的文化"出逃"（Flucht）①，或许也是当今西方对现代中国文化"误读"的开端，却始终推动着两个世界之

---

① 郎格以几位20世纪的德国诗人、哲学家、思想家与他们的中国接受为例，提出现代西方世界将中国作为一个从传统西方个人主义文化的"出逃地"（Fluchtort）。参见 Thomas Lange, "China: Fluchtort vor dem Europäischen Individualismus, Über ein philosophischens und literarisches Motiv der zwanziger Jahre", in Adrian Hsia u. Sigfrid Hoefert (Hrsg.), *Fernöstliche Brückenschläge: Zu deutsch-chinesischen Literaturbeziehungen im 20. Jahrhundert*, 1992: 49–76.

间的文学传播。以上所述大体可以反映德语国家知识界的守望如何助推了中国现当代文学的传播。随着新世纪的到来，传播媒介的变革带来了实时便捷的跨国信息传播，以传递信息为目的的异域文学交流需求逐渐减少。然而，加速的信息传播路径可能意味着另一种跨文化现实的失真，亦需要文学真实的填补。

值得强调的是，这段中德文学交流历程体现了三个方面的历史特征。首先，文学交流基于"共同"的经验。从20世纪20年代在学术上有共同追求的卫礼贤和胡适，到共同经历战争时代的库恩和胡天石、卡尔莫和萧乾，再到战后从鲁迅的文字里找到共同追求的布赫，现实和精神上共同的经历引导着中德知识个体的相遇，最终促成了中国现代文学的传播。其次，中国现代文学史与20世纪德国汉学学科发展史大体平行，德语汉学界对新文学的关注、研究和译介传播也随着学科和新文学本身的发展逐渐走向成熟。主导中国现代文学传播的知识界虽然绝不仅仅限于从事中国研究的学者，但确实在很大程度上依赖于本身就在变化发展中的汉学圈。最后，德语知识界对政治时局的接受情况直接影响到其对现代中国和"中国"文学形象的接受。因而，中国现代文学在德语世界的传播与接受始终伴随着20世纪世界秩序的发展，与中德外交关系、双方文化政策，以及全球政治格局紧密相连。

基于以上三个方面，特别是文学跨国传播和国际政治时局的关联，中德现代文学交流史上有一个关键时间点尤其不容疏忽：1972年中西外交关系的转折。1972年初尼克松访华，冷战形势急转，紧随而来的就是十月份中国与联邦德国的建交。西德和中国文化界重拾在战后被政策阻隔的联系：西德留学生通过官方项目前往中国，双方智识阶层交流日趋频繁。自此，对古代文学典籍和左翼运动宣传册中的"中国"的"去神秘化"开始了——首先通过对中国现代文学逐年递增的译介和传播。与此同时，中西关系的复苏刺激到民主德国政府，使其内部对华文化政策一改20世纪60年代中苏交恶以来的冷淡，在同年正式恢复学院内的当代中国学研究工作，其中自然也包括了同时期的文学研究。① 在这个被称作"命运之年"的转折点，集中了冷战时期苏美两大阵营意识形态的东西德，对正处"文革"转折期的中国表现出文学交流的期求，在某种程度上也可以看作中国现当代文学汇入世界和"世界文学"进程中的一个关键点。1972年以后，中国现当代文学在德语世界的传播与接受一方面依循20世纪新文学发生以来的三个特征，围绕着双方知识界共同的诉求、德国汉学圈的聚焦和政治时局的变迁，另一方面因为双方文化学术界不断增多的联系、日新月异的文学传播形式、整体文学机制的变革等等出现了新的形态。这些文学交流形态即是本书重点考察的对象。

第二节　中国现当代文学在德语世界传播的研究状况

目前来看，中国现当代文学在德语地区的传播与接受研究仍处于初步发展阶段。在时间上，这项研究的发展与其研究主体的发展大致同步，而研究者和研究主体也出现一定重合。1972年以来，中德文学交流逐渐增多，出现了一些德国汉学家关于文学译介和文学交流的记录与回顾。20世纪80年代，中国现当代文学经历了历史性转折，系乎时序的全球文学气候下，染乎世情的中国文学创作得到世界的关注，20世纪文学海外传播研究也进入了"世界文学"语境。20世纪90年代初，中国现当代文学的德语译介逐渐趋于成熟，将此作为中西文学交流课题的研究逐年递增。新世纪以来，尤其是"走出去"战略重点扩展至文化层面的十多年来，关于中国现当代文

---

① 费路（Roland Felber）将民主德国的当代中国学研究分为三个阶段，第二阶段就是从1972年中德外交关系确立之后到改革开放进程的开始，民主德国在这时期也恢复了对当代中国情况的研究兴趣。参见［德］费路《民主德国的当代中国研究》，《德国汉学》，第286—302页。

学"海外传播"的研究层出迭现。2012年,莫言获得诺贝尔文学奖,中国当代文学的世界影响力明显提升,再次涌现了大批涉及文学海外传播的讨论,其中不少是有关德语国家中国文学传播情况的探讨。

一 国内研究情况

就国内而言,大多数研究以单篇论文形式发表,或者作为章节收录于各类文集。不少研究者将德语地区的传播状况作为中西文学交流的一部分,比如杨四平[①]在有关现代中国文学海外传播与接受的论著中,将德语世界的接受情况穿插在发现理论、历史脉络、地区差异等章节的讨论中。此外,部分涵盖德语圈的研究将20世纪中国文学放在纵向的文学传播史里来考察,比如《20世纪国外中国文学研究》[②]里按区域划分的小部分章节,再如《中国文学在德国》[③]中现代文学的部分。国内学者倾向于将此类文学传播视为一种全球视野下的文学现象,考察其内在情况,着眼点在于中国现当代文学的"世界化"问题,涉及中国文学如何"走出去"等文化战略层面的命题。

目前为止,国内系统性的研究专著只有一本,即谢淼根据2009年博士论文扩充后付梓的《德国汉学视野下中国当代文学的译介与研究》[④]。谢淼以德国汉学对中国当代文学的关注和接受为轴心,对1949年以来的中国文学在德国译介和研究情况做了较为详尽的介绍。作者清晰地勾勒出德国汉学现状与中国当代文学研究译介的关联,

---

① 杨四平:《跨文化的对话与想象:现代中国文学海外传播与接受》,东方出版中心2014年版。
② 夏康达、王晓平主编:《二十世纪国外中国文学研究》,天津人民出版社2000年版。
③ 曹卫东:《中国文学在德国》,花城出版社2002年版。
④ 谢淼:《德国汉学视野下中国当代文学的译介与研究》,南京大学出版社2016年版。

其论述以罗列为主，某些章节类似资料汇编。另外，谢淼提及了中国文学在德译介传播形态中一些重要特征。比如，作者应是在德国汉学家雷丹（Christina Neder）的启发下注意到中国当代文学在德国的翻译介绍"处在一个综合作用的复合体当中"，除了涉及主要来自大学体系内的汉学研究者和体系外的民间译介者，还有"主编、出版商、出版许可证管理人员、文学代理商、书商，最后还包括批评家、文学评论撰稿人和文学理论家"。① 在作者的研究中有不少对这些复合层面内容的描述。最后，该书包括了不少此前国内没有的基础德语材料，也运用了德国汉学家的研究成果，其中大部分历史叙述都以德语汉学研究为主要参考文献，特别是 2005 年大象出版社翻译出版的德国汉学家论文集《德国汉学：历史、发展、人物与视角》收录的论文。以上提到的关于"复合体"论点，还有关于 1968 年欧洲学生运动和汉学的论述等均取材于这本论文集里的文章。② 总体来看，这本专著以介绍为主，对基础材料进行了整理，在材料处理和对个别作家德译作品的分析上具有一定的参考价值。

由于谢淼其他几篇发表在学术期刊上的单篇研究文章都出自专著的不同章节，单篇论文和专著内容大致相同。③ 其中比较有参考价值的是一篇处理基础资料的论文《学院与民间：中国当代文学在德国的两种译介渠道》，大略等同于专著的第一章《中国当代文学在德

---

① 谢淼：《德国汉学视野下中国当代文学的译介与研究》，南京大学出版社 2016 年版，第 90 页；参见雷丹（Christina Neder）《对异者的接受还是对自我的观照？：对中国文学作品的德语翻译的历史性量化分析》，李双志译，《德国汉学》，第 589 页。

② 参见［德］屈汉斯《1968 年的抗议运动、毛泽东思想和西德的汉学》，《德国汉学》，第 317—342 页，以及谢淼《1968 年抗议运动与德国汉学对中国当代文学的关注》第四章第二节。

③ 这些相关文章分别是：《译介背后的意识形态、时代潮流与文化场域——中国当代文学在两德译介的迥异状况》，《比较文学与世界文学》2014 年第 2 期；《学院与民间：中国当代文学在德国的两种译介渠道》，《中国文学研究》2010 年第 3 期；《政治事件对于德国汉学发展的影响》，《中国文学研究》2015 年第 1 期；《新时期文学在德国的传播与德国的中国形象建构》，《中国现代文学研究丛刊》2012 年第 2 期。

国的译介者与研究者》。作者将中国当代文学在德国的传播渠道分为围绕汉学学术研究的"学院"路径和以自由译者为中心、市场及各类机构作用形成的"民间"路径。这样的分类大体是可取的，虽然两种渠道的界限大多数时候并不清晰。在该书其他章节中，作者补充列举出了两个体系内部更多的相关人物和机构，并加上了"学院"和"民间"两个体系的"独立运作与交叉互动"。这个结论比之前单篇论文中"学院—民间"的简单二分归纳要准确很多，推导分析过程中也有一些重要的例证资料。

近年来文献资料比较充分的单篇研究成果要属上海外国语大学的孙国亮和李斌在 2017 年底发表的《中国现当代文学在德国的译介研究概述》。这项宏观量化研究包括了 1949 年以来，尤其是近三十年来中国现当代文学作品的德译版本统计，并以此展开从定量到定性的分析，乃至文学接受历史框架的勾画。文章数据主要来源于波鸿鲁尔大学卫礼贤翻译中心和德国图书销售交易协会（DVB）这两个常用的数据库，在数据处理方面比较成功，有一目了然的图表和较为清晰的分析。然而，也恰恰因为强调量化的数据根基，这篇论文在得出"译介数量尚且有限，文学审美本质差距较大"这个结论时，未能纳入更多涉及文本的区分性论证；同时，文章中一些根据数据而来的推断有待进一步讨论，比如用德译数量在 20 世纪 90 年代之后持续增长这个事实来淡化政治因素对文学传播的影响，就有待进一步讨论。

相比之下，北京外国语大学德语系冯小冰和王建斌的论文《中国当代小说在德语国家的译介回顾》虽然统计范围更小，集中在"小说"这一文学类型的译介，但有更强的批判力。文章梳理了1978 年到 2013 年基于卫礼贤翻译中心和德国《东亚文学杂志》两大数据库的中国当代小说德译信息，对译介载体按照报纸、杂志和文集、单行本三类进行了区分。这种区分方式比简单的译本/译文分类处理更科学，而将以"报纸"为代表的大众媒介纳入文学海外传播研究也显示出研究者新颖的视角。最后，作者也在量化分析中得出了强调"文学性"接受标准的结论：不同译介周期内的重要德译小说大都也是中国同时期具有代表性的文学作品，即因其"文学价值"而得以译介的小说。①

在不同的路径和不同的细节偏差下，针对当代文学德语译介情况的宏观量化研究得出了相反的结论：前者指出作品的文学性对其在德国得到译介的影响微乎其微，后者则看到了当代小说德译"从'非文学'到文学的回归"。且不谈结论的孰是孰非，两篇文章都从不同角度对中国当代文学在德国传播的基本情况（即翻译篇目）进行了总结整理，也列举了不少相似的数据事实，为进一步研究提供了较好的基础文献。至于德译中国当代文学审美性因素的讨论，本书在每一章中都有所涉及，但不会拘泥于探究"文学还是社会""审美还是政治"之类非此即彼的问题。

除了宏观的量化研究，中国学者还有一些专题研究值得注意。首先是针对单个作家作品译介和接受的梳理，包括鲁迅、莫言、苏童、阎连科、贾平凹等，其中莫言作品的德译研究还有一本博士学位论文专著。② 这些探究大多比较细致，包括了从译介信息罗列到译本对比，再到德国文学评论和媒体接受评论等多方面的梳理。鲁迅在德语世界的传播情况，在王家平的《鲁迅域外百年传播史》和张杰的《鲁迅：域外的接近与接受》这两本著作里得到过比较详细的梳理，近年来也有单篇文章陆续出现，但在信息和阐释上都没有太大的突破。相较而言，以当代作家译介为专题的探索更有创新，也更为深入。陈民在他对苏童作品的德译研究中正确地指出了译本分析对文学传播研究的重要性，在充分阐述文本外部因

---

① 冯小冰、王建斌：《中国当代小说在德语国家的译介回顾》，《中国翻译》2017年第5期。

② 即崔涛涛2015年在德国出版的博士学位论文《在文化间铸建文学桥梁——中国诺贝尔文学奖获得者莫言在德国》，见 Cui Taotao, *Ein literarischer Brückenbauer zwischen den Kulturen. Der chinesische Literaturnobelpreisträger Mo Yan in Deutschland：Werke, Übersetzungen und Kritik*, Würzburg：Königshausen und Neumann, 2015.

素对译介的影响之外，对苏童几本小说的德语翻译技巧和策略也进行了比照讨论。① 此外，他将德国大众媒体的文学评论、苏童小说德译本宣传标语、影视文本互动，以及作家赴德交流事件等都囊括到跨国文学接受的讨论当中，勾画出一个清晰完整的作家接受图。同样，毕晶晶注意到了《法兰克福日报》《时代周报》《南德意志日报》等几大报纸的著名文艺时评版面（Feuilleton）对阎连科作品的讨论，以及广播电台对作家的介绍，可见作者是在了解德国文学机制的前提下研究阎连科作品在德国接受的。② 张世胜就贾平凹德译情况的论文虽然以资料梳理为主，但也考虑到了德国大众文学批评这个值得重视的维度。③

值得一提的是，关于苏童、贾平凹还有莫言在德接受④的几篇论文都是发表于《小说评论》近年开设的"小说译介与传播研究"专栏，可以视作近年来当代文学海外传播成果分享的一个平台。该专栏还发表有针对作家群接受情况的研究。在《新时期中国女性作家在德语世界的译介与接受》一文中，赵亘整理了1979年以来女性作家作为群体在德国出版和发表的情况，并对此进行了分析。作者敏锐地注意到德国不同出版社的出版策略各有千秋，与之对应的则是对中国女性作家不同程度的兴趣。⑤ 鉴于当今德语区文学传播的主要媒介还是纸质出版物，多样的出版策略确乎一个尤为值得挖掘的角度。另外，同样是从单个作家出发的译介研究，熊鹰的论文路径则带有批判研究的色彩。文章将莫言在英语圈和德语圈的传播与接受看作"世界文学"的一种"现象"，通过对莫言作品的主题、叙述和社会意义

---

① 陈民：《苏童在德国的译介与阐释》，《小说评论》2014年第5期。
② 毕晶晶：《阎连科作品在德译介与接受初探》，《安徽文学》2015年第10期。
③ 张世胜：《贾平凹作品在德语国家的译介情况》，《小说评论》2017年第3期。
④ 崔涛涛：《德译本〈蛙〉：莫言在德国的"正名"之作》，《小说评论》2017年第1期。
⑤ 赵亘：《新时期中国女性作家在德语世界的译介与接受》，《小说评论》2017年第5期。

与西方文学传统的比照,揭示了世界文学市场下跨国文学传播对作品原有思想性的消解。[①] 文学翻译和传播的政治经济学是当代文学海外传播研究的重要部分,包括对市场、社会、政治和整体文学环境的考察,在之前列举的论文中虽有提及,但像这样专门深入的分析并不多。总体来看,"中国现当代文学在德语世界"这个课题在国内缺少专门的系统研究,分类研究虽然愈发多样,但大部分侧重于跨文化传播中的文学"输出",在内容和方法上都还有较大的拓展空间。

二 德语区研究情况

近三十年来涉猎这项研究的学者除了致力于比较文学和海外传播研究的国内学者,还有本身就参与了中国现当代文学在德语世界引介的德语汉学家。几乎所有从事此项研究的德语地区的学者都是同时兼顾翻译、研究与传播中国现当代文学的汉学家。其中比较突出的一位是20世纪80年代致力于推介新时期中国文学的汉学家马汉茂(Helmut Martin),他在推介中国现当代文学的同时也一直重视对传播本身的反思和研究,其成果包括了数篇关于译介实践的文章,以及一部反思德国汉学发展和现代中国关系的论文集。这本论文集就是之前已多处提及的《德国汉学:历史、发展、人物与视角》,集结了1997年在柏林举办的第八届德国汉学协会(Deutsche Vereinigung für Chinastudien)年会上的报告,由李雪涛等于2005年译成中文。其中,雷丹(Christina Neder)和汉雅娜(Christiane Hammer)对现当代文学在德国传播情况进行了比较宏观的历史分析;坎鹏(Thomas Kampen)、费路(Roland Felber)、尹虹(Irmtraud Fessen-Henjes)、梅薏华(Eva Müller)的论文都写到了民主德国汉学视野下中国文学的接受情况;屈汉斯(Hans Kühner)的《1968年的抗议运动、毛泽东思想和西德的汉学》则是联邦德国对现当代中国文学

[①] 熊鹰:《当莫言的作品成为"世界文学"时——对英语及德语圈里"莫言现象"的考察与分析》,《山东社会科学》2014年第3期。

政治性接受的一个缩影。克劳斯·米尔汉（Klaus Mühlhahn）对德国汉学研究的历史叙述作了高屋建瓴的理论分析，指出异文化学术研究和文化转移过程中有一个"想象"的主体。从事文学翻译工作的司马涛（Thomas Zimmer）从汉德翻译的实践问题出发探讨文学传播走势。① 没有收录在中译本里的还有这一届汉学年会上瑞士汉学家冯铁（Raoul David Findeisen）与奥地利（现居英国）的傅熊（Bernhard Führer）对各自所属的两个同为德语区国家的汉学发展所做的报告，可视作德国以外德语地区中国现当代文学传播的基础研究资料。② 这两位汉学家在译介传播的研究领域也有颇多成果，在第一节中已提及冯铁对中国现代文学早期在德语世界的翻译与传播进行过专门的史料搜集和考证，比如鲁迅作品德语译本的考证。傅熊为奥地利汉学家群体写过专著，对汉学界翻译研究中国文学的情况做了详细的梳理和评价。③

1997 年德国汉学年会的主题唤起了汉学界对自身学科发展史的反思，从而出现了这些有关中国现当代文学在德传播的初步研究成果。在此之前，1994 年以"中国思想在德国的传播与接受"为主题的年会上，刚刚完成邓友梅、陆文夫、王蒙和王朔作品译本的德国翻译家高立希（Ulrich Kautz）已从自身经验和观察出发探讨了"中国现代文学为何难以进入德国图书市场"这个问题。④ 而下一届

---

① 可以同司马涛在第二年年会上的报告放在一起参考，详见 Thomas Zimmer, "Das China-Bild der 'Insider' Kontinuität und Wandel in der Wahrnehmung des 'erlebten' China durch Auswanderer, Erlebnishungrige und Forscher im 20. Jahrhundert", *Bochumer Jahrbuch zur Ostasienforschung* 25（2001）：S. 275 – 288.

② Bernhard Führer und Hanno Lecher, "Die Entwicklung der Chinawissenschaften in Österreich", Raoul David Findeisen, "Zwischen Goethe und den Banken-Über das Woher und Wohin schweizerischer China-Forschung", http：//www.dvcs.eu/jahrestagungen.html.

③ ［奥］傅熊：《忘与亡：奥地利汉学史》，华东师范大学出版社 2011 年版。

④ Ulrich Kautz, "Warum die moderne chinesische Literatur es auf dem deutschen Büchermarkt schwer hat", 5. Jahrestagung（29.10.1994）"Rezeption und Vermittlung chinesischen Gedankenguts in Deutschland", http：//www.dvcs.eu/jahrestagungen.html.

1998年的汉学年会以"中国翻译"为题，也为新文学的德译实践者提供了译介交流的平台。老舍的德译者尹虹就她翻译《四世同堂》的实践进行了汇报，后来从事流行文学翻译和创作的洪素珊（Susanne Hornfeck）讨论了德国出版社短暂的"中国"热。这些既是中国现当代文学在德传播的反思性研究成果，也是文学中介人现身说法，对传播实践的叙述，作为二手文献参考的同时还可以作为一手资料来展开深入的探索。

以上这些报告大体可以代表德国汉学界中国现当代文学传播研究的情况。我们可以看到，这些研究成果虽然材料准确充分，但都是小型专题，主要来自实践者的叙述，罕有系统性的宏观研究，这方面与国内研究状况类似。同时，相较于比较活跃的20世纪90年代，近二十年来德国汉学年会上的报告鲜有对此领域的回顾和讨论，具有时效性的文献寥若晨星。

除此之外，还有不少德国汉学家在自己翻译和研究工作中对文学传播进行了反思，最为中国学者和大众熟知的是德国波恩大学著名汉学家顾彬（Wolfgang Kubin）。作为六卷本德语版《鲁迅文集》的主要编译者和《20世纪中国文学史》的作者，顾彬是海外汉学界译介和研究中国现当代文学最重要的人物之一，有关中德现代文学交流的总体研究很少有避开他的讨论。而他自己从经验到理论的传播实践研究，如关于中德诗作的翻译理论，以及联系海外现代汉学发展史对中国现代文学史的思考，都可以作为传播研究重要的参考文献。德语界对文学传播进行过研究性反思的学者还有卜松山（Karl Heinz Pohl）、施寒微（Helwig Schmidt-Glintzer）、葛柳南（Fritz Gruner）、艾默力（Reinhard Emmerich）、瓦格纳（Rudolf G. Wagner）、魏格林（Susanne Weigelin-Schwiedrzik）、李夏德（Richard Trappl）等。这些汉学家多数从属于大学的汉学研究机构，也是德语区中西跨文化交流活动积极的参与者。来自汉学家的声音重新审读了输出空间的接受史，也为这项研究提供了多样的视角。

最后应当一提的是顾彬教授主编的十卷本《中国文学史》（Geschichte der Chinesischen Literater）的第八卷题为《中国文学作品德译目录》，由北京外国语大学的李雪涛教授负责，即将出版。① 这个目录将包括中国现当代文学作品的德译情况，有望成为第一个相对完整的基础目录。现有的目录都较为零散，仅限于研究者个人资料搜集中注意到的作家作品，比如崔涛涛和谢淼的附录列表，还有萧红作品的德译者金如诗（Ruth Keen）在1985年整理的被翻译成德语的现当代作家生平信息和德译作品目录。② 鉴于顾彬和李雪涛策划的完整目录还在编排当中，笔者在本书中采用了自己整理的中国现当代作家作品德译目录。该目录参考上述几位学者的整理，采集了德国卫礼贤翻译中心数据库的条目，并加入个人在德国和奥地利访学时先后从柏林市立图书馆、慕尼黑巴伐利亚州立图书馆、维也纳大学图书馆、法兰克福大学图书馆和科隆大学图书馆搜集参阅的书目，附在本书的最后，以供参考。

第三节　问题和方法

基于以上的梳理，本书关于"中国现当代文学在德语世界"的研究，将体现出几个特点。

首先，挖掘丰富庞杂的第一手文献，已有研究虽进行过材料的搜集整理，但普遍缺少系统性。这里的一手文献指的是中国现当代文学在德语世界传播和接受的各种记录，以及中德知识分子围绕现

---

① 顾彬与笔者的交谈中曾经谈及这个屡次拖延的计划。参见本书附录三《中国现当代文学翻译与出版的困境——顾彬访谈》，以及德古伊特出版社网页上的信息 https：//www.degruyter.com/view/product/28445。

② 金如诗整理的目录收录在顾彬1985年主编的《中国现代文学论文集》当中，详见 Ruth Keen, "Deutsch-und englischsprachige Sekundäre Literatur zur modernen chinesischen Literatur-Eine Auswahl", in Wolfgang Kubin（Hrsg.）*Moderne Chinesische Literatur*, Frankfurt：Suhrkamp, 1985, S. 487 – 489.

当代文学的交流材料。这些文献包括译著标题、德语译者和引介人士所撰序跋、作品宣传、作者简介、期刊通告、封面标语、媒体报道等被法国文学理论家热内特（Gérard Genette）称为"副文本"（Paratext）的资料，还有汉学研究、创作评论、作家出访日记、人物访谈、文学活动记录等其他围绕文学交流和接受的文本外的材料。[①] 这些资料目前都处于零散的状态，连最基本的译作目录都没有一个接近完整的版本；同时，目前的研究以量化研究和翻译分析为主，序跋和译作介绍等对文学传播和接受研究至关重要的"副文本"没有得到足够重视。针对"为什么译介特定作家特定作品"这样的问题，仅仅罗列作者被译介的作品是不够的，很多时候却能在宣传标语和译者序跋里找到答案。因此，笔者将在本书中进一步挖掘一手文献，尤其是对"副文本"的充分收集和利用。

其次，本书较为开放的历史时间框架，研究对象是至今为止中国现当代文学在德语世界的交流情况。它既是一项历史研究，也注重实时探索；既需宏观的历史眼光，也依赖微观的时空聚焦。因此，笔者选择放弃按照时序性的历史时期划分章节，而是注重传播实践和实践的历史感，将这一特定文学传播放在世界文学的历史视域内作为一个实践性的整体来加以处理和讨论。

再次，将文学传播视作一个整体来考察，也意味着本书在方法论上不仅要超越历史时间的分隔，还要跳出"输入—中介—输出"的传播学研究模式。这种模式大体上跟随结构功能主义的路径，重视关键的传播环节，旨在回答几个基本的问题：谁在传播中国现当代文学？什么形式和内容的文学被传播？通过什么渠道传播？德语

---

① 热内特将文本分为五类：intertexte, paratexte, metatexte, hypertexte, architext，其中 paratexte，也就是副文本指的是"围绕文学作品的整体环境内的元素，包括标题、副标题、中间标题；前言、后序、读者提示、导言等等，旁注、脚注、备注、箴言；插画；内容简介；扉页、封面，以及其他各类附加的字体符号等等，可看作它为文本环境的布置"。参见 Gérard Genette, *Palimpsestes：La littérature au second degré*, Paris: édition du Seuil, 1983, pp. 4 - 8.

世界里有谁在接受？文学传播产生了怎么样的影响？现有研究对这五个问题都有不同程度的回应，本书中的叙述也会对这些问题有所呈现。然而，如第一节中重点说明的，本书考察的对象不仅是自东向西的文学传播，更是一种基于共同的、事件性的、中德双方互动的文学交流。由于跨文化文学传播的各个环节都受到交流双方不同人物角色、社会政治环境、文化媒体事件等影响，在整体考察时，只有把这些不同方面的相关因素整理铺陈，才可能较为全面地勾画出中德当代文学交流的历史和现实面貌。因此，我将选择多角度叙述的方法，通过考察德语区知识分子的"中国"形象塑建、德语作家对中国文学的接受和改写、德语区文学机制和中国作家在德身份接受这几个方面来展现并分析中国现当代文学在德语区的传播情况。

  通过全景式重现的研究路径，笔者将跨国文学交流视为一个整体，也将中国现当代文学的在德传播视为文学交流历史全景里的一部分，与其他历史阶段有着延续性的关联。第一节中提出20世纪以来中德文学交流史上的三个主要变因——知识界的诉求、德国汉学的发展和政治时局的变迁——位于文学传播的中心。延续这三个因素，笔者将在第一章中聚焦德语国家的知识分子群体，从他们同政治生活紧密相连的文学理想出发，探讨冷战中后期（1968年到两德统一期间）东西德知识界对中国的文学守望，兼论汉学家在这一群体中扮演的角色。这一章延续历史叙述的方法，重点整理分析该时期在德语知识界得以引介的中国现当代文学作品文本、"副文本"和其他的文学交流材料。西德知识分子在1968年达到顶峰的社会使命感，渗透了他们对异域文化的接受，以至于20世纪70年代的知识阶层依旧试图从政治化的中国当代文学中汲取革命材料，塑造他们心目中的理想"中国"形象。借助文学来塑造异国形象的愿望，在"文革"结束后的几年内转变为对"塑造"本身的否定，以及对同样寄托于文学的、对"真实"的渴望。这种转变与民主德国沉默的同人泾渭分明，却又不无联系。

  这一时期，东西德作家对中国现当代文学作品的接受也出现了新的创造性的形态。在本书的第二章，笔者将深入细读当代德语文学中有代表性的两个与中国现代文学有互文关系的接受文本，分别来自民主德国和联邦德国的两位重要作家。东德剧作家克里斯托夫·海因（Christoph Hein）和西德文学家恩岑斯贝格大致在同一时期（1983年和1978年）分别完成了对鲁迅两篇作品的改写创作，可以视作来自不同政治意识形态阵营的两位德语文学家对中国现代文学的互文性接受与二次传播。通过把两个德语接受文本分别同作者参照的鲁迅原文并置比较，笔者试图勾画海因和恩岑斯贝格对鲁迅原作的诗学承接，考察两个文本从艺术结构、文学审美以及内容主旨等方面对原文本的改造，以分析这两位作家是如何把他们对鲁迅作品的解读，与他们所处的两种社会下不同的文学诉求相融于这种跨文化互文创作之中。

如果说中国现当代文学的在德传播受到了德语国家知识分子政治理想和文学宏愿的促动，那么这种意愿的"促动"一定也得到了行动上的、基于体制的推助。从这一点来看，东西德知识界在70、80年代迥异的中国文学传播情况就无法笼统地用"政治分野"的概念来解释了。"二战"以后，西德引入美国出版制度，东德则出现了苏联模式下的文学机构。两德统一以后，德国出版界的版权体系也更向美国市场靠拢，"文学代理"等市场化的角色屡见不鲜。本书的第三章将围绕德语地区20世纪70年代以来的文学机制，在整体文学环境和传播机制的视野下探讨中国文学的在德传播。这里的文学机制事实上就是上一节提到的汉学家雷丹所形容的"复杂的综合体"，其内部深受德国中产阶级教养公民（Bildungsbürgertum）传统的影响，在外则表现为各种人物、机构和市场设置的相互作用。

在面向市场大众的德语文学机制下，得到译介传播的中国文学同时也置身于一个具有政治参与意义和当代性社会要求的公众舆论空间。文学作品的接受很多时候也是对作者个人立场的圈定，甚至是对作家身份象征的构建。在这个过程中，中国作家不仅承载着文学文本在德语社会的流传，他们个人的社会生活和政治立场也会作为与其文学生产密不可分的形象表征，进入德语公共领域的接受视域。本书的最后一部分，将把视线移到文学交流中被对象化的个人，选取两位以不同身份形象在德语地区得到传播与接受的中国作家，探索德语汉学接受和公共文学讨论中对中国作家身份结构的形塑，以及中国现当代文学在德接受范式相应的分野。笔者将尝试回答：不同类型的中国作家是如何得到汉学家、汉学圈外的知识分子的接受的？个人的文学身份和文学交流在何种程度上影响着德国文学机制下中国文学作品的传播和接受？德语文学公共领域的接受主体是因循怎样的文化逻辑和文学标准审视中国作家和作品的？

最后，这项以全景式阐述为主要方法的研究也要求对原始材料的重视。除了数据和副文本材料，本书也加入一手访谈文件，包括来自这段文学交流历程中各角度相关人员的直接回应。在不同章节的讨论中，笔者将穿插引用本人在德国、奥地利及中国对相关人物的访谈，以及一些书面的询问记录，原始材料将作为附录放在本书最后以供参考。在见证者们的纷纭众说中，跨文化的文学环境、文学个人和文学作品休戚相关；在这幅即将展开的全景图里，我们或许也能隐约看到一个共同的、闪烁着光芒的文学交流的时代。

第 一 章

通向现实与"真实"：
冷战后期知识界的文学守望

在有关20世纪中德文学交流的讨论中，不管是经验性的历史叙述还是数字化的量化分析，都提到中国文学在德国传播和接受的两个高潮：20世纪20年代和20世纪80年代。这两个年代的文学交流，一方面德国社会从"自我观照"出发，对政治时局骤变的异者社会产生兴趣，受此影响，中国文学传播迅速升温[①]；另一方面又与中国社会变革冲击下两次知识分子启蒙意识的文学觉醒重合：20世纪70年代末开始的文学复苏正是一场朝向1919年"五四"新文学的精神回归。本土文学的苏醒也重新唤起了中外文学交流的黄金时代，特别是通讯传媒等跨国交流途径日趋发达，也促进了中外文学交流的深入。就中国现当代文学而言，这十年间在德语区发行的译作数量超过此前"五四"以来所有新文学德译数量的总和。[②] 同时，由于1978年开始的对外开放政策一定程度上简化了跨国文学交流所需的个人交往和机构之间的联系，20世纪80年代从一开始就颇多中德文学圈的交集，对于已经建立外交关系的中国和联邦德国来说尤

[①] ［德］雷丹：《对异者的接受还是对自我的观照？：对中国文学作品的德语翻译的历史性量化分析》，《德国汉学》，大象出版社2005年版，第589页。

[②] 孙国亮、李斌：《中国现当代文学在德国的译介研究概述》，《文艺争鸣》2017年第10期。

其如此。从译介出版到作家互访，中国和西德双方知识文化界在整个 20 世纪 80 年代都有持续的、双向的、涉及当代文学生产和接受的文学传播，正式告别了此前依赖于官方外交和游走于两种文化之间的个别媒介人的交流岁月。

然而，如果说 20 世纪 80 年代来自国内的交流热情主要出于知识分子精英意识的复苏——在十年甚至更久的封闭和沉默之后，中国作家的任务不再是紧靠政治改造的准绳从事文学，而是重新联结几乎已经断裂的、以西方启蒙主义为参照的"五四"新文学传统——那么，此时德国朝向中国的文学目光只是零星地投向了 20 世纪 80 年代文学所承接的启蒙传统，更多的恰恰聚焦于这个传统的"断裂"。对于此前过于理想化地塑造"红色"中国形象以至于盲目美化"文革"的西德知识界来说，亟须了解以"去神秘化"的并不是中国文学的复苏和发展进程，而是文学中"真实"的新中国社会。相较于从新闻报道里获取更多打着意识形态标签的"中国"信息，直接阅读来自中国当下的文学是更好的重新认识"真实"中国的方式：

> 如果不读巴尔扎克或左拉的作品，我们就不可能清楚地认识 19 世纪后半期第二帝国时期的法国。那么，在我看来，如果不阅读鲁迅、巴金、茅盾和其他中国现代作家的作品，我们也同样无法准确地理解本世纪前半叶，尤其是 1911 年到 1949 年的中国。不了解这一段历史，我们也就无法了解 1949 年以后的中国；而相似地，如果不阅读 1949 年以后中国文学，我们也无从遑论真正了解社会主义新中国。[①]

这段话摘自西德出版人吴福冈（Wolfgang Schwiedrzik）1980 年在德国发行的一本中国作家访谈实录《文学的春天？》。带着对文学

---

① Wolfgang Schwiedrzik, "Vorwort", in *Literaturfrühling in China？: Gespräche mit chinesischen Schriftstellern*, Köln: Prometh, 1980, S. 24.

传递历史现实的期待，吴福冈于1978年来到中国，从北京国营书店购买了大量中国现代文学书籍。在一名西德留华学生（后来成为他夫人的汉学教授魏格林，现任维也纳大学汉学系主任）的帮助下，他陆续采访了茅盾、巴金、丁玲、艾青、杨沫几位刚刚得到平反的中国作家，还有在20世纪70年代用笔名"龚成"发表了公安小说《红石口》的作家杨子敏和崔道怡，以及当时刚发表了《班主任》的青年作家刘心武。作为所谓的"六八一代"知识青年，吴福冈曾对西欧20世纪60年代起塑造的红色中国的革命理想形象深信不疑。而在这个形象破裂之际，他试图用这本实录传递回德语世界的，是藏在文学现实里一隅"真实"的中国，一些"对中国陌生的特质以及中国知识分子处境的印象"。[1] 正如汉学家吕福克（Volker Klöpsch）在《时代》（*Die Zeit*）周报上的评论所说，这本书"激烈地驳斥了被欧洲主流政治传播所约束的、对文学的肤浅的理解，也攻击了那些在官方意识形态主导下传递中国形象的机构"[2]。

吴福冈对文学通向"真实"的坚信，以及通过个人文学交流来"驳斥"此前意识形态误读的愿望，在这个时期的联邦德国知识界并非罕见。在他出版访谈实录的同年，代表德国知识分子精英文化的苏尔坎普出版社首次发行了中国现当代文学德译合集《中国现代短篇小说集》（*Moderne Chinesische Literatur*），以1949年为界划分为上下两卷。[3] 很明显，以德语区主流知识界为目标读者群的苏尔坎普出

---

[1] Wolfgang Schwiedrzik, "Vorwort" in *Literaturfrühling in China?: Gespräche mit chinesischen Schriftstellern*, Köln: Prometh, 1980, S. 25.

[2] Volker Klöpsch, "Literaturfrühling in China? Wolfgang Schwiedrzik: 'Gespräche mit Schriftstellern'", In *Die Zeit*, 1980 (37). https://www.zeit.de/1980/37/literaturfruehling-in-china, 2021.

[3] 上卷题为《迎接春天》，吕福克和普塔克主编，Vgl. Volker Klöpsch, Roderich Ptak (Hrsg.), *Hoffnung auf Frühling: Moderne chinesische Erzählungen*, Erster Band 1919 bis 1949, Suhrkamp, 1980; 下卷题为《百花》，顾彬主编，Vgl. Wolfgang Kubin (Hrsg.), *Hundert Blumen: Moderne chinesische Erzählungen*, Zweiter Band 1949 bis 1979, Frankfurt: Suhrkamp, 1980.

版社此时关注中国现当代文学,已不再是 20 世纪 60 年代末革命狂热余温下的选择。选择同汉学家合作出版这套选集是将专业学术精神和理性认知放在首位,试图相对客观全面地引介中国现当代文学史上具有代表性的作品,以纠正此前既偏离了文学亦背离了真实的"中国"想象。至于德国知识界的引介是否成功将偏离的轨道重新扳回历史现实和文学"真实",则需通过对这个时期传播情况的考察和交流文本的分析阐释,结合文学接受理论来具体评估。

在此背景下,这一章主要考察的对象就是两德统一以前,德语区知识分子对中国现当代文学的引介与接受。联邦德国和民主德国对中国现当代文学接受的历史情况将放在冷战后期的政治语境下进行整体梳理。由于冷战后期东西两德传播中国文学的主导群体并不相同,对这段接受史的叙述,笔者也将重点从不同的接受群体——联邦德国的左翼知识分子和民主德国的汉学家——出发分别进行相应的考察。除了历史叙述和基于数据的量化分析,笔者将择取该历史时期几个不同阶段译介到德语区的重要的现当代文学作品,以及中德文学交流的记录材料,通过翻译、标题、后记、发表平台、期刊广告等围绕作品的文学"副文本"来考察德国知识界对中国的文学守望。这些"副文本"中包括了东西德知识界对中国现当代文学的阐释性和评价性反应,将其放置在冷战后期政治时局和文化思潮中进行分析,应能大致勾勒出德国知识分子的社会责任和文学反思是如何掌舵该时期中国现代文学的在德传播和接受。

第一节 联邦德国知识分子的中国情结

一 现代中国形象的双重异域化

1972 年 10 月 11 日,联邦德国副总理兼外交部部长瓦尔特·谢尔(Walter Scheel)访华,在北京同中国外交部部长、前中国驻德意志民主共和国大使姬鹏飞代表两国政府签署中德建交公报。在谢尔访华的西德代表团中，一名《南德意志日报》的记者编辑彼得·昆策（Peter Kuntze）记录了此次中国"亲历"，作为序言收录到次年出版的关于新中国的普及读物《中国：具体的乌托邦》（*China. Die konkrete Utopie*）。这本书从中国学习苏联模式写起，列举了毛泽东思想指导下中国无产阶级改造的实例，最后对"文革"前期的中国和"无产阶级专政"的政治实践作了肯定性的评判。在导论中，昆策开宗明义地写道，他试图将中国看作一种对西方世界具有启发性的"思维方式"（Denkmodell）。在这种思维方式下，苏联修正主义模式的社会构架中一些"根深蒂固的问题"显而易见。探索中国"如何坚持无产阶级民主和民主集体主义的斗争"便成为了对中国"思维方式"的深入、归根结底就是如何发展马克思主义"新人类"的讨论。[1]

尽管到过中国，此时的昆策对"中国"社会的认知与解读依然停留在1968年抗议运动时期的"红色"想象。《中国：具体的乌托邦》里的"中国"形象与他此前基于政治文件和官方资料写成的报告《东方红：中国的文化革命》（*Der Osten ist rot. Die Kulturrevolution in China*，1968）中的形象相差无几；即便在"文革"结束之后，昆策笔下的中国仍然是那个从新闻报道、政治理论、官方文件还有他在中国时配合访问的某个农民口中获取的信息中提炼出来的理想异邦，一个由大量"事实"虚构出来的、具体的乌托邦。"文革"思维正是他强调能够启发西方的"中国思维"的集中体现，仍应得到借鉴。同这一时期西欧普遍的"中国"书写一样，昆策对"中国"形象的构建将中国放在苏联的对立面，突出的是它不同于西方，并且"更加"不同于苏联的政治形态。这样的"中国"评述无疑充溢着冷战后期的意识形态，是将对等同于苏联的"东方"的否定倾注到对另一个以中国为代表的"东方"的美化当中。

这样一个处处烙有冷战意识形态印记的"中国"形象，在1968年前后的西德得到了主流知识界的接受。一方面，学生运动中的道

---

[1] Peter Kuntze, *China. Die konkrete Utopie*, München: Nymphburger, 1973, S. 22.

义反抗，还有反对越南战争的反美情绪，要求人们重塑美国意识形态宣传中的中国形象，使其完全对立于西方资本主义消费社会；另一方面，20世纪50年代末中苏交恶，直至1969年珍宝岛事件之后中苏关系进一步恶化，中国在国际社会的形象不仅对立于美国资本主义，也与苏联修正主义下的政党意识划清了界限。与此同时，20世纪60年代末西德勃兰特政府新出台的"东德政策"将两德统一正式提上议程。对西德大众来说，苏联政府是镇压民主德国的内部抗议，阻碍两德统一的敌对方，是引领东德追随修正主义而偏离革命路线的罪魁祸首。在昆策等人看来，独立于冷战两极之外的中国有望打破美国和苏联的霸权格局，理应得到持续的认同。昆策的中国系列读物从20世纪60年代末到20世纪70年代都有较好的受众。虽然也有学者批评《中国：具体的乌托邦》的内容失误，质疑昆策对中国的过度美化，但评论者对新中国的社会主义形态总体上还是多有褒词，称之为"当下全球最平等的社会主义模式"。[①] 可以说，"中国"形象在20世纪70年代的西德首先是延续了1968年抗议运动对"文化革命"形式的借用和想象，处于一种冷战时期特有的政治异域化之中：一个在意识形态上同时"异"于苏美两极，也当然"异"于本土的政治体。

这种政治异域化与西方自古以来对中国异域风情式的文化想象相叠加，也就形成了此时西德大众普遍接受的现代"中国"形象的双重异域性。对政治和文化（审美）双重异域化的理解，是深入讨论中国现当代文学在德传播与接受的前提。因为无论是择取文本译介，还是评述作家作品，德语接受者的目光始终紧紧包围的是"20世纪变革中的中国社会"这块"异质"的文学素材。19世纪后半叶

[①] M. Y. Cho, "Wer ist der bessere Marxist?", in *Die Zeit*, 24. 08. 1973. 相似的观点普遍存在于当时德国知识界，比如抗议运动时期法兰克福学派的马尔库塞（Herbert Marcuse）也称中国的社会主义是目前世界上"最接近卡尔·马克思意义上的社会主义"。Vgl. "Interview der mexikanischen Zeitung 'Excelsior'", März 1972, zitiert nach Kuntze, *China. Die konkrete Utopie*, S. 28.

殖民背景下对中国的"他者"化，伴随着中国在德语世界以文化异域为主的形象构建，依赖于汉学学者执迷古典风雅文化的研究，以及德语作家在欧洲现代主义危机中对东方的向往。文化异域形象在"二战"之后逐渐被一种"敌对"式的政治异域化覆盖，却在1949到1968年间从"红色恐怖"到"红色崇拜"的政治话语转向中被另一种"寄托"式的政治异域化取代，并在抗议运动之后愈演愈烈。屈汉斯在叙述此时西德汉学变革时这样写道：

> 在1969和1970年以及之后的时间里，抗议运动的一部分参与者有意识地、公开地把自己和中国的革命榜样等同起来，并且把原来的反权威的动机都掩埋了。如果说早期的学生运动对中国知之不多，而且也对中国鲜有兴趣，只是借用了文化革命的形式，那么后来人们对中国的认同又有两种先决条件，即毁灭冷战时期被妖魔化的中国形象和把中国重新说成是"具体的乌托邦"，说成是西方物化的和异化的消费社会的对立形象。①

这种在1968年以后加剧的中国认同，或者说加剧的"寄托式"政治异域化有一个最大的特点，即从一切来自中国的文本材料中汲取文化革命的灵感，包括文学文本。1968年5月，西德左翼文学期刊《时刻表》（Kursbuch）第15期收录了四篇鲁迅杂文译本。这几篇译本就是这种政治异域化推动新文学在德传播最重要的实例，也是理解20世纪70年代及之后"中国"形象和中国现当代文学在德传播与接受的关键线索。

二 "政治扫盲"：《时刻表》中的鲁迅选译

应当注意到的是，鲁迅作品通过西德知识分子刊物《时刻表》

---

① ［德］屈汉斯：《1968年的抗议运动、毛泽东思想和西德的汉学》，《德国汉学》，大象出版社2005年版，第323页。

的传播，不同于此前在德语世界所有的引介情况——不管是 20 世纪 20 年代学术文本中的鲁迅研究介绍、20 世纪 30 年代德国东亚学期刊上发表的小说翻译、20 世纪 50 年代初在大众报纸上的出现的散文，还是几次小范围内作品集的付印。《时刻表》在学生运动时期的西德知识界具有任何其他出版物无法比拟的影响力，并且在 1968 年成为议会外反对党（APO）主导学运的重要话语阵地，也因此大幅提升了发行量。收录鲁迅作品的这一期出版于"五月风暴"之后的 11 月，正值杂志发行量稳定到五万册巅峰之时。[①] 同期发表的还有毛泽东 1965 年写的《水调歌头·重上井冈山》，这首词当时尚未在中国发表；后面还附有译者席克尔（Joachim Schickel）联系中国革命历史对这首诗的解析，全文饱含着作者对远东革命英雄领袖的崇拜。[②] 但这一期《时刻表》最为特殊的还是最后的压轴之作，作为主编的德国著名诗人恩岑斯贝格宣布"文学之死"（Tod der Literatur），主张深入文学政治化和作家"政治扫盲"（politische Alphabetisierung）的著名杂文《当代文学的共同地》（"Gemeinplätze, die Neueste Literatur betreffend"）。

如果将恩岑斯贝格写在该期杂志末尾（也是 1968 年年末）的宣言看作一种编者按，那么我们就不难解释在重头专栏引介鲁迅和中国文化革命文学的清晰意图：通过带有政治启迪性的世界文学作品，展开一场西德知识界的"政治扫盲"——一场首先针对知识分子作家这些"扫盲者的扫盲"（alphabetisierung der Alphabetisierer）。文章末尾，恩岑斯贝格这样宣布他的设想：

[①] 该数据资料参考 2017 年出版的德国波恩大学历史系博士学位论文：Kristof Niese, "*Vademekum*" *der Protestbewegung？：Transnationale Vermittlung durch das Kursbuch von 1965 bis 1975*, Baden-Baden：Nomo, 2017, S. 646.

[②] 席克尔在这篇诗歌介绍赏析里将"久有凌云志，重上井冈山"理解为毛泽东将中国革命引领到"巅峰"的宏伟志向，还将这位"上九天揽月"的革命领袖比作人类取火种的"中国的普罗米修斯"。详见 Mao Tse-tung, "Ein unveröffentliches Gedicht", in *Kursbuch* 15, 1968, S. 129–130.

德国的政治扫盲是一项宏大的工程。如同所有此类项目，它自然需要从扫盲者的扫盲开始。光是这个开始就是一个漫长而繁琐的过程。长远来看，这个项目必须基于一个互相的原则。只有那些能够不断地向自己的授教对象学习的人才能胜任这个计划。顺便一提，这一点正是这个工程最得人心的地方。一名作家原本只能同自己对话，如今却突然感受到了一种批判性的相互作用，一种读者和作者之间的交流反馈，一种作为纯文学写作者做梦也想不到的情景。以往，作家只能看到那些令人生厌的评论，企图证明他从第二本到第三本书大有希望地进步了，但第四本又如何生硬如何令人失望；而现在，他看到了修正、对抗、斥责、反证……一言以蔽之，他的创作有了后果（Folgen）。①

毋庸置疑，恩岑斯贝格设想中的"政治扫盲"就是一场政治化的作家改造：作者需要直面自己的读者大众，直面作品的社会效应和政治影响，也因此需要思忖着"后果"进行创作。暂且不论"政治扫盲"概念本身的问题，恩岑斯贝格和《时刻表》其他编者按写作时间顺序选择编排鲁迅的四篇关于"文学与革命"的文章，不管从内容还是话语修辞上来看都是极为成功的"扫盲"工具。从形式上来看，这四篇文章都含有较强的对话性和鼓动性。除了最后一篇《非革命的急进革命论者》（1930），其他三篇都是在特定情形下有特定目标受众的文章。首篇《革命时代的文学》（1927）是鲁迅在黄埔军校的演讲，以演说者带些自我调侃的一句"我呢，自然倒愿意听听大炮的声音，仿佛觉得大炮的声音或者比文学的声音要好听得多似的"结尾，只留给他的听众——真正为革命战斗的"捏枪的

---

① Hans Magnus Enzensberger, "Gemeinplätze, die Neueste Literatur betreffend", *Kursbuch* 15, 1968, S. 197.

诸君"一个建议：不要佩服文学。① 这里，鲁迅带有演说修辞性的文人自嘲与恩岑斯贝格准备宣布的"文学之死"在内容和表达上都有契合之处。鲁迅将大炮和文学并置来否定文人多有自诩的文学"伟力"，恩岑斯贝格则通过"文学之死"的隐喻来暗示在社会动荡时期文学的孱弱无力，以及刻意同政治社会撇清关联的"纯文学"的不可能。②

相似的观点也出现在后三篇以焊接文艺追求和社会理想为主旨的文章当中。《文艺与政治的歧途》（1927）本是鲁迅在上海暨南大学的演讲，这个演说文本的设定和外部环境都接近1968年西德知识界普遍的一个场景：包括恩岑斯贝格在内的许多知识分子纷纷走上公众讲台，支持年轻学生参与运动，反抗权威。③ 事实上，20世纪20年代末这场极有说服力的演说几乎可以完全适用于20世纪60年代末的西德。在鲁迅的演说中，文艺与政治的歧途正是文艺与革命的同一，因为与需要"维持现状"的政治相反，革命和文艺都"不安于现状"。④ 这里，"政治"指的是统治者的政治权威，"革命"则

---

① 鲁迅：《革命时代的文学》，《鲁迅全集》第3卷，人民文学出版社2005年版，第423页；德语译文参见Lu Hsün, "Vier Schriften über Literatur und Revolution", übs. v. Peter-Anton von Arnim, *Kursbuch* 15, S. 24.

② 参见恩岑斯贝格对"文学之死"隐喻的解释，以及对新的文学社会性标准："那些把文学当作纯艺术来创作的人并不会被驳斥，但他也再也无法理所当然地创作了。"Enzensberger, "Gemeinplätze, die Neueste Literatur betreffend", *Kursbuch* 15, S. 188, S. 195.

③ 比较著名的知识分子演说者包括阿多诺、哈贝马斯等为抗议运动提供理论支持的哲学家，作家里有马丁·瓦尔泽（Martin Walser）、彼得·魏斯（Peter Weiss）等刚解散的四七社成员；恩岑斯贝格在1968年《紧急状态法》出台之前一次电视转播的公开讨论中表达了自己对抗和支持抗议的立场。这段时期频繁出现在公众面前的恩岑斯贝格被德国研究六八学运的历史学家克劳斯哈尔称为"临时活动家"（zeitweiliger Aktivist）。Vgl. Wolfgang Kraushaar, "Vexierbild: Hans Magnus Enzensberger im Jahre 1968", in *mittelweg 36* 5 (2009), S. 70, zitiert nach Kristof Niese, "*Vademekum*" der Protestbewegung?, S. 242.

④ 鲁迅：《文艺与政治的歧途》，《鲁迅全集》第7卷，人民文学出版社2005年版，第113页；德语译文参见Lu Hsün, *Kursbuch* 15, S. 25.

源自个人的政治理想,同"文艺"一样,指向的是个人的社会追求。因此,"政治"区别于"革命"恰如"众数"有别于"个人"——即便是通过所谓"民主"制度产生的政权,它还是会为了维护权威现状而排斥个人呼声;相反,"感觉灵敏"的文学家无法安于一成不变的政治权威,因为他们比常人更为敏锐地感觉到在这个政权统治下的社会问题,从而往往和革命者一起站在统治者的对立面。这番逻辑清晰并且不太深奥的文艺革命理论放到五十年之后,在提倡知识分子参与抗议、要求文学走向社会革命的西德,可以说是恰当其时。同时,鲁迅讲稿的措辞和论调虽然总体上还是保持着冷峻的清醒,但也不乏倾溢情感的激扬宣语:

> 现在的文艺,就在写我们自己的社会,连我们自己也写进去;在小说里可以发见社会,也可以发见我们自己;以前的文艺,如隔岸观火,没有什么切身关系;现在的文艺,连自己也要烧在这里面,自己一定深深感觉到;一到自己感觉到,一定要参加到社会去![1]

这里,鲁迅将"以前"的文艺和"现在"的文艺并置以凸显革命时代文学的社会参与性和政治效应,与前一段引文里恩岑斯贝格设想中"政治扫盲"前后的文学状况如出一辙。无论在20世纪20年代末的中国还是20世纪60年代末的联邦德国,这样的演说文字都能够唤起年轻知识分子对个人与社会理想的追求,都足以打动文学爱好者思考甚至接受"为人生"也为革命的文艺观,激励他们参与社会、投身革命的热情。

《时刻表》选择的另一篇译文是鲁迅给一名回应这篇演讲中的文艺观点的大学生冬芬的回信《文艺与革命》(1928),依然是对话性

---

[1] 鲁迅:《文艺与政治的歧途》,《鲁迅全集》第7卷,人民文学出版社2005年版,第118页;德语译文参见 Lu Hsün, *Kursbuch* 15, S. 31.

的文本，话语对象也依然是知识青年。学生在来信中质疑"民众文艺""借文艺以革命"等说法，坚持艺术本身独立于社会之外的价值。在回信里，鲁迅没有反驳学生对中国文艺界力捧"民众文学"现象的批评，倒是顺应着驳斥了文艺批评界随意地将革命斗争作为评判文学各种"尺"度之一的情况，再转回文艺作用的问题，引用辛克莱（Upton Sinclair）的"一切文艺是宣传"来重申革命文学观。[1] 不难看出，这个书信文本同上一篇演说文本有直接关联，如果复原二者的口语对话性就会出现一个在西德抗议运动时期屡见不鲜的场景：一位著名知识分子作家站在公众面前发表文艺与革命的演说，台下年轻的学生提问辩论，双方平等地对话。因此，编者将鲁迅的这两个文本排放在一起，一方面是从现代中国革命文艺家的理论中汲取灵感参照，另一方面可能也在这两个文本中看到了构建西方知识分子理想"公共话语空间"的潜力。

事实上，鲁迅杂文的论争风格和战斗意识本身已决定它们能够成为这种理想话语空间的文学载体。《时刻表》选译的最后一篇就是典型地带有争辩特征的鲁迅杂文。鲁迅尖锐地反驳《申报》对一本小说主人公"革命的个人主义"的批判，攻击顶着革命的空壳而实为投机分子的"颓废者"或"驳诘者"。[2] 与其他译文一样，这一篇文风也带有作者鲜明的个人特征，浓重的火药味之下亦不乏辩证式的反讽与冷静的反思。从思想内容到文体形式，鲁迅的杂文创作完全符合抗议运动时期西德的文学需求。上述几篇选译到德语的杂文就是这个文体译介潮流的开始，它们都合乎主编恩岑斯贝格的意图，适用于针对西德知识分子"扫盲者"的"政治扫盲"。同时，翻译刊登这几篇杂文也是对一名现代中国作家的革命文学论说最直接的呈现，能够比普通的政治言论更为生动地构建出一个闪耀革命光环

---

[1] 鲁迅：《文艺与革命》，《鲁迅全集》第4卷，人民文学出版社2005年版，第84页；德语译文参见 Lu Hsün, *Kursbuch* 15, S. 34.

[2] 鲁迅：《非革命的急进革命论者》，《鲁迅全集》第4卷，人民文学出版社2005年版，第227页；德语译文参见 Lu Hsün, *Kursbuch* 15, S. 36.

的"中国"形象。

然而,主编恩岑斯贝格在抗议运动时期对文学政治化的肯定态度在接下来的几年内发生了逆转,终于在 1975 年正式退出了自己一手创办的《时刻表》杂志——这位当代德国文坛泰斗至今对他本人在抗议运动时期的这段经历仍保持着批判的距离。恩岑斯贝格在 1975 年《时刻表》第 40 期上发表了长诗,正式宣布退出《时刻表》编辑部。这一期的主题是"职业:漫长还是短暂的征途?"1975 年前后,"六八一代"抗议运动时期的学生大多数已进入工作阶段,因此这一期虽然转向了较为"实际"的主题,但仍以左翼知识分子为供稿人和读者群。这一期最后,恩岑斯贝格和副主编米歇尔(Karl Markus Michel)发表了通告,恩岑斯贝格强调这样的改变符合这本"原本就是以改变为主旨"的杂志,尽管也有不少相关揣测认为恩岑斯贝格是刻意同西德左翼已经开始的 1968 年反思运动保持距离。[1] 尽管如此,恩岑斯贝格凭借他的文学地位和公众知识分子身份呼吁的这场"政治扫盲"影响深远,以至于鲁迅作品,乃至中国现代文学作为一个政治异域化的"中国"形象的载体,抑或一个具有政治革命色彩的世界文学类别,在西德知识界得到了较为广泛的接受。不仅如此,主流知识界对鲁迅和中国新文学的关注对一直属于边缘学科的德国汉学也产生了冲击,很大程度上助推了德国汉学界厚古薄今趋势的扭转。不少西德汉学家从事当代中国研究的起点就是 1968 年的抗议运动,[2] 与实质上由恩岑斯贝格等精英知识分子主导的这场"政治扫盲"名义下的政治启蒙不无联系。在这样的社会背景下,以鲁迅为代表的中国新文学作家成为了现代"中国"的形象代言,在抗议运动退潮之后依然承载着西德知识分子的想象和寄托。换用范劲对德国鲁迅研究的分析来说,本身就处于"中国现代文学

---

[1] Vgl. Kristof Niese, *"Vademekum" der Protestbewegung?: Transnationale Vermittlung durch das Kursbuch von 1965 bis 1975*, Baden-Baden: Nomo, 2017, S. 646.

[2] 参见[德]屈汉斯《1968 年的抗议运动、毛泽东思想和西德的汉学》,《德国汉学》,第 317—342 页。

和知识分子话语的核心"的鲁迅，在德国也同样是作为"现代中国的核心符码"得到接受，并因其本身"充满象征性和暧昧性"的创作而得以顺应东西德双方对现代中国不同的文学期待。①

三 "乌托邦"的幻灭

就这样，1968年之后乃至整个20世纪70年代，西德对中国以政治异域化为主的双重异域形象构建，虽然仍依赖于政治宣传和纪实新闻类的文本材料，但也逐渐增加了文学素材。正如《时刻表》第15期的鲁迅选译中透露的那样，"革命之所以于口号，标语，布告，电报，教科书……之外，要用文艺者，就因为它是文艺"。② 具有政治革命属性的中国现代文学一方面能够更细致地展现变革中的中国社会，另一方面也并不亚于宣传口号，甚至能够更有效地传递革命的信息，更为"具体"地宣传已受到过度美化的"乌托邦"。

然而，不难看出，以上关于中国文学译介之于现代中国形象构建的这两个方面是互相对立的。前者旨在传递真实，后者不免夸大异化；前者能够对异域中国形象起到修正作用，后者则更有说服力地加剧对中国的政治异域化。20世纪70年代初西德出版界发行的几部中国文学作品为"中国"形象的构建带来的往往都有异域化和反异域化这两方面的影响。例如鲁迅杂文德译选集《论雷峰塔的倒掉》。从首篇选译的《我之节烈观》(1918) 到最后一篇《死》(1936)，编者布赫（Hans Christoph Buch）收录了鲁迅对民国社会各方面的观察，对民族历史文化的现代继承与扬弃所作的细致剖析。这些细节丰富的杂记固然可以向德国读者呈现辛亥革命之后较为真实的中国社会，但是由于布赫编译鲁迅杂文的初衷基本可以归入左翼知识分子在抗议运动之后的政治诉求，该选集在通过文学细节

---

① 范劲：《鲁迅研究在德国》，《文艺研究》2018年第1期。
② 鲁迅：《鲁迅全集》第4卷，人民文学出版社2005年版，第84页；德语译文参见 Lu Hsün, *Kursbuch* 15, S. 34.

"去神秘化"中国的同时,也通过这位革命文学家的笔触再一次美化了中国。因为在这个孕育优秀革命文艺者的国家,"一切共产党员,一切革命家,一切革命文艺工作者,都应该以鲁迅为榜样,做无产阶级和人民大众的'牛',鞠躬尽瘁,死而后已"——罗沃尔特出版社(Rowohlt Verlag)1973年印发这本选集时,白底红框的封面上除了标题、副标题和鲁迅的肖像以外,唯独印有这句毛泽东1942年在延安文艺座谈会上呼吁以鲁迅为榜样的引言译文。① 从出版宣传的视角来看,这本书的价值在于引介鲁迅这位对西方来说具有范式意义的中国革命作家,而并非引领德语区读者通向"真实"的中国;同时,20世纪70年代初的西德知识界虽然已经开始对1968年抗议运动和左翼激进化进行反思(Aufarbeitung),但是大部分人对"中国"的革命狂热并没有立即退潮。因此,尽管布赫在编后记里评价《时刻表》第15期中的鲁迅译文和席克尔的介绍时特意指出其中政治异化的成分,以表明他作为编者借新的德译选集来矫正历史偏颇之意,但这本与《时刻表》有着同样目标读者群的左翼知识分子读物,仍然是将鲁迅作为现代中国和中国革命的文艺典范,相应带来的也依旧是对鲁迅"符码"表征下革命"中国"形象的接受。

这一时期西德知识界通过鲁迅译介来重塑或还原真实"中国"形象还有一个年代上的问题。鲁迅的创作只涉及解放以前的中国社会,不包含1949年以后的中国乃至"文革"的任何信息,对于西德读者了解"真实"的新中国并没有直接的作用。"文革"期间国内停滞的文学生产和文学传播没有留给西德出版界太多译介当代文学的选择。普及性的介绍文集除了布赫的鲁迅选本,还有一家位于科隆的黑格内尔(Jakob Hegener)出版社在1973年转译了英国汉学家詹纳尔(W. J. F. Jenner)和杨宪益合编翻译的英文选集《中国现代

---

① Vgl. Lu Xun, *Der Einsturz der Lei-feng-Pagode*: *Essays über Literatur und Revolution in China*, Reinbek bei Hamburg: Rowohlt, 1973, Vorderdeckel.

小说》(*Modern Chinese Stories*, London, 1970)。其中除了鲁迅等现代文学经典作品，还加入了具有新中国革命特色的作品，比如赵树理的农村解放故事《孟祥英翻身》、高朗亭的红军长征小说《怀义湾》、孙犁的《铁木前传》等。此外，致力于推介无产阶级文学的奥伯鲍姆出版社（Oberbaum Verlag）在中德建交当年推出了周立波的小说《暴风骤雨》上下两部。小说原作完成于1948年，讲述了共产党领导下元茂屯农民土地改革的故事。作品写作时间虽然还是建国以前，但作者取材的历史事件是可以被看作中国无产阶级革命标杆的土改运动，对后来的一系列运动斗争都有深远的影响。同时，作者周立波严格遵循延安文艺政策，本人"深入工农兵实际生活和斗争"①，最终完成这部从主题到手法都堪称革命叙事范式的文本。小说发表之后不仅在国内得到肯定，也立即得到国际共产主义阵营的青睐。早在20世纪50年代初就有民主德国的译者将刚获斯大林文学奖的《暴风骤雨》从俄语转译为德语在东德发行，并在几年之内几经重印再版。这本中国红色经典在西德的付印比东德迟滞了二十年，而它在这个时间点的出现，也从侧面支持着德国当代史学家克嫩（Gerd Koenen）将20世纪70年代（确切地说是同中国"文革"基本重合的十年1967—1977年）称作"红色十年"的历史论述：左翼知识分子在抗议运动落幕之后陷入政治理想幻灭的迷茫；不少人将理想投射到域外，并以此延续1968年"世界革命"的梦想。② 在20世纪70年代的"红色"续梦中，西德对中国的理想化也在持续，理想化的程度甚至有所加剧。此时，《暴风骤雨》这部得到共产主义阵营一致认可的革命文学经典，凭借其革命性的主题内容，以及能够具体地反映现实与"真实"的文学语言，维系

---

① 周立波：《暴风骤雨的写作经过》，刘景涛编《周立波写作生涯》，百花文艺出版社1986年版。原载《中国青年报》1952年4月18日。
② 参见克嫩以《红色十年：我们的德国文化小革命1967—1977》为题的历史叙述；vgl. Gerd Koenen, *Das rote Jahrzehnte: Unsere kleine deutsche Kulturrevolution 1967 - 1977*, Köln: Kiepenheuer und Witsch, 2001.

着西德左翼知识分子对中国的理想化，也延续着他们的"世界革命"之梦。

如此看来，20世纪70年代初期围绕中国现代文学的中德文学交流，除了接续1968年异域化的革命想象，还通过"具体"的革命文学译介支撑着左翼知识分子心目中的"中国"乌托邦。除了《暴风骤雨》，在西德发行的中国当代文学还有中国官方通过外文出版社翻译发行的革命样板戏《智取威虎山》(*Mit taktischem Geschick den Tigerberg erobert*，1971)，输出到西德之后立即得到德国共产党的推崇。布赫曾在他的评论杂文中斥责过西德知识界20世纪70年代初兴起的"庸俗马克思主义社会学"，具体举的就是德国共产党马列派(KPD/ML)要求西德作家把这出样板戏当成创作模范的极端例子。在他看来，相较于这些西德激进派，"民主德国和其他地区的社会现实主义教条者都可以称得上是自由派了"①。然而，恰恰是这些持续激进化的左翼政党团体主导了该时期西德的中国文学传播。奥伯鲍姆出版社就是一家与德国共产党合作紧密的出版机构，在当时甚至可以被视作共产党的党派"前线"印刷处。《暴风骤雨》的付印属于该出版社在德国共产党建议下策划的"无产阶级革命文学"系列，同一系列中还包括史沫特莱(Agnes Smedley)的《中国斗争》和一本关于德国共产党工会政策的记录。值得一提的是，奥伯鲍姆这个系列出版物的广告曾刊登在1971年《时刻表》底页。②《时刻表》在20世纪70年代逐渐从左翼知识分子的"指南手册"(Vademekum)转向"互联媒介"(Vernetzung)，③ 合作的发行出版社也已在1970年以后从代表精英知识分子文化的苏尔坎姆转向了更具政治文化的瓦根巴赫(Wagenbach)出版社和红书(Rotbuch)出版社。刊

---

① Hans Christoph Buch, *Kritische Wälder: Essays Kritiken Glossen*, Reinbek bei Hamburg: Rowohlt, 1972, S. 87.

② Vgl. *Kursbuch* 26, 1971, Hinterdeckel.

③ 参看Kristof Niese有关《时刻表》与抗议运动的研究结论：Vgl. Kristof Niese, "*Vademekum*" der Protestbewegung?, 2017, S. 662–669.

物对中国的关注没有消减，时有旨在"去神秘化"中国却持续中国革命神话的供稿，比如 1971 年席克尔对中国"教育"性的宣传文学赞赏有加的文章。① 此时奥伯鲍姆出版社的革命文学系列丛书借用这本刊物作为宣传平台自然是恰如其分的，因为它所寻求的正是来自相同读者群体的目光。

随着中国"文革"进入尾声，西德的"中国"神话不可避免地走向幻灭。事实上，"具体的乌托邦"之瓦解并非在于"文革"宣告结束的朝夕——尽管 1976 年粉碎"四人帮"的消息确实震惊了本身已开始反思的西德知识界。当然，在"文革"结束之后也有人仍坚持为中国乌托邦续梦，比如本书开篇提到的昆策；但是总体来看，联邦德国知识分子心目中完美的红色"中国"形象在 1973—1979 年之间逐渐地消退了理想的光环。1971 年还把中国"文革"时期的宣传报（齐心协力的"拔萝卜"插画）附成海报（Kursbogen）的《时刻表》，② 到了 1979 年就出现了一系列诸如《如果中国不成功》（"Wenn China nicht klappt"）的文章，反思过去十多年间丧失"批判态度"的中国接受。③ 西德知识分子正从冷战中期的"红色"续梦中慢慢苏醒，鼓吹中国革命的文本材料也渐渐淡出了出版界。除了几本中国外文社的现代作家德译本，1974—1979 年期间几乎没有新翻译的中国新文学作品出现在面向知识大众的西德出版物上。乌托邦幻灭之际的文学沉寂，将要迎来的是中国现代文学的复苏，还有即将在新的文学文本中复苏的"真实"。

---

① Joachim Schickel, "China 1970: Die Pädagogik revolutionieren", in *Kursbuch* 24, 1971, S. 181–198.

② Kristof Niese, "*Vademekum*" *der Protestbewegung?*, 2017, S. 661.

③ 这一期《时刻表》题曰《国际主义的神话》（Der Mythos des Internationalismus），其中直接有关解构中国神话的文章有挪威社会学家 Søren Clausen 的亲历叙述《长江上游》（"Den Jangtsekiang hinab"），汉学家史蒂曼（Tilman Spengler）的《如果中国不成功》（"Wenn China nicht klappt"）和《北京象形图》（"Pekinger Pictogramme"）。这一期其他文章还涉及越南、柬埔寨等亚洲地区在六七十年代的情况和国际政治理论阐述。Vgl. *Kursbuch* 57, 1979.

四 文学交流的春天？

20世纪70年代末，中国政治和思想界发生剧烈变化的几年间，联邦德国在经历了工业体制变革、全球石油危机、布雷顿森林货币体系坍塌等事件之后，也走向了"十年迷失"的尾声：一场弥漫整个政治、思想、文化界的前所未有的危机。1977年"德意志之秋"（Deutscher Herbst）[①]，左翼激进组织红军派（RAF）继1972年第一次大型恐怖袭击之后，在联邦德国境内发动了一系列针对代表国家经济政治权力的机构和个人的恐怖事件，引发了大规模的社会危机。由于红军派激进化的起源正是20世纪60年代的学生抗议运动，"德意志之秋"之后联邦德国知识界的一个重要任务，就是重新整理过去十年左翼思潮的激进化——其中自然也包括对中国与中国"文革"的憧憬甚至效仿。屈汉斯曾总结过几个反思这段历史的问题，或许可以代表联邦德国从20世纪70年代末开始的寻思：

> 为什么一代把自己理解成为有批判能力的人，曾经向所有根深蒂固的东西提出过质疑（或者至少是它的很多代言人这么做了），在原苏联第二十次党代会和所谓的"叛徒文学"的种种揭露之后，在匈牙利和布拉格的事件发生之后，又再次复活了马列主义的一些神话，并转向了中国的共产主义？……把对物质化和异化的批判写在旗帜上的人们，为什么会突发奇想，在政治学习班里以一种近乎宗教式的虔诚态度去学习《毛主席

[①] "德意志之秋"指的是1977年联邦德国境内发生的一系列恐怖主义事件，其中最具代表性的是10月6日红军派绑架德国雇主联合会主席汉斯·马丁·施莱尔和同一时期解放巴勒斯坦人民阵线成员劫持汉莎航空飞机，威胁要求德国释放"红军派"成员的事件。这场联邦德国的政治安全危机以红军派主要成员的入狱或死亡告终，历史影响或可在于"西德左翼对抗势力的彻底削弱和新的联邦共和国民主自我意识在恐怖主义冲击下的苏醒"。Vgl. Heinrich August Winkler, *Der Lange Weg nach Westen: Deutsche Geschichte II*, München: C. H. Beck, 2014, S. 345–348.

语录》的智慧，诸如此类的事情怎么会发生？①

遗憾的是，这些问题至今尚未得到充分的研究与解答。联邦德国"红色十年"的历史反思，在当今德国知识界仍然是一个受到重视的探索领域，其中包括了这十年间以及此后德国知识分子的中国"情结"。然而，对于当时刚刚从幻灭中清醒过来的当事者来说，首要的或许并不是质问自己为什么会盲目崇拜一个分明按照自我想象虚构出来的"中国"，而更有可能是想要知道，"真实"的中国究竟是什么样的？

关于真实的答案往往是复杂的。如前所述，西德知识分子在六七十年代了解中国的来源，大体是诸如《北京周报》（*Peking Rundschau*）等官方西文媒体，其基本特征就是对信息的泛化和事实的简单化。简单化的信息渠道承载的只可能是简单化的"中国"形象，被遮蔽的现实与复杂的"真实"则需要一个同样复杂的媒介来承载：文学。我们回顾此前西德对中国文学的接受情况，或许就不难解释，西德左翼知识分子心目中，主要由简单的非文学材料和对文学材料简单化的理解支撑的中国形象为什么"无法持续"而"在1976年立即支离破碎"了。② 在《文学的春天？：中国作家访谈录》七十多页的前言中，吴福冈首先对中国新文学在德国的接受情况作了批判性的总结，情况与前几节的叙述基本相同：除了抗议运动时期（及其后续）的政治化文学引介——《时刻表》和布赫的鲁迅选译，还有几家出版社从民主德国和中国外文社引进的革命小说重译——联邦德国对中国现当代文学的接受几乎是一片空白。此外，吴福冈还联系到20世纪60年代作为出版商试图引进中国书籍的经历，说明当时汉学界对中国现当代文学领域的疏漏乃至真空。当他向西德汉学

---

① ［德］屈汉斯：《1968年的抗议运动、毛泽东思想和西德的汉学》，《德国汉学》，第321页。

② Wolfgang Schwiedrzik, "Vorwort" in *Literaturfrühling in China？: Gespräche mit chinesischen Schriftstellern*, Köln: Prometh, 1980, S. 22.

界的专家寻求帮助时，发现不但没有人对中国现当代文学史进行过梳理，甚至大部分汉学家对相关研究的已有德语文献都闻所未闻，比如1955 年普实克（Jaroslav Průšek）的《新中国文学和民间传统》德语版（*Die Literatur des befreiten China und ihre Volkstraditionen*，1955）。①在吴福冈看来，学院和民间对中国新文学的忽视不可避免地将西德引向了对现代中国的误读，而纠正这种误读便需要回归文学——或者首先回归文学交流。

吴福冈的访谈集是"文革"后最早关于中德现代文学交流的记录，也是迄今为止唯一一本以谈话形式集束式介绍中国现当代文学的德语出版物。全书分为前言、访谈记录和附录三部分，以访谈记录为主体，尽管篇幅较长的前言（73 页）使得主体部分（133 页）看起来也像是为前言叙述附录的材料。事实上，吴福冈的前言确实不是简单的介绍性的导论。他对联邦德国的中国新文学接受情况作了详细准确的概述，并且将其与六七十年代对中国的误读联系起来，以阐明这场文学交流的起因。吴福冈还总结了"中国知识分子的共同特征"，以此展开对"五四"以来中国文学与政治的历史阐述。这些"共同特征"包括个人"相遇"过程中，也就是访谈时几位作家措辞举止给访谈者带来的印象。在吴福冈的观察中，这几位中国作家最大的共同特征是"缺少自发性和个性"②，比如他们在接受访谈时正式的、几近外交式的用语使谈话氛围显得比较官方，有一种在"代表他们的国家和人民回答外国人提问"的感觉。同时，吴福冈也关注这些作家的生平和文学履历，主要列出了三个共同点（这里针对茅盾、艾青、巴金、丁玲和杨沫这五位受访的作家，"龚成"两位作者和刘心武被划归为下一代作家）：其一，这些作家都出生于地主、官员和文人等大体能归属到资产阶级的家庭；其二，他们的

---

① Wolfgang Schwiedrzik, "Vorwort" in *Literaturfrühling in China？：Gespräche mit chinesischen Schriftstellern*, Köln：Prometh, 1980, S. 17.

② Wolfgang Schwiedrzik, "Vorwort" in *Literaturfrühling in China？：Gespräche mit chinesischen Schriftstellern*, Köln：Prometh, 1980, S. 16.

文学作品和经历都带有"五四"启蒙思想传统，并且都曾是民主爱国运动的积极参与者；其三，他们的文学创作都深受西方文艺思潮的影响，在访谈中也都谈到了对自己创作产生影响的西方作家（吴福冈直接列举的有巴金和屠格涅夫和托尔斯泰、茅盾与左拉、艾青与惠特曼和马雅科夫斯基、杨沫与歌德和海涅）。[1] 这些"共同特征"不仅仅限于受访的五位作家，而是代表了绝大多数"五四"传统下的中国新文学工作者，最终指向的是一种共同的作家自我意识，也是访谈者本人最关注的一个群体的特质。这个群体的身份定位，可以借用吴福冈叙述中一个时常等同于"作家"的身份词语，那就是"知识分子"。

毫无疑问，吴福冈采访的对象不是潜心打磨艺术水准的文学家，而是作为现代知识分子的中国作家。正如布赫的鲁迅接受很大程度是将鲁迅视为理想的现代"知识分子"，吴福冈从阅读这几位作家的作品到发起访谈，也是将他们作为中国现代知识分子的代表，从这个最接近于自己所属群体的角度出发，重新认识中国的文学、政治与社会。简要介绍中国知识分子作家的共同特征之后，吴福冈以这些共性为主线展开中国现代文学和政治事件的叙述，尝试解释社会主义政治形态下中国知识分子和政治的特殊关系。[2] 与布赫一样，在使用"知识分子"一词时，吴福冈首先参照的是欧洲启蒙主义批判传统下的标准；然而，不同于直接认同鲁迅"知识分子"身份的布赫，吴福冈在叙述访谈一开始就有所区分地描述这些远东的同行们：

> 今天中国的知识分子，尤其是那些在1949年以后成长起来的人们，在行为表现和自我认知（不一定是在思想内容）上更

---

[1] Wolfgang Schwiedrzik, "Vorwort" in *Literaturfrühling in China?: Gespräche mit chinesischen Schriftstellern*, Köln: Prometh, 1980, S. 34–35.

[2] Vgl. Wolfgang Schwiedrzik, "Vorwort" in *Literaturfrühling in China?: Gespräche mit chinesischen Schriftstellern*, Köln: Prometh, 1980, S. 65.

> 接近于儒家传统下的文人类别，而不是欧洲传统下富有批判精神的知识分子类型。正因为中国的儒家思想和从众的规范思维从未在一个由中产阶级主导的历史阶段真正受到过挑战——尽管曾经确实有过打倒孔教的意愿——继1942年延安整风之后一次次针对知识分子的运动和清算才会最终引向一类典型"儒家知识分子"的形成。①

这里，吴福冈透露了他在这场文学交流中探寻的重点。在每次访谈中，吴福冈和他的合作伙伴〔书中采访巴金的汉学家福斯特（Helmut Forster）〕所有的提问都围绕着这个隐藏着的关键问题：中国文学界是否也存在一个大致等同于西方知识分子的群体？这个群体的参照不仅是"欧洲传统下富有批判精神的知识分子类型"，同时还附带着1968年学生运动语境下的"抗议"标准。在一篇有关德国"知识分子"概念史的综述中，德国文化历史学者耶格尔（Georg Jäger）将联邦德国前三十年对"知识分子"的一般定义概括为"批判的、敌对的、左倾的"消极概念，直到1977年"德意志之秋"以后才渐渐转向褒义。②《文学的春天？》成书之际，联邦德国的"知识分子"大致可以被概述为"同国家权力机构及其固化的意识形态始终保持着批判的距离"的个人，他们必须"避开任何一种近似法西斯主义的思想和生活方式，严格遵循民主和人权的价值体系，为了在最危险的时刻提高他们的声音"③。这一类知识分子的原型（Prototyp）是曾经在德雷福斯（Alfred Dreyfus）事件中为了个人正

---

① Wolfgang Schwiedrzik, "Vorwort" in *Literatur frühling in China？：Gespräche mit chinesischen Schriftstellern*, Köln: Prometh, 1980, S. 28.

② Vgl. Georg Jäger, "Der Schriftsteller als Intellektueller: Ein Problemaufriβ", Sven Hanuschek, Therese Hörnigk et al. (Hrsg.), *Schriftsteller als Intellektuelle：Politik und Literatur im Kalten Krieg*, Tübingen: Niemeyer, 2000, S. 2–3.

③ Dietz Bering, " 'Intellektueller' —in Deutschland ein Schimpfwort？", in *Sprache in Wissenschaft und Literatur* 54, 1968, S. 68, zitiert nach Georg Jäger, "Der Schriftsteller als Intellektueller", S. 3.

义感不惜"控诉"政府而最终遭流放的法国作家左拉,[①] 与永远试图调和个人理想与国家利益的"学而优则仕"型的儒林文人截然相反。因此,在完成所有的访谈之后,吴福冈也得到了确定的答案:1949 年至"文革"结束以前深埋于政治体制里的中国作家,不是一个能够与德国现代知识分子进行简单类比的群体。至于不能类比的根本原因,吴福冈认为是儒家传统下的文人范式,没有在"一个由中产阶级主导的历史阶段真正受到过挑战"。"中产阶级主导的历史阶段"指的就是 20 世纪 60 年代西方马克思主义思想家所说的后资本主义时期,也就是吴福冈所处的西德社会。由此,吴福冈的历史叙述又回到了政治社会层面。他指出,未曾经历过资本主义阶段的中国,只是西方所向往的社会主义"预成型"。在这个"预成"体制下从事文学的知识分子,不仅无法生产出"真正意义上的'异议文学'",就连是否能真正迎来"文学的春天"也是值得怀疑的:"自从 1976 年粉碎'四人帮'以来,在中国人们常说迎来了'文学的春天'。这个说法在我看来未免有些过于激动了,更妥当的应该是'解冻'时期,或者是'融雪'时刻。"[②]

导论的最后,吴福冈对 1977—1979 年中国文坛新思潮作了简单的梳理,包括对刘心武的《班主任》、卢新华的《伤痕》和王亚萍的《神圣的使命》三篇小说内容与影响的简单介绍。然而,这些作品在他看来并非中国文学史叙述中形容的"报春的燕子",而仅仅是又一次在严格调控之下"齐放的百花"。[③] 吴福冈的结尾句进一步推升了他对从"伤痕"到"反思"等新涌现出来的文学思潮的悲观怀

[①] Vgl. Georg Jäger, "Der Schriftsteller als Intellektueller: Ein Problemaufriβ", Sven Hanuschek, Therese Hörnigk et al. (Hrsg.), *Schriftsteller als Intellektuelle: Politik und Literatur im Kalten Krieg*, Tübingen: Niemeyer, S. 14 – 15.

[②] Wolfgang Schwiedrzik, "Vorwort" in *Literaturfrühling in China?: Gespräche mit chinesischen Schriftstellern*, Köln: Prometh, 1980, S. 70.

[③] Wolfgang Schwiedrzik, "Vorwort" in *Literaturfrühling in China?: Gespräche mit chinesischen Schriftstellern*, Köln: Prometh, 1980, S. 72.

疑，浓墨重笔地重描了一遍标题"文学的春天"后面巨大的问号："现在仍是转暖的天气，希望那些正往春天的方向前进的人们不会太快地被又一场严酷的霜冻阻碍。"①

应该说，吴福冈对新时期文学悲观的预测一方面是他对中国知识分子和文学考察分析的结果，另一方面也受制于他作为西德"六八一代"知识分子的中国情结。正如他本人坦言，出版访谈录的目的是向西德读者呈现一部分"真实"的中国文学和社会。他的初衷是试图理解，并且最终解构那个曾经深信不疑的"中国"神话。20世纪70年代末帮助吴福冈一起完成访谈录的青年学者魏格林，在三十年后作为吴福冈的夫人和维也纳大学汉学系主任接受笔者访谈时也再次证实了这个意图。她重提了吴福冈亲历抗议运动背景，包括《时刻表》上的鲁迅译文还有后来布赫的鲁迅译本对他的影响。"阅读恩岑斯贝格选译的鲁迅，让他（吴福冈）感到鲁迅与他的交流是作家知识分子与知识分子之间的交流。而我们也就是继承了这样的一种印象（开始中国现代文学的接受和研究的）。"② 的确，如第二小节中所述，《时刻表》中的鲁迅是一个具有对话性、辩驳力和抗议精神的中国知识分子，是西德"政治扫盲者"参照的榜样。对吴福冈这样深受1968年政治文学观熏染的一代人来说，鲁迅所代表的中国知识分子理应是比西方标准更进步——这里更"进步"主要是更具有抗议精神——的一类文人。事实上，吴福冈和他的左翼同事们对中国知识分子过分的理想化，很大程度上推助了20世纪70年代西德对中国几近"顺理成章"的美化和误读。因此，在这本访谈中，吴福冈最重要的任务就是重新评判中国的知识分子，以此解构他们的中国"情结"。这种带有预设性的矫正态度，从一开始就决定了文学交流的基调，作者自然也不会对中国当代文坛和知识分子的命运

---

① Wolfgang Schwiedrzik, "Vorwort" in *Literaturfrühling in China?: Gespräche mit chinesischen Schriftstellern*, Köln: Prometh, 1980, S. 73.

② 参见本书附录四《中国现当代文学德译传播背后的故事——魏格林访谈》。

作出过于乐观的评断。

吴福冈的中国情结是有代表性的。这种情结更确切地说是一种从西德社会本身出发的"知识分子"情结，包括了他参照西方传统对中国知识分子和他们的社会作用特有的期待，也因此包含了期待落空后随之而来的批判。这种情结从1968年或者更早开始扎根于关注中国的德语知识界，时隐时现地引导着中德之间的文学交流，并且一直延续至今。就吴福冈个人而言，有关中国的知识分子"情结"在三十年后仍然维系着他对中国当代文学持久的关注。我们不妨注意他在2009年同魏格林和莫言进行三人对谈时的提问措辞：谈及中国作为主宾国参加法兰克福书展的意图时，他立即使用"知识分子"一词来代替莫言口中的实际是指官方文化机构的"中国"。[1] 关于这种"情结"如何贯穿了20世纪后半叶至今的中德文学交流，本书在之后的章节中会有更多的叙述。至此，我们可以看到，中国现当代文学在冷战后期联邦德国的传播与接受对应的是西德知识界，尤其是左翼知识分子在特定政治环境和社会思潮下的诉求。从理想"中国"形象的构建到幻灭后对"真实"的渴求，从抗议运动语境下同鲁迅式革命文学家的精神交流，到中国改革开放以后直接对话当代作家的观察，西德知识分子从本土社会的思想文化需求出发主导着与中国的相遇，也主导了冷战后期与中国的文学交流。

在这种由知识分子将本土观照投射到异域文学的交流形态下，我们大致能够勾勒出中国现当代文学在20世纪80年代的西德传播与接受的主要特征。首先，作家不仅仅是写作者，而是作为现代知识分子的代表得到接受和评定。同样的，中国现当代文学作品也主要是作为知识分子的社会书写得到评价和衡量。由于"五四"启蒙传统下的现代作家无论从思想内容还是社会姿态来看，都比新中国

---

[1] "吴福冈：这样一个书展应该是一个能够表现自我的地方。德国知识分子去利用它，中国知识分子也可以利用它。"参见《莫言、魏格林、吴福冈三人谈》（2009年10月29日维也纳大学），《上海文学》2010年第3期。

的作家更接近西方知识分子标准,德国对中国现代文学史的整体论述和理解出现了一个基本的时间罅隙:1949 年以前写作的作家普遍深受西方文学思潮影响,而他们生产的"现代文学"也更类似于西方知识分子书写,比 1949 年以后受制于文艺政策的文学更容易被德国读者接受,同时也优于后者。这个观点普遍存在于 20 世纪 80 年代译介中国现当代文学的德国汉学家中间,比如马汉茂和后来写了《20 世纪中国文学史》的顾彬。其次,文学是通向"真实"中国的入口,是矫正六七十年代对中国误读的必要途径——这一点对于新中国文学在西德的接受来说尤其重要。文学作品中描绘的现实和"真实"中国是西德接受方关注的重点,甚至可以看作择选作品译介的重要标准。最后,主导文学传播的群体虽然还是可以回溯到"六八一代"的左翼知识分子,但它也逐渐增加了具有专业汉学背景的成员,并且在 20 世纪 80 年代基本完成了向汉学家和语言翻译家的过渡。有关文学传播媒介人物的情况,我将在本书的第四章中继续深入研究。

　　回到吴福冈不无悲观的预测和《文学的春天?》标题里充满质疑的问号——20 世纪 80 年代初中国阴晴不定的文学环境或许确实还不能称得上是"春天",但是中国文学在德译介的盛况却无可置疑。无论是西德文学市场上陆续涌现的中国图书文本,还是 1978 年开始中德之间陡然增多的学术联系和作家互访——比较重要的有 1979 年陆续访华的西德著名作家君特·格拉斯(Günter Grass)和批评家拉尼基(Marcel Reich-Ranicki),还有访德的中国作家代表团,其中包括在德国波恩接受吴福冈访谈的艾青——都表征着中德文学交流之春的到来。此时围绕中国现当代文学的交流并不仅仅是单向的德译发表,还包括了双向的实时文学信息互动的交流。1980 年中国杂志《世界图书》上刊登了一篇题为《西德的中国文学热》的卷首特稿,对 1977 年至 1980 年西德出版界中国文学的发行情况进行了总结。其中重点介绍的出版物有奥伯鲍姆出版社同顾彬合作的《子夜》重译本、鲁迅选集、巴金的《家》和《憩园》德译本;苏尔坎普出版社的《中国现代短篇小说选》上下册、《中国现代戏剧选》，丁玲的《莎菲女士日记》，以及老舍的《茶馆》。1979年中国人民艺术剧院在德国巡演《茶馆》话剧之后，出现了作品由罗沃尔特出版社（Rowohlt）和苏尔坎普两次出版的情况。有趣的是，这篇实时的文章最后还介绍了吴福冈出版没多久的访谈录：

> 最近，由科隆市的普洛梅特出版社（Prometh Verlag）出版了他（施维德茨克先生，即吴福冈）的中国作家访问记：《中国文学的春天到来了吗?》。这本200多页的访问记，记述了中国作家们的经历、感想和展望。作者从老作家如何走上文学道路写到延安文艺座谈会的讲话，从双百方针谈到伤痕文学。作者引用了茅盾的一段话作为结束："……就像长期手脚禁锢在黑牢的人突然得到解放，见到光明一样——人们一下子睁不开眼睛，迈不了大步。根深蒂固的旧习惯势力和精神枷锁还远未摆脱和甩开。"作者赞同茅盾的意见，而且还把目前中国文学与他们西德战后的文学相提并论，对中国今后文学的繁荣充满信心。[①]

尽管这篇报道式的文章比较全面地涵盖了新时期初始西德重要的中国新文学出版物，但它毕竟以信息汇集为主，若深入涉及具体"文学接受"的内容就出现了事实性的偏差。吴福冈在前言末尾的确引用了茅盾将"文革"之后迷失的青年作家比作从黑牢中出来睁不开眼的人，但引用这个比喻并不是表示他"对今后文学的繁荣充满信心"，而是为了说明思想的禁锢并没有立即随着"四人帮"的粉碎而被打破，中国文学自由绽放的春天也没有真正到来。吴福冈对中国文学的忧虑作为文学信息传递回中国时，却变成了乐观的期待，标题中原本表示反问质疑的问号也被注入了肯定的暗示。如果说20

[①] 张敏：《西德的中国文学热》，《世界图书》1980年第10期。

世纪80年代初西德确乎可以称作迎来了"中国文学热",或者迎来了"文学交流的春天",那么这种文学交流对如上所述的信息误差是十分宽容的。无论如何,西德的最后十年与中国一直保持着相对密切的文学联系,交流中的偏差——包括一些历史上的偏差——在越来越多的作家和作品得到德语区读者的接受之后,也得到了相应的纠正。然而,从德方的角度来看,要纠正最重要的偏差仍然必须重回抗议运动时期对中国"文革"的理想化,重新回到中国"情结"的源头。

五 20世纪80年代:"共同"的文学反思

1985年春,由布赫、诺法克(Helga Novak)和施耐德(Peter Schneider)几位西德作家组成的代表团受邀访华,在中国作家协会的安排下参加了为期一周的中德作家交流会。正式与会之前,代表团里唯一的汉学专家顾彬把中国作协拟好的议程转达几位西德作家,其中有一个题目是"中德当代文学的共同点"。[1] 在后来为《时代》周报写的长文中,施耐德回忆说他一开始感觉这个讨论题目不着边际,因为他们很怀疑两者是否真的有值得讨论的"共同"之处,更何况他们对中国当代文学的了解仍然十分有限——即便在中国现当代文学译介热潮的20世纪80年代中期,德国人能接触到的中国文学译本还是不足以给他们留下整体性的印象。[2] 会议开始之后,当邓友梅、王蒙、邹荻帆几位北京作协代表陆续联系自己的文学经历,特别是"文革"时期的遭遇作了报告之后,几位西德作家终于明白了这个题目的用意。中德当代文学的共同之处在于其历史语境——在德国"二战"之后的诸如"零点时刻"(Nullstunde)[3]、"砍光伐

---

[1] Peter Schneider, "In China, hinter der Mauer: Bericht über eine Reise ins Land der zarten Gesten und der unbestimmten Blicke", *Die Zeit*, 21.06.1985.

[2] Peter Schneider, "In China, hinter der Mauer: Bericht über eine Reise ins Land der zarten Gesten und der unbestimmten Blicke", *Die Zeit*, 21.06.1985.

[3] "零点时刻"指德国在"二战"结束后陷入了历史清零的时间点,一切都已终结,从头开始。

尽"（Kahlschlag）①、"废墟文学"（Trümmerliteratur）等描述中，中方看到了与 1976 年以后"新时期文学"共同的历史起点：民族历史劫难过后的新开始。②

在这样的历史新起点，文学被赋予了特殊的社会效用。中国"新时期文学"和德国战后文学都以一种集体话语的形式，对刚刚过去的政治劫难——"文革"和法西斯主义战争——进行反思。从这个角度看，将中德这两个时期的当代文学相提并论，的确能够打开一部分跨文化文学交流的话语空间。然而，对于此时访华的几位德国作家而言，基于这种"共同"的文学交流并不轻松。除了他们对当代中国文学相对有限的了解，主要还有两个因素削弱了这个比较命题的可讨论性：第一，中国当代文学呼应国家反思历史与德国战后知识分子独立的文学反思在性质上不一样。施耐德指出，这些文学作品对过去"毫无保留的"、大规模的批判同它们对"当下"，也就是对 20 世纪 80 年代政治情况的不闻不问是完全矛盾的，也因此从根本上不同于德国战后对纳粹历史和当局时政都富有批判性的"废墟文学"。第二，几位访华作家出生于 1935—1945 年，在年龄代系上已是战后"废墟文学"的下一代，并且都曾以知识青年的身份经历了 1968 年抗议运动。其中的布赫选译了鲁迅，施耐德则是《时刻表》20 世纪 70 年代的重要撰稿人，发表过关于响应毛泽东美学的文章，还出版过一部抗议运动题材的著名小说《伦茨》（*Lenz*，1973）。如果说这几位"六八一代"作家的创作和文学观里也多有"反思"的成分，那么比反思"二战"时期父辈们的错误更直接的，应该是反思他们自己过去在政治热情之下对中国"文革"的狂热。换言之，这几位西德作家与中国当代作家不仅有"共同"的文学反

---

① "砍光伐尽"的概念最初在 1949 年由沃尔夫冈·魏劳赫（Wolfgang Weyrauch）提出，主张在当代茂密的文学丛林中砍光过去被纳粹滥用的文学语言，开辟出一块新的土地，以求在语言、内容与结构方面建立一个崭新的开端。

② Peter Schneider, "In China, hinter der Mauer: Bericht über eine Reise ins Land der zarten Gesten und der unbestimmten Blicke", *Die Zeit*, 21.06.1985.

思，还有"共同"的反思对象——尽管他们的反思没有表现在个人文学创作当中，而更多体现于对中国现当代文学的关注和进行进一步交流的兴趣。在施耐德的记录里，他这样描述听完中国作家报告"文革"遭遇的心情：

> 了解这一切令我感到紧张而疲惫，因为我曾在1968年热烈鼓吹"文革"。对当时的我们来说，我们终于找到了能够替代苏联官僚国家社会主义的政治形式，并且期望它为西方文化的翻新带来原动力。而如今，要向这些直接的受害者解释我们当时在欧洲为什么会被中国文革的理念吸引并不是一件容易的事。……这或许是一个定律：当人们对一个遥远陌生的异域文化突然产生热烈的兴趣时，伴随而来的往往是误读和自我的投射，也恰恰是这些误读能够进一步地激起兴趣。但是，同样地，误读也有可能最终引向理解，只要人们有机会去直面那些投影处的受害者，去倾听他们的声音。①

尽管施耐德对本次交流的形式，还有对中国当代作家并非完全自发的历史批判和文学反思（吴福冈1980年对"伤痕文学"的观点也是如此）多有批评之意，但他也道出了这次文学交流对德方来说最大的积极意义：与中国作家"共同"的反思。会议上讲话的几位在"文革"期间遭遇下放甚至监禁的中国作家，无一不是西德"六八一代"革命理想投射下的中国知识分子。因此，曾经的德方的激进参与者此时以文学交流的形式直面这些"投影处的受害者"，也是直面曾经的盲目和错误，迈出了从"误读"走向"理解"的第一步——只有理解中国和中国文学之后，才能对曾经的误读进行真正的反思。

---

① Peter Schneider, "In China, hinter der Mauer: Bericht über eine Reise ins Land der zarten Gesten und der unbestimmten Blicke", *Die Zeit*, 21.06.1985.

这种最终朝向历史反思的文学交流不仅仅只是直接的交流活动。如果我们参看1978年到1990年由联邦德国出版社付印的中国现当代文学译本目录（不包括中国外文社在联邦德国发行的出版物，见表1-1），就不难发现，除了几本诗集，凡是新中国以后的作品几乎都是有关20世纪50年代以来斗争与批判的故事；如果不是历史反思，便是直指20世纪80年代的改革与当下的社会矛盾，比如张洁的《沉重的翅膀》。值得一提的还有西德战后创刊的重要文学杂志《时序》（*Die Horen*）1985年第2期，配合柏林地平线文学节首次推出了中国现代文学专刊《牛鬼蛇神：20世纪中国文学，艺术和政治文化》（"Von Rinderteufeln und Schlangengeistern: Chinesische Literatur, Kunst, und politische Kultur in Spektrum des 20. Jahrhunderts"），其中囊括了"五四"以来大部分重要的现代文学作家的介绍和作品节选。正如"牛鬼蛇神"这个标题所表明的那样，对"文革"的文学叙述和历史反思是这一期中国现代文学专刊的重点。

　　当然，西德文化知识界重点关注中国当代文学的历史反思，无疑是对应着20世纪80年代中国文学生产中涉及大量"文革"历史书写的现象。除此之外，女性作家的作品也尤其受到注意——《时序》专刊上用四分之一的版面专门介绍现当代中国女作家的创作和研究，而施耐德在《时代》周刊上发表的文学交流记录也是以中国女性的家庭社会地位和女性作家的成就结尾的。从图书市场的销量角度来看，这一时期联邦德国最受欢迎的中国当代文学作品前几位都出自女作家之笔，最突出的例子可能是张洁的几本小说和戴厚英的知识分子"文革"叙事《人啊，人》。对德国读者来说，这些女性作家"能够不加掩饰、不顾界限地、打破禁忌地把她们的问题用有说服力的语言表述出来"：相较于那些禁锢在父系社会框架中的男人而言，"她们能更强烈地感受到这些问题，身上也承受着更沉重的负担，却能将她们在这个男权社会里的爱情、愿想、渴望等体会娓娓道来；正因如此，相较于'男性文学'，她们的文学创作能够更

表 1-1　1976—1990 年联邦德国中国现当代文学作品德译出版目录

年份	作者(德语)	作者(中文)	德译书名	中文书名	译者	出版社	出版地
1979	Hu Yepin	胡也频	Hu Yeh-p'in und seine Erzählung "Nach Moskau"	《到莫斯科去》	Roderich Ptak	Klemmerberg	Bad Boll
1979	Lu Hsün	鲁迅	Die Methode, wilde Tiere abzurichten. Erzählungen, Essays, Gedichte Auswahl	《鲁迅作品选集：小说、杂文、诗歌》	Wolfgang Kubin	Oberbaum	Berlin
1979	Mao Dun	茅盾	Schanghai im Zwielicht	《子夜》	Franz Kuhn, Rev. Ingrid u. Wolfgang Kubin	Oberbaum	Berlin
1980	Ba Jin	巴金	Die Familie	《家》	Florian Reissinger	Oberbaum	Berlin
1980	Ding Ling	丁玲	Das Tagebuch der Sophia	《莎菲女士日记》	Bernd Fischer, Anna Gerstlacher, Johanna Graefe u. a.	Suhrkamp	Frankfurt
1980	Lao She	老舍	Das Teehaus	《茶馆》	Uwe Kräuter, Huo Yong (Hrsg.)	Suhrkamp	Frankfurt
1980	Lao She	老舍	Das Teehaus	《茶馆》	Volker Klöpsch	Rowohlt	Reinbek bei Hamburg
1981	Ba Jin	巴金	Kalte Nächte	《寒夜》	Sabine Peschel, Barbara Spielmann	Suhrkamp	Frankfurt
1981	Ba Jin	巴金	Shading	《砂丁》	Helmut Forster-Latsch	Suhrkamp	Frankfurt
1981	Guo Moruo	郭沫若	Kindheit	《我的童年》	Ingo Schäfer	Insel	Frankfurt
1981	Liu Xinwu	刘心武	Der Glücksbringer	《如意》	Andreas Donath	Neuwied	Darmstadt

续表

年份	作者（德语）	作者（中文）	德译书名	中文书名	译者	出版社	出版地
1982	Lu Hsün	鲁迅	Die wahre Geschichte des Ah Q	《阿Q正传》	Joseph Kalmer, überarbeitet v. Oskar von Törne	Suhrkamp	Frankfurt
1983	Lao She	老舍	Blick westwärts nach Changan	《西望长安》	Ursula Adam u. a.	Minerva	München
1983	Lu Hsün	鲁迅	Kein Ort zum Schreiben. Gesammelte Gedichte	《鲁迅诗选》	Ebert Baqué, Jürgen Theobaldy	Rowohlt	Reinbek bei Hamburg
1984	Ding Ling	丁玲	Das Tagebuch der Sophia	《莎菲女士日记》	Anna Gerstlacher	Ute Schiller	Berlin
1984	Su Shuyang	苏叔阳	Nachbarn. Ein chinesisches Familiendrama über die Periode des Umbruchs	《左邻右舍》	Roswitha Brinkmann	Brockmeyer	Bochum
1985	Guo Moruo	郭沫若	Jugend（Autobiographie）	《少年时代》	Ingo Schäfer	Insel	Frankfurt
1985	Lao She	老舍	Die Stadt der Katzen	《猫城记》	Volker Klöpsch	Suhrkamp	Frankfurt
1985	Shen Congwen	沈从文	Die Grenzstadt	《边城》	Ursula Richter	Suhrkamp	Frankfurt
1985	Shen Congwen	沈从文	Shencongwen, Erzählungen aus China	《沈从文短篇小说选》	Ursula Richter	Insel	Frankfurt
1985	Wang Anyi	王安忆	Wege: Erzählungen aus dem chinesischen Alltag	《王安忆短篇小说选》	Andrea Döteberg	Engelhardt-Ng	Bonn
1985	Xiao Hong	萧红	Frühling in einer kleinen Stadt	《小城三月》	Ruth Keen	Cathay	Köln
1985	Yu Luojin	遇罗锦	Ein Wintermärchen	《一个冬天的童话》	Michael Nerlich	Engelhardt-Ng	Bonn
1985	Zhang Jie	张洁	Schwere Flüge	《沉重的翅膀》	Michael Kahn-Ackermann	Carl Hanser	München
1985	Zhang Jie	张洁	Die Arche	《方舟》	Nelly Ma, Kann-Ackermann	Frauenoffensive	München

续表

年份	作者（德语）	作者（中文）	德译书名	中文书名	译者	出版社	出版地
1986	Bai Xianyong	白先勇	Einsam mit siebzehn: Erzählungen	《台北人》	Wolf Baus	Eugen Diederichs	Köln
1986	Qian Zhongshu	钱锺书	Das Andenken. Erzählungen	《钱锺书小说选》	Charlotte Dunsing, Ylva Monschein	neue chinesische Bibliothek HM	Köln
1986	Zhang Xinxin	张辛欣	Pekingmenschen	《北京人》	Helmut Martin	Eugen Dierderichs	Köln
1986	Zhang Xinxin	张辛欣	Traum unserer Generation	《我们这个年纪的梦》	Goatkoei Lang-Tan	Engelhardt-Ng	Bonn
1987	Dai Houying	戴厚英	Die große Mauer	《人啊，人》	Monika Bessert u. Renate Stephan-Bahle	Carl Hanser	München
1987	Ding Ling	丁玲	Hirsekorn im blauen Meer	《蓝海洋中的高粱》	Yang Enlin und Konrad Herrmann	Pahl-Rugenstein	Köln
1987	Feng Zhi	冯至	Die 27 Sonette	《十四行集》	Wolfgang Kubin	Suhrkamp	Frankfurt
1987	Lu Xun	鲁迅	Die große Mauer. Erzählungen, Essays, Gedichte	《长城：小说、杂文诗歌选集》	Hans Magnus Enzensberger（Hrsg.）	Franz Greno	Nördlingen
1987	Wang Meng	王蒙	Das Auge der Nacht	《夜的眼》	Irmtraud Fessen-Henjes	Unionsverlag	Zürich
1987	Zhang Ailing（Eileen Chang）	张爱玲	Das Reispflanzerlied	《秧歌》	Susanne Hornfeck	Ullstein	Berlin
1987	Zhang Jie	张洁	Liebeserzählungen	《爱情短篇小说选》	Claudia Nagiera, Gerd Simon	Simon und Magiera	Nordlingen

第一章 通向现实与"真实":冷战后期知识界的文学守望

续表

年份	作者（德语）	作者（中文）	德译书名	中文书名	译者	出版社	出版地
1987	Zhang Jie	张洁	Solange nichts passiert, geschiehzt auch nichts: Satiren	《何必当初：讽刺小说集》	Michael Kahn-Ackermann	Carl Hanser	München-Wien
1987	Zhang Xinxin	张辛欣	Am Gleichen Horizont	《在同一地平线上》	Marie-Luise Beppler-Lie	Engelhardt-Ng	Bonn
1988	Gao Xingjian	高行健	Die Busstation	《车站》	Chang Hsien-Chen, Wolfgang Kubin（编译）	Brockmeyer	Bochum
1988	Gao Xiaosheng	高晓声	Geschichten von Chen Huansheng	《陈奂生上城》	Eike Zschacke	Lamuv	Göttingen
1988	Qian Zhongshu	钱锺书	Die umzingelte Festung	《围城》	Monika Motsch, Jerome Shih	Insel	Frankfurt
1988	Shu Ting	舒婷	Schu Ting	《舒婷诗集》	Ernst Schwarz	Neuleben Verlag	Berlin
1988	Wang Anyi	王安忆	Kleine Liebe: Zwei Erzählungen	《荒山之恋》《锦绣谷之恋》	Karin Hasselblatt	Carl Hanser	München
1989	Wang Meng	王蒙	Wang Meng: lauter Fürsprecher und andere Geschichten	《王蒙小说选》	Inse Cornelssen, Sun Junhua, Wang Meng	Brockmeyer	Bochum
1989	Xiao Hong	萧红	Der Ort des Lebens und Sterbens	《生死场》	Karin Hasselblatt	Herder	Freiburg
1989	Zhang Xianliang	张贤亮	Die Hälfte des Mannes ist die Frau	《男人的一半是女人》	Petra Rezlaff	Limes	Frankfurt, Berlin
1990	Bei Dao	北岛	Gezeiten	《波动》	Irmgard E. A. Wiesel	S. Fischer	Frankfurt
1990	Bei Dao	北岛	Tagtraum	《白日梦》	Wolfgang Kubin	Carl Hanser	München

65

续表

年份	作者（德语）	作者（中文）	德译书名	中文书名	译者	出版社	出版地
1990	Duo Duo	多多	*Der Mann im Käfig: China, wie es wirklich ist*	《笼中的男人：真实的中国》	Bi He, La Mu	Herder	Freiburg, Basel
1990	Gu Cheng	顾城	*Quecksilber und andere Gedichte*	《顾城——〈水银〉及其他》	Peter Hoffmann, Ole Döring, Silke Droll	Brockmeyer	Bochum
1990	Xiao Hong	萧红	*Geschichten vom Hulanfluß*	《呼兰河传》	Ruth Keen	Insel	Frankfurt
1990	Zhang Xianliang	张贤亮	*Die Pionierbäume*	《绿化树》	Beatrice Breitenmoser	Brockmeyer	Bochum

极端彻底地挖掘这个男性主导的社会体制中的缺陷。"① 换言之，无论是对历史的反思还是对当下时代的批判，女性文学都可能比以男作家为主流的传统创作更为犀利深刻。

总体来看，20世纪80年代联邦德国对中国现当代文学的关注承接了抗议运动之后突出作家"知识分子"身份的评判目光，主要集中于文学中的历史反思和实际批判，具体表现为对历史书写和揭露社会矛盾的女性文学的青睐。曾经由文字砖瓦构建的"具体的乌托邦"——抗议运动时期赫然凸显的革命"中国"形象及其延续——在经历了逐步的坍塌乃至突如其来的幻灭之后，也在更为密切和深入的中德交流中，渐渐得到新的审视与反思。

第二节　政策迭绕下的民主德国文学与汉学接受

一　汉学发展与文学交流的"断裂"

通过以上的考察，我们看到冷战后期联邦德国对中国现当代文学的传播与接受首先是由一群非汉学专业的民间知识分子主导的——无论1968年《时刻表》主编恩岑斯贝格（虽然选译鲁迅和介绍中国文化革命的负责人席克尔确实是汉学家），还是20世纪70年代选译鲁迅的布赫，或是20世纪80年代初出版作家访谈录的吴福冈，他们在向德语世界传播中国现当代文学之前的履历上都没有汉学背景。由于西德知识界关注中国现当代文学的目光主要延续的是抗议运动时期对中国寄托式的政治异域化，六七十年代鲜有涉及现当代中国政治和文学研究的汉学家，无法在传播过程中提供太多语言问题以外的专业参考。联邦德国在1972年同中国建交之后才开始正式向中国派送留学生，培养既具备语言能力又对当代中国有直接

---

① Helmut Martin, "Von Rinderteufeln und Schlangengeistern", in *Die Horen* 138, 1985, S. 8.

认识的汉学学者。这一批学生,也就是中德建交之后的第一批汉学家,从留学中国到作为成熟的汉学学者来从事中国现当代文学的译介研究,至少需要几年时间。因此,一直到20世纪80年代初,联邦德国的汉学学者才开始慢慢接替抗议运动传统下的左翼知识分子(也有一部分是重合,即汉学家本身就有左翼背景),成为主导中国现当代文学在德传播与接受的重要力量。

相反地,东德汉学家从20世纪50年代初开始就肩负起"将社会主义新中国的当代文学作品介绍到东德"的任务。[①] 1949年宣告成立的德意志民主共和国在同年就与中华人民共和国建立了外交关系。1951年,中国文化部长沈雁冰和民主德国驻华使团团长柯尼希(Johannes König)在北京签订文化协定,议定互相大力支持在本国传播对方的文化成就,同时议定了留学生备忘录。[②] 1953年,第一批东德学生来华交流,比联邦德国要早整整二十年。据汉学家梅薏华的统计,1953年到1966年期间东德官方派往中国的留学生大约有六十名,其中部分是汉学专业的学生。[③] 同20世纪70年代西德和中国建交后首批留华学生一样,这批在20世纪50年代初来到中国受到现代汉语和文学知识训练的汉学学生,经过几年时间在语言和学术上渐渐成熟,20世纪50年代末已有了一系列译介研究中国现当代文学的成果。然而,由于20世纪60年代初中苏关系恶化,苏联阵营下的民主德国对中国也转变了态度,东德汉学家没能迎来类似西德20世纪80年代的中国现当代文学译介热潮。1960年8月,德国

[①] Eva Müller, "Chinesische Literatur in der DDR", in Adrian Hsia and Sigfrid Hoefert (Hrsg.) *Fernöstliche Brückenschläge: Zu deutsch-chinesischen Literaturbeziehungen im 20. Jahrhundert*, Bern: Lang, 1991, S. 199.

[②] 潘琪昌、戴继强、时雨编:《百年中德关系》,世界知识出版社2006年版,第113页。

[③] 根据梅薏华笔述,1953年以前中国要求民主德国来华的学生没有接受过任何汉学方面的培训,而且必须是夫妻双方一同前来。1954年后这个规定取消,梅薏华本人也同莱比锡外语学院的八位学生一起来到北京。参见[德]梅薏华《1953—1966年首批来华的德国学生》,《德国汉学》,第304页。

统一社会党中央委员会（SED）向文化部下达命令，要求审查出版界已有的中国文学和现代题材书籍，同时禁止有关中国当代文学和政治的德语出版物继续发行。① 最迟到中国"文革"爆发，民主德国的在华学生已全体返德，② 中国现当代文学的译介传播工作也基本上陷于停滞。在西德如火如荼地掀起对中国的革命狂热和对中国新文学的政治化接受时，东德知识界的中国现当代文学学者和传播者陷入了沉默。原本主导中国现当代文学传播的汉学群体，有些回归了古典的"象牙塔"，也有不少人将重心转向中国政治和外交政策研究，一直到20世纪80年代中国和民主德国关系重新正常化之后才重拾对中国现当代文学的关注。

在这个由密切到疏离，再重新到得接续的跨语种文学交流过程中，有一个明显的操纵变因：与政治时局相应的民主德国的文教政策。假如民主德国一直延续20世纪50年代初的对华政策，那么东德汉学中的中国现当代文学研究有望发展成为重要的学科专业，而中德文学交流的盛况也是不难想象的。然而，国际政治形势的变化直接造成了一个文学接受史的断层，正值兴盛的中德文学交流戛然而止，进入了将近二十年的"断裂"。毫不意外地，这个断裂的第一道裂隙始于交流主导者汉学家们的隐退。1963年前后，统一社会党中央委员会（Sozialistische Einheitspartei Deutschlands，SED）下面的高等教育部（Ministerium für das Hoch- und Fachschulwesen，MHF）开始改变汉学培养计划。新的教育政策下，"对汉学家的需求大幅度地减少"，莱比锡和柏林洪堡大学汉学系不再招收新学生，甚至开始

---

① 1959/1960年民主德国中央文教部的文件中包括了对中国文学书籍"特殊审查"的指示，为以防止"文学作品中出现政治错误的内容"。Vgl. Dokument 153, in Werner Meissner（Hrsg.），*Die DDR und China* 1949–1990, *Politik, Wirtschaft, Kultur*, Berlin: Akademie Verlag, 1995, S. 324.

② 根据民主德国外交部给中央领袖的文件，最后十七个留华学生最迟将在1967年2月5日以前返回民主德国。Vgl. Dokument 161, in Werner Meissner（Hrsg.），*Die DDR und China* 1949–1990, S. 335.

削减在读学生名额。① 20 世纪 50 年代开始政府规划培养的东德汉学学生到了 20 世纪 60 年代初,有一部分已经到了博士研究,甚至德国大学任教资格考试(Habilitation)的阶段。据汉学家坎鹏(Thomas Kampen)统计,民主德国在 20 世纪 60 年代初的汉学学术规划,是在 1967 年前完成 21 篇博士学位论文和 12 篇教授论文,其中有三个博士选题和一个教授论文选题是关于中国现代文学的。② 然而,截至 20 世纪 80 年代初,这些学生中完成博士学位论文的人数不到一半,最终只有三人获得了大学任教的资格。③ 不过,值得一提的是,20 世纪 80 年代之前少数几位完成大学任教资格论文的东德汉学家里,有两位是以中国现当代文学研究为专业方向的,可以说已经占了非常高的比重。这两位都是前东德译介中国现当代文学最重要的学者:一位是 1962 年和 1967 年以两本茅盾研究获得博士学位和大学任教资格的葛柳南(Fritz Gruner)④,还有一位就是梅薏华。她在 1966 年就已拿到博士学位,一直到 1979 年才完成以《1949—1957 年间新中国叙述诗中的工人形象塑造》为题的教授论文。⑤

---

① 参见 MHF, DR3/AE2946, S. 1,转引自[德]坎鹏《民主德国的中国学研究:科学计划、高校论文及自我描述》,《德国汉学》,第 265 页。
② 参见 MHF, DR3/2943,转引自[德]坎鹏《民主德国的中国学研究:科学计划、高校论文及自我描述》,《德国汉学》,第 265 页。
③ [德]坎鹏:《民主德国的中国学研究:科学计划、高校论文及自我描述》,《德国汉学》,第 265 页。
④ 葛柳南两本论文完整信息如下:《论 1927—1932/33 年茅盾小说中的社会图景和人物形象》, Gesellschaftsbild und Menschengestaltung in Mao Duns erzählerischem Werk von 1927 bis 1932/33, Dissertation, Leipzig, 1962;《茅盾对中国新文学现实主义的发展所做出的文艺贡献》, Der literarisch-künstlerische Beitrag Mao Duns zur Entwicklung des Realismus der neuen chinesischen Literatur, Habilitation, Leipzig, 1967.
⑤ 梅薏华两本论文完整信息如下:《"白蛇传传说"在 20 世纪上半叶以前中国文学中的反映》, Zur Widerspiegelung der Entwicklung der "Legende von der Weissen Schlange" (Bai-shezhuan) in der chinesischen Literatur bis zur 1. Hälfte des 20. Jahrhunderts, Dissertation, Berlin, Humboldt-Univ., 1966;《1949—1957 年间新中国叙事诗中的工人形象塑造》Zur Darstellung des Industriearbeiters in der Epik der Volksrepublik China (1949 – 1957), Dissertation, Berlin, Humboldt-Univ., 1979.

冷战时局变化带来的政策变动打乱了汉学学术规划，也直接导致了20世纪70年代民主德国的汉学作为大学学科的整体性萎缩。在有关20世纪50年代至20世纪70年代德国汉学研究的历史概述中，张国刚曾将其形容为"从'三分天下'到'诸侯称霸'"。[①]"三分天下"的意思是，在德国"二战"结束后最早恢复东亚系的几所大学，20世纪50年代形成了三个汉学中心：西德境内有"二战"时期唯一一所保持了汉学系的高校慕尼黑大学和以20世纪初的殖民研究所为前身的汉堡大学，东德的汉学中心则是莱比锡大学，由师从孔好古（August Conrady）研究先秦文史的叶乃度（Eduard Erkes）教授主持。这三个中心代表了德国汉学谱系里的三支不同的研究传统，本应掌舵战后德国汉学学科重建的方向。[②] 然而，"三分天下"的情况到了20世纪70年代发生了很大的变化，整个德语地区多处恢复或新建大学汉学系，还有大学东亚系设立汉学专业，形成"诸侯称霸"的局面。这些新的汉学中心最主要的特征是，它们无一例外都在西德，从属于新建或重建的高校，比如科隆大学、波鸿大学、图宾根大学、波恩大学、海德堡大学等。相对而言，20世纪70年代民主德国仅有两个大学有汉学专业，东柏林的洪堡大学和莱比锡大学。就20世纪50年代整个德国"汉学中心"之一的莱比锡而言，1958年汉学教授叶乃度去世之后，东亚研究所的教学就已开始式微。1966年葛柳南开始担任所长的时候，莱比锡大学东亚研究所的讲座教学（Vorlesung）已经全面停课。1968年民主德国东亚系将研究中心定在首都东柏林，莱比锡的研究所也就等于"不存在"了。[③] 至

[①] 张国刚：《德国的汉学研究》，中华书局1994年版，第91页。

[②] 关于20世纪汉学研究传统的地域中心还可以参考慕尼黑大学汉学系教授叶翰（Hans van Ess）的叙述，其中提到20世纪上半叶的五个汉学传统中心分别是法兰克福、汉堡、柏林、莱比锡和慕尼黑。参见［德］叶翰《德国汉学与慕尼黑的研究传统》，《文化遗产》2014年第6期。

[③] Hongmei Yao, *Transformationsprozess der Sinologie in der DDR und BRD*, 1949 – 1989, Dissertation, Köln, 2009, S. 112.

于东德"新"的汉学教学中心柏林洪堡大学,在 20 世纪 60 年代后半期很长时间只有一名没有完成大学任教资格论文的汉学教员贝尔森(Siegfried Behrsing),直到 1970 年葛柳南从"不存在"的莱比锡东亚研究所转到柏林之后,才有了唯一有大学任教资格的汉学教授任职。①

对应汉学学科发展的是中国现当代文学译介研究的断裂,其直接的原由是民主德国禁止中国现当代书籍发行的政策,以及 1961 年柏林墙搭建之后本身就愈加严格的文化审查制度。与汉学发展相关的主要是两方面:一是语言翻译人才(这里是指能够从事文学翻译的人才)的流失和减少;二是对学术研究从主题到范式的控制,以至于文学研究者对中国现当代文学评估的客观准确性也遇到了挑战。关于第二点,我们可以列举民主德国屈指可数的几篇关于中国现当代文学的博士学位论文和教授论文稍作考察。除了葛柳南 20 世纪 60 年代的两篇学位论文和梅薏华的两篇论文,民主德国四十年间仅有两篇直接关于中国现当代文学的博士学位论文记录在案:彼得斯(Irma Peters)1971 年提交的《论中国作家鲁迅的意识形态发展》(Zurideologischen Entwicklung des chinesischen Schriftstellers Lu Xun)和尹虹(Irmtraud Henjes)1972 年在普实克指导下完成的《曹禺、田汉和老舍艺术作品中的反封建和反帝国主义因素:中国抗日时期戏剧作品(1931—1945)探究》(Antifeudale und antiimperialistische Aspekte des künstlerischen Schaffens von Cao Yu, Tian Han und Lao She: dargestellt anhand ihrer dramatischen Werke aus der Zeit des Widerstandsgegen die japanische Aggression 1931 – 1945 in China)。单从标题来看,两篇博士学位论文的主题都是文学和政治的关系,诸如"意识形态"和"反封建和反帝国主义"这样鲜明的政治语词在标题中出现,或许是两位作者在政治时局下的自行选择,或

---

① [德]坎鹏:《民主德国的中国学研究:科学计划、高校论文及自我描述》,《德国汉学》,第 265 页。

许也是作为汉学研究领域的"中国现代文学"与东德政治需求捆绑在一起后的学术义务。根据尹虹的自述回忆,她在 1966 年着手准备论文期间,曾经被东德警察史塔西(Stasi)搜查过资料,后来不得不调整方向。① 而在彼得斯的研究中,鲁迅是一个从西方资产阶级哲学思想转向无产阶级和马克思主义的中国革命者。她有意强调鲁迅对苏联的同情和支持,同时将鲁迅与毛泽东区分,整篇论文的观点完全符合 20 世纪 70 年代的东德意识形态。② "在东德的语境下,鲁迅思想的主要参照('三座大山'、马克思主义、人民、十月革命)已经被预先规定,并非拿来讨论的科学话题。"③

相比之下,葛柳南在中国和民主德国关系尚未正式断裂以前④的博士论文《论 1927—1932/33 年茅盾小说中的社会图景和人物形象》,是从文学语言和写作方法出发的文学研究,几乎没有专门讨论作品和政治关系的章节。在近几年一本比较东西德汉学变迁的博士学位论文里,作者将葛柳南 1962 年的博士学位论文和联邦德国一名博士生什拉赫(Richard von Schirach)1971 年关于徐志摩和新月社的论文对比介绍。⑤ 尽管作者并没有最终结论,但他将葛柳南和什拉赫所处的社会甚至家庭背景与他们博士学位论文的整体情况并置,暗示了东西德学者在处理相似选题时的不同的路径,与各自所处的社会背景有关。与围绕文学文本的葛柳南相反,西德学生什拉赫在抗议运动后期完成的论文,主要关注的并不是徐志摩的文学创作,而是作家所属文学社团及其为中国现代文学发展带来

---

① [德]尹虹:《对中国文学的努力:得失相当》,臧健编《两个世界的媒介:德国女汉学家口述实录》,北京大学出版社 2011 年版,第 33 页。
② 参见范劲《鲁迅研究在德国》,《文艺研究》2018 年第 1 期。
③ 范劲:《鲁迅研究在德国》,《文艺研究》2018 年第 1 期。
④ 中国和民主德国的关系从 1959 年开始冷淡,随着意识形态冲突的不断加剧而不断互相疏远,两国外交关系正式于 1964 年 4 月 19 日破裂。Vgl. Werner Meissner, *Die DDR und China* 1949–1990, Politik, Wirtschaft, Kultur, Berlin, 1995, S. 142.
⑤ Vgl. Yao Hongmei, 2.3 Moderne chinesische Literatur, in *Transformationsprozess der Sinologie in der DDR und BRD*, S. 224–232.

的影响。在对比介绍时，作者特意强调葛柳南的工人背景，以及什拉赫父亲在"二战"时期的纳粹经历——1968年学生运动的一个内在动因就是，抗议青年试图将自己区别于"二战"时期对纳粹罪行无动于衷，甚至参与政治犯罪的父母辈——以此来凸显这两位汉学学生在个人和政治社会背景下选择的不同文学研究范式。这样的并置比较或许也可以用来考察民主德国汉学发展断裂前后（事实上是中德关系断裂前后）的文学学术生产：葛柳南和梅薏华在20世纪60年代提交的三篇论文都是从艺术性或文学史的角度出发，隐去了对中国现代文学和社会政治情况的直接剖析，与20世纪70年代彼得斯和尹虹的两篇论文正好相反。至于20世纪70年代最后一篇，也是这六篇中唯一以新中国或者所谓的"当代"文学为主题的论文，其标题是梅薏华根据民主德国中央委员会20世纪70年代分配给柏林洪堡大学汉学系的教授论文选题"工人阶级的塑造"而拟定的。①

20世纪80年代中国和民主德国关系缓和之后，汉学学科建设得到了一定程度的恢复。20世纪80年代民主德国关于中国的博士学位论文比20世纪70年代多了百分之五十，总数接近四十篇，尽管其中关于文学的只有寥寥两篇。② 回顾民主德国的汉学发展，难以忽视的是20世纪60年代中期直接由政策导致的"断裂"，以及相应从学术接受到大众传播对中国现当代文学的忽视甚至禁忌。政治控制之下的汉学研究和整体中德文学交流的窒碍贯穿了整个20世纪70年代，一直到20世纪80年代中期再次因为政策解冻才逐渐恢复。

---

① Vgl. Thomas Kampen, "Ostasienwissenschaften in der DDR und in den neuen Bundesländern" in Wolz Krauth (Hrsg.), *Wissenschaft und Wiedervereinigung-Asien-und Afrikawissenschaften im Umbruch*, Berlin: Akademie Verlag, 1998, S. 277.

② Thomas Kampen, "Ostasienwissenschaften in der DDR und in den neuen Bundesländern" in Wolz Krauth (Hrsg.), *Wissenschaft und Wiedervereinigung-Asien-und Afrikawissenschaften im Umbruch*, Berlin: Akademie Verlag, 1998, S. 284.

二 从机密的当代中国学到公开的文学"探求"

在以上对民主德国汉学史的概述中,有必要对"断裂"这个不免有些过于简单的表述作个补充:20世纪60年代中期直接在政治冲击下断裂的汉学学术传统和学科发展,并不等同于民主德国对中国研究的全面停滞。事实上,以文史哲研究为主的汉学(Sinologie)传统,恰恰在这个"断裂"时期由一种针对当代的中国学(Chinastudien)研究范式承接——尽管在民主德国,这种承接从一开始就脱离了公开性质的高等学院,转向一种秘密的、服务于政府的智库机构,因此也并非独立的学术承接。这里,当代中国学研究是指以科学的方式研究有关中国社会各方面的内容,可以看作广义汉学学科下面的一个专业,同时又由于其本身的跨学科性质,拓宽了传统西方汉学的研究领域。

20世纪60年代中期,民主德国公开的汉学教学和汉学研究陷于停滞的同时,顺应战略需求的当代中国学研究却逐渐成形。在莱比锡东亚系"消失"以前,曾举行过多次关于毛泽东思想和"文革"的学术研讨会,还有两位博士生提交了关于新中国经济问题的论文——当然,这些学术活动和成果都没有公开。按主攻历史的东德汉学家费路(Roland Felber)的划分,民主德国的当代中国史研究主要分四个阶段,从20世纪60年代中期开始到1972年尼克松访华是初步形成的第一阶段。① 中国和联邦德国建交之后,民主德国受到进一步深化战略研究的压力,一直到20世纪80年代初都属于发展迅速的第二阶段。在第二阶段,德国民主社会党中央委员会所属的社会科学院国际工人运动研究所(Akademie für Gesellschaftswissenschaften beim Zentralkomitee der SED)成立了中国研究部门,洪堡大学的亚洲学研究所东亚研究方面也有中国现代史专业。这些机构围绕政治需求所展开的学术生产"对苏联和东欧社会主义国家具有现

---

① [德]费路:《民主德国的当代中国研究》,《德国汉学》,第292页。

实的战略意义"，因此也都属于政府机密。① 事实上，即使在民主德国当代中国学发展的最后两个阶段，20 世纪 80 年代初期到 1986 年东德领袖昂纳克（Erich Honecker）访华，以及外交关系重新正常化，到柏林墙倒塌的最后三年，民主德国整个东亚研究领域能够出版的论文数量还是不超过总数的百分之五。②

这些非公开的、大量的中国学研究支撑着看似"断裂"的汉学学科，同时也在一定程度上为民主德国在 20 世纪 80 年代承续 20 世纪 50 年代中国现当代文学译介工作做了准备。虽然 20 世纪 70 年代从事中国学研究的学者按照国家战略需求，大多研究方向在政治经济领域③，但也有一些学者拿到了计划中几个专门留给语言文学的项目，比如上一小节中提到的梅薏华在洪堡大学的教授论文。除了洪堡大学，还有中央科学院的历史语言研究所（Geschichts-und Sprachinstitute der Akademie der Wissenschaften），这两所研究机构，相对来说稍有公开性质，为中德文学交流"断裂"时期的汉语言文学专家们提供了科研条件。他们在 20 世纪 80 年代政治情况刚有转暖之时就开始重拾几十年前东德汉学家们的任务。其中最早也最有影响力的是由多位学者主导编译的一本中国当代文学作品集，1984 年出版的《探求：十六位中国小说家》（*Erkundungen：16 Chinesische Erzähler*）。这本选集译介了 1979 年到 1981 年在中国重要文学杂志上发表的 16 篇小说，由 10 位译者完成，依次是玛拉沁夫的《活佛的故事》、冰心的《空巢》、王蒙的《悠悠寸草心》、茹志鹃的《剪辑错了的故事》、欧阳山的《成功者的悲哀》、陈国凯的《主与仆》、莫应丰的《屠夫

---

① ［德］费路：《民主德国的当代中国研究》，《德国汉学》，第 294 页。

② Vgl. Kampen, "Ostasienwissenschaften in der DDR und in den neuen Bundesländern", S. 288.

③ 20 世纪 80 年代东德六个中国学研究中心中三个是专门研究政治和经济的：柏林的国际政治经济研究所 Institut für Internationale Politik und Wirtschaft（IPW），经济高等学校 Hochschule für Ökonomie（HfÖ），还有在波茨坦的政治法律研究院国际关系研究所 Institut für Internationale Beziehungen（IIB）an der Akademie für Staats-und Rechtswissenschaft. 列表描述参见 Kampen, S. 273.

皇帝》、李准的《芒果》、谌容的《玫瑰色的晚餐》、艾芜的《大山下的目闹・纵戈》、王安忆的《本次列车终点》、陆文夫的《小贩世家》、高晓声的《陈奂生上城》、汪曾祺《受戒》、张弦的《被爱情遗忘的角落》、邓友梅的《寻访画儿韩》。翻译这些短篇小说的译者大多数是在汉学学科"断裂"之际,在"机密"机构中继续从事研究的当代中国学学者,比如上一节提到的四位现代文学论文作者葛柳南、梅薏华、彼得斯和尹虹(后两位毕业之后没有留在学术界),洪堡大学语言学专业的贾腾(Klaus Kaden)和高立希(Ulrich Kautz),还有科学院历史语言研究所毕业的汉语语义学专家施雅丽(Ilse Karl)。[①] 这些具有专业学术背景,并且在汉学发展与文学交流"断裂"之际仍保持语言和学术训练的当代中国学研究者们,在民主德国与中国政治文化关系转暖之际,也自然地重新开始对中国现当代文学的"探求"。

这本书标题中的"探求",可以追溯到 20 世纪 50 年代末中国昙花一现的"探求者"文学共同体。1957 年"双百方针"出台后,江苏一批年轻作家受到鼓励,准备成立《探求者》同人文学刊物,却在随之而来的反右运动中因为尚未成形的刊物被打成右派。近三十年后民主德国出版的这本中国当代小说选集,尽管只收录了两位曾经的"探求者",也是 20 世纪 80 年代文坛"归来者"的小说(高晓声的《陈奂生上城》和陆文夫的《小贩世家》),但却意味深长地将选集命名为《探求》,以此追忆一个因任意变化的文化政策而兴起和终止的中国文学群体。

> 这些作品(1977 年以后的中国文学)引起了惊人的巨大反响,有激动的附和,也有激烈的批评。此时的人们都期待着一个文学回答,期待着文学能够回答生活中紧迫的问题,能够帮助探

---

① 参见《探求》目录:Irmtraud Fessen-Henjes, Fritz Gruner, Eva Müller (Hrsg.), *Erkundungen*: 16 *Chinesische Erzähler*, Berlin: Volk und Welt, 1984, S. 332 – 333.

寻新的道路和社会主义的可能性。因而,他们在这时候写这些小说的意图可以直接回溯到1957年那一群将自己命名为"探求者"的青年作家身上,本书中收录的有高晓声和陆文夫。他们的创作遵循"诚实地探讨人生",与20世纪50年代用意识形态写作掩饰社会矛盾的主流文学趋势相反,提倡对个人命运的真实描绘。……他们当时的短篇小说在主题和写法上都标志着中国文学的突破,可是他们的努力很快就被打上反社会主义反人民的标签。相反地,另一种描写美好并且回避社会问题的文学创作,也就是政治任务性质的写作受到了比此前更大力度的扶持。①

该书《编后记》中,"文革"后几年间中国当代文学创作的"意图"就被解读为接续"双百"时期未完成的文学"探求"。这种解读并非东德学者专有。吴福冈在质疑"文学的春天"时,也同样把新时期文学与"双百"方针之后短暂的文艺"解冻"联系在一起,对历史重蹈可能带来的"又一场严酷的霜冻"表示警惕。包括20世纪80年代中期的西德汉学家,在评论1983年中国文艺界"清除精神污染"运动的时候,也不免会重提20世纪50年代末反复骤变的文艺政策。然而,对于东德汉学家们来说,在近二十年的译介沉寂之后,以《探求》为标题译介出版这本选集,并不是为了质疑中国转暖的政治与文学气候。与吴福冈、施耐德,还有很多认为新时期文学不具备足够的对当下现实的批判性的西德汉学家不同,东德编者对1978年十一届三中全会作为一个历史和文学新起点这个说法并无存疑,并不认为新时期中国文学会与20世纪50年代末中国文学有同样的命运。这本书的三位主编——在东德汉学"断裂"时期从事中国现代文学研究的尹虹、葛柳南和梅薏华——在《编后记》中的语调是温和而肯定的:1978年之后,中国作家们终于能够"在

---

① Irmtraud Fessen-Henjes, Fritz Gruner, Eva Müller, "Nachbemerkung", in *Erkundungen*, S. 324.

新的文学环境下探索真实"了。① 编者最后概括了新时期小说的三个特征：叙事手法的多样化、私生活主题的出现和女性作家的比例增多，也可视作这十六篇作品的选择标准。对这些作家的整体评价，他们给出了与吴福冈（将中国作家评定为儒家传统下不具有社会批判力的孔教知识分子）相反的结论："他们充满热情的社会参与和对历史的审视和反思，使他们同1911年以来中国现代文学的传统，尤其是20世纪30年代和抗日战争时期的无产阶级革命文学相连，同时又承接了中国几千年来富有社会关怀的文人传统。"② 尽管这样的评价依然带有意识形态的痕迹，但是笔调真诚，伴随褒奖的引证叙述都恰当可信，字句中透露着编者对中国新时期文学的信心与期待。

那么，既然东德编者已经确信这些作家获得了稳定的创作环境，中国当代文学也在蓬勃发展，为什么又要强调这些新时期的"归来者"作家们与二十多年前命途多舛的"探求者"的联系呢？难道真的像他们说的那样，仅仅因为这两个时期的人们都期待着一个探求真实与现实的"文学回答"？这个问题的答案是无法确定的，《编后记》中也没有更多提示。但如果我们回顾参照1949年以后的中国文学发展与民主德国的汉学发展，就会清楚地看到两条平行的发展轨迹大致在同一个时间发生了明显的"断裂"——1966年中国"文革"爆发前后，中国文学陷入沉寂，而已与中国断交的民主德国也开始教育改制，大学汉学转向机密的中国学研究。50年代初期在政策鼓励下开始译介中国现代文学（或者为文学交流做准备）的民主德国汉学家和自由译者们，大致在中国"探求者"们沉落不久，也不得不放弃了中国现代文学翻译，投身于研究机构或其他行业。1984年的《探求》对于参与编译的绝大多数人（葛柳南是唯一的例外）来说，都是20世纪60年代文学交流因政治"断裂"以来第一

---

① Irmtraud Fessen-Henjes, Fritz Gruner, Eva Müller, "Nachbemerkung", in *Erkundungen*, S. 328.

② Irmtraud Fessen-Henjes, Fritz Gruner, Eva Müller, "Nachbemerkung", in *Erkundungen*, S. 327.

次参与中国现代文学的翻译项目。我们可以回顾一下"断裂"以前民主德国最后一个大型的中国现代文学翻译项目：1959 年新中国十年国庆之际，同样由人民与世界出版社推出的短篇小说选集《三月雪》。选集由白定元（Werner Bettin）、葛柳南和克林（Erich Klien）三位当时莱比锡大学的汉学助手主编，十四位汉学专业的学者翻译而成。这十四位译者之中的四位，葛柳南、施雅丽、彼得斯和扎尔茨曼（Hannelore Salzmann）都参与了二十多年后《探求》的译介工作。① 加上 1962 年踩着文化政策骤变末尾编译了《五十首中国民歌》（Heute erntet man Lieder in riesigen Koerben. Fünfzig chinesische Volkslieder）的梅薏华，《探求》译者中有一半都是在"断裂"之前就参与过中国现代文学译介的汉学家。只是他们同中国的"探求者"一样，文学"探求"反复曲折，在政策的迭绕中延宕了二十多年。

从这个角度来看，《探索》的出版不仅标志着这些汉学家译者对中国现当代文学公开的"探求"，也象征着他们作为汉学家和公共知识分子的"归来"。《探求》出版之后达到了较高的发行量，很快在第二年再版，备受文化界的关注，1988 年还在联邦德国得到再版，改名为《大山下的目闹·纵戈》。② 这个题目取自选集中艾芜在 20世纪 70 年代末重回云南后写的同名小说，写一名下放到云南的知识女青年在"文革"结束后的一场交谈中，回忆过去，慢慢重拾对未来的信心。用艾芜这篇小说作为全书的标题自然符合西德对中国当代文学"文革"反思主题的兴趣，同时也"更正"了东德版本概括十六位作家的标题"探求"——毕竟十六位中只有两位是当年的"探求者"。而对于东德汉学家来说，作为他们学术译介活动的复出

---

① Vgl. Werner Bettin, Erich Alvaro Klien, Fritz Gruner (Hrsg.), *Märzschneeblüten: Chinesische Erzählungen*, Berlin: Volk und Welt, 1959.

② 参见尹虹自述中对编辑出版《探索》的介绍《对中国文学的努力：得失相当》，臧健编《两个世界的媒介：德国女汉学家口述实录》，北京大学出版社 2011 年版，第 33 页。同时参考尹虹主编的西德版《探索》：Irmtraud Fessen-Henjes (Hrsg.), *Ein Fest am Dashan. Chinesische Erzählungen*, München: Droemer Knaur, 1988.

之作,《探求》这个标题纪念 20 世纪 50 年代末中国文学"探求者"们在政治波澜中的命运沉浮,或许也包含了他们身处同样受制于政策的本土学术环境中的探索与展望。

三 平行的道路与文学现实

我们看到,主导中国新文学在民主德国传播的汉学研究者们,在 1949 年以后的译介研究道路和同期中国当代文学的发展道路大体平行。当然,这里的"平行"不是在具体的事件上,而是指双方知识分子的学术翻译和文学生产在大致相同的时间段发生的变化起伏,经历了由繁荣到停滞再到繁荣的过程。这些繁荣与停滞,都是双方政治局势下相应文化政策的直接结果,主要形成了三个阶段。

第一个阶段是 1949 年到 1965 年,中国文艺政策把以延安文学为主要构成的左翼文学奉为唯一的文学范式,涌现了大量遵循"革命现实主义与革命浪漫主义相结合"等文艺口号的文学作品;同时,民主德国与中国积极友好的文化交流政策决定了他们对汉学学术人才培养的力度,以及逐年增长的中国新文学德译生产。

第二个阶段是 1966 年到 1977 年,中国当代文学生产在"文革"期间停滞,东德汉学发展也因中德断交而转向,只有极少数的汉学学者继续从事中国现当代文学研究,现当代文学的译介在政策管控下几乎完全终止。由于民主德国的文学政策只涉及对"有关现当代中国书籍"的管控和限制,这十年间活跃在中国文学翻译界的主要是古典文学译者,比如施华兹(Ernst Schwarz),史华兹(Rainer Schwarz),还有翻译过不少中国现代文学作品却在这个阶段也转向古典文学的赫尔茨菲德(Johanna Herzfeld)。

最后一个阶段就是 20 世纪 80 年代。1978 年年底十一届三中全会以后,在思想解放的政策下中国迎来当代文学的繁荣,与同样进入"解冻"期的民主德国汉学界再次平行。早在 1979 年,柏林人民与世界出版社就已经为了"新的解冻期准备",率先发行了《骆驼祥子》的德译本,一部分转译自英语,一部分由伯耐德(Marianne

Bretschneider）从汉语直译。① 1984 年的《探求》是这个时期标志性的译介成果，但事实上在此之前，民主德国有关中国的文化政策就已经有所松动。1983 年，民主德国外交部长奥斯卡·菲舍尔和中国外交部长吴学谦在纽约的联合国大会上举行了近二十年来的第一次正式会晤。② 同年，各机构、大学里的中国学学者也得到批准，允许前往中国学习。③ 在双方重新弥合的政治关系下，文学交流逐渐恢复。根据汉学家尹虹整理的目录，1963 年到 1983 年之间民主德国公开的中国现当代文学出版物只有四本，全部由人民与世界出版社发行。除了最后一本《骆驼祥子》，前三本都是茅盾的小说：《虹》、《子夜》和《春蚕》（见表 1-2），由葛柳南与出版社合作策划，在尹虹看来是整个东德唯一的"例外"④；1984 以后，民主德国的最后五年时间里至少出版了十八本中国现当代文学译作，占整个四十年间译作出版总数的三分之一（见表 1-2）。

值得注意的是，在最后一个阶段，中国现当代文学德译本很多都已提前穿越柏林墙，在东西两德同时出版，或者一边出版之后再到另一边授权发行，比如《探求》出版四年后在联邦德国的发行。当然，更普遍的情况还是东德从西德"进口"中国现当代文学德译本版权，如人民与世界出版社陆续发行的《天云山传奇》《沉重的翅膀》《边城》，还有冯骥才中篇小说《啊！》分别从联邦德国境内的拉姆夫（Lamuv）出版社、汉泽尔（Carl Hanser）出版社、苏尔坎普出版社和狄德里西斯（Eugen Diederichs）出版社转版。还有一种情况是同一部作品由东西德译者分别译为两个德语版本发行，如张

---

① Vgl. Lao She, *Rikschakuli*, Berlin: Volk und Welt, 1979.
② 潘琪昌、戴继强、时雨编：《百年中德关系》，世界知识出版社 2006 年版，第 132 页。
③ Klaus Kaden, "Chinesischausbildung in der Deutschen Demokratischen Republik", in *Chun*, Nr. 4, 1987, S. 30.
④ ［德］尹虹：《对中国文学的努力：得失相当》，臧健编《两个世界的媒介：德国女汉学家口述实录》，北京大学出版社 2011 年版，第 30 页。

辛欣的《北京人——100个普通人的自述》就由东德最大的文学出版社建设（Aufbau）出版社和西德的狄德里西斯出版社推出两个版本，分别由梅薏华和马汉茂主编。《北京人》由人物采访组成，是反映当代中国社会现实的一手材料，对东西德的读者都很有吸引力。同西德一样，20世纪80年代的东德知识界也渴望更了解"真实"的中国——毕竟，在过去二十年的"断裂"中，人们获取当代中国信息的唯一渠道来自官方的教条宣传。即便实录口述体的书籍在是否属于严格意义上"文学"的问题上仍有一定争议,[①] 但这本实录在中国首发之后不久就在东西德几乎同时得到译介，确实体现了这个时期德语读者对中国文学——或者说是对来自中国的非官方叙述——的需求：只有真实的中国叙述才能通向"真实"的中国。

从这些译介书目中还可以发现的是，民主德国最后几年从事中国现当代文学翻译的主要人物是有汉学专业背景的学者，和20世纪50年代后半期的情况近似。其中最重要的学者就是《探求》的三位编者尹虹、葛柳南和梅薏华。在中国现当代文学专业的学术背景下，三位汉学家选择译介的作品都与他们各自的学术研究兴趣相关。在博士论文中研究过老舍剧作的尹虹，在主编《探求》的同年也翻译出版了老舍的小说《离婚》，1988年翻译出版了《二马》。1986年，她前往中国拜访了之前在柏林认识的老舍的女儿舒雨，并与老舍的夫人胡絜青见面，向她们谈起翻译老舍百万字长篇小说《四世同堂》的计划——这个计划历经十多年，最后终于在1998年问世，由贝塔

[①] 张辛欣的《北京人》在1985年同时发表在五家文学刊物上，引发了不少人对"口述实录"作为一种没有"小说特征"的文学形式的质疑，国内几家文学评论期刊也围绕"口述实录是不是文学"展开了讨论。有关最初质疑参见张跃生《口述实录是不是文学——读〈北京人〉有感》，《当代文坛》1985年第6期；有代表性的正面支持包括陈思和《挑战：从形式到内容——读〈北京人〉随想》，《当代作家评论》1985年第6期。他认为"口述文学"在形式与内容表达上保持一致，是"解放文体的标志"。还有评论者将"口述文学"视作在结构上具备虚构性的文学构成，其发展代表了"边缘文学的崛起"，参见袁基亮《关于"口述实录文学"的思考》，《当代文坛》1985年第12期。

斯曼集团在维也纳和瑞士的联合出版社在苏黎世先后两次付印。①同时，她对中国戏剧文学的专业研究和个人热情一直伴随着她对中德文学交流的付出。1988 年，尹红在东德文学期刊《魏玛文学》(*Weimarer Beiträge*) 上，发表了一篇关于中国 1977 年以后的戏剧文学情况的文章，详尽地介绍过去十年中国戏剧创作方面的探索和实验。同期发表的还有梅薏华对小说创作情况的整理、葛柳南的王蒙研究，以及他们两位对刚在东德出版的《沉重的翅膀》和《北京人》的评论。这三人当中，尹虹是唯一一位没有一直从事学术研究的汉学家。她在 20 世纪 70 年代初写完博士学位论文之后加入了民主德国通讯社 (Allgemeiner Deutscher Nachrichtdienst，AND)，"文革"后半期常驻中国从事通讯报道工作。由于亲历中国当代文学现场，尹虹对新时期文学有比较直观的了解，尤其同戏剧文学界的工作者有较多个人交流。两德统一以前，尹虹曾在北京中央戏剧学院访问研究，向柏林戏剧出版社的中国当代话剧选推介了高行健的《车站》等多部作品。②

另外两位东德的中国现当代文学专家在 20 世纪 80 年代都已经是柏林洪堡大学的汉学教授。茅盾研究专家葛柳南在 20 世纪 80 年代研究的重点是王蒙，他的文学地位和政治身份都可以与茅盾类比。葛柳南在《探求》之后，主编翻译的另一本文集就是王蒙的短篇小说选《蝴蝶》(*Ein Schmetterlingstraum*，1988)，也请了包括尹虹在内不少《探求》的译者参与。在葛柳南眼中，王蒙是"五四"以来文学叙事传统的当代承续者，是把中国现代小说创作实践提到了新层次的代表作家。在 1988 年为《魏玛文学》写的王蒙研究文章中，葛柳南从生平道路到写作特征对作家进行了全面的概述，着重考察了王蒙 20 世纪

---

① ［德］尹虹：《对中国文学的努力：得失相当》，臧健编《两个世界的媒介：德国女汉学家口述实录》，北京大学出版社 2011 年版，第 35 页。《四世同堂》德语版参见 Lao, She, *Vier Generationen unter einem Dach*, Rheda-Wiedenbrück, Wien：Bertelsmann-Club, 1998；Lao, She, *Vier Generationen Unter Einem Dach*, Zürich：Unionsverlag, 2000.

② ［德］尹虹：《对中国文学的努力：得失相当》，臧健编《两个世界的媒介：德国女汉学家口述实录》，北京大学出版社 2011 年版，第 36 页。

80年代的创作。在创作手法上，葛柳南尤其关注王蒙20世纪80年代以后运用的意识流叙事和他一贯的幽默风格，指出王蒙兼备对中国文学传统的继承和对西方文学思潮的借鉴。评论王蒙的"幽默"风格时，葛柳南认为王蒙"幽默"的特别之处，是他能够在逻辑上将"准确恰当的隐喻和生动的语言结合起来"，在风格上融汇中国相声传统和西方的"黑色幽默"。[1] 同时，他正确地指出王蒙幽默中时而"反讽的笔调与讽刺性的夸张"，虽然也带有批判性，但并非鲁迅"攻击"式的讽刺，而是以"改良"为主要效果的写作。因此，他的讽刺表现为一种"很多时候隐藏在文字背后的幽默"，而幽默也就成了"小说叙事的一个有机组成部分"。[2] 关于王蒙的文学道路和个人政治选择，包括1986年担任文化部长职位一事，葛柳南的态度也是肯定的。他叙述中的王蒙是一个履行政治社会责任的知识分子作家："过去，他主要从事文学方面的工作，而如今，他有太多新的东西需要学习。官职行政占据了他大量的时间和精力，但他仍然坚持继续文学创作：他最新写的小说《活动变人形》和另外五个短篇小说就是很好的凭证。"[3] 这种态度与西德汉学界对王蒙行政身份的普遍质疑完全不同。[4] 总体来看，葛柳南对王蒙的评价主要还是从他的作品出发——

---

[1] Fritz Gruner, "Wang Meng-ein hervorragender Vetreter der erzählenden Prosa in der chinesischen Gegenwartsliteratur", in *Weimarer Beiträge* 6 (1988), S. 935.

[2] Fritz Gruner, "Wang Meng-ein hervorragender Vetreter der erzählenden Prosa in der chinesischen Gegenwartsliteratur", in *Weimarer Beiträge* 6 (1988), S. 935.

[3] Fritz Gruner, "Wang Meng-ein hervorragender Vetreter der erzählenden Prosa in der chinesischen Gegenwartsliteratur", in *Weimarer Beiträge* 6 (1988), S. 929.

[4] 顾彬在1987年《夜的眼》德语版后记中，记叙了与王蒙的几次接触，对其生平创作和政治选择也做了详尽的介绍。对王蒙政治生活，尤其是1986年担任文化部部长之后的仕途，顾彬的怀疑态度隐含在对交流事件的叙述当中。在文末，他把王蒙比作庄周梦蝶，一会儿是深陷体制内反对自由化的官员，一会儿又在文学叙述中反对梦一般荒唐的政治社会："... oder wie ein Schmetterling der träumt, er sei Zhuangzi zwei Personen sein: die eine stimmt in den Chor gegen bürgerliche Liberalisierung ein, und die andere schreibt Erzählung, welche die Kampagne ad absurdem führt", Vgl. Wolfgang Kubin, "Großer Bruder Kulturminister. Begegnungen mit Wang Meng", in Wang Meng, *Das Aug der Nacht*, Zürich: Unionsverlag, 1987, S. 274–287.

尽管作家本人是政府官员，但他的作品里找不到任何"许多新中国文学作品里都无法摆脱的教条意图"，因为他是通过"启发读者思考和深度反思"来实现文学的社会效果的。① 这种研究方式同葛柳南在 20 世纪 60 年代的茅盾研究如出一辙。正如六七十年代葛柳南在恶劣的文学交流环境中继续主持茅盾译介项目，他在 20 世纪 80 年代也从自己的研究出发，向德语区的读者推介王蒙这名"中国当代优异的叙事文学代表"。②

同样，在《探求》中翻译了艾芜小说的梅薏华在 20 世纪 70 年代末的教授论文中，就专门研究过《百炼成钢》中以秦德贵为代表的工人形象的塑造，也做过艾芜研究。梅薏华在《探求》出版同年前往成都拜访艾芜，之后又集合数位译者编译出版了艾芜小说集德译本《峡谷中的寺庙》，也收录了此前请艾芜写的序言。③ 梅薏华另一个研究重点是至今一直关注的中国的女作家和女性文学。在梅薏华的自述中，曾提到1957 年在中国留学时读到宗璞小说《红豆》，给她留下的深刻印象。《红豆》从女性视角讲述了一个由于不同政治意见而引发的爱情悲剧，表现了一个知识女性在特殊政治环境下的"心灵矛盾和艰难的私人选择"，使梅薏华联想到了同一时期东德女作家沃尔夫（Christa Wolf）的成名作《分裂的天空》（*Der geteilteHimmel*）。沃尔夫的小说同样讲述了一对政治观点不同的恋人，女主人公去看望因不相信社会主义经济体制而迁往西柏林的男主人公，返回东德后正值柏林墙始建，永远阻隔了恋爱中的青年。这两篇小说通过相同的女性视角呈现了类似的时代主题和几近平行的文学现实：政治

---

① Fritz Gruner, "Wang Meng-ein hervorragender Vetreter der erzählenden Prosa in der chinesischen Gegenwartsliteratur", in *Weimarer Beiträge* 6 (1988), S. 931.

② Fritz Gruner, "Wang Meng-ein hervorragender Vetreter der erzählenden Prosa in der chinesischen Gegenwartsliteratur", in *Weimarer Beiträge* 6 (1988), S. 931.

③ 这次交流在艾芜研究资料里也有所记录："1983 年 5 月……梅薏华女士托《中国青年报》房树民写信给艾芜艾老写篇序言或后记。……他写道：'我认为梅薏华先生的翻译中国文学，定能在德国人民众中引起很好的影响，加强两国人民的友谊。'"参见廉正祥《流浪文豪：艾芜传》，四川文艺出版社 1988 年版，第 474 页。

意识形态迭绕中的个人情感与生活。宗璞的小说在20世纪50年代遭到了激烈批判,而梅薏华对宗璞的研究和关注一直延续到两德统一以后,在她关于中国"后现代"文学发展的论文中将宗璞视为中国当代女作家的代表。

作为一名生活在东德的汉学家,梅薏华在阅读研究中国现当代文学作品时,对其中与民主德国相似的政治和文学现实十分敏感。她早年在宗璞小说中读到了与东德社会平行的文学现实,印象式地联系到同时期东德作家沃尔夫小说中个体形象的精神面貌。尽管从研究档案上来看,梅薏华没有根据这种印象,针对民主德国和新中国以后的小说做过平行性的比较研究,但她观察到这种在平行的政治体制下同样"平行"的文学现实,并且意识到它对跨文化文学传播与接受的重要性。张洁的《沉重的翅膀》德译本在民主德国获得成功时,梅薏华清晰地指出了张洁作品中呈现的文学现实与东德社会现实的平行:"由于女作家张洁在书中提出一系列改革问题类似民主德国的社会问题,东德的读者抢着买,大家觉得中国文学包含了自己的社会也存在、但极少在本国报纸和文学里获得反映的东西。"[①]如果说《沉重的翅膀》在西德获得成功主要是因为对"文革"后改革"当下"的批判性呈现,西德读者能在其中了解到真实的中国社会和现实矛盾,那么按照梅薏华的说法,这部作品在东德读者的接受视野里就不仅仅通往中国的"真实",还指向一种与之平行的本土"现实":民主德国的政治制度与社会生活。

事实上,民主德国和1949年以后的中国在政治体制和意识形态上的近似,决定了双方在作家培养和文学生产方面的可比性。在可类比的文学机制下,民主德国和新中国作家的文学作品本身就在创作方法和主题内容上有共通之处。汉学学者塞西提希(Alexander Saechtig)曾对此做过专门的平行比较研究,指出民主德国和新中国

[①] [德]梅薏华:《一辈子献身于中国文学》,臧健编《两个世界的媒介:德国女汉学家口述实录》,北京大学出版社2011年版,第21页。

文学作品在人物塑造、社会主义现实主义的创作范式还有主题内容方面都有"特别邻近"的文学关系。① 当然，正如塞西提希所强调的，这种"特别邻近"的关系并非互相影响式的文学交流，而是相近的文艺政策下民主德国和中国作家运用相似的创作方法，把本身平行的社会现实变成平行的文学现实，因此只适合于平行研究而非影响研究。尽管如此，平行的文学关系对文学传播还是有一定程度上的影响，因为这种关系意味着两国读者在接受对方文学作品时有一种平行的"期待视野"②，一个近似的参照系，并且因循这个熟悉的视野和参照对另一方文学作品进行评判选择。梅薏华说张洁作品能够吸引民主德国读者，是因为作品在内容上能够与民主德国读者自己的社会改革问题产生联系，与读者个人社会经历决定的"期待视野"重合。不仅是在内容上，民主德国与新中国文学在创作方法和审美标准上也有一定程度的重合，尤其是在一致推崇"社会主义现实主义"文学创作的建国初期。正因为在本土有相似的文学参照，即便在文化政策的压力之下，民主德国在择选中国现当代文学时还是保留了一定的文学审美标准。在20世纪60年代初由彼得斯、梅薏华、葛柳南等几位汉学学者起草给东德中央政府的一份有关文学翻译的文件中，他们提出需要谨慎对待中国当代文学译作的选择工作，注重这些作品的文学质量，很多新中国文学作品仅仅是"围绕日常政治斗争的纯粹煽动性的文章"，如果把这些"简单化"的作品翻译到民主德国，有可能"会误导民主德国读者对社会主义现实

---

① Alexander Saechtig, *Schriftstellerische Praxis in der Literatur der DDR und der Volksrepublik China während der fünfziger und frühen sechziger Jahre*, *Möglichkeiten, Entwicklungen und Tendenzen*, Hildesheim: Olms Weidmann, 2017, S. 465.

② 按照接受美学代表姚斯（Hans Robert Jauss）的理论，"期待视野"（Erwartungshorizont）是指读者按照自己的审美标准和阅读背景产生的反应式构想，在受到文本自身特征的"挑战"时得到证实、落空、否定，甚至重新阐释，从而一起构建出对文本意义和美学品质的阐释性"反应"，最终也将勾勒出文学史和社会历史的联系。参见［德］姚斯《文学史作为向文学理论的挑战》，《接受美学与接受理论》，辽宁人民出版社1987年版，第26—56页。

主义的理解"。① 这些汉学家把社会主义现实主义看作"一种跨越国界的艺术形式"②，认为他们有责任向东德读者引介在艺术形式上有范式效果的中国文学。在这样的标准下，民主德国汉学译者在迂回的文化政策中保留了一部分对中国文学的审美评判，尽管这种审美评判的公开性很快在文学交流"断裂"中隐退。

从以上的叙述中可以看出，民主德国与中国围绕中国现当代文学的交流主要有三个特征。首先，主导中国现当代文学传播的知识分子群体与东德汉学界几乎完全重合，鲜有联邦德国境内由汉学界以外的知识分子主导宣传中国文学的情况。其次，中国现当代文学的译介研究活动在时间上与1949年后中国文学的发展历程平行，在政策迭绕中经历了从开始到"断裂"再到承续的几个阶段；同样，东德汉学家的学术道路与新中国作家曲折的文学道路也保持平行，大致在相同的时间段经历了从隐秘到公开的文学"探求"。最后，1949年以后中国文学与民主德国的文学本身就存在着主题内容和艺术形式上的近似。平行的文学政策和文学中平行的现实，也影响了民主德国知识界和大众读者对中国现当代文学的接受，具体表现为对内容主题与本土相似作品的欢迎，以及汉学家选取作品译介时对艺术形式和文学质量的要求。

尽管冷战后期东西两德都是从本土的政治社会需要出发，来评

---

① Irma Peters, Eva Müller, Fritz Gruner, Erich Klien, Werner Bettin, "Zur Übersetzung und Herausgabe chinesischer Literatur in der DDR, Anlage zu einem Schreiben der Abteilung Außenpolitik und Internationale Verbindungen an die Abteilung Wissenschaften des ZK der SED vom 27.2.1961", zitiert nach Martina Wobst, *Die Kulturbeziehungen zwischen der DDR und der VR China 1949–1990: Kulturelle Diversität und politische Positionierung*, Münster: LIT Verlag, 2004, S.137.

② Irma Peters, Eva Müller, Fritz Gruner, Erich Klien, Werner Bettin, "Zur Übersetzung und Herausgabe chinesischer Literatur in der DDR, Anlage zu einem Schreiben der Abteilung Außenpolitik und Internationale Verbindungen an die Abteilung Wissenschaften des ZK der SED vom 27.2.1961", zitiert nach Martina Wobst, *Die Kulturbeziehungen zwischen der DDR und der VR China 1949–1990: Kulturelle Diversität und politische Positionierung*, Münster: LIT Verlag, 2004, S.137.

表 1-2　民主德国 (1949—1990) 中国现当代文学德译出版目录

年份	作者（德语）	作者（中文）	德译书名	中文书名	译者	出版社	出版地
1950	Dschau Schu-li	赵树理	Die Lieder des Li Yü-tsai. Eine Erzählung aus dem heutigen China	《李有才板话》	Joseph Kalmer	Volk und Welt	Berlin DDR
1951	Tian Jian	田间	Gesang der gelben Erde	《黄土地的歌》	F. C. Weiskopf	Dietz	Berlin DDR
1951	Shih Yen	石言	Das Gelöbnis des Li Jin. Eine Liebeserzählung aus dem neuen China	《柳堡的故事》	（英文转译）	Paul List	Leipzig
1952	Lu Hsün	鲁迅	Erzählungen aus China	《鲁迅短篇小说选》	（俄文转译）	Rütten&Loening	Berlin DDR
1952	Dschau Schu-li	赵树理	Die Wandlung des Dorfes Lidjadschuang	《李家庄的变迁》	Tjen Nou	Volk und Welt	Berlin DDR
1952	Ding Ling	丁玲	Sonne über den Sanggan	《太阳照在桑干河上》	A. Nestmann （俄文转译）	Aufbau	Berlin DDR, Weimar
1953	Hsiao Chün	萧军	Das erwachende Dorf	《八月的乡村》	Hartmut Rebitzki （英文转译）	Alfred Kantorowicz	Berlin DDR
1953	N/A	N/A	China erzählt. Ein Einblick in die chinesische Literatur	《中国讲述：中国文学选集》	（合作翻译）	Volk und Wissen	Berlin DDR
1953	Mao Dun	茅盾	Der Laden der Familie Lin. Erzählungen	《林家铺子》	Joseph Kalmer	Volk und Welt	Berlin DDR
1953	Dschou Li-bO	周立波	Orkan	《暴风骤雨》	Enlm Yang, Wolfgang Müncke	Tribüne	Berlin DDR
1953	Tien Tschien	田间	Lied vom Karren	《赶车传》	F. C. Weiskopf	Dietz	Berlin DDR
1953	Tsao Ming	草明	Die treibende Kraft	《原动力》	Gerhard Mehnert	Dietz	Berlin DDR

续表

年份	作者（德语）	作者（中文）	德译书名	中文书名	译者	出版社	出版地
1953	N/A	N/A	Chinesische Erzählungen	《中国短篇小说集》	（合作翻译，俄文转译）	Dietz	Berlin DDR
1953	Xiao San	萧三	Kindheit und Jugend Mao Tse Tungs	《毛泽东的青少年时代》	Alex Wedding	Neues Leben	Berlin DDR
1954	Wang Hsi-djian	王希坚	Der gnädige Herr Wu	《地覆天翻记》	Yuan Miaotse, Klaus Marschke	Volk und Welt	Berlin DDR
1954	Lu Hsün	鲁迅	Die wahre Geschichte des Ah Queh	《阿Q正传》	Herta Nan, Richard Jung	Paul List	Leipzig
1954	Kung Djüe, Yuan Djing	孔厥、袁静	Schüsse am Bayangsee	《新儿女英雄传》	（英文转译）	Volk ud Welt	Berlin DDR
1955	Mao Dun	茅盾	Seidenraupen im Frühling. Zwei Erzählungen	《春蚕》	Joseph Kalmer	Insel	Leipzig
1956	Ma Feng, Hsi Jung	马烽、西戎	Die Helden vom Ly Liang Schan. Episodenroman	《吕梁英雄传》	Yuan Miaotse	Verlag des Ministeriums für Nationale Verteidigung	Berlin DDR
1956	N/A	N/A	Der lange Marsch. Erzählungen über die Chinesische Rote Armee und ihren berühmten Langen Marsch	《长征：中国红军和著名长征故事选集》	（合作翻译）	Verlag der Kasernierten Volkspolitzei	Berlin DDR
1957	Liu Bai Yu	刘白羽	Flammen am Yangtze	《火光在前》	Walter Eckleben	Dietz	Berlin DDR
1958	Scha Ting	沙汀	Heimkehr	《回家》	Alfons Mainka	Volk und Welt	Berlin DDR
1958	Mao Tse-tung	毛泽东	Gedichte	《毛泽东诗选集》	Rolf Schneider	Volk und Welt	Berlin DDR
1959	Mao Dun	茅盾	Die kleine Hexe	《小巫》	Johanna Herzfeldt	Philipp Reclam	Leipzig
1959	Lu Hsün	鲁迅	Morgenblüten abends gepflückt	《朝花夕拾》	Johanna Herzfeldt	Rütten&Loening	Berlin DDR

续表

年份	作者（德语）	作者（中文）	德译书名	中文书名	译者	出版社	出版地
1959	Zhou Li Bo	周立波	Der Strom	《铁水奔流》	Yang Enlin, Dschi Mu	Tribüne	Berlin DDR
1959	N/A	N/A	Asna. Eine Dichtung des Chani-Volkes	《阿诗玛；撒尼人的民间长诗》	（俄文转译，合作翻译）	Prisma-Verlag	Leipzig
1959	Lu Xun	鲁迅	Das Neujahrsopfer	《祝福：短篇小说集》	Johanna Herzfeldt	Philipp Reclam	Leipzig
1959	Ba Jin	巴金	Das Haus des Mandarins	《家》	Johanna Herzfeldt	Greifenverlag	Rudolstadt
1960	Lu Hsün	鲁迅	Die Flucht auf den Mond. Alte Geschichte neu erzählt	《故事新编》	Johanna Herzfeldt	Rütten&Loening	Berlin DDR
1961	Ulambagan	乌兰巴干	Feuer in der Steppe	《草原烽火》	Alfons Mainka	Neues Leben	Berlin DDR
1961	Tau Tschöng	陶承	Meine Familie. Autobiographische Erzählung	《我的一家》	Liane Bettin	Aufbau	Berlin DDR-Weimar
1961	Gao yun lan	高云览	Alle Feuer brennen	《小城春秋》	Peter Hüngsberg	Greifenverlag	Rudolstadt
1961	Zhao Shu Li	赵树理	Die Wandlung des Dorfes Lidjiadschuang	《李家庄的变迁》	Tjen Nou	Philipp Reclam	Leipzig
1961	Wu Yunduo	吴运铎	Waffen für die Vierte	《把一切献给党》	Johanna Herzfeldt	Deutscher Militärverlag	Berlin DDR
1962	Xu Huai Zhong	徐怀中	Wir säen die Liebe	《我们播种爱情》	Alfons Mainka	Neues Leben	Berlin DDR
1962	N/A	N/A	Heute erntet man Lieder in riesigen Körben. Fünfzig chinesische Volkslieder	《中国民歌五十首》	Arbeitsgemeinschaft	Volk und Welt	Berlin DDR
1962	Yä Scheng Tau	叶圣陶	Die Flut des Tjiantang	《倪焕之》	Helmut Liebermann	Rütten&Loening	Berlin DDR
1963	Mao Dun	茅盾	Regenbogen	《虹》	Marianne Bretschneider	Volk und Welt	Berlin DDR

第一章 通向现实与"真实":冷战后期知识界的文学守望　93

续表

年份	作者（德语）	作者（中文）	德译书名	中文书名	译者	出版社	出版地
1966	Mao Dun	茅盾	Shanghai im Zwielicht	《子夜》	Johanna Herzfeldt u. a.	Volk und Welt	Berlin DDR
1975	Mao Dun	茅盾	Seidenraupen im Frühling. Erzählungen	《春蚕》	Fritz Gruner, Johanna Herzfeldt u. a.	Volk und Welt	Berlin DDR
1979	Lao She	老舍	Rikschakuli	《骆驼祥子》	Marianne Bretschneider	Volk und Welt	Berlin DDR
1981	Lu Yanzhou	鲁彦周	Die wunderbare Geschichte vom Himmel-wolken-berges	《天云山传奇》	Eike Zschacke	Volk und Welt	Berlin DDR
1981	Lu Hsün	鲁迅	In tiefer Nacht geschrieben. Auswahl aus Novellen, Erzählungen, Essays und Briefen	《鲁迅作品选集：小说、杂文、书信》	Yang Enlin, Konrad Herrmann	Reclam	Leipzig
1984	Lao She	老舍	Die Blütenträume des Lao Li	《离婚》	Irmtraud Fessen-Henjes	Volk und Welt	Berlin DDR
1984	Shu Ting	舒婷	Archaeopteryx	《双桅船》	Ernst Schwarz	Neues Leben	Berlin DDR
1984	N/A	N/A	Erkundungen	《探求：16位中国作家小说选》	Irmtraud Henjes, Klaus Kladen, Eva Müller u. a.	Volk und Welt	Berlin DDR
1985	Ba Jin	巴金	Nacht über der Stadt	《寒夜》	Peter Kleinhempel（英文转译）	Volk und Welt	Berlin DDR
1986	Gu Hua	古华	Hibiskus oder Vom Wandel der Beständigkeit	《芙蓉镇》	Peter Kleinhempel（英文转译）	Volk und Welt	Berlin DDR
1986	Zhang Jie	张洁	Schwere Flüge	《沉重的翅膀》	Michael Kahn-Ackermann	Aufbau	Berlin DDR

续表

年份	作者（德语）	作者（中文）	德译书名	中文书名	译者	出版社	出版地
1987	Zhang Xinxin	张辛欣	Eine Welt voller Farbe: 22 chinesische Porträts	《北京人——100个普通人的自述》（节选）	Indes Gründel, Petra John, Marianne Liebermann, Eva Müller, Reiner Müller	Aufbau	Berlin DDR, Weimar
1987	Ding Ling	丁玲	Hirsekorn im blauen Meer	《蓝海洋中的高粱》	Yang Enlin, Konrad Herrmann	Philipp Reclam	Leipzig
1988	Ai Qing	艾青	Auf der Waage der Zeit	《在时间的天平上》	Manfred Reichardt, Shuxin Reichardt	Volk und Welt	Berlin DDR
1987	Lao She	老舍	Rikschakuli	《骆驼祥子》	Irmtraud Fessen-Henjes	Volk und Welt	Berlin DDR
1988	Lao She	老舍	Eine Erbschaft in London	《二马》	Irmtraud Fessen-Henjes	Volk und Welt	Berlin DDR
1988	Sheng Congwen	沈从文	Die Grenzstadt und andere Erzählungen	《边城》	Ursula Richter, Helmut Martin, Volker Klöpsch	Volk und Welt	Berlin DDR
1988	Wang Meng	王蒙	Ein Schmetterlingstraum: Erzählungen	《蝴蝶》	Fritz Gruner	Aufbau	Berlin DDR
1988	N/A	N/A	Die Eheschließung. Chinesische Erzählungen des 20. Jahrhunderts	《商婚：中国20世纪短篇小说集》	Fritz Gruner u. a.	Aufbau	Berlin DDR
1989	Ai Wu	艾芜	Der Tempel in der Schlucht und andere Erzählungen	《峡谷中的寺庙》	Anja Gleboff, Ilse Karl, Eva Müller, Folke Peil, Hannelore Salzmann	Volk und Welt	Berlin DDR
1989	Chen Rong	谌容	Zehn Jahre weniger	《减去十年》	Petra John	Volk und Welt	Berlin DDR
1989	Feng Jicai	冯骥才	Ach!	《啊！》	Dorothea Wippermann	Volk und Welt	Berlin DDR

第一章 通向现实与"真实":冷战后期知识界的文学守望　　95

续表

年份	作者（德语）	作者（中文）	德译书名	中文书名	译者	出版社	出版地
1989	Zhang Xinxin, Sangye	张辛欣、桑晔	Drei Gesprächsprotokolle	《三个访谈录》	Petra John, Otto Man	Volk und Welt	Berlin DDR
1989	Li Guowen	李国文	Gartenstraße 5	《花园街5号》	Marianne Liebermann	Aufbau	Berlin DDR; Weimar
1990	Lao She	老舍	Zwischen Traum und Wirklichkeit. Erzählungen	《梦与现实之间：短篇小说集》	Günter Bittner, Marianne Breitschneider, Michael Kahn-Ackermann,	Volk und Welt	Berlin DDR
1990	Zhang Xianliang	张贤亮	Die Hälfte des Mannes ist die Frau	《男人的一半是女人》	Konrad Herrman	Neues Leben	Berlin DDR
1990	Deng Youmei	邓友梅	Phönixkinder und Drachenenkel	《那五》《烟壶》	Ulrich Kautz	Aufbau	Berlin DDR, Weimar

价中国文学作品和中国作家，但是中国文学的接受形态在两个地区泾渭分明的政治文化环境下存在着较大的区别，有必要进行有区分性的研究。以上对中国现当代文学在两个地区传播接受情况的历史叙述，从双方主导的知识群体的角度出发进行考察，从局部到整体，分别勾勒出东西德中国文学接受的社会历史特征。如果说冷战后期西德对中国现当代文学的译介与接受是建立在知识分子的社会责任之上，延续的是1968年抗议运动对中国的理想化和对"真实"中国的追寻，那么东德知识界对同一异域文学主体的传播与解读受限于政策规定，并未留给主导文学交流的知识分子（汉学家）太多的主动性。在民主德国对中国现当代文学的接受过程中，西德式对"中国"的双重异域化想象几乎不存在，因为至少在政治体制与现实上，同样是社会主义的中国对东德读者来说并不陌生，其文学塑造也自然并非"异域"。因此，中国现当代文学在东德的接受没有经过在西德的演变过程：它不曾是一面将"中国"异域理想化的滤镜，也不曾刻意褪去滤色以通向真实的中国。与其说这种文学接受是一面由"自我观照"出发"接受异者的透镜"，不如说是在异者与本土文学现实的镜像平行之下，一面折射自身社会现实的棱镜。

第 二 章

后革命时代的寓言：
德语作家对鲁迅的互文性接受

  在冷战后期东西德对立的政治意识形态和文化生产机制下，中国现当代文学的传播与接受情况也经由地缘政治界限的划分，出现了两种由不同群体主导、针对不同社会文化需求的中德文学交流模式。由于两极政治格局持续阻碍着德语区内部的文化流通，联邦德国境内的文学传播情况大致与同属"西面"的瑞士和奥地利这两个德语地区一致，相异于政治界限另一面的民主德国。尽管如此，这两个德语政治阵营围绕中国现当代文学的文化交流仍有一个共同特征：从传播动机到接受目标，这两种文学交流都指向本土社会，呼应了知识界面向远东的文学守望。

  这种从本土出发并指向本土的文学交流形态在上一章的"副文本"研究中可见一斑，尽管对于这样的跨文化文学交流来说，另一种具有互文性的接受文本可能是比"副文本"更突出的表现形态。这里，"副文本"主要针对中国文学作品的德语译介情况，兼及对原文本的阐释与评价。按热奈特的文本批评理论，"副文本"（paratexte）是指直接显露在原文本之上的内容，将接受方与文本联系在一起，"为文本提供了一种（变化的）氛围，有时甚至提供了一种官方或半官方的评论"。[①] 在

---

  ① ［法］热拉尔·热奈特：《隐迹稿本》（节译），《热奈特论文集》，史忠义译，百花文艺出版社2001年版，第71页。

本书中，我们很多的论述都围绕着中国现当代文学文本的"副文本"而展开，包括德语译介的图书目录（标题）、翻译标题、副标题、"互联型标题"、序跋、封面（比如第一章中布赫的鲁迅译著封面上的毛泽东语录）、出版社、年份等文本的"附属标志"，也包括针对文本的评论，围绕作品的研究，以及同时发行的关联性文本（比如恩岑斯贝格在发表鲁迅译文的同一期《时刻表》上发表的文章）。当然，评论研究式的"副文本"和关联性文本也可以同时是热奈特提出的五种"跨文本关系"中的"元文本"（metatexte），即兼含对原始文本（这里指的是中文文本）评论性内容的书写，也因其对文学文本的引用可以看作与之存在广义上的"文本间性"（intertextualité）。同时，这些评论对中国现当代文学作品也进行了类型和文体上的界定与评价，因而也可以视作"型文本"（architexte）。唯有热奈特的互文理论中最重要的一种跨文本关系无法与这些"副文本"重合，也是笔者称为"互文性接受"的主要内容："承文本关系"（hypertextualité）。

热奈特所说的"承文本关系"是文学文本的一种普遍形态。任何通过简单改写或间接改造，从先前某部作品中诞生的文本都可以被称作前者的"承文本"。一切文学作品内也都藏有其他作品的影子，只是被热奈特称作"蓝本"（hypotexte）的前者影像，在后者"承文本"（hypertexte）中会有不同程度的体现。[1] 承文本"一般派生于一部虚构作品（叙事或戏剧）"，与蓝本存在着"非评论性的攀附关系"，因此也是虚构作品，比其他几种跨越性文本更具文学性。[2] 如果把热奈特的定义放到跨文化文学交流的语境里，"承文本"就是一种以文学创作为形式的异域文学接受，具体到本研究中，就是指从某一部中国现当代文学作品中"派生"出来的德语文学创作。这些创作首先是对中国现当代文学的接受，在接受美学意义上

---

[1] ［法］热奈特：《隐迹稿本》（节译），《热奈特论文集》，史忠义译，百花文艺出版社2001年版，第63—65页。

[2] ［法］热奈特：《隐迹稿本》（节译），《热奈特论文集》，史忠义译，百花文艺出版社2001年版，第61页。

不再局限于"阐释性和评价性",而是具有超越性和创造性的"读者反应"。① 同时,在跨文化跨语种的"承文本关系"中,承接"蓝本"的再创作不仅包含了对异文化"蓝本"的理解和接受形态,还把这种对"异"文学的理解融入了接受者基于自身文化的文学生产当中。这种新的文学生产,在本研究中即当代德语文学生产,以本土的文学形式将作者对中国文学"蓝本"的接受公之于众,也可以视作文学的二次传播,最终构成一种内容丰富并且影响深远的跨文化文学交流。因此,分析中国现当代文学的德语"承文本",对进一步挖掘中德现代文学交流的形态性质和社会意义具有特殊的价值。

在中德文学交流史上,这样的德语文学文本比较罕见,尤其是较为鲜明地存留了中国文学"蓝本"印迹的创作。然而,在20世纪70年代末20世纪80年代初——这个时间点不仅是中国当代历史与当代文学史的重要时刻,也标志着东西两德对中国现当代文学接受的转折——鲜明的"承文本关系"出现在两位重要德语作家对鲁迅作品的改写创作中:《时刻表》创办者、西德诗人恩岑斯贝格在1978年根据《故事新编》中最后一则寓言《起死》改写的广播剧《死者与哲学家》(*Der tote Mann und der Philosoph*),和东德作家克里斯托夫·海因于1983年完成的戏剧改编《阿Q正传》(*Die wahre-Geschichte des Ah Q*)。这两位至今仍活跃在德语文学界的著名作家在当时的联邦德国和民主德国都已经得到主流知识文化界的认可,他们的不少创作也已成为当代德语文学经典,包括他们的剧本创作——恩岑斯贝格有不少重要的广播剧作品,而海因的文学生涯就是从戏剧创作开始的。一定程度上,这两篇改写作品可以看作两位作家将鲁迅的两个不同的叙事文本"嫁接"到各自戏剧创作的实验。本章的研究对象就是这两位本身已在德语世界得到经典化的当代作

---

① 参见姚斯接受美学理论中对"读者反应"的阐述,[德]姚斯:《文学史作为向文学理论的挑战》,《接受美学与接受理论》,辽宁人民出版社1987年版,第26—56页。

家对鲁迅作品的互文性接受，也就是德语文学文本与中国现代文学原作的"承文本关系"。

第一节　民主德国阿Q的革命寓言：克里斯托夫·海因的《阿Q正传》戏剧改编

1983年12月，克里斯托夫·海因的剧作《关于阿Q的真实故事：狼犬之间》（剧名取自鲁迅《阿Q正传》西方语言译本中最通用的翻译标题，附加副标题"狼犬之间"）由亚历山大·朗执导，在东柏林的德意志剧院首演。在东德的舞台上，海因剧本里的阿Q和他的同伴王胡①一起登场：在一间"用纸盒做的、毫无中国特征的"用来表征祠庙的房子里，两位无业潦倒的主角配着民主德国摇滚歌曲的背景奏乐，在破床垫上谈论起无政府主义的革命理想。② 鲁迅小说里管土谷祠的老头子，在海因的剧本中以"祠庙看守"的社会职务为名，时不时前来提醒两位高喊口号的借宿者，催促他们修补祠庙漏雨的屋顶；赵太爷家的地保在剧中化名乡村警察"面具"，继续充当权威执行者的角色，在阿Q向每周代表教会来施舍分发食物的"修女"（结合了原作中阿Q与小尼姑和吴妈的故事情节）求爱之后对阿Q施刑。阿Q、王胡、祠庙看守、面具和修女，仅有的五个角色在以土谷祠为原型的同一个剧幕空间里，演绎了一出围绕"革命"主题的八幕剧。虽然这几个人物都带有小说原型的角色象

---

① 王胡的角色在海因的原剧本里是单音节的"王"（Wang），阿Q和其他角色对他的称呼是相当于原作中的"癞胡"的外号：Krätzebart，因此在本书中延续"王胡"这个角色名称。

② 这里有关《阿Q正传》东德首演现场的描述来自演出后《柏林周日报》上的剧评。Vgl. Ingrid Seyfarth, "Der Autor wird doch zu uns von heute reden wollen", in *Sonntag*, Nr. 3, 1984, S. 6, in Klaus Hammer（Hrsg.）, *Chronist ohne Botschaft, Christoph Hein: ein Arbeitsbuch; Materialien, Auskünfte, Bibliographie*, Berlin: Aufbau, 1992, S. 246–248.

征，也会偶尔蹦出一两句从《阿Q正传》中提炼出来的碎片台词，但他们上演的这出闹剧同"蓝本"的情节故事相差甚远。同时，封闭单一的戏剧空间和依赖人物对白的剧情发展，赋予东德阿Q的故事比原作更为鲜明的寓言性和讽喻意味，并在特定的观众群体面前将喻旨指向了民主德国特定的社会环境。

关于海因笔下的阿Q如何在舞台上讽刺东德社会的现实种种，德语批评界有不尽相同的解读。[1] 尽管出发点不同，这些解读几乎都脱离了"蓝本"，不再参照鲁迅原著中阿Q的形象表征，而是将海因的"承文本"视为一项独立的德语文学创作。这样的解读方式固然无可厚非，海因的戏剧文学创作本身就是在东德语境下的艺术探索，文本接受群体也是舞台下面直接的东德观众——亚历山大·朗的舞台设计用民主德国的文化元素替代中国异域风情的戏剧制作，或许已是这种解读的最好诠释。然而，对于所有负载明显"承文本关系"的作品来说，忽略"蓝本"的讨论都有可能招致整体解析上的疏漏。在这一节中，笔者试图将海因的改编与鲁迅的原著并置，将其视为中国现代文学经典《阿Q正传》的承接，并以此来探讨海因如何把对鲁迅小说的接受转化为文学创造力，注入一个民主德国的寓言之中。

---

[1] 赫尼希把这部剧解读成"充满幻想的小丑演出"，讽刺民主德国现实中对意识形态问题侃侃而谈的"感思个体"在"物质生活上的萎缩"，见 Frank Hörnigk, "'Die wahre Geschichte des Ah Q'-ein Clownspiel mit Phantasie", in Klaus Hammer (Hrsg.), *Chronist ohne Botschaft*, Berlin: Aufbau, 1992, S. 196–198；克鲁姆霍尔茨将阿Q和王胡在台上向往"革命"的讨论和自诩为无政府主义者的夸夸其谈，解释为对当代民主德国"意识形态象牙塔里的知识分子"的讽刺，表示他们只能在话语说辞上讨论形而上的革命问题，而无法认清现实的真实形态，见 Martin Krumbholz, "Utopie und Illusion: Die 'arbeitende Geschichte' in den Stücken von Christoph Hein", *Text + Kritik*, 1991 (111), S. 34；东德批评家考夫曼认为海因讽刺的是典型民主德国懒怠消极的公务员，Vgl. Hans Kaufmann, *Über DDR-Literatur*, Berlin: Aufbau, 1986, S. 239, zitiert nach Bernd Fischer, "Die wahre Geschichte des Ah Q (zwischen Hund und Wolf) nach Lu Xun", in *Christoph Hein: Drama und Prosa im letzten Jahrzehnt der DDR*, Heidelberg: Winter, 1990, S. 84.

一 无政府主义者的"精神胜利法"

《关于阿Q的真实故事》首演以前,海因接受民主德国戏剧出版社的编辑艾德曼(Gregor Edelmann)的访谈,说到他对鲁迅原作的主要兴趣在于"阿Q这个人物形象本身"。在海因看来,阿Q的形象特质可以被归属到一个"被隔离"的社会阶层。这个阶层"有革命的潜力,却不可能真正参与革命,也不会为之冒险";就算真的参与了革命,那也可能只是在"一些不幸的情况之下"。[①] 这些"不幸的情况"为阿Q在鲁迅原作中的"大团圆"收了尾,也成为海因改写阿Q"不幸的"革命故事的唯一可能的结局。从第二幕开始就跟着王胡高呼"无政府主义万岁"的阿Q强暴误杀了修女,在最后一幕却背上莫须有的偷盗罪名,上了刑场;王胡在祠庙里卷走阿Q的床垫和遗物准备离开,正遇上祠庙看守看完处决回庙:

> **王胡**:你怎么没去集市?
>
> **祠庙看守**:已经回来了。一切都结束了。
>
> **王胡**:他走得平静吗?
>
> **祠庙看守**:不知道。面具喊:革命万岁!接着阿Q喊:无政府主义万岁!然后就:嚓。就这样清场了,我们都得走。他竟连一句戏都没唱。
>
> **王胡**:唱什么戏?
>
> **祠庙看守**:他的咏叹调呗,他自己允诺过的。"手持钢鞭将你打"——想必他自己也给忘了。以往的处决比这精彩多了。这回连慈悲的先生都没出场。
>
> **王胡**:野蛮人。再见了,老头。[②]

[①] Christoph Hein, Gregor Edelmann, "Interview mit Christoph Hein", in *Theater der Zeit*, 1983(10), S. 54.

[②] 该剧本尚未有中译本,相关引用均为笔者自译。Christoph Hein, *Die wahre Geschichte des Ah Q*, *Stücke und Essays*, Darmstadt: Sammlung Luchterhand, 1984, S. 134.

祠庙看守的叙述声音里带着鲁迅小说结尾处那些嫌阿Q"竟没有唱一句戏"的未庄看客们的回声,用几句简单的对白交代了革命者阿Q"不幸的"最后时刻。同原作中想起自己双手被捆而没法扬手唱"手执钢鞭"的阿Q一样,海因剧本里的阿Q也没给喝彩的看客们多余的表演,只用一句贯穿阿Q整个戏剧生命的"无政府主义万岁",代替了原作中阿Q那半句临刑遗言:"过了二十年又是一个……"[1]这句原本同属于革命者的呐喊在阿Q死前却与刽子手面具高呼"革命万岁"的口号形成了对立,在话语上将阿Q与"新"的革命掌权者区分开来:一直隐藏在剧情后面的权威形象赵老爷改了称呼,从"慈悲的先生"(gnädiger Herr)变成了"革命的先生"(revolutionärer Herr),[2] 就像鲁迅小说里在革命党来了之后"改称"的知县大老爷和举人老爷;中心权力的执行角色"面具"仍然是先前的乡村警察"面具",正如未庄"带兵的也还是先前的老把总"。[3] 可以说,海因给阿Q安排的悲剧结局与鲁迅的原作在情节内涵和逻辑象征上都有所呼应。在保留原作结局框架的同时,海因在结尾也融入了他在访谈中所说的对原作阿Q"不幸的革命潜力"[4] 之解读:与鲁迅的主人公一样,海因剧本里始终神往无政府主义革命的主人公,最终也成了以"革命"为名的历史循环和权力更迭(或者权力维系)过程中卑微的牺牲品。

关于革命牺牲品的结局,海因在剧作一开始就已有暗示。第二幕中,阿Q第一次听到王胡冲着祠庙看守大喊"无政府主义万岁"时,便感受到了"无政府"(Anarchie)这个词语的冲击力,产生了

---

[1] 鲁迅:《阿Q正传》,《鲁迅全集》第1卷,人民文学出版社2005年版,第551页。

[2] Christoph Hein, *Die wahre Geschichte des Ah Q*, Darmstadt: Sammlung Luchterhand, 1984, S. 124.

[3] 鲁迅:《阿Q正传》,《鲁迅全集》第1卷,人民文学出版社2005年版,第542页。

[4] Christoph Hein, Gregor Edelmann, "Interview mit Christoph Hein", in *Theater der Zeit*, 1983(10), S. 54.

刑场砍头的画面联想：

> **阿 Q（思忖地）**：这个击中要害了。有如斧刀一砍。
> **王胡**：你说什么？
> **阿 Q**：就像你击中那老头一样，他被震吓住了。
> **王胡**：什么意思？
> **阿 Q**：你对着他耳朵大叫这个词"无政府"，这个词砍中他了。
> **王胡**：无政府？
> **阿 Q**：没错。
> **王胡**：我的意思是，我反对一切，敌对一切，你懂吗？一个无政府主义者是敌对一切的。
> **阿 Q**：我们是无政府主义者吗？
> **王胡**：我们别无他择。
> **阿 Q**：多美好啊——我愿意做无政府主义者。我心里有那么多仇恨。敌对一切——无政府万岁！
> **王胡**：你乱喊什么。你可不许这么随意地喊这个词。
> **阿 Q**：太美好了！这使我感到内心很轻松。
> **王胡**：使你感到轻松？
> **阿 Q**：是啊。如果能让我再喊一次，我想我一定会感到幸福。①

阿 Q 对"无政府"的第一印象是基于王胡喊出这个词时的发音效果，有如"斧刀一砍"（ein Schlag mit dem Beil）。类似的形容在第六幕阿 Q 从城里回来后再次出现在他的台词中，叙述他亲眼看到无政府主义革命者被砍头（呼应鲁迅原作叙述）。② 而最后，"有如斧刀"

---

① Christoph Hein, *Die wahre Geschichte des Ah Q*, *Stücke und Essays*, Darmstadt: Sammlung Luchterhand, 1984, S. 90–91.

② Christoph Hein, *Die wahre Geschichte des Ah Q*, *Stücke und Essays*, Darmstadt: Sammlung Luchterhand, 1984, S. 116.

的呼喊也与架在自己脖颈上的刀斧一起结束了他的"无政府"革命生涯。自始至终,"无政府"一词在海因的剧本里都只是一个泛化的能指,一个在语义上被简化为"敌对一切"(gegen alles)的语词空壳,同原作中阿Q将"革命党"理解为能让举人老爷和未庄人感到惊恐的"造反"异曲同工。

不仅如此,海因还在阿Q的无政府主义梦想中杂糅了阿Q的"精神胜利法",赋予这个词某种心理暗示,就像原作中能够使阿Q感到"优胜"满足一样。阿Q第一次高喊"无政府万岁"(Es lebe die Anarchie)时就神奇地"感到内心很轻松",不免让人想到他那"飘飘然的似乎要飞去了"[①]的精神胜利者原型。第二幕结尾,阿Q像一个睡前缠着大人讲故事的孩子一样,求王胡重复"无政府主义"的童谣,最后幸福入眠。

王胡:快睡吧。
阿Q:再跟我讲讲。
王胡:讲什么?无政府?
阿Q:嗯。
王胡:无政府主义者敌对一切,敌对一切。
阿Q:继续讲啊。多么美好。
王胡:快睡吧。……
阿Q:癞胡?
王胡:嗯。
阿Q:我几乎感到了幸福。
王胡:快睡吧,睡吧。[②]

[①] 鲁迅:《阿Q正传》,《鲁迅全集》第1卷,人民文学出版社2005年版,第524页。

[②] Christoph Hein, *Die wahre Geschichte des Ah Q*, Stücke und Essays, Darmstadt: Sammlung Luchterhand, 1984, S. 91.

到了下一幕，阿 Q 试图把他新发现的"精神胜利法""传授"给每周四来祠庙送牛奶汤的修女，让她也高喊"无政府万岁"，体验这个词语宣泄性的力量。① 修女自然无法体会阿 Q 私人语言的魔力，而此时剧作者便把原作中阿 Q 调戏小尼姑和后来抓着吴妈喊"我要同你困觉"的桥段，统统用在了分享"精神胜利法"失败后转而向修女求爱的"无政府"口号呼喊者身上。修女挣脱阿 Q 离开，面具就登场执行"慈悲的老爷"给阿 Q 的处罚。阿 Q 此时报称自己是赵老爷的亲戚，用的理由不再是他也姓赵的说辞，而是一个无政府主义革命者的乌托邦理想："所有人都是兄弟，都是亲戚。"②

这里，与其说海因的阿 Q 经历了一场"恋爱的悲剧"，不如说是主动迈向了无政府主义"革命的悲剧"：面具报告阿 Q 的亲戚说辞，回来后又加重了刑罚。待到第四幕开始，阿 Q 奄奄一息地躺在破床垫上，王胡在一旁尝试让他想些美好的事来转移注意力，忘记疼痛。阿 Q 想不出任何美好的经历，只好使用无政府主义的革命"精神胜利法"来缓解身体上的痛苦：

  王胡：这太困难了，算了，你别想了，睡吧。
  阿 Q：接着说。
  王胡：说什么？说革命？
  阿 Q：嗯。
  王胡：要我喊那个吗？
  阿 Q：嗯。
  王胡（弯下腰靠近阿 Q，轻轻地说）：无政府万岁——这样可以吗？

---

① Vgl. Christoph Hein, *Die wahre Geschichte des Ah Q*, Stücke und Essays, Darmstadt: Sammlung Luchterhand, 1984, S. 95.
② Christoph Hein, *Die wahre Geschichte des Ah Q*, Stücke und Essays, Darmstadt: Sammlung Luchterhand, 1984, S. 101.

阿Q：嗯。
王胡：你想再听一次吗？
阿Q：嗯。
王胡：无政府万岁。①

我们把鲁迅小说中的"精神胜利法"可以理解为依靠个人对"胜利"的想象和"私人语言"的表达获得的一种自欺欺人式的精神满足②，不论是把已经打败自己的对手称作"儿子"，还是荣当能自轻自贱者之"状元"，再或是自己打自己来演绎一番"胜利"，都是阿Q个人通过对"优胜"一词的语义重构来实现胜利之愿的形式。而海因用"无政府"的革命语词代表"精神胜利法"的改写确实依循了这种语言心理。自始至终，无政府主义者阿Q对这个激动人心的、美好的称号之理解与使用，都完全基于个人投奔革命从而逃离现世的主观愿望。对阿Q来说，无政府主义等同于革命；革命不仅意味着权力秩序的颠覆，还能为一切问题提供解决方法。当阿Q描述他的无政府主义革命幻想，扬言要"把这座祠庙变成一处所有人的住所，一座穷人的殿堂"时，祠庙看守冷嘲热讽地指了指这座未来殿堂漏雨的破屋顶，再一次提醒阿Q，他和王胡得以留宿祠庙的契约前提：他们应该完成自己的本分工作，去修补祠

---

① Christoph Hein, *Die wahre Geschichte des Ah Q*, *Stücke und Essays*, Darmstadt: Sammlung Luchterhand, 1984, S. 104.

② 从结构主义语言学出发的《阿Q正传》解读可参见张旭东的《中国现代主义起源的"名""言"指辩：重读〈阿Q正传〉》一文。张旭东将阿Q解读为一个特定语言世界系统的"故障"符号，而他的传记就是中国文明价值表达系统"失序"的寓言。"精神胜利法"是阿Q作为故障符号重构语义系统的一种方法："'精神胜利法'，归根结底正是语言问题。把比自己强大的对手指认为儿子，挨揍后把自己确立为老子，这是在内心重建表意链，从而找到自身恰当位置的过程。但'精神胜利法'的喜剧性在于，这个修补完整的语言只是阿Q的'私人语言'，没有跟他人的可交流性。'精神胜利法'并不是一个心理现象，所谓'moral victory'只有严格的寓言意义。"张旭东：《中国现代主义起源的"名""言"指辩：重读〈阿Q正传〉》，《鲁迅研究月刊》2009年第1期。

庙的屋顶。① 对此，阿Q义正词严的一句"革命会修补这房顶，革命会修补一切"② 道出了海因解读"精神胜利法"的原理："革命"和"无政府主义"这样趋至抽象的概念语词，覆涵着巨大而宽泛的语义空间，默许阿Q参照自己的"私人语言"体系，为其增添多重语义。于是，阿Q的"无政府"情结从一开始对词语音节的迷恋渐渐扩大至语义上的依赖。无政府主义革命也不再只是王胡重复定义的"敌对一切"，而是能够赋予这种寄人篱下的倦怠生活根本意义的"使命"。"无政府"的"所指"能够将祠庙变为穷人的殿堂，能够修补阿Q和王胡懒于修补的屋顶，也能够给欺凌苦痛中的阿Q带来精神上的慰藉；它可以是阿Q向往的那些"充斥意义的人生时刻"（der Moment eines sinnerfüllten Lebens），也可以是阿Q用来逃避现实和社会义务的借口。③

在这一点上，无政府主义者阿Q的革命"精神胜利法"有着与原作中一样消极性的效用——鲁迅的阿Q用它来逃避失败与屈辱，海因的阿Q借此逃避责任与空虚。也同样是在这一点上，海因对鲁迅小说和阿Q形象特征的普世性理解，融入了他本人基于本土社会文化的创作：通过对鲁迅小说中阿Q具有"私人语言"重构形式和逃避性质的"精神胜利法"的移植，海因在他表征民主德国社会的戏剧空间里创造了一个避世的、空谈革命的东德阿Q形象。这番"平行移植"在德语文学研究者菲舍尔看来，正是海因的《阿Q正传》改写中最出彩的部分，因为海因讽喻的民主德国社会和在社会中屡弱萎缩的知识阶层在这里终于得以凸显："海因将无政府主义革

---

① Christoph Hein, *Die wahre Geschichte des Ah Q, Stücke und Essays*, Darmstadt: Sammlung Luchterhand, 1984, S. 102.

② Christoph Hein, *Die wahre Geschichte des Ah Q, Stücke und Essays*, Darmstadt: Sammlung Luchterhand, 1984, S. 102.

③ 阿Q在第三幕与王胡的交谈中说他预感到实现他们生命"使命"的时刻快到了："一个充斥意义的人生时刻，我们不能白活一场。" Vgl. Christoph Hein, *Die wahre Geschichte des Ah Q, Stücke und Essays*, Darmstadt: Sammlung Luchterhand, 1984, S. 90.

命理想的振奋作用添入'精神胜利法',将其修饰成一个知识分子难题。……以这样的方式宣布无政府主义的幻梦是可笑而深刻的,因为(海因)宣布的是革命历史性的无奈与现代性的衰败。海因的阿Q起誓效忠的无政府主义革命与鲁迅的阿Q(向往的革命)不一样。民主德国的阿Q更加陶醉于无政府主义本身的概念——或许也正是在这种无能为力的个人生活和政治信仰之下,在这种智识型的萎缩衰败当中,海因将一段特定的革命社会历史转换成了一部思想剧。"[1]

二 从"避世"反抗到暴力犯罪:革命的情景反讽

尽管民主德国的阿Q承接了逃避型的"精神胜利法",他的"逃避"与中国阿Q全然不同。鲁迅小说中用"精神胜利法"逃避失败和屈辱的阿Q并没有试图逃离失败和屈辱的根本来源,也就是他所属的未庄社会——这个可以被视作"乡里空间"或者"乡村共同体"的秩序空间。[2] 本质上,他的"逃避"是为了更好地融入这个社会,或者至少保持一份归属社群的存在感。因此,鲁迅的阿Q需要这个社会群体中的他者众数;他需要酒楼里那帮"赏鉴家"的笑声来维持"得胜"的满足感,即使这些笑声最终注定会化为刑台上咀嚼他灵魂的喝采。换言之,阿Q运用"精神胜利法"实现的逃避是一种"入世"的逃避,它的前提是对基本社会规则和文化秩序的认同,它的目标也得到同一种规则秩序的认可。

相反,东德阿Q的"逃避"主要是"避世"意义上的逃离。剧作一开始,阿Q和他的搭档王胡就是以两个不折不扣的厌世主义者的形象登场的。精简的第一幕没有对白,完全由两人的几个动作构

---

[1] Bernd Fischer, "Die wahre Geschichte des Ah Q (zwischen Hund und Wolf) nach Lu Xun", in *Christoph Hein: Drama und Prosa im letzten Jahrzehnt der DDR*, Heidelberg: Winter, 1990, S. 86.

[2] 参见日本学者沟口雄三对明清以后由富户"士绅"阶层主导规约下乡村社群的描述,参见罗岗《阿Q的"解放"与启蒙的"颠倒"——重读〈阿Q正传〉》,《华东师范大学学报》2013年第1期。

成：阿Q登场，清理床垫上的雪，把他的行李和床垫移到一处不漏雪的角落，修补床垫，睡去；王胡登场，睡去。除了勾画出阿Q和王胡在漏雪破屋檐下的生存处境，这个开场布景也寓言式地将鲁迅小说中阿Q的"嗜睡"——原作中阿Q的入睡时刻通常是精神胜利法起效的最后环节——印刻成两个人物首要的消极特征。而第二幕一开始，阿Q的独白就把这种逃避现世的消极特征夸张化，化为滑稽可笑的喜剧元素：

> 一张湿透的床垫。这是什么鬼棚子啊。他们竟然把人放到这种鬼仓棚里来住。这是什么样的世纪啊。这是什么鬼时代啊。这是什么——（思考）那个谁，妈的。要是这儿有个烤炉就好了，癞胡。一个铁烤箱。带瓷砖那种。一个壁炉。前面放一把丝绒座椅。破裂的木柴在跳动的火光里。（清醒地）最重要的是，一个热的烤炉。暖一暖冻疮。癞胡，我们不能放弃。我们不能抱怨。我们不能被别人看到怨声载道的模样。这个世纪不可能见证我们下跪。不管怎样。其他人有公务员，女佣。一个家庭女教师，一个煤气灶，一张折叠桌。我们这棚子里却连一针一线都弄不到。
>
> 即便如此。打"命运"他妈的一拳。
>
> 嘿，癞胡，你睡了吗？
>
> 我们明天就去处理事情，明天一大早。只要我们还是我们理智的主人。踢"厄运"他妈的一脚。明天也许就有新床垫会为我俩蹦出来了。干燥的床垫，一张给你，一张给我。
>
> 我们睡吧。晚安，癞胡。[1]

阿Q的独白一结束，祠庙看守就登场，一句"我早就跟你们说

---

[1] Christoph Hein, *Die wahre Geschichte des Ah Q*, *Stücke und Essays*, Darmstadt: Sammlung Luchterhand, 1984, S. 83–84.

过要修补屋顶"的斥责,在因果关系上取消了阿Q这番怨词的根据——床垫之所以被雨雪淋湿,只是因为祠庙收留的这两位流浪汉迟迟不肯修补屋顶上的破洞。一瞬间,阿Q原本就自我矛盾(在抱怨的过程中说"我们不能抱怨")的开场白变成了一个丑角的滑稽表演。明明通过修补屋顶这个简单的"实际"行为就可以处理的问题(因为破屋顶而导致的湿床垫和冻疮),阿Q却只会依赖语词的"精神"安慰:对现实的抱怨,对"命运"谩骂发泄式的"拳打脚踢",对温暖舒适的物质条件不切实际的幻想(烤炉和凭空"蹦出来"的两张新床垫)。不难看出,东德阿Q在找到"无政府主义"作为"精神胜利法"的象征概念之前就早已深谙"阿Q精神",在幻想和言语的自我安慰中逃避现实。小丑的滑稽表演和这幕情景剧的喜剧效果,在王胡喊出无政府主义宣言之后达到高潮:两人一唱一和地对着祠庙看守发表革命宣言,阿Q一激动扬手扔瓶子,又在屋顶上戳破了一个洞,雨雪纷纷下落——在话语喧嚣中,现实问题变得更严重了。

不应忽视的是,阿Q在这里逃避的现实问题是一个可以通过个人劳动解决的温饱问题——在这个层面上,他与"真能做"的雇工阿Q大相径庭。《阿Q正传》中,被赵家地保打后身无分文的阿Q还是期盼着有人来叫他去做短工以解决"生计问题",以至于在得知小D"谋了他的饭碗"时与其愤怒对峙。对鲁迅小说中的阿Q来说,谋生的第一途径是做工,只有在没有人给他活儿干的时候,他才会在饥饿本能的支配下去偷静修庵的萝卜,因为他从来没有真正怀疑过他所生存的社会和社会中的既定秩序——如果有那么一丝一毫的怀疑,那可能也只是很模糊短暂的瞬间,比如在他求工不成之后的"求食"路上,突然不知道"他求的是什么东西"的时刻。这个时刻曾被汪晖称作"生存本能的突破"而得以列入"精神胜利法失效的瞬间"。在他的解读中,这样的瞬间代表了阿Q作为最普通卑微的农民阶层凭借本能和直觉颠覆社会秩序的潜力,最终得以打破权力关系和历史循环的"向下超越"。① 这些在原作中模糊而短暂的"瞬间"从一开始就组成了东德阿Q为自己既定的历史时间，并以此反抗他身处的社会时代。面对关于温饱工作的追问，阿Q的姿态是近乎无赖的怠懈：

> **祠庙看守**：你在村子里游荡了一整天？
> **阿Q**：没错。
> **祠庙看守**：人们给你活儿干了吗？
> **阿Q**：我不想要。
> **祠庙看守**：呵，你不想要？你今天不想吃饭了吗？
> **阿Q**：就是这样。

这种消极中带些孤傲的话语姿态很难让人联系到20世纪初中国雇农的身影，倒是有点像本雅明笔下19世纪末的欧洲都市漫游人，用闲散无业的状态抵抗资本主义工业社会的劳工制度，对抗现代化的历史进程。②

除了姿态上的消极性反抗，东德阿Q在行动上也用逃离表示对抗：进城。原作中阿Q对未庄社会模糊的怀疑，或者按照汪晖的说法，他那"向下超越的直觉"，最终让他感到"这里也没有什么东西寻"而决定进城；东德阿Q的"进城"则抱着清晰的革命目标，以及对所处社会基本劳动体制彻头彻尾的不信任："祠庙看守：你在这儿可再也找不到工作了。谁会请一个强奸犯做工。阿Q：谁在乎

---

① 汪晖：《阿Q生命中的六个瞬间：纪念作为开端的辛亥革命》，《现代中文学刊》2011年第3期。

② 这里的"漫游人"（flaneur）参考本雅明文集多处的讨论，主要是指在现代大都市中漫无目的而满腹批评的游荡者的形象。本雅明将法国现代派诗人波德莱尔视为"漫游人"的原型，用辩证主义哲学观阐释"漫游人"的形象，着重突出其在资本社会中边缘化的地位和矛盾体特征，将"漫游"视为个人对抗时代的一种方式，同时也代表一种在现代生活中流离失所的"避世"状态。Vgl. Walter Benjamin, *Das Passagen-Werk*, *Gesammelte Schriften V*, Rolf Tiedemann (Hrsg.), Frankfurt: Suhrkamp, 1982.

第二章　后革命时代的寓言:德语作家对鲁迅的互文性接受　　113

工作,老头子。我要进城。我要到革命党那里去。"① 就这样,东德阿Q在剧本里第一次也是最后一次在行动上的"避世"逃离(其他都是言语上的),带给他更多反抗性的能量。从城里归来以后,亲历革命运动的阿Q对无政府主义的颠覆力量更加深信不疑,对"慈悲的老爷"的权威象征和这种权威的统治秩序也嗤之以鼻了。"革命以后就没有法规了。法律会被废除的,面具,你那神圣的法律"——再一次面对"法律"(Vorschrift)的施刑者时,曾遭毒打的阿Q变得坚定自若,轻蔑地回应警察面具"向来根据法律生活,也将永远遵循法律生活"的宣告。② 藐视权威的反抗者阿Q又一次同原作中认同权威的阿Q形成了鲜明的对比:回归未庄的阿Q回到了原来的乡村社会秩序,在几次买卖和村里人的"新敬畏"中得到了短暂的满足,最后在赵老爷的干预下又不得不回到权力关系的底层;相反,对于东德"避世"归来后的阿Q而言,"逃避"中的消极成分已初步转换为革命对抗性的能量,尽管另一种犯罪性的能量也在同步增生。当归来的阿Q身穿棉夹克(对应原作里的新夹袄)、抽着雪茄,理所当然地解释"城市"——这个在如克鲁姆霍尔茨(Martin Krumbholz)等德语批评家看来毫无疑问是"西德"或资本主义"西方"象征——的生存法则时,他再一次用上了"无政府主义"的革命说辞。但这一次,他是用来为自己的犯罪行为辩护:

阿Q：我在城市里很成功。
王胡：你偷了?
阿Q：我可不用这个称呼。
王胡：一个贼,阿Q,一个混蛋,骗子。
阿Q：这是立场问题。那人是个百万富翁,是个剥削者。

---

① Christoph Hein, *Die wahre Geschichte des Ah Q*, Stücke und Essays, Darmstadt: Sammlung Luchterhand, 1984, S. 108.
② Christoph Hein, *Die wahre Geschichte des Ah Q*, Stücke und Essays, Darmstadt: Sammlung Luchterhand, 1984, S. 117.

王胡： 你这是主观主义。

阿 Q： 无政府主义信条：财产分配的问题。

王胡： 这是个人藐视正义法律的行为。一个无政府主义者永远都不应该是罪犯。你应该多读读书。

阿 Q： 那雪茄呢？

王胡： 什么雪茄？

阿 Q： 一只马杜罗雪茄，巴西精选。

王胡： 你想说明什么？

阿 Q： 光看书可抽不到巴西马杜罗。①

"无政府主义信条"成了"偷窃"的委婉语，而阿 Q 振振有词的辩解不仅与原作中小心翼翼的、没多久就"不敢再偷的偷儿"相差甚远，还不免让人想起第二幕王胡的争辩："拿书怎么是偷……读书的机会，怎能算偷"。② 王胡迂腐的知识分子形象特征，一方面，带有海因对鲁迅其他小说人物的参考（争辩"窃书不算偷"的孔乙己）——海因创作时参照的文本并非德译本的鲁迅文集，而是1956年杨宪益夫妇的《鲁迅选集》第一卷译本，其中包括了《呐喊》和《彷徨》当中的多篇小说③；另一方面，由于王胡本来就是教阿 Q 认识"无政府主义"一词的"革命导师"，阿 Q 维护"偷窃"很大程度上是受其影响，以至于此时王胡对阿 Q 的指责和"一个无政府主义者永远都不应该是罪犯"的教导显得那样苍白无力，甚至形成情景上的矛盾反讽。事实上，阿 Q 对"革命"的接受和理解一直充斥着犯罪的潜能。在最初呼应王胡革命宣言时，阿 Q 的台词仿佛是在

---

① Christoph Hein, *Die wahre Geschichte des Ah Q*, Stücke und Essays, Darmstadt: Sammlung Luchterhand, 1984, S. 110.

② Christoph Hein, *Die wahre Geschichte des Ah Q*, Stücke und Essays, Darmstadt: Sammlung Luchterhand, 1984, S. 85.

③ 海因在访谈中称赞杨宪益夫妇的鲁迅英译本质量很高，参见 Christoph Hein, Gregor Edelmann, "Interview mit Christoph Hein", in *Theater der Zeit*, 1983 (10), S. 54.

补充强调那与革命共生的暴力与毁灭:"王胡:我们会把你们从地球上清除。你们将在革命的神圣血液中溺亡。你们是自由的敌人,人民的敌人,我们会把你们打垮,就像——阿Q:就像打小猫崽一样,拿头往墙上撞。"① 王胡台词中隐喻性的暴力因素在阿Q口中变成了真切具体的暴力幻想。这种潜伏蓄积在革命"精神胜利法"里的暴力倾向和犯罪能量,在革命的幻想彻底破灭以后——同原作中一样,阿Q在幻想和睡眠中错过了由一群"城里来的异乡人"发动的革命——彻底爆发,也把故事引向了与鲁迅的《阿Q正传》在情节上最显著的差异:革命过后,修女来祠庙布施,带来修道院也一夜之间被"革"成了"革命修道院"的消息,同时又问起阿Q从城里带来的丝绸睡裙。失望而愤怒的阿Q试图让修女穿上绸裙,对其施暴,无意中将其杀害。

在这个陡然转向暴力的片段中,海因将阿Q原本潜藏于消极意识言语和"避世"反抗中的犯罪能量全部释放了出来。在鲁迅的原作中,这种犯罪能量就已经渗透了阿Q准备投奔"白盔白甲"的革命党时的想象,只是未庄阿Q的革命潜能仅限于几个模糊的怀疑"瞬间",在思想上从未产生过自觉的反抗,因此这种革命暴力在"不准革命"之后也就消解成为心理上获胜的言语暴力:"阿Q越想越气,终于禁不住满心痛恨起来,恶毒地点一点头:'不准我造反,只准你造反?妈妈的假洋鬼子,——好,你造反!造反是杀头的罪名呵,我总要告一状,看你抓进县里去杀头,——满门抄斩,——嚓!嚓!'"② 小说里的阿Q在愤怒绝望的时刻第一个想到的依然是参照已有的律法,幻想暴力场景来解气消恨,剧本里的阿Q则在暂时性地压抑了暴力反抗的冲动之后,对所有代表权力机制的人物当中最弱小的一位实施了暴力。这样的结局虽然多少有些出人意料,但的

---

① Christoph Hein, *Die wahre Geschichte des Ah Q*, *Stücke und Essays*, Darmstadt: Sammlung Luchterhand, 1984, S. 89.

② 鲁迅:《阿Q正传》,《鲁迅全集》第1卷,人民文学出版社2005年版,第547页。

确与东德阿Q这个形象的"避世"反抗、他对无政府主义"敌对一切"的理解，以及在这种理解下人物的暴力倾向相契合。正如克鲁姆霍尔茨把阿Q解读为经历革命幻灭的东德乌托邦主义者时分析的那样："当社会（或者政党）试图整顿、限制他们（指阿Q和海因另一个剧本的主人公Lassalle）的愿望和娱乐时，他们就会开始发展他们自私自利的、寄生虫式的，甚至是犯罪性的能量。"① 当阿Q企图反抗的权威（抢先标榜为革命党的老爷、面具和修道院）在革命后的历史循环中重新掌权时，阿Q原本消极逃避式的反抗就变得残暴、恣意且绝望。

阿Q绝望的反抗和反抗的结局将作为意识形态标签的"革命"和围绕这个空洞标签的"情景反讽"② 引向了高潮。革命的反抗能量化作对弱者的暴力，施暴者却并没有因为犯下的罪行得到惩罚：修女的尸体等到阿Q死去以后才被发现，而阿Q被处以死刑的罪名是子虚乌有的偷盗。"无意"中杀害修女的幻灭者阿Q，最终被革命后的政权"任意"地分配了一个罪名而死去。情景上的反讽突出了革命暴力和权力的两重性——恣意的暴力和任意的权力注定会以同样的形式被滥用，回响在剧本之上的也只剩"革命"与历史循环的陈词滥调。在扭转的剧情和反讽的结局中，读者和观众可以看到海因从鲁迅的阿Q身上提取的"不幸的革命潜力"，也可以看到这种潜力注定的"不幸"：无论是被压抑（《阿Q正传》中的"不准革命"）还是得以释放（东德阿Q的施暴犯罪），这种革命潜力，或者说也是社会个体"反抗"的可能性，最终都会把个体的命运引向毁

---

① Martin Krumbholz, "Utopie und Illusion: Die 'arbeitende Geschichte' in den Stücken von Christoph Hein", *Text + Kritik*, 1991 (111), S. 34.

② 情景反讽（situational irony）表示实际发生事件与正常预期在情景上的相反；海因剧本结尾，阿Q没有如正常预期地因谋杀罪被判刑，而是背负凭空捏造的罪名死去，这就在情景上形成了反讽。关于海因剧本的情景处理，我大致认同菲舍尔把这个剧本的形式框架归同于美国情景剧的观点。Vgl. Bernd Fischer, *Christoph Hein: Drama und Prosa im letzten Jahrzehnt der DDR*, S. 87.

灭。在表现革命语境下"反抗"的徒劳时，海因本人也是带着清晰的反讽意识：

> 剧本里有两个勇敢的英雄主角，两个无神论者，无政府主义者。他们获取食物的唯一来源是教堂，一个出于正当或不正当的理由鄙弃他们的权力机构。他们所说所做的一切都是在试图反抗这个鄙弃他们的机构。他们从这个机构亲手领取了面包，却在纯粹的偶然中轻易地杀死了这个机构的女代表人，就像不小心踩死了一只虫子。这是出于偶然的凶杀。[①]

来自剧作者本人的剧情叙述突出了《关于阿Q的真实故事》里"情景反讽"的成分，揭示了这部革命闹剧中矛盾的"无解"。主人公对社会和社会权力机构的"反抗"是建立在他们对其完全的依赖之上，他们逃避现世的"革命"梦想与冲动也是以这个社会为他们提供的物质条件为前提。因此，阿Q的反抗至多能够摧毁他所依赖的机构中最脆弱的部分，只是像"不小心踩死一只虫子"一样轻而易举地毁灭了这个权力体系中最无关痛痒的象征零件。最后只有在王胡的提醒下，祠庙看守才发现了已经死去多时的小人物修女的尸体。就这样，海因对鲁迅小说中主人公反抗性"革命潜力"的挖掘在人物角色的象征化，以及主角犯罪能量的爆发中，构成了"革命"结局的情景反讽。这种情景反讽可以指涉民主德国权力机制下的国家公务员和知识分子，指涉他们抗议体制政权的矛盾与无用的；它也可以是对任何革命或"后革命"时代的戏仿，一个关于革命与虚妄的寓言。

三 "狼犬之间"：阿Q和他的知识分子分身

作为一部革命寓言，海因的《阿Q正传》改编为民主德国政治现

[①] Christoph Hein, Alois Bischof, "'Mut ist keine literarische Kategorie': Gespräch mit Alois Bischof", in Lothar Baier, *Christoph Hein: Texte, Daten, Bilder*, Frankfurt: Luchterhand-Literaturverlag, 1990, S. 99.

实的影射与批判提供了隐喻性的文本空间。菲舍尔曾列举了剧作中一系列直接指涉东德社会的习惯用语和场景再现，以此强调他对海因这部承文本的诗学判断：海因承接鲁迅小说仅仅是在修辞上借用了《阿Q正传》作为"寓言"的"情景框架"，民主德国的现实状况才是剧本关注的历史场景。在菲舍尔看来，中国现代文学文本为海因的剧作改写铺设了一个陌生的文学时空。这个陌生的、中国阿Q的寓言时空，为他对民主德国的批判构筑了一层间离屏障，使他得以巧妙地躲避20世纪80年代民主德国中央文艺制度的审查与监控："这部剧作中，他任由一种卡巴莱小品剧式的野心滋长，把所有灵魂里的话语都写了出来——以这种创作方式使这个剧目常年出现在民主德国的演出日程本身就是一项惊人的成就。但同时，这也意味着阿Q寓言的首要功能就是遮蔽直接的政治观点，使艺术的政治表达成为可能。"①

的确，《关于阿Q的真实故事》贴近当代德语文化的情景台词，淡化了从鲁迅小说里借来铺设的文学时空，指向其背后以实时的东德社会为背景的戏剧时空。在这个时空特指的基础上，菲舍尔把海因的"承文本"创作看作是利用中文原著"寓言框架"的陌生性来躲避审查固然是有道理的。然而，由于海因的创作很大程度上来自他对鲁迅小说中阿Q革命情节的寓言性解读，他在借用这个"寓言框架"改写的过程中，也在主题上保留了"革命"的寓言性，即对"革命"泛化的规律性理解。因此，海因笔下的人物形象和台词片段虽然充斥着东德社会的影子，但是代入东德现实并非剧本唯一的解读方法——海因剧本的多重阐释可能正是菲舍尔强调的反审查的"寓言性"。在承文本创作的过程中，海因不仅把鲁迅的"阿Q寓言"作为框架来实现政治性的艺术表达，其改写文本本身也具有意义模糊的寓言性，很难被归纳为对某个特定社会的讽喻，也无法代

---

① Bernd Fischer, "Die Wahre Geschichte des Ah Q (zwischen Hund und Wolf) nach Lu Xun", in *Christoph Hein: Drama und Prosa im letzten Jahrzehnt der DDR*, Heidelberg: Winter, 1990, S. 87.

表任何一种特殊的政治立场。如东德批评家林策（Martin Linzer）印象式的剧评《没有提示的猜谜游戏》所说的那样，海因并没有在剧本里透露多少主题性信息，以至于剧本上演之后好似一个无解的谜团——林策和许多其他剧评家都在阿Q和王胡身上看到了《等待戈多》里的弗拉季米尔和爱斯特拉冈的影子。① 这种与西方存在主义戏剧在人物表现手法上的相似，不免给阿Q剧本改写在提倡现实主义创作的东德文艺界招致了不少批判。

尽管东德主流戏剧界一开始对海因这部"意义模糊"的剧作以负面评价为主，但是剧作的整体受众情况良好，可以称得上海因20世纪80年代剧本创作中最成功的一部。② 1983年年底《关于阿Q的真实故事》在东柏林首演之后又安排了四十多场演出，并陆续在东德的茨维考、法国靠近德国边境的斯特拉斯堡、瑞士的苏黎世和伯尔尼、西德的卡塞尔、杜塞尔多夫、纽伦堡、威斯巴登、图宾根、奥地利的维也纳等德语地区由不同导演剧组接手重演，直到两德统一以后，这出剧还在继续上演。其中值得一提的是1984年在法国斯特拉斯堡以海因原剧本副标题《狼犬之间》为剧名的演出。被放置到另一个文化语境的剧作中，阿Q和王胡的形象也随即发生变化。《法兰克福评论》的剧评人把他们描述成"两个小丑流浪汉，那种在巴黎地铁里随处可见的1968年退役革命党"③。这样的形象重塑或

---

① Vgl. Martin Linzer, "Ratspiel ohne Botschaft", in *Theater der Zeit*, 1984 (3), S. 53；提到海因剧本（舞台剧）和《等待戈多》联系的还有东德批评家 Ernst Schumacher 对这部剧摒弃现实主义写法的批评、西德的 Andreas Rossmann 在《法兰克福评论》上的两篇剧评，西德《德意志人民报》上 Edith Gerhards 的评论以《等待中》为标题，有区分性地将两者进行比较："弗拉季米尔和爱斯特拉冈人类行动的可能性一直在他们手中，尽管海因并没有给他们任何机会。" Vgl. *Chronist ohne Botschaft*, S. 248–252.

② 菲舍尔在1990年代把《关于阿Q的真实故事》称为海因"迄今最成功的一部"剧作。Vgl. Bernd Fischer, "Die Wahre Geschichte des Ah Q (zwischen Hund und Wolf) nach Lu Xun", in *Christoph Hein: Drama und Prosa im letzten Jahrzehnt der DDR*, Heidelberg: Carl Winter Universitätsverlag, 1990, S. 70.

③ Andreas Rossmann, "Zwischen Hund und Wolf", *Frankfurter Rundschau*, 12. 12. 1984, in *Chronist ohne Botschaft*, S. 250.

许可以代表包括西德地区在内的整个西欧知识文化界，在 1968 年抗议运动的革命理想幻灭后，把"阿 Q 寓言"代入本土社会一种解读方法，把阿 Q 空谈革命的悲剧演绎成后革命时代知识分子精神的涣散与彷徨。这种解读方式的前提是戏剧文本中广阔的阐释空间和多重的阐释可能，溯其根源便又要回到海因对鲁迅原作寓言式的理解，以及在这种理解之下寓言式的重塑。

斯特拉斯堡演出的另一个特殊之处是《狼犬之间》的标题选择。在其他地区的演出中，这个似乎没有被赋予太多意义能指的原作副标题都被删去了，只留下对应鲁迅原作的德语标题《关于阿 Q 的真实故事》。在西德剧评人的解读当中，使用《狼犬之间》作为标题是一个语义双关的游戏：法语里"狼犬之间"（entre chien et loup）这个短语有一个"过渡时期"的特指含义；导演的愿望可能是突出革命之后历史的"过渡"性质，表现这个时期特有的社会迷茫。事实上，该理解不光符合法语文化圈的接受，海因把在德语里就有类似指代含义[①]的短语作为副标题时，也有对"两者之间"特性的强调之意，因为他试图刻画的阿 Q 形象本身就是一名"在两个阶层之间的代表"："剧本里的阿 Q 和小说中的一样，他的个人特征是浮游于不同的利益动机之间的。他一会儿往这边倒，一会儿又往那边靠，他从来不可能真正归属于某一处。"[②] 这里，海因透露了承文本创作中人物塑造的过程：他把鲁迅原作中的阿 Q 理解为一个没有原则的"之间人物"，并按照这个游离的形象特征塑造了剧本中也同样游走于不同阶层利益的阿 Q 形象。小说里阿 Q "两边倒"的特征最明显

[①] 菲舍尔指出，在民主德国现实主义文学中，这个短语曾被用来形容两种社会制度交接时期的状况，比如在东德女作家沃尔夫的小说《分裂的天空》里，女主人公在西柏林街头时叙述者就用了"这是狼犬之间的时刻"作为场景描写，同时形容一名东德青年来到另一种社会制度下的西德的印象感受。Vgl. Bernd Fischer, "Die Wahre Geschichte des Ah Q（zwischen Hund und Wolf）nach Lu Xun", in *Christoph Hein: Drama und Prosa im letzten Jahrzehnt der DDR*, Heidelberg: Winter, 1990, S. 80.

[②] Christoph Hein, Gregor Edelmann, "Interview", *Theater der Zeit*, 1983（10）, S. 54

的表现无疑是对革命党"造反"的看法——从"深恶痛绝"到心驰神往只在一念之间①；海因剧本里的阿Q则游走于由不同意识形态区分的阶层之间。在祠庙里，他跟从"革命哲学家"王胡高喊无政府主义的抗议；从城里回来之后，他就反过来教唆他的革命导师"光看书可抽不到巴西马杜罗"，一转眼从无产阶级革命家倒向了资产阶级拥护者。然而，无论是倒向哪个阶级，海因给阿Q社会身份的设定已不再是鲁迅笔下的农村贫民，而是趋近于一名知识分子。1984年苏黎世演出之后，海因同瑞士作家毕肖夫（Alois Bischof）这样谈论他的改写：

> 我花费了好多年的时间根据鲁迅的短篇小说写这个剧本。写作的过程中，剧本和原著的距离越来越大。我尝试把鲁迅笔下的农民描绘成20世纪的知识分子。……他们与前几个世纪的知识分子有一些重要区别：作为社会职业群体的知识分子在数量上巨幅增长，可是他们的地位也在同等程度上下降了。②

如果参照这段创作自白来重新审视东德阿Q的人物形象，我们就可以看到，阿Q"不幸的革命潜力"的寓言来源与表征。在鲁迅的小说中，"革命潜力"的承载者阿Q代表的是20世纪初变革中衰落的中国农民阶级；在剧本改写中，海因将这种"革命潜力"赋加在"知识分子"阿Q身上，代表20世纪颓败的现代知识分子群体。正是这两个阶层相似的衰落与颓败，或者说不断式微的社会地位和生存状态，赋予（甚至激发）了他们悲剧性的"革命潜力"和绝望的反抗。从这个角度看，海因笔下阿Q的革命寓言有着与鲁迅原作

---

① 参见鲁迅《阿Q正传》，《鲁迅全集》第1卷，人民文学出版社2005年版，第538页。

② Christoph Hein, Alois Bischof, "'Mut ist keine literarische Kategorie': Gespräch mit Alois Bischof", in Lothar Baiered, *Christoph Hein：Texte，Daten，Bilder*, S. 97 – 98.

平行的表征对象，即两个同样被边缘化而不得不走向革命悲剧的社会群体。归根结底，他们的"革命"动机和他们使用"精神胜利法"的缘由一样，都是出于个人（或者是他们分别代表的阶层）对社会现状的愤懑——未庄阿Q幻想加入革命党来反转自己卑微的地位，东德阿Q则因憎恨（阿Q台词里多次谈及他心中充满仇恨）权威压迫而避世反抗。因此，严格来讲，他们从现实处境出发的"革命"冲动并非必然，而他们所代表的群体也是游离在"革命"与"不革命"之间的阶层，一种"之间"人群。

最终，鲁迅和海因的故事里的阿Q都成了原本可有可无的"革命"的牺牲品。作为"之间"人群的代表，阿Q在两个文本中都是一个可做革命党，也可不做革命党的形象，不免会展现出一种两重性的形象特征。郑振铎就曾对鲁迅的人物塑造产生过怀疑，认为阿Q最后做起革命党的决定跟之前塑造的人物形象不符，"至少在人格上似乎是两个"。① 这个"之间"人物双重人格的问题，在海因的剧本里被他特殊的人物设置和戏剧改造化解了：他为阿Q在舞台上设计了一个知识分子分身，那就是祠庙里同阿Q形影不离（除了剧本里架空的进城部分）的王胡。如果说阿Q在海因剧本里"知识分子"的社会身份是需要通过推测解读的——除了跟王胡一起讨论革命哲学的部分，海因并没有给阿Q多少能够直接表明他属于知识阶层的台词——那么王胡的"知识分子"特征是显而易见，甚至是被夸大化的。王胡出口成章，对西方历史文化典故了如指掌，满口亚里士多德、帕斯卡尔，还有信手拈来的拉丁短语，台词随意地从生活语言切换为哲学思辨，在第二幕中就被祠庙看守不无讽刺地称为"一个受过高等教育的人"。② 在两人面对祠庙看守和面具发表革命宣言的所有场景中，王胡都是主要发言人，阿Q则是帮腔的配

---

① 西谛（郑振铎）：《呐喊》，《文学周报》1926年11月21日第251期；鲁迅：《〈阿Q正传〉的成因》，《鲁迅全集》第3卷，人民文学出版社2005年版，第397页。

② Christoph Hein, *Die wahre Geschichte des Ah Q*, *Stücke und Essays*, Darmstadt: Sammlung Luchterhand, 1984, S. 84.

第二章　后革命时代的寓言：德语作家对鲁迅的互文性接受　　123

角——海因会在阿Q给王胡助威的台词前加上导演提示词语"帮助地"（behilflich）。同时，这位革命哲学家又仿佛革命教唆者：他的一句"无政府主义万岁"激发了阿Q的革命潜力，而他的理论教条也一步步把阿Q引向革命的悲剧。对于王胡作为知识分子的革命学问，阿Q俨然将其视作一种不可动摇的知识权威，一种得以证明自己革命正当性的依托。在得知革命党抢先发动了革命以后，阿Q怒不可遏地对王胡说："我怎么也想不通，他们怎么会忘记邀请我们。他们怎么胆敢忘记我们……他们竟然胆敢忘记我们的大学问家癞胡——忘记我也就算了。"[1] 这番话并非阿Q对王胡的恭维，而是表明他确实把"大学问家"王胡的言论当作革命的权威话语，就像其他人在革命之后仍然将拥有政治与宗教权力的"慈悲的先生"视为革命权威一样：

阿Q： 告诉他们，我们是谁。无政府主义者，告诉他们这件事。

王胡： 笨蛋。我们不可能这么咆哮。谁知道这群革命党究竟是谁。他们是真正的革命党，是像我们一样的无政府主义者呢？还是机会主义者？这群社会渣滓，跟着钢铁时代的巨浪，一会儿冲到这边，一会儿倒到那边。

祠庙看守： 他们是真正的革命党。

王胡： 你知道个什么。

祠庙看守： 是慈悲的先生说的。

王胡： 慈悲的先生，他也许是个革命专家吧？

祠庙看守： 不知道，但他是老爷。

王胡： 呵，你自己来听听。革命了，这群小资产阶级却一点没变。他还是只会对他的主子鞠躬作揖罢。现在可再也没有

---

[1] Christoph Hein, *Die wahre Geschichte des Ah Q, Stücke und Essays*, Darmstadt: Sammlung Luchterhand, 1984, S. 124.

慈悲的先生了。

祠庙看守：我知道。他现在叫革命的先生了。①

阿Q依附于王胡，依附的是他代表的知识权力，正如看守和面具依附着"慈悲的先生"和他所代表的政治权力。剧本中王胡的知识权力为阿Q首先带来的是革命启蒙，前面讨论的革命精神胜利法和避世反抗都是来自王胡的指导。然而，当阿Q的革命潜力最后真如王胡所言，化成了"敌对一切"的暴力以后，王胡立即同他划清界限，拒绝承担作为革命"大学问家"本应清楚知悉的毁灭性后果。面对阿Q杀死小修女后惊慌的求助，王胡只连续强调了两句"这跟我没有关系"。②阿Q临刑前，王胡能做的只有再一次重复无政府主义革命哲学的空谈："勇敢一点，阿Q。记住，我们是大地上的盐。我们是被诅咒的人，没有情感，没有财产，没有名分。无政府主义者只认一种法律，一种热情，一种思想：毁灭。"③待阿Q走向毁灭，王胡留在祠庙听看守描述人们如何激动地跑去集市上看阿Q被杀头，自言自语地谩骂批判："笨蛋，无知者。这是怎样的一群民众啊。如果我有炸药就好了。"④

王胡的形象和他对无政府主义革命的理解，在这最后半句关于"毁灭"的虚拟二式（Konjunktiv II，德语里可以表示不可能发生的虚拟场景的语法时态）"如果我有炸药就好了"（wenn ich wenigstens Sprengstoff hätte）当中得到了总结：王胡的"革命"只是一个虚拟的口头标语，他的"敌对一切"也仅仅是空洞的修辞。作为"知识

---

① Christoph Hein, *Die wahre Geschichte des Ah Q*, Stücke und Essays, Darmstadt: Sammlung Luchterhand, 1984, S. 124.

② Christoph Hein, *Die wahre Geschichte des Ah Q*, Stücke und Essays, Darmstadt: Sammlung Luchterhand, 1984, S. 131

③ Christoph Hein, *Die wahre Geschichte des Ah Q*, Stücke und Essays, Darmstadt: Sammlung Luchterhand, 1984, S. 132.

④ Christoph Hein, *Die wahre Geschichte des Ah Q*, Stücke und Essays, Darmstadt: Sammlung Luchterhand, 1984, S. 133.

分子"的典型,王胡是不会参加革命的;然而,作为"之间"人物阿Q的知识分子分身,王胡为阿Q带来了革命意识的觉醒和反抗的希望,却也决定了阿Q游走于知识分子与大众、革命与不革命、主人(慈悲的先生)与仆人(面具和祠庙看守)之间——"狼犬之间"的命运。

回到剧作者"尝试把鲁迅笔下的农民描绘成20世纪知识分子"的表述,海因实现这个承文本写作的过程也就渐渐明朗了。如果我们把海因的剧本看作一个知识分子的革命寓言,那么这个寓言的主人公(也就是知识分子代表)并不是阿Q一个人物,而是阿Q和寓言化的知识分子王胡两人。海因剧本里的阿Q不再是鲁迅小说里的农民,但也不完全是知识分子,而是两者"之间"的一个人物。在他的身上,读者观众可以看到某些无产阶级农民原型的影子,但更多的是剧中与阿Q朝夕相处的王胡。从剧初的"避世"反抗到无政府主义的革命幻想,再到最后的暴力犯罪,阿Q的姿态里都有王胡的身影,他的革命冲动和命运也被王胡的思想所渗透。阿Q和王胡一样愤世嫉俗,有着如出一辙的乌托邦幻想。可是,侃侃而谈的"大学问家"从未试图把他的革命理论付诸实践,反而是主动进城找革命党的阿Q更像个革命实践者。这里,笔者把海因剧本里的王胡称为阿Q的知识分子"分身",是因为他们两人从承文本创作来看都源自同一个人物,即鲁迅笔下的阿Q。在《阿Q正传》中,王胡是一个阿Q认为更弱小的人物,只是短暂地出现在"捉虱子"和阿Q讲革命党见闻的两个场景中,没有什么具体的性格特征。海因对王胡形象的重塑与鲁迅小说中的王胡原型几乎毫无关系,倒是保留了原作中阿Q酗酒嗜睡的特征。第一幕中的王胡一言不发,倒头就睡,第二幕一出场就在祠庙看守的质问中暴露了酗酒和偷书的习性:"祠庙看守:你又喝酒了?王胡:别管我。祠庙看守:你为什么喝酒?你是个受过高等教育的人,你知道生活的一切。你为什么喝酒?王胡:你问我为什么喝酒,笨蛋?喝酒让我想到人生。所以我喝酒。"① 王胡的酗酒让人想到鲁迅原作中阿 Q 每每配合"精神胜利法"一起使用的酒精，只是化身"知识分子"的酗酒者把精神麻醉和哲学思索联系在了一起："人们来到这个世界上，带着他们的使命和任务，可他们都做了什么呢？他们走向毁灭，有些通过酒精，有些通过思考。"② 酒精和思考的并置也是蓝本中的农民阿 Q 和承文本中的知识分子王胡的并置，暗示的是这两种人物阶层相似的逃避和共同的虚无。

正是在这种相似与共同下，东德阿 Q 和他的知识分子分身王胡才得以一起重新演绎中国阿 Q 的革命悲剧。鲁迅小说中阿 Q 的命运故事和形象特征，在海因的剧本里得到了重组分配，形成了"之间"人物阿 Q 和知识分子王胡两人。东德的阿 Q 和他的知识分子分身，用无政府主义的口号和空论重释了鲁迅阿 Q 的"精神胜利法"，也在对现实的逃避和反抗中爆发了与暴力共生的革命潜力。最终，两个主人公在鲁迅为阿 Q 革命设定的情节框架中各自走向了真正的毁灭和逃亡——结尾处，知识分子王胡批判完从小说《阿 Q 正传》结尾移植过来的看客民众，便卷走阿 Q 所有值钱的遗物（床垫和本来准备给修女的绸裙），仓皇而逃。有革命潜力的"之间"人物阿 Q 死了，只留下他那没有革命实践力的知识分子分身。通过对原作中阿 Q 形象的拆分和寓言式的社会身份设定，海因用反讽情景剧的形式重新编写了鲁迅的阿 Q 寓言，完成了他对阿 Q "革命"寓意的创造性解读。在其解读中，寓言时空时而置换到民主德国，时而扩展至整个充斥着"革命"话语的 20 世纪；人物寓意则指向作为整体的现代知识分子，指向他们游离于革命前后，喧嚣与虚妄之间岌岌可危的存在。

---

① Christoph Hein, *Die wahre Geschichte des Ah Q*, *Stücke und Essays*, Darmstadt: Sammlung Luchterhand, 1984, S. 84.

② Christoph Hein, *Die wahre Geschichte des Ah Q*, *Stücke und Essays*, Darmstadt: Sammlung Luchterhand, 1984, S. 121.

第二节 联邦德国幻灭者的讽喻：恩岑斯贝格对《起死》的广播剧改写

> 我们失败了，这千真万确。可我们远没有，
> 改变世界，而是在讲台上
> 从我们脑袋里掏出兔子，兔子和鸽子，
> 一群群雪白的鸽子，一刻不停地
> 在书本上拉屎。理性是理性
> 而并非理性，要明白这一点，
> 不需要变成黑格尔，只需要
> 瞥一眼口袋里的小镜子。①

海因在阿Q寓言的结尾留下了一个落荒而逃的知识分子（王胡）的形象。作为一个20世纪知识分子的革命寓言，以这样一位满腹经纶却口无遮拦、批判谩骂的"革命哲学家"裹挟同伴遗物逃跑作为结局，除了突出知识分子群体衰退的寓意，还有对这类"学问家"的戏谑与讽刺。这个虚伪而软弱的形象在20世纪80年代的东德可以指涉既受控于中央政府又依附于权力体制的知识个体；在其他年代的政治文化之下，同样的知识分子形象亦比比皆是，因而也经常出现在讽喻性的文学文本当中。事实上，如果回溯海因参考的中国文学蓝本，在原作者鲁迅的创作中早已出现过海因笔下阿Q的知识分子分身——其中与海因剧末逃逸的王胡最相似的形象，可能要数《故事新编》的末篇《起死》里望风而遁

---

① 恩岑斯贝格：《泰坦尼克的沉没·第二十七曲·哲学专业代表》，译自 Hans Magnus Enzensberger, *Der Untergang der Titanic: Eine Komödie*, Frankfurt: Suhrkamp Verlag, 1978, S. 93.

的庄子了。

在这则作于鲁迅暮年的寓言中，行往楚国的庄子路遇髑髅，呼唤司命给髑髅起死回生。髑髅复活，化身赤膊汉子杨大，认定庄子盗走了他的衣物；庄子没法再唤司命给自己脱身，只好吹警笛呼来巡士，亮出自己被楚王接见的哲人身份，最后在巡士的维护下摆脱了杨大的纠缠，骑马逃离，留下赤裸汉子继续纠缠巡士。《起死》全篇由戏剧对白组成，情节初始承接《庄子·至乐》中的庄子路遇髑髅的典故，把髑髅一口拒绝庄子为他"起死"的假设"点染"成真，塑造了一个空谈家的形象。鲁迅笔下的庄子巧舌如簧，能靠一张嘴一套哲学理论说服司命让死人复活，却无法解决他复生后任何实际的问题，最后不得不从他自己造成的残局中匆匆逃离。

这个急于从乱局中脱逃的狼狈形象，加之侃侃而谈的哲学家身份，实在像极了海因笔下阿Q的知识分子分身王胡。至于海因改写《阿Q正传》时是否也参考了鲁迅其他作品，如《起死》中对"学问家"的嘲讽，我们很难做出明确判断。海因使用的《鲁迅选集》英译本里并没有收录《起死》，但当时东德早已出版了《故事新编》的德译本，海因是有可能读到过这则寓言的。① 当然，这个间接借鉴的问题本身也并非很值得讨论，因为此前已经有了直接改写《起死》的德语文学文本。1978 年，恩岑斯贝格尔根据《起死》改写的广播剧（Hörspiel）剧本《死者与哲学家：根据鲁迅改编的场景》，由西德广播电台（WDR）、黑森州广播电台（HR）、自由柏林台（SFB）、西南电台（SWF）联合制作成 36 分钟的广播剧在各电台播出。相较于海因的剧本改编，恩岑斯贝格尔的鲁迅改写传播范围更小，没有像长年各地巡演的舞台剧那样产生比较大的影响力。这篇精短的广播剧本曾先后收入他的三本文集，但并没有占据特殊的地位，有关该文

---

① 《故事新编》德语版《奔月：故事新编》（*Die Flucht auf den Mond. Alte Geschichte neu erzählt*）于 1960 年在东德发行，由 Johanna Herzfeldt 翻译，参见本书表 1–2。

本的评论寥寥无几。① 对恩岑斯贝格个人而言，这一次承文本创作是他继1968年抗议运动时期在《时刻表》编发鲁迅作品之后，再度显示他与这位中国现代作家在文学理念和精神思想上的关联。时隔十年，左翼革命的狂热和"政治扫盲"的设想逐渐遥远，恩岑斯贝格对鲁迅的接受和引介，不再是把鲁迅"连同自己都烧在里面"之类呼吁社会参与的文学宣言编译在期刊里，也没有给西方毛泽东主义思潮下作为中国革命符号的"鲁迅"专门的阐释空间。② 如他在文末注释中所言，他选择改写的鲁迅原文本，本身就是重编古老文本的"碎片"之作，③ 因此也是联系蓝本之蓝本（即《庄子·至乐》）的寓言性解读。然而，由于大多数寓言创作首先是充满实时性的寓意可能，恩岑斯贝格改写的鲁迅场景也不仅可以追溯到对庄周哲学的阐释，更多的可能还是指向个人的创作时空：革命理想幻灭中的联邦德国。

一 "起死"的反转

就情节而言，《死者与哲学家》全篇几乎原原本本地参照《起死》的设置，唯独结局脱离鲁迅的蓝本，出现了颠覆性的改写。西德广播剧中的庄子最后不但没能从自己引发的闹剧中脱身，反而被死者偷去了马匹包袱。受到巡士的一番奚落后，一个人在夜幕中怨

---

① 1981年的合集《相反处》(*Im Gegenteil*)、《飞行的罗伯特》(*Der fliegende Robert*) 和2004年出版的对话体文集《不死者、生者和死者之间的对话》(*Dialoge zwischen Unsterblichen, Lebendigen und Toten*)，均由苏尔坎普出版社发行。

② 参见本书第一章第一节的第二部分内容。

③ 在《飞行的罗伯特》中，恩岑斯贝格为《死者与哲学家》作了如下注解："任何一个知道中国大作家鲁迅的人都会认为这件事是狂妄的：一个欧洲人竟然允许自己在五十年之后按照鲁迅的记录把他的一个文本续写下去。关于这一点，我只能这样为自己行为的合理性辩解：这里说到的这个鲁迅的文本本身就是以碎片（Fragmente）的形式留存下来的，即短小的情景剧《起死》，收录于《故事新编》；同时，正如鲁迅这本文集标题表明的，这个文本同样也是对更古老的材料的参照与重写。" Hans Magnus Enzensberger, *Der fliegende Robert: Gedichte, Szenen, Essays*, Frankfurt am Main: Suhrkamp, 1989, S. 342.

天尤人，无意间又唤来了司命；绝望的哲学家祈求司命把他的东西找回来，怨恨之余说了句"我真希望自己已经死了，死了就不用这样一无所有地坐在黑暗里了"①。司命听到便如其所愿，把庄子变成了一具髑髅。通过这个巧妙的转折，恩岑斯贝格为鲁迅单向的剧情文本套上了一个首尾呼应的寓言框架：最后一幕，重复了开头愈来愈近的马蹄声，骑马人却是开头被庄子发现并"起死"的髑髅；一开场就滔滔不绝的庄子变成了路边髑髅，在重生的"死者"不断重复的敲击与质问中缄默不语。

这个身份转换、生死逆反的结局打破了蓝本原有的结构，恰如鲁迅参照古书原本，"只取一点因由，随意点染"② 的铺陈也重构了庄子的说理框架。就寓言这种虚构文学类别而言，故事框架本身就是寓意的重要线索，因而结构的置换也就等同于主旨的转变。从这个角度来看，对《死者与哲学家》的文本解读必须聚焦恩岑斯贝格对鲁迅原文框架的改动，也就是"呼应开头"的这个结局设置与蓝本框架之间的关系。同时，由于《起死》本身也是承接另一个蓝本寓言的新寓言，对两个承文本框架的比较阐释还是必须回到原始蓝本寓言，也就是《庄子·至乐》中的故事原文：

> 庄子之楚，见空髑髅，髐然有形，撽以马捶，因而问之曰："夫子贪生失理，而为此乎？将子有亡国之事，斧钺之诛，而为此乎？将子有不善之行，愧遗父母妻子之丑，而为此乎？将子有冻馁之患，而为此乎？将子之春秋故及此乎？"于是语卒，援髑髅枕而卧。夜半，髑髅见梦曰："子之谈者似辩士。视子所言，皆生人之累也，死则无此矣。子欲闻死之说乎？"庄子曰：

---

① Hans Magnus Enzensberger, "Der tote Mann und der Philosoph: Szenen nach dem Chinesischen des Lu Xun", in *Dialoge zwischen Unsterblichen, Lebendigen und Toten*, Frankfurt am Main: Suhrkamp, 2004, S. 27.

② 鲁迅：《故事新编·序言》，《鲁迅全集》第 2 卷，人民文学出版社 2005 年版，第 324 页。

"然。"髑髅曰:"死,无君于上,无臣于下,亦无四时之事,从然以天地为春秋,虽南面王乐,不能过也。"庄子不信,曰:"吾使司命复生子形,为子骨肉肌肤,反子父母妻子、闾里、知识,子欲之乎?"髑髅深矉蹙頞曰:"吾安能弃南面王乐而复为人间之劳乎?"(《庄子·至乐》)

庄子的寓言叙事分为路遇髑髅叹和夜梦生死辩两个部分。作为一则以"看淡生死"为主要寓意的短文,前半部分仅仅是起兴的叙事铺垫,重点在于后半部分的说理:髑髅将庄子对他的死因推测统统否定为毫无意义的"生人之累",最后断然拒绝庄子为他"起死"回生的假设,不愿"复为人间之劳"。如果说庄子路遇髑髅的典故是《起死》的唯一蓝本①,那么鲁迅的"新编"就不仅仅是寓言结构上的置换,而是由寓言前半部分的叙事场景和后半部分生死论辩的假设衍生的续写。事实上,鲁迅只在故事的开篇情景保留了一部分原作叙事情节。杂草丛生的荒郊,庄子带着"口渴"的抱怨出场,絮叨中还夹杂着"梦蝶"哲人的身份标签:"口渴可不是玩意儿呀,真不如化为蝴蝶。可是这里也没有花儿呀……哦!海子在这里了,运气运气!"②庄子首先遇见的是路边的"水溜",跑过去连"喝了十几口"解渴,才注意到路边的髑髅,重演了《至乐》里庄子用马鞭敲拨髑髅,边问边叹的剧情。"口渴"求水这个启幕的细节先于"叹髑髅"的原景重现,并且纯粹出自鲁迅的"点染"之笔。这样的情节设置突出了整个故事发生的前提:庄子解决了"口渴"这个基本的生存问题,无疑也是符合鲁迅本人主张的"一要生存,二要

---

① 关于《庄子·至乐》中的寓言是否是《起死》唯一蓝本仍有待复查探究。近年有研究将中国历代诗赋杂剧中对"庄子遇髑髅"的改写视为这则寓言的参照,尤其是明代王应遴的杂剧《逍遥游》中的剧情可以视作《起死》的故事蓝本,具体参见祝宇红《"化俗"之超克:鲁迅〈起死〉的叙事渊源与主旨辨析》,《中国现代文学研究丛刊》2017年第12期。

② 鲁迅:《起死》,《鲁迅全集》第2卷,人民文学出版社2005年版,第485页。

温饱，三要发展"①的主次排序。然而，解决完"生存"问题的庄子立即萌生了"发展"的执念，不但推"敲"起髑髅的生死哲学，甚至唤来司命大神论辩生死、颠覆天命。这样一来，鲁迅笔下的庄子就由原作中髑髅眼里的"辨士"，漫画化为一个茶余饭饱、谈天说地、多管闲事的知识分子形象。相似的形象也出现在鲁迅同一时期的另外几篇新编之作中，比如《理水》里叫嚣着先吃完炒面再继续辩论的鸟头先生，还有《采薇》中靠薇菜解决了温饱问题后安闲终日的伯夷，无聊之余同人搭讪而埋下祸根——这些文人儒士的寓言角色，都只有在生存无忧之时才一展他们能说会道的本领。尽管这种"能说不能行"的特征最终都像鲁迅笔下的司命嘲讽庄子善辩时所说的那样，很少会带来什么实际的效用，至多证明他们"是人而非神"。②

这个讽刺画式的知识分子形象在恩岑斯贝格的剧本里被涂上了更为浓厚的漫画笔墨。主人公一出场先是看到他的马因为口渴不愿走路，拿出警笛求助却无人应答，便埋怨："真没意思，做大哲学家庄子可不是玩意儿啊。没水没口粮，我的智慧在这荒凉之地一无所用。还是应该化成蝴蝶。"③ 恩岑斯贝格这句稍加改动的台词正确地解释了鲁迅原作中庄子必须先解渴的原因：不解决"生存"和"温饱"就没有余地"发展"智慧的用处。发现水源解渴以后，挑剔的哲学家首先评价水难喝，顺带幻想自己晚上"在施王的处所大吃大喝"的样子，接着就发现了髑髅，一边啜饮"难喝"的水，一边寻思生死之源。不同于鲁迅笔下多少出于一点仁慈之心才决定在"用不着忙"的闲暇之余给髑髅"起死"的庄子，恩岑斯贝格的哲学家一开始就道出他"管闲事"是出于作为"哲学家"的身份义务："我比较好

---

① 鲁迅：《忽然想到（五至六）》，《鲁迅全集》第3卷，人民文学出版社2005年版，第188页。
② 鲁迅：《起死》，《鲁迅全集》第2卷，人民文学出版社2005年版，第487页。
③ Hans Magnus Enzensberger, "Der tote Mann und der Philosoph: Szenen nach dem Chinesischen des Lu Xun", in *Dialoge zwischen Unsterblichen, Lebendigen und Toten*, Frankfurt am Main: Suhrkamp, 2004, S. 9.

奇，好奇是我的职业。"① 待司命现身，庄子就义正词严地解释：

> ……因为我的职业是思考，所以我思考了关于他的事情。也许他还有父母妻儿在家等着他，可他已经死去了，这个可怜人。我问他到底发生了什么事，可是他不愿回答我。因为我本人一般情况下都比较乐于求知，所以我请求你，司命大神，请求你还他皮肉，起死复生，好让他给我讲讲，他到底经历了些什么。等我们聊完天，休息好了，在我看来，他也就可以回家了。②

作为说服司命"起死"的开场白，恩岑斯贝格给庄子的台词似乎有意将说话者塑造成故作天真的愚偶（naïve hero）角色，来实现一种有双关意味的通篇性反讽（structural irony）——庄子一本正经地强调他的职业是"好奇""思考"和"求知"，请求司命给髑髅起死只不过是为了让它开口说话，以满足个人的好奇心和求知欲（《起死》中庄子强调人道主义式的"给他活转来，好回家乡去"），仿佛本人浑然不觉这个理由的荒谬可笑。在说服司命的过程中，恩岑斯贝格有意把鲁迅蓝本里简单的陈述对白拆分拉长，把蓝本中已形成隐性反讽的片段——庄子向掌管生死的司命大神讲生死道理——提升为显性的幽默："庄子：你搞错了，最令人尊敬的大神啊。因为生并非生，死并非死。司命：这是什么意思？庄子：我来给你解释一番。司命：你想给我解释生死？给我？"③ 这样，鲁迅笔下漫画化的

---

① Hans Magnus Enzensberger, "Der tote Mann und der Philosoph: Szenen nach dem Chinesischen des Lu Xun", in *Dialoge zwischen Unsterblichen, Lebendigen und Toten*, Frankfurt am Main: Suhrkamp, 2004, S. 10.

② Hans Magnus Enzensberger, "Der tote Mann und der Philosoph: Szenen nach dem Chinesischen des Lu Xun", in *Dialoge zwischen Unsterblichen, Lebendigen und Toten*, Frankfurt am Main: Suhrkamp, 2004, S. 12.

③ Hans Magnus Enzensberger, "Der tote Mann und der Philosoph: Szenen nach dem Chinesischen des Lu Xun", in *Dialoge zwischen Unsterblichen, Lebendigen und Toten*, Frankfurt am Main: Suhrkamp, 2004, S. 13.

闲扯"辨士"形象被恩岑斯贝格再度夸张化,化成一个迂腐、自私而自大的职业哲学家,振振有词地为所谓的"求知"兴师动众。这些夸张化的形象特征在恩岑斯贝格后面自行加入的情景台词里继续得以放大。当复活的死者和庄子越吵越厉害,甚至互打耳光(也是恩岑斯贝格文本里独有的细节)时,庄子气得大喊:"你不给我讲讲商朝的生活,这原本对学术研究至关重要……"① 恩岑斯贝格给庄子套上的这番"学究"逻辑,好似鲁迅专门用来讥讽现实个人而塑造出来的寓言人物——《理水》里责骂乡下人没有家谱使他的"研究不能精密"的拄杖学者。② 同这个学者一样,恩岑斯贝格的庄子只关心死者的"学术价值",并且对此毫不掩饰,比鲁迅笔下的庄子更像一个讽刺剧的丑角,因为后者至少在口头上始终坚持自己是出于同情才请司命大人给髑髅复活的。

正因为庄子在恩岑斯贝格的剧本里一开始就被夸张化为愚偶丑角,剧本最后"起死"的反转才不至于太过突兀。比起《起死》里多少还有些许怜悯之心的庄子,单单为了闲暇之余的学术研究就拿髑髅做复生实验③的哲学家,似乎更加理应得到最终哭喊着求饶,却还是被变成髑髅的结局。当然,这个反转框架的逻辑基础还是在于鲁迅融合"梦蝶"典故为庄子设计的生死诡辩。鲁迅笔下的庄子搬

---

① Hans Magnus Enzensberger, "Der tote Mann und der Philosoph: Szenen nach dem Chinesischen des Lu Xun", in *Dialoge zwischen Unsterblichen, Lebendigen und Toten*, Frankfurt am Main: Suhrkamp, 2004, S. 19.

② 根据《鲁迅全集》的注释,《理水》中这个"拄拐杖的学者"形象是鲁迅对优生学家潘光旦的讽刺。鲁迅:《理水》,《鲁迅全集》第 2 卷,人民文学出版社 2005 年版,第 388 页。

③ 恩岑斯贝格的庄子试图说服司命时的论辩中,流露出一种把"起死"看作科学实验的态度:"庄子:那就得看看怎么尝试。司命:你在胡说八道些什么。庄子:如果你能尝试给他起死回生,那就有两种可能发生的情况,视情况而定。司命:视什么情况?庄子:要么他是活着的,然后会死去,要么他是死的,然后就他活过来了。" Hans Magnus Enzensberger, "Der tote Mann und der Philosoph: Szenen nach dem Chinesischen des Lu Xun", in *Dialoge zwischen Unsterblichen, Lebendigen und Toten*, Frankfurt am Main: Suhrkamp, 2004, S. 13.

来《齐物论》里"物化"的修辞,反问"又安知道这髑髅不是现在正活着,所谓活了转来之后,倒是死掉了呢?"① 在恩岑斯贝格的广播剧中这就变成了一语成谶的:"又安知道这髑髅是死是活?也许我,庄子,才是这个死者,而这个髑髅才是应邀赶路途中经过此地的那个骑马人呢。"② 另一方面,由于最后促使司命把庄子变成髑髅的是庄子一句抱怨人世现状的修辞"我真希望我已经死了"(生不如死),反转的结局归根结底还是因循了《庄子·至乐》中"南面王乐"胜过"人间之劳"(死优于生)的道理。换言之,恩岑斯贝格剧本中起死的"反转"和首尾呼应式的寓言框架,并没有完全脱离两个寓言蓝本,而是结合了蓝本中鲁迅对庄子的漫画化和前蓝本道家寓理的特殊设置。

二 "启蒙"的颠覆

在这样的寓言框架下,恩岑斯贝格广播剧结局的反转就可以看作同时对两个蓝本——鲁迅塑造的人物形象和庄子的道家哲学——的阐释性衍生。德国汉学家卜松山(Karl Heinz Pohl)比较了《庄子》《起死》和《死者与哲学家》三个承接文本,指出恩岑斯贝格除了和鲁迅一样嘲弄了作为虚构人物的哲学家庄子,还有"对庄子原本哲学内容的卓越发展",在艺术表现和哲学内涵上"比他的模板鲁迅显得更有说服力"。③ 卜松山看重恩岑斯贝格改写中对庄子"齐物论"思想的运用,把髑髅与庄子身份的倒反结局看成"物化"观点的艺术表现。从第一蓝本中的庄子哲学思想出发来解读恩岑斯贝格的"二次"改写固然是一种可取的路径,特别是考虑到恩岑斯贝

---

① 鲁迅:《起死》,《鲁迅全集》第 2 卷,人民文学出版社 2005 年版,第 487 页。

② Hans Magnus Enzensberger, "Der tote Mann und der Philosoph: Szenen nach dem Chinesischen des Lu Xun", in *Dialoge zwischen Unsterblichen, Lebendigen und Toten*, Frankfurt am Main: Suhrkamp, 2004, S. 13.

③ [德]卜松山:《谁是谁:〈庄子〉、鲁迅的〈起死〉和恩岑斯贝格对庄子的重写》,《文化与诗学》2014 年第 1 期。

格对中国古典哲学思想的继承，比如他在诗歌创作中对道家学说的接受。① 遗憾的是，卜松山只是简单地把恩岑斯贝格的情节用齐物论的思想解释了一下，粗略地提到这位德语作家对道家"变"之思想的文学回应，作为一项跨文本关系研究未免有些浅尝辄止。

以中国哲学为主要研究领域的卜松山，忽略了恩岑斯贝格在鲁迅对庄子"嘲弄"的基础上更为夸张化的形象塑造。这不仅把剧情顺理成章地推至最后反转式的寓言结局——这个结局可以看作庄子起死实验的自食其果，或者按卜松山基于"齐物论"中世界瞬息万变之理的解释，"从哲学家到蠢货也只有一步之遥"②——它还表明恩岑斯贝格在这个寓言角色身上，注入了比鲁迅原作更为强烈的反讽元素，目的是更好地强化讽刺效果。如果说恩岑斯贝格的寓言仅仅是庄子"齐物论"思想的演变，那么其主要思想就来自文本中一个被万般"嘲弄"、带有鲜明反讽色彩的愚偶角色。因此，即便《死者与哲学家》对道家思想有所继承，那么更可能是对庄子哲学的戏仿而非致敬。事实上，这部以"鲁迅场景改编"为题的剧本，延续的是鲁迅多有"油滑"的调侃和反讽意味的"新编"艺术形式，对人物和剧情进行夸张化的"点染"，以此延伸恩岑斯贝格从鲁迅寓言中解析出来的寓意。至于这位西德作家延伸的寓意究竟指向何处，第一蓝本《起死》的寓旨和恩岑斯贝格在 20 世纪 70 年代末创作环境下的精神面貌，应是比剧中被嘲讽的庄子的"物化"哲学思想更可靠的参照。

我们再次回到鲁迅的蓝本。《起死》中解决完生存问题的庄子给髑髅复形，汉子一醒来就吵着找衣服、包裹和伞。庄子一边重复说

---

① 有关恩岑斯贝格作品中道家哲学思想的研究，参见 Alena Diedrich 对恩岑斯贝格长诗作品《泰坦尼克号的沉没》的博士学位论文第二章第三节"Fliessendes Tao-Eine alternative 'Gesichtspoetik'", in Alena Diedrich, *Melancholie und Ironie: Der Untergang der Titanic*, Würzburg: Königshausen & Neumann, 2014, S. 164 – 174.

② ［德］卜松山：《谁是谁：〈庄子〉、鲁迅的〈起死〉和恩岑斯贝格对庄子的重写》，《文化与诗学》2014 年第 1 期。

第二章　后革命时代的寓言：德语作家对鲁迅的互文性接受　　137

着"静一静，不要着慌"，一边率先作了一番启蒙者的批判："啧啧，你这人真是糊涂得要死的角儿——专管自己的衣服，真是一个澈底的利己主义者。你这'人'尚且没有弄明白，那里谈得到你的衣服呢？"①面对一个刚醒来就发现自己一无所有的赤裸汉子，开场时还因为"口渴"恨不得立马"化蝶"的庄子，却要求汉子先弄明白形而上的存在问题（尽管他已清楚地说出自己是杨家庄的杨大），再解决"找衣服"这个同属温饱问题的当务之急。通过情景间的矛盾，鲁迅讽刺了代表知识分子的庄子面对看起来"像是乡下人"的杨大时所采用的典型"俯瞰式"的教育启蒙姿态。更令这个不平等的姿态显得荒谬可笑的是，当巡士对杨大赤身的模样起了恻隐之心，问庄子"赏他件衣服，给他遮遮羞"时，庄子却像作哲学论述一样扭捏曲折、连词叠加、咬文嚼字地推诿："那自然可以的，衣服本来并非我有。不过我这回要去见楚王，不穿袍子，不行，脱了小衫，光穿一件袍子，也不行……"②鲁迅笔下的哲学家前几分钟还在指责杨大是"专管自己衣服"的利己主义者，此时却以象征政治权力的楚王为借口，连一件小衫都不肯施舍给由他自己"起死"复生而一无所有的乡下人杨大。故事发展至此，鲁迅为其加诸的寓言象征已逐渐明晰：知识分子（庄子）在解决了自己的生存问题（口渴）之后，用"启蒙"的姿态唤醒（起死）了一名普通农民（杨大）；被唤醒的农民首先必须解决最基本的实际问题（衣物），"能说不能行"的知识分子却袖手旁观，不愿牺牲任何微小的自我利益（衣服），最后趋附权力（楚王），闻风而逃。简言之，《起死》中的哲学家代表失败的启蒙主体，死者则是启蒙的牺牲品。③

　　毫不意外地，恩岑斯贝格在承接《起死》主要人物剧情的《死者与哲学家》时，也延续了"启蒙"的寓言主题，并通过更为明显

---

① 鲁迅：《起死》，《鲁迅全集》第2卷，人民文学出版社2005年版，第488页。
② 鲁迅：《起死》，《鲁迅全集》第2卷，人民文学出版社2005年版，第493页。
③ 同样将《起死》作为启蒙寓言的解读，可参见邢程《启蒙寓言：鲁迅〈起死〉的一种读法》，《鲁迅研究月刊》2018年第4期。

的表征关联突出它讽刺性的寓意。除了对知识分子形象的夸张化塑造，恩岑斯贝格还给"死者"加了一个比原作中的乡下人杨大更带有鲜明阶级性的职业：鞋匠。西德广播剧里的庄子第一次问死者姓甚名谁的时候，死者就以"杨鞋匠"（Yang der Schuster，鲁迅原文中汉子自称杨家庄的杨大，学名必恭）的职业身份自居，之后的对白中也不断提起这个社会性的本职工作。当庄子企图向鞋匠解释"起死"之说时，杨鞋匠回应道："我只知道一件事：您这可恶的玩笑是建立在我的损失之上的，我可受够了别人在我鼻子底下跳舞。我是一个正经的人，我的职业是鞋匠，我是探亲去的。我想要回我的衣服。"① 相较于鲁迅原文中汉子近乎请求的口气——"先生，你还是不要胡闹，还我衣服，包裹和伞子罢。我是有正经事，探亲去的，没有陪你玩笑的工夫！"② ——杨鞋匠说话态度强硬，严厉指责庄子的"胡闹"损害了自己的利益，并且强调鞋匠的本职来凸显自己"正经"的劳工身份，其言外之意是，眼前这位以"哲学家"为职业的所谓"智者"是不正经的，甚至荒谬的。

杨鞋匠对自己劳工阶级的身份抱有积极性的认同，与之相对的便是他对代表智识阶级的哲学家庄子彻头彻尾的不信任。这种不信任的表现形式，不是鲁迅版本里杨大带着哭腔拉住庄子喊"我不相信你的胡说"时的无助，③ 而是充斥着一名鞋匠对居高临下的"启蒙"说教者的反感甚至蔑视。比起只会把庄子的说辞否定为"胡说"的杨大，恩岑斯贝格的杨鞋匠对庄子"起死"叙述和自白的否定有理有据，甚至精准地抓住了时间逻辑的谬误：

---

① Hans Magnus Enzensberger, "Der tote Mann und der Philosoph: Szenen nach dem Chinesischen des Lu Xun", in *Dialoge zwischen Unsterblichen, Lebendigen und Toten*, Frankfurt am Main: Suhrkamp, 2004, S. 17. 译文中"我可受够了别人在我鼻子底下跳舞"直译于原文"und dass ich es satt habe, mir auf der Nase herumtanzen zu lassen"，有"受够了别人在眼前儿戏胡闹"之意。

② 鲁迅：《起死》，《鲁迅全集》第 2 卷，人民文学出版社 2005 年版，第 489 页。

③ 鲁迅：《起死》，《鲁迅全集》第 2 卷，人民文学出版社 2005 年版，第 490 页。

第二章　后革命时代的寓言：德语作家对鲁迅的互文性接受　　139

庄子：我感觉你不是很相信我，这多么令人遗憾啊。要是你知道我是谁……我其实就是庄子，来自漆园的著名智者……

死者：那么请准许我问一句，您是生活在什么时候呢？

庄子：我？我活在现在。

死者：哦？那我呢？

庄子：我已经跟你解释过了：你生活在五百年前。

死者：那我又怎么可能听说过您呢？

庄子：你说得没错。但我向你保证，我有超自然的力量。

死者：去你的超自然力量！我不是哲学家，我只是一个普普通通的修鞋匠。可是当我听您这么说话的时候，我感觉好像您在说一些荒唐糊涂的事情，好像是一个在梦里说话的人。还是我才是那个做梦的人？当然，这就是谜底了罢。我根本没有醒来，我一直在沉睡，并且我梦见了一个自以为是哲学家的蠢货。①

杨鞋匠对哲学家的言语反击无疑是成功的——连庄子本人也不得不承认他的反问一点没错。不仅如此，死者还不无讽刺地引用庄子此前参照梦蝶的叙述方式，用自己只是在做梦的假设否定了"哲学家"庄子，对自己的"修鞋匠"身份仍然引以为傲。在死者和哲学家的对话中，占据话语权上风的不再是有知识智慧的庄子，而是这个无论在行动还是言辞上都毫不示弱的普通人杨鞋匠。死者再一次提到自己"鞋匠"职业是在原作中最富喜剧色彩的一幕——《起死》里的庄子看杨大发怒，窘急之下扬言说要请司命大人来还他一死，喊了半天咒语却"毫无影响"，泄气地站在原地："（庄子向周围四顾，慢慢的垂下手来。）汉子：死了没有呀？庄子：（颓唐地，）

---

① Hans Magnus Enzensberger, "Der tote Mann und der Philosoph: Szenen nach dem Chinesischen des Lu Xun", in *Dialoge zwischen Unsterblichen, Lebendigen und Toten*, Frankfurt am Main: Suhrkamp, 2004, S. 18.

不知怎的，这回可不灵……"① 鲁迅笔下的汉子用一句反问讥讽颓败的哲学家，恩岑斯贝格则特意为讥讽哲学家的鞋匠写了一小段独白：

> 你知道我为什么默不作声地听了你这么久吗？因为我对疯子有一种特殊的偏爱。有时候我能跟疯子们聊上好几小时。他们来到我的作坊里，我一边缝几双鞋，一边听他们说话。可是现在我听够了。太阳已经开始下山了，马上就会更冷了，我身上连一块破布都没有。看样子你是不会把我的东西交出来了，既因为你是一个贼，又因为你胡说八道。好，那就让我来告诉你我将要做什么。我将从你身上剥下你的袍子，再带走你的马。接着，我会骑着马到我亲戚那里去。至于你，在我看来，你可以一边吃我的枣儿，一边想象自己是一个智者。我数到三，然后我就要动手了。你听懂我说什么了吗？②

对自命不凡的知识分子来说，没有什么比"疯子"这个词对他们的否定更具有攻击性了。尤其是"哲学家和疯子"的类比出现于一名鞋匠经验性的平铺直叙时，更是产生了特别强烈的效果。如果说恩岑斯贝格在广播剧中延续的是鲁迅原作中"启蒙"的寓言主旨，或者说他对《起死》的解读包括了对这种不平等的、没有实际意义的、虚妄的启蒙之回应，那么杨鞋匠就是人民大众"反启蒙"的发声筒：在他们看来，以哲学家为代表的精英知识分子发表"启蒙"（起死）的长篇大论，无异于成天晃荡在鞋匠铺里滔滔不绝的疯子。更有甚者，恩岑斯贝格在剧本里不仅赋予了鞋匠"反启蒙"的言语能力，还给了他颠覆"启蒙"的行动权力。在杨鞋匠的言语威胁下，

---

① 鲁迅：《起死》，《鲁迅全集》第 2 卷，人民文学出版社 2005 年版，第 491 页。
② Hans Magnus Enzensberger, "Der tote Mann und der Philosoph: Szenen nach dem Chinesischen des Lu Xun", in *Dialoge zwischen Unsterblichen, Lebendigen und Toten*, Frankfurt am Main: Suhrkamp, 2004, S. 21.

庄子和鲁迅原作中一样，吹警笛喊来巡士，却被鞋匠抢走了马匹。万般无奈的哲学家只好向代表政治权力的巡士求助——可恩岑斯贝格早已把鲁迅原作里巡士口中爱读《齐物论》的"隐士局长"变成了"前任局长"，现任局长"不看智者的书籍，他说要把所有的哲学家都吊死"①。没有了任何靠山依傍的哲学家——在这里应该可以读作"启蒙"失败后日暮穷途的知识分子——既受平民讥讽奚落，又被政治权力抛弃，最终还是祸从口出，因为一句话被毫不留情地变成髑髅，回到了故事的起点。从这个角度来看，剧末鞋匠和哲学家在生死身份上的颠倒，不仅是"起死"行为的主客体倒反，乃至整个"起死"寓言框架的反转，更有颠覆"启蒙"之寓意。

三 "扫盲者"的反思：或"参与观察者"的自我反讽？

在这则颠覆"启蒙"的寓言结尾，鞋匠骑上马，占据启蒙主体的位置，俯视躺在地上变成髑髅的哲学家，重复庄子开场时"叹髑髅"的敲问。同鲁迅原作中一样，恩岑斯贝格剧本开场的敲问原本是"起死"的序幕，有了这番从《庄子·至乐》里摘出的生死兴叹，才引出象征"启蒙"的"起死"。然而，不同于以"好奇"为职业的哲学家，平民鞋匠遵守自己的本分工作，他的敲问也止于敲问，说完最后一句"死人就是死人，一个死人是不会说话的"（庄子开场时也是说了这句话才萌生了给髑髅起死的主意）便扬长而去。②"被起死者"（或者说是"被启蒙者"）没有重复历史，终止了围绕"起死"的循环，也结束了有关"启蒙"的悖论：鞋匠没有

---

① Hans Magnus Enzensberger, "Der tote Mann und der Philosoph: Szenen nach dem Chinesischen des Lu Xun", in *Dialoge zwischen Unsterblichen, Lebendigen und Toten*, Frankfurt am Main: Suhrkamp, 2004, S. 26.

② 参见《死者与哲学家》首尾 Vgl. Hans Magnus Enzensberger, "Der tote Mann und der Philosoph: Szenen nach dem Chinesischen des Lu Xun", in *Dialoge zwischen Unsterblichen, Lebendigen und Toten*, Frankfurt am Main: Suhrkamp, 2004, S. 10; S. 29.

庄子逆转乾坤的野心和谈天说地的闲情，自然没有给死人"起死"的念头，因而也不会引起髑髅复"生"之后不得不解决的"温饱"问题。作为一个启蒙寓言的结局，它暗示了当作为知识分子启蒙主体陷入沉寂，"启蒙"的概念连同启蒙实践产生的问题和矛盾也就一起随之消解了。

应当指出的是，如果《死者与哲学家》的结尾可以被解析为"启蒙"的颠覆，那么也同样可以被视作恩岑斯贝格——这位早在1968年就向德语知识界引介鲁迅，来提倡"政治扫盲"的西德作家——对鲁迅蓝本中业已包含的"启蒙"悖论的回应。《起死》中的启蒙者虽然也失败了，但他得以在政治权力的庇护下脱责，由一无所有的"被启蒙者"承担"启蒙"（起死）的后果。这样的寓言设计令人想起鲁迅在写《起死》之前另一个著名的启蒙隐喻——在一间铁屋子里唤醒死灭前昏睡者的假设，尤其是假设最后那句留给"启蒙者"的诘问："你倒以为对得起他们么？"套用"铁屋子"的隐喻，重新解释这则寓言的结局：庄子可以看作是一名在屋外"大嚷"着唤醒（起死）熟睡人的启蒙者，可他最后不仅没能帮助屋里的人打破铁屋，还在发现自己切身利益受到威胁时，背叛了被他唤醒的人，自己率先溜走，让杨大这样"不幸的少数者来受无可挽救的临终的苦楚"。① 鲁迅对启蒙和启蒙者近乎绝望的质疑，在恩岑斯贝格的改写中被转化为颠覆性的结局，即"被启蒙者"的反制和启蒙者的没落。恩岑斯贝格的"被启蒙者"并不是从昏睡中被唤醒的群众，而是本身就具备欧洲18世纪启蒙主义强调的"理智"和独立思考能力的个体。当恩岑斯贝格剧本里的巡士重复"前任局长"对庄子"方生方死"的夸赞时，死者冷冷地评论："一个哲学家只需要动动嘴皮子，人们听了以后就有一阵不知道自己是生是死了。到最后就像我一样，没枣儿，没衣服，

---

① 鲁迅：《呐喊·自序》，《鲁迅全集》第1卷，人民文学出版社2005年版，第441页。

没雨伞。一个巡士来了就卑躬屈膝,大师前,大师后的……而我,杨鞋匠,就成了蠢货。"① ——一边说一边策划着盗马离去。这样的"被启蒙者"不仅能用言语表达充满个体意识的理性思辨,还能在行动上实现"启蒙"的颠覆与超越。回到"铁屋子"的启蒙隐喻,对恩岑斯贝格而言,假如有一线"毁坏铁屋的希望",那么实现这个希望的也绝不会是"大嚷"着唤醒大众的启蒙者,而是被唤醒的每一个普通人。

在文学创作中表现对"被启蒙者"个体能量的抬升,无疑符合恩岑斯贝格重视个体意志的社会学观念,和他对"高度个人化社会"的认同。② 在施罗尔对恩岑斯贝格的文学社会学研究中,他指出这位几乎从未将自己束缚于任何集体的作家(上一章提到恩岑斯贝格在 1975 年已退出他本人创办的左翼刊物《时刻表》),对"个体意愿"(Eigensinn)有着不予妥协的维护。③ 一方面,在近乎偏执的"个人化"追求下,抗议运动时期的恩岑斯贝格毫不意外地站在了从个体出发反对权威的左翼知识分子阵营;另一方面,对"个体"价值的放大也使他成为 1968 年革命理想幻灭后最早的清醒者。借用历史学家克劳斯哈尔(Wolfgang Kraushaar)不无讽刺的形象比喻,恩岑斯贝格在 20 世纪 70 年代政治立场的突变,就好像"一个试图在狂饮过度的夜晚之后的宿醉晕眩中清醒起来的人,几乎完全记不起来发生了什么样

---

① Hans Magnus Enzensberger, "Der tote Mann und der Philosoph: Szenen nach dem Chinesischen des Lu Xun", in *Dialoge zwischen Unsterblichen, Lebendigen und Toten*, Frankfurt am Main: Suhrkamp, 2004, S. 24.

② "高度个人化社会"(hochindividualisierte Gesellschaft)是恩岑斯贝格不少杂文论说的话题,这个概念参见 Markus Schroer, "Gesellschaft und Eigensinn: Hans Magnus Enzensbergers literarische Soziologie", in Dirk v. Petersdorff (Hrsg.), *Hans Magnus Enzensberger und die Ideengeschichte der Bundesrepublik*, Heidelberg: Winter, 2010, S. 15.

③ Markus Schroer, "Gesellschaft und Eigensinn: Hans Magnus Enzensbergers literarische Soziologie", in Dirk v. Petersdorff (Hrsg.), *Hans Magnus Enzensberger und die Ideengeschichte der Bundesrepublik*, Heidelberg: Winter, 2010, S. 16-19.

的混乱"①。克劳斯哈尔把这种"宿醉失忆"下的骤然清醒，归结于恩岑斯贝格自始至终不愿归从任何团体的"个人主义"倾向，同时也尖锐地批评这位地位显赫的当代作家，至今未能对20世纪60年代左翼政治运动的参与——包括他曾呼吁的文学家"政治扫盲"等言论——进行真正的反思。事实上，20世纪70年代恩岑斯贝格的文学创作中并不乏1968年反思的主题，尽管他的反思确实如同克劳斯哈尔所说，始终保持着一个远距离"观察者"的批判姿态，因此不能称得上是实际意义上的"自我反思"。创作《死者与哲学家》的1978年，恩岑斯贝格在《时刻表》上发表了以《世界末日的两个批注》（"Zwei Randbemerkungen zum Weltuntergang"）为题的卷首杂文，围绕世界末日这个"消极乌托邦"，对十年前抗议运动时期的西德知识界及其"积极乌托邦"进行回顾批评，指出1968年亲历革命实践失败的西德知识分子幻灭者之所以成为"误入歧途的左翼卫士"（Irrenwärter von links），很大程度上是因为这些革命理论家无法摆脱传统思想的桎梏：

> 然而，我们这些被德国唯心主义哲学传统束缚的理论家们至今拒绝承认任何一个过路人都早已清楚理解的道理：压根就没有什么世界精神；我们并不认识什么历史规律；阶级斗争本身就是一个"自然的"过程，并非任何"先锋派"能够有意识地计划领导的行动；社会和自然的进化没有任何所谓的主体，因而并不是可以预见的；因此，当我们展开政治上的行动时，我们永远无法完成我们决心要做的，却往往会陷入我们根本无从想象的境地；所有积极乌托邦的危机都有这样一个根本缘由。②

---

① Wolfgang Kraushaar, "Vexierbild: Hans Magnus Enzensberger im Jahre 1968", in Dirk v. Petersdorff (Hrsg.), *Hans Magnus Enzensberger und die Ideengeschichte der Bundesrepublik*, Heidelberg: Winter, 2010, S. 56.

② Hans Magnus Enzensberger, "Zwei Randbemerkungen zum Weltuntergang", in *Kursbuch* 52, 1978, S. 7.

在这段经常被研究者引用的文字里，恩岑斯贝格把1968年左翼政治运动的失败，追溯到了西方马克思主义革命意识形态的哲学滥觞。黑格尔的"世界精神"（Weltgeist）和唯心主义世界观，在变幻的历史现实中只能构建一个革命的理论真空，而建立在这种理论虚无之上的社会运动最后也只能带来幻灭。这里，恩岑斯贝格虽然使用了复数人称"我们"，但他总结式的论调和过于冷静的醒悟或多或少地削弱了自我反思的成分，淡化了这段历史中他本人的参与度。与其说恩岑斯贝格承认自己也曾错误地属于被哲学思想束缚的革命"理论家"，曾经是积极参与运动的"政治扫盲者"，毋宁说他是在以文中那些早已领悟这些道理的"过路人"（Passant）的身份为参与者定论——或者按照他本人对1968年个人历史的定性，他仅仅是抗议运动的"参与观察者"（Teilnehmender Beobachter），主要任务是研究性的社会观察，参与只是为了更好地实施田野调查。[①] 这种"参与观察"性质的历史反思，在一定程度上意味着对个人参与历史的责任逃避，也因而引起了不少德国学者的批判，给他套上了诸如"投机者"，甚至"德国知识分子的叛徒之尊"（Erzverräter der deutschen Intellektuellen）之类的名号。[②] 关于恩岑斯贝格对1968年的反思中究竟有多少历史投机主义成分的讨论，显然已经超出了本书的研究范围。但值得注意的是，《世界末日的两个批注》中对革命理论家的批判也同样出现

---

① 这个说法来自恩岑斯贝格关于六八运动经历的访谈，参见 Hans Magnus Enzensberger, *Le Nouvel Observateur* (20. September 2007), zitiert nach Wolfgang Kraushaar, "Vexierbild", in Dirk v. Petersdorff (Hrsg.), *Hans Magnus Enzensberger und die Ideengeschichte der Bundesrepublik*, Heidelberg: Winter, 2010, S. 46: "Die Ethnologen sprechen von 'teilnehmender Beobachtung'. In genau dieser Haltung war ich in der Bewegung dabei. Ich war Beobachter"。"参与观察"（participant observation）是用于文化人类学等社会学科的一种研究策略，研究主体通过积极参与研究对象的生活环境来得到经验性的一手材料。

② Jörg Lau, "Die Verräter sind unter uns", in Dirk v. Petersdorff (Hrsg.), *Die Zeit* 1999 (17), zitiert nach Wolfgang Kraushaar, "Vexierbild", in *Hans Magnus Enzensberger und die Ideengeschichte der Bundesrepublik*, Heidelberg: Winter, 2010, S. 61.

于同时期的文学创作中,即《死者与哲学家》中对鲁迅原本和庄子台词的谐谑改写。当恩岑斯贝格的庄子说完《起死》中鲁迅用来戏谑启蒙理论家为自己开脱(自己有衣服,汉子没衣服)的诡辩——"鸟有羽,兽有毛,然而王瓜茄子赤条条。此所谓'彼亦一是非,此亦一是非',你固然不能说没有衣服对,然而你又怎么能说有衣服对呢?"①——他没有忘记再用德国传统哲学术语加以总结:

> 可想而知,一个人没穿衣服的时候,他还是一个人。总而言之,你从上述可以学到两点。第一,你的问题并非根本的原则性问题;第二,虚无的否定和规定的否定之间的区别。②

"彼亦一是非"得到"规定的否定"(bestimmte Negation)③ 的点染,黑格尔的幽灵也附着于鲁迅笔下身披道士服的启蒙说教者身上。结合两者的并不是道家思想和辩证哲学存在论上的共通,而是中德两位作家对现代精英知识分子相同的怀疑与忧虑。无论影射的是中国"五四"启蒙者还是西德"六八"革命家,两个文本中的庄子形象背后似乎都有一个自负的精英原型,秉承所谓的上层哲学传统,却又受之禁锢。空洞虚妄的哲学思辨,不但无法应对历史现实中的具体问题,还可能沦为机械教条的工具。用"彼亦一是非,此亦一是非"为自己无理的启蒙论说(对汉子求衣服的批判)脱辩的庄子,近似鲁迅笔下借宗教论说谋自身利益的"吃教者","讲革命,彼一时也;讲忠孝,又一时也"④;同样地,搬出"规定的否

---

① 鲁迅:《起死》,《鲁迅全集》第 2 卷,人民文学出版社 2005 年版,第 490 页。
② Hans Magnus Enzensberger, "Der tote Mann und der Philosoph", in *Dialoge zwischen Unsterblichen, Lebendigen und Toten*, Frankfurt am Main: Suhrkamp, 2004, S. 19–20.
③ 黑格尔用"规定的否定"的概念区分有所指的相反否定和纯粹绝对的否定(也作虚无)。
④ 鲁迅:《准风月谈·吃教》,《鲁迅全集》第 5 卷,人民文学出版社 2005 年版,第 329 页。

定"自圆其说的哲学家形象里,也分明有一个拒绝认识幻灭、搬弄哲学理论的革命家身影,或者用恩岑斯贝格在另一篇文章中更直接的攻击,庄子形象的背后有"一群糟糕的德国学者,总是想着从另一本书里找引用,而不是亲自前去(同民众交流)"①。

如此看来,《死者与哲学家》对《起死》的文本承接远不止是故事情节和人物形象的夸张化改编,而是表征着抗议运动之后的恩岑斯贝格对鲁迅思想,尤其是启蒙悖论的文学接受和转换。这种互文性的接受,把鲁迅有关启蒙主体的怀疑置换到了后革命时代西德的政治语境,因此,寓言化的、被反转颠覆的"起死"指向的是1968年反权威抗议者呼吁的"政治启蒙",备受揶揄的启蒙哲学家庄子也可以视作恩岑斯贝格批判的被德国哲学传统束缚的"理论家"。至此,有关《死者与哲学家》的承文本寓言解读,或许还剩下最后一个疑问尚未得到解答:如果恩岑斯贝格改写中对哲学家毫不留情的、夸大的嘲讽,确实代表了他对1968年政治哲学启蒙家的批判态度,那么,这位十年前同样呼吁"政治启蒙"的"扫盲者",是否也在有关幻灭者的讽喻中加入了自我反讽性的历史反思?或者还是像克劳斯哈尔评论的那样,剧本中哲学家台词背后的声音只是来自一名始终将自己置之度外的"参与观察者"?

这个问题的答案是难以确定的。即便恩岑斯贝格真的掺入了自我剖析式的反思——虽然我们很难想象作者真的会把自己写成一个虚伪势利、自大无能,最终化作一堆白骨的哲学家角色——这种反思也已融化在他对异文化寓言场景的艺术渲染和反讽结构当中。作为一名出色的反讽家,恩岑斯贝格在承接《起死》的剧作改写时,对哲学家的讽刺也嵌入了精巧的寓言结构,以至于最后的反转结局给文本解读带来了多重而模糊的寓意可能。死者和哲学家的形象,

---

① Hans Magnus Enzensberger, *Zu großen Fragen. Interviews und Gespräche* 2005 – 1970, Rainer Barnez (Hrsg.), Frankfurt am M., 2006, S. 238f, zitiert nach Markus Schroer, "Gesellschaft und Eigensinn", in Dirk von Petersdorff (Hrsg.), *Hans Magnus Enzensberger und die Ideengeschichte der Bundesrepublik*, Heidelberg: Winter, S. 13.

虽然都被加注了更鲜明的阶级指代性，但他们最后的身份倒转不得不令人对剧作者的立场感到疑惑：作者究竟是站在民众的角度讽刺哲学家，还是站在知识分子的立场一边自我反讽，一边感叹无常历史？或许这也是为什么卜松山会把它解读为恩岑斯贝格对庄子"物化"哲学思想的接受，而不是对鲁迅思想的互文承续。

总之，我把《死者与哲学家》解读为恩岑斯贝格在20世纪70年代末联邦德国社会语境下对鲁迅启蒙寓言的互文接受：通过夸张的形象塑造、通篇的反讽结构和情节的颠覆，恩岑斯贝格把鲁迅对启蒙者的反讽转换成了对1968年后西德知识分子幻灭者的讽喻。至于作者本人的立场是否如同他在现实政治生活中一样，不无矛盾地躲藏在"参与观察者"的身份阴影里，还是他在这个承文本创作的过程中也短暂地把自己放在"六八一代"幻灭者的位置上，融入了自我反讽的历史反思，我们很难从文本中找到明确的答案。但如果我们选择相信后者，那么恩岑斯贝格对中国现代作家鲁迅的接受无疑也是作者对抗议运动时期启蒙式的"政治扫盲"——包括在《时刻表》上向西德左翼知识界推介作为革命文艺家的鲁迅——的一种矫正。

第 三 章

文学与机制的相遇：
德语文学机制中的中国现当代文学

1980年初，广播剧《死者与哲学家》在西德各电台播出两年之后，作者恩岑斯贝格在西柏林市立图书馆举办的鲁迅主题文学展上发表了开幕演说。演讲一开始，恩岑斯贝格承认自己并非"鲁迅专家"，因而只能"猜想"，或许他自己和台下生活在"三十多年以来的和平"中的西德听众们，可以从这位亲历"政变、屠杀、起义、侵略和内战"的中国作家身上学到一些什么。接着，演说者话锋一转，谈起了"不久以前"欧洲文化界"用一个表意始终略显暧昧的法语词"将作家简单划分归类的情况："人们把一种作家称为有社会参与感（engagiert）的，另一种称为没有参与感的。一开始，我对前者的观点很有好感；我时常或者几乎总是与他们意见一致。可是后来，没过多久，我就发现他们中的很多人说话听上去总有些油腔滑调，或者细弱无力，或者沉闷含糊。"[1]

恩岑斯贝格口中的"不久以前"应有十年之久，因为他所描述的态度转变显然是在他提倡文学政治化之后，也就是抗议运动之后的立场转变。而"就在那时"，他"拿到了一本鲁迅杂文集"（这本

---

[1] Hans Magnus Enzensberger, "Zur Eröffnung einer Ausstellung in Berlin", in ders. *Album*, Suhrkamp, 2017. 恩岑斯贝格所说表意暧昧的法语词"engagement"在德语里的衍生被普遍使用，表示个人的社会性参与。

杂文集如果不是 1968 年把鲁迅选入《时刻表》时恩岑斯贝格和他的责任编辑们参考的鲁迅德译本或其他欧洲语言译本,那应该就是 1973 年布赫选译的德语版鲁迅选集《论雷峰塔的倒掉》),"没翻几页",他就确信自己是"信任这位作家的":"我长久地听着他那轻微的,几乎没有什么音调的声音,听得越久,我也就越来越清楚为什么那么多'有参与感'的作者写了那么差的书。"① 此时的恩岑斯贝格和 1973 年的布赫一样,把鲁迅同一味高声呼吁社会"参与"的欧洲作家区分开来,并且将欧洲启蒙运动时期的法国哲学家狄德罗列为"唯一"合适的类比。② 在恩岑斯贝格的总结中,鲁迅的"社会参与"并不是可以用"参与感"标签来归类的属性,而是表现在他一生中作为知识分子的职责担当和作为作家的文学表达:

> 就像学者们评价的那样,鲁迅"消耗"着自己:他翻译、教书、办杂志、校阅、收藏、开展出版和版画活动。他用尖刻的嘲讽掩盖了无私的自我,又用自我反讽掩藏了他的热诚。……面对中国社会情况,他是一名不可妥协的批评家,可他也明白大多数人不愿意明白的一点——那就是,他自己和所有其他人一样,不仅是可能解决问题的人,也永远会是问题的一部分。他始终坚守的基本立场是反对自我欺骗和自负骄纵。这赋予了他的文字一种容易辨识的风格:一种好战的反讽语调。③

---

① Hans Magnus Enzensberger, "Zur Eröffnung einer Ausstellung in Berlin", in ders. Enzensberger, *Album*, Suhrkamp, 2017.

② 狄德罗是对恩岑斯贝格思想和创作影响最大的哲学家之一。在收录《死者与哲学家》的文集《不死者、死者和生者之间的对话》中,也收录了恩岑斯贝格以狄德罗为主人公创作的另外一篇剧目式的虚构访谈《狄德罗与褐蛋》("Diderot und das dunkle Ei")。

③ Hans Magnus Enzensberger, "Zur Eröffnung einer Ausstellung in Berlin", in ders. *Album*, Berlin: Suhrkamp, 2017.

第三章 文学与机制的相遇：德语文学机制中的中国现当代文学　151

恩岑斯贝格对鲁迅文如其人式的评价，重点突出了他从这位中国作家身上看到的两个特征。第一，鲁迅身上有一种"自我消耗"（verzettelt sich）式的无私和热诚，其具体表现是他对各式各样社会工作的承担；第二，鲁迅是一个始终保持清醒的社会参与者——与此相呼应的创作特征就是鲁迅"反讽"的写作风格。这番精准的鲁迅评价，显然不是来自一名"非鲁迅专家"对鲁迅生平和著作穷神知化的研习，而是出于一位同样致力于社会参与和艺术创造的德国作家惺惺相惜的切身体悟。在上一章中，我们已经看到恩岑斯贝格是如何在寓言改写中，将鲁迅对"自我欺骗和自负骄纵"的抵制，置换为1968年以后西德知识分子的反思；如何用同样尖刻的讽喻，清醒地承接鲁迅对那些企图"解决"社会问题却没有意识到自己就是问题本身的"启蒙者"的批判。事实上，只要联系恩岑斯贝格的个人经历细究这段演说，我们就不难发现，除了在文学观念（《时刻表》第15期）和"反讽"创作风格（《死者与哲学家》）上与鲁迅有所相似，活跃高产的恩岑斯贝格也同样具备他所描述的鲁迅"自我消耗"的特征。"翻译、教书、办杂志、校阅、收藏、开展出版和版画活动"，他列举的这些工作不仅概括了鲁迅推动中国现代文学与文化发展的主要形式，也大致可以包罗恩岑斯贝格本人对当代德国文坛的贡献。从20世纪50年代参加"四七社"的活动开始，或者最迟从他出版第一本诗集《狼的辩护》（1957）开始，恩岑斯贝格就以知识分子作家的身份，参与到战后德国文学的重建与发展当中。只需列举几个恩岑斯贝格登上德语文坛之后的社会文化职务，就可以看出他与民国时期兼揽众多身份的鲁迅何其相似：自由诗人、译者、电台编剧、批评家、苏尔坎普出版社编辑、大学客座教授、《时刻表》杂志创始人兼主编。如果说鲁迅生前的文学创作和围绕"文学"的文化生产，决定了他在中国现代文坛的核心地位，那么，他在战后德语世界最重要的一位传播者恩岑斯贝格，也同样因为兼备艺术创作和文学参与两方面的才能而进入了德语文坛的中心——换用一个比"文坛"这个隐喻性过强而至抽象的词语更为恰当的表述——进入了德语文学机制（Literaturbetrieb）的中枢。

这个文学机制，与其说决定了围绕文本运作的文学领域，毋宁说构成了一个复杂的、不断延伸外沿和变化内容的社会空间。它可以是布尔迪厄（Pierre Bourdieu）社会理论中由不同利益相关者交换具体经济资本或象征性"文化资本"（le capital culturel）的社会"文学场"（le champ littéraire），① 也可以是卢曼（Niklas Luhmann）所说的自主的"艺术体系"（Kunstsystem），一个从社会现实条件区分出来的虚构组成——主宰这个体系的不是基于因果关系的传播与接受，而是现代社会的"偶联性"（Kontingenz），其中所有的行动与结果"不是不可能，但也不是绝对可能"。② 18 世纪后期开始获得一定"自主性"的文化艺术生产决定了这个体系的形成，但这个体系又遵循着现代社会的"偶联性"的固有规则，参与到整体社会的运作。卢曼所说的艺术体系特征和布尔迪厄对文学象征资本的经济政治学理解，同样出现在战后联邦德国研究者对演变中的德语文学机制不无忧虑的观察中。在论及 20 世纪 70 年代联邦德国的文学机制时，格雷文（Jochen Greven）曾指出，由于战后"西德、奥地利、瑞士文学市场"中文学生产的整体基数大幅上升，支配文学传播的"不仅是任意独断（Willkür），而是更为糟糕的随机偶然（Zufall）"。③ 在"偶然"的支配下，对文学传播起决定性作用的是衔接生产和市场的

---

① "文化场是一个力量场，这个场对所有进入其中的人发挥作用，而且依据它们在场中占据的位置（不妨看看相距甚远的状况，成功剧作家的位置或先锋派诗人的位置）以不同的方式发挥作用，这个场同时也是一个充满竞争的斗争场，这些斗争倾向于保存或改变这个力量的场。"参见［法］布尔迪厄《艺术的法则：文学场的生成与结构》，刘晖译，中央编译出版社 2011 年版，第 208 页。

② Niklas Luhmann, *Soziale Systeme: Grundriss einer allgemeinen Theorie*, Frankfurt am Main: Suhrkamp, 1993, S. 152；卢曼对艺术体系 Kunstsystem 的定义概括参考 Niklas Luhmann, *Die Kunst der Gesellschaft*, Frankfurt am Main: Suhrkamp, 1995.

③ Jochen Greven, "Bemerkungen zur Soziologie des Literaturbetriebs", in Heinz. L. Arnold (Hrsg.), *Literaturbetrieb in der Bundesrepublik Deutschland*, 2. Aufl., München: Edition Text u. Kritik, 1981, S. 16.

编辑、出版家、咨询者、校阅人、评论家、评审人、出版社代表、书商、广告商等个体组成的复合体。因此，西德（事实上可以代表整个西方）文学机制只是一种与大众市场捆绑在一起的"个人互动"，一个甚至比意识形态严控下的东德文学机制更为恣意专断的"非理性运作机体"。[1]

应当注意的是，机制本身运作方式的"非理性"并不代表机制中的个人和利益方的行动也是非理性而无可考察的。事实上，无论是布尔迪厄还是卢曼的社会学理论，或是格雷文针对西德文学机制的社会学考察都有一个前提：一切具有公众性的"文学"（艺术文化）作品都受到特定社会中相关的理性个体（或集团）从各自利益出发的行为的影响。有关文学机制的讨论实际上就是将这些不同社会利益方的动机和作用捉置一处，综合考察。一部文学文本，包括它的内容主题和审美取向都只是文学机制运作中一个次要的构成，从生产到传播都受制于不同的参与方。如格雷文所说，讨论文学机制首先要把文学"从审美的天堂放逐出来"，把文学视作一种带有社会属性的现象来加以考察。[2]

这种"放逐审美"的文学视野，实际上也就是"文学机制"的视野，对于任何一项文学传播研究来说都是不应被忽略的，包括本文以跨文化文学交流为主题的研究。由于本书关注的是"德语世界"场域中中国现当代文学的传播，聚焦的也是德语文学机制中涉及中国文学传播的方方面面，借助于"文学机制"的视野，通过中德文学交流的历史叙述和互文比较，应当可以为这幅中德现代文学交流的全景图补充一个宏观的，同时也是更贴近具体传播接受环节的截

---

[1] Jochen Greven, "Bemerkungen zur Soziologie des Literaturbetriebs", in Heinz L. Arnold（Hrsg.）, *Literaturbetrieb in der Bundesrepublik Deutschland*, 2. Aufl., München: Edition Text u. Kritik, 1981, S. 16 – 17.

[2] Jochen Greven, "Bemerkungen zur Soziologie des Literaturbetriebs", in Heinz L. Arnold（Hrsg.）, *Literaturbetrieb in der Bundesrepublik Deutschland*, 2. Aufl., München: Edition Text u. Kritik, 1981, S. 11.

面。重新回到恩岑斯贝格在 1980 年鲁迅文学展上的演讲，如果从德语文学机制的角度来看这场演说和展览，就可以具体观察被展览报道称为"最著名的中国作家"在西德知识文化界受到的特殊重视。首先，文学展览是德语文学机制中具有较高影响力和特殊事件性的文学传播形式。这里的"文学展览"不仅可以联系到承接德意志书籍文化传统的图书展览——比如"二战"后一年一度规模盛大的法兰克福国际书展、莱比锡书展和克拉根福特（Klagenfurt）书展——还涉及图书馆和文学档案馆等传统德国文学机构的展览活动。承办机构柏林市立图书馆既是展览鲁迅文学作品的物理空间，也是一个具有文学珍藏象征性质的场所。① 其次，1980 年的鲁迅展览是文学机制中官方和民间参与方合作的成果。中国人民对外友好协会提供了展览材料，作为 1979 年西德在中国举办的柯勒惠支展览的回馈，而负责策划编目的是 20 世纪 70 年代成立的莱布尼茨文化交流学社。② 最后，恩岑斯贝格作为演讲嘉宾为展览揭幕，除了因为他自 20 世纪 60 年代以来为鲁迅在德传播所做的贡献，他在当代德语文学机制中的作家地位在一定程度上也能够匹配展览主题人物鲁迅在中国现代文学史上的名望。

从这个角度来看，鲁迅在联邦德国的接受就不仅仅是单纯的文学译介，也不只是文化符码的意识形态博弈，而是一场跨文化语境下文学与机制的相遇。当原本就处于中国现代文学话语中心的鲁迅进入德语文学接受场域，其传播效果就取决于在历史、政治、社会、

---

① Vgl. Steffen Richter, *Der Literaturbetrieb: Eine Einführung*, Darmstadt: WBG, 2011, S. 53.

② Karl-Heinz Janßen, "Sieg über die Dummheit: Dichter, Künstler, Revolutionär", in *Die Zeit*, 08.02.1980, https://www.zeit.de/1980/07/sieg-ueber-die-dummheit/komplettansicht, 展览后由莱布尼茨文化交流学社出版了鲁迅展览纪念: Egbert Baqué (Hrsg.), *Lu Xun, Zeitgenosse*, Berlin: Leibniz-Ges. für Kulturellen Austausch, 1979. 莱布尼茨文化交流学社（Leibniz-Gesellschaft）是由施普莱茨（Heinz Wilhelm Spreitz）70 年代初在西德创办，致力于中德文化交流，与当代中国大陆文化界有多往来，例见汪晖《颠倒》，香港中文大学出版社 2015 年版，第 308 页。

经济影响下变化的德语文学机制，受到机制中的运作个体和利益集团的共同作用。事实上，在跨文化文学的传播过程中，几乎每一个环节都会出现本土文学和异域机制的碰撞。上一章中两位东西德作家从承接鲁迅文本到传播发行的过程中就不乏"机制性"的时刻。这样的时刻可以是有关"经济"的时刻——如果考虑到恩岑斯贝格在 20 世纪 70 年代末，每年光是为电台写广播剧的收入大概就是西德普通职业作家年收入的好几倍，[①] 那么我们或许也可以推测，他改写鲁迅作品的广播剧，其受众率和影响力显然不是某个出版社发行一本鲁迅选集可比拟的；或者它也可以是和政治紧密相连的时刻——海因改编《阿Q正传》的剧本在民主德国和西欧地区不同的演绎解读，也可以看作是政治意识形态渗透到不同文学机制时，接受异域文学经典的不同表现。不管怎样，这样的时刻应该能够将本书前两章重点关注的"副文本"和"承文本"联为一体，最终还原一幅连贯的跨文化文学交流的全景图。

当然，不应忘记的是，鲁迅是作为中国现代文学（甚至世界文学）无可争议的经典作家进入德语文学机制的。不论是作为《时刻表》上呼吁社会参与的革命文学家，还是柏林图书馆展览中的中国现代文学代表；不论是西德电台中的寓言原创，还是东德舞台上的阿Q原作，鲁迅和他的作品都是经由文学机制的中心机构和核心人物得到传播和接受。然而，对于中国大多数尚未跻身"世界文学"经典行列的作家来说，决定其德语文化界关注度的，是受参与各方左右，同时又充满偶然性的文学机制——尤其是在中德文学交流日益频繁的 20 世纪 80 年代以后。因此，我力图在这一章中承续对中国现当代文学德译"副文本"和德语文学"承文本"的考察，从德

[①] 德国社会民主党联邦议会代表主席 Herbert Wehner 在联邦议会上声称恩岑斯贝格 20 世纪 70 年代末每年从电台获得的收入就有 43000 马克，参见 Ingrid Laurien, "Schreiben als geschäftliches Schicksal. Einige Erinnerungen zum Thema", in Heinz Ludwig Arnold (Hrsg.), *Literaturbetrieb in der Bundesrepublik Deutschland*, Aufl. 2, München: Edition Text u. Kritik, 1981, S. 356–358.

语文学机制中涉及中国文学传播与接受的因素出发，回望过去几十年间中德文化交流语境下文学与机制的相遇。

第一节　走进德语文学机制

在正式进入有关德语文学机制和中国文学的探讨之前，首先需要说明一个不可回避的事实性前提，即中国现当代文学作为从外界向德语区引进的国别文学类型，在整个德语文学机制中扮演的角色几乎是微不足道的。以文学机制中最重要的传统传播媒介书籍为例：根据德国图书销售交易协会（Börsenverein des Deutschen Buchhandels）的数据统计，2017年德国一共首版发行了30394种文学类书籍（总共首版发行的图书量为72499种，翻译书籍占总数的13.7%），其中从外文翻译成德语的共5619种，不到文学出版物总数的两成；在这五千多种外语文学翻译出版物中，非欧洲语系文学作品的翻译数量一共只有188种。[①] 尽管该数据并没有单独列出中文德译本的数量，但是从具体目录来看，2017年中国现当代文学作品德译本首版数量总数应该不到10种[②]，也就是说，德译中国文学至多占据了几千分之一的德语文学市场。如果要讨论德语文学机制中的中国现当代文学，那么至少从图书市场这个文学机制最重要的环节来看，必须要认识到中国文学在整个机制中边缘化的地位和微乎其微的影响力。

[①] 参见德国图书销售交易协会2017年官方数据：http://www.boersenverein.de/sixcms/media.php/976/Buchk%C3%A4ufer_quo_vadis_Bericht_Juni_2018_Kernergebnisse.pdf.

[②] 根据德国国家图书馆收藏数据库的记录和几家主要相关出版社的新书产品登记，2017年由德国出版社发行的中国现当代文学德译作品总共5种（见附录一《中国现代当代文学德译出版目录：1949—2020》），加上其他地区（奥地利）或者不易查询到的小出版社的出版物，当年中国现当代文学作品出版数量不会超过10种。

尽管中国现当代文学作为一个少数语种文学类别在当代德语文学机制中不足挂齿，但它在进入德语文化场域后依然必须遵循这个机制运作的规律，传播与接受的每一个环节，也因此烙上了机制的印记。由于本章的主要意图并非考量中国文学对接受方文化的作用，而是旨在勾勒中德文学交流在这个异文化文学机制中的表现形态，重点关注的也不是过去四十多年来中国文学在德语区产生的"影响"，而是来自中国的文学"产品"进入德语文学机制后，是如何经由各个参与方的合作加工，最终作为被接受的文学作品留存于这个机制之中。

一 文学机制的定义和运作：以《死者与哲学家》为例

从德语概念上来看，德语中的文学机制 Literaturbetrieb 大致可以理解为一种将文学文本和社会效应衔接起来的运作（Betrieb）。不同于其他与"机制"（Betrieb 也有运作，运营之意）相仿的概念——如强调个人社会性的"文学生活"（literarisches Leben）、注重商品价值的"文学市场"或者强调产业性能的"文学工业"等——文学机制涵括的范围重点突出文学与社会互动过程中具有"促动性"或者"运作性"（betrieblich）的部分，尤其是相关社会机体围绕"文学"运作的动力来源和维持运作的实践个体。因此，"文学机制"的定义囊括了一大片与文学相关的行业领域，其核心内容就是某一个特定社会中能够"促动"文学行业持续运作的机制框架和实践活动。借用里希特（Steffen Richter）德国文学机制导读中的概括，"所有参与形塑文学文本生产、分发和接受的框架条件的机构、机关、人物，以及他们彼此之间互相关系的总和"就是所谓的文学机制，其重点并非机制的构架设置，而是机制中各个组成部分互动的运作关系。[1]

与这种偏重"促动"和"运作"性质的词源学定义相应，现实

---

[1] Steffen Richter, *Der Literaturbetrieb: Eine Einführung*, 2011, Darmstadt: WBG, S. 8.

中的德语文学机制就是一个始终处于动态发展之中的运作机体。在任何一个历史节点，文学机制本身的持续依赖于各个参与方的交流互动。按照里希特的定义，德国文学机制中的互动主要是在生产、分发和接受三个运作层面展开的，每一个运作层面都涉及不同参与方的行动和关系（见图3-1）。要阐述这个机制最简便的方法，或许就是举一个已经熟悉的文学文本在机制中的运作为例：恩岑斯贝格改写鲁迅作品的广播剧《死者与哲学家》。在文学机制的第一"生产"层面，主要参与方是创作者（Autor），包括作家协会和文学创作共同体，还有文学资助（Literaturförderung），如一些奖项基金和写作课程。由于恩岑斯贝格无论在经济上还是名望上都早已拥有充足的资本，《死者与哲学家》的"生产"没有涉及除了支付作者稿酬的电台以外的公益性文学资助方的参与，主要只有作者这个唯一的参与方。当然，如果我们把恩岑斯贝格对鲁迅的接受纳入生产

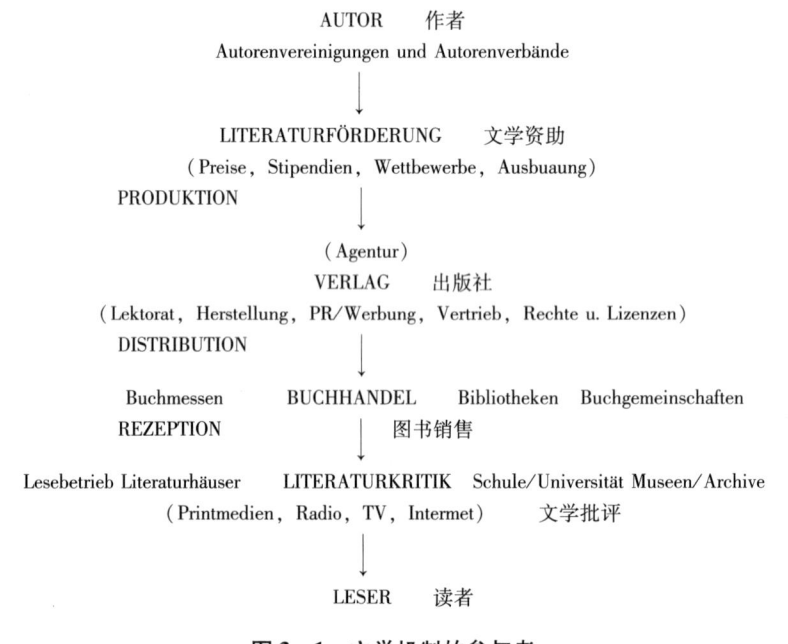

AUTOR　作者
Autorenvereinigungen und Autorenverbände
↓
LITERATURFÖRDERUNG　文学资助
（Preise，Stipendien，Wettbewerbe，Ausbuaung）
PRODUKTION
↓
（Agentur）
VERLAG　出版社
（Lektorat，Herstellung，PR/Werbung，Vertrieb，Rechte u. Lizenzen）
DISTRIBUTION
↓
Buchmessen　BUCHHANDEL　Bibliotheken　Buchgemeinschaften
REZEPTION　　　　　　↓　图书销售
Lesebetrieb Literaturhäuser　LITERATURKRITIK　Schule/Universität Museen/Archive
（Printmedien，Radio，TV，Internmet）　文学批评
↓
LESER　读者

图3-1　文学机制的参与者

图片来源：Steffen Richter, *Der Literaturbetrieb：Eine Einführung*, Darmstadt：*WBG*, 2011, S. 8.

的环节，那么中国现代文学文本及其译本也作为作家的"生产素材"参与到德语文学机制第一层面的运作当中。就大多数直接从中文翻译到德语的文学文本（比如布赫选译的鲁迅杂文集）而言，在机制"生产"环节最重要的参与方，就是作品的德译者和将作品重塑，引入德语文学机制的编选策划者。

到了第二层面，至今仍以纸质图书为核心媒介（尽管电子图书市场逐年递增）的德语文学机制主要依赖于两个参与"分发"的机体：出版社和图书交易。在此阶段，文学稿件经由出版社编辑、印刷、制作成书，获取版权后得到宣传销售，分散到各个与图书交易相关的行业机构：书店、图书馆、书联会和书展等等。与传统德语文学机制中的"分发"环节不同，广播剧本《死者与哲学家》一开始就是以"听说"性质的文学传播媒介为向度而得到创作生产的。因此，这个案例中，"分发"文学产品的主要机体是广播电台，其运作同样需要经过对手稿的编辑、导演、录音、配音、剪辑等工序制作成文学广播剧产品，在各个参与制作的电台公开播放，或者将版权销售给其他电台——比如1978年就在西德播放的《死者与哲学家》，到了1987年还被奥地利广播电台（ORF）收购并播出。然而，尽管《死者与哲学家》作为文学产品进入德语文学机制时的首要形式是口头文学，但它在这个机制中最终的保存还是加入了"经典"纸质媒介的参与。随着当代德语文学的发展，早在20世纪60年代就进入西德文学机制主流的恩岑斯贝格，也在不断巩固他作为"当代经典"作家的地位；与之相应的就是用纸质媒介把作家已经以其他形式公开发行的文本重新汇编成合集，这是文学"经典化"最基本的形式。《死者与哲学家》作为广播剧播出至今，剧本原稿分别被收录于1981年、1989年和2004年出版的作家文集当中，均由恩岑斯贝格的签约出版社苏尔坎普（Suhrkamp）发行。因此，该文本在德语文学机制中的"分发"，既包括听说形式的文学传播，又依赖传统纸质媒介，分别对应着广泛（广播）而持久（出版）的传播效应。

最后，经过前两个层面加工的文学产品得到了"接受"与反馈。

在这个阶段，从事"文学批评"的个人和机构，针对公开成型的文学作品进行评论研究，并且重新作用于上一阶段的传播。在《死者与哲学家》的案例中，作品虽然经由机制中多种媒介传播，但它几乎没有引起德语文学机制中批评参与方的关注。正如上一章中提到的那样，广播剧《死者与哲学家》在当代德语文学批评界和学术界的研究中都很少被提及，相反，与这个剧本同年完成的长诗集《泰坦尼克号的沉没》从发行之初就备受关注，被誉为恩岑斯贝格这个时期最重要的代表作。这个"接受"层面的反差，一方面是源于两部作品在创作环节差距悬殊的投入——前者是薪酬效益明确的单次商业写作，后者则是恩岑斯贝格历时十年的宏篇诗作；另一方面是广播剧作为一种基于文学机制的创作类型，在 20 世纪 70 年代的德语地区逐渐被边缘化（被边缘化的首要特征就是"接受性"关注的减少）。20 世纪 50 年代君特·艾希（Günter Eich）的经典广播剧时代已成为历史神话，[①] 恩岑斯贝格的广播剧创作也自然很难在这个不断更替翻新的机制中获得他已凭借"诗人"身份得到的文学经典化接受。由于这部广播剧在"接受"环节未能得到相关机制参与方——剧评人、批评家、学院研究者——的足够关注，即便作品借助多媒体传播得到了相对广泛的受众，它融入这个机制的状态依然不能算是成功。同时，评论研究的缺失意味着作品的艺术特征和创作方法，包括剧本中跨文化的承文本关系都无法得到很好的解读。因此，恩岑斯贝格参照的中国现代文学蓝本——鲁迅的寓言剧《起死》——仅止于其个人对鲁迅的文学接受，并没有像其他中国文学译本那样，作为"进口"的"中国文学作品"得到整个德语文学机制的"接受"。

尽管我们讨论的主要是当代德语地区的情况，但是按照文学作为文化产品进入读者视野和大众市场的三个阶段划分的运作架构，

---

① 广播剧在西德的鼎盛时期是在 20 世纪 50 年代，承接了二三十年代布莱希特（Bertolt Brecht）等剧作家对广播剧本写作的呼吁，把电台作为"民主化"的理想载体。

适用于大多数现代社会的文学机制。作为一种包含"促动性"内涵的"机制",其核心在于动态的运作——生产、分发和接受三个层面的相关方,在不同阶段内部的运作和跨层面的互动构成了文学机制的全部内容。这个动态的运作体或如格雷文所言,在各层面"促动"参与方的互相作用下,最终会展露出"非理性"的"随机"特征。[1]但是,从以上的阐述也可以看出,文学机制的另一个最重要特征,就是各个层面互动参与方或松散或紧密的联系——这种互相联系不仅是"促动"运作的关键,也为社会中从事文学工作的主体确定了各种行业分工。每个阶段的主要参与方事实上都可以被归结为不同文学行业的从事者:作者、译者、作家协会代表、文学基金代表、出版人、书商、广播剧制作人、批评家等。因此,文学机制也类似一个由具备专业性和职业性的文学"行业"组成的文化职场,其基础运作形式就是各行各业文学从事者之间的合作与互动。

二 当代德语文学机制的历史转型:政治与媒介

在历史发展的过程中,统筹各个文学行业的文学机制始终处于自我更新的状态。不同历史条件下,围绕生产、分发和接受三个层面运作的机制会呈现相应变化的运作形态。就本书主要关注的历史时期——中德建交以来的德语文学机制而言,决定性的历史条件主要在于政治形态和媒介技术两方面。

1989年两德统一之前,冷战政治意识形态对德语文学机制的发展和分野具有决定性的影响。按照格雷文和大多数研究者对战后德语文学的划分,西德、奥地利和瑞士德语区大致可以看作是同一个文学机制的运作地域。该地区文学在生产、分发和接受三个层面皆以英美文学市场制度为参照,同时结合德语文学传统,形成了一个

---

[1] Jochen Greven, "Bemerkungen zur Soziologie des Literaturbetriebs", in Heinz L. Arnold (Hrsg.), *Literaturbetrieb in der Bundesrepublik Deutschland*, 2. Aufl., München: Edition Text u. Kritik, 1981, S. 16–17.

由各种典型现代西方文化机构组成的"文学社会体系"（Sozialsystem Literatur）。① 上一节中以《死者与哲学家》为例的阐述主要代表西德的情况，与这种立足于市场和社会机构的文学体系截然不同的则是几乎可以看作民主德国政治体系一部分的东德文学机制。在第一章的讨论中，我们提到中国现当代文学在民主德国译介传播的历程，和 1949 年以后中国本土文学的发展在时间上保持同步，民主德国文学作品又和同时期的中国文学存在内容主题和艺术形式上的近似。事实上，中国和东德在文学交流和文学创作层面形成平行，最直接的原因便是两国在"政策迭绕"中平行运作的相似的文学机制。如果说联邦德国和其他德语区的文学机制在生产、分发和接受三个层面的运作，围绕的是多个根植于"文学社会体系"、趋向机构化的利益参与方，那么民主德国的文学机制——至少在前三十年——围绕的是一个核心的政治机构：德国统一社会党（SED）。在中央党派的领导下，官方机构及其分组织统筹协调，左右文学机制的运作。比如 1952 年从东德文化联盟（Kulturband der DDR）分离出来的德国作家协会（Deutscher Schriftstellerverband）就发挥了核心文学机构的功能。从协会宗旨和工作构成来看，东德作家协会和同时期成立的中国作家协会相似，都是由中央党派直接领导的文学组织，有着相似

---

① 文学社会体系的形成主要延续 1945 年至 1949 年美、英、法盟军占领时期通过文学文化对西德社会思想改造（Re-education）的计划，在各城市建立的文化机构，如柏林的"美国之家"（Amerika-Haus）、科隆的"桥社"（Die Brücke），还有各个城市的"文学之家"（Literaturhaus）。具体参见 Siegfried Müller, *Kultur in Deutschland: Vom Kaiserreich bis zur Wiedervereinigung*, Stuttgart: Kohlhammer Verlag, 2016, S. 336；经过二十多年的发展，到了 20 世纪 60 年代末，西德社会的文学交流演变为一种"与社会经历和社会互动紧密相连的程序性交流。文学交流主要不是通过直接的个人交往进行，而是通过文学及之内的机构和组织，围绕基础文本形成作者和读者之间的互动。文学交流的整体形态由历史功能决定，并且在互惠和竞争过程中产生或转化为其他性质的社会行动。这样看来，文学位于社会行动的系统关联当中，受到文学、文化和社会的互相作用，又处于文学社会系统的内部地带"。Wolfgang R. Langenbucher, *Handbuch zur deutsch-deutschen Wirklichkeit: Bundesrepublik Deutschland-Deutsche Demokratische Republik im Kulturvergleich*, Stuttgart: Metzler, 1988, S. 474.

第三章　文学与机制的相遇：德语文学机制中的中国现当代文学　　**163**

的内设机构和直属单位。由"作家"组成的文学组织重点参与的是文学机制中的"生产"阶段：从作协成立到1989年的近四十年间，大约九百名东德作协会员在拥护党派领导的前提下，主动接受马克思列宁主义文艺观和社会主义现实主义的创作方法从事文学生产。与中国1949年第一次文代会以后将解放区的延安文艺经验列为文艺工作者的创作标准相似，东德作家协会也为他们的文学生产者确定了贴近人民大众的文学规范，在四十年间总共召开了十次作协代表大会，向文学工作者们宣讲这些文学生产规范。[1]此外，民主德国还有另外一些政治文化机构也通过会议的形式宣传这些文艺方针，比如东德文化联盟和德国民主社会党中央委员会召开的会议。[2]

　　除了制定文学生产规范，拥有大量政治资源的东德作协，也为按照规范完成创作的作家们提供物质经济生活上的资助，包括奖金工资和分配住房等特殊待遇。与这种具有限制标准（是否为作协成员）的"文学资助"对应的，是联邦德国各式各样的私人企业基金和公共赞助机构。由于联邦德国一开始就把文化确定为一个"由各联邦州管辖的事宜"（Ländersache），很多公共的文学赞助方也是代表各个联邦州，专门为支持州内作家而设立的。[3]无论是东德作协还是西德各联邦州独立的文学资助，这些机构都主要针对文学的"生产"环节，以促进文学产量为目的给"生产者"提供物质动力。此外，这些机构也在不同程度上作用于文学的分发和接受。东德作协

---

[1] 民主德国要求作家帮助工人农民尽快提高艺术水准，也要求作家积累劳动体验。东德建国初期总理乌尔布里希特将歌德和席勒两位经典作家描述为"靠近人民的"（volksnah）的作家，将其视为东德作家应该学习的榜样。Vgl. Wolfgang R. Langenbucher, *Handbuch zur deutsch-deutschen Wirklichkeit: Bundesrepublik Deutschland-Deutsche Demokratische Republik im Kulturvergleich*, Stuttgart: Metzler, 1988, S. 479.

[2] Wolfgang R. Langenbucher, *Handbuch zur deutsch-deutschen Wirklichkeit: Bundesrepublik Deutschland-Deutsche Demokratische Republik im Kulturvergleich*, Stuttgart: Metzler, 1988, S. 481.

[3] Vgl. Steffen Richter, *Der Literaturbetrieb*, 2011, S. 40–41.

内部有不少会员是文学评论或文学研究者，他们很多时候依照政治化文学规范的评判，对文学的传播和接受起到了决定性作用。此外，民主德国的文学制度还包括苏联模式下一些有别于西德机制的特殊机构，比如同样针对文学生产环节、培养作家的莱比锡德语文学院（Deutsches Literaturinstitut Leipzig），还有直接从属于政府机构的文学出版社，其中最重要的应该是 1945 年就由德国民主革新联盟在东柏林成立的建设出版社（Aufbau Verlag）。这家颇具政治代表性的出版社至今仍是德语区传播中国文学作品最重要的出版社之一，尽管其出版策略已与当时大相径庭。在东德政府的"印刷许可规程"（Druckgenehmigungsverfahren）下，所有出版物在印刷之前，除了和西德地区一样需要获取出版许可（Lizenz），还必须通过审查。[1] 文化部下属的出版和图书交易司（Hauptverwaltung Verlage und Buchhandel）在 1954 年以后负责发放印刷许可，严密管控文学作品的公开传播。在民主德国首任文化部长、东德文化联盟主席贝歇尔（J. R. Becher）的设想中，理想的"文学社会"（Literaturgesellschaft）不仅是所有文学创作的统一，也需要"所有的文学相关者，作家、出版人、排字工、印刷工、书商都是平等的参与方"。[2] 虽然这个设想最终也只是停留在设想，但是民主德国围绕政治策略运作的参与方，在政治权力面前都是"同样"被分配任务的零件，"等级差异"取决于与中央权力关系的亲疏程度。

当然，过于严格的审查制度，以及政治策略对文学创作的过度干预，还是引起了东德作家（包括作协成员）不同程度的抗议以及来自西方的反对，尤其是 1976 年异议作家沃尔夫·比尔曼（Wolf Biermann）被逐出民主德国以后。20 世纪 80 年代，民主德国文学和政治的紧张关系虽已稍有放松，但文学领域的运作主要还是受制于

---

[1] Vgl. Siegfried Müller, *Kultur in Deutschland*, 2016, S. 335.
[2] Wolfgang R. Langenbucher, *Handbuch zur deutsch-deutschen Wirklichkeit*, 1988, S. 479.

中央党派领导下的文化政策规定。海因1983年改编《阿Q正传》的舞台剧本之所以能够通过东德文艺审查制度，一方面是因为取材于鲁迅作品，而鲁迅早在民主德国建立之初确立了其中国进步文学家的身份，得到广泛认可；另一方面是因为海因从蓝本中汲取异文化时空情节时进行了适度的改造与修饰。《关于阿Q的真实故事》刚刚发表时并没有在东德主流文艺界得到好评，反而因其对东德社会现实的批判和"社会主义现实主义"创作方法的偏离，受到了官方文艺报纸的忽视甚至抨击。[①] 可以说，东德文学机制始终跟随忽紧忽松的文化政策的变化，每一个运作环节——生产、分发、接受，包括同国外文学的交流——都印刻着文学与政治的复杂关联。

在民主德国的最后几年，以党派政策为主轴运作的文学机制，在国家政权的危机当中一步步走向塌陷，最后在柏林墙倒塌以后迅速蜕变，融入了联邦德国以市场机构化为主要特征的文学机制。东德文学机制中首先被废除的就是实施政治权力的审查制度。根据东德文化部的改革方案，1989年12月1日起，每一个得到授权的出版社都可以直接获得印刷许可，不再经受政治的干预。[②] 事实上，1989年以后的德国文学机制主要是西德"文学社会体系"的衍生，再加上一部分文学市场经济制度对东德政治化文学机制的同化。遗憾的是，在这个同化统一的过程中，被扬弃的不仅是限制自由表达和艺术独立的审查制度，还有东德出版界的整体生产力，最终造成其"生产容量"的显著萎缩。[③] 根据林克斯（Christoph Links）2009年发表的一项东德出版行业研究，两德统一时期得到文化部授权的78家东德出版社（其中文学出版社16家），到2007年只剩下12家（剩余的文学出版社更是屈指可数），平均每年的图书生产总量只有

[①] 参见第二章第一节中关于东德阿Q的接受情况。

[②] Christoph Links, *Das Schicksal der DDR-Verlage：Die Privatisierung und ihre Konsequenzen*, Berlin：Links, 2009, S. 30.

[③] Christoph Links, *Das Schicksal der DDR-Verlage：Die Privatisierung und ihre Konsequenzen*, Berlin：Links, 2009, S. 325.

1989 年的 18%。① 由于大多数原东德出版社在经历市场经济私有化过程中，仍带有私有制无法兼容的、被林克斯称为"多重残疾"的特质，它们在融入新的出版行业的过程中被淘汰了。② 换言之，原民主德国国有的文学"分发"机能在 1989 年民主德国国家"消失"之后也渐渐退化，转向原西德的市场模式。结合中国现当代文学作品的译介来看，一个比较成功的典型案例就是东德建设出版社的策略转型：在六七十年代以出版鲜明党派性文学（曾出版中国作家陶承的《我的一家》等）为主，到 20 世纪 80 年代承担起第一波中国当代文学作品的译介发行，1990 年以后则转向市场，签下具有图书市场潜力的英籍华人女作家虹影五本小说的德译版权，从 20 世纪 90 年代末开始陆续发行。

这样，两种意识形态分野下的文学体系，在政治统一之后也出现了以原西德同化原东德为主要形式的合并。20 世纪 90 年代以后的德国文学机制延续西德的市场机构化运作，远离了政治策略的管控，传播媒介的更迭就成了比政治意识形态嬗变最重要的外因。当然，文学媒介在德语文学机制中一直是一个显性的变量——尤其是战后西德地区，从盟军占领时期以报纸杂志为主的文学载体，到五六十年代广播电台兴盛时期广播剧和其他文学栏目的涌现，再到 20 世纪 80 年代文学"影视化"热潮，传播技术的变革在西德文学生产、分发和接受的运作中清晰可见。相对来看，媒介革命给东德文学机制带来的冲击较小。除了纸质出版，戏剧表演在民主德国应是最重要的文学媒介，戏剧文学也因此成为一个时常被经典化的文学类别。③

---

① Christoph Links, *Das Schicksal der DDR-Verlage：Die Privatisierung und ihre Konsequenzen*, Berlin：Links, 2009, S. 9.

② Christoph Links, *Das Schicksal der DDR-Verlage：Die Privatisierung und ihre Konsequenzen*, Berlin：Links, 2009, S. 34.

③ 在布莱希特成立的柏林人剧团（Berliner Ensemble）资助下，战后东德戏剧文学得以毫无罅隙地持续发展，比同时期的西德戏剧文学发展更进步，与同期瑞士戏剧文化衔接。参见 Wolfgang R. Langenbucher, *Handbuch zur deutsch-deutschen Wirklichkeit*, 1988, S. 475.

两德统一以后，德国和世界其他同处于"全球化"进程的国家地区一样，各种社会文化机制之间的界限在共同的"全球市场"面前逐渐模糊，甚至濒临消失。文学机制和影视行业之间出现越来越多的共同领域，数字时代的电子图书市场与网络传播路径，则威胁着传统纸质书业在文学"分发"阶段的主导地位。2020年的新冠肺炎疫情直接加速了文学媒介与运作实践的电子化进程。根据德国图书销售交易协会发布的数据统计，2020年上半年电子书营业额比2019年下半年上涨了17.8%，购买电子书的人数比前半年上涨了0.3%。这个涨幅虽然并不出众，但是如果按照季度营业额和购书人基数进行比较，就会发现2020年上半年上涨的营业额大部分来自第二季度，也就是新冠肺炎疫情开始横扫欧洲大陆的时间：2020年第二季度德语电子书市场营业额比第一季度上涨38.9%。如果按照更加具体的时间段来看，2020年1月至3月，电子书市场营业额同比前期下降4%，但是接下来疫情暴发的整个3月，由于德国境内线下书店全面关闭，物流服务减速，线上电子书交易额度急速增加，并且一直持续到在线下书店恢复营业的5月以后。[①] 电子书市场的扩张意味着作为文学机制的重心从传统实体书业转向了数字媒体的高速运作。麦克卢汉（Marshall McLuhan）20世纪60年代的告别"古登堡星系"印刷时代的预言和"地球村"的设想，已波及全球各地的媒介文化社会。传播技术的革新下，文学媒介的多样化趋势很大程度上也已成为当代德国文学机制实时发展的导向。

与此同时，媒介多样化和全球化进程中的德国文学机制同国际图书市场衔接更加紧密，与包括中国在内的世界各国文学交流在形式和数量上都有所增加。早在1976年就加入"国别"主题的法兰克福书展，在20世纪90年代以后把"主题"演变为每年邀请"主宾

---

① 数据源自德国图书销售交易协会2020年的官方报告，https://www.boersenverein.de/markt-daten/.

国"参展的国际化传统，这成为当今德语文学机制乃至国际图书领域最重要的一个国际文学交流活动。当然，数字革命也将此类文学事件转移到了虚拟平台。2020年10月14日，第72届法兰克福书展受到新冠肺炎疫情影响，取消了实体展会，首次与德国公共广播联盟（ARD）合作直播平台，全程以线上结合少数线下实体活动的形式展开。四天"电子书展"（Bookfest digital）期间，3644场活动在线举行，来自103个国家的4400个策展方在线布展，20多万用户注册线上平台参展。① 同时，组委会在法兰克福城区组织了多场限制人数的线下文学朗读会，辅佐线上虚拟书展"专场"（special edition）的展开。这一届法兰克福书展的主题词是"希望的信号"（Signals of Hope），以展示德国书业文化界与德国主流文坛应对疫情险阻的正面姿态；主宾国加拿大在虚拟网络上给出的另一个主题词"独异的多元"（singular plurality）一方面指涉来自多元文化的"独异"主体各自在家参加线上文学活动的情形，另一方面则暗示着世界文学机制在后疫情时代面临的变革。

最后，世界文学德语译本的出版，也在文学生产中开始占据更重要的位置——至少在两德统一前后，世界文学作品的德译书目，在文学类（Belletristik，也可译作美文类）图书生产中所占的比例持续提升，在1995年前后占领了接近半数的德语文学市场（见表3-1）。翻译文学的比例虽然在2003年以后重新下滑，但在文学信息高速传播的21世纪，这个以国别或语种为界限的德国/德语文学机制已然成为了国际文学机制的一部分：它与世界文学共享新的文学媒介和新媒介文学类型生产（如广播时代的广播剧和互联网时代的网络文学），共享全球市场下的畅销图书，共享世界文学经典化机制（如全球性的诺贝尔文学奖、英美地区的布克图书奖等等）下推出的文学经典，也终将与各国文学机制共享生产、分发和接受等层面的运作。

---

① 参见法兰克福书展官方网站数据记录，https://www.buchmesse.de.

表 3-1　　　德语地区翻译书种与文学类翻译书种数据一览表

年份	书种	翻译书种（占比所有书种）	文学类书种	文学类翻译书种（占比所有翻译书种）
1970	47096	5526（11.7%）	9181	2725（49.3%）
1980	67176	6739（10.0%）	11899	2705（40.2%）
1990	61015	8321（13.6%）	8946	3811（45.8%）
1995	74174	10565（14.2%）	10526	4704（44.5%）
2000	63021	7631（12.1%）	7534	2876（37.7%）
2015	72499	9890（13.6%）	14273	3720（37.6%）
2019	70395	9802（13.9%）	14460	3554（36.3%）

数据来源：https://www.boersenverein.de/markt-daten/marktforschung/wirtschaftszahlen/buchproduktion/。

三　跨越国别：奥地利和瑞士德语区的文学机制和中国文学德译情况

文学市场是语言市场，文学机制也是由语言划分边界的机制。在关于德语世界中国现当代文学传播的讨论中，笔者试图将"德语世界"作为一个整体性的接受场域来看待，因此"德语文学机制"也没有有意识地区分国别。然而，不应忘记的是，文学机制归根结底还是系泊于特定历史环境的一种社会机制，其包含的行业和运作都带有特定社会的属性。唯其如此，冷战时期的德语文学机制有着鲜明的政治分野——接受西方民主制度和市场经济社会的联邦德国、奥地利和瑞士德语区，形成了相应的私人机构化的西德文学机制，在苏联模式的社会主义东德运作的也自然是由中央调控的东德文学机制。冷战政治形态终结以后，东西两德文学机制随着两德的"统一"而合并为同一个德语文学机制，但原西德另外两个由国别区分的地区，在"统一"的德语文学机制中仍存在着与中心德国不同的运作方式和特征。在关于奥地利文学生活的研究中，摩西尔（Doris Moser）指出了单独讨论各德语国家文学机制的必要性：

如果我们把文学机制理解为一个由文学交流行动与其附属

的交流条件组成的网络,那么我们或许可以这样判断奥地利、瑞士和德国这三个地理位置和社会形态如此相近,因而也有诸多共同之处的地域文学机制:它们也同样因为地理和社会间的距离而应被视作互不相同的机制来看待。关注的生成与集中、意义和声望的记录、仪式象征的效用、社会人脉的建立等,这一切都与不同由历史社会决定的空间息息相关,也都在这样的空间里得到理解和运用。对于参与者来说,这是一个交易地位、分配权力和影响力、任纵惯例的竞赛场地,但终归也是一个有差异性也有可区分性的,生产、撒播、分发和消费文学的环境。①

摩西尔讨论文学机制的出发点是布尔迪厄符号资本理论的社会实践场域,其主要运作方式是"关注""意义""声望""仪式""人脉"等社会资本和文化资本的互相交换,以及随之而来的权力关系变化。在这样的理解下,文学的生产、分发和接受不仅受到当下社会情况和市场规律的制约,还有不同社会历史情况与文化传统的渊源。摩西尔提到的比较典型的例子就是奥地利出版业与德国出版行业的不甚相同的历史性特征:第一,1980 年以前在奥地利出版界占有统治地位的是天主教教会出版社和国家出版企业,1980 年后虽然发生转型,但是以天主教为国教的奥地利两个最大的出版集团中有一个就是有宗教传统的斯蒂里亚(Styria)出版社;第二,奥地利小型出版社首要的出版策略和德国同等规模出版社不同,并没有专注于"狭义上的销售渠道",而是重点争取来自核心文化界的接受与关注,打开"文学评论和邮寄书籍的象征性市场"。② 这种偏离商业

---

① Doris Moser, "Erbarmungswürdig hervorragend: Literarisches Leben zwischen Kulturnation und Künstlersozialversicherung", in Heinz Ludwig Arnold (Hrsg.), *Literaturbetrieb in Deutschland*, Aufl. 3, 2009, S. 375.

② Doris Moser, "Erbarmungswürdig hervorragend: Literarisches Leben zwischen Kulturnation und Künstlersozialversicherung", in Heinz Ludwig Arnold (Hrsg.), *Literaturbetrieb in Deutschland*, Aufl. 3, 2009, S. 385.

化道路的出版策略之所以适用于奥地利小型出版社，一方面与奥地利政府对出版行业巨量（相较于德国）的经济资助相关——原本就是非商业化定位的文学出版社不需要过于担心经营生存问题；另一方面，如摩西尔所强调的那样，在奥地利共和国"文化大国"（Kulturnation）的建国"神话"（Mythos）下，刺激文学机制中各参与方的除了经济利益，还有更为重要的获得认可和打造文化"名望"的需要。

具有历史社会属性的行业特点，决定了奥地利文学机制在分发环节的主要特征，也确定了出版社在选择发行中国现当代文学等外国文学译作时相应的出版策略。在受到主流政治宗教力量支撑的奥地利出版界，代表异质文化的中国现当代文学只能退居边缘，多数由小型出版社在有限的运作范围内发行。事实上，同德国出版业相比，奥地利文学出版行业和瑞士德语区的一样，其资本运作和文化影响都比较薄弱。2017年获得德国图书奖的梅纳瑟（Robert Menasse）曾以签约德国出版社的奥地利作家的身份这样总结跨越国界的文学机制："奥地利有作家，德国有出版社。"[1] 同样的作家行业规则也被瑞士德语区的作者所熟知："一名瑞士作者必须首先出口他的产品——也就是说，他需要他在德国的成功——然后再进口。"[2] 对于德语文学生产者来说，奥地利和瑞士境内以政府文化资助下小型文学出版社为主的出版形貌并非理想的运作场域；同样地，一部试图产生影响力的中国文学德译作品主要的发行场所也很少在机制运作的"边缘"地区。然而，正如德国图书

---

[1] 梅纳瑟在不同场合多次说过这句话，包括笔者在苏尔坎普出版社遇到这位作家时也听到过类似的评价；参见《法兰克福汇报》上的引用 https://www.faz.net/aktuell/feuilleton/buecher/romanatlas/oesterreich-wien-michael-koehlmeier-abendland-1513050-p6.html.

[2] 瑞士作家比克瑟尔（Peter Bichsel）的心得，引自 Stefanie Preuss, "Über die Grenze und wieder zurück", in Heinz L. Arnold (Hrsg.), *Literaturbetrieb in Deutschland*, 2009, S. 410.

交易中心数据显示，中国现当代文学在德语文学市场本身就处于边缘化的地位，在文学分发的社会场域中对应着同样边缘的定位。我们前面已经提到过德国微型文学出版社（20世纪70年代出版中国现代文学史的单人出版社黑格内尔 Verlag Jakob Hegner）或特殊性质的出版社（20世纪70年代出版《暴风骤雨》等革命文学作品、与德国共产党合作紧密的奥伯鲍姆出版社，还有一些与汉学学术相关的合作出版社）小范围发行中国现当代文学译作的情况。这种情况在德语文学机制的边缘地带更为普遍，尤其是1990年德国出版行业大幅度集中化，更多大型图书集团开始垄断市场之后，情形尤为明显。举一个较近的例子：位于维也纳的一家小型文学出版社勒克尔（Löcker）近年接受了几个中国当代文学的译介项目，包括刘震云的小说《温故一九四二》、顾彬翻译的北岛等当代诗人的诗集，还有和维也纳孔子学院合作的当代文学选集系列。这些都是由出版社与中国相关的个人或机构——汉学家和孔子学院——共同策划的，多数属于个人之间的小型项目合作。在勒克尔出版社出版过几本中国当代诗歌散文译本和个人诗集的汉学家顾彬表示，近年来之所以很少在德国境内出版中国当代文学的翻译作品，[1] 而是选择与奥地利出版人协作，是因为在奥地利出版文学书籍能够获得更多资助，以避免最终出现由翻译者个人承担出版费用的情况。对于出版中国文学作品的德国小型出版社来说，这种现象几乎司空见惯。[2]

同样，在20世纪90年代经历出版危机以后，瑞士许多小型出版社在市场竞争中被淘汰，但瑞士德语地区的文学发行仍依赖一部

---

[1] 2010年至2015年，顾彬一共出版了九本中国当代文学德译作品，其中六本在奥地利出版，另外三本由德国出版社发行。参见 Nicola Dischert, Martin Hanke, Li Xuetao hrsg., *Schriftenverzeichnis von Wolfgang Kubin* (1975 – 2015), *minima sinica*, 2015 (2), Großheirath: Ostasien Verlag, S. 76 – 78.

[2] 参见附录三《中国现当代文学翻译与出版的困境——顾彬访谈》。

分小型文学出版社的持续运作。① 相较于奥地利在 1990 年以后出台的高强度出版资助计划，② 瑞士政府对图书产业的资金推助并不出众。尽管如此，瑞士德语区至今仍保持着三百多家德语出版社的总数，其中一半以上都属于所谓"个人企业"（Ein-Personen-Betrieb）的微型出版社。③ 这些微型出版社大多数以本土（瑞士）读者为核心目标读者群，只有规模更大的出版社才会面向整个德语市场。然而，真正意义上"跨越国界"并在整个德语文学市场占有一定分量的大型出版社，在整个瑞士德语区只有一家：苏黎世的第欧根尼（Diogenes）出版社。该出版社每年生产的图书 80% 以上都"出口"德国和奥地利，在国际性"畅销文学"，或者说"高雅的消遣文学"的策略定位之下拥有一定规模的图书市场。④

值得一提的是，第欧根尼的"畅销文学"策略在出版社历年对

---

① 1990 年中期以后，瑞士出版界出现了出版社合并和企业抛售等情况，业界整体情况下滑，并一直持续到新世纪以后。根据联邦政府的行业情况数据报告，瑞士德语区的出版社总数自 2001 年到 2005 年下降了 9%。Stefanie Preuss, "Über die Grenze und wieder zurück", in Heinz L. Arnold（Hrsg.）, *Literaturbetrieb in Deutschland*, 2009, S. 414.

② 摩西尔将奥地利 20 世纪 90 年代出版界的变革总结为两方面：一是政府对出版社大幅提升的资助，二是政府从重要的大出版社的运作活动和决策机制中的突然退出。参见 Doris Moser, "Erbarmungswürdig hervorragend", in Heinz L. Arnold（Hrsg.）, *Literaturbetrieb in Deutschland*, 2009, S. 383.

③ 根据 Preuss 引用的 2007 年统计数据，瑞士境内一共有 316 家德语出版社，其中半数以上都是所谓的"个人企业"。参见 Stefanie Preuss, "Über die Grenze und wieder zurück", in Heinz L. Arnold（Hrsg.）, *Literaturbetrieb in Deutschland*, 2009, S. 414.

④ 第欧根尼出版社官方网站简介，第一行是一句伏尔泰格言："每种写作方式都是被允许的，除了无聊的那种。"这句座右铭式的引用似乎透露出版社选择作品是以"无聊"的反义，也就是"有趣"，或者说可读性为标准的。同时，简介也强调出版社的"畅销"原则："坐落于苏黎世的第欧根尼出版社是欧洲最大的独立文学出版社之一，拥有唐娜·里昂、约翰·欧文、马丁·苏特、保罗·柯埃略、马丁·瓦尔克、本哈德·施林克、帕特里克·聚斯金德等诸多国际畅销作家。"参 https://www.diogenes.ch/leser/verlag/ueber-uns.html. "高雅的消遣文学"，出自"出版社选题"词条下以第欧根尼出版社的选题定位为例的描述，《汉译德国文学出版词典》，中国书籍出版社 2009 年版，第 29 页。

中国文学作品的推介选择上也可见一斑。自 1952 年创立以来，出版社的档案记录中仅有陆文夫和王朔两位中国当代作家。陆文夫 1983 年发表的中篇小说《美食家》经原东德译者高立希和第欧根尼出版社的合作，在十年后的德语文学市场找到了合适的位置。小说以美食家朱自冶和自幼敌视这位"好吃"资本家的第一人称叙事者之间不无反讽的命运关联为主线，讲述了中国从 1949 年以前到改革开放四十多年间，一个富有民间地域文化色彩的个人历史故事。不过，至少从第欧根尼出版社为这本书所做的宣传来看，这部小说中贯穿当代中国历史事件的故事背景主要是用来渲染作品的异域历史文化感，而不是吸引德语读者的重点。① 扉页上的作品简介最后一句话是："除了贯穿全书的幽默，这本小说也是一场能够真正满足五种感官的盛宴。"② 出版社推介《美食家》进入德语文学市场的策略重点，在于小说本身由喜剧幽默的叙事风格和对民间美食巨细靡遗的描写共同打造的"可读性"。充满异域情调的美食文化元素作为中国"文化专有项"，通过多种变幻的翻译策略，转换成可以得到德语大众读者理解和体会的感官概念，③ 保证了处于"畅销文学"策略核心的作品的"可读性"，增添了特殊的吸引力。《美食家》德译本在 1993 年出版的两年之后，又发行了口袋书版（Taschenbuch）——简装版的发行代表了一本书在市场销量上的成功；同时，由于精装本

---

① 德语版书名标题是《美食家：一名中国美食鉴赏家的人生与热情》；按照热内特副文本研究中的分类，德译本的副标题可以看作第欧根尼出版社为推出这部作品而设置的文学"内文本"（peritexte），参见 Lu Wenfu, *Der Gourmet: Leben und Leidenschaft eines chinesischen Feinschmeckers*, Zürich: Diogenes, 1993.

② 引自书本扉页上的介绍，也可参见第欧根尼出版社网站上的内容介绍。

③ 冯小冰借用翻译理论中的"文化专有项"（"目的语文化中不存在对应项目或在目的语文化中拥有不同于原语文化地位而造成翻译困难的项目"），通过梳理解析《美食家》德译本中文化专有项的翻译方法，对高立希的德译策略作出了较高评价："译者在尽量保留原作文化特色的同时，并未放弃译文的可读性和读者的阅读体验"。参见冯小冰《〈美食家〉德译本文化专有项的翻译策略研究》，《双语教育研究》2016 年第 3 期。

和简装版的发行时间间隔较短，这也意味着第欧根尼出版社很可能在发行伊始，就已经预见了此书在德语文学市场的潜力，同时也做好了发行口袋书的计划。这本书在德语文学市场无疑获得了一定成功，2008年出版社还将小说的广播剧改编权授予北德广播公司。至于这家出版社同一时期引进的另一位中国作家王朔，本身就是20世纪80年代中国文学（及其影视化）超群拔类的市场赢家。第欧根尼出版社1995年第一次出版王朔作品《玩的就是心跳》（*Herzklopfen heisst das Spiel*），两年之内也发行了简装版，2001年又请高立希翻译了小说《顽主》和《一点正经没有》集结发行。①

第欧根尼出版社在畅销文学策略下成功地跨越国界，打开了广泛的德语文学市场。在当今奥地利和瑞士所有的出版机构当中，第欧根尼是唯一一家能够发挥较大影响力的独立文学出版社。瑞士地区其他的文学类出版社，比如以出版世界文学翻译作品为名、发行过六卷本《鲁迅全集》和数本莫言小说德译的联合出版社（Unionsverlag），虽然在文学出版界也有一定名声，但在市场营销上无法与第欧根尼相提并论。而奥地利1990年以前最重要的文学出版社府邸出版社（Residenz Verlag），经过几番变革，现已转向类型书和儿童书籍市场，并从2003年起由下奥地利州通讯社（天主教会性质）掌握其主要股份；另外两家奥地利出版社 Szolnay 和 Deuticke 现均附属德国汉泽尔出版社旗下，其中 Szolnay 出版社在新世纪以后还发行过华裔作者悬疑类小说的德译本。② 毋庸置疑，德语文学机制的核心分发力量集中在德国境内，奥地利和瑞士德语区受到国家文化经济体容量的限制，其文学机制的主要运作范围也处于边缘地带。

---

① 王朔作品的几本德译本对应信息：《玩的就是心跳》*Herzklopfen heisst das Spiel*, Zürich, Diogenes, 1995；《玩的就是心跳》口袋书版本 *Herzklopfen heisst das Spiel*, Diogenes-Taschenbuch 22971, Zürich, Diogenes, 1997；《顽主》*Oberchaoten*, Zürich, Diogenes, 1997，《顽主》之后没有再出版口袋书版本。

② Paul Szolnay 出版社2009年出版了一部充满中国元素的小说《红英之死》，作者是用英文写作的华裔作家裘小龙。

当然，这里说的"分发"主要是指靠近"生产"层面的文学出版，靠近"接受"层面的还有书店、图书馆、互联网等直接将成型的文学产品撒播向文学消费者的作用方。在这个环节，较为特殊的是瑞士德语区。不同于遵循"书价统一"（Buchpreisbindung）法律的德国和奥地利，瑞士德语区 2007 年起正式赋予出版社和各图书销售渠道私下协商图书价格的权利，不再按照统一规定的价格出售图书。这种图书销售政策出台之际就备受质疑。在市场经济的法则下，放任图书定价就意味着书商会按照图书的畅销程度升降售价，以至于畅销书在低价促销中更为畅销，本身就不受市场青睐的边缘文学产品则继续保持高价而更加边缘化。① 中国文学翻译作品自然是属于被边缘化的后者。至于这种政策上的变化，具体会给中国文学在瑞士德语区基数较小的传播受众带来什么样的影响，在过去的十多年间鲜有数据统计，难以得到详细考察。

最后，在机制的"接受"层面，奥地利和瑞士德语区围绕大众趣味和文学批评的运作规律和德国大体相同，尽管在某些方面依然存有差异。摩西尔将文学接受的对象分为"非专业文学从事者"和文学行业内部参与者两类。② 摩西尔指出，在奥地利，前者的文学接受情况"令人可怜"，后者则是"卓越出众"，因为奥地利面向大众的"文学批评"严格意义上只能被称作是文学和文学信息传播。在她看来，奥地利文学机制缺乏两个德语邻国社会中固有的"一种以语言表达为形式的纠正性社会集体"，"由一小群作家和知识分子组成"的话语团体始终只能围绕着专业文学期刊等精英文化平台，很少通过"大众媒体"发声来扩大社会影响。③ 当然，这个问题也同

---

① Stefanie Preuss, "Über die Grenze und wieder zurück", in Heinz L. Arnold (Hrsg.), *Literaturbetrieb in Deutschland*, 2009, S. 417.

② Doris Moser, "Erbarmungswürdig hervorragend", in Heinz L. Arnold (Hrsg.), *Literaturbetrieb in Deutschland*, 2009, S. 386.

③ Doris Moser, "Erbarmungswürdig hervorragend", in Heinz L. Arnold (Hrsg.), *Literaturbetrieb in Deutschland*, 2009, S. 386.

样存在于德国和瑞士区，但比较而言，这些地区专业文学和大众传媒确实有更为协调密切的结合。德国和瑞士多家报刊的文化版块（Feuilleton）中的文学批评，要比奥地利鲜有文化板块的报纸中偶尔出现的文学评论质量高得多，[①] 因而指向的也是一个更具活力的文学接受场域。

总体来看，当今德语文学机制是一个跨国运作的语言文学机制。在德语世界由政治历史和文化传统划分的各个地区，文学的生产、分发和接受在形态上虽各有差异，但其核心动力都源自同一个德语文学市场。我试图联系中国文学德译情况，对这个统一而又有所区分的机制所做的阐述，远远无法囊括它全部的构成和历史，而只能是一个简单的导引，目的是为德语世界中国现当代文学传播的考察，提出几个应当考虑的方面与角度，切入当代文学海外传播中接受场域内部的问题。从以上的概述来看，作为中国文学接受场域的当代德语文学机制主要有三个方面的特点值得注意。

第一，德国凭借强大的文学出版力量位于德语文学机制的中心，奥地利和瑞士德语区退居边缘。边缘地区文学界针对作家的"名声必须首先跨越国界（到德国）再回转"的"回旋镖效应"的说法，也同样适用于外国文学译作者：只有在机制核心地域，也就是在德国得到文学界和大众读者的认可，才能取得整个德语世界的广泛接受。

第二，1990年两德统一不仅是德国和德国文学机制发展的历史转折点，对于德语文学机制边缘地区来说也是历史性的变革时刻。20世纪90年代以后文学全球化和文学市场集中化加速，前几大德国出版集团占据了图书（包括电子书、有声书等多媒体转换产品）市场越来越多的销售份额，德语文学机制中正在慢慢融入更大的世界文学机制和全球文化经济体。在私有化市场资本和国际传媒的压力

---

① Vgl. Doris Moser, "Erbarmungswürdig hervorragend", in Heinz L. Arnold (Hrsg.), *Literaturbetrieb in Deutschland*, 2009, S. 386.

之下，与市场化相悖的文学作品在文学机制边缘地区的生产、分发和接受就面临着更严重的被边缘化的危机。中国现当代文学作为小众的文学类别，在20世纪90年代以后德语文学机制边缘地区的出版和传播，主要依靠地区文化政策的扶持和有兴趣的机构或个人的推介参与，只有极少数的作品能够通过同属例外的出版社（第欧根尼）销售策略推广而得到德语文学市场的青睐。

第三，德语文学机制是一个流动的、跨越国界的、开放性的、也是不断变化的多元文学社会体系，各个运作环节既包括机制的中心地区和边缘地区参与方之间的互动，也表现出不同参与方所属区域"由历史社会决定的空间"[①] 的特征。1995年和1998年奥地利和瑞士分别作为文学主宾国参加法兰克福书展，也从侧面反映了德语文学机制内部按照地缘政治和历史文化所作的划分。因此，考量这个多元机制下的世界文学交流、考察中国文学与德语机制的相遇时，也应将机制内部的这些区域文化差异同其跨越国界的整体性一起纳入研究视域。

第二节　中国现当代文学的德语翻译与出版

在这个包含差异、综括各界、由语种划分的德语文学机制中，中国现当代文学可以看作一种从异语种文学机制"进口"的文学产品。文学和普通商品一样，在一个机制中得到生产、分发、消费之余，还可以通过"出口"，参与到另一个国别语种的文学机制的运作当中。机制中的文学突出的是"文学"概念中的物质层面，包括文学与物质商品共享的一些性质，比如定价"出售"的商品经济性质，

[①] Doris Moser, "Erbarmungswürdig hervorragend: Literarisches Leben zwischen Kulturnation und Künstlersozialversicherung", in Heinz L. Arnold (Hrsg.), *Literaturbetrieb in Deutschland*, 2009, S. 375.

还有它通过纸质形式印刷出版以后可能产生的市场"稀缺性"（Knappheit）等。① 就德语地区"进口"的中国现当代文学作品而言，它们首先是中国作家个人的精神产物，是在中国文学机制内生产、分发和接受的文学产品。② 这些产品受到某个或多个在中国境内，或者在德语地区的出版社、文学组织、交流机构，甚至文学个人的促动，产生了"出口"到德语地区的需求，从而在促动方和其他参与方的作用下进入了德语文学机制。

应当说明的是，这里讨论的是机制中物质层面的"文学"产品，中国现当代文学进入德语文学机制的时刻，并非德语地区促动方在精神上（通过阅读）接受中国文学之时，而是作品具备在德语文学机制中运作潜力的时候。中文作品获得这种运作潜力需要有两个前提：一是文学作品必须经过翻译或改写（如恩岑斯贝格和海因的改写），转换成德语文学语言；二是对于翻译文学来说，出版社或其他分发机构必须获得中文原著的德语版权许可证（Lizenz），③ 发表在文学刊物或报纸等媒介上的单篇文章除了例外情况，也需要获得原著作者或刊物的许可。这两个前提是语言和法律上的条件，也是德语文学机制中外来文学产品加工与分发环节的具体工作。只有完成了这两项工作，中国文学作品才正式进入了德语文学机制——它可以成为德语文学市场中具有交换价值的文学商品，也可以游离在市场外缘，承载学术关注、文学名望、外交声誉等其他文化资本的汇聚与发散。

这两个前提对中国文学真正进入德语文学机制来说之所以必不可少，是因为文学机制内的运作——包括对外来文学作品的接纳——是在物质层面进行的；它围绕的不是文学文本，而是以语言

---

① Manfred Tietzel, *Literaturökonomik*, Tübingen: Mohr, 1995, S. 10.
② 当然也有中文作品直接在海外出版的情况，本书主要关注在中国公开发表之后再进入到德语地区的文学作品。
③ 德语文献中相关定义参见 Eduard Schönstedt, *Der Buchverlag: Geschichte, Aufbau, Wirtschaftsprinzipien, Kalkulation und Marketing.* 2. Auf., Stuttgart: Metzler, 1999, S. 90.

文字和传播媒介为载体的文学作品。在德语文学机制中，德语语言文字是默认的基本文学载体，被翻译成德语文本的中国文学经过编辑校勘，以纸质或电子书刊的形式出版发表，实际上就是在语言文字载体之上附加公开性的媒介载体。如果按照上一节中的定义，把文学机制看作一个统筹行业的社会场域，那么这两个前提所涉及的工作——文学翻译与出版（公开发表）——无疑已经属于德语文学机制范畴，也是在这个机制中传播中国现当代文学最重要的基础工作。

一 中国文学德译者：身兼数职的作家代言

在 2006 年致敬中国文学德译者高立希（Ulrich Kautz）的学术研讨会"中国文学翻译"上，顾彬给通常被比作"鹦鹉"的翻译者添上了一个警言式的形容："没有未来的天堂鸟。"[1] 对这位具有丰富翻译实践经验的汉学家而言，译者的工作并不止于语言之间的转换与重复，他们很多时候能够将"源语言"作者的意思更为精准清晰地用"目的语言"表述出来。"鹦鹉一会儿在这听，一会儿在那儿说，一名优秀的口译员能拯救一名糟糕的演说家。而一名优秀的翻译家也知道，每一个文本都是有缺陷的，每一个文本都在期盼着他的改善。"[2] 一名优秀的译者如果没有改良甚至完善原作的鸿鹄之志，那他只能继续充当"学舌鹦鹉"，还飞进了"没有未来的天堂"，面对一番冥茫无望的职业前程。

不难看出，顾彬眼中的文学"译者"和"作者"一样，是具

---

[1] Wolfgang Kubin, "Von Kapweglern, Käuzen und armen Seelen: Zur vermeintlichen Randexistenz eines übersetzers", in Katrin Buchta (Hrsg.), *China. Literatur. Übersetzen: Beiträge eines Symposiums zu Ehren von Ulrich Kautz*, Frankfurt am Main, Berlin, Bern, Bruxelles, New York, Oxford, Wien: Lang, 2006, S. 15.

[2] Wolfgang Kubin, "Von Kapweglern, Käuzen und armen Seelen: Zur vermeintlichen Randexistenz eines Übersetzers", in Katrin Buchta (Hrsg.), *China. Literatur. Übersetzen: Beiträge eines Symposiums zu Ehren von Ulrich Kautz*, 2006, S. 16.

备语言艺术能力的文学工作者，甚至能够凭借自身的知识储备和语言感知能力，在语言的转换中实现对原作语言局限的超越。[1] 顾彬对文学翻译不乏理想化的期冀，似乎是一种抬升传统意义上译者艺术能量和地位的尝试。本雅明在《译者的任务》里有一个著名比喻：语言像果皮一样裹着内容，而翻译语言就像是"一件布满皱褶的皇袍"（Königsmantel in weiten Falten），包裹着比它自身更具有权威性的原作语言。[2] 顾彬眼中的译者不是本雅明比喻里在权威的原作语言面前的裁缝，战战兢兢地制作那件永远都无法同国王一般高高在上的、与原作相匹配的"皱褶皇袍"；相反，有能力用翻译语言改善原作语言的译者，本身就拥有足够的权威。与其说他是在为原作缝制一身蹩脚的"皱褶皇袍"，不如说他是整合了来自另一个语言疆域的绸缎，覆盖在"包裹着内容"的原作语言之上，为它将平原有的皱褶。[3] 即便没法将平皱褶，无法"改良"原作语言，那也应该尽可能地追溯原作中的文学传统，以折画出其皱褶的弧度——顾彬在他的报告中声称，自己之所以把中国"朦胧派诗歌"翻译成西班牙神秘主义诗歌流派德语化的"赫尔墨斯主义诗歌"（Hermetische Gedicht），是因为他在与朦胧派代表诗人北岛的个人交往中，得知他曾深受西班牙赫尔墨斯诗歌流派的影响。原本就熟悉该流派诗歌创作的德语译者找到了自己和中文原作者共同的文学"先祖"，因此在翻译北岛诗作时如

---

[1] 顾彬在演讲中称译者为"作家的好记性"，拥有"堪比博物馆"的记忆力。Vgl. Wolfgang Kubin, "Von Kapweglern, Käuzen und armen Seelen: Zur vermeintlichen Randexistenz eines Übersetzers", in Katrin Buchta (Hrsg.), *China. Literatur. Übersetzen: Beiträge eines Symposiums zu Ehren von Ulrich Kautz*, 2006, S. 20.

[2] Walter Benjamin, "Die Aufgabe des Übersetzers", in ders., *Gesammelte Schriften* Bd. IV Frankfurt am Main: Suhrkamp, 1972, S. 15.

[3] 顾彬也将译者比作"寻找替身躯体的灵魂"，把源语言文比作"躯体"，文学翻译就像"附身在另一套服饰中的另一个生命上"。Vgl. Wolfgang Kubin, "Von Kapweglern, Käuzen und armen Seele", in Katrin Buchta (Hrsg.), *China. Literatur. Übersetzen*, 2006, S. 17.

此"心手相应"。① 另外，顾彬还列举译者高立希在处理原作中特定社会历史的语词时，按意义拆分翻译成同样奇怪的、要求德语读者也回到特定历史文化场景之下才能理解的德语词。比如他在翻译余华小说《活着》时把"文革"时期的名词"走资派"翻译成同样由"资本主义"（Kapitalismus）、"路"（Weg）、"者"（-ler）词根组成的德语词 Kapwegler；这个词虽然对德语读者来说有些突兀费解，但它与中文原作的用法平行，因为汉语读者理解这个词也是以对"文革"历史有一定了解为前提的。在顾彬看来，高立希对历史文化专有词的德译方式，虽然不包括针对目标语言读者接受的裁剪，但它遵循原作语境特征，应该是一名优秀文学译者的翻译选择。②

不管是顾彬还是高立希，他们从事的中国文学德译工作都远非鹦鹉学舌式的复述，甚至还超出了本雅明所说的译者任务：他们将源语言翻译为目标语言时，并没有本雅明比喻中仿佛面对国王的敬畏，而他们的理想也很难被形容为本雅明所说的力图化成原作者"回荡在陌生语言里的回声"。③ 顾彬通过翻译语言来"改良"原作语言这个毫不自谦的期冀，一方面是他作为汉学家兼创作型诗人的个人宏愿，另一方面也是因为顾彬和他的同行们从事的是两个特殊语种之间的文学翻译——在语系和文化上都尤为相异相疏的德语和中文。④ 如果把文学翻译看作"语言性表达、意象和文化关联"三

---

① 顾彬称他在和北岛的交流中，得知北岛"文革"期间阅读过戴望舒翻译的 20 世纪 30 年代西班牙神秘主义诗歌，诗歌创作深受洛尔迦的影响，而顾彬自己也自中学时代起开始读西班牙现代诗歌，因此诗歌译者和作者具有"相同的感觉"。Vgl. Wolfgang Kubin, "Von Kapweglern, Käuzen und armen Seele", in Katrin Buchta (Hrsg.), *China. Literatur. Übersetzen*, 2006, S. 18.

② Vgl. Wolfgang Kubin, "Von Kapweglern, Käuzen und armen Seele", in Katrin Buchta (Hrsg.), *China. Literatur. Übersetzen*, 2006, S. 18.

③ Walter Benjamin, "Die Aufgabe des Übersetzers", in ders., *Gesammelte Schriften* Bd. IV, S. 16.

④ Vgl. Andreas Guder, "Chinesische und der europäische Referenzrahmen. Einige Beobachtungen zur Erreichbarkeit fremdsprachlicher Kompetenz (en) im Chinesischen", in *Chun* 20, 2005, S. 44.

第三章　文学与机制的相遇:德语文学机制中的中国现当代文学　　183

方面的转换,那么,中文源语言和德语目标语言之间特殊的语言学距离、意象分别和文化差异,就决定了这种文学移植具有比相近语言文化圈之间文学翻译更高的难度,因此对中国文学德译者的语言灵活性、意象感知力和跨文化交流经验也有更高的要求。① 只有同时兼备中德语言与文学修养,才能在翻译过程中获得更多自主性,或者说能够同作者类比的艺术发挥空间。从这个角度来看,顾彬追本溯源的诗歌翻译和高立希仿拟语境的文化翻译,都能够体现译者明显的个人语言风格、文学体悟和文化理解,发挥出译者的艺术创造力。换言之,中国文学德译者的任务接近作家的创作生产,是德语文学机制生产环节的核心促动方,也是同原作者一样持有语言权威的文学生产者。

在这种身份要求下,中国文学德译者很难只是简单地复述原文,躲进"没有未来的天堂",而是必须活跃在文学机制的各个环节。事实上,不仅是中德译者,大部分译者在德语文学机制中主要扮演的都是"作者"的角色,通过德语语言文字的运用,参与到最基本的文学生产活动当中。1965 年德国颁布第一版《著作权及专利权法》,译者在法律上也是著作权人(Urheber),和作者一样享有包括公开署名、译作修改准许保留、适当稿酬获取等权利。根据德国联邦司法及消费者保护部 2018年修订的最新版法规,所有翻译作品和其他类型的加工(Bearbeitung)成品一样,只要属于"加工者个人的精神创作",就应"在无损于原作著作权的情况下得到等同于独立作品的著作权保护"②。然而,尽管译者在法律上和作者地位等同,但他们在实际文学机制中很少能够得

---

① Martin Woesler,"Die literarische Übersetzungsprozess zwischen den Kulturpolen Deutschland und China",in Katrin Buchta (Hrsg.),*China. Literatur. Übersetzen*,2006,S. 40.

② 参见德国联邦司法及消费者保护部颁发的《著作权及专利权法》条款:"Gesetz über Urheberrecht und verwandte Schutzrechte (Urheberrechtsgesetz),§3 Bearbeitungen",Bundesministerium der Justiz und für Verbraucherschutz (BMJV),电子版法律文献地址:https://www.gesetze-im-internet.de/urhg/__3.html.

到同为"著作权人"的对待。译者克劳斯·别肯豪尔（Klaus Birkenhauer）曾根据自己的翻译经验，将 20 世纪 80 年代西德译者的境况称作"各种荒谬的巢穴"：出版人承认的译者著作权极为有限，至多是出版社和原作者（或者原作出版社和经纪人）版权合同衍生出来的权利；法律赋予译者的著作权在文学作品生产分发的过程中，很可能演变为一纸出版社和译者单独签署的"著作权合同"，至于译者版权能在何种程度上得到认可需视不同协议而定。① 这样的情况至今仍在德语文学界普遍存在，比如著作权中最富争议的"适当稿酬"（angemessene Vergütung）一项，在 2002 年德国新版著作权法中正式被赋予包括译者在内的所有著作权人之后，就引起了一番"译者争议"（Übersetzerstreit），因为出版社根据各自售书策略和项目规划对译者稿酬有不同的预算标准，很难按照一个法律规定的"适当"值来衡量。② 此外，虽然所有翻译出版物都必须公开译者署名，但是译者署名在出版内文本（peritexte）不同的位置，暗示了译者作为著作权人和文学艺术创作者的地位。译者的姓名在绝大多数情况下是出现在扉页上，在标题和作者名字的下方，而不会和作者姓名一起出现在封面和书脊上。极少数的例外主要涉及在翻译中能够体现更多译者艺术创造力的文学类别，比如诗歌作品，或者是当译者的名望或专业权威足以作为一种文化资本作用于文学的分发与接受环节时——在德语区出版的中国文学译本中，顾彬就是这样一个比较难得的例外。他的署名出现在不少中国现当代诗歌译本的封面上，包括由比较重要的大型文学出版社汉泽尔（Hanser）发行的北岛诗集《失败之书》；同时，几乎每一本由顾彬翻译的中国当代诗选都附有他评述性或杂记式的序跋，更不用提他主编的文选（比如 1980 年苏尔坎普

---

① Klaus Birkenhauer, "Literarisches übersetzen in der Bundesrepublik", in Heinz L. Arnold. (Hrsg.), *Literaturbetrieb in der Bundesrepublik Deutschland*, 2. Aufl., München: Edition Text u. Kritik, 1981, S. 219.

② Vgl. §32 Angemessene Vergütung, https://www.gesetze-im-internet.de/urhg/__32.html.

出版社的《中国现当代短篇小说集》上下两册①)。这些重要的副文本信息都显现出译者兼汉学家的顾彬不亚于原作者的语言权威,或许也可以解释顾彬对文学翻译者超然拔群的身份定位:就像德语读者"在读保罗·奥斯特(Paul Auster)或安东尼奥·塔布其(Antonio Tabucchi)时其实在读 Werner Schmitz 和 Karin Fleischanderl"②一样,他们阅读到的北岛和余华也是顾彬和高立希的德译艺术创作。③

可以说,德语文学机制中的译者既是原作者的合作方,又是他的代言人,位居生产环节的中心。中文作品经过译者的德语重塑,满足了在这个特定语言文学机制内分发与接受的基本条件,也在一定程度上转换成为译者个人创作的语言文本。德语界的文学译者几乎无一例外都是自由职业者,④ 需要面对个人劳动时间和稿酬不相匹配等具体权益上的问题,形成了类似作家协会的团体组织,如德语文学学术翻译协会(Verband Deutschsprachiger Übersetzer literarischer und wissenschaftlicher Werke),以及资助评审型的机构,如德意志译者基金会(Deutscher Übersetzerfonds)。除了"代表"原作者负责翻译文学生产,德语文学机制中的中国文学译者也参与生产之外其他环节的运作,包括各环节之间的衔接。在德语翻译类文学图书市场中,中文属于边缘语种,而通晓语言的笔译者也是少数能够直接阅读中文原作,并且对其进行评定鉴赏的德语读者。因此,译者有时也会充当"文学星探"或者"出版选题顾问"的角色,把符合德语文学市场潮流、特定出版策略,以及个人审美取向的中国文学作品推介给出版社。事实上,跨文化交流史上从来不乏充当文学中介的译者,如导论中提到的 20 世纪 30 年代的畅销译者库恩,"二战"时

---

① 有关 20 世纪 80 年代《中国现代短篇小说集》的出版,参见本书第一章"通向现实与'真实':冷战后期知识界的文学守望"。
② Steffen Richter, *Der Literaturbetrieb*, Darmstadt: WBG, 2011, S. 37 – 38.
③ 至今德语世界发行的北岛诗歌作品都由顾彬翻译,余华小说则全部由高立希翻译。
④ Vgl. Steffen Richter, *Der Literaturbetrieb*, Darmstadt: WBG, 2011, S. 36.

期的文学中介卡尔莫,还有第一章中几位东西德汉学家译者都是以多重身份主导中国文学在德传播的个人。从这个角度来看,翻译者的工作本身就有中间媒介性质,既为原作者文学作品代言,也反过来帮助德语出版社推介作家,取舍作品。这种"双重性"使得译者的任务又与审稿人(Lektor)重合,"审稿"或"编辑"的工作自20世纪初得到广泛行业化以来也包括这样的"双重功能"。"作为作者的首要对接人,审稿人代表作者的利益和出版社洽谈;作为出版社员工,他在作者面前又代表出版社的利益。"[1] 当然,正常情况下,翻译和审稿是两个完全分开的行业:审稿人的基本职能是组稿、审稿、开拓选题,还有维护与作者的关系,对负责中国文学项目的审稿人而言就是维护和译者的关系。这样一来,出版社审稿人主要负责对已翻译成德语的文字进行审查,和原作者沟通的任务就交给了译者。正是在译者和审稿人职能的兼任中,顾彬看到了译者更高的使命:"一名优秀的译者能够帮助作者的文字在另一种语言中得到改善,就像在此之前,审稿人用母语修改他的作品一样。"他们之间最大的区别在于审稿人对原作的修改是理所当然的,而译者的细微改动都有可能被指控为"玷污了被假定为神圣的原著"。[2]

这种不免尴尬的处境在德语世界中国文学译者群中是颇有代表性的。尽管身兼数职——生产译文作品的"作者"、审核外语原稿的"审稿人"、为出版社推介外国作者的"中介"——中国文学德译者的工作很少能够得到与其贡献相匹配的认可。由于德语地区文学接受机制中的批评家,或者说文学评论界所谓的"意见领袖"中鲜有中文语言专家,[3] 他们在衡量一部中国文学作品时也不会刻

---

[1] Wolfgang Kubin, "Von Kapweglern, Käuzen und armen Seele", in Katrin Buchta (Hrsg.), *China. Literatur. Übersetzen*, 2006, S. 17.

[2] Wolfgang Kubin, "Von Kapweglern, Käuzen und armen Seele", in Katrin Buchta (Hrsg.), *China. Literatur. Übersetzen*, 2006, S. 20.

[3] 这里的"意见领袖"主要由德语作家、日耳曼文学学者、报纸周刊类大众传媒的文艺批评板块(Feuilleton)供稿人组成。

意地单独评价译者的翻译——即便有这样的评价，那往往也是对译文的质疑，或者就是一些按照模式书写的陈词滥调。① 虽然德语文学机制中的中文译者面对的是译者普遍的困境（稿酬问题和被认可难度），但他扮演的多种身份角色对整体机制来说是相当重要的。如果我们回顾近年来中国作家在德国举办的读书会和其他公开的文学活动，包括法兰克福书展，就会注意到这些作家的德译者通常也会一起参加活动，比如朗诵会，陪同作家接受媒体采访，有时也单独接受文学采访。在这些直接面向德语读者大众的公开场合，译者的任务并非简单地由"笔译"转为"口译"，而是在多重意义上为作者代言——代替作者用德语朗诵翻译的作品，代替作者阐述本人或许都已忘记的文本细节。顾彬对高立希在余华作品《许三观卖血记》朗诵会上的表现的回忆，就生动地体现了译者的特殊角色：

> 他站着朗读，读得时间越久，仿佛就越接近厅堂的天顶。他口齿清晰，没有忽略任何一个音节；他控制着语速节奏，使用符合叙事场景的戏剧声区，恰当的停顿留给观众们时间来感受他们所听到的。更重要的是：说话者手势自如，仿佛只有他真正地理解这部作品，仿佛只有他依然想要为眼前这一群已经开始不耐烦的学生们讲述清楚这个卖血男人（许三观）的真实故事。②

在这段对高立希作为译者"外文本"活动的描述中，顾彬为中

---

① "通常情况下，译者只有在出现明显的错误时才会被作品评论明确地提及。或者，他们也有可能得到一种陈词滥调的评价模式，比如'相符的转换'（kongeniale Übertragung）、'通顺的/轻快的/可读性强的德语'（flüssiges flottes lesbares Deutsch）。"参见 Steffen Richter, *Der Literaturbetrieb*, Darmstadt：WBG，2011，S. 38.

② Wolfgang Kubin, "Von Kapweglern, Käuzen und armen Seele", in Katrin Buchta (Hrsg.), *China. Literatur. Übersetzen*, 2006, S. 20.

国当代文学德译者找到了理想的原型。面对一群不那么有兴致的读者大众——顾彬观察中由"不耐烦的学生"组成的朗诵现场，实际上也从侧面反映了德语地区中国文学有限的受众情况——理想的译者努力提升语言感染力，甚至在文学现场加入肢体语言，像演员一般灵活；面对高高在上的原作语言，他不曾卑躬屈膝，而是在自己的母语中用作者的姿态完善语言，站在审稿人的位置重塑文本；面对复杂而带有随机性的德语文学机制，他身兼数职，在作品生产、传播与接受的各个环节为作者代言。这样的译者自然不可能是悠闲的"天堂鹦鹉"，而是一个满腔热忱又无所不能的"超人"——即便有可能在德语文学机制中被边缘化甚至被放逐，他也始终活跃在中德文学交流的前沿，在两种语言的回声间寻找世界文学的原音。

二 舆论风向中的文学出版：小说《英格力士》德译本的"命运"

虽然中国文学德译者立足于生产环节的同时，也参与文学作品的分发和接受，但始终只是一个往来在中国作家、德语出版社和德语读者之间的中介个体，主要任务是围绕文本语言的艺术推敲与转换，包括接受原始文本之后的推介活动和从文本衍生出来的副文本（序跋、评论、访谈宣传）制作，很少直接参与中国文学德译文本作为文学产品的公开运营。事实上，文学译者不光很少涉猎翻译文学产品化后的公共关系，在文学产品化和公开化的专业机构，也就是现代意义的出版机构面前，也仅仅是临时负责某一个项目的个人。一般情况下与出版社持有任务式的雇佣关系，在文学产品的整体策划方面没有太大的话语权——即便理想中的"超人"译者也不例外。高立希曾在他翻译的王刚小说《英格力士》（*Der Englischlehrer*）译本后记中，用一句德语图书出版行业惯用的拉丁箴言"书籍是有命运的"（Habent sua fata libelli）开头，讲述这部作品德译本波折的出版经过：早在 2010 年就完成小说德语翻译的高立希，在同年 11 月突然收到了原本签下小说德语版权的一家大众出版社（Publikumsverlag）① 的解约邮件：

> 经过长时间的讨论，我们决定重新解除这本书的合约……解约的原因在于这部小说是关于老师与学生的爱情故事，这个主题在今年有关性侵犯的公共讨论中处于当今德国社会的敏感地带——至少人们是可以从这个角度来读这个故事的。我们出版社的领导担心就凭这一点，这本书会遭到忽视甚至批驳。当时，当我们买下版权的时候，这个事件还没有像现在那样处于公共舆论的风口浪尖。②

2010年1月底，德国柏林的基督教会学校凯尼休斯学院附属高中曝光了20世纪七八十年代的多起教师性侵学生案件，在德国媒体引起轩然大波。此后几个月，德国境内其他地区也连续曝光了多所中学20世纪60年代以来教师侵扰学生的性丑闻，这个事件成为当年德国最重要的社会热点之一。③ 在这个特殊时期，无论小说在背景和情节上离德国社会热点中"耶稣教会学校教师性侵学生"的设定

---

① 译者在后记中没有透露这家出版社的具体名字。大众出版社（Publikumsverlag）"主要是针对大众性的，不具有专业特性的读者。通常高销售额的大众出版社提供品种齐全的流行非小说类通俗读物和文学类图书……大众出版社是由早期的综合出版社发展而来，它出版所有受欢迎主题的图书"。[德] 劳滕贝格、约克编著：《汉译德国出版词典》，曹纬中等译，中国书籍出版社2009年版，第36页。

② Ulrich Kautz, "Nachwort des Übersetzers", in Wang Gang, *Der Englischlehrer*, Gossenberg：Ostasien Verlag，2014，S. 395.

③ 光是涉及耶稣会学校的性侵事件，在柏林学校事件曝光后的几个月内就增加了100多起。根据耶稣会调查律师乌尔苏拉·劳厄（Ursula Raue）5月份调查报告，截至5月，她已经收集了250多份个人指控报告，其中205份涉及耶稣会。参见官网波恩耶稣教会学校阿罗修斯学院，https：//www.dw.com/zh/%E6%B3%A2%E6%81%A9%E8%80%B6%E7%A8%A3%E4%BC%9A%E5%AD%A6%E6%A0%A1%E5%8D%B7%E5%85%A5%E6%80%A7%E4%BE%B5%E5%AE%B3%E6%A1%88/a-5272247。2010年3月12日，德国黑森州奥登瓦尔德中学曝光的性丑闻事件愈演愈烈。该校校长玛加丽塔·考夫曼女士声称，1966年至1991年，目前已知有33名学生遭到性侵犯和猥亵，涉案教师8人。

有多遥远，主题上些微的近似也有可能因触碰禁忌而引起争议。《英格力士》讲述的故事发生在"文革"时期的乌鲁木齐，故事中除了"中学"这个带有象征意义的重要剧情空间，小说时空离 2010 年德国社会热点指向的时空相差甚远。然而，由于这本带有自传体性质的"成长小说"[1] 是以特殊时期非常偏远乃至隔离的环境下（叙事者多次提到"孤独"的乌鲁木齐和因生活在边疆而倍感孤独的自我），一名男学生对男老师矛盾的情感为主线的叙事，在同样回溯特定历史时期（20 世纪七八十年代）、同样指向具有封闭隔离性的教会中学环境、同样涉及男性师生的事件热点辐射下的德国，得到了平行解读的可能。

事实上，出版社把王刚小说中的师生关系简单地形容为"爱情故事"是不妥当，甚至是极为牵强的。在第一人称叙事者刘爱少年时代的回忆中，对维语女老师思恋的叙述包含青春期典型的懵懂，对主人公英语男老师的爱慕则充满了时代的象征意义。从上海来的英语老师王亚军代表着一种与刘爱所处的封闭而荒诞的社会截然相反的现代文化。这种文化不仅与环境的封闭性与隔离性对立，也与"文革"时期驾驭日常生活的"霸权文化"相冲突。[2] 在刘爱的叙述中，"跟阳光一同走出来"的老师，从一出场就和隐喻伟人的"太阳"意象连在一起。[3] 因此，虽然王亚军也因循时代，照着标语口号教授英文，但叙事者对这位仿若"英国绅士"、举止气质异于常人的男老师的崇拜，已经替代了"文革"政治意识形态对普通少年的文化规训。正如高立希在《英格力士》德译本后记中引用的王刚访谈中提到的那样，英语对于当时成长中的作者来说是"日常生活中

---

[1] "成长小说"的文本解读，参见孟繁华《伤痕的青春·残酷的诗意：评王刚的小说创作》，《南方文坛》2008 年第 1 期。
[2] 孟繁华：《伤痕的青春·残酷的诗意》，《南方文坛》2008 年第 1 期。
[3] 作者王刚这样叙述英语老师王爱军的出场："突然，角落里的一扇门打开了，强烈的阳光从屋内朝我刺来，一个穿着体面的男人跟阳光一同走出来，他油亮的头发和着白茫茫的色彩叫我睁不开眼睛。"王刚：《英格力士》，人民文学出版社 2004 年版，第 15 页。

专制和残酷的绝对反面"。① 学生刘爱崇拜的是这样一种具有反抗时代意义的语言,也是一种"只能从(王亚军)这样的男人身上发出"的语言。② 反过来看,他所爱慕的老师也是教授这样一种象征"自由"和"美好"的语言的老师;他不像父母同学那样受到"霸权"语言文化的束缚,因此也是一名在黑暗中引领刘爱成长的人生导师。以这般极富时代性的复杂情感为主线的个人叙事,自然是不应被机械化地归为"师生爱情故事"的。

尽管如此,如果我们相信出版社给译者回复中的解约理由确乎属实(而并非为了掩饰市场或其他理由使用的借口),那么我们也不难在原作文本的情节中找到德国出版社担忧的来源。虽然作者对刘爱和王亚军关系的叙事安排和心灵陈述中没有丝毫越界的部分——或者说没有任何能与德国社会敏感话题中的"性侵犯"直接类比的成分,这段"忘年交"的文学叙述还是为其多年后在德语世界的接受,留下了关联时事的外延情节空间:刘爱翻看王亚军备课用的英语字典时翻到"自慰"一词,王亚军一开始不愿解释意思,后来听刘爱吐露父亲不在身边没有人能向自己解释的困惑之后,便以家长的身份向刘爱解释词意,最后在男孩自慰被母亲发现之后遭到了斥责。③ 王亚军对刘爱的性启蒙固然可以理解为对人物所处的封闭、压抑而充满禁忌的环境的一种反抗,但当这个"冲破禁忌"的小说事件被放置到一个正好圈划了同一种"禁忌"的社会接受场域,文本内的事件就很难停留在成长主题的文本内部,很难简单被视为对英语老师自由开放的人物形象的情节性刻画。2010年德国耶稣会教师性侵学生的丑闻中,最初作为导火索的柏林高中事件在二月初就曾被媒体大幅报道了男神父老师逼迫男学

---

① Ulrich Kautz, "Nachwort des Übersetzers", in Wang Gang, *Der Englischlehrer*, S. 396.
② 王刚:《英格力士》,人民文学出版社2004年版,第19页。
③ 参见王刚《英格力士》,人民文学出版社2004年版,第185—189页。

生当面自慰的细节。① 在这个现实事件的阴影下，任何一部文学作品中不带针砭的相关叙述——尤其是《英格力士》中对老师教会学生性常识的"激情"和"胆量"不无敬佩的褒义描绘②——都有可能使作品陷入大众舆论的危机。事实上，即使时隔几年，作品在逐渐风平浪静的德语地区正式发行之后，这个情景细节依然被书评人重点指出，以突出王亚军这个"介于穿着考究的浪荡子（Dandy）和引诱少年男子之间，几乎可以被称作乌鲁木齐的奥斯卡·王尔德"③ 的人物形象。幸好，此时的评论主要围绕作品的艺术特征，对王刚"委婉"的"禁忌书写"风格多有褒词，还联系到19世纪末德国剧作家韦德金德（Frank Wedekind）的剧作《春之觉醒》（*Frühlings Erwachen*）中少年自我探索的性启蒙主题。④

当然，这里说的"文学作品"早已不再是简单的文学艺术文本，而是一个已预设在德国社会具有公开传播性的"文学产品"（或者说"文学预产品"）。正因如此，小说的"文革"背景和边疆的地理设定在德国社会的接受过程中注定会被虚化甚至忽略，只有叙述的事件才有可能在文学产品公开传播的过程中，得到与现实直接的并置对比而导致争议与批判。2010 年作为"预产品"准备在德语地区公开传播的《英格力士》，因为题材情节上与突发的社会舆论导向发生冲突，未能通过文学机制中分发环节的第一轮审核，即文学生产

---

① 这个事件的细节在中国媒体也有相应的报道，参见 http://world.people.com.cn/GB/10932125.html。

② 故事中"我"对这个事件多有褒义性的回忆叙述："时间久远，每当我回忆这段往事时，都在想，自己的记忆是不是准确，因为这不是虚构的故事，它来自我的亲身经历，是什么样的激情使这个英语教师有了那样的胆量？他是不是为了报恩。或者是他也在寻找一个导泄内心的通道，这事在今天由一个老师教给学生都有问题，他的激情从哪里来？是天上掉下来的吗？还是他内心固有的？"王刚：《英格力士》，人民文学出版社 2004 年版，第 189 页。

③ Ludger Lütkehaus, "Frühlings Erwachen in Urumqi", *Neue Zürcher Zeitung*, 05.06.2015, https://www.nzz.ch/fruehlings-erwachen-in-urumqi-1.18556299.

④ Ludger Lütkehaus, "Frühlings Erwachen in Urumqi", *Neue Zürcher Zeitung*, 05.06.2015, https://www.nzz.ch/fruehlings-erwachen-in-urumqi-1.18556299.

和传播的核心机构的内部审核。这种审核有别于联邦政府依据法律对构成严重刑事犯罪的出版物的"审查",而是与内部"审稿"相连的出版审核,是出版社在正式出版某部作品之前撤销发行计划的权利。① 就签约《英格力士》德译本的"大型的大众出版社"而言,这个解约的决定也是结合市场认知和传播态势深思熟虑的结果。大众出版社针对不具有专业特性的大众读者,以大众媒体和市场营销为重要选题审核指标,体现出与四年后重新出版高立希译作的出版社——主要面向中国和少数其他东亚地区文学和学术读者的东亚出版社(Ostasien verlag),不一样的传播策略和市场认知。作品一旦付梓,出版社就正式成为了这部作品的出版责任方,或者借用当代德语机制中对"出版"的定义,出版社正式负责这部作品面向公众和社会的信息传播,也承担大众传播带来的经济效益和影响风险。②

然而,本身能够衍发多重意义生产的文学创作,通过作品出版,向公众和社会传播的"信息"中只有很少一部分携带原作者的意图,信息传播的多少,很大程度上取决于传播场域和接受人群的具体情况。《英格力士》2004 年由人民文学出版社发行之后,在中国文坛得到了较好的反响。主流批评界认为是一部童年视角下别具一格的"文革"书写,小说也在当年获得《当代》长篇小说年度奖。除了得到中国文坛经典化机制的认可,这部作品也受到文学市场的青睐,还跻身中国文学影视化之列。③ 2009 年首次出售海外版权之后,小说在英文图书市场也获得成功,同样被视为一部关于中国"文革"时期的真实的个人书写。④ 可是,当这部反思中国"文革"的成长

---

① 对比参见辞条(出版物)审查制度(Zensur)和审稿部(Lektorat),《汉译德国出版词典》,中国书籍出版社 2009 年版,第 110—111 页。
② 《汉译德国出版词典》,中国书籍出版社 2009 年版,第 22 页。
③ 由小说改编的同名影片由陈冲编剧导演于 2017 年完成拍摄。
④ Carolyn See, "Book Review: 'English' by Wang Gang", *The Washington Post*, 2007. 04. 17, http://www.washingtonpost.com/wp-dyn/content/article/2009/04/16/AR2009041604039_2.html "辛酸的后记"

小说遭遇 2010 年德国教师性侵风波，进入以批判严惩犯罪的教师为主流舆论趋向的大众传播场域，小说的师生情感主线和与"性"相关的片段，很容易被转化为一种有悖于主流价值观的"信息"而得到传播与接受。这样的文学信息在大众传播场域相当于一种另类观点的话语实践，其公开化（也就是作品的出版）就意味着作品在出版社的代表下参与到事件的公共讨论当中。公共话语实践不仅是言语上的参与，也可能对现实事件的发展带来进一步的影响。根据文化研究学者凯瑞（James W. Carey）的传播学理论，大众传播不仅是意义的撒播，也是一个建构、理解、利用符号形态改造现实的实践过程。"语言就是传播，也是一种行为方式——或更准确地说，是一种互动——它不仅仅是再现或描述，事实上它是对世界的塑形与建构。"① 进入某一个特定社会传播场域的文学作品，一方面被转化为符合该场域文化与现实情况的"文学信息"得到接受，另一方面也获得了改变这个社会话语体系和现实境况的潜能。无论最终会给现实带来什么样的改变，后果的承担者毫无疑问将是负责将这部原本并不具有公开性的作品公之于众的传播平台。因此，大众出版社不得不在种种考量下撤销了《英格力士》德译本出版计划。

就这样，《英格力士》德译本的"命运"在时代舆论的风向中走向了大众传播的搁浅，最后在东亚出版社"有充分理由"（mit Fug und Recht）② 的推进下，进入了带有一定地域类别甚至专业倾向的小范围文学接受场。事实上，文学作品的大众传播从来都是一个充满偶然性的过程。这种偶然性不仅出于格雷文形容西德文学机制内部"纯粹偶然"的非理性特质，更多的还是来自任何一种文学机制外部不可预测的社会动态及其对文学传播更加不可预测的影响。比如评论家罗登在考察英国作家奥威尔（George Orwell）时就曾将

---

① ［美］詹姆斯·凯瑞：《作为文化的传播》，丁未译，华夏出版社 2005 年版，第 62—63 页。

② Ulrich Kautz, "Nachwort des Übersetzers", in Wang Gang, *Der Englischlehrer*, S. 395.

他称为"时代弄潮人",指出作家20世纪中叶在写完《1984》之后,因为"及时地去世"而顺理成章地成为风靡全球的世界文学经典,把这本书的经典化"命运"同奥威尔所处的时代风向和作家个人命运联系在一起。[①] 从这个角度来看,在中国国内和海外部分地区得到较好反响的《英格力士》,在德语世界的初次传播便是一次逆行。虽然不能排除作品影视化之后或教师性侵风波渐渐平息之后,在德国得到再次传播的可能性,但是这部原本具备德语文学市场潜力的作品已经出现了"命运"转向。主宰作品"命运"的是充满偶然性的时代舆论风向下看似非理性运作的文学机制,实际的舵手则是机制中高度理性的出版机构——紧密关注社会动向和市场前景而随风转舵,做出一个个"命运攸关"的决策。

三 三种传播路径:当代中国文学的德译出版策略

《英格力士》德译本虽然没能真正打入大众德语文学市场,也没有在主流批评界引起太大反响,[②] 但它还是获得了一定的以特定读者群为中心的文学接受。所谓的特定读者群指的是大体重合于德语汉学界和中德文化交流圈的一个群体。2015年作者王刚访德为新书做的两次文学活动都由这个群体的代表机构承办:海德堡大学孔子学院在当年二月组织了一场《英格力士》中德双语朗诵会,不来梅孔子学院在两个月之后也在不来梅海外博物馆(Übersee-Museum Bremen)结合中国相关展览举办了一场德语朗诵会,两次活动都由译者高立希翻译主持。这是中国文学在当代德语世界公开宣传的典型路径:德语区各地以中国语言文化海外传播为宗旨的孔子学院和当地语言文化对接机构(如歌德学院),主要经办中国文学在德出版物的推介活动,并同当地大学汉学学院或诸如城市文学之家(Liter-

---

① John Rodden, "How Orwell Become 'a Famous Author'", in *George Orwell: Critical Insights*, Ipswich Mass.: Salem Press, 2013, p.14.

② 除了上一节引用的2015年《苏黎世日报》上的书评,《英格力士》在德语地区大众文学批评类的报刊栏目上没有得到关注。

aturhaus）等德国文学活动机构开展合作。中国文学作品作为一种跨文化交流的资源媒介，很多时候是在这些交流机构和出版物的文学代表——包括真正意义的文学代理人、熟悉交流机制的译者以及出版商——的合作推动下得到公开推介的。代表《英格力士》德译本同孔子学院等交流机构合作的主要推动方，除了熟稔中德文学交流的汉学家译者高立希，还有由两位汉学家创办经营的东亚出版社。该出版社自2007年创立起围绕中国学研究拓展选题，主要发行"有学术奠基，因而既对专业人士有参考价值，又能使一般读者产生兴趣的书籍"。[①] 从生产到传播都围绕德国汉学界个人和中德文化交流机构的德译本《英格力士》，自然也主要面向同一个读者群，从相关专业人士的视线扩延至大众读者的目光。

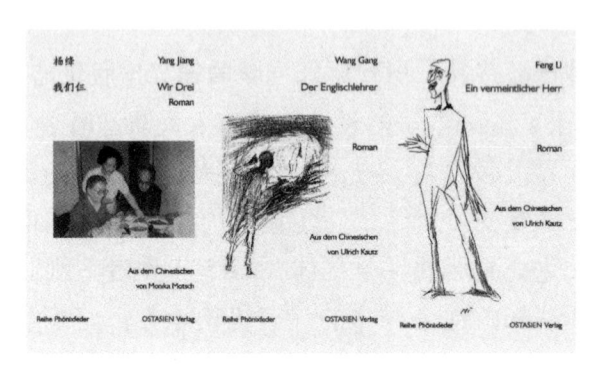

东亚出版社"凤凰羽毛系列"出版的三本现当代文学作品：《我们仨》《英格力士》和《所谓先生》，分别由莫芝宜、高立希和沙敦如三位汉学家翻译。
图片来源：东亚出版社官方网站。

东亚出版社以中国学研究为主要出版选题，向外拓至中国现当代文学的出版路径在德语地区并不罕见。如果我们按照出版社名称重新排列中德建交以来的中国现当代文学德译书目，历数几家发行中国文学作品最多的出版社，就会发现大概相似的运作策略。此类出版社在学术选题的范畴边缘发行中国现当代文学作品，通常以系

[①] 参见东亚出版社官方网站上的介绍 http：//www.ostasien-verlag.de/index.html.

列丛书（Reihe）的形式将这些书目纳入一个常年的出版计划。《英格力士》就属于东亚出版社的"凤凰羽毛系列"（Reihe Phönixfeder），而这个系列也出品了杨绛、王朔和冯丽三位作家的作品。事实上，由于出版社本身有一个汉学学术的基本定位，与其说它出版的是几位中国作家的创作，毋宁说是高立希、莫芝宜（Monika Motsch）和出版商本人沙敦如（Dorothee Schaab-Hanke）等汉学家的译作。与该系列相似的还有项目出版社（Projekt verlag）20世纪90年代推出的"中国文库"（arcus chinatexte）丛书，陆续收录了冯骥才、舒婷、多多、残雪、阿城、莫言、高行健等中国当代文学名家作品，编译者也都是20世纪80年代就活跃在东西两德汉学界的学者。不同于面向大众文学市场的普通图书产品，这些译本的封面和装帧往往没有太强的设计感，看起来甚至有些像教科书或学术抽印本；同时，译本往往会附上编译者撰写的序跋，使得翻译文学作品在类型上向学术专业书籍靠拢。与后来的东亚出版社一样，项目出版社1991年在多特蒙德成立之初也是以学术类书籍为主要出版方向，只不过它没有东亚出版社针对东亚学术文化的出版专业性，其选题跨度很大，包括医学哲学、音乐医学、初级教育学、汉学等各个领域的主题。尽管从20世纪90年代出版中国当代文学就开始的"纯文学"和"纪实文学"选题至今仍在不断的拓展过程中，可是"学术与文化的出版社"（Verlag für Wissenschaft und Kultur）的名称，已经明确了以学术论著为基本的选题方向。2015年起，项目出版社又推出一套由德语区汉学家译者编选的中国现代名家作品书系"edition pengkun"，包括鲁迅、闻一多、徐志摩、卞之琳、梁宗岱、老舍等名家的作品。与20世纪90年代的中国文库系列相似，这些作品多为汉学学者在学术研究之余的个人翻译"项目"，出版之后也主要面向德语汉学界和相对个人化的小众接受圈，其分发渠道以个人和图书馆等机构订购为主，很少出现在图书行业面向大众的零售业务（即非专业的大众书店）当中。

20世纪下半叶以来，德语世界发行的中国现当代文学作品，有相当一部分都是由这种类型的出版社编印成书的。这种出版社介于专门出版学术类图书的学术出版社（Wissenschafts verlag）和大众出版社之间，在图书生产和分发形式上更接近于前者。当然，也有由严格意义上纯粹的学术出版社出版的，比如在 20 世纪 80 年代末 20 世纪 90 年代初发行过北岛、王蒙、张贤亮等作家文集的布罗克迈尔（Brockmeyer），出版社位于西德的汉学研究中心波鸿。一般情况下，以偏向学术性质的出版社为主要分发平台的中国文学书籍受众非常有限，尤其是那些不通过普通书店销售的订阅类图书。根据德语文学图书市场一条不成文的、在当今电子化时代依然成立的规律：一本书如果在普通书店柜架上没有展示，那就意味着它的销量近乎为零。① 依赖机构订阅和网上销售的学术型出版社传播中国文学作品的分发力度较小，虽然大多作品是由专业学者挑选的知名的中国现当代文学经典，但是只有极少数能够真正进入德语文学市场。东亚出版社的《英格力士》，包括和高立希合作的其他几部小说，应该可以算得上学术类出版社产品中至少能够进入德语文学市场边缘的例外。这些作品得到了小部分大众文学批评界的关注，分发期间也出现在大型连锁书店胡根杜贝尔（Hugendubel）的陈列书目上。其他学术方向出版社的中国文学作品译本，则大多等同于一般以定价高、印数低、销量少为基本特征的德语学术出版物，其传播与接受的范围基本局限于专业学术圈。

与学术型出版社发行中国文学译本的文学传播路径截然不同的，是德国部分大众出版社对当代中国市场文学和类型小说的挖掘。20 世纪 90 年代以来，在中国文学商业化趋势下，德语出版社参考中国内部和其他西方图书市场的发行情况，选择已经展示市场潜力的流行文学作品翻译成德语出版。这种以市场为导向的出版社有几个特征：第一，出版社是图书贸易中独立的企业，需要通过销售获得利益来补偿为特定图书出版投入的资本（包括版权购买、译者稿酬、付印装帧、人力费用、商业纳税等等），一般不会出现学术出版社那样有时需要作者或编著者个人承担部分成本和分担编辑工作的情况；

---

① Vgl. Steffen Richter, *Der Literaturbetrieb*, 2011, S. 37-38, S. 82.

第二，由于需要承担出版带来的全部经济风险，出版社决策人必须对文学市场保持高度关注与认知，在选择作品时也需要经过多方市场调查，通常与全球畅销文学市场保持同步；第三，在20世纪90年代出版社集中化浪潮的持续波及下，商业效益较好的出版社通常都被某一个大型出版集团并购。虽然集团很少干涉各出版社内部的项目策略，但是集中化机制下的文学出版一方面意味着在整体出版策略中需要偏重作品市场效益因素，另一方面也保证了文学作品一定的传播广度。此外，为了使旗下各个出版社的品牌更容易被辨识，出版集团通常鼓励旗下出版社多元化的选题策略，使得各个子出版社在文学类型选题上的侧重都较为分明。①

具有以上三种特征的出版社，选择、生产和分发中国现当代文学作品，始终遵循以作品在德语文学市场未知的商业效益以及最终能够化作经济效益的文化产能为核心指标的出版策略，可以被大致归类为市场型出版社。当代德语地区最大的出版集团企业贝塔斯曼股份有限公司（Bertelsmann AG）旗下的几家发行中国小说的知名出版社都属于此类出版社，包括2015年发行麦家的悬疑类间谍小说《解密》（*Das verhängnisvolle Talent des Herrn Rong*）的德国出版所（Deutsche Verlags-Anstalt，简称DVA，2005年被集团收购），买下刘慈欣畅销全球的科幻小说《三体》（*Drei Sonne*）三部曲以及中短篇小说集《镜子》（*Spiegel*，2017）、《人和吞食者》（*Weltenzerstörer*，2018）和《流浪地球》（*Die wandernde Erde*，2019）德语版权的海涅出版社（Heyne Verlag，2003年被集团购置），还有早在1992年就趁电影《大红灯笼高高挂》进入全球电影市场之际，以电影片名出版了原作苏童小说《妻妾成群》（*Rote Laterne*）德语译本的戈尔德曼出版社（Goldmann Verlag，1977年被集团购置）。这三家出版社在不同时期出版了不同类型的中国当代文学作品，但选择的书目都反映了同一个企业集团下几

---

① 参见词条"出版社选题"（Verlagsprogramm），《汉译德国出版词典》，中国书籍出版社2009年版，第29页。

家出版社共同的策略标准：经济时效性。《解密》德语版的发行，紧随2014年小说在全球英语图书市场获得的成功和英美大众书评媒体的认可，① 刘慈欣科幻小说系列的德译计划亦是追随主流世界文学市场畅销趋向的策略性出版，其中《三体》德语版是作品2015年获得"雨果奖"之后才进入海涅出版社的选题项目，其余陆续发行的中短篇科幻小说选在副文本信息中也着重突出"世界畅销小说《三体》的作者"这个文化身份资本。② 海涅出版社从创立之初就开始将各语种中有销售潜力的当代文学作品——包括20世纪30年代库恩翻译的《子夜》——列入出版书目，20世纪50年代起又开始着力发展"世界科幻小说"出版项目，本身就是贝塔斯曼集团旗下侧重于畅销科幻小说选题的出版社。在刘慈欣的科幻小说享誉全球之际，他们抢先收购其德语版权，同几位经验丰富的青年译者合作，③ 选取合适的时机陆续推出。除了刘慈欣的小说，海涅出版社近年还首次发行了金庸的武侠小说《射雕英雄传》（*Die Legende der Adlerkrieger*，2020）的德译本，以及青年科幻小说作家陈楸帆的《荒潮》（*Die Siliziuminsel*，2019）。刘慈欣的中短篇小说集《流浪地球》德译本2019年初公开发行，与根据小说改编的同名中国科幻电影的全球上

---

① 《纽约时报》书评人 Perry Link（林培瑞）称赞《解密》的精彩叙事和可读性，从中国传统章回小说的笔法、中国现当代小说中的形象手法、后现代元小说叙事等方面评述了小说的创作方法，小说类型上更追溯至二战后中国对苏联反间谍小说的转化，但也批评因小说和作者未能超越党派政治教条而限制了其"道德深度"（moral profundity）。见 Perry Link, "Spy Anxiety", *New York Times Book Review*, 2014.05.02, https://www.nytimes.com/2014/05/04/books/review/decoded-by-mai-jia.html；英国《卫报》书评人将《解密》视为一部精彩的悬疑小说，称作者麦家是一名"特殊"的中国作家，见 Isabel Hilton, "Decoded by Mai Jia Review-An intriguing Chinese thriller", *The Guardian Book Review-Crime fiction*, 2014.04.05, https://www.theguardian.com/books/2014/apr/05/decoded-by-mai-jia-review.

② 刘慈欣小说德译本封面最明显的位置都有"《三体》作者"的字样。

③ 海涅出版社的刘慈欣小说译者包括马海默（Marc Hermann）、郝慕天（Martina Hasse）、白嘉琳（Karin Betz）和唐悠翰（Johannes Fiederling），前三位都有不少其他译著，在中德文学翻译界具有一定知名度。

映时间保持一致。事实上，在商业型出版社的中国文学出版策略中，文学的影视化效应始终是一个重要的参考因素。20世纪90年代初格尔德曼出版社发行小说《妻妾成群》时，图书封面用的就是电影《大红灯笼高高挂》中带有鲜明中国风情的剧照，上面还印有"电影原作书"（Das Buch zum Film）字样。[1] 文学作品影视化作为一种大众媒介形式的转换，往往能进一步拓宽市场，扩展原来文字形式承载的传播范围。因此，已经得到影视化或者在影视计划中的中国文学作品，尤其是已经打入国际电影市场的影视作品，更有可能被追求经济时效性的商业型出版社纳入选题计划。比如，1982年并入霍尔茨布林克出版集团（Verlagsgruppe Georg von Holtzbrinck）的罗沃尔特出版社（Rowohlt Verlag），在电影《红高粱》获得柏林金熊奖之后的几年内出版了原作小说（*Rotes Kornfeld*, 1993）和原作者莫言的小说系列。新世纪以后较为著名的影视作品国际化推动原作德译本发行的例子，还有2007年李安执导的电影《色戒》。电影获得国际奖项之后，此前已购置张爱玲部分作品德语版权的乌尔施泰因（Ullstein）出版集团，立即由旗下的克拉森出版社（Claassen Verlag）选译出版了张爱玲的一本同名中短篇小说集（*Gefahr und Begierde*, 2008），大获成功，一年后就由乌尔施泰因出版集团旗下更商业化的文学出版社利斯特（List）推出口袋书版，2017年又发行了电子书版本。

应当指出的是，由商业型出版社发行的中国文学译作虽然遵循面向大众文化传播场域的出版策略，但是并不意味着出版社会迫于市场效益产出而降低翻译作品在文学呈现上的标准——尽管不少大型出版社确实也会因为需要在能够产生经济效益最大值的时间内推出某本书而对翻译质量有所妥协，或者因为成本问题压缩翻译稿酬经费。[2] 总体来看，由于集团化商业出版社的资金预算，相对于独立

---

[1] 参见 Su Tong, *Rote Laterne*, üb. v. Stefan Linster, Goldmann Verlag, 1992.
[2] 比如2013年德国翻译协会和奥地利翻译协会的儿童文学译者曾联名写信给兰登书屋，指责出版集团没有给译者适当的稿酬，具体参见 https：//www.boersenblatt.net/601970/。

的小型出版社而言普遍更为充裕，翻译稿酬可以根据所需时间和译者水准进行调整。因此，这些出版社更可能用较高的稿酬和印数吸引经验丰富的优秀译者签约合作。以上列举的出版物无一例外，都出自德语中国文学翻译圈小有名气的译者之手。如果说学术型出版社的中国文学译本大体出自带有研究任务的汉学家之手，那么商业型出版社的中国文学译介更多是自由翻译者出于个人兴趣和一定经济需求完成的成果。研究者谢森曾按照"学院和民间"这两个"独立运作而交叉互动"的体系区分中国现当代文学在德译介渠道。① 这两个体系事实上也适用于两种类型出版社的划分。正如学院和民间两个体系之间本身就存在"交叉互动"，学术和商业型出版社的文学译介路径也并非绝对泾渭分明。学术型出版社试图趋向商业化发行以扩大公共传播范围，商业型出版社雇佣的自由译者不少也兼事汉学研究，对翻译语言和内容呈现都有较高要求。商业型出版社虽然没有给译者留有太多"介绍"作品的空间，多数只有翻译署名，但有时也会有译者撰写的序跋。张爱玲《色戒》德译本就附有主要译者洪素珊（Susanne Hornfeck）从电影到作品言近旨远的介绍，包括作家生平、文学史（作为"海派"文学代表）和中国现代史背景、作品在中国内地与香港、台湾地区的接受等，最后还有对文本翻译处理的简单阐释。② 在译者的副文本点染下，这本以商业化出版策略发行的文学译作闪现出浪漫与智性的色彩。

当然，《色戒》德译本为译者留存的副文本阐释空间，很大程度上也同克拉森出版社的文学要求相关。作为一家20世纪60年代就被商业化出版集团收购的小出版社，克拉森出版社在选题策略上部分保留了纯文学传统，严格意义上不能被简单划分为商业型出版社。事实上，克拉森出版社的情况和许多独立文学出版社相似。他们一

---

① 谢森：《学院与民间：中国当代文学的两种译介渠道》，《中国文学研究》2010年第3期。

② Susanne Hornfeck, "Nachwort", in Zhang Ailing, *Gefahr und Begierde: Erzählungen*, Berlin: Claassen, 2008.

一般有比较明确的文学定位，选题重视文学作品的艺术水准，选择外语文学作品出版时除了考虑基本的市场因素，也会考虑作品的世界文学经典化潜力，并制定相应的出版策略。比较典型的一个例子，是1975年在瑞士以本土左翼政治类小说为出版起点成立的联合出版社（Unionsverlag），成立不久后就开始发展带有一定反欧洲中心主义立场的世界文学选题，包括20世纪80年代同另外两位出版商合作的"对话第三世界"（Dialog Dritte Welt）项目。该出版社最早出版的中国文学作品是1987年由东德汉学家尹虹翻译的王蒙小说《夜的眼》，[①]最宏大的中国文学出版项目则是1994年顾彬组织编译的六卷本《鲁迅文集》。[②]此外，联合出版社还出版了老舍、阿来、莫言和张洁这四位已得到文学奖项机制经典化的中国作家的作品。从作家选择来看，这几位中国作家都符合联合出版社多有纯文学趋向的选题定位和打造世界文学经典的出版策略。联合出版社重视作者得到文学经典化权威机制认可的潜力，并以赫尔德所说具有"国别文学"衍生意义的"世界文学"为绳尺，[③]关注西方主流国家以外有地域文化代表性的文学创作。这种以世界文学经典化为导向的出版策略是相当成功的，联合出版社在文学市场和经典机制中的第一次突破，就是1988年版权作者、埃及作家纳吉布·马哈福兹荣获诺贝尔文学奖，在短时

---

① 参见本书第二章第二节第四部分相关信息。
② 六卷本中包括1994年出版的前五本：联合编译的 *Das trunkene Land*、Michaela Link 个人翻译的 *Altes, frisch verpackt*（《故事新编》）、关愚谦（Kuan Yu-chien）负责主编的三本 *Das Totenmal*（《坟》）、*Blumen der Frühe am Abend gelesen*（《朝花夕拾》）和 *Applaus*（《呐喊》）。最后一本 *Zwischenwelten*（《彷徨》）由冯铁、顾彬和赖辛格（Florian Reissinger）编译，于1999正式出版；此外，联合出版社2009年出版了由 Angelika Gu 和顾彬从六卷文集中选编的鲁迅选本 *Das trunkene Land*，2015年又再次出版了顾彬主编重选的两卷本《鲁迅选集》*Werke: Studienausgabe in 2 Bände*。具体信息详见附录一《中国现代当代文学德译出版目录：1949—2020》。
③ 德国文学家赫尔德（Johann Gottfried Herder）在1780年以后的书信和散文里多次表述通过不同语言的"国别文学"（Nationalliteratur）来看待和理解不同国别民族文化的观点。参见 Johann Gottfried Herder, *Ideen zur Philosophie der Geschichte der Menschheit*, in ders., *Werke in zehn Bänden*, Riga, 1784–1791。

间内为联合出版社带来了很好的经济效益。加上 2009 年中国作为主宾国参加法兰克福书展之际就推出过的莫言，还有 2018 年获得瑞典学院为当年空置的奖项设立的"新学院文学奖"得主、瓜德罗布女作家玛丽斯·孔戴，联合出版社至今已集拢三位诺贝尔文学获得者的作品德译版权。这表明出版社在重点关注阿拉伯世界、亚洲、非洲和拉美等所谓的"后殖民"文化地域的同时，也体现出推介世界文学经典的出版策略，以及出版社内部审稿决策团队较好的文学见地与调查认知。①

联合出版社在文学经典化导向下的出版策略不同于学术型和商业型出版社的中国现当代文学出版原则，可以视作当今发行中国文学作品的德语出版社的第三类，笔者姑且称作经典型出版社。然而，"文学经典"本身并非出版类型，如果我们采用日耳曼文学学者温扣（Simone Winko）的设想，"经典"不应该被理解为"由各种文本特征总和构建"而成的设置，而是在一种类似经济学理论中"看不见的手"的操控下产生的文学现象。② 作为文学分发机构，出版社不仅"参照经典标准"出版作品，也同样参与文学"经典化"的建构。如果说联合出版社四十多年间探索出版当代世界文学"经典"的过程中，尚未对德语世界衡量文学"经典"的文化机制带来明显的影响，那么 20 世纪 50 年代初就成立的苏尔坎普出版社早已在德国文化界形成了一种"由知识分子和文学精英主导"的"苏尔坎普文化"（Suhrkamp Kultur），目标读者群为德国主流知识界。③ "以只

---

① 《苏黎世日报》曾发表过有关联合出版社世界文学经典选题和中国作家莫言获奖之后出版策略的评论。Vgl. https：//www.nzz.ch/feuilleton/der-zuercher-unionsverlag-und-sein-nobelpreis-autor-1. 17676538。此前，出版社发行的外语作者中得到德语界文学机制奖项认可的还有获得过德国书商和平奖（Friedensbuchpreis）的阿尔及利亚小说家阿西亚·德耶巴和土耳其作家亚沙尔·凯末尔。

② Simone Winko, "Literatur-Kanon als invisible hand-Phänomen", in Heinz L. Arnold (Hrsg.), *Literarische Kanonbildung*, München: Ed. Text und Kritik, 2002, S. 11.

③ 斯坦纳曾用"苏尔坎普文化"来形容德国犹太知识分子主导的、通过在苏尔坎普出版社出版哲学文学书籍形成的知识分子文化。See George Steiner, "Adorno: Love and Cognition", *Times Literary Supplement*, 1973.03.09, pp. 253 – 255.

出版那些对公众舆论有影响的作家作品而著称"① 的苏尔坎普出版社，在20世纪70年代末推出新的文学出版策略，正逢中国改革开放之际，出版了第一批中国现当代文学作品。苏尔坎普在明晰的知识分子精英文学定位下甄选的中国文学"经典"，既有学术普及性的合集选本，也有20世纪80年代出版的鲁迅、巴金、老舍、丁玲、冯至等现代名家的代表作，还有新世纪之后在德国主流知识界对社会批判精神期许下，对中国历史、中国社会纪实性书写和流散知识分子记录的推崇。② 相较于联合出版社，苏尔坎普出版社推许的中国现当代文学"经典"，更偏重文学的社会政治影响力和作家的精英批判意识。这一点尤其体现于中国当代文学的出版策略，近年来苏尔坎普推介的少数几位中国作家中，只有莫言和悬疑小说家小白两位是现居国内并得到中国主流文学机制认可的作者。这两位作家也未能入选苏尔坎普的传统文学出版项目，他们的作品是由1960年加入苏尔坎普出版集团的岛屿出版社（Insel Verlag）承接发行。反而是常年侨居国外、在大陆文坛寂寂无闻、对中国时政多有批判的作者能够入选苏尔坎普出版社的选题计划。这种筛选中国文学"经典"的策略，一方面延续了出版社的知识精英批判传统，另一方面也回应了第一章中对西德抗议运动之后本土知识分子群体在自我投射下主导中德文学交流的论述。苏尔坎普出版社代表的正是这样一个致力于文化引导的社会型知识分子群体，③ 它的中国文学出版策略也自然带有其重视反抗权威、赞许批判精神的"知识分子情结"引导下的文学传播特征，也自然包含了这个群体的知识分子身份特征。正如温扣关于文学经典化理论所表述的那样，"文学经典可以书写某一个群组的身份，将它与其他群组区分开来并使之合理化，为它最终成为接

---

① 《汉译德国出版词典》，中国书籍出版社2009年版，第29页。
② 苏尔坎普以"出版作家而不是作品"的策略宗旨为名，对某一位作家作品的接纳通常也意味着对这位作家的肯定。出版社近十年出版的中国作家有杨显惠、杨炼和贝岭。
③ 1965年恩岑斯贝格主编的《时刻表》也是由苏尔坎普出版社发行的。

下来一系列附会行动的标准铺平道路"[1]。苏尔坎普出版社从自身出版文化定位出发的中国文学"经典"选择,显示出德国主流知识界的批判意识和价值观念,而在这种意识观念下的品牌出版社行为又重新作用于文学经典机制,促进文学作品在德语世界的进一步经典化。

  至此,我将德语地区发行中国现当代文学作品的出版社按照学术、商业和经典的主要策略导向分为三种类型。这三种类型虽然无法涵盖所有译介中国文学的德语出版机构,但基本能够代表德语地区发行中国文学作品时的出版策略。事实上,按照学术、商业和经典的出版社类型划分,并非绝对的机构性分类,而更多是一种策略导向上的区分。比如,联合出版社看重作品的经典化潜力,除了看重作品本身的艺术价值,当然也重视作品获得文学奖项等经典化机制认可之后带来的商业效益。作为一家独立的股份出版公司(Aktiengesellschaft),联合出版社运作的经济来源,除了瑞士政府对文化出版的资助(比如通过基金 Pro Helvita)等,大部分还是来自图书市场的销售额,特别是1988年第一位版权签约作家纳吉布·马哈富兹获得诺贝尔文学奖之后,市场利润大幅上升,为后续的选题带来了资金保障。2012年联合出版社推出莫言小说《生死疲劳》(*Der Überdruss*)和《酒国》(*Die Schnapsstadt*)的德语口袋书版,[2] 也是考虑到"诺奖效应"的商业策略。事实上,除了20世纪90年代的《鲁迅选集》是带有学术经典性质的精装本,还有个别现代名家的作品是普通本,联合出版社推出的中国当代文学作品都是电子书版或者以"高发行量、系列特性、规律性的出版方式及低廉的价格"[3]

---

[1] Simone Winko, "Literatur-Kanon als invisible hand-Phänomen", in *Literarische Kanonbildung*, 2002, S. 12.

[2] 这两本书此前已由德国另外两家出版社出版,《生死疲劳》于2009年由霍勒曼出版社出版,《酒国》于2002年由罗沃尔特出版社发行。参见 Mo Yan, *Der Überdruss*, Horlemann Verlag, 2009; Mo Yan, *Die Schnapsstadt*, Rowohlt Verlag, 2002.

[3] 参见词条"口袋书"(Taschenbuch),按外表装帧的定义:"指轻巧的小开本图书,通常使用彩色印刷的卡纸封皮与胶合无线装订法。"《汉译德国出版词典》,中国书籍出版社2009年版,第84页。

为特征的口袋书版本。换言之，联合出版社推出当代中国文学经典时采用口袋书这种传播形式，[①] 实质上是一种典型商业化的出版策略。它并非纯粹的"经典型"出版社，中国现当代文学作品的出版也包含了学术、商业和经典三种策略路径。苏尔坎普出版社20世纪80年代初期开始发行的中国现代文学作品同样是面向大众的口袋书系列，也可以被视为商业策略，尽管苏尔坎普的社会科学普及型口袋书和普通商业出版社的口袋书系列之间存在较大区别。[②] 反过来看，商业型出版社的出版策略中，也未尝没有学术化和经典化的路径趋向。比如，作为德国战后口袋书商业出版先驱的罗沃尔特出版社，[③] 同样（主要是20世纪90年代以前）也出版过没有大众市场效益保证的经典型读物，包括1973年布赫选译的鲁迅选集《论雷峰塔的倒掉》。当然，如本书导论和第一章论述中指出的那样，布赫译本的封面装帧等外文本信息，反映了出版社试图通过鲁迅作品的政治思想属性吸引特定读者群的趋向，因此也可以算是一种泛商业策略下的文学经典出版，在商业和经典两种文学传播路径上

[①] 关于德语地区作为大众媒介的口袋书的历史发展，参见 Daniela Völker, *Das Buch für die Massen*：*Taschenbücher und ihre Verlage*, Marburg: Tectum Wissenschaftsverlag, 2014. 作者将20世纪90年代的出版界集中化视作口袋书正式成为快速消费型大众传播媒介的开始，参见 ders., S. 391.

[②] 苏尔坎普出版社战后出版人温泽勒德（Siegfried Unseld）最初推行口袋书系列时的定位，有别于其他"如海涅、古尔德曼等竞争者"，他希望通过发行价格便宜的社科经典，采取口袋书这种"同时代的新出版方式"来吸引年轻的目标读者群，并以此带来"新的智识可能"（neue intellektuelle Möglichkeiten）。Vgl. Daniela Völker, *Das Buch für die Massen*：*Taschenbücher und ihre Verlage*, S. 254.

[③] 罗沃尔特出版社自20世纪40年代创立起，就遵循罗沃特出版原则（Ledig-Rowohlt Prinzip）：尽可能用更少的纸张、更少的成本付印更多字母。这个原则1946年12月15日在新的出版项目中得到了完美实现：罗罗罗（rororo），是"罗沃特轮转小说"（Rowohlts Rotations Romanen）的首音节缩写，因使用印刷报纸的轮转印刷机印图书而得名，每本书平均成本为50芬妮（0.5马克），出版数量为10到15万册。"罗罗罗"系列一开始主要出版海明威、孔拉德等外语畅销经典作家的小说，随后发展成为德语地区首批经典开本（11—18cm）的口袋书，可以算作德语世界口袋书出版的先驱机构。Vgl. Daniela Völker, *Das Buch für die Massen*：*Taschenbücher und ihre Verlage*, S. 77.

交叉并进。

此外，德语世界还有不少专业领域的出版社，出于特定类型或主题的需要也出版过中国现当代文学作品。20世纪80年代西德号召女权主义的女性进攻出版社（Frauenoffensive Verlag）曾在张洁作品畅销于德语文学市场时，翻译出版了作者充满女性主义意识的中篇小说《方舟》；出版戏剧类专业读物的谟涅摩叙涅出版社（Mnemosyne Verlag），则在2000年高行健获得诺贝尔文学奖之后的一周内召集汉学家日夜赶工，编译出一本高行健的戏剧创作理论文集《夜游：关于戏剧的思考》。① 这两个出版社的中国文学选题根据各自的主题类型设定，同时也部分依循学术（汉学家集体翻译）、商业（畅销作家）和经典（获奖机制）三种传播路径。这三种基于出版社选题策略的文学传播类型，适用于大多数当今德语地区通过图书（纸质与电子）媒介分发的中国文学作品，而它们交叉运用的状况也能够反映中德文学交流过程中德语地区的出版概貌。

第三节　中国现当代文学的德语分发与接受

在跨文化文学交流的过程中，翻译和出版是文本交流的基础，属于文学单向传播阶段。从单向传播到互动"交流"则需要经过文学机制从分发环节到接受环节的过渡。一部中国文学作品经过翻译，以图书的物质形式进入德语文学传播场域，大多数情况下需要经过图书贸易（Buchhandel），通过负责供货、批销和代理的图书中间商

---

① 张洁的《方舟》德语版出版发行两年后也由德国口袋书出版社（DTV）发行了口袋书版，首版参见 Zhang, Jie, *Die Arche*, München: Frauenoffensive, 1985；高行健的戏剧杂文集参见 Gao, Xingjian, *Nächtliche Wanderung: Reflexionen über das Theater*, Neckargemünd: Mnemosyne, 2000. 关于几位汉学家在一周之内赶出译本的回忆，参见附录四《中国现当代文学德译传播背后的故事——魏格林访谈》。

(Zwischenbuchhandel)和图书零售贸易商分发给终端机构或个人客户。[①] 部分作品的传播过程也包括视听媒介等其他运作形式，比如广播电台介绍，或者互联网上的影像宣传。当然，文学作品的第一承载体还是以纸质书刊为主，也可以转化为电子书的承载形式。通过个人阅读和不同形式的公众文学传播，德语地区的接受群体——专业的汉学研究者、德语作家、业余阅读爱好者以及出于各种其他原因接触到作品的私人个体——产生反馈，包括反映在图书发行量和再版次数上的数据信息、德语大众媒体对作家作品的宣传评价、文化圈的文学批评、汉学专业人士的研究、文化奖项的垂青、文学活动上的口头交流，甚至互文性文学生产等。这些反馈有的止于德语地区的接受场域，有的则直接回返到传播源，逐渐形成一种基于单向文学传播的双向的中德文学交流。

文学的接受反馈是初步完成双向性文学交流的前提条件，而这种反馈性的机制构成便是本节探讨的对象。在当代德语文学机制当中，接受环节主要可以分为公众推广和批评讨论两个层面。参与公众推广的首先是负责市场分发的出版社和个人宣传动机下的文学生产参与者（作者和译者），其次还有相关文化交流机构（如孔子学院）、延续德国阅读文化传统的活动（如法兰克福书展）等。批评讨论的参与主体除了汉学研究背景的专业人士，还有德语地区的文艺批评从业者。这两个层面的运作需要刊物、广播、电视、网络等多媒体大众文化传播平台，或者说是一系列文学大众传播的基础设施，在文学传播与接受的过程中融入一个早已存在的文学公共领域。这个文学公共领域是平行于文学机制的社会场域，而它的文化特征也是探索当代中国文学在德语文学机制中分发与接受形态的关键。

一 德语文学公共领域和中国现当代文学接受

我们已经将德语地区出版中国现当代文学作品的策略路径，按

[①] 参见《汉译德国出版词典》，中国书籍出版社2009年版，第142页。

照出版社的价值导向和读者定位，分为学术、商业和经典三种。这三种出版策略中，直接面向大众文化传播场域的是后两种；第一种学术型出版主要针对德语汉学专业的学术接受群体，分发作品的标准和路径并不具备严格意义上的文学"公共性"。这里，所谓的"公共性"就是指从一部文学作品的公开形式衍生出来的普遍性的公众反应。这些反应可以是根据私人阅读理解的交流，也可以是公开讨论得出的判断，但严格来看，作出公众反应的个体或群组不应受到特定专业背景的限制，而是某个语言文化圈或特定社会整体的"公众"。当然，如上所述，很少有出版社绝对地依循某一种策略出版中国文学——针对学术界发行作品的出版社大多也并不排斥商业化和经典化的可能。绝大多数进入德语文学机制的中国文学作品是能够引起普遍公众反应的公众文学，其接受场域就是形成、负载甚至重塑这些公众反应的德语文学公共领域。

那么，在进一步展开有关德语文学接受机制与中国文学传播的讨论之前，或许有必要对现代日耳曼文化中文学公共领域的范畴进行简单的勾勒。这里沿用的"文学公共领域"（Literarische Öffentlichkeit）概念，出自哈贝马斯（Jürgen Habermas）溯至17世纪末欧洲市民社会发展时期初步形成的资产阶级公共领域理论。根据哈贝马斯的说法，随着前工业时代资本主义的兴起，市民社会基于私人领域的公共讨论逐渐扩展，最终推动欧洲以宫廷为代表的权力领域的转型。在"城市"这个同时具有物理和象征性质的空间背景下，宴会、咖啡馆、沙龙等公共舆论空间的出现，聚拢了一批带有私人个体意识的话语群体，促使了"一个介于贵族社会和市民阶级知识分子之间的有教养的中间阶层"的形成。[①] 与此同时，资本主义社会中作为作家"委托人"的出版商代替宫廷贵族时期的资助人，文学市场与文化商品形式的昌明则赋予了文学艺术彻底的可

---

① ［德］哈贝马斯：《公共领域的结构转型》，曹卫东等译，学林出版社1999年版，第37页。

讨论性。① 以平等的社会交往方式、针对一般（非政治）问题的讨论和文化商品化普及为前提特征的"文学公共领域"，为欧洲资产阶级带有反抗权威与批判性质的"政治公共领域"形成铺平了道路：

> 参与讨论的公众占有受上层控制的公共领域并将它建成一个公共权力的批判领域，这样一个过程表现为已经具备公众和论坛的文学公共领域的功能转换。以文学公共领域为中介，与公众相关的私人性经验关系也进入了政治公共领域。……资产阶级公共领域的政治使命在于调节市民社会（和国家事务不同）；凭着关于内在私人领域的经验，资产阶级公共领域敢于反抗现有的君主权威。从这个意义上讲，它一开始就既有私人特征，同时又有挑衅色彩。②

哈贝马斯所说的文学公共领域是一个西方马克思主义理论语境下指向社会中个人"政治解放"的概念。在私人阅读和公众互动过程中形成的文学话语空间，为基于私有个体观念的公共政治讨论提供平台，并以此催生了所谓具有政治批判性的资产阶级公共领域。公共领域之所以能够抗衡当时的君主权威，是因为把通过文学阅读产生的自我理解——或者说是私人个体意识——和公众论辩的政治性"客观功能"结合在一起，在"政治解放"和"人的解放"的统一中持续展开公众与政权的博弈。因此，按照哈贝马斯的定义，"文学公共领域"同样具有鲜明的"私人特征"和"挑衅色彩"，从根本上来看是一个注重文学政治功能，甚至倾向文学政治化的公众空间。

如果我们将哈贝马斯论述中这个具有"私人"和"挑衅"特征，并且最终指向政治话语的资产阶级文学公共领域，视作当代德

---

① ［德］哈贝马斯：《公共领域的结构转型》，曹卫东等译，学林出版社1999年版，第42页。

② ［德］哈贝马斯：《公共领域的结构转型》，曹卫东等译，学林出版社1999年版，第55页。

语文学机制接受场域的文化滥觞，那么我们也不难从宏观上再次解释前两章的观察与结论。第一章中，冷战后期由西德知识分子主导的文学交流，既承接1968年抗议运动时期中国文学政治性接受，又有通过文学矫正历史误读、探寻真实"中国"的传播动机，具体表现为对中国作家作为"知识分子"的看重和对具有历史反思和社会批判型文学作品的青睐。这种批判立场下西德知识分子的中国文学接受范式一直延续至今，而它的形成与持续运作正是处于强调"政治解放"和"人的解放"一致性的德语文学公共领域当中。第二章东西德两位代表作家对鲁迅的改写可以看作裹挟本土社会政治批判的讽喻创作，事实上也是在同时孕育政治讨论的德语文学公共领域中，对中国现代经典作家的互文性接受和文学再生产。由于德语文学公共场域和政治公共场域之间的界限模糊，甚至可以说两者始终处于互相转换构型的状态，进入这个公众场域的中国文学（或者说任何一种文学）都不可避免地经过政治范畴的过滤，受到社会批判功能尺度的审视。无论在知识界、学术界还是普通大众文化市场，只要是公众性的文学接受——包括刊物报纸上的评论、广播电视上的介绍、图书展览或朗诵会等公众活动上互动交流、文学团体会议或小型文学沙龙，接受者私人的审美趋向和艺术感受都会在"公众化"过程中与社会公共问题的讨论盘根错节。

在这个视域下同样能够得到进一步阐明的，还有本章第二节关于翻译文学出版的概述。无论是依循学术、商业还是经典型的策略路径，出版社在制订选题计划时都必须为产品圈划出一个以目标读者群为中心的文学接受场域。与三种策略相对应的直接目标读者群——学者、大众和知识文化界——便是公共文学领域的接受主体构成。延续哈贝马斯的定义，传统德语文学公众话语形成的是一个资产阶级的公共领域，由18世纪新兴资产阶级"教养公民"演化而来的精英文化阶层担当话语主导——在三个目标读者群中主要对应的是最后一种"经典型策略"指向的知识文化界。作为公共领域的引领者，精英知识分子群体实际上就是一个始终徘徊于文学和政治公共领域之间的群体，不仅掌舵文学和政治领域的公众舆论方向，还引导这两个领域的互相转换和过渡。因此，经典型出版策略面向的德语知识文化界，是最倾向于用文学的政治批判功能和作者的社会责任担当作为标准来审视文学作品的群体，而他们的观点也通常会鲜明地作用于文学接受机制的运作与演变。这个群体的代表出版社苏尔坎普将已得到中国甚至世界文学经典化机制认可的作家排除在传统正典选题之外，反而纳入具有"异议人士"身份的作者，也正是出于这个接受群体在文学公共领域的批判立场。同样地，20世纪80年代中国文学德译出版的热潮，也可以解释为主导德语文学公共领域的知识文化群体，对"文革"之后中国政治变革的关注和本土政治异域化接受的矫正。如本书第一章所述，"文革"题材和改革主题的中国文学作品在当时获得了巨大的成功。这些作品主题上的时政关联和内容上的反思批判，使其成功进入德语文学公共领域，并为之实现朝向政治公共领域的功能转换。

二 文学接受媒介：文字与视听

具有私人性、批判性和政治功能转换趋向的文学公共领域，是德语文学机制中接受环节的主要发生空间。在这个空间中，中国文学作品经过各个运作机制的调配，进入一个带有政治公共领域趋向的文学评价体系，得到口语和书面形式的定性评价。定性评价和量化信息再反馈到德语文学生产和分发环节的参与方，乃至中国文学的传播源头，形成以德语文学公共领域为主要接受空间的跨文化文学交流。从具体运作层面来看，文学的接受空间主要依赖三种媒介，事实上也可以看作德语文学公共领域的基础媒介：文字媒介、视听媒介和事件媒介。

首先是文字（书面）媒介。文字媒介是跨文化文学传播的基本形式，通过文字语言转换（翻译）和物质形式生产（纸质印刷或电子图书出版）传播文学作品。应当补充的是，第二节的讨论集中在图书形式的文学生产，却几乎没有涉及另一种同属书面媒介的文学形式：报刊。作为有规定发行周期的传统印刷媒介，报刊和书籍一样为文学文本的传播提供刊载空间，并且能够因其特殊的时间周期性和广阔的传播范围而形成更有公众聚集力的文学接受场域——笔者在导论中提到鲁迅作品在战后西德第一次得到大众性的传播，就是在1951年的《时代》周报上，① 而他刊登在1968年《时刻表》第15期有关革命与文学关系的杂文，则可以视作在德语公共领域影响最为深远的中国现代文学文本。② 鲁迅文本的影响力，很大程度上来自作家作为异域中国的文化政治符码，在当时西德政治语境下涵括的巨大的公共阐释空间，而这个公共阐释空间的衍生塑形则得益于承载文化政治符码的公众文字媒介。尤其是抗议运动时期的《时刻表》，这本由苏尔坎普出版社发行的重要知识分子刊物，对鲁迅和鲁迅符码表征的中国文学在德传播的作用远远不止表现在当时过万的发行量，还表现在对德国汉学的冲击，甚至成为此后德语地区中国现当代文学传播的接受样板。

这种牵系异域和本土政治文化的文学接受范式，也见之于之后为数不多的几次德语大众文学（非学术类）期刊（Zeitschrift）关于中国文学的译介。1985年，西德两本重要文学刊物《时序》(*Die Horen*) 和汉泽尔出版社旗下的《重音》(*Akzente*) 分别推出了中国现当代文学专辑。第一章已经提到过，《时序》配合同年的柏林地平线文学节，由犹太历史学家布劳恩（Helmut Braun）和汉学家金如诗（Ruth Keen）组稿编辑的《牛鬼蛇神》，不光收录了"五四"以来具有代表性的中国现代文学德语译作，还有针对个别作家、社团流派、文学史论等介绍性和批评性内容，多数由专业汉学家撰写。双月刊《重音》的中国文学专辑则关注1979年以后的新时期文学，由马汉茂撰写中国当代文学（1979—1984）导论，毕鲁直（Lutz Bieg）进行二手文献综述，还有一些作家的非创作型散文或围绕文

---

① 参见导论第一节第二部分的论述。
② 参见第一章第一节第二部分结论。

学创作的经验谈,如张抗抗的《北极光》创作谈、刘宾雁的访谈、陆文夫的演讲等。这些具有口语讨论性质的书面文字尤其适合在期刊发表,并且在这个平台形成互动式的文学公共领域。由于报刊发表文学作品时有明确的篇幅限制,同时往往随有介绍性或接受性(文学批评)的二手资料,它所构建的就不只是单纯的文学传播空间,也是通过书面文字媒介、围绕特定文本表达文学观念和社会政治立场的争辩性论坛(Debattenforum)。《时序》杂志1985年之后还发行过三次中国文学专辑,其中连续两期(第155和156期)都是在中国1989年和德国历史转折之际围绕政治事件展开的文学讨论。自古典主义和浪漫主义时期起,德语地区的文学期刊就有为"共同审美或(和)政治立场的作者"提供话语平台的传统,[①] 是德语文学机制中重要的分发与接受环节——或者说德语公共领域重要的空间媒介。比起以创作文本为主体、偶尔才能在序跋处找到少量接受文字的单行本图书,同时刊登文学文本和"关于文学的文学文本"(文学批评与研究)的报刊,往往能为德语文学公共领域的中国文学接受提供更为充足的自由讨论空间。

不应忘记的是,报刊作为一种文学接受的书面媒介,并不局限于传统印刷形式,在现代社会的数字化进程中,也已开始向网络平台和电子杂志转型。这个趋势对以实时信息聚散为主要传播形态、并且比刊物更加注重传播速度与时效性的报纸来说尤其如此。德语地区几大有文艺版面(Feuilleton)的报纸,在数字革命的进程中,从纸质印刷渐渐置换到电子化媒介平台,而在文学批评中初步成形的公共文学领域也随即转往互联网的文字媒介空间。当今德语地区接受中国文学信息最全面的互联网平台应属服务型网站Perlentaucher.de。在网站的搜索引擎中,德语读者可以找到近年绝大多数大众

[①] Steffen Richter, *Der Literaturbetrieb*, 2011, S. 99. 传统德语文学期刊如席勒创办的《时序》(*Die Horen*)(1795—1797)、歌德创办的《神殿入口》(*Propyläen*)和施莱格尔创办的《雅典娜神殿》(*Athenaeum*)都是拥有共同审美政治立场作者的文学阵地。

《时序》（die horen）第 138 期，1985 年

封面来源：德国科隆大学日耳曼文学资料室。

出版社出版的中国文学书目，以及相应的大众文学批评节选。此外，Literaturkritik. de、Titel-Magazin. de 等网络文学论坛上也能找到针对中国文学的评论与介绍。与纸质文学期刊不同，这些网站以文学的接受反馈为主，一般不发表文学创作，能够形成比纸质形式的书面空间更有评价效率的文学接受场域。

当书面文字媒介从纸质印刷的物质形式延展到了数字网络的虚拟空间，第二种文学接受媒介也开始作用于德语文学公共领域的运作与演变。互联网平台上纷繁的文学信息，除了通过文字形式得到交换，也依托能够在虚拟数字空间被无限超链接的视听语言存储。这里说的视听语言包括文学视觉图像（德译本和中文原著成书出版的封面、插图、相关影视海报等）公开传递的信息、文学机制中各参与方围绕文学作品的讨论和文学的影视化表达，通过录音和摄影的记录形式得到留存传播。自 20 世纪上半叶以广播电台为代表的大众媒介进入现代社会，视听媒介就已经作为一种重要的信息空间媒介，加强了私人领域与公共领域的衔接。就文学机制而言，由于视听媒介一开始是作为相对高效的"信息"传播媒介出现的，它在当代的运用很大程度上仍然针对二手文学"信息"和评价，是一种间接负责文学传播和直接呈现文学接受的媒介形式。然而，视听媒介承载的文学空间并非只是一个由文化频道的新闻汇集而成的信息传播场，而是一个融汇文学信息、文本材料、文学批评和思想讨论的互动话语空间。这种具有较高艺术标准的视听文学空间，在德语地区的成形可以追溯到电台通信刚刚兴起的魏玛共和国时期，大众广播栏目制作人针对能够承担收音机和收听费用的中产阶级，将广播视作"教育工具和一种能够把收听提升到艺术、知识和教养层面的文化机制"。[1] "教养公民"理念下对广播媒介的理想化，也孕育了新的媒介文学类别：广播剧。"二战"后盟军占领时期的社会思想文化改造计划中，西德选择借鉴英国广播电台（BBC）模式，顺应官方文化重建的要求制作了一系列高水准的文学栏目，[2] 并从 20 世纪 50 年代开始加入了衔接德语文学传统和引介外国文学的内容。同书面媒介出版刊物一样，广播栏目也需要对一手和二手文学资料定期进行编排公开，以维护它作为文学公共领域空间媒介的公共性。

1989 年以后，德国国家广播电台的文化台（Deutschlandfunk Kultur）成为了广播媒介的主要基地，负责包括朗诵、广播剧、

---

[1] 这是 1920—1930 年期间德国广播制作人 Hans Flesch 为节目目标听众群设想的定位，参见 Hans Sarkowicz, "Hören als Ereignis", in Heinz L. Arnold（Hrsg.）, *Literaturbetrieb in Deutschland*, 3. Aufl., München: Ed. Text + Kritik, 2009, S. 236.

[2] 比如 1948 年西德作家阿尔弗雷德·安德施（Alfred Andersch）在黑森州广播电台制作的"晚间工作坊"（Abendstudio），邀请了不少知名作家一起参与编辑。

文学专题、收听杂志、文学批评、文学访谈、图书市场实况等节目的播放。这些节目主要围绕日耳曼文学，偶尔也会出现有关中国文学的专题节目和实时动态。20 世纪 90 年代以来，德国广播电台最重要的几次中国现当代文学的专题节目策划，都聚集在 2009 年中国作为主宾国参加法兰克福国际书展前后。2007 年德国初次确定中国为隔年书展主宾国之后，文化台在次年 6 月首播了中德文学交流节目《柏林—上海：1920 年至今的文化转移》。节目以茅盾《子夜》中的上海书写开场，引用现代德国作家基希（Egon Kirsch）30 年代侨居上海时的中国笔记和数位中国留德文人的柏林描写，直至当代流行小说（如当时已在德语地区出版的卫慧小说《上海宝贝》）中的城市书写，以文本引述的方式，展开上海和柏林两个城市历史文学时空之间的关联。① 2009 年法兰克福书展前夕，文化台又制作播出了中国现当代文学系列节目：第一期《中国转移：在上海和北京的文学相遇》延续《柏林—上海》的剪辑路径，只是将引用文本转到了当代，选用的是上海作家孙甘露、陈丹燕和移居美国的北京作家李大卫的作品；第二期《"第一句诗令人孤独"：中国现代女作家群》首先引介两位侨居德国的华人女作家罗令源和徐璐，从她们的文字和嘉宾顾彬的访谈中，引介中国现代女性文学经典作家张爱玲，以及当代诗人翟永明的作品（由顾彬翻译），最后再以徐璐青春小说中女性自我意识的文学表达收尾。② 此外，文化台也有对个别作家作品的单独讨论。

---

① Stefan Heckmann, "Berlin-Shanghai: Kulturtransfer von 1920 bis heute", 29. 06. 2008, https://www.deutschlandfunkkultur.de/berlin-shanghai.974.de.html?dram:article_id=150512.

② 第一期 Stefan Heckmann, "China Transfer: Literarische Begegnungen in Shanghai und Peking", 27. 09. 2009, https://www.deutschlandfunkkultur.de/china-transfer.974.de.html?dram:article_id=150614; 第二期 Astrid Nettling, "Der erste Vers macht einsam, ——Moderne Autorinnen in China", 29. 09. 2009, https://www.deutschlandfunkkultur.de/der-erste-vers-macht-einsam.974.de.html?dram:article_id=150613;

由于德国出版社和中国外文社借2009年书展之机出版了很多中国文学译作——不少德语出版社还得到了中国文化宣传机关翻译基金的资助①——它们也需要为这些作品进行宣传。书展前后有不少作品得到了报刊和广播电视等视听媒介的宣传评论，尤其是由大型文学出版社发行的知名作家作品，比如德国广播文化台对汉泽尔出版社当年推出的北岛诗作《失败之书》的讨论。同时，贝塔斯曼集团旗下由德国电视二台（ZDF）、德国广播电台文化台和综合娱乐类的3sat电视台合营的文学电视节目"蓝色沙发"（Das Blaue Sofa），也为文学接受提供"论坛"式的视听公共空间，通过广播、电视和网络直播等大众传播媒介将其公开化。"蓝色沙发"自2005年起在法兰克福等国际书展上占有固定的观察直播席位，每年都会对到场的作家、记者、翻译、批评人、出版商等文学机制的参与者进行采访。2009年"中国文学"主题之下，中国作家也在镜头前得到实时亮相。当然，"蓝色沙发"和其他德语文学公共领域的接受平台一样，对中国文学的讨论带有鲜明的政治倾向。2009年受访的中国作家中，只有刚在苏尔坎普的岛屿出版社出版《檀香刑》的莫言来自中方代表团。②

三 事件媒介：文学公共领域的舞台时空

事实上，如果重回2009年法兰克福书展的发生时空，检视围绕这个特殊事件形成的中国文学传播与接受场域，我们就会注意到"书展"以"书籍"文字媒介为主、同时汇集视听媒介的文学空间，

---

① 新闻出版总署启动的"2009年法兰克福书展中国主宾国图书翻译出版资助项目"，投入资金50万欧元，资助中外出版单位翻译出版100多本德文版、英文版中国图书。见《法兰克福书展中国主宾国活动周密策划有序推进》，《中国新闻出版报》2008年10月17日。

② 莫言被安排在2009年10月18日下午14时围绕小说《檀香刑》接受采访。参见蓝色沙发法兰克福舒展期间的栏目采访时间表：https://www.deutschlandfunkkultur.de/das-blaue-sofa-2009-das-komplette-programm-pdf.media.40c34591941a4a1e497e865d489818f8.pdf.

本身就是在政治公共领域的框架上构建而成的。对于历时十年申请才成为"主宾"的中国而言，2009年的法兰克福书展不仅是传统的国际图书版权贸易促进会，同时也是一个文化外交事件，是以书籍形式推动中国文化"走出去"战略的关键步骤。然而，不容忽视的是，具有高曝光率和政治外交影响力的大型国际书展，也为德国乃至整个西方世界与中国就人权、民主、言论自由等公共政治问题进行对话提供平台。

可以说，作为跨文化文学交流活动的法兰克福书展以事件的形式，将前两种文学公共领域的媒介——文字与视听——结合在一起，形成一个具有实时大众传播效应和长远影响力的文学接受时空。笔者把这种负载文学公共领域的综合性空间媒介称作事件媒介。这里所说的"事件"（Event）可以理解为："按照计划发展的、非同寻常的并且能够招致（hervorrufen）参与者具有身份和集体特征体验的事情发生（Ereignis）"。[①] 法兰克福书展最初是以促进图书贸易展览为目的指向的商业事件，后来逐渐演化成为围绕出版文化的文学事件，在国际外交背景下又发展了其政治属性，因而也"招致"事件参与者在经济、文化和政治方面的诉求。以此类事件为媒介形成的文学接受空间，往往直接具备政治公共领域个人化、反抗权威、批判挑衅的特征。由于"事件"的发生一般情况下需要物理空间（或虚拟平台）和参与方人物的"身体"到场，事件媒介形成的文学交流空间也包括人类最基础的交流方式：在刺激和刺激影响下形成的物理互动。[②] 不同于前两种必须首先依赖单向传播的书面文字或声音画面的媒介，事件媒介将参与文学交流的个体直接聚集到共同的时空场景之下，呈现的是一种直接的公共性。

[①] Peter Kemper, "Event", in Erhard Schütz (Hrsg.), *Das BuchMarktBuch*: *Der Literaturbetrieb in Grundbegriffen*, Reinbek bei Hamburg: Rowohlt-Taschenbuch-Vehag, 2005, S. 119.

[②] ［美］米德：《心灵、自我与社会》，赵月瑟译，上海译文出版社1992年版，第68页。

在这种事件媒介的作用下,中国文学的接受空间与德语文学公共领域重合;德语批评界对文学作品的评价受到文学公共领域带有私人性、批判性和政治性的讨论的影响,再通过文字媒介和视听媒介重塑接受空间。

第 四 章

作家的分野：德语文学公共领域的中国作者身份构建

在前面的章节中，我已经列举了德语地区几种基于本土政治社会环境和文学机制要求的中国文学接受范式，包括西德知识界对鲁迅作为具有批判精神的现代知识分子同行的思想接纳和作为中国革命文化符码的政治接受，东德汉学家在变换的政策下对中国文学平行于本土社会现实的探求，20世纪80年代两德文学界对历史反思类作品的关注和对女性文学的青睐，吴福冈个人追逐中国"文学春天"时的悲观预测，还有当今大众出版商面对社会舆论风向因地制宜的策略下，对相关主题文学作品（《英格力士》的发行）传播与接受路径的制约等。这些文学接受范式并非完全对应于德语社会公共政治讨论的动机和结果，但其背后的文化逻辑都是由一个是非分明的道德理性主体主导，以至于文学评判首先被赋予"政治正确"的道德标准。面对一部文学作品，无论接受者个人直接获得了何种程度的美学感知，个人性的经验感受一旦需要以公共话语形式加以表达，集体性的道德意识就会进入接受主体的审美取向，形成一种社会性或政治性的文学寄托。

道德理性主体的政治化文学标准——或者用一种比较常见但很少能够得到准确运用的说法——透过"政治滤镜"阅读文学的方式并不仅限于日耳曼社会文化传统对中国文学的接受。与"五四"新文学同步发生的中国现代文学批评就是从一种不断巩固"启蒙"理性主体的接受美学开始发展的。尤其是在中国现代文学初始阶段，新的文学批评标准层出迭现。"众声喧哗"的批评格局下，代表现代道德理性价值观念的新文学捍卫者们，试图通过对接受范式的争辩探索美学思想和社会意义的文学呈现。如果说新文学阵营最初是借用西方理论，同时结合新文学实践，形成了承载"启蒙"思想和道德理性的现代文学批评标准，[①]那么，在启蒙主义反思和文学理论体系业已成熟的德语世界，道德理性意识早已融入公共领域的文学接受主体——即便接受对象是一部德语文学作品，活跃在各个大众文化平台的批评家和日耳曼文学专业研究者的评判目光中，也同样包含从古典主义理性之光到浪漫主义人文关怀的传统承续，回荡着道德主体意识下政治与审美的交互相融。

当然，基于德语文化场域的接受主体在不同时期面对来自不同文化场域的文学作品时，审视的目光就会出现不同程度的偏差。从时间维度来看，我们已经讨论过20世纪以来不同历史时期，德语区出于对"中国"形象的想象、构建乃至真实化的需要，对中国作家作品不同程度的政治化接受；从地域空间来看，身处中国社会文化现实之外的德语读者在接受来自中国的作家作品时，有关中国的时政信息就会作为首要的现实参照，成为文学解读与感知的先验性前提——相比之下，原本就沉浸于本土社会现实，对自身历史语言文化有常识性了解的德语读者在阅读德语作家作品时，无须依赖以政治新闻传播为主的实时信息类平台，尽管大众传媒下的新闻舆论同样能对德语文学公共领域的本土文学接受（甚至文学生产）带来决定性的影响。中德建交以来至今仍有关于中国内政问题和经济发展的负面报道，德语地区新闻媒体对中国的报道作为读者接受中国文学的第一参考源，成功地调动了德语接受主体本身的道德理性意识，

[①] 黄修己、刘卫国编：《中国现代文学研究史》（上册），广东人民出版社2008年版，第15页。

参与公共讨论的批评主体也就顺理成章地采纳了符合道德正义的文学政治性尺度。因此，相较于对本土文学和部分西方国家文学的接受，德语地区的中国文学接受与批评更偏重所谓的"政治标准"，而如译者高立希观察到的那样，"美学标准——要知道我们在欣赏其他国家的文字作品时总是理所当然地采用这样的标准——在面对中国文学时好像就被降低了"。① 实际上，高立希口中能够让德语读者"理所当然地采用美学标准"的文学作品，主要还是来自西方主流文化圈和部分其他发达国家。对中国文学采用的"政治标准"和突出道德理性主体批判的接受范式，同样普遍存在于德语公共领域对其他语言文化差异和政治国情争议较大的地区，比如伊朗、土耳其甚至小部分东欧地区。②

应当指出的是，在道德理性主导的文学接受范式下，趋向"政治标准"的文学批评并不一定是空泛地针对作品政治关联的臧否，也可以是将文学时空和平行的社会历史现实并置，立史实观察和政治背景于文学审美之剖面。高立希曾在一次译介研讨会上引用过一段《法兰克福汇报》上对他翻译的陆文夫小说《美食家》的评论。书评人谈及这本"绝非巨作"的小说在语言上仍留有明显的"文革"痕迹，而在德译本中已经基本消失于无："也许应该请一个'东德佬'来翻译这部小说，那样的话，他就会知道，在共产主义体制下人们是怎样说话的。"③ 念完这段评论，译者才不无揶揄似地告诉他的听众，他自己就是一个土生土长的东德人。暂且不论书评人（应该是一位至少读过原著的双语读者）对文学语

---

① ［德］高立希：《我的三十年：怎样从事中国当代小说的德译》，《外语教学理论与实践》2015年第1期。

② 政治宗教问题上的冲突容易将这些国家的文学跨文化传播卷入一次次政治事件，比较出名的包括1992年法兰克福书展因伊朗精神领袖霍梅尼对英裔印度作家拉什迪发布追杀令曾一度禁止伊朗出版社参展。参见［德］卫浩世（Peter Weidhaas）《法兰克福书展600年风华》，中国人民大学出版社2007年版，第209—213页。

③ ［德］高立希：《我的三十年：怎样从事中国当代小说的德译》，《外语教学理论与实践》2015年第1期。

言的历史感知是否过于依赖政治先验而偏离中允——小说故事本身就是发生在跨越"文革"岁月的历史时期——将文学语言打上"共产主义体制"的特征符号无疑是政治性因素直接注入审美判断的批评方式。

除了对文学语言的政治化评析,德语批评界还可能根据文学的体裁类型做出相应尺度的政治性评议。就散文(虚构与非虚构)、诗歌和戏剧三种基本文学体裁而言,最容易出现审美与政治标准错综难分的是对诗歌的接受,本章第一节关于北岛诗歌在德接受的讨论将对此作进一步说明。从文学类型来看,服务于现代民族国家叙事和反映社会现实题材的"纯文学"作品,进入德语文学公共领域之后,也往往会受到更多批判性的政治关注。以市场为导向的商业流行文学虽然在一定程度上规避政治审度,却不免受到来自同一个道德理性主体在精英文学意识和反大众文化消费模式观念下的美学批驳。[①] 此外,近年频频作为中国当代文学"走出去"典范的"类型小说"(主要是科幻和悬疑两大类)在德语地区的接受也不乏批评主体的道德理性与政治参照,只是这种情况下的相关评述往往是逆向或"消极"的。由于科幻和悬疑类小说的时空往往被安置在一个架空的"幻想世界"(Phantasiewelt),与社会现实之间的距离就能使作品"有效地规避官方审查",[②] 从而实现文学的政治批判——只要关注德国几大文化媒体对刘慈欣的采访和对其小说的评论报道,还有得到过德语地区关注的两位中国悬疑小说家麦家和小白作品的书评,就能在不同主题象征、语言特征、框架手法的阐释之外看到批评人对故事作为"隐喻"间接批判政治社会潜力

[①] 最著名的例子是顾彬称被译介到德语地区的商业小说作家"卫慧、棉棉都是垃圾",最终在媒体推波助澜之下演化成关于中国当代文学的"垃圾论"。

[②] 《南德意志报》书评人在评价《三体》时重点指出科幻小说特殊的情节设置帮助作者绕开政治审查,实现文学对社会理想的表达。Vgl. Nicolas Freund, "Nach roten Sternen greifen", *Süddeutsche Zeitung*, 15.02.2017, https://www.sueddeutsche.de/kultur/fantastische-literatur-nach-roten-sternen-greifen-1.3379934.

的挖掘。① 从这个角度看，德语地区对中国类型文学的青睐褒奖，除了顺应德语文学市场对"世界畅销文学"的需求，也未尝没有接受主体按照文学政治批判功能的道德标准衡量作品的成分。

然而，如果说道德理性引导下的德语文学接受主体，是按照中国文学作品的语言、主题、体裁和类型差异，有区分性地将政治标准装入层层审美剖面，那么比这些基于"文本"的分类更加明显的政治化区分尺度，还是在于创作者个人的政治身份。这里，我们不妨借用福柯解构式的定义，将"作者"视作一个使"文本在社会中存在、流传和起作用"的"功能体"（la fonction auteur），一种把不同文本区分开来的话语方式，而远非一个固定的署名形象。② 基于这种对作品和作者关系的理解，以上列举的几种采取不同程度道德理性和政治标准的文学接受范式，就不仅是针对不同类别文学"文本"的接受，也是按照它们的社会化"功能体"——中国作家在社会中的身份立场及其对应的话语功能——的归类划分：书评人在《美食家》中看到"文革"语言和"共产主义体制"的话语痕迹，事实上也看到了陆文夫作为所谓的"体制内作家"回溯"文革"的书写尝试；德语界对诗歌体裁特殊的政治美学接受，同样是对往往衔接"流亡""抗议"等政治性名词前缀的诗人身份之强调，正如对国家民族叙事题材作品的批判性审视也通常包括对作家官方身份功能的质疑。相比之下，科幻悬疑类小说的虚构时空和幻想元素更能掩藏作者的政治表达——无论是歌颂主旋律还是异议批判，类型小说作家的政治立场通常不会直接出现在文本表面。尽管如此，德语文学公共领域的相关讨论还是不会轻易忽略类型文学作家本人的政治身份——小说《解密》的几篇书评都不忘突出作者麦家作为浙江省作

---

① 比如《明镜》文化板块的一篇报道就把刘慈欣的小说视作中国社会信用体系的反乌托邦（dystopia）隐喻。见 http：//www.spiegel.de/kultur/literatur/cixin-liu-der-autor-von-die-drei-sonnen-im-portraet-a-1234963.html。

② ［法］福柯：《什么是作者？》，林泰译，赵毅衡编《符号学文学论文集》，百花文艺出版社 2004 年版，第 517 页。

第四章 作家的分野:德语文学公共领域的中国作者身份构建 227

协主席的官方身份和军人背景,① 而《租界》的书评则将作者小白对涉及中国现代历史中党派斗争叙述的模糊处理,和另一位在德语地区小有名气的旅美推理小说家裘小龙只用代号化名设定空间场景的情形联系起来,以此说明类型文学作者面对审查时的掩饰和同样模糊不清的政治身份。②

对德语读者和文学公共领域的参与者来说,根据作家身份来把握中国文学形态不失为一种了解外国文学类别整体的简便方法。可事实上,这样的区分很少用于德语读者对中国现当代文学的宏观考察,而通常是直接作为一种文学接受的先验条件:伴随文本一起出现的中国作家姓名有可能成为一种划分作品道德政治立场的符号。新时期以来,中国作家的称谓前面经常会被冠以各式修饰语,而这些修饰语有些会随着文学"出口"一起被搬到德语世界,更多的则是被德语文学接受场域在其政治功能趋向和道德理性驱使之下着重突出的政治性修辞(如流亡、异议、官方等)所替代。因此,这种划分——或者说对中国作家身份的重新构建——很容易导致接受主体因循道德准则的文学观察之偏至,为德语地区对中国作家作品的接受带来简单化甚至误读的风险。在接下来的讨论当中,我将选择北岛和莫言这两位在德语世界传播较广的当代中国作家,联系他们作为文学人物的身份差异对他们在德语世界的接受情况展开概述分析,最后再通过比照两者在中国作家结构中的位置和在德语文学接受视野中的形象立场,勾勒出当代中国作家身份结构在德语文学公共领域中异于本土的框架,分析德语接受主体在政治道德要求下对中国作家的立场审视和身份构建。

---

① 例如《南德意志报》2016 年的短评 Ulrich Baron, "Codes sind ein Fluch", *Süddeutsche Zeitung*, 18.01.2016, https://www.sueddeutsche.de/kultur/chinesische-literatur-codes-sind-ein-fluch-1.2823128(麦家自 2013—2018 年出任浙江省作家协会主席)。

② Tobias Gohls, "Therese, die Volksmacht braucht Schieβbecher!", *Die Zeit*, 02.11.2017.

第一节　在清醒中升华：北岛在德语世界的接受

在上文中，我不止一次提到 1980 年苏尔坎普出版社发行的两卷本译作《中国现代短篇小说集》。作为苏尔坎普出版社发行的第一套中国现代文学德译丛书，这本合集的编译集结了德语汉学界数位优秀的专业学者，在篇目择选上也经过精心编排，以使作品最终符合"苏尔坎普"标签所代表的精英知识分子文化立场。汉学家吕福克（Volker Klöpsch）主编的上卷本《春天的希望：1919—1949》以鲁迅的《狂人日记》开篇，顾彬主编的下卷本《百花齐放：1949—1979》用石默的《归来的陌生人》收尾。在顾彬的下卷序言里，石默这位"北京地下作家"写下的是中国社会里那些"既有的、未经思辨也不允许被质疑的秩序"——在这个社会中，"只有遵循秩序的人才有资格拥有故乡"。① 顾彬对石默简短的几句介绍，也是他对这篇小说结尾处遵循比赛规则的好友朝气蓬勃地奔向胜利终点线这个场景的解读，这个场景看似与主人公兰兰和她"文革"后归来的"陌生人"父亲无关，其实颇有深意。② 1979 年为这部合集作序的顾彬或许没有料想到许多年后，当他成为大名鼎鼎的德国汉学家迁居到"石默"离开的故乡北京时，他翻译的北岛诗作也已遍布了自己

---

① Wolfgang Kubin, "Einleitung", in Wolfgang Kubin (Hrsg.), *Hundert Blumen: Moderne chinesische Erzählung*, Zweiter Band: 1949 bis 1979, Suhrkamp, Frankfurt, 1980, S. 14-15.

② 顾彬在前言中写道："出于对已有的、未经思辨也不允许被质疑的秩序的依循，人们把想象中的世界当作了幸福的处所。这种不假思索的依循在北京地下作家石默的作品中得到了体现。在这个社会里，使他顺服的并不是政治理性，因为幸福和痛苦都是出于偶然和命运的肆意。只有遵循秩序的人才有资格拥有故乡——就像最后一幕中张小霞的胜利是兰兰永远无法拥有的。"见 Wolfgang Kubin, "Einleitung", in Wolfgang Kubin (Hrsg.), *Hundert Blumen: Moderne chinesische Erzählung*, Zweiter Band: 1949 bis 1979, Suhrkamp, Frankfurt, 1980, S. 15.

的语言故乡：石默是北岛 1979 年初在《今天》第二期上发表短篇小说《归来的陌生人》时用的笔名。这篇小说在华语圈问世的同年就受到了维也纳大学女学者施比尔曼（Barbara Spielmann）的关注，翻译成德语后推介给正在编译苏尔坎普合集的顾彬。[1] 就这样，北岛在德语文化界首次登场，代表的是从"五四"启蒙起作为知识分子的中国现代作家群体；而他在合集末尾作为青年小说家石默充满反抗精神的文学出场，也宣告了一个时代的终结。

一 清醒的"时代幸存者"

对部分 20 世纪 80 年代关注中国现当代文学的德国读者来说，如果石默宣告了上一个中国文学时代的终结，那么北岛回答的就是下一个时代的召唤。1985 年，马汉茂为《时序》（Die Horen）杂志的中国现代文学专刊《牛鬼蛇神》撰写的开篇，将 20 世纪 80 年代和 20 世纪 20 年代的中国文学平行并置，因为这两个年代的文学创作都反映了经历社会变革的中国知识分子的精神面貌。与 20 世纪 20 年代相似，20 世纪 80 年代文学的一个特点是出于断裂性变革而产生的"异化"或"陌生化"（Entfremdung），其代表人物就是写下了"对于世界/我永远是个陌生人""对于自己/我永远是个陌生人"的朦胧派诗人北岛。[2] 在马汉茂看来，"文革"后新一代作家，比如北岛和顾城，能够"从抗议中汲取力量"，从而成为"他们那一代人的精神意见领袖"。[3] 相较于顾城，北岛在马汉茂的论述中是一个更有反抗精神、更为出众的社会型知识分子作家：他写北岛创办地下

---

[1] 顾彬在前言最后特意标明了是施比尔曼向他推介"地下作家"，参见 Kubin, "Einleitung", in *Hundert Blumen*, S. 16.

[2] 这首《无题》诗由顾彬翻译成德语，首次收录在同一期的《时序》*Die Horen* 138, 1985 (2), S. 267. 马汉茂在他的中国当代文学史叙述中引用了这句诗来介绍代表"异化"知识分子的北岛。参见 Helmut Martin, "An den Fünf Rosafarbenen Säulen: Hinweise zur modernen chinesischen Literatur", in *Die Horen* 138, 1985 (2), S. 16.

[3] Helmut Martin, "An den Fünf Rosafarbenen Säulen: Hinweise zur modernen chinesischen Literatur", in *Die Horen* 138, 1985 (2), S. 16.

刊物，抗议官方文化政策；写北岛在他的短篇小说《在废墟上》中试图重新连接"文革"时期破裂的中国传统："一种已不再惯常的、系乎中国古老历史的感情在这里（北岛的文字）重新找到了入口"；还写北岛的小说情节和诗歌语言中对郁达夫等20世纪20年代青年作家"绝望"书写的传承。最后，他特意指出北岛的"陌生化"并非1983年周扬和王若水为了维护政治意识形态体系而讨论的马克思主义"异化"理论，而是一个具有"深远目标"的概念："它（北岛的'陌生化'）指代的是中国现代知识分子个人的生存状况和作为社会个体对社会变革的责任和义务。"①

不难看出，马汉茂以文学史家的眼光对北岛做出的评析背后是一个现代知识分子的参照体系。北岛主编地下刊物的抗议精神与西欧知识分子的"社会批判性"契合，而马汉茂在石默小说中读出的那种修复民族传统的自觉恰恰也是德国战后文学的标志。因此，虽然马汉茂的历史叙述客观冷静，但他向德国读者介绍的这位中国作家仿佛是一个从冷战时期德国理想知识分子模具中刻出来的形象，以至于他的介绍本身也充满感情色彩。这个形象对具有相同参照系的德国读者来说应当是熟悉而鲜明的，当他们将北岛"文革"经历的书写和50年代德国新生代作家的反思并置的时候，感受一定尤其强烈。在五年后为北岛的中篇小说《波动》（*Die Gezeiten*）德语版写下的后记中，马汉茂清楚地阐释了北岛和德国战后作家的可比性。这一次，他从北岛的"语言"出发：

> 北岛的中文语言流露出一种"新的清醒"，他那冷静的描述能让人受到触电般的震颤。……北岛清醒的语言能让我们联想到德国"二战"后的那一代作家，比如沃尔夫冈·博尔谢特，还有早期的海因里希·伯尔，或者四七社的其他成员。的确，

---

① Helmut Martin, "An den Fünf Rosafarbenen Säulen: Hinweise zur modernen chinesischen Literatur", in *Die Horen* 138, 1985 (2), S. 16.

他们在经历了相似的民族灾难和新时代起点以后，带着相似的迷失感，也找到了一种相似的语言形态来建构文本。这么看来，北岛的文学杂志《今天》创刊号里收录伯尔1952年的文章《谈废墟文学》或许并不完全是巧合。诸如"革命人文主义"或者"伟大社会主义的建设"这些作为宣传中华人民共和国"现实"的官方用语——就像在民主德国70年代初期的新叙述文学里出现的那样——在北岛的小说中只会以反讽影射的形式出现。……北岛的语言试图宣告一个新的开始。①

时隔多年，马汉茂对北岛"文革"时期小说语言的这番回顾并非只是修辞学的评价角度——尽管用"清醒"一词如此精准地形容北岛的文字确实是基于一个批评家对文本深度理解的感知。他从北岛的语言里感受到的"触电般的震颤"和"新的清醒"，源自这位作家在混沌黑暗时代坚持清醒的自觉。马汉茂敏锐地注意到北岛这一代文学青年从黑暗的"文革"时代"幸存"下来，面对的是一个语言紊乱、信仰崩塌、社会失范、百废待兴的"废墟"年代。同德国战后力图在被纳粹政权摧毁的话语中寻找新的文学表达的"废墟文学"作家一样，北岛等人自发地用清醒的目光观察生活，用清醒的笔调探索新的语言艺术。这样看来，伯尔的"废墟文学"宣言和石默的《在废墟上》同时出现在1978年《今天》创刊号自然"不完全是巧合"。面对丑陋和毁灭，面对历史留给他们的巨大废墟，他们不愿麻醉自我，"蒙上眼睛"，而是选择"清醒"地见证与记录，因为他们"认识到：一双好的眼睛是作家的工具"②。

正是感受到了这似曾相识的"清醒"的语言形态，马汉茂将北岛的文学语言与作家个人的政治履历和社会参与结合在一起加以阐

---

① Helmut Martin, "'Überlebende dieser Zeit': Ein Nachwort zu Bei Daos Roman *Gezeiten*", in Bei Dao, *Gezeiten*, S. Fischer, Frankfurt, 1990, S. 199.

② [德] 亨利希·标尔（Heinrich Böll）：《谈废墟文学》，史康成译，《今天》1978年第1期。

述。尽管如此，这样的评论是不能用简单的"政治接受"和"审美接受"来划分的。事实上，包括欧阳江河提出的三种"北岛读法"——"政治读法""系谱读法"和"修辞读法"——在这里也无法真正成立，因为马汉茂的北岛阅读确实融合了作家的社会政治性、创作的历史谱系和语言修辞三个方面。① 对于这位本身就属于倡导文学社会性的"六八一代"德国学者来说，作家选择的文学语言同他作为知识分子的社会追求密不可分。② 北岛"清醒"的语言是他面对生活现实时选择的文学表达，同相似时代下德国作者的文学选择如出一辙。因此，从北岛文字中读出知识分子的政治异议和社会责任感并不完全是"政治接受"或"政治读法"，而是从语言修辞感知出发，联系政治思想史的理解，属于八九十年代盛行的新历史主义式的文本解读。

尽管新历史主义的解读方法本身有将"文学"降为"历史"附属之嫌，但总体来看，马汉茂对北岛作品的评析及其在文学史上的定位是准确的。就《波动》的文学史意义而言，马汉茂从北岛语言出发所作出的判断和国内部分文学研究者的观点相仿。比如陈思和在《中国当代文学史教程》中将《波动》归入"文革"时期的文学"觉醒"，也提出北岛（赵振开）诗歌语言的艺术探索是作者本人

---

① 欧阳江河概括的政治读法"主要是从语言世界与非语言世界的关系去理解诗歌的，而对语言世界内部的复杂关系甚少加以探究"，大体代表西方世界对北岛的阅读方式，参见欧阳江河《北岛诗的三种读法》，欧阳江河《站在虚构这边》，生活·读书·新知三联书店2001年版，第187—209页。在北岛海外传播研究中，有不少学者认同北岛在西方世界接受最主要是"政治读法"："北岛诗歌在80年代后之所以在西方世界产生巨大影响，主要是因为它们被视为西方世界了解中国现实及其对抗资源的一种政治文本而产生了政治效用。这决定了绝大多数汉学家的思维逻辑。"参见杨四平《北岛海外诗歌的传播与接受》，《跨文化对话与想象：现代中国文学海外传播与接受》，东方出版中心2014年版，第232—246页。

② 马汉茂生于1940年，1968年西欧学生运动时期正处于青年时代。60年代末德国大学汉学学术体系发生变革，要求与社会政治相结合。从马汉茂教授的汉学成果可以看出他的研究兴趣整体偏向当现代中国社会政治以及社会中知识分子的角色。

"精神觉醒"的同步表现。① 当然，马汉茂对北岛语言"清醒"的看重与他对作者本人政治异议经历中反映出来的精神"觉醒"的欣赏是无法区分因果先后的。在谈到北岛创刊《今天》时，他多次提及北岛等人冒着生命危险用"誊板影印"的细节，并使用了诸如"在大雪纷飞的1978年12月把第一版期刊分撒到城市的各个角落"这样富有浪漫色彩的描述。② 批评家个人的感情倾向和他对作家具有社会意义举措的赏识在这样的叙述中彰明昭著。

作为八九十年代德国译介研究中国现当代文学最重要的汉学家，马汉茂给予北岛的高度评价奠定了北岛作为新一代中国知识分子作家得到德国知识界、文学界接受和认可的基础。北岛到了海外之后，这种接受的政治性明显加重，尽管诗学的讨论并没有因此暗淡隐退。正如马汉茂重述北岛在奥斯陆复刊《今天》时所表达的文学观念："文学、诗歌，本身就是反抗。"③ 在德国汉学家和知识分子读者的接受中，北岛或石默的"反抗"是同时根植于他的创作和身份当中的。就像顾彬1998年在汉泽尔出版社发行的文学期刊《重音》（*Akzente*）上介绍这位诗人时概括的那样，北岛创作的起点就是一场反叛，他反叛的是"中国知识分子作为宫廷御用诗人的传统角色"④。在顾彬看来，直至20世纪90年代中期，海外漂泊数年的北岛仍坚持"诗歌和反叛紧密相连"的诗学观念。与此前唯一不同的是，"这时的反叛者终于意识到了自己的孱弱无力"⑤。迁居异乡的北岛已不再是用冷峻的笔调直面伤痕的反抗青年石默，而是因真正失去故乡而获得了保罗·策兰式"痛苦意识"的漂泊诗人。时过境

---

① 陈思和：《中国当代文学史教程》，复旦大学出版社1999年版，第185页。
② Helmut Martin, "'Überlebende dieser Zeit'", *Gezeiten*, S. 192.
③ Helmut Martin, "Nachwort: Daheimgebliebene, Exilträume und der Weg in die Gegenkultur", in Helmut Martin und Christiane Hammer (Hrsg.), *Die Auflösung der Abteilung für Haarspalterei: Texte moderner chinesischen Autoren von den Reformen bis zum Exil*, Rowohlt, Reinbek bei Hamburg, 1991, S. 299.
④ Wolfgang Kubin, "Bei Dao", *Akzente* 1998 (1), S. 70.
⑤ Wolfgang Kubin, "Bei Dao", *Akzente* 1998 (1), S. 70.

迁，北岛的语言里依然保留了指代作家责任的"清醒"，或许也因此才有了马汉茂对北岛在 20 世纪 90 年代提升的评价——这位从上一个黑暗时代"幸存"① 下来的诗人，在跨入下一个时代前早已对自己和世人做过先知般"清醒"的警告：

你们并非幸存者/你们永无归宿。(《白日梦》)

二　知识分子诗人的经典化

1999 年马汉茂去世后，人们在他得以公开的个人档案里找到了 1996 年为提名北岛为诺贝尔文学奖候选人所撰写的推荐材料。② 马汉茂对北岛的评论从未有过虚设的吹捧，甚至不止一次地指出第一个将北岛介绍到西方的澳大利亚汉学家杜博妮（Bonnie S. McDougall）用过于绝对的褒奖来描述北岛和他的作品，对一个学者来说是"不够严谨"的。③ 这位注重史学构架的汉学研究者生前将大量的当代中国作家译介到德国，并同其中的多数人有过个人交往，包括 2000 年获得了诺贝尔文学奖的高行健。面对 20 世纪 80 年代群星闪耀的当代中国作家，马汉茂的诺贝尔文学奖预测或许表明了他以"世界文学"尺度对北岛作出了最高评价。

同样地，几乎包揽了所有北岛诗歌和散文德译工作的顾彬，也不断地公开声明北岛是最有资格获得诺贝尔文学奖的中国作家。与两位汉学家以诺贝尔文学奖标准肯定的评判保持一致，德语区大众文化媒体从 20 世纪 90 年代至今对北岛的关注，显示出将其"经典化"的趋向。20 世纪 90 年代以来，德国媒体几乎每一篇关于北岛

---

　　① 马汉茂的《波动》后记以《"时代幸存者"》（"Überlebende dieser Zeit"）为主标题。

　　② 参见 Helmut Martin, "[Literaturnobelpreis an den chinesischen Lyriker Bei Dao]", in Christiane Hammer und Tienchi Martin-Liao, (Hrsg.), *Das kulturelle China und die Chinawissenschaften. Aufsätze 1996 – 1999. Texte aus dem Nachlass*, Bochum, Projekt Verlag, 2001.

　　③ Helmut Martin, "'Überlebende dieser Zeit'", in Bei Dao, *Gezeiten*, S. 190.

的报道、介绍和评论中都会提到他的两个身份背景：一个是流亡异议作家，另一个就是多次被提名"诺贝尔文学奖"。除了强调奖项提名，德语世界还不乏将北岛与本土经典作家的并置比较。马汉茂20世纪90年代将北岛与伯尔等德国20世纪名家的类比，到了2010年《法兰克福汇报》文艺版面（Feuilleton）的书评人笔下，又回溯至德国浪漫主义的经典诗人："就像只有在巴黎才能书写德国的海涅，北岛需要香港和他的美国护照来书写现代历史中流离失所的主体。"① 这样的比较并不是书评人基于作家经历随意拼凑的。在此之前，德国广播电台（Deutschlandfunk）文化频道在2009年法兰克福书展前夕，就用过一个相当古典的概念"崇高"（sublim）来宣传北岛的诗作。在比报刊受众率更高的电台广播里，主持人宣布："北岛的诗作确实是我们这个时代最崇高的诗歌。"② "崇高"一词在德语文学批评传统中主要有两个来源：一个是魏玛时期席勒在《论崇高》（*Das Erhabene*）里基于康德的道德理性哲学，结合英美浪漫主义文学构建出来的美学范畴，即通过理念超越限制以获得自由；另一个是20世纪初弗洛伊德的精神分析学中超越个人的欲望本能，并将之转化为文化创造力的"升华"（Sublimierung）。德国广播电台选择这个既富有德国本土文学传统又贯穿古典现代的概念来评价北岛的诗歌，甚至用了绝对化的最高级，一方面是沿用顾彬翻译北岛诗歌时的用词选择，另一方面也未尝没有在大型国际书展代表的"世界文学"语境中将北岛作品经典化的用意。

事实上，自1980年在本身就以知识经典著称的苏尔坎普文化"标准"之下第一次出现于德语文学界，北岛在德语世界的传播和接受就一直伴随着文学"经典化"的过程。值得注意的是，北岛在德

---

① Kurt Drawert, "Die Angst vor den Zeichen: Der Chinesische Lyriker Bei Dao", in *Frankfurter Allgemeine Zeitung*, 30. 07. 2010.

② Martin Zähringer, "Großes lyrisches Universum", 03. 09. 2009, Deutschlandfunk Kultur. https://www.deutschlandfunk.de/grosses-lyrisches-universum.700.de.html? dram: article_ id = 84229.

语世界的"经典化"同样综合了政治和审美两个层面的因素。换言之，这里说的文学"经典化"只有一部分指的是布鲁姆（Harold Bloom）在《西方正典》（*Western Canon*）里强调的那种不应出于作品的政治性和社会影响力而"扩张"的"经典化"定义，即在一个语言文学传统中特有的、标志性的作品甄选。德国广播电台用"崇高"来形容北岛的诗歌本应是将北岛的创作放置在一个西方文学传统的审美标准之下来加以阐释，尽管这篇过于简单的宣传性书评并没有解释北岛的诗句为什么是"最崇高的"。评论者主要针对 2009 年顾彬翻译的北岛诗选《失败之书》，对北岛诗歌的语言、意象、母题的分析大多来自顾彬后记中的提示，对难以解析的部分就用西方读者不易理解之类的句子来搪塞，很难称得上是一篇合格的诗歌评论。相比之下，《法兰克福汇报》上的评论包含更多的印象描述和具体的美学赏析，并将作家的文学政治融于其中：

> 语义的断裂、主题的重叠、诗歌叙述者交替更迭的所在、那不按照话语逻辑运行着的思想程序，以及在这个程序下铺展开的壮丽的诗歌意象世界——这些便是在诗人那紧张而深邃的凝视中隐现而出的文本。因为所有文字都在语言符号的指代层面经过精心的思忖和整理："在无端旅途的终点/夜转动所有的金钥匙/没有门开向你"。这样的诗句并不是诗歌语言本身自主的渲染，而是一场诗人与失落家园的重逢，被缩减之后埋进了隐喻。……这些诗句指向了象征意义上的归乡，同时又因为这仅仅是语言上的归乡，它们透露出了一种具有强烈现代性和普遍性的感情。[①]

在这段相当有说服力的评析当中，作者德拉韦特（Kurt Draw-

---

① Kurt Drawert, "Die Angst vor den Zeichen: Der Chinesische Lyriker Bei Dao", in *Frankfurter Allgemeiner Zeitung*, 30.07.2010.

ert）从诗歌的语言张力和情感表达出发，联系到诗人异乡漂泊的政治背景，最后给出了很高的艺术评判——具有"强烈现代性和普遍性"的诗歌应是达到或者至少是接近了能够跨越不同民族文化差异的当代"世界文学"标准。基于这样的赏析和评判，他将北岛同曾流亡巴黎的德国诗人海涅捉置一处，加以类比，将北岛称为"后浪漫主义"诗人。德拉韦特对北岛的"经典化"尝试虽然没有将他的诗作放到中国文学传统下进行考察——毕竟这位评论者并非汉学专家——但他确实综合了艺术审美层面的考量，因而也属于布鲁姆意义上的"经典化"范畴。然而，由于德拉韦特对北岛的艺术解读与对北岛身份的接受完全融合，他无可避免地背离了布鲁姆要求的审美独立，将文学的社会政治影响纳入了评判标准。与马汉茂一样，德拉韦特的评论既是作品论也是作家论："每一个见过北岛的人都特别记得他那焦灼不安的目光，那双似乎能够将周遭发生的一切全都记录下来的眼睛。这双眼睛能穿透观察的事物，因此给人一种似乎不在场却又全神贯注的印象。这种能够穿透真实、抵达意义的别样的目光不仅仅属于他本人，也属于诗人北岛，并且能够带领我们进入他的诗歌艺术的中心。"① 诗人形象和他的文学创作融为一体。

这样看来，北岛在德国总体趋向"政治化"的接受——或者说政治性的"经典化"——或许就不难解释了。上述评论中确乎有一部分是联系北岛的政治身份进行的文学解析，但是这种解析与此前汉学家马汉茂的解释（包括顾彬对北岛的介绍）一脉相承，都是对一个异乡知识分子诗人所表现出的文学精神的认可。在文学精神的评判中，文学作品的好坏与文学家个人品格的优良是难以区分的；对于具有"知识分子"身份的现代作家来说，品格很多时候表现在面对公共事务的姿态，也就是个人的政治选择上。"我们必须把文学

---

① Kurt Drawert, "Die Angst vor den Zeichen: Der Chinesische Lyriker Bei Dao", in *Frankfurter Allgemeine Zeitung*, 30.07.2010.

和政治区分开来"——德国广播电台对北岛报道访谈的标题就是对诗人警句的引用。① 这句话大致可以概括北岛多次接受德国媒体采访时的态度,无论是北岛本人还是记者听众都清楚地知道这种"区分"并不可能。令他感到警惕的是那些从政治信仰出发而彻底偏离文学的教条者,警惕他们将文学影响等同于政治宣传。至于在文学共鸣中读出了政治关怀的德国读者,他们对异文化知识分子诗人的"经典化"或许也可以视作一种对当代文学精神的探索。

三 文学机制和文学交流

如果说文学奖项是文学经典化的一个重要环节,那么北岛在德国作为中国当代文学经典作家的引介并不尽如人意,尤其是相对于北欧或美国等其他西方世界而言。多次与诺贝尔文学奖失之交臂的诗人在德国获得的主要文学荣誉是 2005 年的"不来梅哈芬文学奖"(Jeanette Schocken Preis-Bremerhavener Bürgerpreis für Literatur),无论是奖金数量还是规模名声上都远远不及其他高调的政治流亡作者在德所获奖项,比如 2012 年的德国书商和平奖。② "不存在没有后果的流亡",这是《法兰克福汇报》2001 年对诗集《战后》的评论。北岛没有轻易地接受流散最直接的"后果"——在国际社会的政治文化影响力——而是将流离失所的个人体验倾注于"文字的流亡"。③ 用顾彬的话来说,北岛没有在德国媒体面前说出他们想听到的,因此也无法在政治化的文学接受中持久地得到重视。

---

① "Man muss Literatur von Politik unterscheiden", Deutschlandfunk Büchermarkt, 09.10.2009, https://www.deutschlandfunk.de/man-muss-literatur-von-politik-unterscheiden.700.de.html?dram:article_id=84271.

② 参见德国书商和平奖官网报道: https://www.friedenspreis-des-deutschen-buchhandels.de/die-preistraeger/2010-2019/liao-yiwu.

③ Harald Hartung, "Destillierte Traumgestalten", *Frankfurter Allgemeine Zeitung*, 05.09.2001.

第四章　作家的分野：德语文学公共领域的中国作者身份构建　　239

表 4-1　　　　　　　北岛作品德语翻译——单行本图书

年份	德语书名	中文书名	译者	出版社	出版地
1990	Gezeiten	《波动》	Irmgard E. A. Wiesel	S. Fischer	Frankfurt
1990	Tagtraum	《白日梦》	Wolfgang Kubin	Carl Hanser	München
1991	Notizen vom Sonnenstaat	《太阳城札记》	Wolfgang Kubin	Carl Hanser	München
1992	Straße des Glücks Nr. 13	《幸福街13号》	Eva Klapproth	Brockmeyer	Bochum
2001	Post bellum	《战后》	Wolfgang Kubin	Carl Hanser	München
2009	Das Buch der Niederlage	《失败之书》	Wolfgang Kubin	Carl Hanser	München
2011	Gottes chinesischer Sohn	《上帝的中国儿子》	Wolfgang Kubin	Weidle	Bonn
2013	Von Gänseblümchen und Revolutionen	《革命与雏菊》	Wolfgang Kubin	Löcker	Wien
2017	Tage und Wege	《日子与道路》	Wolfgang Kubin	Thanhäuser	Ottensheim

　　抒情诗人有限的政治能量和清醒的文学坚持，减缓了北岛在德国文学机制下被"经典化"的过程，但他的作品并没有停止在德语世界的传播——尽管诗歌在图书市场本来就是被边缘化的类别。据国内学者对 1949 年以来中国现当代文学德译情况的统计，北岛以总数为 7 部的德语译著数量在中国现当代作家里排名第六，在当代作家中仅次于莫言。① 这必须归功于北岛在德语世界的传播和接受过程中最重要的人物，也就是早在 1980 年就编选了石默小说来结束前一个中国文学时代的顾彬。如果算上北岛近几年在奥地利出版的译著，他成书的德语译作总数应是 9 部（见表 4-1），其中诗集 5 部，散文集 2 部，除剩下的 2 部小说外全部由顾彬翻译。发表于德语期刊、报纸和合集里的近百篇作品的德语译文，也几乎全部出自顾彬之手（参见表 4-2、表 4-3）。除此之外，顾彬还参与了当代世界文学辞典中北岛词条的编撰。本书整理的北岛作品德译情况，除了根据卫礼贤翻译中心的图书目录和德国多所图书馆的检索，也参考了 2011 年版作家辞典中的词条信息。在这些按照年份排序的目录中，我们

---

① 孙国亮、李斌：《中国现当代文学在德国的译介研究概述》，《文艺争鸣》2017 年第 10 期。

240　辩证性的文学守望

表 4-2　北岛作品德语翻译——合集收录

年份	德语题名	中文题名	译者	合集书名	出版社	出版地
1980	"Die Heimkehr des Fremden"	《归来的陌生人》	Barbara Spielmann	Hundert Blumen	Suhrkamp	Frankfurt
1985	"Achtzehn Gedichte"	《诗十八首》	Wolfgang Kubin	Nachrichten von der Hauptstadt der Sonne. Moderne chinesische Lyrik 1919–1984	Suhrkamp	Frankfurt
1987	"Zwei Gedichte: 'Das Fenster über der Klippe', 'Tradition'"	《诗两首：〈峭壁上的窗户〉、〈关于传统〉》	Wolfgang Kubin	Das Gespenst des Humanismus. Oppositionelle Texte aus China von 1979 bis 1987	Sendler	Frankfurt
1987	"Kreuzwege"	《交叉线》	Irmgard Wiesel	Das Gespenst des Humanismus. Oppositionelle Texte aus China von 1979 bis 1988	Sendler	Frankfurt
1990	"Glücksgasse 13"	《幸福大街13号》	Andreas Donath	China erzählt. 14 Erzählungen	Fischer Taschenbuch	Frankfurt
1990	"Ein Lebenslauf"	《履历》	Wolfgang Kubin	Chinesische Geschichten	Wilhelm-Heyne Verlag	München
1990	"Die Heimkehr des Fremden"	《归来的陌生人》	Barbara Spielmann	Chinesische Erzählungen	DTV	München
1990	"Drei Gedichte"	《诗三首》	Wolfgang Kubin	Jahrbuch der Lyrik 1990/91	Sammlung Luchterhand	Frankfurt
1991	"Bittere Träume"	《苦涩的梦》（《波动》节选）	Irmgard Wiesel	Die Auflösung der Abteilung Für Haarspalterei. Texte moderner chinesischer Autoren	Rowohlt	Reinbek bei Hamburg
1992	"Der Akkord", "Elektrischer Schlag"	《和弦》《触电》	Wu Xiufang, Zhang Penggao	Chinesische Lyrik der Gegenwart.	Phillip Reclam	Stuttgart
2002	"Der durchsichtige Berge"	《空山》	Wolfgang Kubin	Narrentürme	Weidle	Bonn

第四章　作家的分野：德语文学公共领域的中国作者身份构建　241

续表

年份	德语题名	中文题名	译者	合集书名	出版社	出版地
2004	"Eine schwarze Karte", "Ramallah", "Die Rose der Zeit", "Lied von unterwegs", "Für Vater"	《黑色地图》，《拉姆安拉》，《时间的玫瑰》，《路歌》《给父亲》	Wolfgang Kubin	Weltklang. Nacht der Poesie.	Literaturwerkstatt 文学工作坊*	Berlin
2006	"Absage"	《回绝》	Wolfgang Kubin	Weltanschauung	Swiridoff	Künzelsau
2009	"Volksfest: Nur für einen Moment"	《民间节日》	Wolfgang Kubin	Die Mauern des Schweigens überwinden. Anthologie verfolgter Autorinnen und Autoren.	Locker	Wien
2010 (2005)	"Dankesrede"	不来梅文学奖获奖感言	Wolfgang Kubin	Kulturamt der Stadt Bremerhaven und Jeanette Schocken Preis-Bremerhavener Bürgerpreis Für Literatur	Wirtschaftsverlag NW Verlag für neue Wissenschaft	Bremerhaven

* Literaturwerkstatt 柏林文学工作坊（2006 年起更名为 Haus für Poesie）成立于 1991 年，是柏林的一个文学活动组织，致力于促进当代诗歌交流。北岛的这几首诗歌翻译发表在文学工作坊内部，未正式公开发表。

可以看到，诗人的中文创作和德译发表（尤其是单篇）在历史时间线上大致平行。北岛在20世纪90年代末遇到诗歌创作瓶颈开始散文写作以后，顾彬在德语文学期刊上的译文也转向了北岛的散文，在2005年之后逐渐停滞。北岛20世纪90年代发表的诗集《零度以上的风景线》（1995）和《开锁》（1999），在新世纪以后收录在慕尼黑汉泽尔出版社发行的两本诗集《战后》（2001）和《失败之书》（2009）当中。这两本书都得到了德国文学界的不少关注，尤其是法兰克福书展那年出版的《失败之书》。

从图书的出版策略来看，除了2017年艺术品般的精装诗集《日子与道路》（定价100欧元，发行量100册以下）由奥地利微型出版社汤豪泽（Thanhäuser）出版，北岛的德译诗集全部由大型的汉泽尔出版社发行。作为德国最大的纯文学出版社，汉泽尔出版社也致力于发行外国文学译作，在20世纪50年代就推出过巴金的《憩园》。[1] 20世纪80年代中期，由汉泽尔出版社发行的文学期刊《重音》做了一期中国当代文学专辑后，该出版社陆续出版了张洁、王安忆、戴厚英等几位女作家的作品。[2] 20世纪90年代，顾彬与汉泽尔合作，陆续出版了北岛诗集译本，他选译的诗歌和单篇散文也在《重音》上发表，使得北岛成为了该出版社最青睐的中国当代诗人。汉泽尔出版社一向密切关注世界文学动态，2012年莫言获得诺贝尔文学奖之后，就迅速联系译者出版了莫言的两部作品。相对于代表知识分子精英文化的苏尔坎普出版社，汉泽尔出版社更顾及大众审美趣味和纯文学经典的"教养"（Bildung）导向。[3] 北岛作品在这家出版社多次发行，一方面是主导传播者顾彬的合作选择，另一方面

---

[1] 参见 Richard Wittmann, *Der Carl Hanser Verlag 1928 – 2003：Eine Verlagsgeschichte*, München：Hanser, S. 161.

[2] Richard Wittmann, *Der Carl Hanser Verlag 1928 – 2003：Eine Verlagsgeschichte*, München：Hanser, S. 162.

[3] 有关汉泽尔出版社的文学出版策略和定位，参见 Richard Wittmann, *Der Carl Hanser Verlag 1928 – 2003：Eine Verlagsgeschichte*, München：Hanser, S. 324 – 350.

也透露了出版社对北岛文学"经典化"潜力的预估。

对一个诗人来说,与诗歌发表、诗集出版、电台报道同等重要的传播途径,还有诗人本人在读者公众面前的朗诵与交流。德国文学机制中对朗诵传统的保持在诗歌这个文学类别上尤为明显。无论是德语国家还是用外语写作的当代诗人,每年最重要的文学公众活动就是个人朗诵会和诗歌节上的亮相。作为1976年以后第一批与西方发生文学交流的作家之一,北岛在顾彬的引介下,1985年与由多位德国作家——包括西德作家协会会长布赫、作家诺法克(Helga Novak)和施耐德(Peter Schneider)等——组成的访华代表团在北京会面,[①]同年6月受邀前往德国参加第三届柏林地平线艺术节,并在柏林市立图书馆举办朗诵会。参与这场朗诵会的是来自亚洲地区的当代诗人,东德最有名的诗人歌手碧尔曼(Wolf Biermann)、瑞士小说家迪伦马特(Friedrich Dürrenmatt)和诺贝尔文学奖得主格拉斯(Günter Grass)等德语文学界当代经典作家也都到场参与,替代不能到场的外国诗人朗诵。[②]就像近几年在中国举办的上海国际文学周,德国的国际文学节和诗歌朗诵会不仅是外国诗人的汇聚和介绍,更是国内外当代作家交流的平台。

表4-3　　　　　　　　北岛作品德语翻译—报纸期刊

年份	德语题名	中文题名	译者	期刊名
1983(4)	"In den Ruinen"	《在废墟上》	Almuth Richter; Irmgard E. A. Wiesel	Chinablätter
1983(4)	"Melodie"	《旋律》	Almuth Richter	Chinablätter
1985(2)	"Zehn Gedichte"	《诗十首》	Wolfgang Kubin	Die Horen

---

① 有关1985年德国作家代表团访华活动的讨论,参见本书第一章第一节的第五部分。

② 参见《时代》周报上关于北岛6月18日来柏林朗诵的短文报道(*Die Zeit*, 14.06.1985)以及地平线艺术节活动的评述:Karl-Heinz Ludwig, "Mauern und Brücken", *Die Zeit*, 28.06.1985, https://www.zeit.de/1985/27/mauern-und-bruecken/komplettansicht。

续表

年份	德语题名	中文题名	译者	期刊名
1985（2）	"Schneegrenze", "Das Echo-Zwei Gedichte"	《雪线》《回声》	Wolfgang Kubin	Das Neue China
1985（6.14）	"In der Irre"	《迷途》	Wolfgang Kubin	Die Zeit
1986	"Freunde", "Nacht", "Thema und Variation", "Beiläufige Gedanken"	《夜：主题与变奏》《随想》	Wolfgang Kubin	Zeitschrift für Kulturaustausch
1986（2）	"Der Mond auf dem Manuskript"	《稿纸上的月亮》	Barbara Spielmann	Das Neue China
1987	"Tagtraum"	《白日梦》	Wolfgang Kubin	Drachenboot
1988	"Sieben Gedichte"	《诗七首》	Wolfgang Kubin	Literarisches Arbeitsjournal
1989（3）	Wenn die Wälder lodern. "Vier Gedichte"	《当树林燃烧》（诗四首）	Wolfgang Kubin	Die Horen
1989（3）	"Deklaration"	《宣告》	Zhang Xianzhen	Die Horen
1989（4）	"Ausgelöscht die Lichter Chinas. Vier Gedichte"	《诗四首》	Wolfgang Kubin	Die Horen
1989（6）	"Tagtraum"	《白日梦》	Wolfgang Kubin	Lettre International Berlin
1989（6.30）	"Deklaration"	《宣告》	Zhang Xianzhen	Deutsche Volkszeitung/die tat, Köln
1990（1）	"Proklamation"	《宣告》	Wolfgang Kubin	minima sinica
1993（1）	"Erwachen wie aus Wunden. Neun Gedichte"	《诗九首》	Wolfgang Kubin	Die Horen
1998（1）	"Am Horizont"	《在天涯》	Wolfgang Kubin	Akzente
2001（1.10）	"Februar"	《二月》	Wolfgang Kubin	Frankfurter Allgemeine Zeitung
2001（54）	"Drei Gedichte"	《诗三首》	Wolfgang Kubin	Lettre International

续表

年份	德语题名	中文题名	译者	期刊名
2005（2）	"Gary Snyder"	《盖瑞·施耐德》	Wolfgang Kubin	*minima sinica*
2005（5）	"Gedichte"	《诗十三首》	Wolfgang Kubin	*Akzente*
2005（6）	"Über Allen Ginsberg"	《艾伦·金斯堡》	Wolfgang Kubin	*Akzente*
2005（2）	"Die Finsternis durchdringen!"	《穿越仇恨的黑暗》	Wolfgang Kubin	*Die Horen*

20世纪80年代以来，北岛在德意志学术交流中心等德国文学机构的资助下数次旅居德国，参加的朗诵会和其他文学活动不计其数，几乎每次都与他的诗友译者顾彬同行。北岛与顾彬的合作始于顾彬在选编合集中认识石默之后的第三年，两人都曾在各自的文章中记录过1982年秋天在汉学家杜博妮北京家中的相识，1983年的颐和园之行，此后在欧洲零散的吟诵酌酒，还有漫长的文学旅程。北岛笔下的顾彬是对自己苛刻至极的"清教徒"，成天不辞劳累地翻译写作[1]；顾彬向德语读者介绍的北岛也是"中国作家中的清教徒"，文字里尽是"沉默冷静而不肯妥协的姿态"。[2] 顾彬眼里的北岛有和自己一样的对中国古典的偏爱、西班牙现代诗歌传统的继承，甚至带点普鲁士骑士古老的忧郁；北岛印象里的顾彬跟自己也有几分相似，"都不爱说话"，好似一个来自陌生世界却能够懂得他的"沉默"的诗人。[3] 北岛用"如同一个疲倦的人在镜子前无奈的自嘲"来形容顾彬独特的笑容，仿佛这位德国汉学家就是早年诗行里那个在镜子中与陌生世界交换轻蔑的"我"（"我们交换的/只是一点轻蔑/如同相逢在镜子中"《无题》）。译者和作者这种几近德语里的文学"分身"（Doppelgänger）的相似性最终体现于文学译本。把翻译北岛诗歌比作"在灼热的炭上行走"的顾彬，早已在他翻译的《失败之书》后记中宣布了诗人和译者

---

[1] 北岛：《空山》，《午夜之门》，江苏文艺出版社2009年版，第145页。
[2] Wolfgang Kubin, "Bei Dao", in *Akzente*, 1998（1），S. 70.
[3] 北岛：《午夜之门》，江苏文艺出版社2009年版，第145页。

最后的共同点：共同的"失败"①——尽管这种"失败"的承认背后，分明是顾彬对诸如"他的北岛德译比原作还要好"之类评论的不置可否，还有顾彬自己作为诗人的骄矜。

2018年1月，北岛参加科隆大学和德国教育科研部承办的第四届世界诗歌节（Poetica），现场朗诵了十多年前写的《时间的玫瑰》。这一次，顾彬没有和他一起出现在朗诵台上。一个低沉的男声跟着北岛平稳的朗诵，念完了《失败之书》中顾彬的德语译文。掌声稍落，主持现场的日裔移民诗人用德语提出了北岛最熟稔的问题，关于诗歌的政治意义。北岛一句"这是一个很复杂的层面"的回答引起听众一阵嗤笑。当北岛试图用2017年香港国际诗歌节的主题出处——里尔克的诗句"因为生活和伟大的作品之间，总有一种古老的敌意"②——来解释这种"复杂"时，未能像顾彬一样通晓德语文学经典的翻译教授停顿在把里尔克诗行从北岛的语言译回德语的尝试中。北岛的回答也悬停在了里尔克的诗句上方，因时间的限制没能继续向听众叙说这个"复杂"的命题。

至于"生活和艺术对立"的命题如何能够衍生出一个关于文学政治意义的回答，北岛个人的文学经历及其在德语世界作为"政治作家"的接受或许就是最好的参考。一方面，从顾彬对石默小说中质疑"秩序"的赏识，到马汉茂在北岛"清醒"的语言中读出的知识分子觉醒和反抗，两位西德20世纪80年代中国现当代文学专家对北岛的评定，一直延续到北岛1989年始于德国的文学漂泊。此后，两德统一的德语文学机制里的北岛接受一直有政治和审美双重"经典化"的趋向，尽管政治色彩远远浓于美学赏析。这样的"经典化"并不是没有风险的：曾被奉为"崇高"的抒情诗人会因坚守文学和政治界限而受到冷落。另一方面，故乡的大门忽开忽合，隐

---

① Wolfgang Kubin, "Nachbemerkung", in Bei Dao, *Buch der Niederlage*, München: Carl Hanser Verlag, 2012, S. 106.

② ［奥］里尔克：《安魂曲》，转引自北岛《古老的敌意》，生活·读书·新知三联书店2015年版，第153页。

现着他那已经度过几载时光而存留下来的"经典"诗句。如同里尔克那句"古老的敌意"之前的四行诗中透露的:"每一个将血液/倾注到一部将要长存的作品里的人/都可能再也无法举起这部作品/在无法承受的重荷下,一文不值。"① 自己无论在异国还是故乡都有过度政治化风险的北岛,清楚地看到了自己的无力。即便如此,在德译诗友顾彬同样对"失败"的认可和不倦的努力下,诗人也应保持他深刻的清醒,力图在"古老的敌意"中实现生活和作品共同的升华。

第二节 "道德惯例"的文学挑战：德语文坛争议中的莫言

如果说德语地区认可的北岛经历了从"地下""异议""流亡"等称谓命名到融合政治与审美的经典化,再到渐渐与政治的疏离,那么莫言在德语世界的作家身份构建也有一个从偏重政治立场的考量向"文学性"经典化发展的过程。在不少人看来,莫言在德语文坛的作家身份在一定程度上隐遁政治标准诘难、得到"文学性"肯定的关键性事件,是2012年世界文学经典化机制最高奖项诺贝尔文学奖的授予。虽然莫言的获奖并没有立即引起德语文学公共领域对这位中国作家作品和身份评判意见的正面转向,关于莫言是否应得诺奖的众说纷纭仍然标示着德语文坛的意见分歧,但是此时的莫言已经获得了以文学立场树立其作家身份的权利。按照莫言德译研究者崔涛涛的说法,最迟在2013年初汉泽尔出版社同译者郝慕天(Martina Hasse)合作,在莫言获奖的第四个月发行了小说《蛙》的德语版之后,莫言在德国文坛的身份已经基本完成了"从'体制内

---

① Rainer Maria Rilke, "Requiem" (1908), http://www.rilke.de/gedichte/requiem_fuer_eine_freundin.htm.

作家'到'勇于批判、敢于担当的良心作家'的蜕变",实现了文学价值和政治担当标准下的双重"正名"。①

然而,应当注意的是,《蛙》之所以能够在德语批评界备受褒扬并为作者"正名",除了有诺贝尔文学奖经典化认可的前提,其关键性因素仍在于这本小说主题上对社会政治问题的关注——对计划生育政策的批判和人性化道德伦理的文学融入。在这个意义上,2013年以正面形象出现在德语文学公共领域讨论中的莫言,并非德语知识界按照传统政治标准和道德惯例评判中国作家的例外,德语文坛的莫言读法也没有真正进入"文学化"的接受范式转向。事实上,德语地区在文学审美层面上对莫言的肯定——相对于政治渲染下对他作为知识分子作家的轻视——远远早于2012年诺奖引发的争议,并且又必须回到2009年众声喧哗的书展。在书展舞台上,莫言作为作家代表被攻击指谪,而在舞台的幕后,莫言却得到了德语民间文学机构和文坛同行的欣赏。在法兰克福书展开幕前几周,莫言就已被正式聘为巴伐利亚艺术科学院的院士;在书展结束以后,莫言前往位于慕尼黑的艺术科学院,在两百多名观众面前同德国著名作家马丁·瓦尔泽(Martin Walser)对谈文学。

可以说,这场对谈不仅是2009年法兰克福书展赴德之旅中莫言个人作为作家参与的最具有文学性和最受优待的一场活动,也很有可能是整场书展,乃至迄今为止所有中国"官方"代表作家在德交流活动中最受文学界重视的一次。其实,这次对谈并非莫言和瓦尔泽的第一次文学相遇。在此前一年的夏天,时任巴伐利亚艺术科学院院长的迪特尔·博西迈尔(Dieter Borchmeyer)和瓦尔泽一起远赴北京参加歌德学院组织的瓦尔泽和莫言对谈,当时灵感迸发的文学对谈就为下一次公开交流奠定了基础。② 值得追述的是,两次对谈结

---

① 崔涛涛:《德译本〈蛙〉:莫言在德国的"正名"之作》,《小说评论》2017年第1期。
② 参见[德]魏格林《沟通与对话:德国作家马丁·瓦尔泽与莫言在慕尼黑的一次面谈》,《上海文学》2010年第3期。

束之后，当瓦尔泽再一次因为获得中国人民文学出版社授予的"21世纪年度最佳外国小说·微山湖奖"来到中国，站在北京大学的颁奖台上时，他的演讲主题又回到了莫言的小说和莫言代表的令他止不住"惊叹"（Staunen）的中国文学和"中国"。在演讲的结尾，瓦尔泽引用《庄子》"庖丁解牛"的故事，来比喻西方读者从以莫言小说为代表的中国"文学"中获得中国"信息"的理想方式（要像庖丁一样将自我融入对象当中作切身体会），最后又引用了同一出处的"为善无近名，为恶无近刑"这句无疑在挑战西方读者"道德惯例"（Moralroutine）的庄子箴言，将他理解中的中国文化、中国当代文学和"这个叫做中国的强有力的历史故事载体"放到同一个历史传统之下[1]——一个不应该用西方道德理性简单化的标准来衡量的中国文化传统。在瓦尔泽眼里，莫言和他时不时令西方读者"头晕目眩"的文学创作，就是对这个文化传统的现代继承，而德语文坛对这种文学继承的真正接受，则需要首先打破本土文学审视中参照的政治标准和"道德惯例"。

一 "中国拉伯雷"的民间世界

瓦尔泽在莫言的作品里看到的强大的、继承中国文化传统、挑战西方"道德惯例"的文学力量，是一种来自中国民间的文学精神。2009年瓦尔泽在北京大学颁奖台上郑重其事地宣布：

> 我从未读过任何一个能够在如此富有当代性的情节中讲述这么多故事的作家。这就是作为信息（Auskunft）的文学。我胆敢在这里不加保留地说：谁想要写当今的中国，就必须读莫言。相比于莫言小说中那些有关身体的，有关所有生长着的和所有衰亡着的持续不断的狂欢放纵，我们的拉伯雷只是一本节

---

[1] Martin Walser, "Literatur als Auskunft", in Thekla Chabbi (Hrsg.), *Martin Walser Ewig aktuell: Aus gegebenem Anlass*, Reinbek bei Hamburg: Rowohlt, 2017, S. 506.

食手册（Diätbrochüre）。至于在那里是如何饕餮纵饮，同时又是如何饥饿干渴，如何相爱相杀的，都会令像我们这样的人感到头晕目眩。①

在这篇以《作为信息的文学》为题，后来发表在德国《南德意志日报》文艺版并收入瓦尔泽个人文集的演讲稿中，瓦尔泽用了多次"从未""必须"等"不加保留"的最高级或绝对式，仿佛是在用夸张的语言风格向台下端坐的莫言和他那天马行空的想象致敬，同时也不加掩饰地表达对这位中国作家的惊叹与欣赏。瓦尔泽强调演讲主题中"作为信息的文学"（Literatur als Auskunft）并不是"政治与媒体"传递的"知识"信息，而是基于现实生命体验（Lebensgefühl）的倾诉和理解："小说栖居在一个乌托邦里：它试图让人们理解所有在叙事描述中痛苦地出现的一切。"在莫言的小说中，瓦尔泽看到了这样一个生命力充沛的乌托邦，也看到了一个自由自在、狂欢纵恣，却也残酷暴戾的中国民间世界。讲到《天堂蒜薹之歌》女主人公金菊临产前"已经开始阵痛时"自缢的结局，瓦尔泽心有余悸，却也多少有些兴奋地强调自己"从来没有在任何一部文学作品中读到过比这更冷酷残忍的设定"。② 命运的残酷和苦难的隐忍毫无保留地铺陈在民间世界生命与消亡"持续不断的狂欢"中，然而"每一个细节都是在同等程度上既美丽又残酷"。③ 正是在莫言笔下看似无度而美丽、基于现实与生命的残酷对比之下，法国作家拉伯雷怪诞艺术风格（grotesque）下的民间狂欢，在瓦尔泽看来才显得几近"节制"——如果我们将瓦尔泽举例的《天堂蒜薹之歌》中金菊在农村旧秩序和历史命运压迫下

---

① Martin Walser, "Literatur als Auskunft", in Thekla Chabbi (Hrsg.), *Martin Walser Ewig aktuell: Aus gegebenem Anlass*, Reinbek bei Hamburg: Rowohlt, 2017, S. 505.

② Martin Walser, "Literatur als Auskunft", in Thekla Chabbi (Hrsg.), *Martin Walser Ewig aktuell: Aus gegebenem Anlass*, Reinbek bei Hamburg: Rowohlt, 2017, S. 504.

③ Martin Walser, "Literatur als Auskunft", in Thekla Chabbi (Hrsg.), *Martin Walser Ewig aktuell: Aus gegebenem Anlass*, Reinbek bei Hamburg: Rowohlt, 2017, S. 504.

残酷得荒谬的临盆自缢,和《巨人传》前两部开头巨人庞大固埃(第一部)母亲的难产而死,以及巨人之父高康达(第二部)的母亲临产时痛到威胁要阉割丈夫的描述并置对比,也许或多或少能够明白瓦尔泽为什么把怪诞传奇但未必是苦难深重,因而也不至成为他文学经验中"冷酷残忍"之最的《巨人传》称作"节食手册"了。

就莫言和拉伯雷比较论述而言,瓦尔泽的美学感受同中国批评家不谋而合。将莫言的小说作为民间文化形态自觉探索的艺术范本写入中国当代文学史的陈思和,就曾将莫言创作的世界文学传统溯至16世纪的欧洲,归到《巨人传》中"一种来自民间'下半身'文化的不断张扬人性狂欢力量的榜样"[①]。在拉伯雷怪诞狂欢式的文学传统中,莫言加入了"中国元素,那就是对于苦难命运的忍受以及对由此引起的痛苦心灵的忍受"[②]。陈思和直接的根据是莫言在2012年诺贝尔文学奖获奖演说中联系母亲的形象发展"对遗传基因和生命本能的思考",并且向听众介绍第一部作品《透明的红萝卜》时,把小说中那个"具有超人的忍受痛苦的能力和超人的感受能力的"黑孩,称作他所有小说中"最贴近(自己)灵魂"的人物。[③] 而在此之前,陈思和也已多次对莫言承接中国文学民间立场和生命力量传统发表论述,强调莫言创作中的"民间立场",它以弱小生命等"叙述单位"构成了苦难叙事的主体,同时又规避了国家权力控制与知识分子启蒙视角。在陈思和看来,充斥荒诞因素的人文主义美学传统(拉伯雷)和基于中国民间生活苦难的叙事立场,构成了莫言小说特殊的民间审美形态。[④] 陈思和融美学感知于历史视野的理

[①] 陈思和:《站在诺贝尔讲坛上的报告:〈讲故事的人〉》,《陈思和文集·在场笔记》,广东人民出版社2018年版,第251页。

[②] 陈思和:《站在诺贝尔讲坛上的报告:〈讲故事的人〉》,《陈思和文集·在场笔记》,广东人民出版社2018年版,第251页。

[③] 莫言:《讲故事的人:在诺贝尔文学奖颁奖典礼上的讲演》,《当代作家评论》2013年第1期。

[④] 陈思和:《站在诺贝尔讲坛上的报告:〈讲故事的人〉》,《陈思和文集·在场笔记》,广东人民出版社2018年版,第232页。

论分析实际上与瓦尔泽作为小说家基于世界文学阅读体悟形成的文学观察殊途同归。陈思和将莫言创作美学中的生命狂欢追溯至拉伯雷，瓦尔泽则宣告莫言较拉伯雷早已有过之而无不及——而"有过之"的那一部分又恰恰是前者在莫言小说中提炼出的"中国元素"：中国民间审美形态下对深重苦难及其忍受力不遗余力的铺陈。

作为德国文学界久负盛名的小说家，瓦尔泽笃定"小说的功能大于社会批判，不求闻达，只愿表达"，[1] 而他对莫言从创作美学出发的文学接受，全无德语地区知识分子和媒体舆论（尤其是2009年法兰克福书展之后到2012年莫言获得诺奖前后）对莫言在政治批判上的苛求，认同的反而是中国评论界对莫言的审美剖析和历史定位，在莫言感性的细节和荒诞的民间狂欢叙事中，入迷地收听有关中国"信息"的文学倾吐。当然，同瓦尔泽的审美感知和美学溯源平行的远非只有中国批评家，在瑞典文学院给莫言的诺贝尔奖颁奖词中已经特别提及了他同拉伯雷、斯威夫特和马尔克斯这三位西方前辈的文学渊源，而之后法国媒体也多以"中国拉伯雷"的称号宣传这位诺奖新晋得主。事实上，早在1997年，马汉茂就已经在德国《世界报》上以"中国拉伯雷"来形容莫言了。[2] 不同于对北岛作为知识分子作家和异议诗人"清醒"文学立场的赞许，马汉茂对莫言与个人身份无法分离的整体文学成就向来不置可否。除了这篇针对当年罗沃尔特出版社发行的《天堂蒜薹之歌》德译本的书评以外，马汉茂几乎没有撰写过任何专门评价莫言的文章，连莫言的名字都很少出现在他对1977年之后中国文学的概述与研究当中。

关于马汉茂个人作为"六八一代"汉学家和中国文学批评家的政治立场，在本书前文中已有所说明。马汉茂作为左翼知识青年曾

---

[1] Martin Walser, "Literatur als Auskunft", in *Martin Walser Ewig aktuell*, S. 502.

[2] Helmut Martin, "Mo Yans Roman *Der Knoblauchrevolte*: Barocke Läuse in einem Land ohne Hoffnung", in Christiane Hammer, Tienchi Martin-Liao (Hrsg.), *Das kulturelle China und die Chinawissenschaften: Aufsätze 1996–1999. Texte aus dem Nachlass Helmut Martin*, Bochum: Projekt Verlag, 2001, S. 156.

第四章 作家的分野:德语文学公共领域的中国作者身份构建 253

经经历过1968年抗议运动,同时又在中国台湾接受过专业的汉学学术训练。因此,无论是20世纪80年代中国文学西德译介的实施,还是相关学术会议的主持,或是中国作家在德交流活动的接待,他对中国文学的择选、推介、研究和评价,都显露出强烈的历史矫正意图和政治社会使命感。换言之,作为20世纪末期引介中国现当代文学最重要的德国汉学家之一,马汉茂是参照本土知识分子批判传统,在期待与幻灭交替的"中国情结"中推动中德文学交流的典型。在作为媒介个人向德语地区推介中国文学的过程中,马汉茂也曾因政治与道德上的执念同中国作家发生过冲突。20世纪80年代中期,马汉茂向汉泽尔出版社推介上海女作家戴厚英的历史反思小说《人啊,人!》,德译本得以畅销一时。马汉茂在后记中写到女作家因"文革"期间"虐待"(malträtieren)老作家的真实经历而忏悔,结果戴厚英在访德期间,多次激动地公开指责这位汉学家"不属实"的表述甚至"诬蔑"。① 关于莫言作品的这篇书评写于1997年——时隔十年,政治锋芒和道德正义感仍然占据着马汉茂文学审美的中心。《天堂蒜薹之歌》在中国的发表时间早于德译本十年,马汉茂首先给予莫言的肯定来自文学意象和情节结构中直面当下的社会政治关怀:

  莫言臆造虚构的兴致有时化作一头仿佛是从弗兰茨·马克(Franz Marc)的色彩构图中跳跃出来的小马驹,贯穿情节又具有象征意味。有时又让一只尖声戾鸣的鹦鹉拍翅起飞,将一

---

  ① 根据马汉茂夫人廖天琪后来在与笔者访谈中对这个事件的回忆,戴厚英在1987年受马氏夫妇邀请前往西德为《人啊,人!》德语版宣讲朗诵,但因在同期得知马汉茂在德语版后记中的一句"戴厚英曾在'文革'期间因担任上海作协的职务虐待老一辈作家和知识分子,以至于她十年之后在小说《人啊,人!》和《诗人之死》中多有忏悔地书写'人道主义'"大发雷霆,并在每一场宣讲会上情绪激动地指责汉学家不正确的用词。马汉茂的前言原句参见 Dai Houying, *Die großer Mauer*, München, Hanser, 1987, S. 371.

位年轻农民的勃然大怒引向一场真正的杀戮和受害。这本 1988 年在北京和台北同时付梓的小说中，我们是在经历 1987 年的改革：作者既没有对贪污和通货膨胀问题保持沉默，也没有掩饰他对政权的厌倦。即便是对改革政策的高歌赞颂也显而易见是农民狡猾的遁词。①

这番典型的"马汉茂式"融合政治与审美的评论，使莫言作为有社会责任感和政治意识的时代书写者在德语文学公共领域得到正面接受成为可能。马汉茂一再突出的"农民"价值特征和奇异审美取向，不外乎是对传统意义上道德启蒙"知识分子"立场在莫言作品中"缺席"的强调。近乎意外的是，这种"缺席"得到了素来偏向知识分子写作的马汉茂的认可，因为他在莫言的文字里看到了另一个能够承载（至少在消极意义上）社会批判的广袤的空间，一个以"中国农村"为地理样本的、充斥着奇异色彩和自由想象（枣红马驹和德国表现主义画家马尔克色彩的比较）、却同时也是肮脏粗鄙的民间世界："读者在这臭屁恣肆、强有力的、中国式的怪诞中扭转迂回，观看一所学校女厕所墙外的撒尿比赛，一场令人作呕的反复喝尿的庆祝仪式，还有一群群蚊子、尸虫甚至监狱床铺上挤碎的虱子。"评论者对莫言小说中怪诞情景和污垢细节的照搬复述，并非依循猎奇心理的文学宣传——我们很难想象德语读者会因为没看够评论中暴露的这些细节去购买新书——而是试图将"中国拉伯雷"为了代言底层民众、反映社会弱势群体生存问题而构建的文学空间，尽可能真实地展现给德语读者。这个文学空间是基于现实民间的艺术再现，具有典型的民间文化形态。按照陈思和对中国文学"民间"概念的归纳阐释，作为文学形态的"民间"主要产生于国家权力控

---

① Helmut Martin, "Mo Yans Roman Der Knoblauchrevolte: Barocke Läuse in einem Land ohne Hoffnung", in *Das kulturelle China und die Chinawissenschaften*, Bochum: Projekt Verlag, 2001, S. 155 – 156.

制相对薄弱的领域，其历史与传统虽受政治权力"统治"但又相对疏离，因而形成了"自由自在"的审美风格，也保留了"藏污纳垢"的基本形态。① 如果说瓦尔泽在莫言小说一个个"美丽而残酷"的细节和情节丰富的狂欢叙事中，看到的主要是民间文化形态中的后两种——"自由自在"和"藏污纳垢"的美学特征，那么马汉茂的莫言接受则是将这两种艺术特征提炼出来，继续挖掘"民间"特征中与政治意识形态"相对薄弱"的关联，构建出一个有潜力继续"弱化"甚至最终反抗统治的政治化文学"民间"。这篇书评的副标题《巴洛克的虱子在一片无望之地》，就按照中西文化比较的方式，突出了莫言"民间"艺术风格特征和政治社会的关联。书评的末尾，马汉茂又将论述拉回了外文本时空当下，讲到莫言在20世纪90年代以后同官方的关系，为这本十年前隐藏民主精神和理想主义色彩的"民间"书写做出了最后的评定：

  莫言在《天堂蒜薹之歌》中描述的粪便、污垢、牢狱场景，在精明狡诈并且远离一切社会主义信条的地方干部的压制之下的这场文学游荡，的的确确无法让读者对这个社会继续存有丝毫的希望之光。在这个由农民本能和强大的道德冷漠感支配的失落的世界，精神的主宰并非意识形态未来主旋律，而是传统的宿命论。②

在这里，马汉茂为莫言怪诞的"民间"书写找到了社会批判的指涉。肮脏污垢的描述与象征统治权力压迫的"牢狱"空间联系在一起，指向一个无望而"失落"的社会。这是一个在"农民本能"

---

① 陈思和:《民间的浮沉:从抗战到"文革"文学史的一个解释》，《陈思和文集·新文学整体观》，广东人民出版社2018年版，第271页。
② Helmut Martin, "Mo Yans Roman Der Knoblauchrevolte: Barocke Läuse in einem Land ohne Hoffnung", in Das kulturelle China und die Chinawissenschaften, Bochum: Projekt Verlag, 2001, S. 157.

和"道德冷漠"支配之下藏污纳垢的底层民间世界,也是一个既受权力统治又在精神艺术形态上脱离其教条制约的文学空间。正因为如此,代表民间文化的"传统的宿命论"才替代了宣传政治权力的"未来主旋律",莫言怪诞的美学象征和"民间"书写才上升到了知识分子政治批判和良心写作的高度,获得了同欧洲人文主义先驱拉伯雷齐名的艺术价值。

二 "官方作家"的"先锋文学"出场

虽然马汉茂对莫言没有太多评述,但至少通过滞后十年才引介到德国的《天堂蒜薹之歌》,莫言作品的艺术性和作为作家的社会责任感已经得到了这位具有强烈政治道德意识的汉学家的肯定。有趣的是,马汉茂出于政治道德标准对莫言的褒奖,恰恰是因为他在莫言构建的"民间"文学空间中辨析出了对代表道德"正统"的政治权力的挑战甚至反叛——这一点同欧洲文艺复兴时期拉伯雷对"正统"宗教道德权力的戏谑和反叛如出一辙。事实上,只要看一眼《天堂蒜薹之歌》德译本带有鲜明反抗意味的标题"Der Knoblauchrevolte"(可直译为"蒜薹起义"),就可见它在德国的政治化接受维度。从这个角度来看,马汉茂的书评就是基于政治化接受范式、同时加入批评家本人对中国文学的专业理解、提炼文学艺术风格和美学元素的一种阅读导引。

熟稔德国汉学界和出版业的马汉茂还简单介绍了德译本的缘起:20世纪90年代初赴美定居的一位报告文学作家在访德期间向译者杜纳德(Andreas Donath)推荐了这本书,由早在1993年已推出过《红高粱》德译本的罗沃尔特出版社发行。20世纪90年代,不少德国出版社对中国体制内的作家"多有抵制"。罗沃尔特此时出版莫言第二本小说,在马汉茂看来是"稳当的",同时也表现出版社"超出(作品表面)无足轻重的政治意义之眼界"——唯一的缺陷则是"过于依循美国市场"的倾向,因为罗沃尔特出版的都是已有英译本的莫言作品。① 应该说，罗沃尔特的世界文学出版策略有很大的商业成分。《天堂蒜薹之歌》创作于20世纪80年代末，涉及民众事件，这一点在德语转译的标题中得到重点突出；同时，考虑到它已经打入以美国为代表的西方文学市场，再加上几年前莫言作品《红高粱》影视化成功后带来的市场效益，罗沃尔特出版社在1997年发行所谓的"官方作家"莫言的"冒险"，实际上也是做了市场风险预估和避险措施的决策结果。

这样看来，20世纪90年代莫言作品刚刚进入德语地区时，莫言的作家身份大体游离在"官方作家"这个西方世界分类接受中国作者时惯用的命名范畴的边缘。至少从出版社打造的形象来看，莫言不但不能被简单地归为代表中国主流意识形态的作家，反而是一名具有反叛精神的创作者——或者说是一名具有"先锋精神"的中国作家。在罗沃尔特出版社1993年首次付印《红高粱》之前的几个月，《时序》杂志继1985年配合柏林艺术节首次发行中国现当代文学专刊之后，第四次（也是最后一次）推出中国文学专辑《空心世界：中国先锋文学》（*Welt mit leerer Mitte：Die Literatur der chinesischen Avantgarde*）。同1985年一样，1993年《时序》的中国文学专辑也是为了配合文学活动，即当年一月至五月柏林世界文化之家（Haus der Kulturen der Welt）承办的中国先锋艺术活动系列。莫言的三个短篇小说《翱翔》《罪过》和《天才》入选专刊。② 在专辑编者莎沛雪（Sabine Peschel）撰写的序言《内与外：中国文学先锋》（"Drinnen und Draußen：die literarische Avantgarde in China"）中，她将20世纪90年代中国文坛的先锋作家分为对应"内外"的"新旧"两种："旧"的先锋是指在写作体裁上以"诗歌"类型为主的一批

---

① Helmut Martin, "Mo Yans Roman Der Knoblauchrevolte：Barocke Läuse in einem Land ohne Hoffnung", in *Das kulturelle China und die Chinawissenschaften*, Bochum：Projekt Verlag, 2001, S. 156.

② 莫言的作品被安排在该期《时序》杂志文学的头条，在他作品之前几页是艺术家黄永砯和徐冰的画作。

创作者，在政治生活上多半是经历过"文革"时期，并在20世纪90年代初离开中国的一批作家——在国"外"从事文学创作活动的北岛和围绕《今天》杂志形成的作家群体是"旧"先锋的主要代表；相反，"新"的先锋对应的是留在国"内"的青年作家，他们的创作方式和作家身份形态各异，并具有强烈的现代性。① 这些作家身处国"内"，但并不代表他们是"体制内"作家——莎沛雪举的第一个"新"先锋代表作家，就是从事商业化写作的"文学个体户"王朔，还有同样因影视化而在国内外扬名、也同样在创作形式上展现出"年轻、不伪装、叛逆、反权威"等前卫特征的苏童和莫言。

就这样，莫言在德语公共文学领域第一次以文字形式登场时，身份定位是中国新一代的先锋作家。在此之前，莫言同德语地区的文学交流，包括1987年随中国作家代表团访问波恩和同年在柏林的个人出访，还有其作品以影视化形式问世（1988年，张艺谋的电影《红高粱》获柏林电影金熊奖），莫言并未以先锋作家的身份出现。以书面文字形式呈现的德译莫言作品只是作为节选，零散地出现在《龙舟》《东亚文学》和《袖珍汉学》等针对专业读者的刊物上。在1993年面向整个德语文学读者的《时序》推介莫言的"先锋文学"作品之前，中国"先锋作家"莫言尚未真正进入大众读者的视线。"莫言是少数几位在中国生活并且在1989年以前和之后能够保持同等写作水平的作家之一。在魔幻现实主义的文学叙事方法和在向农村生活空间挪移的过程中，他找到了属于自己的题材。"② 莎沛雪对莫言简明的评价突出了莫言身处"国内"而能保持高水准创作的能

---

① 莎沛雪的"内外"概念取自孔捷生在海外刊物《广场》创刊号中用"不在内，就在外"来形容中国作家1989年以后的状态，并把原意中的"内"置换成了"国内"的意思。参见 Sabine Peschel, "Drinnen und draußen: Die literarische Avantgarde in China", in *Die Horen*, 1993 (1), S. 7.

② Sabine Peschel, "Drinnen und draußen: Die literarische Avantgarde in China", in *Die Horen*, 1993 (1), S. 10.

力，并且暗示了将他的作品纳入"先锋文学"的原因："农村生活空间"——其实也就是前面提到的"民间"——构成了能够冲破道德惯例、对抗政治权威的"先锋派"（avant-garde）的叙事时空。同时，莫言和其他几位"新先锋作家"代表着"自觉地发展个人创作风格，在散文小说类文学实验过程中逐渐获得了精湛的文学技巧"①，在审美风格和创作手法上展现出破旧立新的个人先锋精神。

《时序》编者将莫言作为"先锋作家"代表推介给德语读者，也考虑到了当时中国文坛的实际。20世纪80年代中期，在语言风格、创作手法和意识形态呈现方面都打破了中国当代文学成规的小说《透明的红萝卜》问世之际，中国批评界就已经开始将莫言和"先锋"联系在一起。中篇小说《红高粱》发表之后，莫言成为中国当代"新历史小说"的代表，他通过个人虚构的家族回忆重叙宏大革命战争历史的创作方式，无疑对当时的文学惯例和历史"正统"产生了颠覆性的作用，表现出作者独辟蹊径的文学自觉和先锋前卫的文学姿态。当然，莫言1993年在《时序》上面向德语大众的文学登场也无愧于"先锋"这个称号。《时序》杂志推介给德语读者的三个莫言文本，虽然皆非作家的成名作，但都在叙事主题和艺术手法上比较突出地呈现了前卫反抗的"先锋"特质。前两个故事发生在莫言的民间文学王国山东高密乡，一个充斥着斑斓绚烂的传说和自由驰骋的想象、却又四处蛰伏着封建糟粕的"藏污纳垢"的民间世界，一个不仅孕育浪漫主义田园诗意，还装载着攻击、反叛、逃离、对抗等"先锋"元素的文学时空。第一篇《翱翔》由梅儒佩（Rupprecht Mayer）翻译②，小说主人公燕燕因哑巴哥哥交换婚约而被迫嫁给麻子大汉洪喜，在新婚当日的正午出逃，在乡人的一路追赶下从麦田里飞了起来。第二篇《罪过》由阿克曼（Michael Kahn

---

① Sabine Peschel, "Drinnen und drauβen: Die literarische Avantgarde in China", in *Die Horen*, 1993 (1), S. 10.

② Mo Yan, "Der Jungfernflug", in *Die Horen*, 1993 (1), S. 17 – 23.

Ackermann）翻译①，叙事结构更加复杂。第一人称叙事者迂回地穿梭在由芜杂的民间志怪传说和奇异的动物意象组成的乡土时空，用冷酷的语调讲述自己的弟弟小福子溺亡的事件。小说开始，准备去看洪水的兄弟俩路遇一只形象怪异的骆驼，弟弟发出了"哥，骆驼，吃小孩吗？"②的诳诞疑问，此后不断丛生出乖谬离奇的情节：小福子在传说中鳖精肆虐的袁家湾看到一朵红花之后纵身跳水，尸体被捞起后在"貌似同情，实则幸灾乐祸"③的人群中，经历了一次次黑牛背、铁锅压等巫术般的无谓的乡土"救"人方法试验，最后"我"的父亲买了一口袁家湾的大鳖，为再次怀胎生子的孕母滋补身体。随着这些荒唐的情节铺张，从一开始就显然"不可靠的"第一人称叙事者的叙事声音愈来愈癫狂，一面厌世地理性总结"世界上最可怕最残酷的东西是人的良心"④，一面在对父母和乡民的诅咒中暧昧地透露出是自己把小福子推下河的真相可能。结尾处，作者又拉回了开篇骆驼的意象："我"狂喜似地找到了逃跑的骆驼，紧紧拥抱。从叙事素材来看，莫言在这两个故事中深度挖掘民间艺术资源，巧妙地运用民间传说完成了两场反抗式的叛逃：前者通过极富浪漫色彩的"化蝶飞燕"，将农村妇女对封建礼俗束缚的抗争化作凄美的翱翔；后者在一步步探入叙事者黑暗的内心世界的同时，营造出一个奇异灵怪而残酷无情的乡里空间——这两个世界的合谋害死了五岁的小福子；深知自己"罪过"而愤懑憎恨的叙事者也在逃走的"怪物"骆驼身上，看到了自己企图逃离愚昧残忍的集体社会而早已残破不堪的灵魂。相对而言，创作于1991年的《翱翔》细致精巧的叙事，要比1986年的《罪过》里繁芜冗杂的铺陈更能明晰地突出反叛主题，在艺术渲染上也比后者更加成熟。但从文学语言和叙事手法的"先锋性"，也就是打破书写成规的程度来看，两者在整体上旗

---

① Mo Yan, "Schuldig", in *Die Horen*, 1993（1），S. 24–40.
② 莫言：《罪过》，《白狗秋千架》，浙江文艺出版社2017年版，第262页。
③ 莫言：《罪过》，《白狗秋千架》，浙江文艺出版社2017年版，第272页。
④ 莫言：《罪过》，《白狗秋千架》，浙江文艺出版社2017年版，第271页。

鼓相当，都体现出莫言标新立异的个人风格。后者的创作时间正值莫言小说实验探索时期，其晦涩矛盾甚至人格分裂式的叙事用语，可能给怀有"中国先锋文学"预设的德语读者带来更大的震动。

至于最后一篇精短的小说《天才》[①]，故事虽然也发生在一个典型的中国农村，但其中很少有前两个故事中巨细靡遗的民间文化特写。农村天才少年蒋大志带着全村人的欣羡期望考上大学后退学回村，废寝忘食地在瓜田里研究西瓜预报地震。人物传奇式的旁观叙事、夸张的情节设计，还有把鲁迅《故乡》中的"瓜田"作为关键意象的借用，使得整篇小说像是闰土故事的反转新编，或者脱离互文成分来看，像是一个有关知识分子责任和民众关系的现代寓言。对德语读者来说，《天才》应该是三篇小说中比较容易理解的一篇。即使对中国文化背景没有多少了解的接受者，也能够看到比较浅显的寓意。事实上，如果将故事情节中的名字和其他文化元素转换到另一个语言文化环境下，它依然可以被解读为一个农民出身的"天才"回乡履行知识分子责任义务的故事。当然，莫言荒诞幽默的情节设置和旁观限制的叙事视角，留给了这个寓言文本多重的阐释和解构的可能，因此也同样可以作为一个具有创新性的先锋文学文本得到接受。

除了"编者按"中莎沛雪对莫言的简评，《时序》的中国先锋文学专辑没有更多对莫言作品的阐释批评，只是将这三篇小说安排在了刊物的头条版面，而且三篇小说在篇幅上也占据了超过全刊八分之一的页面，无疑是该期《时序》重点推介的作家。《时序》发刊几个月以后，罗沃尔特出版社又推出《红高粱》。莫言以当代中国重要的先锋文学作家的身份正式在德语世界的登场，代表的是在艺术表现和主旨精神上对本土文学成规和秩序权威的反叛，以及相逆于整体文学潮流的对抗。正如以《空心世界》为题的专辑卷首语所说："很重要的一部分中国作家居住在国外……仿佛'中心'之国

---

① Mo Yan, "Der Hochbegabte", in *Die Horen*, 1993 (1), S. 41–47.

度正在变成一个'空心'的世界。然而，这个世界难道不是和我们自己的情况之间存在着一种惊人的平行吗？这难道不是联系我们所有人生活的同一个世界的特征吗？"[1] 当流离失所成为整个时代的常态，留守家园"内部"、填补世界"空心"的作家当然可以被归类为"新"的文学先锋。然而，1993年兴奋地在中国"内部"多元文学形态中找到了"先锋"代表的编者或许没有想到，多年以后德国媒体会给莫言套上"官方作家""御用文人"（Hofschriftsteller）等与"先锋作家"这个初始身份截然相反的称谓。可以肯定的是，当年以作家身处中国"内外"——或者说作家在社会转型时期整体生存环境的分野——来区分中国先锋作家"新旧"的编者，对于德国公共领域的文学政治化讨论用同一种"体制内外""官方/异议"二元模式接受中国作家的现象，并不会感到惊讶。相比于始终与中国官方政治保持疏离状态的北岛和其他生活在国外的作家，莫言在中国的生活状态和社会政治身份，很难允许他在"内外"对立模式加剧政治化的过程中，再同当年一样凭借文字重获曾经被授予的"先锋"称号。

三 "这就是世界文学！"：争议与辩护

2012年，莫言获得诺贝尔文学奖，德国极具影响力的文学批评家伊丽丝·拉迪施（Iris Radisch）在《时代》周报发表了题为《这就是世界文学！》的文章，高度肯定莫言的文学成就。拉迪施认为莫言在德语世界的知名度和他的文学成就是不对等的："除了马丁·瓦尔泽以外几乎没有任何人知道他。有些人或许会记得三年前法兰克福书展开幕式上那个和默克尔一起在场的、矮小的、不显眼的男士，在台上谈了很多歌德而很少提及当下，也被很多不知情人士认作是一名官僚写手。"[2] 拉迪施对2012年以前莫言在德文学接受情况的评

---

[1] Kurt Scharf, "Welt mit leerer Mitte", in *Die Horen*, 1993（1），S. 6.
[2] Iris Radisch, "Es ist Weltliteratur!", in *Die Zeit*, 18. 10. 2012（43），S. 49.

述是客观公允的。从出版情况来看，1993年到2012年间，德语地区平均每五年发行一部莫言小说译本，平均每部作品比原作在中国付梓的时间要滞后八年，整体情况并不理想。① 当然，相对于中国现当代文学在德语图书市场普遍边缘化的情况，莫言作品的德译图书出版总数和在德语文学公共领域获得的关注度已经远远超过他的大多数中国同行。罗沃尔特出版社继《天堂蒜薹之歌》之后，又推出了一部《酒国》，之后没有再翻译出版莫言不断发表的新作，但是之前推出的三本小说都被联合出版社买下口袋书版权并重版。加上学术型的项目出版社（Projektverlag）发行的短篇小说集《枯河》（1997）、小型文化出版社霍勒曼（Horlemann）在中方翻译资助下推出的《生死疲劳》（2009）和苏尔坎普-岛屿（Suhrkamp-Insel）的《檀香刑》（2009），在2012年以前至少有六本莫言著作得到译介，加上重版口袋书，一共有十本。几乎每一本作品在出版后都能在德语大众文艺评论平台（以报纸文艺版面为主）上看到较高水准的书评，尤其是由罗沃尔特、苏尔坎普和联合出版社这几个资源丰富的大型文学出版社发行的书籍更受关注。即便如此，当这位已经通过文学作品在德语世界得到较好传播的中国作家，进入以强调政治功能和批判挑衅为特征的文学公共领域的讨论时，由个人政治立场决定的作家身份，就要比通过文学表达获得的文学名声更容易为讨论对象定性。2009年书展风波，莫言作为中国官方作家代表，主要有两件事被德国媒体诟病：一是在书展之前的中德作家研讨会上，当德方执意邀请的两位异议作家上台致辞时，莫言随同中方代表团一起退场离去；二是莫言未能到场录制德国广播电台原定给莫言安排的访谈节目——主持人当场就在节目中严厉批评了莫言的"爽约"行为，把这个不够尊重的姿态解释为中国的官

---

① 继《红高粱》和《天堂蒜薹之歌》之后至莫言获诺奖期间德语地区发行的几本长篇小说译本依次为：2002年的《酒国》（国内发行于1993年）；2009年的《檀香刑》（国内发行于2001年）和《生死疲劳》（国内发行于2006年）。

方授意。① 于是，法兰克福书展以后，在德国公众媒体讨论中，莫言的作家身份与"官方"二字密不可分，作家公众形象的塑造也不断滑向负面。

表 4-4　　　　　　　　　　莫言作品在德语世界

年份	作者	德译书名	中文书名	译者	出版社	出版地
1993	Mo Yan	Das Rote Kornfeld	《红高粱》	Peter Weber-Schäfer	Rowohlt	Reinbek b. Hamburg
1997	Mo Yan	Die Knoblauchrevolte	《天堂蒜薹之歌》	Andreas Donath	Rowohlt	Reinbek b. Hamburg
1997	Mo Yan	Trockener Fluß und andere Geschichte	《枯河与其他故事》	Susanne Hornfeck	Projektverlag	Dortmund
2002	Mo Yan	Die Schnapsstadt	《酒国》	Peter Weber-Schäfer	Rowohlt	Reinbek b. Hamburg
2007	Mo Yan	Das Rote Kornfeld	《红高粱》	Peter Weber-Schäfer	Unionsverlag	Zürich
2009	Mo Yan	Der Überdruss	《生死疲劳》	Martina Hasse	Horlemann	Bad Honnef
2009	Mo Yan	Die Sandelholzstrafe	《檀香刑》	Karin Betz	Insel	Frankfurt, Leipzig
2009	Mo Yan	Die Knoblauchrevolte	《天堂蒜薹之歌》	Andreas Donath	Unionsverlag	Zürich
2012	Mo Yan	Der Überdruss	《生死疲劳》	Martina Hasse	Unionsverlag	Zürich
2012	Mo Yan	Die Schnapsstadt	《酒国》	Peter Weber-Schäfer	Unionsverlag	Zürich
2013	Mo Yan	Frösche	《蛙》	Martina Hasse	Hanser	München
2014	Mo Yan	Wie die Blatt sich wendet: eine Erzählung aus meinem Leben	《变》	Martina Hasse	Hanser	München

---

① 《法兰克福书展：热比娅露面，莫言"爽约"》，法国国际广播电台 2009 年 10 月 17 日。转引自王远远《文化对话的困境：从法兰克福书展中国主宾国谈起》，硕士学位论文，维也纳大学汉学系，2014 年(Wang Yuanyuan, "Ein Kulturdialog mit Schwierigkeiten: China als Gast auf der Frankfurter Buchmesse 2009", Masterarbeit Sinologie, Universität Wien, 04.2014)，第 41 页。

虽然2009年至今几乎每一篇有关莫言的德语评论报道都不会忽略作家"官方"的身份属性，但在大多数水准较高的批评文章中，莫言的官方履历仅仅是他作为一名在中国生活的作家和中国文学体制的关联。这种关联影响到作家的审美取向和创作题材，而并非用来评判定夺作家身份的证据。拉迪施在她的评论文章中简述了莫言的成长与创作历程，包括参军入伍和在鲁迅文学院的学习经历。上一章已经简单提到德国至今还象征性地保留了一部分民主德国苏联模式下的文学机制，包括在作家培养模式上类似于中国鲁迅文学院的莱比锡文学院。当然，如今的莱比锡文学院已经不受政府管辖，而东德由国家统一挑选培养作家的方式向来饱受争议，尤其是在政治化管辖对作者创作自由的影响上。因此，国家培养作家的模式对于德语文学公共领域的参与者来说并不陌生，但绝非对作家正面性的形象前设。"莫言是一名国家体制培养的作家，'文革'时期长大的孩子，他的创作素材有一个符合反智主义净化标准的来源，即来自中国民间神秘的乡土传统。"① 拉迪施毫不避讳莫言"体制内"的文学教育背景和作家创作轨迹的关联，不无赞同地引用"知情人"的叙述，把打击知识分子的"文革"视作莫言成为一名作家的前提历史条件——莫言之所以把他熟悉的乡土社会和"民间"现实转化为生动广袤的文学世界，客观上与新中国政治风貌下提倡民间传统艺术和大众文化结合的文学导向密不可分。

拉迪施为莫言的"官方"写作背景找到了合理的解释，同时针对"不知情者"一概而论的"官僚写手"命名为莫言辩护。这种辩护方式把莫言基于个人生活经验的美学选择同"官方大众化、民间化"的文学政策联系在一起，更多指向中国特殊的政治状况对莫言写作的积极性的推动。这种"积极性"的解释其实与本节前两部分提到的两种接受方式在逻辑上是同向的：瓦尔泽和马汉茂注意到莫言怪诞乖谬、狂纵残暴、藏污纳垢的"民间"叙事中冲破"道德惯

---

① Iris Radisch, "Es ist Weltliteratur!", in *Die Zeit*, 18.10.2012 (43), S. 49.

例",甚至反抗政治权威的潜能,《时序》编者在莫言光怪陆离的民俗时空和诡谲浓郁的乡土笔法中提炼出不服成规、反叛传统的先锋精神。这两种站在民间立场的"反抗"读法都恰恰是以莫言的"官方"文学姿态为前提,而所谓的"官方"文学姿态在题材和审美原则上都符合1942年延安文艺讲话确立的"为人民大众"的当代文学规范。

与积极性辩护逻辑互补的是另一种"消极性"解释,即从莫言的行文用语和叙事空间来观察其躲避姿态。布卢默(Georg Blume)在诺奖结果公布之后立即在《时代》周刊网页版发表评论,强调莫言小说中"模糊暧昧(的叙事)和矛盾分裂的主人公形象(塑造)",是他在用自己的方式"遁逃或者绕开审查制度,使他的作品得以在他所生活的国度公开发表"。[①] 隐晦曲折的表达和多重释义的承载本身就是文学特有的感性能力,使其区别于往往同统治权力联系在一起的历史记载,或者目的理性主宰下的信息传递。这种能力充溢莫言的笔墨,使他"勇敢"地在这个远离统治权力的文字空间里,无拘无束地感知、想象、言说。因此,以布卢默为代表的评论者,强调莫言小说中"远离""遁逃""绕开"等规避性动词形容中的消极效果,实则是对莫言在特殊语境下厚积薄发的文学能力的赞誉。莫言对政治问题的规避其实是个人社会理想曲折的文学实现,而他也确实在文本中构建了不直接与统治权力发生冲突(或许除了《天堂蒜薹之歌》之外)的文学现实,用另一种曲折反讽的方式重构政治历史现实。布卢默把莫言称作"中国历史重要的反思者"(großer Aufarbeiter der chinesischen Geschichte),他用这个等同于知识分子责任履行的称谓回应了德语媒体对莫言"官方作家"趋炎附势姿态的诘责。[②]

无论积极还是消极,这两种辩护逻辑针对的都是有关莫言政治

[①] Georg Blume, "Helden, die nicht zur Ruhe kommen", *Zeit Online*, 11.10.2012, https://www.zeit.de/kultur/literatur/2012-10/mo-yan-nobelpreis-literatur.

[②] Georg Blume, "Helden, die nicht zur Ruhe kommen", *Zeit Online*, 11.10.2012, https://www.zeit.de/kultur/literatur/2012-10/mo-yan-nobelpreis-literatur.

立场、身份背景,以及与之相应的作品中政治批判意识缺失的质疑。换言之,都是由莫言政治身份而在德语文坛引起的争议。除了政治身份,莫言作品的文学性也并非无人质难。其中最为中国学界熟知的批评,也同样作为汉学专家意见进入德语文学公共领域讨论的,就是顾彬从"美学"出发、对中国当代叙事文学整体水准的贬抑。莫言获得诺奖之后,在和拉迪施的评论一起出现在《时代》文艺版面的顾彬专访中,这位曾用"五粮液"和"二锅头"的比喻来强调"中国当代文学不如中国现代文学",甚至高呼"中国当代文学都是垃圾!"而在中国引起轩然大波的汉学家,收敛了此前接受中国媒体采访时夸张化和绝对化的话语风格,首先强调是因为自己对文学有一个"要求很高的概念(认识)"(anspruchsvoller Begriff),才对莫言的作品有所苛求。他解释说自己对小说不只在情节上有所期待,更看重个人的叙事和语言风格,除了王安忆,中国当代作家很少有人能够形成"个人独特的"叙事语言。[①] 在顾彬看来,莫言的情节设置和叙事方法虽然能够吸引"读者大众",但总体上是模式化的:"莫言描绘他的创伤,描述了过去的三十年,五十年,一百年。他让一个人物出场,很快就是一大片令人目眩的人物群像。"这种模式的形成在于莫言"是一个传统主义者,他用的叙事形式是1911年革命以前就流行常见的方式,但同时又从马尔克斯那里获取灵感"。然而,当《时代》周报追问莫言叙事手法的文学渊源时,顾彬没有提到莫言对中国民间传统叙事手法的继承,而主要列举了19世纪写实主义和20世纪魔幻现实主义等西方文学传统,把莫言笔下"出场说话的动物"视作18世纪英国政治讽喻小说传统下表达社会批判的设置。与要求莫言作为知识分子作家发出批判之声的德国媒体不同,顾彬从未怀疑过莫言的批判精神,只是这种批判在顾彬看来并不值得给予太大赞誉:"莫言的中国批判是鲁迅早就已经调配

[①] Thomas Schmidt, Wolfgang Kubin, "Starker Bilder", *Die Zeit*, 18. 10. 2012 (43), S. 48.

好的。"①

顾彬在因莫言获奖而多有争议的德语文坛公开发表的这番意见，过滤了不少他在其他公共场合发表评论时夸大的偏激用语，但与他向来根据个人感觉和审美取向评判中国现当代文学的方式完全一致。熟悉顾彬学术路径的读者不会忘记他在《20世纪中国文学史》中就已开宗明义总结好的三个标准："语言驾驭力、形式塑造力和个性精神的穿透力"②。顾彬在《时代》周报上对莫言的批评正是从这三种"习惯性"美学标准出发的：莫言没有足够驾驭语言的能力（没有像北岛的诗歌语言那样对中国文学语言具有革新意义，也没有王安忆的语言那样精巧独特）、运用的文学形式俗陈老套，叙事庞杂冗长（延续甚至模仿各种写实主义传统衍生的形式，以讲故事为主，篇幅过长）、有批判力但没有个性（主要是在照搬鲁迅）。依循这三个看似具体客观，实则需要通过个人主观感受来把握的美学标准，顾彬对莫言批评的背后分明是其本人作为诗人惯常的、带有鲜明西方精英文学意识的美学理想："诗歌"语言的至上、对"现代性"形式（叙事节制性）的推崇和对思想深度的追求。因此，顾彬对莫言的"美学"质疑其实无异于他文学史书写中对曾朴《孽海花》没有"约束"的叙事笔法的否定，对余华、贾平凹等当代文学叙事大家过于"传统"冗杂故事的连声抱怨。他所肯定的是追求语言革新和文学使命、在当代以北岛为代表的精英文学传统。顾彬批评莫言，反对的并不是莫言代表的中国现当代文学中的民间叙事美学传统，而是不满于在这个强大传统的延续过程中，以西方现代文学为参照的"五四"精英文学传统及其审美表现的消亡。

由此，我们看到顾彬从"美学"角度出发的莫言批判，一方面根据的是主观艺术感受，另一方面也不啻为一种欧洲精英文学教养

---

① Thomas Schmidt, Wolfgang Kubin, "Starker Bilder", *Die Zeit*, 18. 10. 2012 (43), S. 48.

② ［德］顾彬：《20世纪中国文学史》，范劲译，华东师范大学出版社2008年版，第2页。

下古典主义的审美选择。就这一点而言，我们可以回顾本章第一节中顾彬在谈论他同北岛契合之处时所列举的欧洲诗学和哲学传统，还有共通的宗教性的生命思考。范劲曾在评论顾彬的《20世纪中国文学史》时指出，顾彬始终强调的关键词"美学"和另一个文学史关键词"真相"一样是具有相对性的。"何为美不过是现存文本间相互协商得出的一个最大公约数"——由于"现存文本"都是已经"过去的"，而"未过去的"中国当代文学"尚未进入美之领域"，只能以原本就参照西方文学的新文学"现存文本"为标准。[1] 在范劲看来，顾彬撰写文学史的"美学"选择实际是在"真相"与"形象"之间探索中国文学和"中国"的思想史写作框架之下，中国这个书写对象"强加给他"的审美范畴。[2] 这个审美范畴因中国文学自身现代性发展的历史需要，本身带有精英文学的意识趋向；同时，书写（评价）对象也反映着书写者本人顾彬作为诗人的艺术取向和塑造要求。从这个角度来看，瓦尔泽把在语言、形式和精神上似乎既不符合精英文学传统，又没有创新突破的莫言称作"当今在世最伟大的叙说者"，顾彬对此不免会感到匪夷所思。顾彬的莫言批评其实也回响着美国作家约翰·厄普代克（John Updike）对莫言小说和西方文学传统在本质上完全相异的著名评价："中国小说没有经历过一个维多利亚时代的鼎盛时期来教会它修养和礼仪。"[3] 虽然顾彬将莫言的叙事文学传统全盘归结到了西方，甚至曾在其他场合发表过类似莫言作品是西方小说"复制品"的批评，但他对莫言作品最核心的"美学"批判还是依照西方文学对作品语言、形式和精神表达上的标准进行的：正是因为厄普代克所说的西方文学史传统中对"修养礼仪"和书写节制的要求在莫言小说中的缺席，根植于顾彬个

---

[1] 范劲:《形象与真相的悖论——写在顾彬和〈20世纪中国文学史〉"之间"》，《文学评论》2009年第4期。

[2] 范劲:《形象与真相的悖论——写在顾彬和〈20世纪中国文学史〉"之间"》，《文学评论》2009年第4期。

[3] John Updike, "Bitter Bamboo", *The New Yorker* 81, 12 (May 2005).

人文化教养当中的精英意识和美学诉求才受到了冒犯。

于是,当拉迪施在《时代》文艺版上宣布"这就是世界文学"时,她不仅为新的诺奖得主莫言因政治身份招致的诘责辩护,更是挑起了一场世界文学的"美学"争辩。争辩的双方中,既不乏对莫言小说中呈现的异域陌生文化形态持有偏见的西方读者,也包括顾彬这样如此熟悉中国文化,但因恪守个人美学标准而对莫言审美风格多有批评的汉学专家。笔锋犀利的拉迪施将莫言"激烈露骨、意象强烈、熠熠生辉的戏剧性作品"归入一个超越西方文化认知的文学世界。在这个世界,羁系于西方传统文化思想的读者如果不愿冲破传统道德惯例和审美礼俗,就会立即晕头转向、不知所措:

> 不仅仅是小说中游荡着幽魂野鬼而没有多少田园诗意的乡村世界,使得那些熟悉柏林、巴黎和纽约城市文明阅读空间的西方国家像一个光着屁股被遗弃在中国红薯堆里的小孩;还有那碎裂分散在不计其数的激烈插曲中的各个情节——有的时候(像在《酒国》当中)滑稽戏似地荒诞狂放,大多数时候(特别是像《檀香刑》和《天堂蒜薹之歌》里那样)创伤性地冷酷暴力——也伤害到了西方读者对反讽、细腻和合乎口味的素材调配的阅读需求。莫言小说当中体液四溢、血水如泉涌的身体,在我们熟悉的基督教现代文学传统中除了乔治·巴塔耶(Georges Bataille)和他的继承人以外几乎没有任何可以参考的前例。像约翰·厄普代克(John Updike)那样的西方中产阶级作家对中国文学的陌生惊诧感,和曾对中国小说从未经历过一个像西方维多利亚时代那样能够教会作者基本修养和礼仪的历史时期的惋叹也就不难解释了。人们阅读莫言的方式几乎是双眼紧闭,呼吸紧屏的。①

---

① Iris Radisch, "Es ist Weltliteratur!", in *Die Zeit*, 18. 10. 2012 (43), S. 49.

"双眼紧闭，呼吸紧屏"的莫言读法引向的是一个黑暗而窒息的文学世界，但它同时也是一个积蓄美学冲击力、迸发生命能量的文本体验空间。这里，拉迪施把德语（也是西方）读者普遍因循的文学审美取向，回溯到主宰西方社会的基督教文化正统，意指宗教式内向封闭的文化传统下形成的文学预设标准，很难容纳外来文化传统和另类审美价值下的文学创作。无论是16世纪的拉伯雷还是现代作家巴塔耶，他们其实都是西方社会内部与主流宗教文化对立的文学"异端"，是不应在西方正统社会价值和美学标准下被接受的艺术另类，更不用说来自异文化的"中国拉伯雷"。然而，如拉迪施评论中暗示的那样，如此守旧的西方文学观念和二元对立式的"现代和前现代、进步和退步、高雅和民俗"的区分性认知，是不应该用来衡量莫言和海纳百川的"世界文学"作品的。反过来看，也正是因为莫言作品中展露出来的对东西方社会都存在的"道德惯例"无所忌惮的、兼具政治和诗学意义的文学挑战，才使他成功跻身"世界文学"之列，也在德语文学公共领域的众声喧哗的争议与辩护中实现中国当代文学之"正名"。

第三节 中国作家在德接受的形态结构

从以上两位中国作家在德语文学公共领域的传播和接受，我们看到两种以个人文学道路分叉，又随历史发展而变化的接受路径。北岛自20世纪80年代初作为清醒的历史反思者进入德语地区文学接受者的视线，他的名字就与他衔接时代精神、彰显知识分子社会责任感的文学创作和文学活动联系在一起，并在20世纪90年代初中国社会再一次转型之后得到更为明显的政治化身份定位：不仅是作家社会身份发生变化，他所生活的空间地理位置也在向接受场域（欧洲—西方）迁移。异乡漂泊的生存身份和批判异议的作家姿态，在很大程度上推动了北岛在德语地区进一步融合政治与审美双重标准的文学"经典化",尽管"离散"(diaspora)移民身份提升了经典化过程中政治成分的比重,引致公众舆论对作家个人政治立场和批判姿态的更高要求。与北岛从"地下"到"流亡"的边缘化作家身份相反,莫言的文学道路一直处于国家体制的陪护之下,与德语地区最初发生文学交流(1987年访德)时,就是官方代表团的一员。尽管如此,留守"体制内"的莫言在20世纪90年代初期的德语文学接受场域,并没有被赋予"官方"的身份命名,反而因为文学影视化的商业成功和作品的艺术创新得到了"先锋作家"的称号。这种偏向商业和审美(而非政治)标准的文学接受形式,随着莫言国际声誉的上升,同时又继续保留体制内身份,很快受到意识形态化的文学接受范式的挑战,在引起公众关注的新闻性事件中招致争议与冲突。

　　北岛和莫言70年代末至今在德语地区的译介传播,代表了德语文学公共领域对两种不同类型的中国作家区分性的身份构建。前者无论在生活环境、政治立场、自我意识还是美学倾向上,都与官方保持着疏离甚至对立的姿态,后者从事的一切文学活动(至少在表面上)都得到国家资源的保障,作家"文学家"的身份地位也同作为"政治人"的社会地位保持一致。两者简单化的区分形成了类似"体制内外""官方异议"等标签下二元对立式的作家身份结构,这也是德语地区(乃至整个海外)接受中国当代作家时常见的基础结构模型。两类作家因政治立场差异而获得相对立的身份命名,而基于作家身份的文学定位又普遍出现在包括专业学术研究和大众文学批评在内的各类文学接受当中,不准确甚至带有偏见的用法更是泛滥于公众性的讨论之中,比如2009年法兰克福书展上两类作家的对峙和德国媒体按照"是否属于官方代表团"对中国作家非此即彼的划分。如本章开篇时假设的那样,"作者"作为福柯设想中承载文学文本社会化的"功能体",光是身份署名就可以勾画出一个特定的话语空间,成为文学文本背后道德立场的象征。在具有政治功能和挑衅色彩的德语文学公共领域,文学作品一旦被贴上象征性的身份标签，道德理性引导下的接受主体就很容易产生立场先行的评判倾向。

一 二元对立的基本模型

正是由于二元对立式作家身份结构的文学接受倾向的作用，德语文学公共领域近四十年来对北岛和莫言的关注才会出现看似泾渭分明，实则在同一种文化逻辑下发展的接受历程。在这里可以比较性地略作总结。

第一，在以政治立场为划分依据的二元作家身份结构下，中国作家的基本划分标准取决于个人生活空间、社会身份、政治立场和文学履历与国家官方意识形态的亲疏关联。随着这种关联的变化，作家的身份形象和相应的文学象征也会在正反两极之间有所波动。尽管北岛和莫言从一开始就处于这种身份结构的两极，但他们在德语世界的接受也随着不同时期政治身份关联的变化而改变。20世纪90年代初，北岛的作家身份因政治立场的激进化和地理空间的迁移走向极端，以至于他的所有文学活动都被打上"异议流亡"作家的标记，充斥着德语文学公共领域对作家的政治期待。与此同时，莫言在应对重大社会政治事件时的姿态选择也会被记录于个人文学履历。由于最初莫言在德国的作家声望相对较低，而他的文学出场又伴随着影视化的市场路径和"先锋性"特征，20世纪90年代初的选择并没有影响到他在德语地区作为"先锋作家"的文学接受；然而，多年后莫言作为著名的"世界文学"作家，被推到舆论风口浪尖时，面对的是一个期待他作为有名望的"知识分子"公开表达个人政治立场的德语公众。如果莫言此时选择保持沉默，那么他此前履历中所有的政治选择都会被抽提出来，为拒绝公开政治立场的作家代言。

第二，虽然政治立场奠定了作家身份结构的基础，但德语文坛对两类作家作品的接受也融合了审美标准和美学探索。换言之，两种政治身份的区别是对作家文学创作与精神版图预设方向的分野，代表了德语接受主体对不同作家作品中政治表达和文学姿态不同程度的期许,在文学审美上表现为作家个人形象和文本艺术形态的密不可分。关于北岛语言"清醒"的感性形容和诗人"升华"艺术潜力的判定,都不免以作者个人政治经历和体现道德"超越"价值的文学社会活动为依据,正如德语批评家在强调莫言民间叙事艺术时也会联系到作家与政治身份多有矛盾的文学批判姿态,包括上一节中讲到的积极性和消极性文学社会学解读方法:积极意义上(马汉茂、拉迪施)将莫言的"民间"看作是顺应国家文艺政策前提下的反抗性艺术空间,消极意义上(布卢默)则把他的夸张反讽和迂回叙事阐释为对政治审查的规避。

　　第三,二元化的政治身份坐标决定了德语接受主体对中国作家文学姿态的期待,但这种期待也因作家个人名望、创作体裁、作品类型和文学风格上的差异转换为不同程度的文学要求。北岛在德语世界成名时间早于莫言,而诗歌创作在体裁上的纯文学精神,对作家批判性身份有更为苛刻的要求。因此,相比20世纪80年代同期与德语文学界交流密切的诗人作家(如1985年和北岛等作家一起参加柏林地平线艺术节的舒婷),尤其是20世纪90年代以后继续生活在中国大陆的诗人群体,北岛和其他移民作家(包括顾城、芒克、杨炼等)更有可能获得德语文学公共领域道德理性支配下接受主体的正面接受。与此同时,莫言在20世纪80年代后期因电影《红高粱》走红刚刚进入德语文学接受方的视域,20世纪90年代初在《时序》上得到译介时只是一个小有名气的中国作者。莫言作为商业电影原作者的作家身份,文学名声相对较低,德语接受主体并没有对作家的政治立场给予太大的关注,而是更倾向于从文学的角度给作家定性("先锋作家""中国拉伯雷")。随着莫言在国内逐渐巩固的核心作家地位与身份,个人在文学艺术界的资源乃至整体政治和经济资源占有量大幅提高,德语地区的接受者们对莫言的政治立场及其作品的批判性文学姿态的要求也在不断提升,并在他成为国际知名作家之后达到顶峰。莫言2012年以后在国际文坛的特殊地位使他的作家姿态备受瞩目,而那些和莫言身份趋同,并且得到过德语

第四章　作家的分野：德语文学公共领域的中国作者身份构建　　275

汉学家和批评家关注的国内经典作家（如王蒙、余华、苏童、王安忆、阿来等等）①　就不至于在同等程度上受到因政治立场而起的非难。

第四，德语地区的文学接受主体对二元式的作家身份判定是有意识的，但也是充满质疑的。这种建构中国作家身份的模式，其实也适用于德语地区以外大部分西方国家，只是德语文学公共领域因为偏向政治功能的批判传统和20世纪德国历史经验反思，对作家知识分子身份的道德意识和政治批判力（或者是恩岑斯贝格所说的"社会参与感"）有更高的要求。然而，正如前几章所探讨的那样，当代德语文学机制和文学接受史的发展过程中，已出现过不少质疑用"政治标准"评判文学的声音。冷战时期民主德国政治体制下向外（西德）输出过程中，也出现过类似的对立的作家身份结构——海因就曾用一句"勇气不是一个文学类别"来驳斥那些只看重作品中对东德政府批判的批评家②；与此同时，联邦德国经历了文学政治化和激进化的20世纪60年代，以至于20世纪70年代后期恩岑斯贝格等西德作家开始公开反思甚至反对用"社会参与感"标准对作家进行简单化的分类。③　过度意识形态化的对中国作家的接受方式也很容易引起德语文学接受群体内部的争议和反对。德语地区在接受中国现当代文学的过程中，二元对立式的作家身份构建虽然主导着文学分类与文学接受，但是这种结构也不断受到挑战——如果

---

①　国内有关中国当代作家身份结构的研究中，有"一线作家""核心作家""事业作家"等近似但不完全相同的称呼。这些类型命名代表了研究者所构建的作家身份结构模型，比如房伟将新时期作家身份构成视作"后革命一体化"的结构形态，用同心圆结构按照作家拥有"政治和经济权力"资源多少将作家分为"核心作家""次核心作家"和"外围作家"。参见房伟《作家身份结构与新时期文学》，《小说评论》2010年第6期；又如张永清按照作家遵从的文学生产"原则"划分的"事业型""职业型"和"产业型"这三种作家类型。参见张永清《改革开放30年作家身份的社会学透视》，《文学评论》2010年第1期。

②　Christoph Hein, Alois Bischof, "'Mut ist keine literarische Kategorie', Gespräch mit Christoph Hein", in Lothar Baier (Hrsg.) Christoph Hein: Texte, Daten, Bilder, Frankfurt: Luchterhand Literaturverlag, 1990, S. 95.

③　参见本书第三章有关恩岑斯贝格在1980年柏林鲁迅展览上所作致辞的叙述。

回到2012年莫言获得诺贝尔奖以后各大公共文艺版面的争论现场，我们就会看到莫言的辩护者（也包括顾彬这样的批判者），都不约而同地反对德国媒体"立场先行"的偏见和对"异议"作家的痴迷。因此，政治立场先行的二元作家身份结构当然是德语世界接受中国现当代文学的一个基本坐标，大多数相关讨论很难完全脱离这个参照体系，但又会在不同程度上对该结构有所调整、修饰和重塑。

第五，在德语文学机制的运作规律下，基础的二元化政治身份结构内部还隐现着其他分类。比如按照创作类型划分的作家分类，在一定程度上已经脱离了"立场先行"的二元身份结构，偏向从文本出发，用作家的文学"姿态"来区分作家的接受路径。比如麦家和小白在中国的政治社会身份虽然都会在德语书评中被提及，但他们主要还是作为"悬疑犯罪"类型文学的写作者被接受。此外，通用的二元化分类标签（如"女作家"）和地域标签（如"港台"）也会形成不同的身份类别与符号，引导了德语读者对中国作家作品的分类接受。至于按照艺术风格、创作方法等专业性较强的作家类型划分，主要还是德语地区汉学家从事学术研究时才会关注的主题。[①]

二 身份与姿态

德语世界对中国作家文本外的"身份"区分，虽然很大程度上依循意识形态的非此即彼，形成二元结构，但也随着作者身份不断的变化而在内部衍生出愈趋复杂的结构，以包罗各种语言环境和生

[①] 这个主题下具有代表性的成果是马汉茂在1984年主持的科隆中国新时期文学工作坊上的主旨发言：《代沟问题：八十年代的中国作家》，以及马汉茂和美国汉学家金介甫（Jeffrey C. Kinkley）1992年编译的中国作家文集《中国现代作家：自画像集》。参见Helmut Martin ed., *Cologne-Workshop 1984 on Contemporary Chinese Literature*, Cologne: Deutsche Welle, 1986; Helmut Martin and Jeffrey Kinkley eds., *Modern Chinese Writers: Self-Portrayals*, Armonk, New York: M. E. Sharpe, 1992.

存状态下的写作形态。北岛20世纪90年代以后长居海外,但他的"移民作家"身份在德语文学公共领域的象征性,并不同于其他用外文写作并且也在德语地区得到传播与接受的华裔作家——比如用英语写作的哈金、裘小龙、郭小橹、李翎云,用法语写作的戴思杰、高行健,还有直接用德语写作的女作家罗令源等。[①] 事实上,1990年以来,当代中国作家的身份概念和组织结构一直处于不断复杂化的变化过程之中,相关讨论涉及"中国现当代文学"概念的内涵和外延,包括了不少本书的篇幅和主旨都无力容纳的部分。尤其是海外学界近年来对"中国"和"华语"文学地理版图扩张性的理论尝试,使得"中国作家"的身份类型更加多样化。王德威试图用"华语语系文学"(sinophone literature)的概念,容纳从中国大陆非汉语写作群体到广义上华语世界(台湾、港澳地区,南洋马来西亚、新加坡等国的华人社群,以及更广义的世界各地华裔或华语使用群体)的文学作品,同时也包括中国大陆各民族汉语与非汉语写作群体,继而组成"华语世界里的中国文学"和"中国文学里的华语世界"两个面向。[②] 在"华语语系"的理论框架下,"中国作家"的身份类型展现出更为丰富而多元的面貌。当然,面对"中国作家"身份概念复杂化的现象,除了系统性的理论尝试,海内外学界也不乏经验性的相关论述。郜元宝就按照作家主体的物理空间和语言身份,概括了20世纪90年代以来七种以往不容易被正式纳入文学史的作家身份类型,包括港澳台作家和"新马泰"地区的"华文文学"写作者、移民作家、海外成名作家、"边地"作家、少数民族非汉语作家、方言文学作家、网络写作者。[③] 笼统的类型归纳虽然在形式上略

[①] 这些作家的具体德译本书目参见本书附录一《中国现代当代文学德语翻译图书目录:1949—2020》。

[②] 王德威:《"世界中"的中国文学》,《哈佛新编中国现代文学史》(上册),台北:麦田出版社2021年版,第52页。

[③] 郜元宝:《身份转换与概念变迁——20世纪90年代以来中国文学漫议》,《南方文坛》2018年第2期。

显随意，但它们都是基于外文本特征（国籍、民族、语言、生活与写作的地理空间、作品公开方式）的作家"身份"类型，是从作家外部"身份"出发所作出的身份结构补充。

这种身份结构补充对于中国当代文学在德语世界乃至整个海外传播与接受研究也多有可取之处：德语地区二元对立式的作家身份区分基础，在当代社会"世界人"外部"身份"复杂化的过程中，也在不断衍生出相应的分叉。由于本书讨论的"中国现当代文学"概念主要指的是具有国家代表性的作家和作品，所以关注的文学作品主要围绕中国大陆地区的作家作品。虽然在前几章也提到过不少其他身份的作家在德语地区的译介情况（比如第三章提及建设出版社20世纪90年代转型以后对移民作家虹影小说的青睐，还有本章中移民身份变化的北岛），但因论述重点所限，未能对其作出系统性的区分总结。同时，本书也几乎没有提到港澳台作家和其他华文写作者在德传播情况。这些身份的"中国作家"，或者沿用王德威的概念"华语语系作家"及其相应的语言文化区，同德语世界的文学交流应在另外的课题中展开深入研究。

应当注意的是，这里强调的作家"身份"类型都是基于文本外的个人特征和社会归属，可以完全独立于文学文本，也自然不同于作为"话语功能体"的作者在文本内部呈现的文学"姿态"。在这里就有必要区分两个核心话语：身份和姿态。笔者试图用"身份"一词表达对作家文本外社会关系的侧重，用"姿态"代表文本内部体现出来的作家立场。这种区分的原型或可溯至作家与作品——"人"与"文"——之间复杂的差异与关联。钱锺书曾引克罗齐的莎士比亚论中对"作者修辞成章之为人"（persona poetica）与"作者营生处世之为人"（persona pratica）的区分，进而强调"立意行文与立身行世，通而不同"。① "立意行文"之作者对应的便是作者在"文"中呈现的"姿态"，而"立身行世"之作者也可以对应作

---

① 钱锺书：《管锥编》，中华书局1979年版，第1388—1389页。

第四章　作家的分野：德语文学公共领域的中国作者身份构建　　279

家作为社会"人"的"身份"。当然，"立意行文"与"立身行世"对应的"姿态"与"身份"更多是个人的自我呈现与身份认同，也就是文本内外的主体性认知，无法涵盖"姿态"与"身份"概念中的另一层面，即外界对个体的文学接受与身份构建。因此，我试图用"身份"和"姿态"两个概念同时涵括自我认知与外界接受两个层面的作家形象建构。"身份"同时包括作家个人自主的"行世"立场以及外界（如德语文学公共领域）对这种立场的理解和重塑。同样地，"姿态"不仅仅是文本中作者话语姿态的呈现，也指代读者从自身出发，对这种话语姿态的阐发与想象。①

虽然作家在文本内外的表现（身份和姿态）紧密相连，大多数情况下很难分开讨论，但是所谓"立场先行"的二元结构主要还是基于前者，也就是根据作家外在政治社会"身份"的划分，并以此预设文学作品内部呈现的作家"姿态"。布卢默在驳斥西方批评家"出于意识形态原因认为中国不可能诞生优秀文学作品"而为莫言辩护时，就引用了莫言 2006 年在《南方周末》访谈中区分现实"身份"和文学"姿态"的话："在日常生活中，我可以是孙子，是懦夫，是可怜虫，但在写小说时，我是贼胆包天、色胆包天、狗胆包天。"② 这里，懦弱和大胆的对比正好概括了作者本人积极的自我认知，强调了个人主动"立身行世"之"身份"与"立意行文"之

---

①　这里用"姿态"一词也受到了社会学家米德（George Herbert Mead）提出的"表意的姿态"（significant gesture）的概念启发。米德将"姿态"视作人类社会性动作中的互动符号，是一种情绪、意义和思想的表达。这种"姿态"的意义生成依赖于社会性动作，也就是社会交流的语境。同样地，我这里所说的作者的文本"姿态"也以互动性的文学交流（文本的传播与接受）为前提，在双向交流的社会性动作中生成意义。cf. George Herbert Mead, *Mind, Self, and Society: From the Standpoint of a Social Behaviorist*, Chicago: The University of Chicago Press, 1972, pp. 42–81.

②　德语引用译作："Im Alltagsleben bin ich ein Feigling. Nur beim Schreiben bin ich tapfer, mutig und lüstern"，布卢默祖露他曾经（2012 年以前）两次尝试从现实政治身份和文学表达的角度采访莫言，但都失败了，因此只能在这里引用莫言在中国媒体访谈时的表达。Georg Blume, "Helden, die nicht zur Ruhe kommen", *Zeit Online*, 11.10.2012.

"姿态"之间的差距。作者个人矛盾的"身份"建构与"姿态"呈现，在作家名望提升之后格外受外界注意，也不免时常遭受非议，比如莫言在获得诺贝尔文学奖之后国内不少人批评他现实中伪善软弱的"乡愿"举动。① 然而，对于德语世界的接受者来说，自觉区分作家文本内外的"姿态"与"身份"往往标志着更为复杂深刻的接受维度。马汉茂和拉迪施都敏锐地指出了文本内"胆大包天"的作者姿态和文本外小心谨慎的作家形象之间的罅隙，并且称赞了文字中呈现的那个大胆的莫言。② 也正是"大胆"的文学创作姿态，使得莫言20世纪90年代初以"先锋"的作家身份出现在德语接受者的视线中，至少在当时跳出了"立场先行"的作家身份结构，被纳入以文学姿态和艺术选择为标准的身份构建。

从这个角度来看，上述二元对立式的类型结构虽然范式性地统摄着德语地区的中国作家接受，但是这个基于差异的、简单化的、极端的基本框架绝非固定不变。只要对莫言"大胆"的文本姿态稍加注意，略作阐释，德语读者就不会轻易使用"官方作家"的身份标签，反而有可能把莫言纳入另一极，作为有批判精神的作家来看待。由于作家的"身份"概念本身就包括了外文本和内文本两个层面，即"作家"作为社会个体的身份形象和"作者"作为福柯所谓"功能体"的话语姿态，外部世界对名作家的身份接受与构建通常也是多维度的，简单按照政治立场划分的二元身份结构是不稳定和不完整的。作家个人身份形象与作者文学姿态呈现之间存在的分歧，很可能使一名作家同时拥有矛盾的身份特征。所谓的官方作家和异

---

① 参见许纪霖对"莫言式生存智慧"的批评，《名家谈莫言》，《中国图书评论》2012年第11期；或参见访谈《朱大可：莫言在"诺贝尔圣徒"和"乡愿作家"间挣扎》，凤凰网文化，2021年12月11日，http://culture.ifeng.com/huodong/special/moyannobel/content-1/detail_2012_12/11/20046991_0.shtml.

② 类似的观察常见于国内的莫言研究，比如莫言是新时期以来"作家身份与世俗身份分离程度最高的作家"的判断表述，参见刘旭《文学莫言与现实莫言》，《文学评论》2017年第1期。

议作家并非泾渭分明的两个类型极端,而是两个在异文化接受过程中实施基础区分的标签。生平履历上与所谓的"官方"紧密相连的作家在文学作品中表现"异议"批判姿态并不罕见,正如本身拥有移民、侨居背景的华语作家也可以在文本中表达贴近官方政治意识形态的文学立场。作为一组本身基于"文本内外"区分的二元概念,作家身份与作者姿态之间含混的交集与差异,始终提醒着德语世界的中国文学接受者们:过于简单化的两级结构必定是松散且不可靠的。

三 自我与他者

我们看到,德语世界基于意识形态分野的中国作家接受范式受到了来自经验世界和本体论两个层面的挑战。一方面,在经验世界,全球化背景下"中国作家"的身份概念随着不断挪移变迁的华语文学地理版图逐渐复杂化。无论是"华语语系"理论视野下纷繁复杂的作家身份类型,还是20世纪90年代以来,与"中国当代文学"概念同步扩张变迁的"中国作家"身份概念,作家本人的政治立场很难继续被视作唯一的身份标签而得到接受。另一方面,作家的身份概念本身具有复杂的成形体系,它不仅指文本外社会主体的作家"身份",也包括文本内书写主体的作者"姿态"。作家"身份"与作者"姿态"在接受层面的最终形态,又分别包括了自我与他者两个面向的作用。作家"身份"的确立,不仅是作家本人在性别、语言、国籍、民族、宗教、政治立场、社会组织关系等各个方面的自我定位,也同样依赖于接受主体通过对这些身份信息各有侧重的选择进而实现的身份重塑。同样地,作者"姿态"的形塑也同时包括书写主体在文本中的自我呈现与接受主体的解读和阐发。这种双层双向的作家形象建构模型(见图4-1)与当代社会渐趋复杂的作家身份类型,持续地冲击着德语世界对中国作家意识形态化的二元区分范式,形成了中国作家在德接受的多重面相。

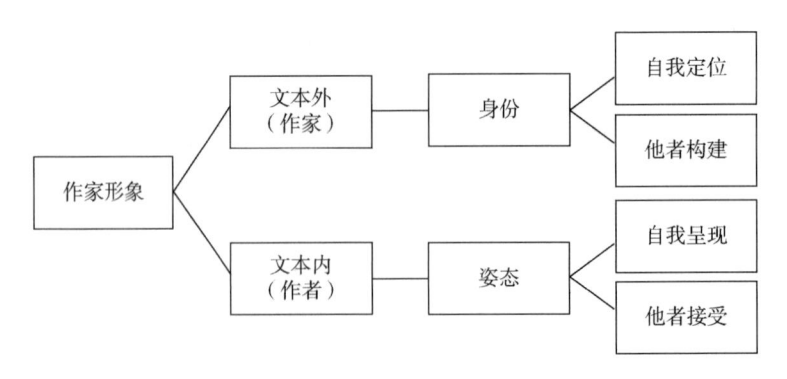

图 4-1　作家形象建构模型

　　如果我们从"身份"与"姿态"这组基于文本内外属性的概念出发，进一步考察这个双层双向的建构模型，就不难发现，有关作家形象接受的研究必定会回溯到最原始的二元结构，即自我与他者的区分。"异议/官方"的二元化身份标签之所以能够代表中国作家在德接受的基础结构，是因为这组标签实际上指代的是"自我/他者"的对立关系，是从德语接受主体的"自我"出发，认识中国文学"他者"的过程。德语接受主体的"自我"是肯定知识分子"异议"批判精神的"自我"；面对中国文学，德语接受主体的"他者"认知的第一步便是从异文化内部寻找更接近"自我"的部分，也就是更具有批判性的文学元素。于是，从"自我/他者"的主客体关系出发，德语主体完成了接受活动——或者回到德国唯心主义哲学的传统语境——所谓"自我意识"（Selbstbewusstsein）与"认知"（Erkennen）活动①的第一轮区分，即"有/无批判性"的区分。这种区分

---

① 按照黑格尔在《精神现象学》中有关主体自我"认知"的说法，主客体的绝对对立意味着主客体的同构属性，表明认知活动本身的主客体区分并不是区分（ein Unterschied, der keiner ist）。自我意识为另一个自我意识的存在需要"从自身之外"（außer sich）出发："首先，它（自我意识）已经失去了自我，因为它需要把自己视作另一种本质存在来看待；其次，它同时也已将他者扬弃（aufgehoben），因为它也没有把他者视作一种本质存在，而是在他者中看到了自己（sich selbst im Anderen）。" Vgl. Georg W. F. Hegel, *Phänomenologie des Geistes*, Stuttgart: Reclam, 1987, S. 140.

第四章 作家的分野:德语文学公共领域的中国作者身份构建 283

在下一步对中国作家进行最基础的分类接受时,直接转化成为"异议"与"官方"的意识形态对立。换句话说,"异议"的标签对德语接受主体来说是指"异于"中国这个文化"他者",实际是"同于"德语主体的"自我";相反,"官方"的标签代表的是在政治主权和意识形态上都正式相异于己的中国"他者"。因此,"官方/异议"的作家身份类型结构背后正是德语主体与中国对象——自我与他者——相对立的接受范式,也是主体接受活动中最初始的认知环节。

在这个初始环节,德语主体的"自我"通过与来自中国的"他者"进行区分而得以确立,通过对主客体"差异"(difference)的标识完成认知活动。按照身份差异说学者伍德沃德(Kathryn Woodward)的说法,"身份"(identity,或译作同一性)本身从来"不是对立于差异,而是依赖于差异",是通过标识差异得到形塑的。[1] 主客体之间的差异不仅为德语接受主体在文学交流过程中实现了自我定位,也为作为接受对象的中国作家确定了身份框架。换句话说,在德语世界得到传播与接受的中国作家,之所以首先会进入一个以意识形态作为区分标准的身份类型结构,是因为政治立场的差异是中国作家与德语接受主体历史经验中作为"知识分子"的(德语)作家之间最具有标识性的差异。语言文化层面的差异固然也能很鲜明地在(经过翻译的)中国文学作品中出现,但是这种差异只能在一个多元而不确定的本土参照系中得到体现;相反,意识形态的分野可以直接以德语世界作为"知识分子"的理想作家身份为参照:无论来自中国还是德国,挑战主流意识形态的文学声音,都可以顺利地融入本身具有政治挑衅传统的德语文学公共领域中。这时候,区分(或者说构建)作家身份的就已经不再是国籍或语言,而是知识分子的政治批判精神。在这个意义上,回顾本书前几章的讨论,

---

[1] Kathryn Woodward, "Concepts of Identity and Difference", in *Identity and Difference*, Woodward ed., London: Sage, 1997, p. 29.

不论是西德知识分子在 1968 年前后的鲁迅接受,还是东德汉学家参照本土文学现实的中国文学探寻,不论是 20 世纪 80 年代西德大量译介中国文学的反躬自省,还是当代德语文学公共领域中对中国作家政治参与近乎严苛的要求,实际上都是在差异性的标识系统下,参照"自我"而对"他者"展开的身份重构。

综上所述,德语地区对中国文学的接受很大程度上是对中国当代作家外文本"身份"和内文本"姿态"的接受,以及在这个过程中基于内外因素,参照"自我"对"他者"的作家身份构建。这种构建方式以二元对立式的结构为基础。在此基础上,中国作家的身份结构(尤其是 20 世纪 90 年代以来)又在不断发生复杂的变化,衍生出各种分叉结构。然而,有关中国作家身份结构复杂化的问题在德语知识界并没有得到足够的反思。这里值得重提的只有 20 世纪 80 年代以马汉茂为代表的德国汉学家对新时期中国作家多元身份的关注。1984 年,波鸿鲁尔大学和德国之声广播电台在科隆合作举办中国新时期文学讨论会。会议发言围绕 1979 年以后的中国文学,涵盖了从当代中国文学的宏观史论到特定作品的聚焦剖析,从作家群体代际交替到知识分子身份探讨,从纯文学到类型文学创作等各种现象与主题的讨论和研究。其中接近四分之一的会议论文专门针对女性作家和女性书写,比如顾彬论张抗抗小说《北极光》,克里格(Renate Krieg)针对遇罗锦离婚事件展开的论述,还有廖天琪(Tienchi Martin-Liao)以谌容小说《真真假假》为例讨论作为知识分子的作家等。除了对女性身份的关注,多位参会者的论文聚焦作家的社会身份,如刘绍铭将"文革"结束以来进行小说创作的作家群称作"受创及疲惫的一代",还有法国汉学家白夏(Jean Philippe Beja)从作家作为社会代言人的身份出发进行的探讨。这次会议上,最重要的"身份"问题还是由马汉茂提出的。他在题为《代沟问题:20 世纪 80 年代的中国作家》的主旨论文中,试图用"社会历史学"的方法划分活跃于中国新时期文坛的几种作家类型。这种"社会历史学"身份划分以"作家经历的重大历史事件"为主要依据，将不同（文学）年龄层的作家归为不同历史"代际"的作家群体。[①] 如果将马汉茂的这种分类，和其他德语同行们主要根据外文本身份同时指向内文本姿态的中国作家分类，一起放到当下的语境之中，我们在感叹更为多元复杂的中国作家身份结构的同时，或许能洞见德语地区文学接受者在对中国文学接纳评判过程中，对"作家"作为文本社会化的功能体和文学精神承载者一如既往的注重与审察，也可以为我们反思和调整中国当代文学在德语世界的传播策略提供一定的参照。

[①] 马汉茂主要将新时期中国文坛参与者按历史经历从长到幼分为六类：共和国文学老将、五六十年代政治宣传文人、"右派作家"、觉醒一代（分为"文革"作家和70年代作家）和20世纪80年代青年作家。Vgl. Helmut Martin, "Daigou-Generation: Chinesische Schriftsteller der achziger Jahre", *Kölner Workshop 1984*, *Chinesische Literatur*, Deutsche Welle, Koeln, 1986, S. 60–81.

结　语

辩证性的文学守望

2018年9月，74岁的德国作家布赫从尼加拉瓜返回德国，在柏林的居所接受笔者的访谈。整个八月份，布赫为了撰写当年尼加拉瓜反政府示威活动的文章前往当地考察，亲历学生游行和武装冲突下动乱的现场。访谈一开始，刚下飞机不久的布赫谈起在大洋彼岸实时的"革命"见闻，义正词严地为运动中因反对政府大桥项目破坏自然而游行抗议的当地学生辩护。① 当笔者将访谈由此引回五十年前西德的学生运动，提到《鲁迅选集》对中国现代文学在德语知识界接受传播的重要意义时，布赫平静地重述了他1972年在《选集》"后记"中对鲁迅的评价，重申将鲁迅和欧洲知识分子作家并置的类比。他再次引述鲁迅从日语重译欧洲文学的例子，强调自己是以鲁迅为榜样，参考英文和意大利文将鲁迅作品转译成德语的。谈到这本《选集》的缘起，布赫用两组矛盾的短语追忆1968年革命运动喧嚣中第一次在《时刻表》上读到鲁迅有关文艺与革命的文章时的感受："（鲁迅的文字）非常个人化，但同时也很政治化。很主观，同时又不那么主观。"② 鲁迅的文字既具个人感染力，又对当时西德左

---

① 参见附录二《个人与政治之间——布赫访谈》；2018年4月，尼加拉瓜总统奥尔特加（Daniel Ortega）推出年金改革法案之后引起争议，爆发了大规模的反政府抗议运动和暴力冲突。

② 布赫所用德语原句："Sehr persönlich, aber auch sehr politisch. Also sehr subjektive, aber auch unsubjektiv"，参见附录二《个人与政治之间——布赫访谈》。

翼政治运动的现实矛盾具有启发性。在字里行间，布赫看到了一种异于本土，却又与欧洲知识分子传统一脉相承的文学精神，一股足以在西德尚未平息的革命浪潮中促发个人反思的文学力量。

　　布赫在五十年后回顾西德抗议运动时期鲁迅印象的用语耐人寻味。在"个人/政治"和"主观/客观"两组看似互相矛盾的语词之间，这位自始至终坚持文学性的主观个人和政治化的客观参与相结合的德国作家，安放了他和他的同事们面向远东的文学守望——对本土精神传统的"守卫"和对异域社会文学的"瞭望"。这种放眼异域又心系本土，兼具个人主观性与政治客观性的文学印象，或者说这种辩证性的文学接受，为这个时期德语知识界中国文学的传播与接受拉开了序幕。"这个时期"可以是本书重点关注的1972年前后，也可以用"冷战后期"和"后革命时代"这样事件性的历史时间段来概括。一方面，1968年革命的躁动未尝平息，躁动中的西德左派对"中国"形象不断加剧的理想化和政治异域化，除了亟须从尚未真正开放的中国（1972年中德建交只能看作外交起点）获取大量的"事实"信息来虚构这个"具体的乌托邦"，也渴求异域中国的文学人物与素材来装点这场"红色"的革命续梦；另一方面，逐步进入历史反思的西德知识界在文学"个人化"的接受过程中，也逐渐开始纠正政治教条宣传中空泛的"中国"形象。来自现代中国的文学作品既将左翼知识分子所憧憬的社会主义乌托邦式的中国形象"具体化"，从而维系甚至加剧对中国的政治异域化，同时又在接纳主观性文学表达的过程中修正对中国过于简单化的异域想象。换言之，这一时期联邦德国的中国现当代文学接受，充斥着对本土社会现实的诉求和对异域政治参照的渴望，出现了布赫所谓主观个人化与客观政治化两种不无矛盾的接受倾向，也相应地形成了对文学"中国"形象"政治异域化"和"反异域化"的两股力量。

　　自此，辩证性的文学接受与精神守望贯穿了中国现当代文学在整个德语世界传播与接受的历程，也构成了本书历史叙述的基本逻辑。本书第一章以冷战后期东西德知识分子的立场为线索，以多角度宏观叙事为主要方法，勾勒出1990年两德统一以前分叉而相似的中国文学接受道路。西德地区抗议运动之后由左翼知识分子主导的中国文学"政治异域化"译介，在中德外交关系正常化的过程中，特别是理想中的"中国"形象随着"文革"结束而破碎之后，逐渐演变为"反异域化"的译介。革命理想的幻灭和政治虚构的谬误，亟须更多中国的真相加以修补和矫正，顺应这种需求，中国当代文学就成为通向"真实"中国最可靠最坚固的桥梁。在这种基于本土、放眼异域的社会需求中，以及由中国改革而带来的开放的交流状态下，德语世界在20世纪80年代迎来了中国当代文学的译介热潮。主导中国文学传播与接受的德语群体，虽然包括在历史反思和个人情结中寻找"真实"中国的左翼知识分子（比如在1978年至1980年间两次前往中国采访当代作家的吴福冈），但是，应该说，中国文学传播的核心群体已经从抗议运动时期的左翼知识分子转向了专业的汉学研究者，其中不少是1972年中德建交之后留学中国的西德（包括奥地利和瑞士籍）汉学学者。与此同时，民主德国与中国的文学交流在经历了密切的20世纪50年代，以及意识形态冲突下"断裂"的20世纪60年代和20世纪70年代之后，到了20世纪80年代随着政治外交关系的转暖而逐渐恢复正常。在东德官方政策引导下的中国文学译介与接受，虽然很少出现类似西德知识界对中国的政治异域化想象，但是显性的外部条件始终框定了文学交流的基本格局，中国文学的译介出版与汉学知识生产的政策性导向互为依存。此外，平行的社会体制和文艺政策，决定了中国当代文学的现实呈现和民主德国文学的现实书写在内容和形式上的相似。民主德国的中国文学接受也可以视作他者文学镜像中的自我观照，同样是根植本土而眺望异域、政治化又试图超越政治化的辩证性文学守望。

这种辩证性的文学守望同样渗透到更深的接受层面，留存于东西德文学创作者的文学创作当中。本书第二章聚焦同时期东西德两位具有代表性的著名作家对鲁迅作品的改写，以承文本比照细读为主要方法，展开两组德语文本与中国文学蓝本的互文研究。民主德国作家海因的舞台剧创作《关于阿Q的真实故事》提取《阿Q正传》蓝本中寓言性的创作元素和人物设定，将鲁迅笔下的中国农民形象阿Q拆分、重塑成20世纪的现代知识分子。作者用反讽式情景舞台剧的形式重新编写了鲁迅的阿Q寓言，并且把寓意时空置换到萦绕着空泛"革命"话语的东德社会。而早在1968年作为《时刻表》创始主编推介鲁迅的西德作家恩岑斯贝格，此时则改变了他的政治立场和文学观念，在20世纪70年代末根据鲁迅的启蒙寓言《起死》改写了广播剧《死者与哲学家》，显示出作者对革命时代个人文学观念政治激进化的矫正。通过夸大鲁迅原作中对知识分子的嘲讽和情节上的颠覆，恩岑斯贝格把鲁迅对自诩为启蒙者的中国现代知识分子的反讽，转换成西德知识分子革命幻灭者的讽喻，重新反思抗议运动时期过度政治化的文学要求与接受。无论是海因还是恩岑斯贝格，他们在个人创作中对鲁迅的互文性接受，都把对各自社会现实的反思放置到鲁迅的文本架构之中，选择其中与本土社会相通的部分点染、糅合和重塑，这样的重写当然是指向本土历史和现实社会的再创作。因此，在围绕文本的诗学接受层面，冷战后期东西德对以鲁迅为代表的中国现当代文学的接受，也多有从异域文学中汲取本土化灵感的尝试，具有文学政治化和反政治化的辩证特性。

到了20世纪90年代，此前分别从东西德各自政治性需求出发，同时也都指向本土社会现实的中国文学守望，汇入了共同的文学接受场域，逐渐凸显以西德市场化模式为主的机制性呈现。本书第三章关注汇入德语文学机制的中国现当代文学，第四章则聚焦进入德语文学机制和文学公共领域的中国当代作家，中国文学通过这种既充满偶然性又遵循运作规律的文学机制，得到"制造"与接受。中国文学经过德语机制各个环节的加工制造进入德语文学市场和公众视域，产生多元共生的接受形态之余，也继续留存着20世纪70年代以来政治化文学接受范式的矛盾：一方面，在德语文学公共领域对作家作为知识分子社会参与的期待视野下，接受主体视域中的中国作家群体出现了以政治立场划分的二元对立式作家身份结构；另一方面，这种简单化的政治分类不断受到德语接受主体的质疑，同时也在中国文学多元形态和作家身份多重复杂的现实中得到消解与重构。可以说，中国现当代文学在当今德语文学公共领域机制化的传播与接受，仍然带有20世纪70年代西德革命退潮时期接受主体兼具主观个人审美和客观政治参照、本土传统守卫和异域文化瞭望、政治异域化和反异域化倾向的辩证性特征。

纵观中国现当代文学在德语世界的传播与接受，从德语主体出发的辩证性文学守望，贯穿了中德双方围绕中国现当代文学的交流历程。在本书宏观历史叙事与微观个人聚焦的多重视角阐述中，辩证性的接受范式既是传播主体与中国建立文学交流的推动力量，也直接引导了德语接受主体对中国文学从整体到个体的全方位的审视。其中，就德语地区对中国文学个体的辩证性接受而言，最具代表性的无疑是鲁迅在德语地区的接受。在德语地区的文学接受视域中，鲁迅不仅是当之无愧的中国现代文学经典作家，也是现代中国核心的政治文化符码，在不同时期，基于不同的社会政治需求和迥异的"中国"形象想象，都有可能在鲁迅这里找到其文学表征。抗议运动时期激进的西德左派将鲁迅视作来自理想异域中国的革命启蒙家，或者按照恩岑斯贝格在《时刻表》第15期中的关联性用语来说，是能够促动德国社会知识分子"政治扫盲"的中国文学家。待革命浪潮退去，鲁迅又成为反思过度政治化的知识分子作家的代言人。如果说布赫1973年的《鲁迅选集》主要通过对原始翻译文本的扩充介绍，对1968年作为中国文学革命家进入西德接受者视野的鲁迅形象进行填补修饰，同时以图书出版的形式进一步扩大文学传播范围，那么恩岑斯贝格在20世纪70年代以后对鲁迅的重新接受——无论是在《死者与哲学家》中对启蒙知识分子讽喻式的互文性接受，还是在杂文和公众演讲（见本书第三章）中对鲁迅的评述性接受——都体现了恩岑斯贝格本人对曾经的政治参与和文学政治化呼吁的反思与修正。尽管如此，这种对文学政治化的反思和修正本身，并没有排斥从主体政治和社会参与角度出发的文学接受。在 2018 年出版的随笔集《幸存艺术家——20 世纪的 99 副文学群像》中，恩岑斯贝格把鲁迅作为唯一的中国作家列入了他本人的世界文学接受图景。鲁迅文学"肖像"（Vignette）这篇一开始，恩岑斯贝格就否定了曾经在《时刻表》中将鲁迅与中国文化革命联系在一起的接受方式，强调鲁迅个人独立于政治体制的文学与社会理想。此时，业已步入耄耋之年的恩岑斯贝格看重的，依然是鲁迅作为一名独立的现代知识个体既坚守个人立场又心系国家社稷的批判精神：

> 一个政治体制，一个能够接纳他的忧郁、他的孤独和悲观，还有他自我反讽的政治体制，至今尚未被发明出来。……当然，当今中国告别落后、动荡、内战、侵略和统治的状况一定会令他感到欣慰。而如今的这一切也都有鲁迅本人方方面面的功劳：他是（中国）较早的激进的女权主义者，尽管这样的立场在当时的环境下是完全被排斥的；他向精英文人特权性的语言发起了挑战，其影响至今尚存；古时抵御北方胡人的伟大的长城受他诅咒，传统中医也被他认作江湖骗术。[①]

直至今日，恩岑斯贝格对鲁迅的认知依然带有学生运动时期推崇的"反权威"式的知识分子理想。即便早在 20 世纪 70 年代已同西德左派疏离，将过去的政治参与归结为"参与观察者"身份下的个人实验（见本书第二章第二节），恩岑斯贝格在他的文学追求中始终保留着对作家主体社会参与和政治批判的希冀。在这一点上，他和本书论及的布赫、海因、吴福冈和马汉茂等活跃于德语文学公共领域的接受个体如出一辙。恩岑斯贝格曾经批评欧洲公共知识分子按照"是否有社会参与感"的标准简单化划分作家，特别指出对鲁

---

① Hans Magnus Enzensberger, *Überlebenskünstler：99 literarische Vignetten aus dem 20. Jahrhundert*, Berlin, Suhrkamp Verlag, 2018, S. 67.

迅的接受理应超越这种二元对立式的衡量标准，但是，恩岑斯贝格如今把鲁迅列为 20 世纪"文学群像"一员时，最为注重的仍是鲁迅在文学表达中的社会性参与，即对社会成规的挑战：性别习俗（男权社会）、语言传统（文言文）、政治象征（长城）和知识权威（中医）等构成了社会权力体系的林林总总，也是鲁迅不遗余力的批判对象。根植于文学创作的社会批判以鲁迅的文人身份为前提，也反向形塑了恩岑斯贝格等人心目中鲁迅与欧洲现代知识分子精神传统相通相承的作家身份。因此，恩岑斯贝格对鲁迅的"肖像"描摹，既强调独立于政治的文学性个人特征（忧郁、孤独、悲观、反讽），又重视作家的社会参与。这种接受状态同样可以用布赫回忆中有关主观"个人化"和客观"政治化"的辩证性来概括，也是从本土传统出发对异域知识分子人文精神的守望。

关于鲁迅的辩证性接受，对于中国现当代文学在德语世界整体状况的考察与研究来说是具有典型意义的。德语地区对鲁迅的接受经历了从革命时期作为政治理想（西德）与意识形态（东德）的"中国"形象承载，到后革命时代引起文学寓言性的启发与反思，再到机制性的鲁迅的文学经典化——本书在第三章第三节有关德语文学机制出版策略的讨论中，论及以文学"经典化"为策略导向的瑞士联合出版社在 20 世纪 90 年代出版了顾彬主编的六卷本《鲁迅文集》，可以视作目前德语世界最完整也是最具代表性的鲁迅译介成果。应当特别指出的是，鲁迅在德语地区的接受历程，实际上也大致勾画了过去四十多年来中国现当代文学在德语知识界和公众视野中的接受轨迹：从政治异域化和意识形态化的"中国"形象构建，到寻找中国"真实"与现实的文学反思，再到文学机制性的交汇。德语主体的中国文学接受视线始终徘徊于文学性的个人审美和政治性的社会期许之间，游离于异文化透视和自我社会映照之上，形成一种辩证性的文学守望。事实上，鲁迅之所以能够成为德语世界中国现当代文学辩证性接受范式的核心代表，除了他在中国现代文学史上无可比拟的经典地位，还与鲁迅辩证性的思想行文以及文如其人的作家风骨相关，借用布赫在1973年译本后记中的表达，鲁迅的文字和为人都透露着一种"朴实无华的辩证精神"。① 这种辩证精神在接受美学意义上的体现，一方面外化为中国现代文人身上鲜明的西方知识分子精神传统，另一方面内炼成布赫所说的主观"个人化"艺术感知和客观"政治化"品行审视的结合，或者说作家个人文学理想和集体社会参与的中和。

在文学高度机制化的今天，以鲁迅接受为代表的辩证性接受范式依然主导着中国现当代文学在德语世界的整体传播态势。这种范式潜藏于德语文学机制生产、分发和接受中国现当代文学的各个运作环节，决定着不同类型的文学作品在文学传播机制中的不同路径，也框定了不同类型的中国作家在德语文学公共领域中的悬殊地位。这种辩证性接受范式对应的是一种最基础的，也是普遍存在于德语接受主体文化思维中的区分结构，即将中国文学作家主体（德语文学接受客体）按照外文本作家政治立场作进行"异议—官方""有—无社会参与感""体制外—内"等二元对立式的归类划分；接受主体通过对内文本作家文学"姿态"的细读，又对这种二元结构有所批评和反驳。本书第四章采取个案分析的方法，选取北岛和莫言这两位在德语文学公共领域得到较多关注与讨论（客观译介数量上也名列前茅）的中国作家，对接受主体的接受与审视进行梳理剖析。两位作家在政治立场和身份选择上的差异，使他们正好象征性地位于二元对立式作家身份结构的两极，尽管德语文学界对两位作家的政治化勘定，也未尝没有接受方审美取向和艺术鉴赏力的个人流露。以八九十年代对德语大众的中国文学接受起到导向作用的批评家马汉茂为例：马汉茂在阅读北岛的过程中提炼出其"清醒"的语言特征，把北岛同德国战后一代作家进行类比，将北岛个人的政治立场融入

---

① Hans Christoph Buch, "Nachwort", in Lu Xun, *Der Einsturz der Lei-feng-Pagode: Essays über Literatur und Revolution in China*, Reinbek bei Hamburg: Rowohlt, 1973, S. 196.

诗歌美学意义上的"反抗"姿态。这实际上是联系作家外文本"身份"和内文本"姿态",结合北岛政治立场和文学表达的一种读法,也是基于本土历史经验和文化传统对异域文学精神的探索。无独有偶,这位汉学家20世纪90年代对莫言的接受,同样是将文本内的"民间"书写和艺术特征,勾连到文本外作家的批判立场和社会关怀,突出了莫言作品中"反叛"式的批判精神,与多年后德语公众舆论和媒体报道中莫言"官方作家"的形象大相径庭。马汉茂对两位中国作家融合内外文本,结合政治与审美的评价,至今仍可以在由文字、视听和事件三种主要文学传播媒介维系的德语文学公共领域中找到回声——无论是以文学期刊和报纸文艺版面(Feuilleton)为代表的书面文学批评,还是广播电台文学节目中的视听讨论,抑或是围绕法兰克福书展这样的文学事件的众说纷纭,德语文学公众对北岛和莫言的接受在参照二元对立身份框架的同时,也在文本比照和文学精神的强调中注入了对中国文学过度政治化接受的辩证反思。

这种辩证反思可以在外部表现为文学公共空间围绕具体作家作品的争辩,比如对莫言从2009年作为作家代表在法兰克福书展的亮相,到2012年获得诺贝尔文学奖之后在德语文坛产生的争议;也可以是文学机制化进程中作家身份的多元结构分支和文学形态的复杂化,如本书第三章中讨论的不同出版策略下各种类型中国文学的传播路径,以及第四章中有关20世纪90年代以后中国作家身份复杂化过程中德语地区相应的结构重建。从接受主体内部来看,辩证反思也体现于个人文学观念的阐释,最具代表性的是对中国现当代文学在德传播贡献突出的顾彬。顾彬从20世纪70年代开始作为德语文学机制中生产环节的参与主体,其翻译理念带有鲜明的个人色彩,作品评析也坚持个人化的评判标准。第四章中,顾彬对两位作家的批评路径,尽管富含知识主体的文学洞见和自我观照下的精神探求,但也明显异于马汉茂等人文学社会学式的探究。无论在翻译、研究还是文学史书写中都强调文学"美学标准"的顾彬,对北岛的高度评价背后是译者本人与翻译对象共同的文学艺术追求即对古典的偏爱和对西方现代诗歌传统的继承。同样地，他对莫言从"美学"角度的批评，也立足于个人精英文学意识和日耳曼文化教养下形成的审美取向。顾彬回归文学的评价标准，一方面对德语世界政治化的作家身份结构和文学解读发起挑战，另一方面也突显了一种从欧洲本土精神传统和道德理性出发，实际与政治标准相伴共生的美学接受。顺便一提的是，这种与政治标准相伴共生的美学接受，也是西方世界面对中国当代文学的基本接受模式。比如英语世界的中国当代文学传播，20世纪80年代以前基本上都是政治意识形态的取向，到了20世纪80年代以后才逐渐转向审美性的取向，但这种审美性取向又始终与政治意识形态的取向如影随形。[1] 无论是德语世界，还是英语世界，或者其他西方世界，中国当代文学的海外传播总难免政治性与审美性的博弈。

因此，在德语接受主体个人文学观念的引导和道德理性批判的推动下，在客观文学机制以多元化为总体趋势的运作中，中国现当代文学在德语世界的传播与接受，延续着1968年以来西德知识界辩证性的文学守望，在文学政治化接受范式的主要框架中发展机制化的传播路径，同时实现接受范式的自我反思与重构。如上所述，贯穿中国现当代文学在德接受历程的文学守望由两组看似对立，实可统一的辩证性特征组成：一是同时存在政治化和反政治化的文学接受倾向；二是同时指向德语接受主体和中国文学对象的接受形态，这也是"守望"一词有关本土"守卫"与异域"瞭望"固有的辩证属性。前者由德语文学接受主体（个人文学理想）和接受场域（政治批判功能传统要求下的德语文学公共领域）本身决定，后者代表德语接受方对本土知识分子精神传统的延续与展望。本书基于文学副文本材料的铺陈，从冷战后期东西德知识分子、德语作家主体、德语文学机制和作为接受对象的中国作家四种视角出发展开论述，

---

[1] 参见季进《作为世界文学的中国文学》，《中国比较文学》2014年第1期。

而两组辩证性的特征就潜藏在这幅中国现当代文学德语世界传播全景图的各个角落，贯穿了现当代文学德语传播发展史的始终。

从中国现当代文学德语世界传播的辩证性特征，我们可以简单回应与再次说明导论中提及的有关中国现当代文学德语世界传播乃至整个海外传播的几个基本问题。首先，德语世界的中国文学译介接受并不存在政治和审美的绝对分野，更确切地说，德语接受主体的文学目光中始终忽闪着政治性的标准要求，正如政治化的文学审视也始终伴随着对这种政治化的文学反思。事实上，所谓政治化的文学接受方式就是德语接受主体基于本土社会诉求，在一个本身趋向政治功能的文学公共空间里的精神流露。即便是海因和恩岑斯贝格对鲁迅作品纯粹以"文学创作"为形式的互文接受，也隐藏着两位作者从各自社会现实出发的政治化接受意图，用鲁迅极富政治寓意和社会所指的文本建构，承载东西德政治语境下对知识分子身份境况的思考。当然，不同接受主体在不同历史时期的政治化趋向在程度上的确是存在差异的。比如20世纪90年代两德统一以后，中国文学随着德语文学分发机制的市场化和集中化，在汇入整体德语文学机制的过程中，一定程度上淡化了政治因素影响，尽管政治外交事件仍然对接受主体的中国文学评判具有重要的作用。在个人层面上，强调"美学"标准的顾彬的政治化接受倾向，明显不及马汉茂融政治于审美的文学批评范式，正如瓦尔泽从艺术感知出发对莫言所作的评析，政治影响远远要少于恩岑斯贝格融政治立场于文学精神的鲁迅速写。

其次，量化研究在文学传播研究中具有基础资料铺陈的作用，但其运用分析仍需要历史叙述的补充与阐释。如导论所述，本书尝试将跨文化的文学传播与接受视为一个整体，有关中国文学在德传播的数据统计展示了文学交流的"结果"，但这种"结果"本身是无法用来推导文学传播复杂的历史动因和全景过程的。因此，量化研究成果虽然为本书的考察提供了坚实的基础，但是本书对德语世界中国现当代文学传播的历史回溯和形态剖析，还是采取了多角度的阐述方法，形成历史叙事与理论思考相结合的研究结构。在本书的论述中，笔者几次引用了研究者对中国文学在德译介情况的量化统计结果，比如选择莫言和北岛进行个案分析时参考了两位作家作品在德出版的数量优势加以分析。在数据的引导下，微观聚焦透现宏观形态，但具体传播现象的史述转换和结论归纳还需综合考虑全景图中的方方面面，将其放置到现代中德文学交流的宏观语境中加以思考。

最后，本书以多角度全景阐述的方法对德语世界传播场域中的中国文学接受进行历史钩沉，着眼于德国、奥地利和瑞士德语地区的接受方。虽然也涉及对中国现当代文学本身发展形态的考量，如第四章中对中国作家内部结构变化的概述，以及来自中方推动文学交流的动力，尤其是近十年来中国文化"走出去"战略下在中国文学德语译介和文学外交层面的努力，但是全书对中国文学传播源头的关注主要着眼于文学传播整体性的影响，以此进入德语文学接受形态的探讨。"中国现当代文学"作为文学传播的对象，是在"德语世界"的接受视野之下进入本书研究范畴的。因此，本书选取的视角，实际上都根植于德语地区的文学接受场域，以此出发展开的讨论都是具有全景呈现作用和历史钩沉意义的阐述，但也会因其宏观指向的限制，不可避免地淡化一些同样具有代表性的专题研究。比如第一章最后提到 20 世纪 80 年代中国文学德语译介热潮中，来自中国的女性文学备受瞩目。女性作家和作品在汇入德语文学机制之后的接受形态，同样值得置于整体文学交流的历史视野进行分析，但限于本书的思路框架，有关女性文学在德接受的考察，以及其他从中国文学本身形态出发的专题，在此暂付阙如，未来可以作为本书深入研究的拓展方向。

文学交流是人的交流。跨文化文学交流中的个人在共同和差异之间产生思想碰撞和精神交汇，也在特定历史社会背景和物质技术条件下发展出交互共生的文化形态。作为一项围绕中国现当代文学在德语世界的跨文化文学交流研究，本书关注文学传播与接受过程中个人主体意志与客观机制运作的互动，从东西德知识分子的文学诉求、德语作家主体的互文接受、德语文学机制的外文本条件和德语接受方对中国作家的身份构建四个方面展开，对中国文学在德语世界的传播与接受进行纵向历史钩沉和横向形态剖析。中国现当代文学在德语世界经历了冷战时期西德知识界在革命狂热中的政治异域化接受和东德政策迭绕下的译介研究，逐渐汇入文学机制而形成以政治化接受为主要框架的多元接受范式。在这段中德文学交流的历程中，德语文学接受主体从本土知识分子精神传统出发，对中国文学的政治化接受始终伴随着对同一种范式的批判与矫正。德语世界中国现当代文学的传播，牵连起了更为悠远而复杂的现代德国的社会政治与思想文化，德语文学接受主体无论是倾慕异邦，还是立足本土，都不脱借浇块垒的辩证反思，守望的依然是共同的知识分子传统与精英文学精神，这也将在未来相当长的时间内，决定着德语世界中国当代文学传播的基本走向。

附 录 一

中国现当代文学德译出版目录:1949—2020

Autor	作者	Titel	书名	Übersetzer	Verlag	Ort	Jahr
Ai Qing	艾青	Auf der Waage der Zeit	《在时间的天平上》	Manfred und Shuhsin Reichardt	Volk und Welt	Berlin DDR	1989
Ai Wu	艾芜	Der Tempel in der Schlucht und andere Erzählungen	《峡谷中的寺庙》	Anja Gleboff, Ilse Karl, Eva Müller, Folke Peil, Hannelore Salzmann	Volk und Welt	Berlin DDR	1989
A lai	阿来	Roter Mohn	《尘埃落定》	Karin Hasselblatt	Unionsverlag	Zürich	2004
A lai	阿来	Ferne Quellen	《遥远的温泉》	Marc Herrmann	Unionsverlag	Zürich	2009
Ba Jin	巴金	Garten der Ruhe	《憩园》	Joseph Kalmer	Hanser	München	1954
Ba Jin	巴金	Das Haus des Mandarins	《家》	Johanna Herzfeldt	Greifen	Rudolfstadt	1959
Ba Jin	巴金	Die Familie	《家》	Florian Reissinger	Oberbaumverlag	Berlin DDR	1980
Ba Jin	巴金	Kalte Nächte	《寒夜》	Sabine Peschel, Barbara Spielmann	Suhrkamp	Frankfurt	1981

续表

Autor	作者	Titel	书名	Übersetzer	Verlag	Ort	Jahr
Ba Jin	巴金	Shading	《砂丁》	Helmut Forster-Latsch, unter Mitarbeit von Marie-Luise Latsch und Zhao Zhengquan	Suhrkamp	Frankfurt	1981
Ba Jin	巴金	Nacht über der Stadt	《寒夜》	Peter Kleinhempel（英文转译）	Volk und Welt	Berlin DDR	1985
Ba Jin	巴金	Gedanken unter der Zeit. Ansichten-Erkundungen-Wahrheiten 1979 bis 1984.	《随想录》	Sabine Peschel	Eugen Diederichs	Köln	1985, 2007
Bai Xianyong	白先勇	Einsam mit siebzehn: Erzählungen	《台北人》	Wolf Baus	Eugen Diederichs	Köln	1986
Bei Dao	北岛	Gezeiten	《波动》	Irmgard E. A. Wiesel	S. Fischer	Frankfurt	1990
Bei Dao	北岛	Tagtraum	《白日梦》	Wolfgang Kubin	Hanser	München	1990
Bei Dao	北岛	Notizen vom Sonnenstaat	《太阳城札记》	Wolfgang Kubin	Hanser	München	1991
Bei Dao	北岛	Straße des Glücks Nr. 13	《幸福街13号》	Eva Klapproth	Brockmeyer	Bochum	1992
Bei Dao	北岛	Post bellum	《战后》	Wolfgang Kubin	Hanser	München	2001
Bei Dao	北岛	Das Buch der Niederlage	《失败之书》	Wolfgang Kubin	Hanser	München	2009
Bei Dao	北岛	Gottes chinesischer Sohn	《上帝的中国儿子》	Wolfgang Kubin	Weidle	Bonn	2011
Bei Dao	北岛	Von Gänseblümchen und Revolutionen	《革命与雏菊》	Wolfgang Kubin	Löcker	Wien	2013
Bei Ling	贝岭	Ausgewiesen	N/A	Karin Betz	Suhrkamp	Berlin	2012
Bi Feiyu	毕飞宇	Sehende Hände	《推拿》	Marc Hermann	Karl Blessing	München	2016

续表

Autor	作者	Titel	书名	Übersetzer	Verlag	Ort	Jahr
Cai Jun	蔡骏	Rachegeist	《生死河》	Eva Schestag	Piper	München	2020
Can Xue	残雪	Dialoge im Paradies	《天堂里的对话》	Wolf Baus	Projekt	Dortmund	1996
Cao Wenxuan	曹文轩	Libellenaugen: Eine Kindheit im Shanghai der Roten Garden	《蜻蜓眼》	Nora Frisch	Drachenhaus	Esslingen	2019
Cao Yu	曹禺	Himmel ohne Wolken	《明朗的天》	Eberhard Meißner	Verlag für fremdsprachige literatur	Beijing	1961
Cao Yu	曹禺	Gewitter	《雷雨》	Uwe Kräuter	Verlag für fremdsprachige Literatur	Beijing	1980
Cao Yu	曹禺	Sonnenaufgang	《日出》	Yvonne Mäder-Bogorad	Verlag für fremdsprachige Literatur	Beijing	1981
Chen Danyan	陈丹燕	Neun Leben: eine Kindheit in Shanghai	《一个女孩》	Barbara Wang	Nagel und Kimche	Zürich	1995
Chen Rong	谌容	Zehn Jahre weniger	《减去十年》	Petra John	Volk und Welt	Berlin DDR	1989
Chen Kaige	陈凯歌	Kinder des Drachen. Eine Jugend in der Kulturrevolution	《少年凯歌》	Stefan Kramer, Hu Chun Kramer	Gustav Kiepenheuer	Leipzig	1994
Chen Qiufan	陈楸帆	Die Siliziuminsel	《荒潮》	Marc Hermann	Heyne	München	2019
Dai Houying	戴厚英	Die große Mauer	《人啊,人》	Monika Bessert u. Renate Stephan-Bahle	Hanser	München	1987

续表

Autor	作者	Titel	书名	Übersetzer	Verlag	Ort	Jahr
Deng Youmei	邓友梅	Das Schnupftabakfläschchen	《烟壶》	Günter Appoldt	Verlag für fremdsprachige Literatur	Beijing	1990
Deng Youmei	邓友梅	Phönixkinder und Drachenenkel	《那五》《烟壶》	Ulrich Kautz	Aufbau	Berlin, Weimar	1990
Ding Ling	丁玲	Sonne über dem Sanggan	《太阳照在桑干河上》	A. Nestmann（俄文转译）	Dietz	Berlin DDR	1952
Ding Ling	丁玲	Das Tagebuch der Sophia	《莎菲女士日记》	Bernd Fischer, Anna Gerstlacher, Johanna Graefe u. a	Suhrkamp	Frankfurt	1980
Ding Ling	丁玲	Das Tagebuch der Sophia	《莎菲女士日记》	Anna Gerstlacher	Ute Schiller	Berlin DDR	1984
Ding Ling	丁玲	Hirsekorn im blauen Meer	《蓝海洋中的高粱》	Konrad Herrmann, Yang Enlin	Reclam	Leipzig	1987
Ding Ling	丁玲	Hirsekorn im blauen Meer	《蓝海洋中的高粱》	Yang Enlin, Konrad Herrmann	Pahl-Rugenstein	Köln	1987
Ding Ling	丁玲	Jahreszeiten einer Frau	N/A	Michaela Herrmann	Herder	Freiburg, Basel	1991
Duo Duo	多多	Der Mann im Käfig. China, wie es wirklich ist	《笼中的男人：真实的中国》	Bi He, La Mu	Herder	Freiburg, Basel	1990
Duo Duo	多多	Wegstrecken	《里程》	Jo Fleischle, Peter Hoffmann, Jürgen Ritter u. a	Projekt	Dortmund	1994
Duo Duo	多多	Heimkehr: Erzählungen	《回家：短篇小说集》	Irmtraud Fessen-Henjes	Edition Solitude	Stuttgart	1997
Feng Li	冯丽	Ein vermeintlicher Herr	《所谓先生》	Ulrich Kautz	Ostasien	Gossenberg	2009
Feng Li	冯丽	Der Duft der Kindheit	《不想长大》	Dorothee Schaab-Hanke	Ostasien	Gossenberg	2009

附录一　中国现当代文学德译出版目录：1949—2020

续表

Autor	作者	Titel	书名	Übersetzer	Verlag	Ort	Jahr
Feng Zhi	冯至	Die 27 Sonette	《27首十四行诗》	Wolfgang Kubin	Suhrkamp	Frankfurt	1987
Feng Jicai	冯骥才	Ach!	《啊!》	Dorothea Wippermann	Volk und Welt	Berlin DDR	1989
Feng Jicai	冯骥才	Der wundersame Zopf. Erzählungen	《神鞭》	Monika Katzenschlager, Frieder Kern	Verlag für fremdsprachige Literatur	Beijing	1991
Feng Jicai	冯骥才	Leben! Leben! Leben! Ein Mann, ein Hund und Mao Zedong	《感谢生活》	Karin Hasselblatt	Verlag Sauerländer	Aarau, Frankfurt am Main	1993
Feng Jicai	冯骥才	Drei Zoll goldener Lotus	《三寸金莲》	Karin Hasselblatt	Herder	Freiburg	1994
Feng Jicai	冯骥才	Die lange dünne Frau und ihr kleiner Mann	《高女人和她的矮丈夫》	Hannelore Salzmann	Projekt	Dortmund	1994
Feng Xuefeng	冯雪峰	Fabeln	《寓言》	Jiang Chende	Verlag für fremdsprachige Literatur	Beijing	1981
Gao Xingjian	高行健	Die Busstation	《车站》	Chang Hsien-Chen, Wolfgang Kubin	Brockmeyer	Bochum	1988
Gao Xingjian	高行健	Flucht-eine moderne Tragödie. Texte des Autors und ergänzende Materialien	《逃亡：一部现代悲剧》	Helmut Forster-Latsch	Brockmeyer	Bochum	1992
Gao Xingjian	高行健	Das Nirvana des "Hundemanns" und andere chinesische Stücke	《野人的涅槃和其他中国剧本》	Irmtraud Fessen-Henjes, Ania Gleboff	Henschel	Berlin DDR	1993

续表

Autor	作者	Titel	书名	Übersetzer	Verlag	Ort	Jahr
Gao Xingjian	高行健	Auf dem Meer: Erzählungen	《给我老爷买鱼竿》	Natascha Vittinhoff	S. Fischer	Frankfurt	2000
Gao Xingjian	高行健	Nächtliche Wanderung. Reflektionen über das Theater	《夜游：对于戏剧的思考》	Martin Gieselmann, Andrea Janku, Andrea Riemenschnitter, Irmy Schweiger, Susanne Weigelin-Schwiedrzik	Mnemosyne	Neckargemünd	2000
Gao Xingjian	高行健	Die Berg der Seele	《灵山》	Helmut Forster-Latsch, Marie Luise Latsch, Gisela Schneckmann	S. Fischer	Frankfurt	2001
Gao Xingjian	高行健	Das Buch eines einsamen Menschen	《一个人圣经》	Natascha Vittinhoff	S. Fischer	Frankfurt	2004
Gao Xingjian	高行健	Die Angel meines Großvaters: Erzählungen	《给我老爷买鱼竿》	Natascha Vittinhoff	S. Fischer	Frankfurt	2008
Gao Yunlan	高云览	Alle Feuer brennen. Roman	《小城春秋》	Peter Hünsberg	Greifen	Rudolfstadt	1961
Gao Xiaosheng	高晓声	Die Drachenschnur. Geschichte aus dem chinesischen Alltag	高晓声代表作《风筝飘带：中国日常生活中的故事》	Andreas Donath	Neuwied	Darmstadt	1981
Gao Xiaosheng	高晓声	Geschichten von Chen Huansheng	《陈奂生上城》	Eike Zschacke	Lamuv	Göttingen	1988
Gu Hua	古华	Hibiskus oder Vom Wandel der Beständigkeit	《芙蓉镇》	Peter Kleinhempel（英文转译）	Volk und Welt	Berlin DDR	1986

续表

Autor	作者	Titel	书名	Übersetzer	Verlag	Ort	Jahr
Gu Cheng	顾城	Quecksilber und andere Gedichte	《顾城——〈水银〉及其他》	Peter Hoffmann, Ole Döring, Silke Droll	Brockmeyer	Bochum	1990
Guo Xiaolu	郭小橹	Es war einmal im Fernen Osten: Ein Leben zwischen zwei Welten	《昔日东方》	Anne Rademacher	Albrecht Knaus	München	2018
Guo Moruo	郭沫若	Qu Yuan Schauspiel in 5 Akten aus dem Jahr 1941	《屈原》	Markus Mäder	Verlag für fremdsprachige Literatur	Beijing	1980
Guo Moruo	郭沫若	Kindheit	《我的童年》	Ingo Schäfer	Insel	Frankfurt	1981
Guo Moruo	郭沫若	Jugend（Autobiographie）	《少年时代》	Ingo Schäfer	Insel	Frankfurt	1985
Hao Jinfang	郝景芳	Peking falten	《北京折叠》	Marc Hermann	Rowohlt	Reinbek bei Hamburg	2018
Hao Jinfang	郝景芳	Wandernde Himmel	《流浪苍穹》	Marc Hermann	Rowohlt	Reinbek bei Hamburg	2018
Hao Ran	浩然	Da-mang wird flügge. 6 Kurzgeschichten für Kinder	《树上鸟儿叫》	Li Deman	Verlag Neue Welt	Beijing	1976
Hei Ma	黑马	Verloren in Peking	《混在北京》	Karin Vaehning	Eichborn	Frankfurt	2000
Hei Ma	黑马	Das Klassentreffen oder Tausend Meilen Muehsal	《孽缘千里》	Karin Hasselblatt	Eichborn	Frankfurt	2002
Hong Ying	虹影	Der Verratene Sommer	《背叛之夏》	Stephanie Song	Aufbau	Berlin	1997
Hong Ying	虹影	Die chinesische Geliebte	《k. 或者：英国情人》	Martin Winter	Aufbau	Berlin	2004

续表

Autor	作者	Titel	书名	Übersetzer	Verlag	Ort	Jahr
Hong Ying	虹影	Der chinesische Sommer	《背叛之夏》	Karin Hasselblatt	Aufbau	Berlin	2005
Hong Ying	虹影	Der Pfau weint	《孔雀的叫喊》	Karin Hasselblatt	Aufbau	Berlin	2005
Hong Ying	虹影	Tochter der großen Stroms: Roman meines Lebens	《饥饿的女儿》	Karin Hasselblatt	Aufbau	Berlin	2006
Hong Ying	虹影	Die Konkubine von Shanghai	《上海王》	Claudra Kaiser	Aufbau	Berlin	2009
Hong Ying	虹影	Der chinesische Sommer	《背叛之夏》	Karin Hasselblatt	S. Fischer Taschenbuch	Frankfurt	2017
Hu Yepin	胡也频	Hu Yeh-p'in und seine Erzählung "Nach Moskau"	《到莫斯科去》	Roderich Ptak	Klemmerberg	Bad Boll	1979
Jiang Zilong	蒋子龙	Alle Farben des Regenbogens	《赤橙黄绿青蓝紫》	Rolf Warnecke	Verlag für fremdsprachige Literatur	Beijing	1989
Jin Yong	金庸	Die Legende der Adlerkrieger	《射雕英雄传》	Karin Betz	Heyne	München	2020
Lao She	老舍	Das Teehaus	《茶馆》	U Kräuter, Huo Yong	Suhrkamp	Frankfurt	1980
Lao She	老舍	Das Teehaus	《茶馆》	Volker Klöpsch	Rowohlt	Reinbek bei Hamburg	1980
Lao She	老舍	Blick westwärts nach Chang an	《西望长安》	Ursula Adam（编译）	Minerva	München	1983
Lao She	老舍	Die Blütenträume des Lao Li	《离婚》	Irmtraud Fessen-Henjes	Volk und Welt	Berlin-DDR	1984
Lao She	老舍	Die Stadt der Katzen	《猫城记》	Volker Klöpsch	Suhrkamp	Frankfurt	1985

续表

Autor	作者	Titel	书名	Übersetzer	Verlag	Ort	Jahr
Lao She	老舍	Rikschakuli	《骆驼祥子》	Irmtraud Fessen-Henjes	Volk und Welt	Berlin-DDR	1987
Lao She	老舍	Eine Erbschaft in London	《二马》	Irmtraud Fessen-Henjes	Volk und Welt	Berlin-DDR	1988
Lao She	老舍	Vier Generationen unter einem Dach	《四世同堂》	Irmtraud Fessen-Henjes	Unionsverlag	Zürich	1998
Lao She	老舍	Sonnenschein	《阳光》	Hans Peter Hoffmann, Brigitte Höhenrieder und dem Germersheimer Arbeitskreis chinesische Literatur	Projekt	Bochum, Freiburg	2017
Li Er	李洱	Der Granatapfelbaum, der Kirschen trägt	《石榴树上结樱桃》	Thekla Chabbi	DTV	München	2007
Li Er	李洱	Koloratur	《花腔》	Thekla Chabbi	Klett-Cotta Verlag	Stuttgart	2009
Li Guowen	李国文	Gartenstraße 5	《花园街5号》	Marianne Liebermann	Aufbau	Berlin, Weimar	1989
Liu Cixin	刘慈欣	Die drei Sonnen	《三体》	Martina Hasse	Heyne	München	2016
Liu Cixin	刘慈欣	Spiegel	《镜子》	Marc Hermann	Heyne	München	2017
Liu Cixin	刘慈欣	Der dunkle Wald Die Trisolaris-Trilogie	《三体2：黑暗森林》	Karin Betz	Heyne	München	2018
Liu Cixin	刘慈欣	Weltenzerstörer	《人和吞食者》	Karin Betz	Heyne	München	2018
Liu Cixin	刘慈欣	Die wandernde Erde	《流浪地球》	Marc Hermann	Heyne	München	2019

续表

Autor	作者	Titel	书名	Übersetzer	Verlag	Ort	Jahr
Liu Cixin	刘慈欣	Jenseits der Zeit	《三体 3：死神永生》	Marc Hermann, Johannes Fiederling, Karin Betz	Heyne	München	2019
Liu E	刘鹗	Die Reisen des Lao Can	《老残游记》	Hans Kühner	Insel	Frankfurt	1989
Liu Heng	刘恒	Bekenntnisse eines Hundertjährigen	《苍河白日梦》	Ingrid Müller, Zhang Rui	Hanser	München	2009
Liu Xinwu	刘心武	Der Glücksbringer	《如意》	Andreas Donath	Neuwied	Darmstadt	1981
Liu Zhenyun	刘震云	Taschendiebe	《我叫刘跃进》	Marc Herrmann	Dix Verlag & PR	Düren	2009
Liu Zhenyun	刘震云	1942	《温故一九四二》	Martin Winter	Löcker	Wien	2014
Lu Hsün	鲁迅	Die wahre Geschichte des Ah Queh	《阿Q正传》	Herta Nan, Richard Jung (d. i. Ulrich Unger)	Paul List	Leipzig	1954
Lu Hsün	鲁迅	Morgenblüten abends gepluckt	《朝花夕拾》	Johanna Herzfeldt	Rütten und Loening	Berlin DDR	1958
Lu Hsün	鲁迅	Der Einsturz der Lei-feng-Pagode: Essays über Literatur und Revolution in China	《论雷峰塔的倒掉——文学和革命选集》	Hans Christoph Buch, Wong May	Rowohlt	Reinbek bei Hamburg	1973
Lu Hsün	鲁迅	Einige Erzählungen	《鲁迅作品选》	Joseph Kalmer	Verlag für fremdsprachige Literatur	Beijing	1974
Lu Hsün	鲁迅	Die Methode, wilde Tiere abzurichten.	《鲁迅作品选集：小说、杂文、诗歌》	Wolfgang Kubin	Oberbaum	Berlin	1979

续表

Autor	作者	Titel	书名	Übersetzer	Verlag	Ort	Jahr
Lu Hsün	鲁迅	In tiefer Nacht geschrieben	《鲁迅作品选集：小说、杂文、书信》	Yang Enlin, Konrad Herrmann	Reclam	Leipzig	1981
Lu Hsün	鲁迅	Die wahre Geschichte des Ah Q	《阿Q正传》	Joseph Kalmer, überarbeitet v. Oskar von Törne	Suhrkamp	Frankfurt	1982
Lu Hsün	鲁迅	Kein Ort zum Schreiben. Gesammelte Gedichte	《鲁迅诗选》	Ebert Baqué, Jürgen Theobaldy	Rowohlt	Reinbek	1983
Lu Hsün	鲁迅	Morgenblüten abends gepflückt. Eine Auswahl aus seinem Werk	《朝花夕拾》	Johanna Herzfeldt（编译）	Rütten und Loening	Berlin DDR	1958
Lu Ssün	鲁迅	Alte Geschichten neu erzählt	《故事新编》	Rosi Sichrovski	Verlag für fremdsprachige Literatur	Beijing	1983
Lu Ssün	鲁迅	Die Reise ist lang. Gesammelte Erzählungen	《鲁迅小说选集》	Jseph kalmer	Progress	Düsseldorf	1955
Lu Xsün	鲁迅	Erzählungen aus China	《鲁迅小说选集》	Jossi v. Kokskull（俄文转译）	Rütten und Loening	Berlin DDR	1952
Lu Xun	鲁迅	Die große Mauer. Erzählungen, Essays, Gedichte	《长城：小说、杂文诗歌选集》	Hans Magnus Enzensberger	Franz Greno	Nördlingen	1987
Lu Xun	鲁迅	Das trunkene Land	《集外集》	Ruth Cremerius, Raoul David Findeisen, Angelika Gu, Christine Homann, Wolfgang Kubin, Michaele Link, Stefan Maedje, Yu Ming-chu, Florian Reissinger, Ekkehard Sillem	Unionsverlag	Zürich	1994

续表

Autor	作者	Titel	书名	Übersetzer	Verlag	Ort	Jahr
Lu Xun	鲁迅	*Das Totenmal*	《坟》	Kuan Yu-chien (Hg.); Katharina Barten, Gudrun Fabian, Barbara Hoster, Michaela Link, Sabine Rott, Irmgard Wiesel, Friederike Wohlfahrt, Thomas Zimmer	Unionsverlag	Zürich	1994
Lu Xun	鲁迅	*Blumen der Frühe am Abend gelesen*	《朝花夕拾》	Kuan Yu-chien (Hg.); Gudrun Erler, Anika von Greve-Dierfeld, Petra Häring-Kuan, Wolfgang Kubin, Stefan Maedje, Bettina Schröder, Ekkehard Sillem	Unionsverlag	Zürich	1994
Lu Xun	鲁迅	*Zwischenzeiten Zwischenwelten*	《彷徨》	Kuan Yu-chien (Hg.); Ruth Cremerius, Gudrun Erler, Petra Häring-Kuan, Christine Homann, Yu Ming-chu	Unionsverlag	Zürich	1994
Lu Xun	鲁迅	*Altes, frisch verpackt*	《故事新编》	Michaela Link	Unionsverlag	Zürich	1994
Lu Xun	鲁迅	*Applaus*	《呐喊》	Raoul Findeisen, Wolfgang Kubin, Florian Reissinger	Unionsverlag	Zürich	1999
Lu Xun	鲁迅	*Das trunkene Land*	《鲁迅文集》	Angelika Gu, Wolfgang Kubin	Unionsverlag	Zürich	2009
Lu Xun	鲁迅	*Werke: Studienausgabe in 2 Bände*	《鲁迅选集》（2卷本）	Wolfgang Kubin（编译）	Unionsverlag	Zürich	2015
Lu Yanzhou	鲁彦周	*Die wunderbare Geschichte vom Himmel-wolken-berges*	《天云山传奇》	Eike Zschacke	Volk und Welt	Berlin DDR	1981

续表

Autor	作者	Titel	书名	Übersetzer	Verlag	Ort	Jahr
Lu, Wenfu	陆文夫	Der Gourmet	《美食家》	Ulrich Kautz	Diogenes	Zürich	1993
Mai Jia	麦家	Das verhängnisvolle Talent des Herrn Rong	《解密》	Karin Betz	DVA	München	2015
Mao Dun	茅盾	Der Laden der Familie Lin	《林家铺子》	Joseph Kalmer	Volk und Welt	Berlin DDR	1953
Mao Dun	茅盾	Seidenraupen im Frühling	《春蚕》	Joseph Kalmer	Insel	Leipzig	1955
Mao Dun	茅盾	Die Kleine Hexe: Erzählungen	《小巫：短篇小说选》	Johanna Herzfeldt	Reclam	Leipzig	1959
Mao Dun	茅盾	Regenbogen	《虹》	Marianne Bretschneider	Volk und Welt	Berlin DDR	1963
Mao Dun	茅盾	Schanghai im Zwielicht	《子夜》	Johanna Herzfeldt	Volk und Welt	Berlin DDR	1966
Mao Dun	茅盾	Seidenraupen im Frühling	《春蚕》	Fritz Gruner	Volk und Welt	Berlin DDR	1975
Mao Dun	茅盾	Schanghai im Zwielicht	《子夜》	Franz Kuhn, Rev. Ingrid u. Wolfgang Kubin	Oberbaum	Berlin	1979
Mao Tse-tung	毛泽东	37 Gedichte	《毛泽东诗选》	Joachim Schickel	DTV	Hamburg	1965
Mao Tse-tung	毛泽东	Das Mao Tse-tung Brevier	《毛主席语录》	F. C. Steinhaus	Marienburg	Würzburg	1967
Mao Tse-tung	毛泽东	Das Rote Buch. Worte des Vorsitzenden Mao Tse-tung	《毛主席语录》	Tielemann Grimm	Fischer	Frankfurt, Hamburg	1967
Mian Mian	棉棉	La, la, la	《啦啦啦》	Karin Hasselblatt	KiWi	Köln	2009
Mian Mian	棉棉	Deine Nacht, mein Tag	《糖》	Karin Hasselblatt	KiWi	Köln	2009
Mian Mian	棉棉	Panda Sex	《熊猫》	Martin Woesler	KiWi	Köln	2009

续表

Autor	作者	Titel	书名	Übersetzer	Verlag	Ort	Jahr
Mo Yan	莫言	Das Rote Kornfeld	《红高粱》	Peter Weber-Schäfer	Rowohlt	Reinbek bei Hamburg	1993
Mo Yan	莫言	Die Knoblauchrevolte	《天堂蒜薹之歌》	Andreas Donath	Rowohlt	Reinbek bei Hamburg	1997
Mo Yan	莫言	Trockener Fluß und andere Geschichte	《枯河及其他故事》	Susanne Hornfeck	Projekt	Dortmund	1997
Mo Yan	莫言	Die Schnapsstadt	《酒国》	Peter Weber-Schäfer	Rowohlt	Reinbek bei Hamburg	2002
Mo Yan	莫言	Das Rote Kornfeld	《红高粱》	Peter Weber-Schäfer	Unionsverlag	Zürich	2007
Mo Yan	莫言	Der Überdruss	《生死疲劳》	Martina Hasse	Horlemann	Bad Honnef	2009
Mo Yan	莫言	Die Sandelholzstrafe	《檀香刑》	Karin Betz	Insel	Frankfurt, Leipzig	2009
Mo Yan	莫言	Die Knoblauchrevolte	《天堂蒜薹之歌》	Andreas Donath	Unionsverlag	Zürich	2009
Mo Yan	莫言	Der Überdruss	《生死疲劳》	Martina Hasse	Unionsverlag	Zürich	2012
Mo Yan	莫言	Die Schnapsstadt	《酒国》	Peter Weber-Schäfer	Unionsverlag	Zürich	2012
Mo Yan	莫言	Frösche	《蛙》	Martina Hasse	Hanser	München	2013
Mo Yan	莫言	Wie die Blatt sich wendet: eine Erzählung aus meinem Leben	《变》	Martina Hasse	Hanser	München	2014
Mu Zimei	木子美	Mein intimes Tagebuch	《遗情书》	Isabell Lorenz	Aufbau	Berlin	2007

续表

Autor	作者	Titel	书名	Übersetzer	Verlag	Ort	Jahr
Qian Zhongshu	钱锺书	Das Andenken. Erzählungen	《钱锺书小小说选》	Charlotte Dunsing; Ylva Monschein	neue chinesische Bibliothek HM	Köln	1986
Qian Zhongshu	钱锺书	Die umzingelte Festung	《围城》	Monika Motsch, Jerome Shih	Insel	Frankfurt	1988
Qiu Xiaolong	裘小龙	Rote Ratten	《双城案》	（英文转译）	DTV	München	2009
Qiu Xiaolong	裘小龙	Blut und rote Seide	《红英之死》	（英文转译）	Paul Zsolnay	Wien	2009
Shen Congwen	沈从文	Die Grenzstadt	《边城》	Ursula Richter	Suhrkamp	Frankfurt	1985
Shen Congwen	沈从文	Shen Congwen, Erzählungen aus China	《沈从文短篇小说选》	Ursula Richter	Insel	Frankfurt	1985
Shen Congwen	沈从文	Die Grenzstadt und andere Erzählungen	《边城和其他短篇小说》	Ursula Richter, Martin, Helmut, Volker Klöpsch	Volk und Welt	Berlin DDR	1988
Shu Ting	舒婷	Archaeopteryx	《双桅船》	Ernst Schwarz	Neues Leben	Berlin DDR	1984
Shu Ting	舒婷	Schu Ting	《舒婷诗集》	Ernst Schwarz	Neues Leben	Berlin DDR	1988
Su Shuyang	苏叔阳	Nachbarn. Ein chinesisches Familiendrama über die Periode des Umbruchs	《左邻右舍》	Roswitha Brinkmann	Brockmeyer	Bochum	1984
Su Tong	苏童	Rote Laterne	《妻妾成群》	Stefan Linster	Goldmann Wilhelm	München	1992
Su Tong	苏童	Rouge. Frauenbilder des chinesischen Autors Su Tong	《红粉：中国作家苏童的妇女形象》	Susanne Baumann	Projekt	Dortmund	1996
Su Tong	苏童	Reis	《米》	Peter Weber-Schäfer	Rowohlt	Reibek b. Hamburg	1998

Autor	作者	Titel	书名	Übersetzer	Verlag	Ort	Jahr
Su Tong	苏童	Die Opium Familie	《罂粟家族》	Peter Weber-Schäfer	Rowohlt	Reibek b. Hamburg	1998
Wang An Yi	王安忆	Wege: Erzählungen aus dem chinesischen Alltag	《王安忆短篇小说选》	Andrea Döteberg	Engelhardt-Ng	Bonn	1985
Wang An Yi	王安忆	Kleine Liebe: Zwei Erzählungen	《荒山之恋》、《锦绣谷之恋》	Karin Hasselblatt	Hanser	München	1988
Wang An Yi	王安忆	Zwischen Ufern	《米尼》	Silvia Kettelhut	Edition Q	Bedm	1997
Wang Gang	王刚	Der Englischlehrer	《英格力士》	Ulrich Kautz	Ostasien	Grossenberg	2014
Wang Jiaxin	王家新	Nachgereichte Gedichte	《王家新诗选》	Wolfgang Kubin	BACOPA	Schiedlberg	2017
Wang Meng	王蒙	Das Auge der Nacht	《夜的眼》	Irmtraud Fessen-Henjes	Unionsverlag	Zürich	1987
Wang Meng	王蒙	Ein Schmetterlingstraum: Erzählungen	《蝴蝶》	Fritz Gruner	Aufbau	Berlin DDR	1988
Wang Meng	王蒙	Wang Meng: lauter Fürsprecher und andere Geschichten	《王蒙小说选》	Inse Cornelssen, Sun Junhua, Wang Meng	Brockmeyer	Bochum	1989
Wang Meng	王蒙	Rare Gabe Torheit	《活动变形人》	Ulrich Kautz	Waldgut	Frauenfeld	1994
Wang Shuo	王朔	Herzklopfen heisst das Spiel	《玩的就是心跳》	Sabine Peschel	Diogenes	Zürich	1995
Wang Shuo	王朔	Oberchaoten	《顽主》	Ulrich Kautz	Diogenes	Zürich	1997
Wang Shuo	王朔	Ich bin doch dein Vater!	《我是你爸爸》	Ulrich Kautz	Ostasien	Grossenberg	2012

续表

Autor	作者	Titel	书名	Übersetzer	Verlag	Ort	Jahr
Wen, Yiduo	闻一多	Totes Wasser. Eine literarische Übersetzung	《死水》	Hans Peter Hoffmann	Brockmeyer	Bochum	1992
Xiao Bai	小白	Die Verschwörung von Shanghai	《租界》	Lutz W. Wolff	Insel	Berlin	2017
Xiao Hong	萧红	Frühling in einer kleinen Stadt	《小城三月》	Ruth Keen	Cathay	Köln	1985
Xiao Hong	萧红	Der Ort des Lebens und Sterbens	《生死场》	Karin Hasselblatt	Herder	Freiburg	1989
Xiao Hong	萧红	Geschichten vom Hulanfluβ	《呼兰河传》	Ruth Keen	Insel	Frankfurt	1990
Xu Lu	徐鲁	DiDa	《滴答》	Anna Stecher, Zhang Weiyi	Edition Raetia	Bozen	2009
Xu Zechen	徐则臣	Im Laufschritt durch Peking	《跑步穿过中关村》	Marc Hermann	Berliner Taschenbuch Verlag	Berlin	2009
Yan Ge	颜歌	Frau Duan feiert ein Fest	《我们家》—《段逸兴的一家》	Karin Betz	Heyne	München	2018
Yan Lianke	阎连科	Der Traum meines Groβvaters	《丁庄梦》	Ulrich Kautz	Ullstein	Berlin	2009
Yan Lianke	阎连科	Dem Volke dienen	《为人民服务》	Ulrich Kautz	Ullstein	Berlin	2009
Yan Lianke	阎连科	Lenins Küsse	《受活》	Ulrich Kautz	Eichborn	Köln	2015
Yang Jiang	杨绛	Wir drei	《我们仨》	Monika Motsch	Matthes und Seitz	Berlin	2020
Yang Lian	杨炼	Aufzeichnungen eines glückseligen Dämons. Gedichte und Reflektionen.	《幸福鬼魂手记》	Wolfgang Kubin, Karin Betz	Suhrkamp	Frankfurt	2009
Yang Xianhui	杨显惠	Der Knochenraub. Berichte aus dem Umerziehungslager.	《夹边沟记事》	Katrin Buchta	Suhrkamp	Frankfurt	2009

续表

Autor	作者	Titel	书名	Übersetzer	Verlag	Ort	Jahr
Yu Hua	余华	Leben	《活着》	Ulrich Kautz	Klett-Cotta	Stuttgart	1998
Yu Hua	余华	Brüder	《兄弟》	Ulrich Kautz	S. Fischer	Frankfurt	2009
Yu Hua	余华	Schreie im Regen	《细雨中呐喊》	Ulrich Kautz	S. Fischer	Frankfurt	2018
Yu Luojin	遇罗锦	Ein Wintermärchen	《一个冬天的童话》	Michael Nerlich	Engelhardt-Ng	Bonn	1985
Zhang Ailing (Eileen Chang)	张爱玲	Das Reispflanzerlied	《秧歌》	Susanne Hornfeck	Ullstein	Berlin	1987
Zhang Ailing (Eileen Chang)	张爱玲	Gefahr und Begierde: Erzählungen	《色戒》	Susanne Hornfeck, Wang Jue, Wolf Baus	claassen（Ullstein）	Berlin	2008
Zhang Ailing (Eileen Chang)	张爱玲	Die Klassenkameradinnen: Novelle	《同学少年都不贱》	Susanne Hornfeck, Wang Jue	Ullstein	Berlin	2020
Zhang Jie	张洁	Schwere Flüge	《沉重的翅膀》	Michael Kahn-Ackermann	Hanser	München	1985
Zhang Jie	张洁	Die Arche	《方舟》	Nelly Ma& Kann-Ackermann	Frauenoffensive	München	1985
Zhang Jie	张洁	Schwere Flüge	《沉重的翅膀》	Michael Kahn-Ackermann	Aufbau	Berlin DDR	1986
Zhang Jie	张洁	Liebeserzählungen	《爱情短篇小说集》	Claudia Nagiera, Gerd Simon	Simon und Magiera	Nordlingen	1987
Zhang Jie	张洁	Solange nichts passiert, geschieht auch nichts: Satiren	《何必当初：讽刺小说集》	Michael Kahn-Ackermann	Hanser	München-Wien	1987
Zhang Jie	张洁	Abschied von der Mutter	《世界上最疼我的那个人去了》	Eva Müller	Unionsverlag	Zürich	2009
Zhang Xianliang	张贤亮	Die Hälfte des Mannes ist die Frau	《男人的一半是女人》	Petra Rezlaff	Limes	Frankfurt, Berlin	1989

续表

Autor	作者	Titel	书名	Übersetzer	Verlag	Ort	Jahr
Zhang Xianliang	张贤亮	Die Pionierbäume	《绿化树》	Beatrice Breitenmoser	Brockmeyer	Bochum	1990
Zhang Xianliang	张贤亮	Gewohnt zu sterben	《习惯死亡》	Rainer Schwarz	Edition Q	Frankfurt, Berlin	1994
Zhang Xinxin	张辛欣	Pekingmenschen	《北京人》	Hrsg. Martin, Helmut	Eugen Dierderichs	Köln	1986
Zhang Xinxin	张辛欣	Traum unserer Generation	《我们这个年纪的梦》	Goatkoei Lang-Tan	Engelhardt-Ng	Bonn	1986
Zhang Xinxin	张辛欣	Eine Welt voller Farbe: 22 chinesische Proträts	《北京人——100个普通人的自述》选集	Indes Gründel, Petra John, Marianne Liebermann, Eva Müller, Reiner Müller	Aufbau	Berlin, Weimar	1987
Zhang Xinxin	张辛欣	Am Gleichen Horizont	《在同一地平线上》	Marie-Luise Beppler-Lie	Engelhardt-Ng	Bonn	1987
Zhao Shuli	赵树理	Die Lieder des Li Yü-ts'ai.	《李有才板话》	Joseph Kalmer	Volk und Welt	Berlin-DDR	1950
Zhao Shuli	赵树理	Die Wandlung des Dorfes Lidjadschuang	《李家庄的变迁》	Tjen Nou	Volk und Welt	Berlin-DDR	1952
Zhu Wen	朱文	I love Dollars und andere Geschichten aus China	《我爱美元》	Frank Meinshausen	Verlag A1	München	2009

附录二

个人与政治之间

——布赫访谈

对话/布赫（Hans Christoph Buch）顾文艳
时间地点/2018年9月1日下午，布赫柏林家中
语言/德语（由笔者翻译整理）

顾文艳：布赫先生，感谢您不顾旅途劳顿接受我的访问。您在邮件中说您刚从尼加拉瓜回来？

布赫：是这样，我刚下飞机没多久，还要为德国刊物写一篇关于那里学生运动和政治动乱的稿件。我一个月之前去的尼加拉瓜，对那里的学生抗议运动做了一些实地考察。一开始，学生抗议的原因是环境问题，后来愈演愈烈，实际情况很疯狂。

顾文艳：这让我想到了五十年前1968年西德的学生抗议运动，我们或许也可以从这里开始今天的访谈。您在1973年编译了一本鲁迅选集，这为联邦德国的知识分子打开了一扇通向现代中国的文学大门。当时，联邦德国刚刚从学生抗议运动的政治狂热中走出来，您这个时候编选鲁迅作品受到此前政治运动的影响吗？

布赫：当然深受影响。其实，在编译《论雷峰塔的倒掉》之前我还出版了一本书，这本书里也选录了有关鲁迅的文章，是关于鲁迅革命文学思想和毛泽东在延安文艺座谈会上的讲话的。

1968年那个时代，还是学生的我们对中国很感兴趣，对中国文

化革命也很向往。可在当时封闭的情况下，我们很难了解在中国究竟发生了什么。就在那个时侯，出现了一本刊物，叫作《时刻表》（Kursbuch），也许您知道这个杂志。这本杂志在1968年发表了几篇鲁迅有关文学革命的文章，我第一次读到时就深受触动——非常个人化，但同时也很政治化。很主观，同时又不那么主观。当时，我正好在罗沃尔特出版社（Rowohlt Verlag）当编辑，在策划一个系列的政治文学丛书。那时我们普遍有马克思主义的政治倾向，我自己其实是托洛茨基主义者。但不管怎样，无论是拥护马克思主义还是托洛茨基派，列宁主义还是毛泽东主义，我们都会对鲁迅感兴趣。鲁迅是一名伟大的作家。我很喜欢读他的文字，于是就在英文译本和另一个朋友 Wong May 的帮助下，选择了一些鲁迅的杂文，翻译成德语。Wong May 现在住在都柏林，她是一名用英文写作的诗人，来自新加坡。那个时候我读了很多鲁迅的作品，同时也阅读了中国古典文学作品，包括杜甫、李白和苏东坡。六七十年代去美国的时候，我还在那里学了一点中文。那个时候，欧美对中国很有兴趣。后来，中国的"文革"结束了，但这也没有妨碍我们对中国的兴趣，妨碍我们继续阅读鲁迅。鲁迅是现代文学的经典，阅读鲁迅的不仅是西方毛泽东主义者，还有很多希望理解现代中国的读者。……对了，我后来去中国的时候还去过杭州，参观了我编译的那本书《论雷峰塔的倒掉》书名里的雷峰塔。

顾文艳：您的这本鲁迅文选在当时影响到了不少汉学家。

布赫：我在编译这本书的时候还不认识什么汉学家。当时汉学界普遍关注古代中国。我的文学榜样是鲁迅本人，他说过，他自己的一生太短暂了，没有这么多时间学习俄语、德语，所以干脆从日语转译。他在日本学医期间接触到欧洲文学和哲学作品，就把这些作品从日语转译到中文。对我来说，我的母语德文和中文之间的语言桥梁是英语，还有一些意大利语，因为我当时也参考了1968年意大利语版本的鲁迅杂文集《伪自由书》（La falsa libertà，1968）。

顾文艳：关于鲁迅的翻译问题，汉学界曾经有过争议。一位汉学家曾告诉过我,有两种盛行的鲁迅译法,一种译法透露出对鲁迅普罗文学精神的理解,另一种则将鲁迅视作精英知识分子,比如顾彬曾经站在前者的立场翻译,后来又转向后者。您怎么看这样的情况?

布赫:顾彬是我的一个好朋友,他翻译了很多作品,而他翻译的作品都非常的"顾彬"(有个人风格)。当然,在70年代,我对汉学家的翻译和争执都不感兴趣,用这两种倾向标准来衡量鲁迅也是可笑的,因为鲁迅自己就批判过封建文学和无产阶级普罗文学。在这一点上,布莱希特和鲁迅是一样的,无法被简单化地归类。布莱希特、卡夫卡出身于资产阶级家庭,鲁迅出身于没落的士大夫家庭,假如鲁迅能够读到卡夫卡的作品,他一定会非常喜欢的,因为他们的文字都有相通之处,都体现出悲观,反讽,还有幽默。这其实是非常难得的,因为反讽和幽默非常难翻译。在某一个国家是讽刺好笑的可能对另一个国家的读者来说,完全起不到任何效果。可是,当人们读到像《阿Q正传》这样的故事时,无论哪个文化的读者都能够读出这是一个讽刺而风趣,同时带有悲剧性的、真诚的故事。这就是一个伟大文学作品的标志。杜甫、苏东坡,还有莎士比亚都是如此,既诙谐幽默又真诚严肃,这也是生活原本的模样。人们不能用资产阶级还是无产阶级这样的方式来为文学归类。

我当时就知道这一点,我把鲁迅和卡夫卡放在一起比较阅读——你难道不觉得鲁迅和卡夫卡有很多相似之处吗?当然,我那时候也很政治化,把在中国发表的一切都仔细研读,我们当时对"文革"还存有幻想,以为一切都是在和平的情况下发生的,直到后来我们才得知真相。其实,在那个年代,不仅是左翼学生对中国充满好奇,保守派的记者和政治家也对中国有兴趣。这些保守派——相当于当今德国执政党基督教民主联盟(CDU)——激烈地批判苏联,因此他们很高兴看到中国对苏联的批判。我的鲁迅译本付梓以后,竟然在《世界报》(*Die Welt*)上得到了评论,而且占了很大版面。《世界报》是当时非常保守的报纸,就我个人的政治立场而言,我应该永远不会为《世界报》撰写任何文章。可这时候，德国的保守派反苏联，中国也反苏联，这里就可以用那句亘古名言来总结了：敌人的敌人是我的朋友。尼克松和基辛格，还有之后西德的施密特（Helmut Schmidt），依循的是同样的外交逻辑。我还记得50年代的时候，中国对我们来说是完全封闭的。当时有几位来自民主德国的作家，曾经到过中国也写过中国，但他们的文学记录都很肤浅。有一个例外是朱白兰（Klara Blum），一名来自维也纳的犹太女学生，在奥地利就加入了共产党，1947年前往莫斯科。她在莫斯科与一名中国导演相爱，这个导演被苏联秘密警察杀死了，她不知道，就去中国到处找他。1950年代，她在民主德国出版了关于中国和中国文学的书，其中也介绍了鲁迅。除此之外，西欧比较早介绍鲁迅的还有几个荷兰人，拉斯特（Jeff Last），还有一名荷兰导演，他拍了关于世界五大河流的纪录片，因为要拍长江到过中国，他也读到过鲁迅。

顾文艳：我记得您在《论雷峰塔的倒掉》后记中说过，《时刻表》上的鲁迅推介有过度政治化之嫌，但您出版的这本鲁迅文选在策略上也是面向同一个读者群，封面上还特别引用了突出鲁迅作为革命家的话语。

布赫：我那时对毛泽东在延安文艺座谈会上的讲话印象非常深刻，对他的观点也很认同，但后来就不这样了。很久以后，有一年我去纽约大学讲课，碰到了一名中国学生，他交给我的课程作业是关于延安文艺和王实味的历史故事。我看了这个故事以后觉得很有意思，就去图书馆找资料，以这个历史事件为材料写了一个短篇小说，收在我的文集里。

顾文艳：很多年以后的20世纪80年代，您也作为德国作家代表来到中国，您对当时的文学作品和文学现场有什么样的印象？

布赫：我不会中文，只是阅读了一些作品，认识了一些作家，比如王蒙和张洁。王蒙后来在柏林时也来我们家做客。1985年在北京，我们认识的比较有意思的作家还有朦胧诗人北岛、顾城和杨炼。但总体来说，我没有读太多中国当代作家的作品。当然，当今中国又出现了不少好作家。顾彬以前说，中国当代文学只有诗歌有价值。这句话是不对的，当代中国也有不少优秀的小说家，比如余华。我认真地读过他的《兄弟》，是非常出色的一部小说。

顾文艳：作家这个身份在德国和欧洲文化传统中经常会和"知识分子"联系在一起，尽管这个称呼也变得越来越空泛，您怎么看在接受文学作品时将作家视作知识分子的预设和责任要求？

布赫：作家的知识分子称谓并不空泛，也没有消亡。回到鲁迅的例子，鲁迅对我来说就像一个兄弟，一个现代知识分子，在专注文学创作之余也积极参与政治活动。在抗议和批判的意义上，他确实是左翼的知识分子。他在上海的时候曾经为了在德国遭迫害的犹太知识分子向德国领事馆递交过抗议书，就跟当年德莱弗斯（Alfred Dreyfus）案中控诉政府的左拉一样。今天，知识分子仍然是社会中的重要群体，只是他们的角色和定义改变了。比如在尼加拉瓜，知识分子的任务是呼吁民主和人权。另外，一些新的主题出现了，比如妇女权利，儿童教育等，但这些其实也是鲁迅早已经关注的社会问题。

顾文艳：这种思路会影响德国读者对中国作家和文学的评价吗？

布赫：在一定程度上会影响到文学接受，但更重要的可能还是文学市场，尤其是英美还有法语图书市场的参照。今天的知识分子评价中国和中国文学的态度要比六七十年代更加具有批判性。同时，中国现在已经是世界第二大经济强国，自然有很多人想要更多了解中国，会因此对当代中国文学产生兴趣，但也对中国作家作为知识分子的社会批判性有所期待。我个人的经验是：在我读了鲁迅作品之后，我发现中国一点儿也不难懂。中国社会有跟我们社会一样的问题，中国的知识分子也有跟我们国家知识分子一样的情怀。虽然我们之间有诸多语言文化传统上的差异，但是总体来看，只要我们愿意深入了解中国的文化和社会，不管是通过文学阅读还是其他方式，都是可以做到的。

附录三

中国现当代文学翻译与出版的困境
——顾彬访谈

对话/顾彬（Wolfgang Kubin） 顾文艳
时间地点/2017年10月20日，北京外国语大学西院国际大厦
2017年11月23日，华东师范大学逸夫楼咖啡馆
2018年1月28日，奥地利维也纳大学校园啤酒屋
语言/中文（笔者根据三次访谈整理而成）

顾文艳：顾彬教授，您从事中国文学翻译研究工作多年，熟悉中国现当代文学在德语国家传播的情况，也是德语地区最早从事中国现当代文学研究的汉学家之一。我想首先请您谈谈您关注中国现当代文学的背景情况和个人起点。

顾彬：大概从1972年中国和联邦德国建交那年开始，尼克松访华以后，世界格局开始发生改变。当时在西德，我们这些汉学学生把它称作命运之年（Schicksalsjahr），因为这意味着我们有可能来中国交流。1975年，我作为留学生来中国，开始翻译贺敬之、浩然、李瑛他们的作品。东德和中国在50年代的联系比较密切，那时候有很多翻译作品。1961年苏联和中国决裂之后，中国和民主德国在文化文学上的交流也少了一些。直到1979年之后，东西两德才涌现了很多中国现当代文学翻译作品，同中国在文学上的交流也渐渐成熟，但真正成熟很晚，一直要到90年代。

顾文艳：从那以后，德国汉学界对中国现当代文学的关注也逐渐提升了？

顾彬：1977 年，我在柏林自由大学介绍当代文学，他们那个时候需要一个专门介绍中国现当代文学的人。那时我的同事还有瓦格纳（Rudolf Wagner），他后来去了美国，去美国之前写了一本书《文学与政治在中国》（Literatur und Politik in China），写得非常好，里面也有作品翻译。从 1985 年起，波恩大学开始开设现代汉学、翻译学和介绍中国概况的课程，其中就包括了中国现代文学、文艺和文化研究，我也就在那个时候来到波恩大学，从此有了一系列译介中国现当代文学到德国的成果。90 年代初，中国走上市场经济之路，不少汉学家或者汉学系学生从文学转向了经济，大部分学生老师离开了汉学系，翻译和研究中国现代文学的成绩自然就开始下滑。到 90 年代中旬，已经很少有人读研究文学的汉学了。科隆大学 80 年代末找人教 20 世纪中国文学和哲学，而我正好在波鸿大学教中国古代文学和哲学。波鸿和科隆离得很近，都有汉学学科，但每个学校只允许有一个汉学学科专业。于是，我就在波鸿大学讲起了古代文学。负责波鸿大学汉学系的是我的学生冯铁（Raoul David Findeisen），但他看不起当代文学，更多研究 20 世纪 20 年代的文学作品，也就是更偏现代而不是当代的作品。后来他有一个继承人，主要研究古代语言文学和哲学。科隆大学那边后来有司马涛（Thomas Zimmer）在，很重视当代文学，但前几年来的人是作媒体研究的。现在德语区汉学系认真作中国现当代文学研究的可能只有一个地方，就是瑞士的苏黎世大学，有一名女教授主要就是做 1979 年以后的当代文学。

顾文艳：中德建交之后，西德汉学界的研究方向逐渐发生转变，区域性的文学交流是不是也发生了转向？比如从对台湾的关注转向了同大陆地区的文学交流？

顾彬：并没有真的转向，大多数汉学家不想去台湾，可能除了马汉茂。他是在台湾做的研究，从 80 年代开始介绍来自大陆的文学作品，但他也没有停止对台湾文学的译介。要研究和介绍中国现当代文学，大陆文学当然是最重要的，这一点德国的汉学家都知道。同时不能忘记的是，1986年以前在台湾都买不到鲁迅的书，还有很多民国时期的文学作品都不能公开出售，可能私底下小书店可以做一些交易，大陆的现代文学在台湾的传播也是有限制的。

顾文艳：您对当今中国文学在"走出去"文化战略下的外译传播似乎并不看好，是基于哪些方面的原因？是中国策略的问题还是也和德语国家内部文学机制的运作相关？

顾彬：我前几年写过一篇文章，发表在2016年汉学中心的期刊 *Orientierung* 上，主要讲2014年以来中国文学"走出去"计划的实践。总体来说，中国文化"走出去"在文学推广方面并不算成功，主要有以下几个方面的原因。第一个是推行方式不成熟。尝试向海外推介中国文学的人根本不了解外国市场。这里的市场，比如说德国图书市场，当然可以被包括在你说的德国文学机制之内。第二个是翻译的问题。中国对译者没有要求，没有找最优秀的译者，没有找专家来翻译。最后还有一个比较难堪的情况，就是抄袭问题，尤其是古代典籍的重译版本，华兹生（Burton Watson）翻译成英文的《庄子》就被后来重译的中方译者大段大段地抄袭，这种现象在汉译德的丛书里也有，具体我也不赘述了。

顾文艳：是的，您一直强调翻译的重要性。具体到中国现当代文学的德语译介，我们知道外研社在80年代也出过一系列译介中国现当代文学到德语区的丛书，可以看作80年代的文化"走出去"，那时的推广可以同这些年的推广相比较吗？

顾彬：80年代比现在好太多了。那时候外研社的文学德译推广可以说是成功的，因为当时请的大多是德国译者。

顾文艳：现在把中国当代文学翻译到德语的的确不少是中国译者，这好像违背了文学翻译的理想准则。说到翻译，我们都知道您翻译了大量北岛等当代诗人的作品。您在选择这些作家作品的时候，有什么择取的标准吗？

顾彬：作家和诗歌作品选择按照我自己的喜好，我还翻译过北岛的散文，散文篇目主要是他自己选的，我没有太多时间逐个挑选。

（以下系笔者在顾彬完成维也纳大学演讲之后进行的访谈）

顾文艳：顾彬教授，我想从昨天您在李夏德（Richard Trappl）告别会上的演讲"汉学的责任：可能与界限"说起，您说作为汉学家处于东西文化和学术交流中，有时容忍会衍生偏狭（Toleranz gebiert Intoleranz），有时学术会偏向一种"批判异域主义"（kritischer Exotismus），其实也就是"不具批判性的后殖民主义"（unkritischer-Postkolonialismus）。您这里是在批评一些学者看待中国文化和文化中"中国"形象的问题时，缺乏思辨性而导致观点顽固偏狭吗？

顾彬：我这里说的是东方文化学术界，当然也包括汉学界，这几十年对萨义德和他的"东方主义"学说不加判断的运用。自1978年萨义德发表《东方主义》以来，一些学者在研究中国文学和看待西方汉学研究的时候，有一个主流的研究标准就是跟随"后殖民"的观点批判西方：我们不需要西方对我们文化的解释，不需要西方来建构我们的文学，我们不要"欧洲中心主义"，不要白人，不要殖民，不要男人！这种思路在东方主义学说流传的一开始可能是一个新思路，在90年代也很流行，但现在经过了这么多年，还是继续不加思考地把"后殖民"的路线用到现在的汉学研究和中西文学交流研究上，那就有些问题了。何况，萨义德的东方主义说的是西方通过对伊斯兰文学艺术作品的阐释构建了自我优越性，而不是从这种批判出发来进行学术研究，把这个理论套用到汉学研究上不太合理。举一个例子，他们为什么要批判法国汉学家于连（François Julienne）？他们说于连读老子哲学，发展出的是一套西方理论，用的是西方阐释"他者"的话语。但其实这种话语只是一种以欧洲文化为背景的文化语言，当他把老子翻译成欧洲文化语言来阅读的时候，本身就是一种阐释。

顾文艳：这种思路主要是中国学者在沿用？

顾彬：中国学者，也有西欧汉学家，主要是美国汉学引领。

顾文艳：说到不同地域背景的汉学学术，您昨天的演讲里多次提到美国汉学和西欧汉学，并且一直强调两者的不同。

顾彬：是的。西欧汉学和美国汉学完全不同。我昨天说了语言问题。西欧知识分子不少有多种语言的文化背景，汉学家至少要会三种语言——比如德国汉学家就要懂汉语、德语和英语，很多时候还需要法语和拉丁文，但美国汉学家只需要懂汉语和英语。美国学者太懒，中国学者更懒，（用西欧理论的时候）不喜欢看原著。就说黑格尔的理论，我们德国学者用黑格尔的理论，看他的作品很吃力，必须认真琢磨；中国学者和美国汉学家，每个人都很懂黑格尔，每个人都用黑格尔学说，但你们看的是哲学译著。翻译本身就是一种阐释，特别是这种概念性的词语。我问你一个问题，你说屈原是爱国主义诗人吗？

顾文艳：一般都会这么说吧？

顾彬：胡说八道！你知道爱国主义这个词的拉丁语词源吗？拉丁语系里爱国主义这个词是对父辈和祖先"土地"的热爱，是从法国大革命前后才有了"爱国"的意思。那么屈原那时候的爱国，其实也就是爱"楚"，但"楚"是国吗？他只是忠于自己热爱的故土。

顾文艳：用您的话来说，翻译就是一种误读。不同语言背景和学术培养也会产生偏差，所以您说西欧和美国汉学的差别在于汉学家语言背景和培养背景不同，或者说，是两种语言文化下知识结构的差异。

顾彬：另外还有一点，用刚才说的"后殖民"的例子就可以说明：美国汉学是纯粹的意识形态学。美国汉学家都是意识形态学学者。纯粹的意识形态。Reine Ideologie！

顾文艳：全都是？

顾彬：几乎全都是，当然也有例外，比如宇文所安他们。我的观点（在意识形态上）跟美国汉学的主流不一样，所以他们很少请我去交流参会。近年来，凡是请我去学术交流的都是中国过去的学者，几乎没有在美国出生的汉学家——其实在我看来，美国汉学界现在主要也还是由来自中国，就是后来才移民去美国的汉学家支撑起来的。美国本地汉学家不支持我的观点，所以他们也不邀请我去参会。中国赴美的汉学家也有不同意我观点的，但他们还是会请我去交流，比如纽约大学的张旭东。

顾文艳：那么说回德语世界汉学研究和中国现当代文学译介传播，您这次来维也纳参加汉学教授李夏德的告别会，您怎么评价奥地利汉学界对中国现当代文学传播和研究的工作？

顾彬：学术研究上没做什么。李夏德近些年一直是维也纳孔子学院院长，现在离开维也纳大学汉学系，主要负责孔子学院和文化交流方面的行政工作。他为中国和奥地利，和整个德语世界的文化交流做了不少贡献，其中也有一些中国新文学在奥地利的出版项目。比如维也纳孔子学院今年和中国的出版社合作，出版了一套中国现代文学丛书，一共八本。

顾文艳：我听您之前说过，在网上还没有找到，但记得您说翻译是有问题的。

顾彬：何止有问题。它翻译之后的德语还是不错的。我跟一些译者交流过，因为他们请的译者都是奥地利当地的作家，但他们都不懂中文，是从英文翻译过去的。这些作家都没有汉学背景，对中国也称不上了解，有几个译者还告诉我，他们看的英译本很多地方阅读起来都有障碍，不好懂。

顾文艳：这听上去有点荒谬，让人想到林纾当年找懂法文的人讲《茶花女》的情节，再根据故事，"译"撰成书。奥地利和其他德语地区这么多汉学家和懂中文的人，按理来说不应该在这个时代，还有这样不考虑文字精准的文学译介方式了。

顾彬：这是中国出版社的决策，从英文翻译就不用再支付一次版权费，可以省一笔钱。

顾文艳：但他们还是会向奥地利出版社和译者支付费用吧？

顾彬：很大一笔钱。

顾文艳：那他们为什么要这么做？

顾彬：（叹气）出版社和文化决策领导的决定，他们不尊重文学。是你们自己不尊重自己的文学作品。

顾文艳：所以您每次说到中国的文化"走出去"政策的时候都说是失败了。

顾彬：我那篇文章写的很多策略上面的失败。首先是翻译，中国出版社会请中国的译者来翻译成德文。把中国文学翻译成英文的中国译者有几个优秀的，但也很少。汉译德可以说没有一个优秀的中国译者，他们的翻译一方面是错误太多，每一页都有一些小错误，积累到最后就太多错误了，根本看不下去；另一方面更没法克服的是，他们把文学作品翻译成德语以后没有诗意，缺少"i"上面最后的一点，我们德语里有这个表达你知道吗？Punkt auf i.

顾文艳：嗯，点睛之笔。

顾彬：还有，中国出版社不研究甚至不考虑德国图书市场和德国出版机制。他们出版的书都太重了，味道不好闻，他们不懂在德国书是人们随身带着阅读的，要轻，也要漂亮，因为书也是礼物。有一个奥地利的出版社汤豪泽（Thanhäuser）也出过我的书，一个很小的出版社，在林茨，他们的书都做得非常漂亮，像艺术品一样，也卖得很贵，平均每本书要100多欧元。在法兰克福书展上，他们的展台都围着很多人，其他出版社都想要知道他们是怎么做书的，所以都来学习。中国出版社却不学习，所以他们出的中国现当代文学德语译本都卖不出去，没有市场。在中国图书界也是这样，比如每年诺贝尔文学奖揭晓以后，获奖作品大部分还没有中文译著，一揭晓以后在一个月、半个月之内就把翻译赶出来出版。在德国，比如汉泽尔（Carl Hanser）出版社，他们在诺贝尔文学奖揭晓之前一般就已经有翻译好的书了，所以非常成功。他们会结合图书出版策略研究文学作品，而中国出版社不会。还有，在我们德国买书的大部分是女人，他们想看的是女作家写的书，想看女作家写女人的故事。我早年翻译了丁玲的《莎菲女士的日记》，这本书写得很好，在德国出版以后卖得也非常好。现在我觉得也还是应该引进更多中国当代女作家写的书，但中国出版社都不知道这一点。

顾文艳：说回您译介中国现当代文学的问题。您和出版社的关系是怎么样的？

顾彬：主要是德语出版社来找我的，特别是近年来，都是出版社来请我翻译。之前其实主要也是这样。

顾文艳：您在 80 年代还和大名鼎鼎的苏尔坎普（Suhrkamp）出版社合作，可是之后很少再有在苏尔坎普出版的译作。

顾彬：1985 年左右，出版人 Siegfried Unseld 要求出版外语作品，后来就不怎么出版中国作家作品了。他们最近出版了所谓的中国异议作家黄贝岭的作品，但我发现他其实是一个骗子，因为他的非虚构写作很多都是假的。

顾文艳：德语出版社和中国出版社发行文学作品的方式差异大吗？

顾彬：非常大。在德国出版社，编辑的作用非常关键。一个审稿人（Lektor）看一本书的时间需要半年，但在中国，出版社如果要我的书，我给他们初稿之后的一个月内就可以出版。我在德国出版中国文学翻译的时候，如果出版社内部没有人，我会让我的学生仔仔细细地阅读，确定没有错误之后再给出版社。在中国的情况完全不一样。事实上，中国作家也是一样，写作速度很快。莫言一个月之内能写完一本 100 万字的小说《生死疲劳》（按：其实是 40 多天写完的 40 多万字的小说），在还有很多逻辑错误的情况下小说就问世了，这种方式我是绝对不可能认同的。

顾文艳：谢谢您接受我的访谈。

附录四

中国现当代文学德译传播背后的故事
——魏格林访谈

对话/魏格林（Susanne Weigelin-Schwiedrzik） 顾文艳
时间地点/2018年3月16日，维也纳大学汉学系
语言/德语（由笔者翻译整理）

顾文艳：魏格林教授，您是德语汉学界有名的学者。据我所知，您的学术道路是从中国文学的翻译和研究开始的，包括很多现代文学的翻译工作。

魏格林：是的。

顾文艳：您当时是在什么样的情况下选择文学翻译作为中国学学术研究的开始的？

魏格林：我很愿意叙述这一段经历。1976年毛泽东去世，"四人帮"被粉碎的时候，德国很多关注中国的人经历了一场巨大的幻灭。在此之前，德国人相信自己可以在《北京日报》、"四人帮"的宣传文件等当时从中国传输到德国的纸媒中，读到中华人民共和国的真实政治情况，并且可以依此大概地勾画出一副中国的现实图景。可是，令所有人都惊讶不已的是，中国共产党的政策彻底告别了之前的阶段。这种认识并非直到1978年改革开放才开始，而是在1976年就已经非常清晰了。那时候，很多人四处询问的是，我们究竟要怎样去了解当下的中国，去知晓在中国发生了什么？换句话说，中

国的哪种媒介能最真实地向我们透露中国当下的社会现实？于是，很多人选择了文学。他们认为，如果他们阅读中国文学，那么总能从中对中国社会有所认知。可是那时还没有太多人的中文能达到把中国文学翻译成德语的水平。我是属于头几批从德国去中国留学归来的学生。实际上，不管我们在科研上是什么方向的，只要我们中文足够好，我们都被分配了笔译或口译的任务。

那时候的翻译任务有两个重点。第一个重点是最新发表的小说，也就是所谓的伤痕文学作品。这些作品中涉及对"文革"时期生活的描述，是这个特殊时期的写照。由于这些文学在中国是现实主义，或者说是新现实主义的作品，就有（德国）人认为，只要我们把这些作品翻译出来，就能找到一个通向中国现实的入口。我就是在这样的背景下翻译了一系列作品。第二个重点也是我个人翻译的一个重点，那就是鲁迅。当时奥伯鲍姆（Oberbaum）出版社获得了在德国出版鲁迅译作的许可。出版社将编译鲁迅的任务交给了顾彬先生。顾彬先生请我翻译短篇小说集《呐喊》，我和其他同样会中文的学生们一起翻译了这本小说集。我在翻译的时候，正好也已经完成了关于《呐喊》和《彷徨》的硕士学位论文。因为我写了这篇硕士学位论文，我对鲁迅的短篇小说持有个人特定的解读，我的翻译也体现了我的解读。我把译文交给顾彬先生后，他表示不认同我翻译鲁迅的方式。这也是为什么这本小说集翻译之后并没有得到出版的原因。我随即表示同意修改我的翻译，并且尝试修改了其中《白光》的译文。

当时，我们的分歧其实很有趣。最核心的问题是，鲁迅是否真的像"文革"时期宣传的那样，是一名中国人民大众的作家？还是他其实是一名精英作家，一个会在个人文学作品中对知识分子身份进行深刻反思的作家？我的硕士学位论文的题目是《鲁迅和知识分子》，而我分析的结论是，鲁迅和他的文学作品归根结底面向的是精英知识分子，而不是人民大众。顾彬先生在当时的立场和我相左，他认为我的德语翻译过于精英化，不能为鲁迅的作品在德国带来广泛的读者受众。在他看来，光是我的用语方式就已经将可能的读者圈画限定了。

更有意思的是，当时还出现了第二个矛盾。那时德语地区已经出现了鲁迅译本，通过国资书店辗转在德国得到发行。鲁迅的短篇小说主要是卡尔莫（Joseph Kalmer）的翻译版本。我发现原文中有些地方在卡尔莫的版本中没能得到准确的翻译。于是，我对卡尔莫没能翻译出来的部分进行了另外的处理。可是顾彬也没有接受这些处理。矛盾最终的解决方法是：我不再跟进这个项目，而顾彬也在很久之后才推出了全部由他一个人完成的多卷本鲁迅文集德译本。不管怎么样，这些都是 70 年代中国文学德语翻译的两个重点。

苏尔坎普出版社接下来推出了两卷中国文学选集，1949 年以前的上卷本和 1949 年以后的下卷本，其中上卷由吕福克（Volker Klöpsch）主编。我同吕福克在中国就认识。这两卷译本大概能够体现当时中国现代文学德语翻译的进程。我翻译了王亚平的《神圣的使命》，关于这篇小说的最后一句话，这时候又出现了分歧。我最初用悲观的语调翻译这句话，而顾彬无法接受。最终，我接受了他的修改，但在最后一句话后面加了一个注释，表示这个翻译处理由顾彬负责。这实际上是一个政治性分歧。顾彬先生要比我年长一些，而他也比我早一年去中国。他是 1974—1975 年在中国，而我是 1975—1977 年来到中国。这就意味着，我亲身经历了 1976 年的转折，而他却没有。因此，我其实对我们究竟应该如何修正心目中中国形象这个问题进行过深入反思，而他在当时未必注意到这一点。当时在奥伯鲍姆出版社发行的还有一些巴金和茅盾的书，都是以前老的翻译。这就说明，我们那时所处的整体环境让我们认定，文学是通往中国现实的一个通道。我们逐渐认识到，如果我们阅读巴金和茅盾在 1949 年以前写下的作品，我们就能够对现代中国的历史产生和"文革"时期教条宣传中不一样的认识。这其实就是最初翻译交流的动机。

我的丈夫就是在这样的大环境下出版了《中国文学的春天?》，我也为这本书做了翻译工作。我把访谈全部重新翻译了一遍，因为当时中国的译者并不能真正把所有的内容都翻译成德语。我丈夫的这本书原本也是计划由苏尔坎普出版社出版的，但由于顾彬先生的要求而没能在那里出版，而是由科隆的小出版社发行了。那个时候，这本书呈现出的是一种与此前全然不同的了解中国和中国文学的方式。我的丈夫比我大很多。他有参加学生抗议运动的背景，看过恩岑斯贝格的出版物。恩岑斯贝格在学生运动时期推出过鲁迅的文章，而那些文章表现出的姿态，是作为知识分子作家的鲁迅正在同另一群知识分子交流。我们就是承续了这样一种理解鲁迅的传统。还有布赫的鲁迅杂文选集，也是一本在当时得到很多人关注的译作，因为这些文章总是发表在特定的语境中：知识分子思考有关革命的问题，思考文学在革命中扮演什么样的角色，甚至是否应该扮演角色。因此，鲁迅的形象也是一个思考中的精英知识分子的形象，而不是人民作家鲁迅的形象。我就是延续这种鲁迅接受的传统，而我也认为，鲁迅之所以能够在德国成为接受最深最广的作家，就是因为他的作品是在这样的语境中得到传播的，他的作品是得到知识分子的阅读和讨论的。

顾文艳： 您说到布赫的鲁迅译本，您也受到了他的影响？

魏格林： 是的，尤其是前言部分。在前言（笔者按：实为后记）中，布赫把鲁迅视作善于深思的知识分子。在我的硕士学位论文和后来撰写的有关鲁迅和希望原则的文章中，我得出了一个在当时相对新颖的研究结论，那就是有关鲁迅对尼采的深入探究和在创作中对尼采思想的继承。由于尼采可以被视作国家社会主义意识形态下的先锋思想家，他不仅受到中国左翼的排斥，也已被欧洲左派摒弃。然而，70年代，随着德国左翼运动的退潮，知识界重新掀起了一场尼采思想的接受风潮。当时的我还比较年轻，我没有经历过知识界正面或负面接受尼采的历史阶段，直到我写关于鲁迅和知识分子的硕士学位论文，我已经读完了有关这个题目的早期文献，包括高利克（Jozef Marián Gálik）1972年的论述，还有米尔斯（Harrison Mills）1974年的论文。这两篇文章都在思想史的层面进行论述，认为鲁迅和尼采之间存在着精神史的关联，但这两篇文章都没有对鲁迅的文学文本进行探究，并没有试图从文学作品中寻找尼采思想的痕迹。

顾文艳：而您也为您的论文另选了一个题目。

魏格林：是的。大致就在这样的情况下我选择了鲁迅和知识分子的题目，此后我也一直从事鲁迅研究。

顾文艳：延续您之前的说法，德国译介中国文学有"文革"叙事和鲁迅这两个重点，这两个重点是在汉学家的引导下出现的吗？

魏格林：奥伯鲍姆出版社是所谓的德国共产党的先锋出版社。德国共产党在当时是德国境内许多不同的毛主义组织之一，而奥伯鲍姆就是与这个组织公开合作的出版社。内行人都知道，它其实就是德国共产党的出版社，而这家出版社在德国共产党衰退之后还继续运营了一段时间。可以说，当时德国对中国文学特殊的兴趣，很大程度上源于德国境内毛泽东思想下的左翼运动，也因此与这家出版社密切相关。德国对中国文学的关注并不是出于严格意义上的社会诉求，而是出于左翼知识分子发展一种不同于以往的探索中国路径的需要。当然，在德国共产党解散之后，奥伯鲍姆出版社的经济来源也就成了问题，而此后中国文学译本的目标读者群也扩至整个试图了解中国的群体。我们可以注意到，苏尔坎普出版社也加入了这一领域的出版宣传。苏尔坎普是一家由知识分子运作，为知识分子生产发行的出版社。对中国文学的兴趣诞生于左翼社会思潮，先是在曾经的毛主义者之间，随即波及更大的"左"倾知识分子群体。这个群体此时不再同莫斯科有紧密联系，而更多的是参与欧洲共产主义运动，托洛茨基主义运动，左翼社会民主党等，很多自由游离的知识分子。他们基本上都对中国有兴趣，也希望通过阅读中国文学加强对中国的认知。

顾文艳：他们心目中的中国形象是随着1976年的转折被修正的吗？

魏格林："四人帮"的垮台自然震动了整个世界的左翼阵营，尤其是那些同中国存在密切联系的地区。如果暂且走出德语地区的范畴，我们不难发现有些地区，比如在法国，发行了大量的中国文学作品译本。直到如今，法语地区发行的中国文学译作在数量上仍然远远超过德语地区。这事实上也同革命时期的推动有关。法国在1968年前后发起了影响深远的毛主义运动，同时托洛茨基主义者和自由左翼知识分子活动也影响重大。同样地，在意大利境内也有影响较为广泛的毛主义运动，而他们也是在这个时期开始了大量的中国文学译介活动的。英语世界的情况比较特殊，因为在那里的毛主义运动相对要弱很多。在我个人的观察中，英语地区——美国、澳大利亚、加拿大和英国——对中国文学的译介和接受并没有像欧洲大陆那样深受左翼政治运动的影响。左翼政治运动语境在一瞬之间被打破，也就是粉碎"四人帮"的时候。那个时候，即便在西方我们也突然非常清楚一点，那就是"文革"的政治生活不会再继续了。由于欧洲的毛主义运动是随着"文革"兴起的，"文革"的结束也就意味着这些毛主义者们的活动失去了意识形态的根基。这也是为什么当时那么多人陷入了迷茫，亟须新的思考：在我们过去所属的和现在听到的巨大的分歧当中，我们现在应该相信什么？在这种疑惑迷茫，这种强烈的不确定感当中，我们必须认识到真实的情况，必须接受现实，然后就出现了这个问题：我们究竟应该怎样认识现实？我们不可能几百万人一起涌向中国——那个时候中国还不像现在这么开放，我们不可能所有人都去中国旅游——那么这时候，文学就成了一座通向真实的重要桥梁。通过这种新现实主义的伤痕文学，人们突然感觉到自己能够接触到中国的现实了。当然，这也在另一方面表现出，对中国文学的兴趣归根结底还是充满政治性的。

顾文艳：在德语地区内部，对中国文学的政治化接受有差异吗？比如以国别划分的奥地利、瑞士德语区，还有1989年以前的东西德分野？

魏格林：毛主义运动最盛行的地区还是在德国境内，接下来是奥地利，再接下来是瑞士。粉碎"四人帮"之后反响最大的是西德，也直接导致西德毛主义运动的平息和组织的解散。奥地利左翼政治运动的走向，同中国时事的发展没有那么大的关联，但它也直接受到了德国境内政治航向的影响，而瑞士地区中国文学接受的政治性就更加不明显了。

这里有个有趣的故事。几年以前，在维也纳举办过一场很成功的"文革"展览，我也参与了策展。围绕这场展览的还有不少活动，很多曾经的奥地利毛主义者也前来参加。关于德语地区的毛主义，有一本梅嘉乐（Barbara Mittler）和文浩（Felix Wemheuer）编写的书很值得注意，其中也包括了不少曾经的毛主义者的访谈——顺便一提，我丈夫曾经也是毛主义者。这场公开的展览产生了很大的反响，观众反应激烈。令我非常惊讶的是，这场展览从奥地利开始，之后也在瑞士公开展出。瑞士开展日的当天来了太多人，以至于最后连站的地方都没有了。很多观展人都曾经是毛主义运动的参与者。后来，这个展览又来到了德国不来梅，并且同一个有关中国20世纪史的展览合并在一起。总而言之，中国"文革"的历史对整个德语地区的左翼运动和知识分子思潮都有深远的影响，并且一直延续至今。这就是当代中国文学在德传播与接受起始的一大动因。

顾文艳：就您个人而言，您对中国现代文学的兴趣也是这样被激发的吗？

魏格林：在粉碎"四人帮"的那段时间，我已经对"文革"的真相有了一定了解。我对"文革"的印象和接受并不是通过中国文学作品的阅读，而是通过同中国人的交谈，通过当时北京大学学生的叙述。我之前在中国留学期间认识了他们，而我的丈夫和我也一直非常关注实时发生的事件。我们1980年一起重新来到中国时才刚刚结婚，那时我们也采访了曾经的红卫兵，还以电台节目的形式播出了。

顾文艳：您刚才说到您是1975—1977年在中国。您对当时中国的整体文艺环境和历史转折时期文学界的变化有什么印象？

魏格林：我1975年来到中国的时候只读过浩然的小说，那个时候并没有对中国文学产生太大的兴趣。除了浩然以外，我唯一读过的中国作家就是鲁迅。我去中国交换不是作为语言学生，而是哲学系的学生。因此，我读了大量有关马克思列宁主义和毛泽东思想的文章，阅读研究的重点是在这方面，而不是文学作品。但是鲁迅的文字令我惊叹着迷。当我 1977 年重新回到中国的时候，我意识到，世界上很多人对中国的情况和中国文学都感兴趣。在这之后，我读了更多的文学作品，读了巴金、茅盾、老舍。我始终关注"文革"时期个体命运相关的讨论，同时也将文学文本纳入了我的研究对象。这对于当时的我来说并非个人的兴趣，而是由我作为德国汉学家的学术职业要求决定的。德国大学的汉学家在当时是不可能只研究一个领域的。我当时主要研究中国历史和历史书写，而我的第二领域就是中国文学。我仔细地研究过 1949 年以前的中国文学，也读了很多 1949 年以后的文学作品。苏尔坎普出版社发行的那两本选集差不多就是我们当时关注的主要作品。那些短篇小说是我们大家（汉学家）都读过的作品。

顾文艳：我注意到您那时翻译的是丁玲的作品？

魏格林：我为我丈夫出版的访谈录翻译了丁玲的部分。在吕福克的选本中我翻译的是王亚平的小说。在我丈夫的访谈录里面，我还翻译了艾青延安时期的创作谈，还有丁玲在三八妇女节上的讲话（按：实为《"三八节"有感》）。

顾文艳：这些材料和作品是由您自己选择的吗？

魏格林：我的丈夫采访了丁玲，而我也就在这个背景下阅读了丁玲的作品，对她的生平作了一番深入的了解。您在这本书中看到的翻译基本上都是我的翻译，有些是根据我丈夫当时的录音后期整理的。唯一的例外是艾青。1980 年的时候，我丈夫和我一起见了茅盾和艾青。我丈夫那一次也作了访谈，但这个访谈没有发表。这本书出版在我们结婚以前，我们婚后也再次拜访了茅盾和艾青，特别是艾青。1987 年我们还和我们的孩子一起来到中国，那次也拜访了艾青。

顾文艳：您怎么看您和您丈夫同这些中国作家的个人交往？

魏格林：我同您说过，我丈夫是一名毛主义者。我认识他的那个时候，他正在经历的和很多欧洲共产主义者一样，因为他的右倾机会主义思想遭到组织内部的批判。这就意味着我丈夫在采访那些刚刚得到平反的中国作家时，他自己其实也在经历一个相似的处境，被自己的党派批判开除。如果您读了我丈夫为这本书写的序言，您就会看到那其实来自于一个正在同毛主义分离的毛主义者。我的丈夫原先是从事戏剧行业的，对文学一直有特殊的感情。对他来说，同中国作家的访谈是非常贴近他个人的，表现的是他对中国文学和毛泽东思想下中国作家的命运的理解。这些内容都在序言里能够找到。

顾文艳：在序言里，您先生也说到在那个年代，德国几乎没有人了解中国文学。您认为这个情况在四十年后的今天得到改变了吗？中国现当代文学的德语翻译传播过程和接受机制的确更加高效，但是当今德国的知识分子似乎并不那么关注来自中国的文学作品。

魏格林：您说得很对。您看过我的学生王远远写2009年法兰克福书展风波的那篇硕士学位论文。德国的左翼知识分子在"四人帮"垮台之后经历了一个幻灭的阶段。您可以想象一下，这些左翼知识分子曾经激烈地批判他们的父母，因为他们的父辈在"二战"时期相信希特勒，支持纳粹主义。到了1976年，如果他们认真进行自我剖析，就不得不承认自己也同他们曾经深恶痛绝的父辈们一样狂热地被这些政治迷惑。这就是为什么很多左翼知识分子和毛主义者们在1976年以后再也无法心平气和地对待有关"中国"主题的讨论。我并不属于这一代人，大致比他们年轻了半代。我亲身经历了中国的转折，目睹了中国人民的反应，并且认定这样的变化是正确的。而他们不一样，他们在德国听到关于中国的消息，意识到自己的错误，在此之后则开始公开地批判中国。在批判的同时，他们也就忽略了对文学的关注。

中国当代作家当中，莫言毫无疑问是德语地区受众最广的作家，并且要超过其他作家一大截。很少有中国小说能够以袖珍书的形式得到出版。莫言的小说《天堂蒜薹之歌》和《红高粱》就做到了。

这当然和翻译的质量不无关系,还有影视化的因素。张艺谋拍摄了《红高粱》电影,而莫言作品的读者人数自然超越了鲁迅,超越了所有中国现当代作家。张洁可能是一个例外,她在 80 年代出版的那本作品也得到了广泛的传播。当然,德国公众媒体和知识分子对莫言获得诺贝尔文学奖主要是持批判态度的,包括之前对高行健的态度。我是少数几个正面评价的人之一。

您可能注意到过一本高行健译本,是我丈夫的出版社发行的。我可以给您讲讲背后的趣闻逸事。这本书是在四天之内完成的。我现在还记得,那一周的一开始,高行健获得了诺贝尔文学奖。我们这些在海德堡的汉学家就坐在电话机前面,因为我们接到了太多记者的电话。那些记者都在到处询问汉学家谁是高行健,其他地方的汉学家就说,你们还是打电话问海德堡大学吧,他们知道高行健是谁。于是我们就在电话机前坐了一天。我晚上精疲力竭地回家,我丈夫就对我说,他们不知道高行健是谁,是因为之前德语地区只有在波鸿的布罗克迈尔出版社(Brockmeyer)发行过高行健的一本小册子。接着,我丈夫就提议说,我们也出版一本高行健的书吧。于是我们坐下来,开始翻译,没日没夜地翻译、校对。我们从周四开始,可是下周一新学期就开始了,我们必须在那之前完成这本书。我丈夫必须及时把它送去印刷厂,因为下周三高行健会参加法兰克福书展,周四有一个公开活动,我们竟然就在这之前把书出版了。

所有德国记者们都以为高行健没有被翻译成德语的书。那场活动上,我站在高行健旁边,充当了一会儿翻译。那些记者们只想从高行健口中听到一样东西,那就是他对中国共产党的批判。高行健没有兴趣说,但他们还是试图引导。这个时候,想象有一本书放在他旁边,里面都是高行健自传式的文章,包括他对文学理论和戏剧的看法——当然,我们不可能在这么短的时间内翻译他的文学作品,而只是翻译了他的散文。我们的这本书就这样问世了,就连意大利的报纸《共和国》(*La Republica*)都转载了我翻译高行健的一篇自传体散文。可总体来说,在德国,人们对这些内容并不感兴趣。这本书最终卖出了几千本，完全没有被评论，也没有人关心现在总算有一本高行健文选的德译本问世了。

当莫言获得诺贝尔文学奖的时候，情况就不同了。很多人知道莫言，因为他的小说已经打入了德语市场，还有不少作品已经被翻译成英语和法语。可是他获得诺奖之后，人们就将他称作是政府官员，官方作家，就像2009年法兰克福书展的时候那样。当然，在德国也有一些知识分子是正面看待莫言的，比如马丁·瓦尔泽。莫言和瓦尔泽的对谈，我曾经在《上海文学》上发表过。瓦尔泽先生同一名海德堡的日耳曼文学学者迪特尔·博西迈尔先生关系很好。有一次博西迈尔先生在维也纳，他问我说，他要和瓦尔泽一起前去中国，应该给瓦尔泽先生读哪些中国作家的作品？我推荐了莫言。登机以前，博西迈尔先生把莫言的《红高粱》给瓦尔泽，瓦尔泽在8个多小时的飞行时间中一句话都没有说，没有吃饭，也没有睡觉，就在读那本书。读完以后，他就说，他希望见一见这位作家，而他也在中国见到了莫言。博西迈尔先生陪在他旁边，他那个时候是巴伐利亚艺术科学院的院长，回到德国之后就决定授予莫言这个学院的院士。之后，博西迈尔先生请我作为翻译参加莫言和瓦尔泽的对谈活动，也请了北京大学的黄燎宇先生翻译。莫言评价了瓦尔泽刚刚翻译成中文的小说，瓦尔泽先生也评价了莫言的作品《酒国》。瓦尔泽先生对《酒国》评价很高，博西迈尔先生最后还朗读了小说的最后一段。当然，瓦尔泽先生那个时候就已经是一名饱受争议的作家，但他作为作家的地位还是很高的，博西迈尔先生则公开在《法兰克福汇报》上表示支持瓦尔泽。这就是（莫言在德接受）背后的一个小故事。我那时候为莫言翻译，他也来到了维也纳大学。我们举行了一个小小的活动和朗诵会，访谈后来发表在《上海文学》上。

顾文艳：谢谢您为我们讲述这些背后的故事，对我们理解中国现当代文学的德译传播真是大有助益。谢谢您！

附 录 五

德语学者西文原名、中文名、译名对照一览表

1. 此译名对照一览表包括本书中所涉及的近代以来德语地区学者。
2. 此译名表的汉语译名以德国学者的中文对应名为主，没有找到中文对应名者，以新华通讯社译名室编《世界人名翻译大辞典》（中国对外翻译出版公司2007年版）中的德语对应译名代替。
3. 此译名中的部分汉学家译名参考马汉茂主编《德国汉学》附录一。

A

Michael Kahn Ackermann　阿克曼

B

Werner Bettin　白定元

Karin Betz　白嘉琳

Lutz Bieg　毕鲁直

Marianne Bretschneider　伯耐德

Siegfried Behrsing　贝尔森

Wolf Baus　包惠夫

C

August Conrady　孔好古、孔拉迪

D

Andreas Donath　杜纳德

E

Reinhard Emmerich　艾默力

Eduard Erkes　叶乃度

F

Roland Felber　费路

Irmtraud Fessen-Henjes　尹虹

Johannes Fiederling　唐悠翰

Raoul David Findeisen　冯铁

Helmut Forster　福斯特

Otto Franke　福兰阁

Bernhard Führer　傅熊

G

Fritz Gruner　葛柳南

H

Christiane Hammer　汉雅娜

Martina Hasse　郝慕天

Marc Hermann　马海默

Johanna Herzfeld　赫尔茨菲德

Susanne Hornfeck　洪素珊

Alfred Hoffmann　霍福民

Hans Peter Hoffmann　何致瀚

K

Klaus Kaden　贾腾

Joseph Kalmer　卡尔莫

Thomas Kampen　坎鹏

Ilse Karl　施雅丽

Ulrich Kautz　高立希

Ruth Keen　金如诗
Martin Kern　柯马丁
Erich Klien　克林
Volker Klöpsch　吕福克
Gerd Koenen　克嫩
Renate Krieg　克里格
Wolfgang Kubin　顾彬
Hans Kühner　屈汉斯

M

Helmut Martin　马汉茂
Rupprecht Mayer　梅儒佩
Barbara Mittler　梅嘉乐
Monika Motsch　莫芝宜佳
Klaus Mühlhahn　克劳斯·米尔汉
Eva Müller　梅薏华

N

Christina Neder　雷丹

P

Sabine Peschel　莎沛雪
Irma Peters　彼得斯
Karl Heinz Pohl　卜松山

R

Florian Reissinger　赖辛格

S

Alexander Saechtig　塞西提希
Hannelore Salzmann　扎尔茨曼
Dorothee Schaab-Hanke　沙敦如
Helwig Schmidt-Glintzer　施寒微
Ernst Schwarz　施华兹

Rainer Schwarz　史华兹
Wolfgang Schwiedrzik　吴福冈
Barbara Spielmann　施比尔曼

T

Richard Trappl　李夏德

W

Rudolf Wagner　瓦格纳
Peter Weidhaas　卫浩世
Susanne Weigelin-Schwiedrzik　魏格林
Felix Wemheuer　文浩

Z

Thomas Zimmer　司马涛

参考文献

北岛：《午夜之门》，江苏文艺出版社2009年版。

［德］卜松山：《谁是谁：〈庄子〉、鲁迅的〈起死〉和恩岑斯贝格对庄子的重写》，《文化与诗学》2014年第1期。

［法］布尔迪厄：《艺术的法则：文学场的生成与结构》，刘晖译，中央编译出版社2011年版。

曹卫东：《中国文学在德国》，花城出版社2002年版。

陈民：《苏童在德国的译介与阐释》，《小说评论》2014年第5期。

陈思和：《挑战：从形式到内容：读〈北京人〉随想》，《当代作家评论》1985年第6期。

陈思和：《陈思和自选集》，广西师范大学出版社1997年版。

陈思和：《中国当代文学史教程》，复旦大学出版社1999年版。

陈思和：《新文学整体观续编》，山东教育出版社2010年版。

陈思和：《陈思和文集·新文学整体观》，广东人民出版社2018年版。

陈思和：《陈思和文集·在场笔记》，广东人民出版社2018年版。

陈思和：《民间的浮沉：从抗战到"文革"文学史的一个解释》，《陈思和文集·新文学整体观》，广东人民出版社2018年版。

陈思和：《站在诺贝尔讲坛上的报告：〈讲故事的人〉》，《陈思和文集·在场笔记》，广东人民出版社2018年版。

崔涛涛：《德译本〈蛙〉：莫言在德国的"正名"之作》，《小说评论》2017年第1期。

范劲：《20世纪二三十年代德国汉学对胡适的接受》，《文艺理论研究》2006 年第 3 期。

范劲：《鲁迅研究在德国》，《文艺研究》2018 年第 1 期。

范劲：《形象与真相的悖论——写在顾彬和〈二十世纪中国文学史〉"之间"》，《文学评论》2009 年第 4 期。

房伟：《作家身份结构与新时期文学》，《小说评论》2010 年第 6 期。

［德］费路：《民主德国的当代中国研究》，马汉茂、汉雅娜等主编《德国汉学：历史、发展、人物与视角》，大象出版社 2005 年版。

冯小冰：《〈美食家〉德译本文化专有项的翻译策略研究》，《双语教育研究》2016 年第 2 期。

冯小冰、王建斌：《中国当代小说在德语国家的译介回顾》，《中国翻译》2017 年第 5 期。

［德］福兰阁（Otto Franke）：《两个世界的回忆：个人生命的旁白》，欧阳甦译，社会科学文献出版社 2011 年版。

［德］傅吾康（Wolfgang Franke）：《为中国着迷：一位汉学家的自传》，欧阳甦译，社会科学文献出版社 2012 年版。

［奥］傅熊：《忘与亡：奥地利汉学史》，华东师范大学出版社 2011 年版。

［德］高立希：《我的三十年：怎样从事中国当代小说的德译》，《外语教学理论与实践》2015 年第 1 期。

郜元宝：《身份转换与概念变迁——1990 年代以来中国文学漫议》，《南方文坛》2018 年第 2 期。

［美］戈夫曼：《日常生活中的自我呈现》，黄爱华译，浙江人民出版社 1989 年版。

［德］顾彬：《二十世纪中国文学史》，范劲等译，华东师范大学出版社 2008 年版。

［德］哈贝马斯：《公共领域的结构转型》，曹卫东译，学林出版社 1999 年版。

［德］赫尔伯特·伯蒂格：《四七社：当德国文学书写历史时》，张晏、马剑译，东方出版中心 2017 年版。

［德］亨利希·标尔：《谈废墟文学》，《今天》1978 年第 1 期。

洪子诚：《中国当代文学史》，北京大学出版社 2010 年版。

胡天石：《〈子夜〉德译本忆谈》，《世界图书》1981 年第 9 期。

黄修己、刘卫国：《中国现代文学研究史》（上册），广东人民出版社 2008 年版。

季进：《作为世界文学的中国文学》，《中国比较文学》2014 年第 1 期。

［德］坎鹏：《民主德国的中国学研究：科学计划、高校论文及自我描述》，任仲伟译，马汉茂、汉雅娜等主编《德国汉学：历史、发展、人物与视角》，大象出版社 2005 年版。

［德］库恩：《德文版〈子夜〉前记》，李岫编《茅盾研究在国外》，湖南人民文学出版社 1984 年版。

［德］劳滕贝格（Ursula Rautenberg）、约克（Ulrich Jörg）：《汉译德国出版词典》，曹纬中译，中国书籍出版社 2009 年版。

［德］雷丹：《对异者的接受还是对自我的观照？：对中国文学作品的德语翻译的历史性量化分析》，李双志译，马汉茂、汉雅娜等主编《德国汉学：历史、发展、人物与视角》，大象出版社 2005 年版。

李岫编：《茅盾文学在国外》，湖南人民文学出版社 1984 年版。

廉正祥：《流浪文豪：艾芜传》，四川文艺出版社 1988 年版。

刘旭：《文学莫言与现实莫言》，《文学评论》2017 年第 1 期。

鲁迅：《阿 Q 正传》，《鲁迅全集》第 2 卷，人民文学出版社 2005 年版。

鲁迅：《故事新编·序言》，《鲁迅全集》第 2 卷，人民文学出版社 2005 年版。

鲁迅：《忽然想到（五至六）》，《鲁迅全集》第 3 卷，人民文学出版社 2005 年版。

鲁迅：《革命时代的文学》，《鲁迅全集》第 3 卷，人民文学出版社 2005 年版。

鲁迅：《鲁迅全集》第 4 卷，人民文学出版社 2005 年版。

鲁迅：《呐喊·自序》，《鲁迅全集》第 2 卷，人民文学出版社 2005 年版。

鲁迅：《起死》，《鲁迅全集》第 2 卷，人民文学出版社 2005 年版。

鲁迅：《理水》，《鲁迅全集》第 2 卷，人民文学出版社 2005 年版。

鲁迅：《准风月谈·吃教》，《鲁迅全集》第 5 卷，人民文学出版社 2005 年版。

罗岗：《阿 Q 的"解放"与启蒙的"颠倒"——重读〈阿 Q 正传〉》，《华东师范大学学报》2013 年第 1 期。

［德］马汉茂、汉雅娜等主编：《德国汉学：历史、发展、人物与视角》，大象出版社 2005 年版。

毛小红：《向世界展示中华文化的成功范例：第 61 届法兰克福国际书展中国主宾国活动述评》，《中国出版》2009 年第 16 期。

［德］梅薏华：《1953—1966 年首批来华的德国学生》，任仲伟译，马汉茂、汉雅娜等主编《德国汉学：历史、发展、人物与视角》，大象出版社 2005 年版。

［德］梅薏华：《一辈子献身于中国文学》，臧健《两个世界的媒介：德国女汉学家口述实录》，北京大学出版社 2011 年版。

孟繁华：《伤痕的青春残酷的诗意：评王刚的小说创作》，《南方文坛》2008 年第 1 期。

［美］米德：《心灵、自我与社会》，赵月瑟译，上海译文出版社 1992 年版。

［法］米歇尔·福柯：《什么是作者?》，林泰译，赵毅衡编《符号学文学论文集》，百花文艺出版社 2004 年版。

莫言：《讲故事的人：在诺贝尔文学奖颁奖典礼上的讲演》，《当代作家评论》2013 年第 1 期。

莫言：《白狗秋千架》，浙江文艺出版社 2017 年版。

莫言等：《莫言、魏格林、吴福冈三人谈》(2009 年 10 月 29 日维也纳大学)，《上海文学》2010 年第 3 期。

欧阳江河：《站在虚构这边》，生活·读书·新知三联书店2001年版。

潘琪昌、戴继强、时雨编：《百年中德关系》，世界知识出版社2006年版。

钱锺书：《管锥编》，中华书局1979年版。

［德］屈汉斯：《1968年的抗议运动、毛泽东思想和西德的汉学》，赵倩译，马汉茂、汉雅娜等主编《德国汉学：历史、发展、人物与视角》，大象出版社2005年版。

［法］热拉尔·热奈特：《热奈特论文集》，史忠义译，百花文艺出版社2001年版。

［法］热拉尔·热奈特：《隐迹稿本》，热拉尔·热奈特《热奈特论文集》，百花文艺出版社2001年版。

孙国亮、李斌：《中国现当代文学在德国的译介研究概述》，《文艺争鸣》2017年第10期。

汪晖：《阿Q生命中的六个瞬间：纪念作为开端的辛亥革命》，《现代中文学刊》2011年第3期。

汪晖：《颠倒》，香港中文大学出版社2015年版。

王刚：《英格力士》，人民文学出版社2004年版。

王维江：《20世纪德国的汉学研究》，《史林》2004年第5期。

［德］卫浩世（Peter Weidhaas）：《法兰克福书展600年风华》，欧阳斐斐、蔡嘉颖、天寒译，中国人民大学出版社2007年版。

［美］王德威主编：《哈佛新编中国现代文学史》，麦田出版公司2021年版。

［德］魏格林：《沟通与对话：德国作家马丁·瓦尔泽与莫言在慕尼黑的一次面谈》，《上海文学》2010年第3期。

西谛（郑振铎）：《呐喊》，《文学周报》1926年11月21日。

夏康达、王晓平主编：《二十世纪国外中国文学研究》，天津人民出版社2000年版。

谢淼：《学院与民间：中国当代文学在德国的两种译介渠道》，《中国文学研究》2010年第3期。

谢淼：《译介背后的意识形态、时代潮流与文化场域——中国当代文学在两德译介德迥异状况》，《比较文学与世界文学》2014 年第 2 期。

谢淼：《德国汉学视野下中国当代文学的译介与研究》，南京大学出版社 2016 年版。

邢程：《启蒙寓言：鲁迅〈起死〉的一种读法》，《鲁迅研究月刊》2018 年第 4 期。

熊鹰：《当莫言的作品成为"世界文学"时——对英语及德语圈里"莫言现象"的考察与分析》，《山东社会科学》2014 年第 3 期。

杨四平：《跨文化的对话与想象：现代中国文学海外传播与接受》，东方出版中心 2014 年版。

［德］姚斯：《文学史作为向文学理论的挑战》，《接受美学与接受理论》，周宁、金元浦译，辽宁人民出版社 1987 年版。

［德］叶翰：《德国汉学与慕尼黑的研究传统》，《文化遗产》2014 年第 6 期。

［德］尹虹：《对中国文学的努力：得失相当》，臧健编《两个世界的媒介：德国女汉学家口述实录》，北京大学出版社 2011 年版。

袁基亮：《关于"口述实录文学"的思考》，《当代文坛》1985 年第 12 期。

臧健：《两个世界的媒介：德国女汉学家口述实录》，北京大学出版社 2011 年版。

［美］詹姆斯·凯瑞：《作为文化的传播》，丁未译，华夏出版社 2005 年版。

张国刚：《德国的汉学研究》，中华书局 1994 年版。

张敏：《西德的中国文学热》，《世界图书》1980 年第 10 期。

张世胜：《贾平凹作品在德语国家的译介情况》，《小说评论》2017 年第 3 期。

张旭东：《中国现代主义起源的"名""言"指辩：重读〈阿 Q 正传〉》，《鲁迅研究月刊》2009 年第 1 期。

张永清:《改革开放30年作家身份的社会学透视》,《文学评论》2010年第1期。

张跃生:《口述实录是不是文学:读〈北京人〉有感》,《当代文坛》1985年第6期。

赵亘:《新时期中国女性作家在德语世界的译介与接受》,《小说评论》2017年第5期。

赵毅衡:《符号学文学论文集》,百花文艺出版社2004年版。

周立波:《暴风骤雨的写作经过》,刘景涛编《周立波写作生涯》,百花文艺出版社1986年版。

祝宇红:《"化俗"之超克:鲁迅〈起死〉的叙事渊源与主旨辨析》,《中国现代文学丛刊》2017年第12期。

Arnold, Heinz Ludwig und Hermann Korte (Hrsg.), *Literarische Kanonbildung*, München: Edition Text + Kritik, 2002.

Arnold, Heinz Ludwig (Hrsg.), *Literaturbetrieb in Der Bundesrepublik Deutschland: Ein Kritisches Handbuch*, Aufl. 2. München: Ed. Text + Kritik, 1981.

Arnold, Heinz Ludwig (Hrsg.), *Literaturbetrieb in Deutschland*, Aufl. 3. München: Ed. Text + Kritik, 2009.

Baier, Lothar und Christoph Hein (Hrsg.), *Christoph Hein: Texte, Daten, Bilder*, Frankfurt am Main: Luchterhand-Literaturverlag, 1990.

Baqué, Egbert (Hrsg.), *Lu Xun, Zeitgenosse*, Berlin: Leibniz-Gesellschaft für Kulturellen Austausch, 1979.

Baron, Ulrich, "Codes sind ein Fluch", *Süddeutsche Zeitung*, 18.01.2016.

Bei, Dao, *Buch der Niederlage*, München: Carl Hanser, 2012.

Bei, Dao, *Gezeiten: Ein Roman über Chinas verlorene Generation*, Frankfurt am Main: S. Fischer, 1990.

Bei, Dao, "Deklaration: Für Yu Luoke", *Die Horen*, Vol. 155, 1989: 18.

Benjamin, Walter, *Gesammelte Schriften Bd. IV*, Rolf Tiedemann und

Hermann Schweppenhäuser (Hrsg.), Frankfurt am Main: Suhrkamp, 1972.

Bering, Dietz, "'Intellektueller' — in Deutschland ein Schimpfwort?: Historische Fundierung einer Habermas-Lübbe Kontroverse", *Sprache in Wissenschaft und Literatur*, Vol. 54, 1968: 57 – 72.

Bettin, Werner, Klien, Erich Alvaro und Fritz Gruner (Hrsg.), *Märzschneeblüten: Chinesische Erzählungen*, Berlin: Volk und Welt, 1959.

Birkenhauer, Klaus, "Literarisches Übersetzen in der Bundesrepublik", in Heinz Ludwig Arnold (Hrsg.), *Literaturbetrieb in der Bundesrepublik Deutschland*, Aufl. 2., München: Edition Text u. Kritik, 1981: 214 – 224.

Blume, Georg, "Helden, die nicht zur Ruhe kommen", *Zeit Online*, 11. 10. 2012, https://www.zeit.de/kultur/literatur/2012 – 10/moyan-nobelpreis-literatur.

Buch, Hans Christoph und Wolfgang Kubin, "Ohne Meinungsfreiheit verkommt das Land", *Neue Züricher Zeitung*, 17. 12. 2015.

Buch, Hans Christoph, *Kritische Wälder: Essays, Kritiken, Glossen*, Reinbek bei Hamburg: Rowohlt, 1972.

Buch, Hans Christoph, "Die Spucke des Vorsitzenden Mao", *Die Zeit*, 13. 08. 2009.

Buch, Hans Christoph, "Nachwort", in Lu Xun, *Der Einsturz der Leifeng-Pagode: Essays über Literatur und Revolution in China*, Reinbek bei Hamburg: Rowohlt, 1973: 196 – 213.

Buchta, Katrin (Hrsg.), *China. Literatur. Übersetzen: Beiträge eines Symposiums zu Ehren von Ulrich Kautz*, Frankfurt am Main et. al.: Lang, 2006.

Chabbi, Thekla (Hrsg.) *Ewig aktuell: Aus gegebenem Anlass*, Reinbek bei Hamburg: Rowohlt, 2017.

Cho, M. Y., "Wer ist der bessere Marxist?", *Die Zeit*, 24. 08. 1973.

Cui, Taotao, *Der chinesische Literaturnobelpreisträger Mo Yan in Deutschland：Ein literarischer Brückenbauer zwischen den Kulturen Werke, Übersetzungen und Kritik*, Würzburg：Königshausen & Neumann, 2015.

Dai, Houying, *Die großer Mauer*, München：Hanser, 1987.

Diedrich, Alena, *Melancholie und Ironie：Hans Magnus Enzensbergers Der Untergang der Titanic*, Würzburg：Königshausen & Neumann, 2014.

Dischert, Nicola, Hanke, Martin, und Li Xuetao (Hrsg.), *Schriftenverzeichnis von Wolfgang Kubin (1975 – 2015)：Gu Bin chengguo mulu 顾彬成果目录, 第1版, minima sinica：Zeitschrift zum chinesischen Geist*, Großheirath：OSTASIEN Verlag. XLI, 2016.

Drawert, Kurt, "Die Angst vor den Zeichen：Der Chinesische Lyriker Bei Dao", *Frankfurter allgemeine Zeitung*, 30. 07. 2010.

Enzensberger, Hans Magnus, *Album*, Berlin：Suhrkamp, 2017.

Enzensberger, Hans Magnus, *Der fliegende Robert：Gedichte, Szenen, Essays*, Frankfurt am Main：Suhrkamp, 1989.

Enzensberger, Hans Magnus, *Der Untergang der Titanic：Eine Komödie*, Frankfurt am Main：Suhrkamp, 1978.

Enzensberger, Hans Magnus, *Dialoge zwischen Unsterblichen, Lebendigen und Toten*, Frankfurt am Main：Suhrkamp, 2004.

Enzensberger, Hans Magnus, "Gemeinplätze, die Neueste Literatur betreffend", *Kursbuch*, Vol. 15, 1968：187 – 197.

Enzensberger, Hans Magnus, "Zwei Randbemerkungen zum Weltuntergang", *Kursbuch*, Vol. 52, 1978：1 – 8.

Enzensberger, Hans Magnus, *Überlebenskünstler：99 Literarische Vignetten Aus Dem 20. Jahrhundert*, Berlin：Suhrkamp, 2018.

Fessen-Henjes, Irmtraud (Hrsg.), *Ein Fest Am Dashan. Chinesische Erzählungen*, München：Droemer Knaur, 1988.

Fessen-Henjes, Irmtraud, Fritz Gruner und Eva Müller (Hrsg.), *Erkundu-*

ngen: *16 Chinesische Erzähler*, Berlin: Volk und Welt, 1984.

Findeisen, Raoul David, "'I am a Sinologist and Expert…' The Translator Joseph Kalmer as a Propagator of New Literature", *Studia Orientalia Slovaca*, No. 10, 2011: 389 – 412.

Fischer, Bernd, *Christoph Hein: Drama und Prosa im letzten Jahrzehnt der DDR*, Heidelberg: Winter, 1990.

Freund, Nicolas, "Nach roten Sternen greifen", *Süddeutsche Zeitung*, 15. 02. 2017.

Gao, Xingjian, *Nächtliche Wanderung: Reflexionen über das Theater*, Neckargemünd: Mnemosyne, 2000.

Genette, Gérard, *Palimpsestes. La littérature au second degré*, Paris: Éd. du Seuil, 1983.

Gohls, Tobias, "Therese, die Volksmacht braucht Schießbecher!", *Die Zeit*, 02. 11. 2017.

Greven, Jochen, "Bemerkungen zur Soziologie des Literaturbetriebs", in Heinz Ludwig Arnold (Hrsg.), *Literaturbetrieb in der Bundesrepublik Deutschland*, Aufl. 2., München: Edition Text u. Kritik, 1981: 10 – 27.

Gruner, Fritz, *Der literarisch-künstlerische Beitrag Mao Duns zur Entwicklung des Realismus der neuen chinesischen Literatur*, Habilitation, Leipzig, 1967.

Gruner, Fritz, *Gesellschaftsbild und Menschengestaltung in Mao Duns erzählerischem Werk von 1927 bis 1932/33*, Dissertation, Leipzig, 1962.

Gruner, Fritz, "Wang Meng—ein hervorragender Vertreter der erzählenden Prosa in der chinesischen Gegenwartsliteratur", *Weimarer Beiträge*, No. 6, 1988: 925 – 938.

Guder, Andreas, "Chinesische und der europäische Referenzrahmen. Einige Beobachtungen zur Erreichbarkeit fremdsprachlicher Kompetenz (en) im Chinesischen", *Chun*, Vol. 20, 2005: 63 – 78.

Hammer, Christiane und Tienchi Martin-Liao (Hrsg.), *Das kulturelle China und die Chinawissenschaften: Aufsätze 1996 – 1999. Texte aus dem Nachlass Helmut Martin*, Bochum: Projekt Verlag, 2001.

Hammer, Klaus (Hrsg.), *Chronist Ohne Botschaft, Christoph Hein: ein Arbeitsbuch; Materialien, Auskünfte, Bibliographie*, Berlin: Aufbau, 1992.

Hanuschek, Sven und Therese Hörnigk (Hrsg.), *Schriftsteller Als Intellektuelle: Politik Und Literatur Im Kalten Krieg*, Tübingen: Niemeyer, 2000.

Hartung, Harald, "Destillierte Traumgestalten", *Frankfurter Allgemeine Zeitung*, 05. 09. 2001.

Heckmann, Stefan, "Berlin-Shanghai: Kulturtransfer von 1920 bis heute", 29. 06. 2008, https://www.deutschlandfunkkultur.de/berlin-shanghai.974.de.html?dram:article_id=150512.

Heckmann, Stefan, "China Transfer: Literarische Begegnungen in Shanghai und Peking", 27. 09. 2009, https://www.deutschlandfunkkultur.de/china-transfer.974.de.html?dram:article_id=150614.

Hegel, Georg W. F., *Phänomenologie des Geistes*, Stuttgart: Reclam, 1987.

Hein, Christoph und Alain Bischof, "Mut ist keine literarische Kategorie": Gespräch mit Alois Bischof, in Lothar Baier (Hrsg.), *Texte, Daten, Bilder*, Frankfurt am Main: Luchterhand-Liferaturverlag, 1990: 95 – 100.

Hein, Christoph und Gregor Edelmann, "Interview mit Christoph Hein", *Theater der Zeit*, Vol. 38, No. 10, 1983: 54 – 56.

Hein, Christoph, *Die wahre Geschichte des Ah Q: Stücke und Essays*, Darmstadt: Sammlung Luchterhand, 1984.

Hilton, Isabel, "*Decoded* by Mai Jia. Review-An intriguing Chinese thriller", *The Guardian Book Review-Crime fiction*, 2014. 04. 05, https：//www. theguardian. com/books/2014/apr/05/decoded-by-mai-jia-review.

Hornfeck, Susanne, "Nachwort", in Zhang Ailing, *Gefahr und Begierde：Erzählungen*, Berlin：Claassen, 2008：241 – 248.

Hsia, Adrian und Sigfrid Hoefert (Hrsg.), *Fernöstliche Brückenschläge：Zu deutsch-chinesischen Literaturbeziehungen im 20. Jahrhundert*, Bern：Lang, 1991.

Hörnigk, Frank, " 'Die wahre Geschichte des Ah Q' -ein Clownspiel mit Phantasie", in Klaus Hammer (Hrsg.), *Chronist ohne Botschaft：Ein Arbeitsbuch. Materialien, Auskünfte, Bibliographie*, Berlin：Aufbau, 1992：195 – 199.

Janβen, Karl-Heinz, "Sieg über die Dummheit：Dichter, Künstler, Revolutionär", *Die Zeit*, 08. 02. 1980.

Jäger, Georg, "Der Schriftsteller als Intellektueller：Ein Problemaufriβ", in Sven Hanuschek, Therese Hörnigk et al. (Hrsg.), *Schriftsteller als Intellektuelle：Politik und Literatur im Kalten Krieg*, Tübingen：Niemeyer, 2000.

Kaden, Klaus, "Chinesischausbildung in der Deutschen Demokratischen Republik", *Chun*, 1987, Nr. 4.

Kampen, Thomas, "Ostasienwissenschaften in der DDR und in den neuen Bundesländern", in Wolz Krauth (Hrsg.), *Wissenschaft und Wiedervereinigung-Asien-und Afrikawissenschaften im Umbruch*, Berlin：Akademie Verlag, 1998.

Kautz, Ulrich, "Warum die moderne chinesische Literatur es auf dem deutschen Büchermarkt schwer hat", 5. Jahrestagung (29. 10. 1994) "Rezeption und Vermittlung chinesischen Gedankenguts in Deutschland", http：//www. dvcs. eu/jahrestagungen. html.

Keen, Ruth und Helmut F. Braun, "Von Rinderteufeln und Schlangengeistern", *Die Horen*, Vol. 138, No. 2, 1985：5 – 9.

Keen, Ruth, "Deutsch- und englischsprachige Sekundäre Literatur zur modernen chinesischen Literatur-Eine Auswahl", in Wolfgang Kubin (Hrsg.), *Moderne Chinesische Literatur*, Frankfurt: Suhrkamp, 1985: 487 – 490.

Kemper, Peter, "Event", in Erhard Schütz (Hrsg.), *Das BuchMarkt-Buch: Der Literaturbetrieb in Grundbegriffen*, Reinbek bei Hamburg: Rowohlt-Taschenbuch-Verlag, 2005: 119.

Klöpsch, Volker und Roderich Ptak (Hrsg.), *Hoffnung auf Frühling: Moderne chinesische Erzählungen, Erster Band 1919 bis 1949*, Frankfurt: Suhrkamp, 1980.

Klöpsch, Volker, "Literaturfrühling in China? Wolfgang Schwiedrzik. 'Gespräche mit Schriftstellern'", *Die Zeit*, 05. 09. 1980.

Koenen, Gerd, *Das rote Jahrzehnte: Unsere kleine deutsche Kulturrevolution 1967 – 1977*, Köln: Kiepenheuer und Witsch, 2001.

Kraushaar, Wolfgang, "Vexierbild: Hans Magnus Enzensberger im Jahre 1968", in Dirk von Petersdorff (Hrsg.), *Hans Magnus Enzensberger und die Ideengeschichte der Bundesrepublik*, Heidelberg: Winter, 2010.

Krauth, Wolz und Ralf Wolz (Hrsg.), *Wissenschaft und Wiedervereinigung-Asien-und Afrikawissenschaften im Umbruch*, Berlin: Akademie Verlag, 1998.

Krumbholz, Martin, "Utopie und Illusion: Die 'arbeitende Geschichte' in den Stücken von Christoph Hein", *Text + Kritik*, 1991 (111): 28 – 35.

Kubin, Wolfgang (Hrsg.), *Hundert Blumen: Moderne chinesische Erzählungen, Zweiter Band 1949 bis 1979*, Frankfurt: Suhrkamp, 1980.

Kubin, Wolfgang (Hrsg.), *Moderne Chinesische Literatur*, Frankfurt: Suhrkamp, 1985.

Kubin, Wolfgang, "Bei Dao", *Akzente*, No. 1, 1998: 70-79.

Kubin, Wolfgang, "Großer Bruder Kulturminister. Begegnungen mit Wang Meng", in Wang Meng, *Das Aug der Nacht*, Zürich: Unionsverlag, 1987: 274-287.

Kubin, Wolfgang, "Von Kapweglern, Käuzen und armen Seelen: Zur vermeintlichen Randexistenz eines Übersetzers", in Katrin Buchta (Hrsg.), *China. Literatur. Übersetzen: Beiträge eines Symposiums zu Ehren von Ulrich Kautz*, Frankfurt et. al.: Lang, 2006: 15-21.

Kuhn, Hatto, *Dr. Franz Kuhn (1884-1961): Lebensbeschreibung und Bibliographie seiner Werke*, Wiesbaden: Franz Steiner, 1980.

Kuntze, Peter, *China: Revolution in der Seele*, Frankfurt am Main: Fischer-Taschenbuch-Verlag, 1977.

Kuntze, Peter, *China. Die Konkrete Utopie*, München: Nymphburger, 1973.

Lange, Thomas, "China: Fluchtort vor dem Europäischen Individualismus. Über ein philosophisches und literarisches Motiv der zwanziger Jahre", in Adrian Hsia u. Sigfrid Hoefert (Hrsg.), *Fernöstliche Brückenschläge: Zu deutsch-chinesischen Literaturbeziehungen im 20. Jahrhundert*, 1992: 49-76.

Langenbucher, Wolfgang R., Ralf Rytlewski, und Bernd Weyergraf (Hrsg.) *Handbuch zur deutsch-deutschen Wirklichkeit: Bundesrepublik Deutschland/Deutsche Demokratische Republik im Kulturvergleich*, Stuttgart: J. B. Metzler, 1988.

Lao, She, *Rikschakuli*, Berlin: Volk und Welt, 1979.

Lao, She, *Vier Generationen unter einem Dach*, Rheda-Wiedenbrück, Wien: Bertelsmann-Club, 1998.

Lao, She, *Vier Generationen Unter Einem Dach*, Zürich: Unionsverlag, 2000.

Leutner, Mechthild und Klaus Mühlhahne (Hrsg.), *Deutsch-chinesische*

Beziehungen im 19. Jahrhundert: Mission und Wirtschaft in interkultureller Perspektive, Berliner China-Studien 38. Münster: Lit, 2001.

Link, Perry, "Spy Anxiety", *New York Times Book Review*, 2014.05.02, https://www.nytimes.com/2014/05/04/books/review/decoded-by-mai-jia.html.

Links, Christoph, *Das Schicksal der DDR-Verlage: Die Privatisierung und ihre Konsequenzen*, Berlin: Links, 2009.

Lu, Hsün, "Vier Schriften über Literatur und Revolution", *Kursbuch*, 15: 18 – 37.

Lu, Wenfu, *Der Gourmet: Leben und Leidenschaft eines chinesischen Feinschmeckers*, Zürich: Diogenes, 1993.

Lu, Xun, *Der Einsturz Der Lei-Feng-Pagode: Essays Über Literatur Und Revolution in China*, Reinbek bei Hamburg: Rowohlt, 1973.

Ludwig, Karl-Heinz, "Mauern und Brücken", *Die Zeit*, 28.06.1985.

Luhmann, Niklas, *Soziale Systeme: Grundriss einer allgemeinen Theorie*, Frankfurt am Main: Suhrkamp, 1993.

Lütkehaus, Ludger, "Frühlings Erwachen in Urumqi", *Neue Zürcher Zeitung*, 05.06.2015.

Mao Tse-tung, "Ein unreröffentliches Gedicht", Kursbuch, Vol. 15, 1968.

Martin, Helmut and Jeffrey Kinkley eds., *Modern Chinese Writers: Self-Portrayals*, Armonk, New York: M. E. Sharpe, 1992.

Martin, Helmut und Christiane Hammer (Hrsg.), *Die Auflösung der Abteilung für Haarspalterei: Texte moderner chinesischen Autoren von den Reformen bis zum Exil*, Rowohlt, Reinbek bei Hamburg, 1991.

Martin, Helmut, "[Literaturnobelpreis an den chinesischen Lyriker Bei Dao]", in Christiane Hammer und Tienchi Martin-Liao (Hrsg.), *Das kulturelle China und die Chinawissenschaften. Aufsatze 1996 – 1999. Texte aus dem Nachlass*, Bochum, Projekt Verlag, 2001: 167 –

171.

Martin, Helmut,"An den Fünf Rosafarbenen Säulen: Hinweise zur modernen chinesischen Literatur", *Die Horen*, Vol. 138, No. 2, 1985: 11 – 23.

Martin, Helmut, "Daigou-Generation: Chinesische Schriftsteller der achziger Jahre", *Kölner Workshop 1984 Chinesische Literatur*, Köln: Deutsche Welle, 1986.

Martin, Helmut, "Mo Yans Roman *Der Knoblauchrevolte*: Barocke Läuse in einem Land ohne Hoffnung", in Christiane Hammer, Tienchi Martin-Liao (Hrsg.), *Das kulturelle China und die Chinawissenschaften: Aufsätze 1996 – 1999. Texte aus dem Nachlass Helmut Martin*, Bochum: Projekt Verlag, 2001: 155 – 157.

Martin, Helmut, "Nachwort: Daheimgebliebene, Exilträume und der Weg in die Gegenkultur", in Martin, Helmut und Christiane Hammer (Hrsg.), *Die Auflösung der Abteilung für Haarspalterei: Texte moderner chinesischen Autoren von den Reformen bis zum Exil*, Rowohlt, Reinbek bei Hamburg, 1991: 290 – 304.

Mead, George Herbert, *Mind, Self and Society: From the Standpoint of a Social Behaviorist*, Chicago: The University of Chicago Press, 1972.

Meissner, Werner (Hrsg.), *Die DDR und China* 1949 – 1990, *Politik, Wirtschaft, Kultur*, Berlin: Akademie Verlag, 1995.

Mo, Yan, "Der Hochbegabte", *Die Horen*, Vol. 169, No. 1, 1993: 41 – 47.

Mo, Yan, "Der Jungfernflug", *Die Horen*, Vol. 169, No. 1 1993: 24 – 41.

Mo, Yan, "Schuldig", *Die Horen*, Vol. 169, No. 1 1993: 21 – 23.

Moser, Doris, "Erbarmungswürdig hervorragend: Literarisches Leben zwischen Kulturnation und Künstlersozialversicherung", in Heinz Ludwig Arnold (Hrsg.), *Literaturbetrieb in Deutschland*, Aufl. 3. München: Ed. Text + Kritik, 2009: 375 – 409.

Müller, Eva, *Zur Darstellung des Industriearbeiters in der Epik der Volksrepublik China*（1949 – 1957）, Habilitation, Berlin: Humboldt-Universität, 1979.

Müller, Eva, *Zur Widerspiegelung der Entwicklung der "Legende von der weissen Schlange"（Bai-shezhuan）in der chinesischen Literatur bis zur 1. Hälfte des 20. Jahrhunderts*, Dissertation, Berlin: Humboldt-Universität, 1966.

Müller, Eva, "Chinesische Literatur in der DDR", in Adrian Hsia und Sigfried Hoefert（Hrsg.）, *Fernöstliche Brückenschläge: Zu deutsch-chinesischen Literaturbeziehungen im 20. Jahrhundert*, Bern: Lang, 1991: 199 – 212.

Müller, Siegfried, *Kultur in Deutschland: Vom Kaiserreich bis zur Wiedervereinigung*, Stuttgart: Kohlhammer, 2016.

Nettling, Astrid, "Der erste Vers macht einsam, —Moderne Autorinnen in China", 29. 09. 2009, https: //www. deutschlandfunkkultur. de/der-erste-vers-macht-einsam. 974. de. html? dram: article_ id = 150613.

Peschel, Sabine, "Drinnen und draussen: Die literarische Avantgarde in China", *Die Horen*, Vol. 167, No. 1, 1993: 7 – 10.

Petersdorff, Dirk von（Hrsg.）, *Hans Magnus Enzensberger und die Ideengeschichte der Bundesrepublik*, Heidelberg: Winter, 2010.

Preuss, Stefanie, "Über die Grenze und wieder zurück", in Heinz Ludwig Arnold（Hrsg.）, *Literaturbetrieb in Deutschland*, Aufl. 3. München: Ed. Text + Kritik, 2009: 410 – 420.

Radisch, Iris, "Es ist Weltliteratur!", in *Die Zeit*, 18. 10. 2012.

Richter, Steffen, *Der Literaturbetrieb: Eine Einführung*, Darmstadt: WBG, 2011.

Rilke, Rainer Maria, "Requiem"（1908）, https: //www. rilke. de/gedichte/requiem_ fuer_ eine_ freundin. htm.

Rodden, John, *George Orwell: Critical insights*, Ipswich, Massachusetts: Salem Press, 2013.

Rossmann, Andreas, "Zwischen Hund und Wolf", *Frankfurter Rundschau*, 12. 12. 1984.

Rössig, Wolfgang, *Literaturen der Welt in deutscher Übersetzung: Eine chronologische Bibliographie*, Stuttgart, Weimar: J. B. Metzler, 1997.

Saechtig, Alexander, *Schriftstellerische Praxis in der Literatur der DDR und der Volksrepublik China während der fünfziger und frühen Sechziger Jahre*, Hildesheim: Olms Weidmann, 2017.

Sarkowicz, Hans, "Hören als Ereignis", in Heinz L. Arnold (Hrsg.), *Literaturbetrieb in Deutschland*, Aufl. 3., München: Ed. Text+Kritik, 2009: 234 – 249.

Scharf, Kurt, "Welt mit leerer Mitte", *Die Horen*, Vol. 169, No. 1, 1993: 5 – 6.

Schickel, Joachim, "China 1970: Die Pädagogik revolutionieren", in *Kursbuch*, 24, 1971: 181 – 198.

Schmidt, Thomas und Wolfgang Kubin, "Starker Bilder", *Die Zeit*, 18. 10. 2012.

Schneider, Peter, "In China, hinter der Mauer: Bericht über eine Reise ins Land der zarten Gesten und der unbestimmten Blicke", *Die Zeit*, 21. 06. 1985.

Schroer, Markus, "Gesellschaft und Eigensinn: Hans Magnus Enzensbergers literarische Soziologie", in Dirk von Petersdorff (Hrsg.), *Hans Magnus Enzensberger und die Ideengeschichte der Bundesrepublik*, Heidelberg: Winter, 2010: 9 – 36.

Schwiedrzik, Wolfgang, *Literaturfrühling in China? Gespräche mit chinesischen Schriftstellern*, Köln: Prometh, 1980.

Schönstedt, Eduard, *Der Buchverlag: Geschichte, Aufbau, Wirtschaftsprinzipien, Kalkulation Und Marketing*, Stuttgart: Metzler, 1999.

Schütz, Erhard and Silke Bittkow, *Das Buch Markt Buch: Der Literaturbetrieb in Grundbegriffen*, Reinbek: Rowohlt Taschenbuch Verlag, 2005.

See, Carolyn, "Book Review: 'English' by Wang Gang", *The Washington Post*, 2007.04.17, http://www.washingtonpost.com/wp-dyn/content/article/2009/04/16/AR2009041604039_2.html.

Seyfarth, Ingrid, "Der Autor wird doch zu uns von heute reden wollen" in *Sonntag*, Nr. 3, 1984, S. 6, in *Chronist ohne Botschaft Christoph Hein: ein Arbeitsbuch; Materialien, Auskünfte, Bibliographie*, Berlin, Weimar: Aufbau Verlag, 1992: 246–248.

Tietzel, Manfred, *Literarökonomik*, Tübingen: Mohr, 1995.

Updike, John, "Bitter Bamboo", *The New Yorker*, May 2005.

Völker, Daniela, *Das Buch für die Massen: Taschenbücher und ihre Verlage*, Marburg: Tectum Verlag, 2014.

Walser, Martin, "Literatur als Auskunft", in Thekla Chabbi (Hrsg.), *Ewig Aktuell-Aus Gegebenem Anlass*, Reinbek bei Hamburg: Rowohlt, 2017: 500–507.

Wang, Gang, *Der Englischlehrer: Roman*, Gossenberg: Ostasien Verlag, 2014.

Wang, Meng, *Das Aug der Nacht*, Zürich: Unionsverlag, 1987.

Wang, Shuo, *Herzklopfen heisst das Spiel*, Zürich: Diogenes, 1995.

Wang, Shuo, *Oberchaoten*, Zürich: Diogenes, 1997.

Winkler, Heinrich August, *Der Lange Weg nach Westen: Deutsche Geschichte II*, München: C. H. Beck, 2014.

Winko, Simone, "Literatur-Kanon als invisible hand-Phänomen", in Heinz L. Arnold (Hrsg.), *Literarische Kanonbildung*, München: Ed. Text und Kritik, 2002: 9–24.

Wittmann, Richard, *Der Carl Hanser Verlag 1928–2003: Eine Verlagsgeschichte*, München, Hanser, 2005.

Wobst, Martina, *Die Kulturbeziehungen zwischen der DDR und der VR China 1949–1990: Kulturelle Diversität und politische Positionierung*, Münster: LIT Verlag, 2004.

Woesler, Martin, "Die literarische Übersetzungsprozess zwischen den Kulturpolen Deutschland und China", in Katrin Buchta (Hrsg.), *China. Literatur. Übersetzen: Beiträge eines Symposiums zu Ehren von Ulrich Kautz*, Frankfurt et. al.: Lang, 2006: 39-57.

Woodward, Kathryn, ed., *Identity and Difference*, London: Sage, 1997.

Yao, Hongmei, *Transformationsprozess der Sinologie in der DDR und BRD, 1949-1989*, Dissertation, Köln, 2009.

Zhang, Ailing, *Gefahr und Begierde: Erzählungen*, Berlin: Claassen, 2008.

Zhang, Jie, *Die Arche*, München: Frauenoffensive, 1985.

Zimmer, Thomas, "Das China-Bild der 'Insider'-Kontinuität und Wandel in der Wahrnehmung des 'erlebten' China durch Auswanderer, Erlebnishungrige und Forscher im 20. Jahrhundert", *Bochumer Jahrbuch zur Ostasienforschung*, 25, 2001: 275-288.

Zähringer, Martin, "Groβes lyrisches Universum", 03.09.2009, Deutschlandfunk Kultur. https://www.deutschlandfunk.de/grosses-lyrisches-universum.700.de.html?dram:article_id=84229.

索　引

A

阿 Q　100 – 128，155，165，289，320

B

北岛　172，181，182，184，185，198，219，225，227 – 239，242，243，245 – 247，252，258，269，271 – 274，277，278
辩证　1，2，12，41，112，146
《波动》　230，232，234，237
布赫　1 – 3，8，11 – 13，15，43，44，46，49，51，54，58，59，67，98，150，159，207，243

C

《沉重的翅膀》　61，82，84，87
陈思和　83，232，233，251，252，254，255
承文本　98 – 101，118，120，125，126，129，130，147，148，155，160

D

大众出版社　189，193，194，198
德国汉学　2 – 7，13，15 – 18，22 – 24，27，30，36，42，49，56，68，70 – 72，74 – 76，79，81，89，135，196，214，228，233，245，253，284
德国作家协会　162
第欧根尼出版社　173 – 175

E

恩岑斯贝格　11，28，37 – 42，54，67，98，99，127 – 130，132 – 138，140 – 151，154，155，158 – 160，179，205，275

F

法兰克福书展　55，167，168，178，187，204，209，218 – 220，224，235，242，248，252，262，264，

索　引

272

《法兰克福汇报》　224，235，238

翻译　1，3－13，18－26，30，33，37，41，44，46，47，56，72，77，79－81，83，84，86，88，98，100，128，150，151，156，159，168，169，172，174－176，178－188，195－198，200－203，208，212，213，218，219，224，228，229，235，236，239，243，245，246，259，260，263，277，283

副文本　26，27，29，33，97，98，155，174，185，188，200，202

G

高立希　23，77，174，175，180，182，183，185，187，188，190，193，195－198，224

革命　1，2，5，7，10－13，27，32－47，49，55，60，67，69，73，79，81，97，100－109，111－129，143－148，155，166，168，172，214，215，222，231，239，259，267，275

葛柳南　24，70－74，77－80，82－86，88

公共领域　29，209－217，219－227，247，248，254，262，263，265，267，271－275，277，279，

283，284

顾彬　13，24，25，32，56，58，85，172，180－182，188，203，218，225，228，229，233－239，242，243，245－247，267－270，276，284

广播剧　99，127－129，135，138，140，149，155，158－161，166，168，175，217

H

哈贝马斯　39，210－212

海涅出版社　4，199，200

海因　28，99－103，105－109，114－123，125－128，165，179，230，275

汉雅娜　2，22

汉泽尔出版社　175，214，219，233，242，247，253

黑格尔　127，145，146，282

J

《今天》　229，231，233，258

K

卡尔莫　3，7－11，15，186

坎鹏　22，70，72

抗议运动　1，2，18，22，34－36，39，41－46，48，49，54，55，58，59，67，68，73，96，120，

129，143－145，147－149，205，212，214，253

口袋书　174，175，201，206－208，263

L

拉伯雷　249－252，254，256，271，274

冷战　2，9－11，15，16，27，30，33－36，47，55，67，71，89，96，97，161，169，185，212，230，275

联合出版社　84，175，203－207，263

六八一代　12，32，42，54，56，59，60，148，232，252

鲁迅　1－3，5，7，11，12，15，20，23，24，28，31，36－45，49，51，54－56，59，67，72，73，85，97－105，107－111，114－118，120－122，125－138，140－142，146－151，154，155，159，160，165，175，197，203，205－207，212，214，222，228，261，265，267，268，275，284

《论雷峰塔的倒掉》　143，150，207

罗沃尔特　44，57，201，206，207，252，256，257，261，263

M

马汉茂　2，13，22，56，83，214，229－235，237，246，252－256，265，274，276，280，284，285

茅盾　4，6，7，9，11，31，32，50，51，57，70，73，82，84，86，218

梅薏华　10，11，22，68，70，72，74，76－78，80，83，84，86－88

媒介　9，15，19，21，31，46，49，56，73，80，82，84，87，156，159－161，166－168，179，180，186，196，201，207－209，213－217，219－221，253

《美食家》　174，224，226

民主德国　8－11，15，16，22，27，28，33，35，45，46，49，67－77，79－84，87－89，96，97，108，109，117，118，120，155，162－166，231，265，275

莫言　17，20－22，55，175，197，201，203－206，219，227，239，242，247－274，279，280

N

诺贝尔文学奖　17，20，168，203，206，208，234，235，238，242，243，247，248，251，262，280

O

偶联性　152

Q

启蒙　1，2，30，31，42，51，55，109，124，135，137，138，140－143，146－148，150，151，191，192，223，229，251，254

《起死》　99，127－140，142，146，147，160

S

身份　5，27－29，42，51，59，67，84，85，121，122，126，128，130－132，135，138，139，141，145，148，151，160，165，171，183，185－187，191，200，205，213，220，222，226，227，233，235，237，247，252，257，258，261－265，267，270－285

审查制度　7，72，164，165，193，266

审稿人　186，188

世界精神　144，145

《时代》　8，11，32，58，61，214，243，262，266－268，270

《时刻表》　11，12，36－38，40－44，46，47，49，54，59，67，98，99，129，143，144，148，150，151，155，205，214

《时序》　61，214－216，229，257－259，261，266，274

世界文学　4，16，18，21，22，26，37，42，155，168，175，177，178，195，200，203，204，213，234，235，237，239，251，252，257，262，270，271，273

《死者与哲学家》　99，128－130，135－137，141，142，144，146－151，157－160，162

四七社　11，39，151，230

苏尔坎普出版社　32，82，129，151，171，204－207，214，228，242

苏联　2，9，10，13，28，34，35，48，60，68，73，75，164，169，200，265

T

他者　36，109，281－284

《探求》　77－84，86

《天堂蒜薹之歌》　250，252，253，255－257，263，264，266，270

图书贸易　198，208，220

W

《蛙》　247，248，264

瓦尔泽　39，248－252，255，262，265，289

王胡　100－111，113－115，117，

119，121－128

王蒙 23，58，76，84－86，198，203，275

卫礼贤 4，5，15，19，25，239

魏格林 24，32，54，55，208，248

文学翻译 8，22－25，72，79－81，83，88，156，172，175，180－183，185，200，202

文学机制 10，16，21，27－29，87，149，152－163，165－172，175－180，183，185，187，188，192，194，195，204，205，208－210，212，213，215，217，219，222，238，239，243，246，265，275，276

文学之死 37，39

乌托邦 2，34－36，43，46，47，67，106，116，125，144，226，250

无政府主义 100－109，111，113，114，116，117，121，123－126

吴福冈 13，31，32，49－57，60，67，78，79，222

五四 2，4，30，31，50，51，55，61，84，146，214，222，229，268

X

先锋 144，152，256－262，266，272－274，280

项目出版社 197，263

Y

异域化 33，35，36，42，43，46，67，96，213

尹虹 22，24，72－74，77，78，80，82－84，203

《英格力士》 188，190－198，222

Z

政治扫盲 36－38，40－42，54，129，142，144，145，148

知识分子 1－3，6，10－14，25，27－33，36，37，39－47，49－56，59－61，67，68，79－81，85，89，96，101，109，114，117，120－123，125－128，132，137，138，140－146，148，150，151，176，204，205，210，212，214，222，228－230，232－234，237，238，242，246，248，251－254，256，261，265－267，271，273，275，282－284

庄子 128－139，141，142，146－148，249

《子夜》 4，6，7，56，82，200，218

左翼 1，2，10，12，15，33，36，42－46，48，49，54－56，68，81，129，143－145，148，203，

252

作者 7, 11, 17 – 19, 21, 24, 26, 28, 37, 38, 41, 44, 45, 50, 51, 54, 55, 57, 72 – 74, 77, 84, 99, 109, 117, 125, 127, 147 – 150, 158, 161 – 163, 171, 175, 177, 179 – 188, 190, 191, 193, 195, 198, 200, 201, 203 – 205, 207 – 209, 213, 215, 222, 225 – 227, 232, 233, 236, 238, 245, 248, 254, 257 – 260, 264, 265, 270, 272, 274, 276 – 281

后　　记

　　2017年夏天，我前往柏林参加美国圣母大学和柏林文学之家合作举办的"德国文学机制"工作坊，为期两周。那时在导师陈思和先生的鼓励下，我已决定撰写关于中德文学交流的博士学位论文，开始大量搜集资料，并四处寻找前往德国学术机构从事短期研究的机会。"德国文学机制"工作坊的消息，就是我偶然在北美德语研究学会的邮件列表里看到的。我写了一封诚挚的申请书，几周以后就收到了邀请函，获得了一笔可观的访问资助。我隐约意识到，经济社会学意义上的"推助"（betreiben），也就是本书反复提及的"机制"（Betrieb），位居任何一种文化生产的核心。这里的文化生产可以是作家的文学创作，可以是一名资历尚浅的博士生的论文写作，当然也可以是发生在文本外社会场域中的文学传播。

　　可是这种"机制"究竟是什么？它有什么样的力量？那时的我其实还不甚了然。现在回过头来，我可以说，本书所用的德语词Betrieb并不能等同于中文里的"机制"。它的动词原型betreiben是运作的意思，名词化以后重点仍然在于动态，所以常见的意思包括经营、运行、企业等等。汉语中"机制"的"机"固然也有积极性的"促动""发动"之义，但它受"制"于第二个字约束性的消极含义，重点在于"动"之规律。因此，当我自动把德语的"Literaturbetrieb"翻译成"文学机制"，兴冲冲地来到柏林研究德国文学的运作规律与制度的时候，我并没有料想到等待我的是一个如此多元庞杂并且在大多数情况下并无规律可寻的世界。

在柏林的两周，我们一行十余人很少坐在主会场柏林文学之家优雅的会场里研讨。我们的日程被安排得很满，每天都浩浩荡荡地从柏林城的这一头坐轻轨跑到那一头。典型的一天或许是，同 Matthes & Seitz 出版社的负责人吃早餐，吃完直奔德国广播电视台文学频道访问，下午又去参观苏尔坎普出版社，晚上再去高尔基剧院看舞台剧。我们去了报社、杂志社、出版社、电台、剧院，有一天还坐大巴去了专门培养作家的莱比锡德语文学院，同作者、编辑、书评人、翻译、文学经纪人、书展策划人等活跃在德国乃至整个德语地区文学机制各行各业的人们交流——也正是在这个时候，我开始明确德语地区的文学机制实质上是一个跨越国别的同一体。如果要研究中国文学在德国的传播与接受，那么我必须将题目中的"德国"变成由语种划分的接受空间，即整个德语世界。

两周的时间很快过去，所有人都精疲力竭，但也受益匪浅。如果要说这两周深入"德语文学机制"的实地勘察为本书所带来的最重要的影响，那就不得不说一个原本不在工作坊紧密日程之内的故事。那天我们奔波了一整天，下午回城郊的旅馆休息。我睡了一会儿，一觉醒来翻看日程表，发现晚上的安排是去选帝侯大街看一部沉浸式戏剧。戏剧开始的时间已经快到了，我以为工作坊的同行们都早已经出发，于是赶快冲去轻轨站坐车进城。我迟到了 15 分钟，匆匆走进一栋黑魆魆的大楼，从一个五光十色的房间走到下一个，跟里面分不清是演员还是观众的人扯谈。两小时以后，我大概走了二十几个房间，四层楼，没有碰到一个工作坊的同行，却终于走到顶楼的"大结局"：所有演员和观众围着一个写有"共产主义"字样的球体道具，载歌载舞，庆祝畅谈。我这才意识到自己是误入了一场德国左派嬉皮青年的狂欢。我恍惚地在吧台点了一瓶啤酒，突然注意到旁边有一个五六十岁的德国女人，似乎跟我一样，与这场属于青年人的实验派对格格不入。于是我们闲聊起来。她叫贝雅特丽丝（Beatrice Dastis Schenk）。她问我在这里做什么。我说我在参加一个学术工作坊，顺便为研究中国文学的德语传播寻找资料。她说她的姐夫以前是一个汉学家,不过很久之前去世了。我问他叫什么名字。她说他叫马汉茂(Helmut Martin)。

接下来的故事很连贯,尽管远没有那个夜晚那么离奇——即便当时的我只是刚刚开始资料搜集,我也已经基本确定了"二战"以来德语地区译介中国现当代文学最重要的两个汉学家,就是顾彬和马汉茂。贝雅特丽丝看我一脸的难以置信,便告诉我马汉茂教授的遗孀廖天琪女士还在科隆生活,并且给了我她的邮箱。我马上联系廖天琪,从柏林飞去了科隆。廖女士虽然很忙碌,但是立即答应见我,并且慷慨地请我在科隆火车站吃了一顿中餐,回答了我一连串冒昧的提问。她听说我在寻找访学机构,就建议我联系马汉茂以前的学生 Stefan Kramer,他研究中国当代电影和文化,现在是科隆大学东亚系主任。我立即联系,在那个夏天结束以前顺利地收到了下一年夏天去科隆大学访问的邀请函。那年秋季学期开始的时候,我在复旦大学又陆续收到了维也纳大学历史系 Georg Lehner 先生的访问邀请,还有来自奥地利学术交流中心(OeAD)、德意志学术交流中心(DAAD)和科隆大学东亚系的资助确认。

论文的完成,自然离不开德语地区这些个人的热情帮助以及学术机构的经济支持。换一种表述,我其实是在德语地区学术生产机制的助推下,完成了这项跨文化主题的学术研究。这一点正好与我的研究对象相仿,中国现当代文学在德语世界,同样也是在一个由人与机构组成的、不断运作的文学机制的助推下才能不断得到生产、分发和接受的。正如我获得这个学术机制青睐的肇始可以追溯至柏林之夜的那场偶遇,进入德语文学机制的中国作家作品也不得不面对这个机制内部丰富的偶然性。有关这一点我在本书第三章做了比较详细的论述。

机制的运作充满偶然,可是机制本身的形成与发展却是有历史规律可循的。本书的前两章从文本内外出发,铺展当今德语文学机制形成的历史过程。在这个过程中,德语世界中国文学传播与接受主体的力量是不可估量的。他们是汉学家、翻译家、作家、社会活动家，一言以蔽之，一群能够被称作知识分子的人。他们对中国文学的热忱源于现代知识分子的基本信条，即对个人与社会、当下与历史的恒久反思。正是在这种不断反思、不断探索的精神下，西德左派知识分子和东德汉学家在冷战时期密切关注中国文学，恩岑斯贝格和海因也不约而同地把鲁迅的文学世界嫁接到了本土的社会现实。正是在这种既坚持个人，又关心社会的信念之下，"六八一代"的布赫、吴福冈，当然也包括顾彬和马汉茂，都把期望的目光投向了远东的文化异邦——一个与自我如此相异却又如此互通的他者。然而，真正深入的文化交流总是迂回复杂的，理解的时刻往往稍纵即逝，并且每一次都伴随着误读与重读。当浪漫化的中国不再是镜中熠熠生辉的自我投影，他们仍旧继续承担职责，校正视线，开始新的守望。

在他们身上，我看到了矛盾的统一。他们肩负着欧洲精神史传统，在不断变化的现代社会中寻找自我革新的可能性。可是革新很可能意味着历史的反复。恩岑斯贝格在反思1968年学生运动的时候，批评知识分子无法摆脱德国唯心主义哲学传统的枷锁。时过境迁，他或许终于看到自己十年前在《时刻表》上推介鲁迅，宣布"文学之死"，背后是黑格尔的幽灵在宣告艺术终结。于是，在他后来改写鲁迅的文本里，我们看到他不仅夸大了鲁迅对迂腐哲学家庄子形象的漫画化讥讽，还用黑格尔的话语，为鲁迅的"庄子"设计了可笑的辩词。恩岑斯贝格的鲁迅接受是具有代表性的，其背后分明是德国"六八"知识分子与中国"五四"知识分子共同的矛盾与期许：如何在继承传统的同时摆脱传统的枷锁？如何在进步革新的同时反思革命？

直至今日，这种不无忧虑的思考依然联结着中德知识分子，维系着中德文学交流。这是本书立论的基础，也是我师从陈思和教授之后切身领悟到的。2015年，我硕士毕业归国，来到复旦大学旁听陈老师的中国现代文学史课程，听他讲中国现代知识分子转型期的不同价值取向——广场与民间。此后，无论是在课堂上聆听老师授课，研读老师著作，还是向老师请教，在我眼前出现的都是一名闪闪发光的中国知识分子，始终从容不迫地坚守个人思考与社会关怀，始终以他深厚的学养、宽容的思想、严谨的治学和坚定的理想感染着他身边的每一个人。有幸在陈老师身边受教多年，从学术到为人，我看到了高贵的品质，也看到了"五四"以来中国现代知识分子精神的承传。本书重点关注的德语知识分子在中国文学中看到了理想的西欧知识分子精神，而这种精神传统的契合又可以溯回西方人文传统对五四新文化运动的影响。这部分内容与其说深受陈老师启发，不如说本身就贯彻了陈老师的智慧与精神。

在论文写作的过程中，我有幸得到了诸多前辈时贤的帮助与鼓励。我要感谢本身就作为德语知识分子参与中德文学交流的亲历者，也是我十分敬重的几位学者：顾彬（Wolfgang Kubin）教授不厌其烦地在北京、上海和维也纳接受了我的三次访谈；布赫（Hans Christoph Buch）先生从尼加拉瓜回柏林的第二天，就利用中午写稿的间隙回答了我的提问；魏格林（Susanne Weigelin-Schwiedrzik）教授在维也纳大学办公室帮助我厘清了思路。我还应该感谢没有收录在本书中的另外几位受访者，他们是汤豪泽出版社的 Christian Thanhäuser 先生，维也纳勒克尔出版社的 Alexander Lellek 博士，汉泽尔出版社的 Stella Schossow 女士，维也纳大学的李夏德教授，复旦大学的 Fred Schrader 教授，还有我在科隆大学的导师 Stefan Kramer 教授。特别要感谢 Kramer 教授对我在科隆大学期间的指导与支持，还帮助我以这篇中文博士学位论文完成了科隆大学联合培养博士学位项目的申请。

在论文开题和答辩过程中，我有幸得到宋炳辉教授、魏育青教授、郜元宝教授、段怀清教授和范劲教授的鼓励、批评和指正，特别是范劲老师，不仅以他一贯的认真与睿智对论文提出了非常重要的思路和修改意见，而且勉励我在学术道路上继续前行。在书稿修订的过程中，季进教授提出了极富建设性的建议。在此一并致谢。感谢我的同窗契友傅及斯和王一丹在繁忙的学业之余，校对了我的博士论文原稿，感谢我的德国知交 Sebastian Dümling 博士在我的学术成长道路上一以贯之的帮助，感谢我的好友朱一方、陈迎曦和谢宇翔对我追求学术理想的信任和支持，感谢我的挚友林晓晨在漫长的论文写作过程中对我真诚持久的关心。感谢师门亲爱的姐妹兄弟们，在我不无曲折又因你们而如此快乐缤纷的博士学习生活中对我的包容和帮助。

论文完成后，有部分内容先后发表于《中国比较文学》《扬子江评论》《南方文坛》《文艺争鸣》《浙江学刊》《当代文坛》《小说评论》等刊物，非常感谢这些刊物主编和编辑的鼎力提携。感谢国家社科基金后期资助暨优秀博士论文项目匿名评审专家，他们的肯定决定了这本书的命运，他们的批评建议极大地帮助了书稿的修订。感谢中国社会科学出版社责任编辑慈明亮为拙著的辛勤付出。

最后，我必须感谢我最爱的亲人。我的母亲一直希望我能够成为一名优秀的作家。虽然她不曾对我投身学术表达过特别的希望，但是她和我的父亲一样，支持我的每一个决定，还专程前往科隆大学，陪伴我原本孤独的访学生活。殷切期待我在学术上取得进步的是我视如亲人的良师褚水敖和张小南夫妇，还有王英姿阿姨。褚伯伯很久以前告诉我，他希望我成为一名学者型的作家。过去了这么多年，我只能用这部不成熟的文稿勉强回馈。我和我的丈夫姜昊相识于这本论文写作之初。尽管他的工作繁忙，但他总是不遗余力地支持我的写作和生活。谨以这本小书向所有为我带来教益、帮助和勉励的师友亲朋表示最诚挚的感谢！

顾文艳
2022 年 2 月 12 日
于上海